KB187094

완월

완월

초판 1쇄 찍은 날 | 2014년 10월 23일
초판 1쇄 펴낸 날 | 2014년 10월 29일

지은이 | 정은숙
펴낸이 | 서경석

편 집 장 | 권태완
편집책임 | 나정희
편   집 | 최고은
디 자 인 | 신현아

펴낸곳 | 도서출판 청어람
등록번호 | 제387-1999-000006호
등록일자 | 1999. 5. 31
어람번호 | 제5-0389호

주소 | 경기도 부천시 원미구 부일로 483번길 40 서경B/D 3F (우) 420-822
전화 | 032-656-4452 팩스 | 032-656-4453
http://www.chungeoram.com
E-mail | chungeorambook@daum.net

ⓒ 정은숙, 2014

ISBN 979-11-316-9238-7 03810

玩月

Chungeoram romance novel

정은숙 장편 소설

완월

도서출판 청어람

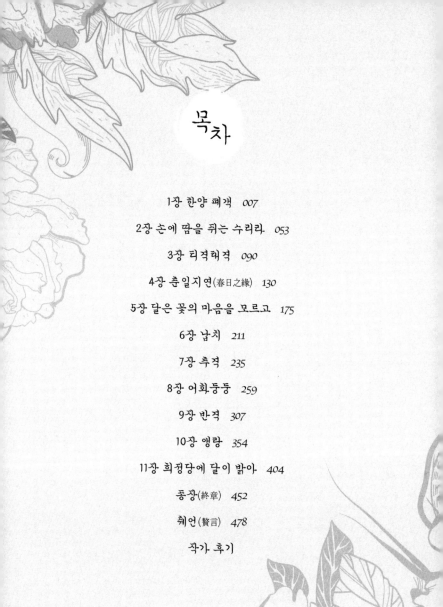

목차

한양 폐객

"아, 중촌에 이만한 집이 없다 해도 그러네. 터도 넓고 방도 네 칸이나 되니 행랑채에 세 살 사람을 구하기도 쉽지 않소?"

염소수염이나마 공들여 기른 집주릅이 입에 침이 마르도록 집 칭찬을 해댔지만, 안방마님인 오씨의 입에선 좀처럼 좋다는 소리 가 나오지 않았다. 안 그래도 눈꼬리가 쭉 올라가 사나워 보인다 는 평을 듣는 마님은 방 네 칸짜리 집 구석구석을 돌아보며 흠이 란 흠, 틈이란 틈은 다 잡아내더니 결국 기어이 집주릅이 부른 집 세를 3분지 1은 깎아내고야 말았다.

"아, 그 값에 흥정 붙일 거면 아예 말을 마시오! 한양서 집 구하 기가 어디 그리 쉬운 줄 아나. 내 부인의 사정을 봐서 좋은 집으로 골라줬는데 어찌 그리 깍쟁이 짓을 하슈!"

"홍, 사정은 무슨 사정을 봐줘요? 이 추위에 집 구하는 사람이 어디 있어요? 나 아니면 춘삼월까지는 족히 비어 있을 집에 들어와 주겠다는데, 업고 다니지는 못할망정 어디다 대고 덤터기를 씌우려고!"

마님이 사정을 콕 집어내자 집주릅이 뜨끔하더니 결국은 더는 우기지 못하고 그 값에 거간을 끝냈다. 시골서 갓 올라온 젊은 부인이라 우습게 보고 한몫 단단히 잡으려 했던 집주릅이 혀를 내두르며 돌아갔고, 그 뒤에야 마님과 그를 따라온 여종 다희가 안채에 궁둥이를 붙이고 앉았다.

애초에 한양 바닥에 들어오기로 작정하고 짐을 꾸렸지만, 아무리 그래도 집도 구하지 않고 바로 올라온 오씨부인의 배짱은 배짱을 넘어 무모한 것에 가까웠다. 그런데도 다희가 보기엔 황송할 정도로 튼실한 집을 기어코 후려쳐 깎아낸 마님의 능력에 그녀는 혀를 내둘렀다.

"아유, 마님. 마님은 어찌 그리 똑 떨어지는 소리만 골라 하세요? 눈 감으면 코 베어가는 게 한양 사람들이라던데, 그 콧대 높은 집주릅도 마님 앞에서는 아무것도 아니네요."

"흥, 고까짓 것들, 눈 똑바로 뜨고 조목조목 따지면 결국 손들게 돼 있느니라. 좋은 게 좋다고 허투루 굴면 코 아니라 눈알도 뽑아가고 머리털, 아래 털까지 뽑아가는 것이지."

"아이고, 마님도!"

시골 아낙치고도 입이 건 오씨부인이다. 비록 가난하긴 해도 양반가 출신이건만 생활력과는 거리가 먼 남편을 대신해 살림을 도맡아 하다 보니 세진 건 깡다구요, 느는 건 욕뿐이었다.

그나마 살림이 펴 원래 살던 이천 동리에선 제법 큰 논밭도 소작을 내 부릴 정도로 여유롭게 살던 마님이 갑자기 그 바닥을 뜬 데는 말 못 할 사정이 있었다. 덕분에 남편과 부리던 종들을 다 내버려 두고 몸종인 다희만 데리고 한양으로 올라왔는데, 든든한 살림꾼이 돼줄 행랑어멈보다 아직 나이 어리고 순진하기만 한 그녀만 먼저 데리고 온 것은 오씨부인이 유난히 다희를 아끼기 때문이었다.

"마님, 시장하실 텐데 얼른 피맛길에 가서 팥죽이라도 사올까요? 행랑아줌니 말이 종가 시전 뒷골목에는 맛집이 그득해서 요깃거리론 그만이래요."

마님 걱정은 핑계고 사실은 말로만 듣던 한양 거리 구경을 할 요량에 들뜬 다희였다. 안 그래도 큰 눈을 똘망똘망 굴리며 살갑게 아양을 떠는 모습이 귀여워서 마님은 웃음을 터뜨렸다.

"오냐, 나는 옆집 가서 불씨나 얻어올 터이니 너는 부리나케 저녁 요깃거리나 좀 사오너라. 허고 가는 김에……."

무슨 말을 하려는 걸까? 대충 심중을 알아챈 다희가 파하하 웃음을 터뜨리자, 결국 잠시 뜸을 들이던 오씨부인이 말을 이었다.

"한양 광통교 근처에 세책점이 그리 많다더라. 피맛길 가는 길에 세책점 하나만 터온."

세책점(貰册店)이란 무엇이냐. 간단히 말해 돈을 받고 책을 빌려주는 것이 세책이요, 그 세책을 하는 곳이 세책점이다. 이 세책점이 요즈음 한양을 비롯한 조선 팔도에 대유행이었다.

따분한 경전이나 읽으며 공자 왈, 맹자 왈 하던 시대가 지나고 바야흐로 소설이 중흥하는 시기였다. 영조대왕이 승하하시고 모진 세월 고생하던 세손이 왕위에 오르니 그분이 현재의 주상이시다. 영조대왕 조부터 나라 살림이 흥하고 상공(商工)이 나란히 발전하니 전 사회가 힘차게 맥동하는 분위기 속에서 문학도 예외가 아니었다.

천한 것이 흥하고 속된 것이 승했다. 경박하다 천대받던 소설이 사서오경을 제치며 유행했고, 그 유행에 목을 맨 것이 바로 규방에 갇혀 있던 여인네들이었다. 하나 민간에선 아직 사적으로 인쇄와 제책을 하기 어려운 시대였다. 자연히 책이 귀했고, 따라서 그 귀한 책을 구하는 방법은 사서 보거나 빌려 보는 방법밖에 없었다.

빌려 보는 것도 여간 힘든 게 아닌 것이, 일단 책을 가진 이가 드물었다. 그 결과 전문적으로 책을 필사하고, 그 필사한 책을 돈을 받고 빌려주는 자들이 생겨났으니, 그들이 바로 세책가다.

다희가 모시는 안방마님 역시 그런 세책의 열혈 독자여서 한양에 올라와 세간을 옮겨놓기도 전에 세책점부터 뚫으려는 것이다. 수레에 실린 이삿짐은 빨라도 사흘은 걸려야 도착할 터이니 그전에 따뜻한 방에 배 깔고 누워 시골 오지에서는 읽을 수 없던 귀한 세책을 읽으려는 속셈이다.

"해 지기 전에 얼른 다녀오겠사와요, 마님!"

냅다 문밖으로 튀어나온 다희가 그 길로 물어물어 광통교를 찾았다.

광통교는 다희네 새집이 있는 중촌에서 그리 멀지 않았다. 한양 북부와 남부를 가르는 개천을 따라 놓인 다리 몇 개를 지나쳐 가면 종각이 나오고 그 바로 앞에 대광통교, 소광통교가 연달아 놓여 있다. 숨차게 뛰어가면 2각(刻:1각은 약 15분)이면 도착할 거리지만 다희는 그러지를 못했다.

사람이 구름처럼 모여든다 하여 운종가(雲從街)라 했던가. 휘황찬란한 비단옷 파는 의전(衣廛)에 색색의 고운 종이 모아놓은 지전(紙廛), 청포전, 화피전에 눈이 돌아갈 지경인데, 그것들을 사러 모인 사람들은 어찌 그리 많으며, 사방에 소리쳐 손님 불러 모으는 여리꾼들 고함은 어찌나 벽력같은지 정신이 혼미해질 지경이었다.

태어나서 저 살던 이천 시골 바닥을 떠나본 적이 없는 다희에겐 그 재미가 진진했다. 이 가게, 저 점포 앞에서 공연히 코를 벌름거리고 눈치 보다 곱디고운 옷감도 슬쩍 만져 보며 말로만 듣던 한양 구경이 늘어지다 보니, 결국 세책점이 몰려 있다는 광통교에 도착했을 땐 이미 집을 나온 지 한 시진이나 지난 뒤였다.

"저것이 광통교인가?"

광통교 주변 역시 사람이 많긴 했지만, 인파가 몰린 운종가보다는 훨씬 덜했다. 마침 해 질 녘이 되어 오고 가는 이도 뜸해진 길에는 이제껏 지나온 거리와는 다른 종류의 점포들이 늘어서 있었다. 운종가의 상점들처럼 초가 안쪽은 살림집이고 바깥쪽은 가게인데, 그 가게에 놓인 물목이 남달랐다. 가게 앞에 서화가 걸려 있거나 윤기 잘잘 흐르는 교의며 사방탁자들이 놓여 있어서, 시끄럽고 정신 사납던 운종가 거리와는 또 다른 멋스러운 분위기가 풍겼다.

다희가 그런 가게들 중에 한 곳에서 옆구리에 책을 낀 사람들이 드나드는 것을 발견했다. 출입하는 자들이 모두 책을 들고 있는 걸 보니 세책점이 틀림없었다. 다희가 당장 광통교 다리를 건너 빠끔히 입구를 연 그 집으로 달음박질쳐 들어갔다.

과연 짐작이 틀리지 않아서 평범한 초가처럼 보이던 그 집은 안으로 들어가니 여느 민가와 달랐다. 초가 안 한쪽 벽에 시렁이 여러 개 달려 있는데, 그 시렁에 가로로 잔뜩 쌓인 것이 모두 책이었다. 삼베로 곱게 싼 표지에 책장에 먹인 콩기름 냄새가 고소하게 풍겨 나오는 책이 족히 수십 권은 쌓여 있었는데, 그 책들을 빌리러 온 노비며 여인네들이 시렁 밑에 앉은 세책점 주인에게 이 책 저 책 제목을 부르며 찾거나 빌려간 책을 반납하느라 작은 소란을 일으키고 있었다.

"훈도방 김 진사 댁, 숙향전 빌려가요."

"어디 보자. 훈도방 김 진사 댁, 숙향전이라……. 담보물은 뭘 가지고 왔느냐?"

"아기씨 단작노리개여요. 안방마님이 물려주신 귀한 것이니 대신 숙향전 전질로다가 빌려갈랍니다."

세책을 빌려갈 땐 보통 담보물을 먼저 맡기고 돌려줄 때 세책료를 냈다. 숙향전은 비록 세 권짜리 짧은 책이긴 해도 워낙 인기작이라 전질을 한 번에 빌리기가 쉽지 않은 까닭에 귀한 호박 패옥이 달린 단작노리개까지 건 것이다. 이미 저 올라온 시골에서도 안방마님을 위해 풀방구리에 쥐 드나들 듯 세책점을 드나들던 다희는 알 만한 모양새에 고개를 끄덕거렸다.

"알았다. 숙향전 김 진사 댁 세 권. 찾는 사람이 많으니 얼른 가져오너라."

종놈을 시켜 시렁에 얹어놓은 숙향전 세 권을 내준 세책점 주인이 장부에 그 이름과 빌린 책의 제목, 그리고 담보물을 기록했다. 세책이 워낙 많다 보니 기억하기 쉽도록 장부에 써놓는데, 빌려간 책을 오랫동안 가져오지 않으면 그를 근거로 종놈을 보내 책 가져오기를 채근하거나 가져간 날짜를 따져 연체료를 물리기도 했다. 이천 바닥의 세책점과 별다르지 않은 모습을 보고 안심한 다희가 숙향전을 빌린 여종이 자리를 뜨자 재빨리 그 앞에 끼어들며 물었다.

"주인아저씨, 여기 완월회맹연도 있습니까요?"

"완월? 완월회맹연이라……. 이를 어쩐다? 그 책은 없는데."

"네에? 아니, 한양의 세책점이라면 당연히 있겠거니 했는데 왜 그 유명한 것이 없습니까?"

"허허, 어째 처음 보는 얼굴이다 했더니 시골서 온 모양이구먼. 이것아, 완월회맹연이 몇 권짜리 책인지 아느냐? 자그마치 106권짜리다, 106권. 그만한 책을 필사하려면 그 종이 값이며 필사하는 품삯이 얼마나 들어가는지 아느냐?"

세책점의 책들은 모두 개인이 일일이 베껴서 만들어내는 것이라 종이 값은 물론이고 필사하는 데도 품이 많이 들었다.

세책점의 책은 독자들이 읽기 쉽도록 정체로 잘 써야 했기에 전문 필사자가 베껴야 했다. 때문에 그 필사는 과거에 떨어진 바람에 돈이 궁해진 이름 없는 선비나 궁에서 일해 제법 소양과 지식이 있고 언문과 한문을 쓰는 데 두루 능숙한 궁녀들이 부업 삼아 하곤 했다. 나름 고급 인력이다 보니 이 필사에 들어가는 돈이 상당해서 무려 백여 권에 달하는 책이라면 그 필사료와 종이 값이 막대할 수밖에 없었다.

"아이고머니, 우리 마님이 한양 오면 분명히 그 책을 볼 수 있을 것이라고 잔뜩 기대했는데 이를 어찌하지요? 주인아저씨, 허면 여기 말고 다른 세책점에는 그 책이 있습니까요?"

"허허, 아무리 한양이라 해도 완월회맹연이 워낙 거질(巨帙)이다 보니 구하기가 쉽지 않지. 게다가 책이 있다 해도, 완월부인의 책이라면 빌려가는 사람이 워낙 많아서……."

"허면 있는 곳이 있긴 하다 이 말씀입니까?"

"아마 책하에 가면 있을 것이다. 이 광통교 밑으로 내려가면 소광통교가 나오는데 그 너머에 책하가 있느니라."

"채카? 채카요? 무슨 이름이 그리 요상합니까? 한양 사람들은 상점 이름도 참 별스럽게 짓습니다요."

"채카가 아니라 책하(冊河). 책의 강이란 뜻이다. 이름 그대로 책이 강물처럼 흐르는 곳이니 한양뿐 아니라 조선 팔도의 책이 죄다 거기 있느니라. 세책만 아니라 책쾌(冊儈)도 겸하고 있어서, 빌리는 책뿐 아니라 파는 책도 많이 가지고 있거든."

책쾌란 일종의 서적 중개상이다. 보통 책쾌는 책을 지고 가가호호(家家戶戶) 돌아다니면서 책을 팔았는데, 한양에는 드물게 가게를 소유하고 거기서 책을 사고파는 책쾌들이 있었다. 이 책쾌들의 집을 쾌가(儈家)라고 불렀는데, 책하는 희한하게도 그 쾌가와 세책점을 겸한 곳이라고 했다.

"책하의 주인이 수집벽이 워낙 심해서 세상의 책이란 책은 다 모아났다지. 들리는 말로는 연경에서나 구할 수 있는 책도 게 있다더구나. 게다가 책뿐인가, 다른 것도 차고 넘치게 모여들지."

묻는 말에 고분고분 설명해 주던 세책점 주인이 마지막에 덧붙인 말이 은근했다. 호기심이 많아 궁금한 건 못 참는 다희였다. 하나 그게 뭐냐고 물어도 주인은 음흉하게 낄낄 웃으며 '가보면 알 것이다' 라고 할 뿐 답은 하지 않는다.

모르면 직접 답을 알아내는 수밖에. 세책점을 나온 다희가 주인이 알려준 대로 소광통교를 향해 부지런히 달음박질했다.

소광통교를 넘어가니 개천서 뻗어 나온 지류와 나란히 달리는 길가에 사람이 사는 초가와 두석방(豆錫房:각종 가구에 부착하는 금속 장식을 제작하는 공방), 신발 공방 같은 가게들이 뒤섞여 어수선했다. 그런데 그중 한 곳에 유난히 사람 출입이 많은 곳이 있었다. 공방은 물건을 판다기보다는 만들어내는 곳이기 때문에 사람이 그리 많지 않지만, 세책점은 책을 빌리고 돌려주는 이들이 많아 유난히 사람이 끓는다.

그런데 다희가 대번에 알아본 그 세책점은 어린 다희가 보기에도 특이했다. 세책점이야 원체 여자들이 많이 드나들긴 하지만, 이 책하라는 세책점은 그중에서도 심했다. 책을 빌리랴 돌려주랴 마당을 서성이는 사람 중에 남자는 하나도 없었던 것이다.

"책의 강이라고 하더니 계집의 강일세. 한양 도성 계집들이 죄다 여기 모였나?"

한마디 종알거린 다희가 마당으로 썩 들어서자 근처의 여인들이 그녀를 돌아보았다. 그런데 다희를 위아래로 훑어보는 그 눈초리가 영 심상치 않았다. 행색을 보아하니 대부분은 다희처럼 주인마님 심부름 온 여종들이거나 상민 신분의 여인들인데 그중에는 쓰개치마로 얼굴을 가린 것이 반가의 규수인 듯한 여인도 몇몇 섞여 있었다.

낯선 침입자를 발견한 그들이 대번에 눈꼬리를 썩 올리는 것이 마치 모이 그릇에 새로 날아 들어온 새를 보는 것 같았다. 경쟁자를 보는 듯한 눈빛인 것이다.

'이상하다. 여기서 책 빌리기가 힘이 든 겐가? 어째 저리 꼬라지 난 눈으로 사람을 훑어본담?'

다희가 이상히 여기며 가게 안으로 들어가려 하자 돌연 덩치가 꽤 큰 여종 하나가 그 앞을 썩 막아섰다.

"뭐 하러 왔소?"

입성을 보아하니 만만한 처지라 판단한 상대가 험악한 목소리로 묻자 다희가 고개를 갸웃거리며 되물었다.

"세책점에 책 빌리러 오지 뭣 때문에 오겠어요? 그러는 댁은 뉘십니까? 세책하는 분이십니까?"

여종답지 않게 자분자분한 말씨에 제법 교양 있는 어조로 되묻자 상대는 말문이 막혔다. 세책점 주인은커녕 그녀 역시 책 빌리러 온 여종이었다. 게다가 심지어 일자무식하기까지 해서 똑똑한 사람만 보면 괜히 기가 죽었다.

그런 그녀가 굳이 광통교 주변에 널린 수많은 세책점을 외면하고 여기만 다니는 것은 다 이유가 있었다. 여기 모인 수많은 여인네 또한 그러했다.

"허험, 허험. 여기 줄 선 사람들 안 보이슈? 예서 기다리다간 오늘 내에 책 빌리긴 글렀으니 돌아가슈."

"세책에 그리 시간이 걸립니까요? 이상도 하다. 책을 고르는 데 시간이 걸리면 몰라도 빌리는 데야 금방이지 않습니까. 한양 세책점은 뭐 다르게 세책을 합니까?"

"옳거니, 보아하니 촌것인 것 같은데 네 말대로 한양 세책은 달라도 한참 다르다. 네년 같은 촌년한텐 책 안 빌려주니 썩 물러가라!"

덩치 큰 여종이 우격다짐으로 몰아대는데 주변에 선 여인네들이 죄다 피식피식 웃거나 보기 싫은 눈빛으로 쳐다만 볼 뿐 도와주는 이가 없었다.

이상했다. 촌것이라고 세책을 못 해주겠다는 것도 괴이했지만, 처음 보는 그녀를 무조건 배척하려 드는 여인네들 꼬락서니도 이상했다. 그렇다고 궤변으로 몰아붙이는 상대에게 지고 싶지는 않아서 다희는 일부러 두 다리를 쫙 벌리고 서서 당차게 고함을 질렀다.

"아니, 조선 팔도에 한양만 사람 사는 데랍니까? 한양 말고는 다 개, 소만 산단 말이어요? 촌것은 눈이 없나, 귀가 없나. 촌것한텐 세책 안 한다는 법은 대체 어디서 팔다 남은 법입니까?"

다희가 지지 않고 따박따박 따지며 대드니 기세로 억누르려던 여종은 말문이 딱 막혔다. 아무래도 무식해서 말발이 달리는 게다. 말로는 도저히 못 이길 것 같은데, 공연히 덤비다 체면만 상한 게 분해서 그냥 물러나기는 또 싫었다.

"에, 에잇! 누구는 참 말 잘해서 좋겠다. 말 잘하는 것들은 콱 벼락이나 맞아라!"

종년이 가래침을 탁 뱉으며 소리를 지르자 다희도 지지 않고 외쳤다.

"어머나, 말 잘하는 게 벼락을 맞을 만큼 나쁜 일인가요? 그렇다면 제가 벼락을 맞아도 좋아요! 그런데 처음 만난 사람에게 초장부터 협박, 공갈부터 치는 사람은 뭘 맞아야 합니까? 그러고도 남 탓에 원망만 늘어지는 사람은요?"

"뭐, 뭐여?"

둘러서 있던 자들이 그 말에 일제히 박장대소를 했다. 몸집도 작고 순하게 생겼다 했더니, 이제 보니 보통내기가 아니다. 기세 험악한 상대에게 지지 않고 따지고 드는 기개도 대단했지만 받아치는 재치도 비범했다. 그러고 보니 입성은 천것이다만 얼굴도 제법 반반하지 않은가. 똑같은 생각이 여인들의 머릿속에 떠올랐다.

"이, 이년이! 뚫린 입이라고 감히!"

"아, 저이 말이 틀린 것도 없구면 끝까지 우격다짐이여? 벼락 맞을 것은 되레 그쪽이구면!"

덩치 큰 여종이 평소에도 난폭하게 굴고 이 사람 저 사람 망신을 주었기에 거기에 당한 여인들이 한두 명이 아니었다. 평소에 유감 많던 이들이 다희 편을 들며 소리를 지르자 여종의 얼굴은 더 붉으락푸르락 달아올랐다.

"오냐, 어디 오늘 너 죽고 나 죽고 한번 해보자!"

"꺄악!"

흥분한 그녀가 소매를 걷어붙이며 다희에게 달려들자 여인들이 비명을 질렀다. 말로는 몰라도 힘으로 싸우면 아무리 봐도 몸집이 작은 다희가 당하게 생겼다.

그런데 바로 그때, 구름처럼 모인 여인네들 사이로 굵고도 낮은 사내의 목소리가 들려왔다.

"네가 세책을 하냐? 누가 들으면 네년이 이 책하의 안방마님이라도 되는 줄 알겠다."

진짜 벼락이라도 맞은 듯 그 목소리에 달려들던 여종의 손길이 우뚝 멈췄다. 그와 함께 몰려선 여인들 사이로 한 사내가 썩 모습을 드러냈다. 사내가 발을 내딛자 마치 바닷물이 갈라지듯 여인들이 쫙 갈라서며 길을 내주는데, 그를 바라보는 여인들 얼굴 위로 하나같이 탄성과 환희가 서렸다.

높은 바위처럼 키가 크고 준장한 사내였다. 도토리 키 재기인 여자들 머리 두 자쯤 위에 잘생긴 얼굴이 있는데, 그 얼굴이 마치 관옥같이 준수했다. 양반 신분은 아닌 듯 상투 튼 머리엔 갓도 쓰지 않은 채 색 비단 머리띠를 망건 삼아 둘렀고, 그 아래에는 그에 맞춘 것처럼 담청색 색물 든 쾌자를 걸쳤는데 그 차림이 무척이나 청쾌했다.

날카로운 눈매나 꾹 다문 입술, 쭉 뻗은 콧날이 이천 시골에선 본 적 없는 미남자다. 그러나 잘생긴 얼굴과 달리 고개를 비딱하니 모로 꼬고는 다희를 위아래로 훑는 그 얼굴은 점잖은 것과는 거리가 멀었다. 다희와 눈이 마주친 사내가 척척 걸어와 그녀를 요모조모 살피는데, 문득 그의 입가에 비뚤어진 웃음이 걸렸다.

"처음 보는 얼굴인데 뉘 댁에서 왔느냐?"

비웃음도 웃음이라고, 안 그래도 잘생긴 얼굴에 웃음이 걸리자 갑자기 구름 사이로 얼굴을 내민 태양처럼 번쩍거렸다. 그 순간 다희는 깨달았다. 이 남자가 바로 책하의 주인이라는 것을. 그리고 이 책하에 구름처럼 모여든 여인들이 다 이 남자를 보기 위해 모였다는 것을.

"주, 중촌 이씨 나리 댁에서 왔습니다요. 한양 올라온 게 바로 오늘이라 저를 모르실 겁니다요."

잘 나오던 말이 등나무 줄기처럼 배배 꼬이는 건 왜일까. 슬슬 호흡이 밭아지고 얼굴이 벌게진다.

"흠, 한양 올라오자마자 세책부터 하러 오다니, 그 댁 마님이 어지간히 세책을 좋아하는가 보구나."

"암만요. 우리 마님이 비록 시골 살긴 해도 어지간한 세책은 다 읽었습니다요. 우리 마님 같은 정짜 손님(물건을 꼭 사가는 단골손님)을 잡으면 주인 나리께도 도움이 될 것입니다!"

신이 나서 대답하는 다희의 외침에 사내는 피시식 웃기만 할 뿐 대답이 없었다. 그러더니 그녀를 향해 손짓했다.

"안으로 들어오너라."

그동안 줄을 서서 그를 기다린 여인네들의 원성이 와자하니 치솟았다. 하지만 그러거나 말거나 사내는 다희를 끌고 책시렁이 가득한 가게 안쪽으로 들어갔다.

"찾는 책이 있느냐?"

"예? 아, 예. 저…… 와, 와, 완월회…… 완월회매, 매, 매……."

"완월회맹연?"

사내와 둘만 남으니 자꾸 딸꾹질이 나고 다리가 풀리는 건 어째선지 모르겠다. 이리 멍청한 그녀가 아닌데, 다희는 두근거리는 심장을 억지로 다독였다.

"크, 크, 큰 다리 너머 세책점에 가서 와, 완월회맹연을 찾았더니만 거기는 그 책이 없다더라고요. 그 집 주인 나리 하는 말이, 채, 채, 책하에 가면 있을 것이다 해서……."

"박가서사에 들렀나 보구먼. 그 집은 삼국지니 임경업전이니 하는 영웅 소설들만 많이 취급한다. 완월회맹연 같은 거질에 여인네들이 많이 찾는 책을 찾으려면 이 책하로 와야지. 뭐, 이 책하에는 그것 말고도 없는 책이 없다만."

아닌 게 아니라 가게 안에 얹힌 시렁에 쌓인 책의 양이 다희가 들렀던 가게와는 비교도 되지 않았다. 세 평쯤 되는 방이 모두 책 시렁으로 덮였고 시렁마다 책이 한 길 높이로 쌓여 있다. 가게 안쪽으로는 통로를 통해 안채가 연결돼 있는데, 그리로 들어가는 통로에도 쭉 책이 쌓여 있다. 게다가 통로로 들여다보이는 안채 마당에 수레가 있었는데 거기에도 한 무더기의 책이 실려 있었다. 조선 팔도의 책이 책하에 다 모여든다더니 그 말이 과장이 아닌 모양이었다.

"담보물은 뭘 가지고 왔느냐?"

"주인마님이 끼시는 가, 가, 가락지를 가지고 왔습니다."

"첫 거래라 꽤 큰 담보를 가지고 왔구먼. 알았다. 완월회맹연은 몇 권을 빌리려느냐?"

"처, 처음 보는 것이니 1권부터 빌려주시면 됩니다요. 마, 마, 마님이 짐이 도착할 때까지 시간이 많으니 아, 아마 시간이 닿는 대로 죄다 읽으려 드실 겁니다."

문득 은가락지를 이리저리 돌려 살펴보던 사내가 가락지를 내려놓고는 매섭게 물었다.

"네 청맹과니니? 왜 혀가 그리 짧으냐?"

"네? 네? 아, 아니, 그, 그게 아니옵고……."

단숨에 얼굴이 새빨개진 다희는 이제 호흡마저 달려왔다. 잘생긴 사내의 얼굴이 바로 지척에 있다. 상것이다 보니 규중 아씨들과 달리 예사로 사내들과 얼굴을 마주쳐 왔지만, 이 정도로 잘생긴 남자를 보는 건 처음이다. 아까 악머구리같이 달려들던 여종을 대적하는 기세는 다 어디로 가고, 심장이 콩닥콩닥 널뛰기를 하고 얼굴은 잘 익은 홍시를 넘어 화톳불이 됐다.

"처, 처, 청맹과니 아, 아, 아닙니다. 제, 제가 워, 워, 원래는……."

"되었다. 완월회맹연 열 권, 중촌 이씨 댁. 달포 안에 갖고 오너라. 마침 첫 권부터 있어 내준다만, 워낙 찾는 이가 많으니 달포를 넘기면 하루마다 닷 푼씩 연체료를 물릴 터다. 알겠느냐?"

퉁명스럽게 말을 자른 사내가 책시렁 중 가장 높은 곳에 얹힌 것을 어렵지 않게 꺼내더니 다희에게 내줬다. 어디에 무슨 책이 있는지 보지 않아도 다 꿰고 있는 모양이다. 그러고는 어서 가라는 듯 손을 내젓는데 볼장 다 봤으니 더는 관심 둘 것 없다는 태도였다.

이상했다.

보따리에 싸준 완월회맹연을 가슴에 품고 나오는 다희의 가슴이 공연히 허했다. 마치 주인집에서 쫓겨난 듯한 이 허전함과 무안함은 어째서일까.

입구 밖에서 차례를 기다리고 있던 여인네들은 그녀가 나오자 당장 잡아먹을 듯한 기세로 사납게 쳐다봤다. 다희는 무안하기도 하고 그 눈빛에 질리기도 해서 황황히 자리를 떴다.

어느새 뜬 보름달이 그녀의 뒤를 바람만바람만 쫓아온다. 다희는 그 보름달 아래 괜스레 아려오는 가슴을 안고 총총히 집으로 향하였다.

"오, 완월회맹연이 있었느냐? 과연 한양이로구나. 이천 바닥에선 구경도 못 하던 책이 한양에는 고스란히 깔려 있네."

"예, 마님. 오는 길에 떡도 좀 사왔어요. 함께 얻어온 숭늉도 올릴 테니 드시면서 보세요."

역시나 눈치가 빠른 다희의 배려에 마님이 좋아라 하며 책과 함께 방으로 들었다. 본래는 다희가 책을 소리 내어 읽고 마님은 잡일을 하며 그를 들었지만, 이삿짐도 올라오지 않은 오늘은 마님이 직접 책을 읽겠다며 가지고 들어간 것이다. 덕분에 시간이 난 다희는 마님이 들어가는 것을 확인하곤 행랑채로 들었다.

오씨부인 댁에는 다희 말고도 부리는 여노가 한 명 더 있었다. 나이 지긋한 행랑어멈이 바로 그녀인데, 이 방은 앞으로 다희와 행랑어멈이 함께 써야 했다. 그러나 적어도 한 사흘은 혼자만의 방이기에 괜스레 다희는 뿌듯해졌다.

그사이 마님이 넣어놓은 불씨 덕분에 아랫목은 제법 온기가 있었다. 뜨뜻한 방바닥에 제 몸을 붙인 다희가 그제야 이천에서 올라올 적에 가지고 온 그녀의 짐 보따리를 풀었다. 옷 한 벌과 속옷, 그리고 버선 한 켤레가 전부였지만 그 속에는 다희가 목숨보다 아끼는 보물이 들어 있었다.

치마저고리 사이에 숨겨놓은 종이 뭉치를 발견한 다희가 구깃구깃 구겨진 종이를 펼쳐 보고는 데헷, 웃음을 머금었다. 그녀의 보물이자 낙. 소중한 종이 뭉치를 착착 펼친 다희가 쭈그리고 앉아 그를 처음부터 다시 읽기 시작했다.

"또 왔느냐? 빌려간 지 사흘도 안 됐는데 그새 가지고 왔어?"

"헤헤, 울 마님은 따신 방에 드러누워 제가 읽어드리는 세책 듣는 게 낙이라 하지 않았습니까? 저녁마다 서너 권은 너끈히 읽어드리니 이렇게 금세 가져올 수가 있습지요. 저가 참 잘하였지요?"

"오냐. 우리 정짜 손님 왔으니 내 오늘은 몇 권 더 얹어줘야지. 네 보고 싶은 걸로 마음껏 고르거라."

다희가 책하에 드나든 지 벌써 석 달이 넘었다. 일주일에 적어도 두어 번은 책을 빌리러 오니 자연히 책하에서 일하는 세책인들과는 낯이 익고 말이 트였다.

책하에는 다희가 일전에 만난 미남자 말고도 세책을 도와주는 종업원이 두 명 더 있었다. 원래는 이 종업원이 노상 붙어 있지 문제의 그 미남자는 책쾌 쪽에만 치중하느라 잘 나오지 않는다고 했다. 그런데 그이가 한 번 세책점에 나오면 어디서 소문을 듣고 나타나는지 여자들이 구름 떼같이 몰려온다는 것이다.

"워낙에 잘생겨서 그런 것이지요? 그런데 그 나리는 양반은 아닌 것 같은데 어찌 그리 옥골선풍으로 잘생겼습니까? 얼굴로 과거를 보라고 하면 주인 나리가 장원하실 것입니다."

"어허허, 너 참 그 말 잘하였다. 너는 얼굴도 예쁜 것이 어찌 그리 말도 귀엽게 하느냐? 으하하하!"

성격은 나쁘지만 얼굴은 잘생긴 책하의 주인은 그 이름이 최운이라고 했다. 그 운의 앞에서만 얼어붙었을 뿐 원래는 붙임성이 좋고 사근사근한 성격이라, 두 명의 종업원 중에 나이가 많은 쪽인 장 씨는 드나든 지 얼마 되지 않았는데도 다희를 퍽 귀여워했다.

이제 다희의 나이 열일곱. 다희는 노비치고는 얼굴이 제법 반반한 편이었다. 노비라 해도 궂은 일 시키지 않고 주로 안채에서만 머물게 한 까닭에 얼굴이 희고 부드러워, 차림만 아니라면 얼핏 반가의 규수처럼 보일 정도였다.

동글동글 유순한 인상에 눈은 반짝반짝 총기가 서렸고 눈자위가 맑고 크다. 그러나 귀여운 생김새와 달리 똘망똘망하고 눈치도 빨라서 어딜 가든 귀염을 받았다. 꼭 얼굴 때문이 아니더라도 반짝이는 총기가 눈길을 끄는 인상. 어쩌면 운이 부러 그녀를 구해 준 건 그런 총기와 재치가 눈에 띄었기 때문일지도 모른다.

"오늘도 주인 나리는 안 나오십니까?"

"허허, 나리는 만나 뭐 하려고? 그 성정에 직접 만나면 뭐 좋은 소리라도 들을 줄 아느냐? 책을 왜 이리 더럽게 봤느냐, 날짜는 왜 이리 늦었느냐 트집을 잡히거나, 그렇지 않으면 그런 해괴한 눈깔로 올려다보지 마라, 재수 없다, 상판대기 보기 싫으니 여러 권 빌려가서 오래오래 읽다 오거라, 이런 소리나 듣기 상책이지."

운은 욕쟁이였다. 다희가 사흘이 멀다 하고 바지런히 드나들어도 운의 얼굴을 보기 어려웠지만, 어쩌다 그가 변덕이 나서 세책대에 앉는다 해도 그를 보러 온 여인네들은 박대를 당하기 일쑤였다. 여인네들이 말이나 한번 붙여보고 싶어 온갖 아양을 떨고 교태를 부려도 운은 묵묵부답으로 세책 상태만 들여다보는 게 보통이었고, 행여 기분이 나쁘면 욕질도 마다치 않았다.

생긴 건 귀인같이 잘생겼건만 입은 부랑배와 같으니 처음엔 얼굴에 혹해 마냥 좋아만 하던 다희도 나중엔 무서워서 멀리서 보기만 할 뿐 선뜻 말을 붙이지 못하게 됐다. 오늘도 혹시나 운이 나왔으면 좋겠다 싶긴 한데, 정작 세책은 운을 피해 장 씨 아저씨를 통해 하고 있다.

그림의 떡이라고 할까. 멀리서 보는 걸로 만족해야 할 사내. 다희에게 운은 그런 존재였다.

"내가 언제 상판대기 보기 싫다고 했던가. 그냥 자주 드나들면 피차 귀찮으니 여러 권 빌려가라 한 것뿐이지."

갑자기 들려온 목소리에 다희가 그 자리에서 펄쩍 뛰었다. 용케 몸을 젖혀 턱이 부서지는 것을 피한 운이 눈을 세모꼴로 뜨고 맥맥거렸다.

"토끼를 삶아 먹었냐. 뭐 그리 펄쩍 뛰는 게냐?"

"하, 하, 하, 하지만…… 가, 가, 갑자기 나, 나, 나타나시니!"

"가, 가, 갑자기 나타난 게 뭐 어떻다고. 내가 내 집에서 마음대로 돌아다니지도 못한단 말이냐?"

"허허, 아침부터 나타나서는 웬 시비요? 순진한 아이 놀리면 그리 좋으신가?"

"놀리기는 무슨, 놀리는 맛이나 있어야 놀리지."

한마디 툭 내뱉은 운이 안채 쪽으로 들어갔다. 세책점 밖에서 들어온 걸 보니 아마도 출타했다가 이제야 들어온 모양이다.

처음 운에게서 완월회맹연을 빌려간 이래로 그를 가까이서 보는 것은 처음이다. 멀리서 볼 때는 좋기만 하던 것이 또 이렇게 그 목소리를 듣고 얼굴을 보면 왜 이리도 가슴 떨리는 건지. 운을 만난 게 좋은 건지 싫은 건지, 다희는 이 기분의 정체를 도무지 알 수가 없다.

"아, 맞다. 이번에 새로 들어온 소설이 있는데 처음 읽어본 사람들 반응이 나쁘지 않더라. 다희 네가 오면 빌려주려고 쟁여놨는데 지금 빌려갈 테냐?"

"정말입니까요? 아이고, 새로 나온 글이라면 우리 마님이야 당연히 환영입지요. 먼저 빌려주시면 제가 은혜를 톡톡히 갚을 테여요."

다희가 좋아라 하니 곧 장 씨가 세책대 밑에 몰래 숨겨놓은 책을 꺼내왔다. 운이 알면 핀잔을 줄 테지만 그런 건 아랑곳하지 않는 장 씨다. 그런데 어쩐 일일까. 마치 두 사람의 모습을 힐난하는 것처럼 세책점 한구석에서 빽 하는 고함이 들려왔다.

"아, 이런 법이 어딨소! 세책에도 예의가 있고 순서가 있지!"

에구머니나! 혹시 자기 들으라고 하는 소리인가 싶어 다희가 화들짝 놀랐다. 그런데 돌아보니 그녀를 탓하는 것이 아니라 세책점 입구에서 아낙네 둘이 싸움이 붙은 것이었다. 소리가 들려온 쪽을 보니 행주치마를 두른 아낙네와 행색을 보아하니 기생으로 보이는 여인이 서로 삿대질을 하며 고래고래 고함을 지르고 있었다.

"아, 심청전 이 책은 내가 먼저 줄을 섰다고 해도 그러네! 빌려간 사람이 가지고 오면 그다음은 내가 가장 먼저 가져가겠다고 선금까지 걸어놨단 말이요!"

기생 쪽이 땍땍거리자 이번엔 행주치마아낙네가 맞받아쳤다.

"선금이면 다야? 먼저 빌리기로 약조를 했으면 좀 일찍 와서 가져가던가! 내가 심청전 빌려가려고 몇 번을 왔다 갔다 한 줄 아슈? 책은 진작 돌아왔는데 선금 건 사람이 먼저라 빌려줄 수가 없다고 하니 생으로 구경만 하면서 침만 흘리고 있었단 말이우! 이건 뭐 사람 약 올리는 것도 아니고!"

"아, 그러니까 참는 김에 조금 더 참으면 될 것 아냐. 오늘 내가 빌려가서 가지고 오면 그때 보면 될 것 아니우!"

"사람이 양심이 있어야지! 댁이 지금 빌려가려는 책이 열 권이나 되지 않수! 지금 심청전까지 빌려가면 그 책을 언제 다 읽고 가져올지 모르는데, 그때까지 또 기다리라고? 그러지 말고 이번에는 댁이 심청전을 양보하고 다른 걸 빌려가면 되잖소!"

듣자 하니 같은 책을 두고 서로 먼저 빌려가려고 싸움이 난 것 같았다. 사정을 들어보니 기생 쪽이 양보를 해도 될 것 같은데 그쪽도 고집이 만만치 않았다. 선금은 선금이니 무조건 자기가 먼저라는 것이다.

순서로는 기생 쪽 말이 맞긴 한데, 행주치마 쪽 말이 아주 그른 것도 아니다. 중간에 선 다른 한 명의 종업원 구동이는 이러지도 못하고 저러지도 못해서 난감한 상황이었다.

그런데 그때, 다희가 그 사이에 끼어들었다.

"아이, 두 분 다 싸우지 마세요. 순서를 기다렸다가 차례로 빌려가시면 되잖아요."

"넌 또 뭐냐?"

생글생글 웃으며 말을 걸자 두 사람이 동시에 다희를 돌아보며 빽 고함부터 질렀다.

"차례도 차례 나름이지! 뒷사람을 생각해서 얼른 가져와야 할 거 아냐! 순리로 치자면 먼저 차례를 어긴 건 저쪽이지!"

"아, 연체료를 내도 내가 내고 손해를 봐도 내가 보는 것인데 그쪽이 무슨 상관이야! 내 돈 내가 내고 빌려다 보겠다는데! 억울하면 그쪽도 다음부터는 선금을 걸고 빌려가든가! 난 죽어도 다 빌려갈 거야!"

이젠 아예 서로 반말을 하며 싸우기 시작했다. 하지만 다희는 겁을 먹는 법도 없이 계속 웃으며 말을 이었다.

"아주머니, 그럼 제가 책 내용을 말해 드릴까요? 그럼 굳이 순서를 기다리지 않아도 되니 괜찮지 않겠어요?"

"뭐야?"

"빌리시려는 것이 심청전이라 하셨지요? 그거라면 제가 다 외우고 있답니다. 이 자리에서 바로 외워 드릴 수 있으니까 그걸 들으시면 읽은 거나 마찬가지 아니겠어요?"

"허어? 혹시 너 전기수(傳奇叟)니?"

세책가가 책을 빌려주는 사람이라면 전기수는 책을 읽어주는 자였다. 그런데 그냥 글줄을 읽어주는 게 아니라 실감 나고 구성지게 읽어주는 게 전문인 자들이다. 글을 잘 읽는 것도 재주라면 재주. 글을 몰라 그들의 입을 빌려야 소설을 읽는 자들이 전기수들을 찾곤 했지만, 글을 알면서도 구성진 전기수들의 말재주를 통해 글을 듣는 걸 좋아해서 따로 돈을 주고 그들을 청하는 경우도 많았다.

"아이참, 전기수는 아니고요. 우리 댁 마님이 그 책을 하도 좋아하셔서 제가 수십 번도 더 읽어드렸거든요. 한번 들어나 보실래요?"

"진짜 심청전 책 내용을 다 외우고 있다고? 전기수도 아니면서?"

"아유, 다 외웠는지 아닌지는 들어보면 아시잖아요. 하지만 남의 세책점에서 전기수 노릇하면 예의가 아니니까 저랑 나가요, 아주머니. 제가 사람들 없는 곳에서 이야기해 드릴게요."

다희를 통해 소설 내용을 들을 수 있다면 그녀의 말대로 순서도 안 기다리고 돈도 안 내도 되니 일석이조인 셈이다. 행주치마아낙은 마음이 동했지만 솔직히 살짝 의심이 드는 것도 사실이다. 정말 이 조그마한 아이가 심청전 내용을 다 외우고 있는지 믿을 수가 없는 게다.

그런데 그때 갑자기 운의 목소리가 끼어들었다.

"다른 데 갈 것 없다. 영업 방해한다고 뭐라 안 할 테니 여기서 읊어보거라."

화들짝 놀라 돌아보니 언제 나타났는지 운이 안채로 들어가는 입구 쪽에 서 있는 게 보였다. 보아하니 아까부터 거기 서서 이 소동을 다 보고 있었나 보다.

"나, 나리, 죄송합니다. 제, 제가 나리 장사를 망, 망치려는 건 아니고……."

"아니, 나도 정말 그 내용을 다 외우고 있는지 궁금하니 한번 들어나 봐야겠다. 댁들은 아니 그렇소?"

두 사람의 싸움이며 다희의 중재를 보고만 있던 사람들이 일제히 고개를 끄덕였다. 그러자 운이 말을 이었다.

"대신 여기서 소설 듣는 사람들은 각자 알아서들 글 들은 삯을 내시오. 사람이 가는 게 있으면 오는 게 있어야지. 그리고 너는 그 삯의 반을 내게 다오. 그러면 손해 보는 이가 하나도 없지 않느냐. 어떻소, 아낙님들?"

"아, 좋지요. 오늘 재밌는 구경하네."

아낙들이 일제히 찬성하자 곧 글판이 벌어졌다. 당사자인 행주치마아낙네 역시 결국 그 사이에 끼었고, 그들이 마당 한 어귀에 빙 둘러앉자 다희가 그 한가운데 책상다리를 하고 앉아서 이야기를 시작했다.

"……이런 일도 있거니와 내 몸으로 대신 감이 어떠하랴. 효녀 심 소저가 그리 외치니 심 봉사가 선인들 목살을 부여잡고 통곡하네. 여보시오, 동네 사람! 저런 놈들을 그저 두고 보오~!"

행주치마아낙이 빌려가려던 대목부터 이야기를 시작하는데, 그 시작이 제법 구성지다. 전문 전기수 정도는 아니지만 둘러앉은 아낙들이 대번에 이야기 속으로 끌려들어 갔다.

"심청이 부친을 붙들고 울며 위로하되, 아버지 하릴없소. 이 몸은 이제 죽거니와 아버지는 눈을 떠서 대명천지 보고 착한 사람 구하여서 아들 낳고 딸을 낳아 아버지 후사나 삼고 소녀를 생각지 마옵시고 만세만세 무량하옵소서, 라고 하니……."

"……라고 하니?"

다희가 적절한 곳에서 이야기를 끊고 뜸을 들이자 아낙들이 저절로 입을 모아 외쳤다. 그녀들이 몰입했다는 것을 알아챈 다희가 신이 나 다음 대목을 읊으려 하자 돌연 운이 끼어들었다.

"이보시오, 아낙들. 맨입에 글을 다 들으시려는가. 이다음 대목을 듣고 싶거들랑 값을 내셔야지!"

깜짝 놀란 다희가 입만 벌린 채 운을 쳐다보자, 그사이 속이 탄 아낙들이 저절로 돈주머니를 끌렀다. 이게 원래 전기수가 돈을 버는 방법이었다. 이야기가 고조되는 곳에서 글을 끊으면 아낙들이 다음을 재촉하며 돈을 내게 돼 있었다.

엽전이 쏟아지자 그제야 운이 계속하라는 듯 눈짓을 했다. 다희가 다시 입을 열어 막 끊은 지점부터 소리를 이어나가기 시작했다.

"이도 또한 천명이니 후회한들 어찌하오리까. 선인들이 그 형상을 보고 공론하되 심 소저의 효성과 심 봉사의 일생 신세를 생각하야 봉사꾼 굶지 않고 벗지 않게 한 모개를 떼어주면 어떠하오하니 다들 그 말이 옳다, 와자지껄 옳다 하였지요! 어허, 천고의 효녀 심청 어찌할 거나!"

"허어! 어쩌끄나!"

"……어느새 심청이 탄 배가 서해 바다 인당수에 이르렀는데…… 선인들이 어여 뛰어내리라 재촉하니 심청이가 배 끝에 서는데 차마 발이 떨어지지를 않더라. 어쩌끄나, 시퍼런 파도가 눈앞에 넘실대는데 내 목숨 버리는 것은 아깝지 않으나 홀로 남은 우리 아버지는 어찌할꼬."

"아이고, 불쌍한 심청이!"

오씨부인에게 책 읽어주기를 오래 한 덕에 다희의 글 읽는 솜씨가 보통이 아니었다. 전기수 못지않게 몰아댈 데는 몰아대고 목소리를 죽여야 할 때는 죽였다가 다시 불시에 높이는데 듣는 자의 감정을 쥐락펴락 흔들어대니 모여든 좌중이 그녀의 낭독에 빨려들어 일희일비(一喜一悲)했다.

신이 난 다희의 표정이 점점 더 일그러졌다 펴졌다 책 내용에 따라 시시각각 변하는데, 그 모습이 옆에서 보면 참 우습다. 아낙네들 뒤편에서 그녀를 바라보고 있던 운의 입에서 저절로 피식 웃음이 새어 나왔다.

"참 귀엽지 않소?"

불현듯 들려온 목소리에 운은 옆을 돌아봤다. 언제 온 건지 장 씨가 그의 곁에 서 있었다.

"재주가 귀엽기는 하군."

운이 툭 내뱉자 장 씨가 그를 향해 눈을 흘겼다.

"그냥 느끼는 대로 뱉으면 되지 꼭 그렇게 꼬아서 말을 하나. 사람도 참……."

"내가 어디가 꼬였단 말인가. 이 몸이 막대기처럼 꼿꼿이 펴져서 어디 구겨진 데가 없구먼. 꼬인 데가 있으면 증거를 대게, 증거를."

"으이구, 내가 말을 말아야지."

그러더니 다희 쪽으로 고개를 돌린 장 씨가 중얼거렸다.

"흐유, 어려서 죽은 딸년이 컸으면 딱 저 나이일 텐데……."

어쩐지 장 씨가 유난히 다희를 예뻐한다 했더니 그런 사연이 있었나 보다. 독설가인 운이지만 애잔한 장 씨의 표정에는 말을 아낄 수밖에 없었다.

어느새 중요한 대목이 다 끝나고 박수 소리와 함께 다희를 향해 엽전이 쏟아졌다. 그녀가 발그레 웃으며 쏟아진 엽전을 일일이 그러모으더니 곧 그것을 치마폭에 담아서는 운에게 가져왔다.

"이것 좀 보셔요, 나리. 아주머님들이 글 읽어준 삯이라며 이만큼이나 주셨답니다."

"그래서? 이건 뭐 하러 가져온 거냐? 내가 이만큼 잘났다고 자랑이라도 하려고?"

"네? 아니, 그게 아니라, 나리께서 삯을 받으면 반을 달라고 하셨잖아요."

"그냥 해본 소리지, 뭘……. 됐다. 그 돈으로 세책이나 많이 해 가거라."

말을 마친 운이 홱 몸을 돌려 세책점 안으로 들어가 버렸다.

이랬다저랬다, 을렀다 달랬다 참 알 수가 없는 사람이다. 멀어 져 가는 등짝을 바라보던 다희는 고개를 갸웃거리지 않을 수가 없 었다.

"사람을 가지고 노는 것도 아니고 뭐람. 참 알다가도 모를 양반 이야. 못되게 굴다가도 갑자기 잘해주고, 야멸친 것 같다가도 너 그럽고……."

중얼거리던 다희가 빌려갈 책을 고르기 위해 그를 따라 세책점 안으로 들어갔다. 장 씨가 몰래 챙겨준 책 말고도 따로 빌려야 할 책이 있었던 것이다.

오늘따라 운이 세책대에 앉아 있는 걸 보니 오늘은 그가 가게를 보려나 보다. 장부를 뒤적거리던 운이 불현듯 입을 열었다.

"장 씨, 저 안에서 굴러다니는 서지 몇 장만 가져오게."

"서지는 뭐 하시려고? 세책은 서지만으로는 못 만드니 세책을 만드시려는 건 아닐 텐데, 갑자기 시상이라도 돋으셨나?"

"장 씨가 오늘 밥 대신 제 이빨을 자시고 싶은 게지? 어디로 후 려 드리리까? 어금니로 후리리까, 침이랑 바람, 정신머리 다 새게 앞니로 후려 드리리까?"

하며 눈을 부라리자 장 씨가 두말 않고 안채로 뛰어 들어갔다. 장 씨가 가지고 온 서지 몇 장을 받은 운이 그 자리에서 장부에 세 책을 기록하는 세필로 몇 글자를 휘갈겼다. 글 쓰는 데 능숙한 듯 빠르고 유려한 달필인데, 몇 장을 연달아 갈겨쓴 운이 그것을 위아래로 훑어보고는 풀을 발라 책시렁이 있는 방으로 들어오는 문 앞에 붙였다.

—운명의 장난이런가, 눈물 없이는 볼 수 없네, 숙영낭자뎐!

희한한 글이었다. 숙영낭자전이라면 다희도 익히 보아 아는 글이지만, 숙영낭자전 본책도 아닌 것이 그렇다고 장 씨의 말처럼 시(詩)도 아닌 것이 도대체 알 수가 없는 글을 붙여놓은 운은 희희낙락 만족한 미소를 짓는다.

궁금함을 이기지 못한 다희가 무서움도 잊고 물었다.

"이게 무엇입니까?"

"보면 모르느냐. 숙영낭자전을 보라고 권하는 글이지."

"이런 걸 왜 붙입니까? 책이 재미있으면 사람들이 알아서 찾지 않나요? 굳이 이리 남우세스러운 글까지 써야 합니까?"

"허허, 그거야 옛말이지. 모름지기 사람은 시대를 앞서 가야 하는 법이니라. 세책도 앉아서 가만히 손님을 기다릴 게 아니라 앞장서서 알려 손님을 끌어야 하는 것이다. 이 글은 책의 내용을 알리고 그 재미도 알리는 글이니 이름하여 포수타라고 한다."

"포수타?"

"베풀 포(鋪), 빼어날 수(秀), 고할 타(詫). 포수타(鋪秀詫)! 빼어남을 널리 베풀고 알리는 것이지. 이제 두고 보렴. 한양 바닥의 세책가들이 두 눈 시퍼렇게 뜨고 내 하는 양을 지켜보고 있으니 머지않아 너도 나도 이 포수타를 따라 붙일 것이다."

자랑스럽게 중얼거린 운이 일명 포수타를 두어 장 더 붙였다.

—이 악인을 보소. 원한이 깊어 혼이 되어 나타났네. 장화홍련전.
—완월부인의 애독자는 와서 보라. 107권 나왔도다!

처음 볼 때는 희한하기만 하더니 완월회맹연의 새 책이 나왔다
는 말에는 당장 희색이 돌았다. 다희가 답삭 운에게 달려들었다.

"완월부인 새 책이 나왔습니까?"

"그래, 107권 새 책을 방금 막 제책한 참이다. 어제 필사자가 두
권을 필사해 와서 그중 한 권을 책으로 만들었고, 나머지 한 권도
곧 제책하여 돌릴 참이다."

자신이 창안한 광고에 당장 반응이 오자 운은 기분이 좋아진 것
같았다. 그 덕분인지 늘 찌푸리고만 있던 그가 모처럼 고분고분
설명을 해줬다.

"나리, 그럼 저부터 빌려주시면 안 될까요? 우리 마님이 완월부
인의 책이라면 자다가도 벌떡 일어나는 분이니 새 책을 일등으로
빌려왔다 하면 맨발로 달려 나오실 겁니다요!"

완월회맹연의 작가는 본디 그 신분이 세간에 알려져 있지 않았
다. 다만 완월회맹연이란 책 제목에 기인하여 완월부인이라고 불
리기도 했고, 달이 차면 보름달이 뜨는 것처럼 어김없이 한 달에
한 번은 책을 내기 때문에, 완월(玩月:달구경)하듯 즐길 수 있다는
뜻에서 완월부인이라고 불리기도 했다.

그 완월부인의 책을 읽지 않으면 부인네들 사이에서 유행을 모
른다 하여 따돌림을 당하기 십상이라 세 좀 있는 집안의 부인들은

완월회맹연 읽기에 한창 혈안이 돼 있었다. 그런 인기 있는 책의 신간을 가장 먼저 읽는다면 부인네들 사이에서 단연 뽐을 낼 일이다. 다희가 안방마님 책 읽어줄 생각에 몸이 바짝 달아올랐다.

그런데 바로 그때 다희의 앞을 가로막으며 한 사내가 끼어들었다. 사내가 들고 온 책 두 권을 세책대에 탁 던지며 던지는 말투가 썩 점잖지 않았다.

"세책료 여기 있수다."

하며 돈 닷 푼을 역시나 집어 던지듯 세책대에 놓고는 휑하니 돌아선다. 행여나 저 성질 사나운 운이 화를 낼까 다희가 두려워서 지켜보는데 웬일로 운은 돌아 나가는 사내의 뒤꽁무니를 향해 콧방귀만 한 번 뀔 뿐 다시 세책 장부로 눈을 돌렸다.

"곤당골 백가, 임장군전, 모월 모일 반납."

하며 중얼거린 운이 장부에 적힌 대여 목록에 세필로 좍 줄을 내리그었다. 그런데 기입을 마치고 사내가 돌려준 책을 펼쳐 화라락 넘겨본 운의 눈이 돌연 커졌다.

'왜 저러지?'

다희가 미처 궁금해할 새도 없었다. 임장군전 세책을 탁하니 닫아버린 운이 그길로 책을 쥐고 세책점을 뛰쳐나갔다. 참새가 방앗간 못 지나간다고 궁금한 건 못 참는 다희도 저도 모르게 그 뒤를 따랐다.

운이 어디로 갔는지는 금방 알 수 있었다. 소광통교를 건너가는 그의 커다란 등짝이 바로 눈에 띄었다. 운이 쫓아간 것은 다름 아닌 방금 전 세책을 집어 던지고 사라진 사내였다. 서슬 퍼렇게 뒤쫓아오는 기색을 알아챈 사내가 뒤를 돌아본 순간, 운이 몸을 날렸다. 단 한 번의 발길질에 배때기를 대차게 걷어차인 사내가 자빠졌고, 사내는 그 자리에서 아이고 데이고 비명을 질러대기 시작했다.

"아이고, 나 죽네! 이 양반이 돌았나! 백주에 왜 애먼 사람을 치고 난리여?"

"애먼 사람? 네 입에서 지금 애먼 사람 잡는다는 말이 나오느냐?"

하며 운이 가지고 온 임장군전 책을 사내의 면전에 퍽 소리 나게 집어 던졌다.

"뭐, 뭔 소리여? 내가 뭘 어쨌다고!"

"네놈이 귀한 세책에다 낙서질을 해놨지 않느냐. 내가 모를 줄 알았니?"

"아이고야! 사람 살류! 이보슈! 내가 낙서를 했다는 증거라도 있어? 증거를 대, 증거를!"

"증거? 오냐. 내가 세책을 돌려받을 때마다 쪽마다 상태를 확인해서 글로 적어놓는다. 그런데 네놈이 가져온 세책 열두 번째 쪽 귀퉁이에 없던 말이 쓰여 있더라. 뭐? 이 책 주인더러 욕을 아니 하면 개자식 놈이라고?"

세책에 낙서질을 하는 자가 하도 많아서 세책 주인은 항상 그들과 치열한 전쟁을 벌여야 했다. 그렇기에 운 역시 세책이 돌아오면 항상 그 상태를 확인하고 기록해 뒀는데, 그런 그의 눈에 새로 더해진 낙서가 들어온 것이다.

뜨끔한 사내가 구원의 손길을 구하는 것처럼 사방을 돌아봤다. 구경 중에 제일 재밌는 구경이 싸움 구경이라고 어느새 모여든 행인들이 그들을 감쌌지만, 운의 외침에 일제히 웃음을 터뜨릴 뿐 그를 도와주려는 이는 없었다.

"게다가 또 뭐라고 했지? 세책료가 비싸니 내 어미를 종로 네거리에다 내다 놓고 어찌 어찌하게 하는 게 좋겠다고? 이런 빌어 처먹을 놈아! 어디서 감히 내 어미를 운운하느냐! 네가 진정 내 주먹에 맞아 죽어도 할 말이 없으렷다!"

에구머니나! 운의 입에서 튀어나온 말이 하도 남부끄러우니 듣던 다희가 식겁을 했다. 사내가 써놓은 낙서의 수준이 몹시도 독하니 급기야는 둘러선 좌중 역시 운이 아니라 쓰러진 사내놈을 손가락질하며 일제히 성토하기 시작했다.

"에이, 몹쓸 사람이로세. 세책을 하면 했지 그런 욕은 왜 써놓나!"

"그러게 말이야! 세책 주인이 잘못을 한 것도 아닌데, 설령 잘못을 했기로서니 그 부모는 왜 욕을 해! 천하에 못 배운 위인일세!"

뿐만이 아니었다. 운이 사내의 배때기 위에 떨어진 세책을 집어 들어 펼치더니 더 화가 난 표정으로 외쳤다.

"여기 또 한 줄 더 있군! 뭐라? 네 부디 네 어미를 단장시켜서 이 글씨 쓴 양반에게로 시집보내라고? 야, 이 쌍놈의 새끼야! 세책이 비싸면 안 보면 될 것이지 남의 귀한 책에다 낙서는 왜 해? 게다가 내 어미는 왜 욕을 하느냐, 이 씨부럴 놈아!"

그다음은 차마 눈을 뜨고 볼 수가 없었다. 책을 집어 던진 운이 이곳저곳 가리지 않고 발길질을 하고 주먹질을 하며 사내를 피떡으로 만드는데, 그때마다 토해내는 욕이 세상 듣도 보도 못한 험악한 것들이라 듣다 못한 다희는 아예 귀를 막고 말았다. 매질당하는 사내는 제가 지은 죄가 있다 보니 뭐라 항의도 못 하고 아이고 데이고 비명만 지르며 그 모진 매를 다 맞다가 기어코 혼절을 했고, 그제야 분이 풀린 운은 사내에게 카악 침을 뱉고 돌아섰다.

'하아, 성질이 더럽다 듣긴 했지만 저 정도일 줄이야. 세상에 살다 살다 저렇게 입이 거친 사내는 처음 봤네. 생긴 건 멀끔한데 다 헛것이고 위장이었어. 에고, 무서워라.'

도망가는 게 상책일 것이다. 당장 겁부터 난 다희가 은근슬쩍 무리를 빠져나와 중촌 집으로 달음박질치려 했다. 그런데 바로 그 때 무슨 생각인지 책하로 돌아가던 운이 걸음을 멈추고 다희를 향해 외쳤다.

"어이, 거기 너!"

"네, 네? 저, 저, 저요?"

"너, 완월회맹연 빌려간다고 하지 않았더냐?"

아! 비로소 107권 신간을 먼저 빌려달라고 호들갑을 떨던 게 생각났다. 안 빌려주려는 것 같더니 그렇지도 않은 모양이다. 다희는 도망치려던 생각이 싹 사라졌다.

"그, 그럼 먼저 빌려주시려는 겁니까?"

"왜? 새삼 마음이 바뀌었느냐? 바뀐 거면 내 김 승지 댁 부인에게 먼저 내주고."

"아닙니다요! 빌려주십시오! 제가 꼭 인정 전에 가져오겠습니다요!"

"필요 없다. 그 시간에 누가 책을 빌리러 온다고. 대신 내일 아침까지만 가져오면 세책료는 서 푼으로 깎아주마."

평소엔 사정 봐주지 않고 연체료 한 푼까지 받아내던 위인이 웬

일이라지?

다희가 영문을 알 수 없어 운을 바라보는 동안, 그는 척척 큰 걸음을 옮겨 소광통교 너머로 사라져 가고 있었다.

무서운 남자, 딱딱하고 까다로운 남자, 그런데 가뭄에 콩 나듯 잘해줄 때도 있는 남자. 보면 볼수록 참 괴팍하고 속을 알 수 없는 사내다.

조마조마, 콩닥콩닥. 바람만바람만 그의 뒤를 따라가는 다희의 가슴이 조금씩 부풀어 오른다. 대추처럼 졸아든 염통 자리에 풍성한 보름달이 떠오른다.

"옜다. 따끈따끈한 새 책이니 깨끗이 보도록. 허고 약조대로 내일 아침 일찍 가져오거라."

"감사합니다요. 쇤네가 파루가 치자마자 휑하니 달려오겠사와요."

"흥, 그러시던가."

시큰둥한 얼굴로 던지듯 내민 책을 받아 든 다희가 감격스러운 눈으로 완월회맹연 107권을 쓰다듬었다. 해지지 않도록 삼베로 싼 책표지 안은 찢어지지 않도록 종잇장마다 일일이 콩기름을 먹였다. 책갈피에서 새어 나오는 갓 먹인 고소한 콩기름 냄새에 다희는 뿌듯해졌다.

"완월부인은 어찌 이리 글을 잘 쓰실까. 이리 재밌는 글을 달마다 한 번씩은 쏙쏙 빼낸다니 그분 머리엔 도대체 뭐가 그리 차지게 들으신 걸까요?"

"사람 머리야 열어봤자 똑같지. 다 똑같은 골이고 똑같은 뇌수다. 완월부인 골이라고 너랑 뭐 다르겠느냐?"

퉁명스레 던진 말에 다희가 웬일로 겁도 잊고 반색을 했다.

"그렇습니까요? 다 똑같은 골이라면 저처럼 미천한 것도 이런 재미진 글을 쓸 수 있을까요?"

이번엔 좀 더 격한 반응이 튀어나왔다. 운이 다희의 말에 그녀의 머리부터 발끝까지 뚫어져라 훑어본 것이다. 가당찮다는 눈으로 한바탕 그녀를 훑어본 운이 툭 내뱉었다.

"이런 세책들을 써내는 사람이 누구인지 아느냐?"

"그야…… 저 같은 천것들은 아니겠지요."

"바로 맞혔다. 이런 책들은 글줄깨나 읽은 사대부가의 부인들이나 그도 아니면 몰락한 선비들이 이름을 감추고 몰래 써내는 것이다. 네가 사서오경을 읽었느냐, 아니면 공자, 맹자를 읽었느냐? 하다못해 천자문이라도 읽어봤느냐?"

"……."

"하찮은 언문 소설이라고 해도 머리에 든 것이 있어야 글이 나오는 것이다. 보아하니 책비(册婢:전문적으로 책을 읽어주는 여성) 노릇 하느라 언문은 익혔나 본데, 글을 읽을 줄 안다고 해서 글을 쓸 수 있는 건 아니야. 오르지 못할 나무일랑 쳐다보지도 말고 네 분수껏 살거라. 알겠느냐?"

모질고 모질다. 이미 알고는 있었지만 은근히 잘 보이고 싶은 운이 그 잘난 입으로 망치로 내려치듯 단언하니 다희는 그게 너무나 섭섭해 눈물이 날 것만 같았다.

하지만 반박할 말이 없었다. 그의 말이 틀린 게 하나도 없으니, 노비 주제에 책을 읽는 것도 가당치 않은데 글까지 쓰겠다면 하늘

아래 입 가진 위인은 죄다 비웃을 일이다.

다희는 비어져 나오는 눈물을 꾹 참고 애써 방긋 웃었다.

"옳으신 말씀 감사합니다요, 나리. 에헷."

완월회맹연 새 책을 보물처럼 소중히 안고 종종걸음으로 나가는 아담한 뒷모습을 운이 예사롭지 않은 눈으로 쳐다봤다.

단단히 면박을 주긴 했지만 딴에는 신경을 써준 것이다. 평소의 그라면 가당치도 않은 말을 주워대는 작자는 그 길로 엉덩이를 걷어차 내쫓고는 다시는 발을 들이지 못하게 했을 것이다.

"사다리가 높으면 뒤로 넘어가게 마련이지."

다희의 뒷모습이 완전히 어둠 속으로 사라지자 운이 한숨을 내쉬었다.

운은 불가능한 꿈을 꾼 자의 말로를 잘 알고 있었다. 위에 무엇이 있는지도 모르고 그저 올라가는 게 좋아서 사다리를 오르는 자. 그런 자들은 결국 오르다 지쳐 떨어지던가, 기댈 곳 없는 사다리와 함께 넘어가게 된다.

꿈을 꺾인 자, 다시는 그 꿈을 입 밖에 내어볼 기회조차 박탈당한 자, 그런 자의 좌절을 운은 뼈에 사무치게 잘 알았다.

"장 씨, 게 있소?"

괜한 상념을 지운 운이 집 안 어딘가 있을 장 씨를 불렀다. 107권 신간을 다희에게 먼저 내줬으니 얼른 나머지 필사본도 제책을 해서 돌려야 했다.

"여 있수다."

"놀 시간 없소. 얼른 필사 작업 들어갑시다."

"……주인 나리는 어린 계집애 울려서 보내면 기분이 째지게 좋수?"

"거 뭔 말이오?"

"다희가 저 문밖에서 엉엉 울다가 내를 보더니 아닌 척 도망칩디다. 거참, 다 큰 어른이 돼가지고 애 투정 하나 그리 살갑게 못 받아주나. 천것이 글을 쓴다고 나라에서 잡아가기를 하나, 법을 어겼다고 매질을 하기를 하나. 글을 쓰고 싶다면 쓰라면 되지 않소. 기운 한번 돋아주면 될 것을 뭐 그리 면박을 주쇼?"

다희가 울면서 갔나 보다. 앞에선 애써 방긋 웃는 척하더니 기어코 눈물을 흘렸나 보다. 슬쩍 면구스럽기도 했지만 운은 기어코 고집을 부렸다.

"어디 숨어서 농땡이를 치나 했더니 다 엿듣고 있었구면? 투정이라면 더 받아주면 안 될 일이지. 시끄럽고, 남의 일에 오지랖 펼 시간에 책 한 권을 더 만드쇼."

"어허, 나리는 어째 매사에 그리 심술이오. 그 멀대 같은 키는 심술 먹고 키운 키인가?"

"그 말 잘했소. 내 한양 폐객(弊客:민폐인) 소리를 괜히 듣는 게 아니란 말이지. 지금 당장 안채로 뛰어가지 않으면 그 엉덩이에 폐객의 발이 작렬할게요!"

"이같이 이르되 도사의 무리 들은 체 아니 하고 각각 성난 배암과 사나운 이리같이 공자를 향하여 독을 풀고 말려 하는 중, 청허자는 공자를 거진 밀며 붙드나…… 몸으로 순순히 가로막기를 마다하지 않더라!"

"옳거니, 내 청허자가 활약할 줄 알았지! 인광이가 그리 쉽게 죽을 리가 있나!"

"아이고, 그런데 어쩌끄나. 바로 그때 한 사람이 달려들며!"

"달려들며? 정인광이 죽니? 죽어?"

"그것이 아니옵고, 목숨이 풍전등화와 같은 그때에 불문곡직하고 칼을 휘둘러 바로 도적 일 인을 버혀 나리친 것이옵니다!"

"옳거니!"

"하여 모든 도적 일시의 썩은 풀 같고 저녁 하루살이같이 멀리 쫓겨져 가게 된 것입니다. 하옵고, 다음 이야기가 어찌 진행될지는 차회를 보시라."

"아이고, 속 시원하다. 정인광이 살았구나, 살았어. 잘됐다. 어서 돌아와 소교완 그년을 내쳐야지!"

오랜 세월 마님을 위해 세책을 읽어준 다희는 책을 차지게 읽는 솜씨가 보통이 아니었다. 다희가 한 줄 한 줄 읽어 내려갈 때마다 울고 웃고 좋아라 소리를 질러대던 오씨부인이 107권 끝남을 알리는 결어사(結語詞)를 읊자 그제야 파하, 하고 한숨을 돌렸다.

"아이고, 이제 남은 한 달을 또 어찌 버틴다니? 내사 소교완 이년이랑 그 아들놈이 거꾸러지는 것을 봐야 속이 시원할 텐데!"

"완월부인이 달래 완월부인이겠어요. 달맞이 부인이시니 다음 보름달 뜰 때쯤엔 또 뚝딱 한 권이 나오지 않겠어요?"

"오냐, 내 달마다 완월부인 맞이하는 맛에 살지. 하지만 그 한 달 동안 안달복달해야 하지 않느냐. 에고, 답답시러라."

"장 씨 아저씨가 슬쩍 알려주셨는데 엄씨효문청행록이랑 성현공숙렬기가 곧 필사가 끝난답니다. 끝나기만 하면 냅다 빌려올 테니 조금만 기다리셔요."

"창란호연 신간은 언제 돌아온다니? 내 그것도 궁금하다."

"그건 궁에서 빌려가서는 도통 돌아오지 않네요. 장 씨 아저씨 말이, 궁녀들은 한꺼번에 여러 권을 빌려가는 대신에 갔다 하면 통 돌아오지를 않는다 하대요."

궁녀들은 세책의 가장 중요한 고객이기에 아무리 운이라 해도 쉽사리 채근을 하고 연체료를 물릴 수가 없었다. 여유 넉넉한 그들의 돈주머니도 중요했지만, 열렬한 세책 애독자인 그녀들이 궁중에 입소문을 내주면 삽시간에 책의 인기가 올라가기 때문이었다.

고단한 궁중 살이 중에 언문 소설을 읽는 것이 그녀들의 거의 유일한 낙이었는데, 그나마 여인네들 중에 제법 글줄도 쓸 줄 알고 듣고 본 서책도 많은 축이어서 세책을 보는 눈도 높았다.

그런 이유로 세책을 쓰는 작가 중엔 일부러 궁녀들에게 새 책을 주고 소문 퍼뜨리기를 부탁하는 사람이 많았는데, 운 역시 그런 작전을 자주 써먹었다.

"그것들이 나라님은 안 뫼시고 연애소설이나 읽으며 곳간 쌀을 축내는구나. 에이, 베라 먹을 년들. 달 말에도 창란호연이 돌아오지 않으면 그것들 하문에 농양이 들고 사타구니에는 주먹만 한 톳이나 나라고 저주할 테다!"

투덜투덜 남 듣기에 낯 뜨거운 저주를 퍼붓는 오씨부인이었지만 실상은 입만 걸었지 마음은 따뜻했다. 덩치 큰 남자 하인들까지 게으름 피우지 못하도록 휘어잡고 몰아대며, 심사 틀렸다 하면 양반 체면에 욕질까지 서슴지 않는 다혈질이었지만, 유독 다희만은 아끼고 잘해주는 부인이었다.

다희의 나이 벌써 열일곱. 이미 시집을 가기에도 충분한 나이인 것을 굳이 끼고 있는 것은 비록 그녀가 노비이긴 해도 오씨부인에겐 동생 같은 존재인 까닭이다. 마님이 어렸을 때 아끼고 사랑하던 여동생이 돌을 넘기지 못하고 죽었는데, 우연찮게도 그 직후에 태어난 것이 바로 다희였다.

다희가 비록 노비이긴 했지만 오씨부인에겐 마치 죽은 동생이 살아 돌아온 것만 같았고, 그래서 더 어여뺐다. 보잘것없는 여종에게 언년이니 개똥이니 하는 이름 대신 양반가 규수처럼 다희라는 번듯한 이름을 손수 붙여주고 동생처럼 보살핀 것 역시 오씨부인이었다.

책비로 부린답시고 글월까지 가르쳐 험한 물일 대신 주로 세책 빌리고 읽는 편한 일만 골라 시키니 자연히 오씨부인네 종들 사이에서 다희에 대한 새암이 없지 않았다.

그녀가 여종들이 머무는 행랑채로 들어가자 당장 산초기름 호롱불 밑에서 바느질을 하고 있던 행랑어멈이 눈을 세모꼴로 뜨고 핀잔을 줬다.

"여태 마님 방에 있다 온 게냐?"

"네, 네, 오늘 새로 빌려온 책을 내일까지는 꼭 돌려줘야 해서 내처 읽어드리고 왔어요."

"허이구, 너는 좋겠다. 누구는 아침부터 저녁까지 허리가 부러지게 절구질에, 살림살이에, 찬반 준비에 바쁜데 네 팔자는 아주 늘어져도 한참 늘어졌구나."

"아이, 아주머님. 예쁜 눈을 왜 그리 뜨실까? 그리 눈을 옆으로 뜨면 죽어서 가자미가 된대요. 이리 주세요, 나머지 바느질은 내 아침까지 다 해놓을게요."

싫은 말을 하긴 했지만 그렇다고 마님이 예뻐하는 다희를 대놓고 구박할 수 없는 까닭에, 행랑어멈이 못 이기는 척 바느질거리를 건네줬다.

사실 다희가 다른 노비들에 비해 편애를 받기는 하지만 그 대신에 밤에 남은 잔일거리는 다희가 주로 도맡아 했다. 그를 아는 행랑어멈은 일부러 곡식 까부르는 일이며 인두질, 실 모랭이 만드는 일(고치에서 뽑은 실을 뭉친 데 없이 뜯거나 부실한 데는 끊거나 이으며 동그랗게 감는 일)이며 마님이 저한테 맡긴 일을 다 안 하고 남겨뒀다가 다희에게 미뤄서 그녀가 밤을 새우는 일이 잦았다.

오늘도 일부러 그녀가 올 시간을 기다렸다 바느질거리를 착 꺼내 든 행랑어멈이 생색은 생색대로 내면서 제 일을 다희에게 떠넘기고 누워버렸다. 다희는 기름 아깝다 구박하는 행랑어멈을 피해 호롱불을 끈 뒤 바느질거리를 들고 툇마루로 나왔다.

살진 달빛은 불이 필요 없을 정도로 밝았다. 시인묵객들은 이런 달빛을 찬양하고 시를 쓰겠지만, 다희에겐 호롱불을 대신할 꼭 알맞은 빛이지 그 이상도 이하도 아니다. 미인의 눈썹 같은 초승달이 무어며 이태백 빠져 죽은 보름달이 다 무어랴. 천한 것들에게 그런 감상은 그저 사치일 뿐이다. 그러나 이 밤, 밝은 것 빼고는 별다른 것 없다는 그 보름달에 마음이 싱숭생숭해지는 것은 왜일까.

'완월부인도 내처럼 저 달을 보고 있겠지? 완월부인은 저 달을 보며 무슨 생각을 할까? 똑같은 달을 봐도 부인이라면 금방 달빛 아래 만난 남녀가 사랑하는 얘기를 떠올릴 거야. 나 같은 천것이야 그냥 달은 달이고 해는 해지만 완월부인은 다르겠지.'

그리 생각하니 갑자기 울적해졌다. 종년이라면 당연히 넘어설 생각도, 꿈도 꿔선 안 될 간극. 이미 알고 있는데도 오늘은 그것이 유난히 슬프다.

꿈을 꾸는 것도 죄일까?

운은 죄라고 했다. 네가 글을 읽을 줄 아는 것 말고 재주가 뭐가 있느냐 물으며, 감히 오르지 못할 나무는 쳐다보지도 말라고 힐난했다. 하지만 다희는 꿈을 꾸는 것 말고 할 수 있는 게 없다. 너무 오랫동안 부풀어서 머리가 터져 나갈 것처럼 커져 버린 꿈. 그것을 품고만 있는 것은 이제 도저히 견딜 수가 없었다.

미천한 종년. 하지만 그런 그녀도 꿈을 꾸는 것만은 할 수 있었다. 그것이 죄가 아님을 증명해 보이고 싶었다. 완월부인처럼 그녀가 꾼 꿈에 사람들이 울고 웃게 만들고 싶었다. 그건 상것이라도 생각할 수 있는 머리만 있다면 해낼 수 있는 일. 미천한 신분을 넘고, 여인이란 제약을 넘을 수 있는 유일한 길이었다.

살진 보름달을 바라보는 다희의 눈에 그 어느 때보다 반짝거리는 총기가 어렸다. 아침까지 해야 할 바느질거리를 한쪽으로 치워 버린 다희가 살금살금 방 안으로 들어갔다. 이어서 다시 툇마루로 나온 그녀의 손엔 종이 뭉치와 댓개비 여러 자루가 들려 있었다.

종이 뭉치는 오씨부인의 부군 되는 주인 나리가 쓰다 버린 것을 한 장 한 장 물에 씻어서 먹을 지워 다시 희게 만든 것이고, 댓개비는 그 끝을 태워서 붓 대용으로 쓸 수 있게 만든 것이다. 나름 머리를 짜내 만들어낸 지필묵을 늘어놓은 다희가 뿌듯한 눈으로 그를 내려다보다 문득 쌓인 종이 뭉치가 얼마나 되는지 가늠해 보았다.

이천에 있을 적부터 틈틈이 시간 날 때마다 적어둔 글이다. 마님께 세책을 읽어드리며 나도 이런 글을 쓰고 싶다는 꿈을 품게 된 지 어언 몇 년. 언문을 깨우치고 조금씩 쓰기 시작한 글 뭉치는 다희가 빌리러 다니던 세책 한 권으로 묶어내기에 제법 족할 양이 되었다.

'아니야, 아니야. 아직은 아니 되지. 내 한 꼭지만 더 써내어서 운 나리 앞에 척 내밀어봐야지.'

생각만 해도 벅찼지만 한편으론 두렵기도 했다. 글이라곤 한 번도 써본 적이 없는 초보이기도 하거니와, 심지어 사서오경이라곤 읽어본 적도 없는 상것의 글이니 그 수준이란 게 사대부가의 부인이나 선비가 써낸 글에 비해선 한없이 유치하기만 할 것이다. 이런 글을 운에게 보였다간 당장 엉덩이를 걷어차이거나, 아니면 다시는 책하 출입을 하지 못하도록 백 리 거리로 쫓겨날지도 모른다.

'차라리 내가 아니라 우리 마님께서 썼다고 할까? 반가의 부인

이 썼다 하면 편견 없이 봐주시지 않을까?'

머리를 굴린 끝에 그런 생각까지 떠올렸지만 그건 또 싫었다.

운에게 자신의 실력을 인정받고 싶었다. 미천한 종년이 아니라 그녀 역시 완월부인처럼 글을 쓸 수 있는 문재(文才)로서 그 앞에 서고 싶었다.

그러나 이런 꿈 역시 운의 말마따나 오르지 못할 나무가 아닐까? 감히 반상의 서열을 뒤엎으려는 가당치 않은 시도로 보이는 건 아닐까?

갈망과 두려움이 다희 안에서 충돌했다. 그럼에도 스러지지 않는 것은 글을 쓰고 싶다는 치열한 불꽃.

운에게 보이든 그렇지 않든 일단은 쓰는 수밖에 없었다. 그러지 않았다간 그녀는 숨이 막혀 죽어버릴지도 모른다.

끝을 새카맣게 태운 댓개비를 집어 든 다희가 신들린 것처럼 글을 써 내려가기 시작했다. 한 장, 두 장, 석 장. 마치 머릿속에 들어 있는 폭포수를 한꺼번에 쏟아내는 것처럼 그녀의 손놀림은 멈출 줄을 몰랐다.

부옇게 먼동이 트고 새벽 첫닭이 울 때에야 비로소 다희가 쓰던 것을 멈추고 하늘을 바라봤다. 어느새 만월은 얕게 찍어낸 낙관처럼 파란 하늘에 엷은 흔적만 남아 있고, 그 너머로 햇발이 번져 오고 있었다.

'……아마도 나란 아이 역시 햇살에 밀려나는 달처럼 흔적 없이 사라지겠지.'

운에게 보이자는 결심이 선 것은 바로 그때였다. 엉덩이를 걷어차이는 한이 있더라도, 차디찬 냉소에 비수처럼 찔리는 한이 있더라도 그건 그때 가서 생각하자.

결의를 다진 다희가 서둘러 종이 뭉치와 댓개비를 정리했다. 아직 다 하지 못한 바느질거리를 해치워야 했다. 밤을 꼬박 새워서 피곤함이 그득했지만 마음만은 막 물들인 쪽물처럼 새파랗기만 하다. 조심스럽게 초라한 의궤 한 쪽에 글 뭉치를 숨겨둔 다희가 지치지도 않고 바느질거리를 집어 들었다.

손에 땀을 쥐는 수리라

"아침 댓바람부터 웬일인가?"

파루가 치자마자 오겠다던 다희는 안 오고, 대신 다른 이가 왔다. 그러나 말은 그리 해도 사실은 반가운 얼굴이었기에 운은 퉁명스러운 인사에 이어 손님을 세책대 앞으로 불러들였다.

"구동아, 차 좀 내오거라."

"예이, 나리."

아직 나이 어린 종놈인 구동이가 차를 내러 들어가자 손님은 인상을 찡그렸다.

"아, 그 풀 맛 나는 물을 뭐 좋은 게 있다고 마시나? 차 말고 술을 주게, 술을."

"하루 종일 취해서 돌아다닐 참인가? 굳이 마시고 싶거든 저녁에 다시 찾아오게. 그러면 술을 주지."

"어허, 고얀지고. 내 불원천리 마다하지 않고 광주까지 찾아가 순암의 책을 구해왔거늘 그깟 술 한 잔 못 주나?"

순암의 책이란 말에 운의 귀가 세로로 쫑긋 섰다. 아침부터 찾아온 이는 운과 마찬가지로 책쾌 노릇을 하는 육가란 자다. 하지만 쾌가를 운영하는 운과 달리 육가는 이리저리 행상을 하며 책을 팔러 다녔다. 책이 있다 하면 조선 팔도 어디라도 달려가는 자였고, 그 덕분에 그는 운도 구하지 못한 희귀한 책을 가져다주는 경우가 많았다.

"어허, 구동이 이놈, 어디서 이런 쓸데없는 풀떼기를 끓여오느냐! 당장 진하게 우린 누런 곡차로 동이째 가져오너라!"

손바닥 뒤집듯 태도를 바꾼 운의 불호령에 불쌍한 구동이만 꽁지에 불이 붙은 것처럼 바빠졌다. 구동이가 뒤뜰에 묻어놓은 송엽주를 퍼내러 달려가는 동안, 육가는 그럴 줄 알았다는 듯 싱글거리며 소매 안에서 책 한 권을 꺼냈다.

"짜잔! 이것이 무엇인가! 바로 광주에서 거금을 주고 필사해 온 순암의 유작 잡동산이(雜同散異)라네!"

순암(順菴:실학자 안정복의 호)이라 하면 당대의 대세인 연암 박지원과 같은 북학파이자 〈동사강목〉, 〈열조통기〉 같은 책을 지은 유명한 문인이다. 특이하게도 〈잡동산이〉는 순암의 책 중에서도 야담을 비롯해 백성의 일상생활, 사물의 명칭까지 두루 설명해 놓은 백과전서 류의 책으로 아직 운도 구하지 못한 귀한 책이다. 그런데 어째서일까, 육가가 내놓은 그 귀한 책을 바라보는 운의 시선이 갑자기 날카로워졌다.

"구동이 네 이놈! 그 술 도로 가져가거라! 이딴 놈한테는 물도 아까우니 당장 이놈을 내치고 왕소금을 한 주먹 뿌리거라!"

"어허, 이 사람, 갑자기 왜 그러는가? 어찌 이리 태도를 헤까닥 되까닥 자반고등어 뒤집기처럼 바꿔대는고?"

"이 씨부럴 놈아, 내가 잡동산이를 구하진 못했어도 그 책이 53권이나 된다는 건 잘 알고 있다. 어디서 겨우 책 한 권만 가지고 와서 생색을 내느냐!"

"이 염병할 놈. 얼굴은 반반해 가지고 입은 드러운 건 여전하네. 야, 이놈아, 내가 너처럼 연경까지 드나들진 못해도 명색이 조선 팔도 제일가는 책쾌다. 그런데 아무렴 53권 중에 딱 한 권만 가지고 왔겠느냐?"

하며 자리에서 일어난 육가가 소매 안쪽으로 손을 깊이 넣더니 책 한 권을 더 끄집어냈다. 그 뒤로 마치 요술 같은 일이 벌어졌다. 느슨하게 여민 그의 옷자락 안 여기저기에서 책이 쏟아져 나오기 시작했다. 왼쪽 소매 안에서 책 다섯 권이 더 나오더니 반대쪽 소매 안에서도 그와 비슷한 양의 책이 나왔다. 옷깃 안쪽에서 열 권, 허리춤에서 나머지 책을 다 꺼내니 마침내 운 앞에 잡동산이 53권이 다 쌓였다.

"어떠냐, 이놈아. 이제는 그 귀한 술 한잔 내주겠느냐?"

화라락 책을 펼쳐 53권 결어사까지 다 확인한 운의 입가에 비죽한 웃음이 흘렀다. 그러더니 헥헥거리며 바가지에 소금을 담아 달려오는 구동이에게 외쳤다.

"구동아, 가서 송엽주 옆에 묻어놓은 계룡 백일주 좀 퍼오거라!"

다희가 책하를 찾았을 때는 약속과 달리 점심나절이 한참 지난 뒤였다. 행랑어멈이 깰 때까지 미처 바느질을 다 마치지 못한 바람에 그이의 구박을 받아야 했고, 그 탓에 행랑어멈 대신 베틀질에 쓸 실 손질에 베매기(날실을 손질해 바로 베틀에 얹어 짤 수 있게 하는 과정)까지 다희가 다 해야 했다.

원래 그녀가 하는 일은 안채의 청소와 주인마님 시중이고, 오씨부인이 가업에 보탬이 되고자 시작한 베틀질에 관련된 것은 죄다 행랑어멈 일이었다. 그런 것을 마침 오씨부인이 외출한 틈을 타 다희에게 모조리 맡겨 버린 것이다.

그 때문에 작정한 시간이 한참 지난 뒤에야 헐레벌떡 달려오게 됐는데, 그런 다희의 눈에 문득 낮부터 불콰한 얼굴로 책하를 나오는 사내와 운의 모습이 보였다. 다희가 그를 보고 우뚝 멈춰 서자, 그녀를 발견한 운이 까닥까닥 손짓을 했다.

웬일이라지 싶으면서도 두근거리는 걸 어쩔 수가 없다. 다희가 발개진 낯으로 운 앞에 서자 운이 비꼬는 투로 입을 열었다.

"파루가 치자마자 온다더니 왜 이리 늦었니?"

"이, 일이 생겨서……. 집안일이 많아서 당최 나올 수가 없었습니다요."

사내와 함께 술을 마신 듯 운에게서도 술 냄새가 났지만, 신통하게도 그의 얼굴은 허여멀끔하기만 하다. 다만 술기운이 아직 가시지 않은 탓에 날카로운 눈빛이 살짝 풀어진 게, 평소와 조금 다르다고 할까.

"온다던 시간에 늦었으니 연체료를 받아야겠구먼. 단골손님이니 내 많이 봐준다. 서 푼만 내라."

"네? 정말로 그 돈을 받으시려고요?"

놀라서 저도 모르게 소리를 지르자 육가가 끼어들었다.

"예끼, 이 사람아! 나잇살 처먹은 놈이 어찌 조그만 계집을 그리 놀리는가? 이 아이 좀 보게. 정말인 줄 알고 눈이 튀어나오려고 하지를 않나."

"예…… 예?"

영문을 몰라 되묻는 다희를 향해 육가가 킬킬거리며 덧붙였다.

"이놈 심보가 고약해서 웃는 아이는 울리고 순진한 아이는 괴롭히는 게 낙이다. 걱정할 것 없다. 이 옘병할 놈이 이래 봬도 세 책점만 하는 게 아니라 나라에서 제일가는 쾌가 주인이기도 하다. 조선 팔도뿐 아니라 연경이며 양인의 서학책까지 이놈이 가지고 있지 않은 책이 없지. 소장한 책만 모다 팔아도 한 재산 마련할 놈이니 그깟 돈 서 푼 받겠다고 채근하진 않을 게야. 만약 그래도 채근을 하면 저 남문 밖 칠패 시장 어귀에 있는 주막으로 책쾌 육가를 찾아오너라. 내 그 즉시로 이 조잔한 놈을 패주러 달려오마."

처음 듣는 사실에 다희가 어안이 벙벙해 운을 쳐다보자, 그는 저를 험담하는 육가의 말에 불쾌해진 듯 눈살을 찌푸렸다.

"거 쓸데없는 말 씨불이지 말고 얼른 처사라지거라!"

"허허헛, 그래, 알았다. 이놈은 이만 꺼져 주마. 대신 석 달 후 다시 올 테니 약조한 곤여만국전도는 꼭 줘야 한다. 알겠냐?"

"오냐, 이놈아. 내 특별히 연경 가는 역관에게 부탁해서 네가 구해달라는 기인십편(畸人十篇:마테오리치가 1608년경에 쓴 책)도 주문해 두마."

늘 비딱하기만 하던 운이 웬일로 허술하게 풀어져 있다. 한참 떠들썩하게 어깨를 치고 서로에게 욕설을 퍼부으며 인사치레를 하던 두 사람이 이윽고 헤어졌고, 육가가 사라지자 그제야 운이 다희에게로 돌아섰다.

"연체료는 됐고, 책값이나 물고 가라. 단골손님이니 서 푼이다."

이랬다저랬다. 사람 놀리는 게 낙이라는 육가의 말이 무슨 뜻인지 어렴풋이 알 것도 같았다. 은근히 부아가 나긴 했지만 오늘의 볼일은 이게 다가 아니지 않은가. 다희는 애써 성질을 참으며 운을 따라 세책점 안으로 들어갔다.

"저, 나리."

완월회맹연 107권을 돌려받은 운이 책 상태를 이리저리 살피는 동안, 어째선지 다희는 새로 빌릴 책을 물색하는 대신 운 앞을 얼쩡거리기만 했다. 운이 고개를 들자 그제야 다희가 머뭇거리며 소매 안에서 종이 뭉치를 꺼냈다.

오늘따라 소매에서 나오는 것이 뭐 이리 많은고?

"이게 무어냐?"

"소, 소설이옵니다."

"소설? 이 괴발개발 갈겨쓴 것이?"

붓으로 쓴 것도 아니었다. 검댕을 묻혀 쓴 것인 듯 어린아이처럼 삐뚤빼뚤한 글씨로 써 내린 것은 다희의 말마따나 소설이긴 한 것 같았다. 하지만 아무리 봐도 소설은 소설이되 그가 익히 보아오던 그런 종류의 것은 아니었다.

"네가 베껴 썼느냐?"

"아닙니다."

"그럼 누가 쓴 건데?"

"제, 제가 직접 쓴 것입니다."

심상치 않은 기미를 알아챈 운이 우뚝 말을 멈췄다. 취기가 어느새 다 가셨다. 날카로운 눈빛으로 서지와 다희를 번갈아 바라보던 운이 문득 물었다.

"네가 쓴 소설이라 이거냐?"

질릴 정도로 서슬 퍼런 눈길에 다희는 대답도 못 하고 간신히 고개만 끄덕였다.

때릴까? 엉덩이를 걷어찰까? 아니면 이 건방진 년, 하며 욕설을 퍼부을까? 잔뜩 겁을 집어먹은 다희의 머릿속에 온갖 상상이 스쳐 지나갔다.

하지만 운은 그러지 않았다. 서지로 시선을 돌린 그는 묵묵히 구겨지고 얼룩진 서지를 한 뭉텅이 움켜쥐더니 세책점 안쪽으로 들어가 세책대 앞에 앉았고, 한 장 한 장 넘겨가며 글을 읽기 시작했다.

한문 한 자 안 섞인 언문, 게다가 문장은 단순함을 넘어 조악하다. 어린 학동이 쓴 글이라도 이것보단 나을 것이다. 하지만 글을 읽어 내려가는 운의 표정은 점점 심각해졌다.

'이건 뭐지?'

처음 보는 글이었다. 운은 한 번도 이런 종류의 글을 본 적이 없었다. 〈숙향전〉, 〈완월회맹연〉처럼 당대에 유행하는 가문 소설도 아니었다. 그렇다고 설화 소설도 아니며 사람 가르치려 드는 경서도 아니었다. 운은 서지를 넘겨갈수록 점점 글 속으로 빠져들었다.

"네가 정말 이 글을 썼다고?"

40여 장에 달하는 글을 중간쯤 읽어 내리던 운이 불현듯 읽기를 멈추고 물었다. 의심스럽다는 표정에 다희가 지레 찔끔했지만 용기를 내어 대답했다.

"네. 그, 그렇사옵니다."

"거짓말하지 마라. 일개 종년이 어떻게 글을 알며 어떻게 이런 글을 쓴단 말이냐!"

"그, 글은 마님께 세책 읽어드리는 동안 자연스럽게 깨우쳤습니다. 허, 허고 그, 글은……."

"글은?"

"제, 제가 보고 겪은 일들에 재밌게 살을 덧붙여서 쓴 것입니다요. 완전히 제가 다 꾸며 쓴 것은 아니지만 제가 직접 쓴 것은 사실이옵니다."

사실이라? 비천한 천것이 이런 소설을 쓸 수 있단 말인가? 이런 듣도 보도 못한 글을?

운의 시선이 다시 글 속으로 스르륵 빨려 들어갔다. 보지 않을 수가 없었다. 뒤가 궁금하여 저절로 글장이 넘어갔다. 운은 숨도 쉬지 못하고 내처 글을 읽어 내려갔다.

"아이고, 웬일로 운 나리가 나오셨소?"

그사이 들이닥친 한 떼거리의 여인네들이 그를 발견하고 반갑게 인사를 했지만, 운은 대번에 짜증 난 표정으로 버럭 소리를 질렀다.

"구동아! 오늘 영업 안 한다! 문 닫거라!"

"예에? 나, 나리! 어찌 그러십니까요?"

다희와 불려온 구동이가 동시에 비명을 질렀지만 그러거나 말거나 운은 구동이와 여인네들을 다 밀어내고 문을 안으로 닫아걸어 버렸다. 구동이가 투덜거리는 여인네들을 달래느라 진땀을 흘리는 동안 운은 나머지 글마저 정신없이 읽어 내려갔고, 다희는 불안한 얼굴로 그의 눈치만 살폈다.

마침내 꽤 많은 것 같던 글 뭉치가 동이 났다. 마지막 글장을 넘긴 운이 서지를 내려놓고는 글의 여운을 음미하는 것처럼 눈을 감은 채 움직이지를 않았다.

괜찮은 걸까? 아니면 이 철없는 종년을 어찌 혼구멍 내줄까 궁리하느라 여념이 없는 걸까? 불안해진 다희가 그의 주변을 한동안 서성거렸다.

그런데 갑자기 운이 번쩍 눈을 뜨더니 외치는 것이 아닌가.

"이 뒤는?"

"네?"

"이 뒤는 어찌 되느냐? 써놓은 것이 있느냐?"

"그, 그것이…… 생각은 해두었지만 아직 써두진 않았습니다요."

"생각은 해뒀다 이거지? 이것으로 끝은 아니다 이거지?"

운은 두 번 되묻지 않았다. 한 번도 보지 못한 종류의 글. 설마 일개 종년이 썼다고는 믿을 수 없지만 한 가지만은 알 수 있었다. 이건 대박이었다!

"책 내자."

"네? 채, 책을요?"

제 귀로 듣고도 믿을 수 없어 되묻는 다희에게 운이 못을 박았다.

"글 값은 섭섭지 않게 주마. 너는 다음 달까지 이다음 권을 써오 너라."

"정말이십니까요? 제, 제 글을 책으로 내주신다구요?"

"그래. 하지만 이대로는 아니 된다. 문장이 줄거리를 따르지 못 하니 문장은 내가 손을 봐주마. 네가 줄거리를 대충 풀어내면 문 장은 내가 고쳐 주겠다 이 말이야."

"나리께서 문장까지 고쳐 주신다고요?"

"왜? 내가 고치면 이상한 글이 튀어나올 것 같으냐? 아니면 글 을 고치는 게 불만인 게냐?"

"아, 아니옵니다! 저, 저는 단지 하도 황송해서……. 송구하고 놀라워서 그런 겝니다!"

"황송할 것도 없고 놀랄 것도 없다. 나도 한때는 글줄 좀 읽고 쓰기도 했느니. 네가 생각해 낸 줄거리에 내 글까지 합쳐진다면 대박은 따놓은 당상. 잘만 하면 너도 완월당 못지않은 대소설가가 될 수 있다!"

그 말과 함께 운이 그 자리에서 구동이를 시켜 돈꿰미를 가져오 게 했다. 묵직한 돈꿰미가 다희의 손 위로 툭 떨어지자 다희의 눈 이 휘둥그레졌다.

"하나, 둘, 셋…… 십, 이십…… 오, 오십 냥!"

이즈음 한양 일대의 집값이 오백 냥이었다. 기와집은 아니더라 도 오백 냥이면 번듯한 집을 살 수 있었으며, 오십 냥 정도면 쌀 여덟 가마니를 살 수 있었다. 노비인 다희로서는 열일곱 평생 만 져 본 적도 없는 거금이었다.

"이걸 지, 진짜로 주시는 겁니까?"

"그럼 가짜로 주리? 너 지금 이 돈을 사주전(私鑄錢:개인이 만든 돈, 즉 위조화폐)이라고 비난하는 거니?"

"아닙니다요. 그, 그럴 리가요! 이게 꿈이지 생시인지 분간이 가지 않을 정도로 좋아서 그런 겁니다요!"

그럴 만도 한 것이 다희는 노비였다. 아침부터 저녁까지 힘들여 일해도 그건 노비가 당연히 해야 할 의무일 뿐 돈은커녕 수고했다는 말 한마디 듣기도 힘들었다.

그런데 글 값이라니, 자신의 재능으로 오십 냥이라는 거금을 벌 수 있다니!

너무나 좋아서 볼따구니를 있는 힘껏 꼬집어보고 꿈이 아님을 알고서야 더 크게 울음을 터뜨릴 정도로 기뻤다.

한동안 다희가 돈꿰미에 묶인 돈을 어루만지는 걸 끌끌 혀를 차며 보고 있던 운이 이윽고 입을 열었다.

"이건 선금이니 달 말까지 이다음 글을 가지고 오너라. 어떠냐. 할 수 있겠느냐?"

"아, 다음 권이라면 가능할 겁니다요. 집에 이미 써놓은 글이 있으니 내일이라도 가져올 수 있습니다."

"옳거니. 그럼 바로 내일로 글을 가져오너라. 내 세책점 문을 닫아놓고 기다리고 있겠다."

그리고 다음날, 주인마님께 사정해 간신히 말미를 얻은 다희가 정해진 시간에 책하에 나타났다. 이번에 글을 써온 곳은 주인 나리가 쓰다 남은 구겨진 종이 뭉치가 아니라 번듯한 장지(壯紙)였다.

제대로 된 종이에 글을 쓰라며 운이 자신의 서가에서 몸소 꺼내다 준 것인데, 다희는 그에게 조금이라도 잘 보이고 싶은 마음에 이미 써둔 원고를 굳이 운이 내준 장지에 옮겨 담아왔다.

먹과 벼루, 붓 역시 값나가지 않는 것이나마 운이 내줬지만, 서도를 한 번도 배워본 적이 없는 다희가 그를 쓰는 것은 역부족이라 결국 댓개비 태운 것으로 쓸 수밖에 없었는데, 그와 같은 노고가 들어간 글을 받은 운은 순식간에 읽어 내렸다.

무성의해 보일 정도로 빠른 속도였지만, 한 자도 놓친 것이 없었다. 빠르게 내용을 다 파악한 운이 조마조마한 심정으로 그의 반응을 기다리는 다희에게 시선을 돌렸다.

"……어떻습니까요?"

한동안 가타부타 아무 말도 않던 운이 장지를 내려놓으며 말했다.

"좋다."

그게 끝?

하지만 사실 운에게는 그것이 최고의 칭찬이었다. 그가 만족한 미소를 베어 물더니 그 자리에서 세책대에 놓인 먹을 갈기 시작했다. 세필에 먹물을 찍어 미리 준비해 둔 누런 장지에 척척 글을 써 내려가는데, 다희가 쓴 글을 보기도 좋고 읽기도 좋게 순식간에 바꿔 쓰는 것이었다.

"하여 과부가 사소한 일에 앙심을 품었으니 그로 정숙한 부인을 음해하여 온 동리에 부인이 음란하다느니 훼절하였다느니 하는 소문이 퍼졌도다. 어찌할꼬. 이 간악한 간부를 보라. 간부의 수작이 인근 동리에 뻗은 것을 오직 부인만이 모르고……."

"에구머니, 제가 쓴 글이 어찌 이리 확 달라질 수가 있습니까요? 이게 제가 쓴 글이 맞습니까?"

다희가 쓴 '동네 술집 여인이 부인을 미워해서 동네에 부인을 두고 음란하다는 헛소문을 퍼뜨렸다.' 는 내용이 순식간에 미려한 미문으로 바뀌었다. 비록 언문이긴 해도 문장이 매끄러운 데다가 세필로 휘리릭 갈긴 글씨조차 마치 목판으로 찍어낸 글씨처럼 똑바르고 고운 명필이었다. 웬만한 세책을 다 섭렵해서 궁녀들의 고운 글씨체에 익숙해진 다희였지만 이 정도 달필은 처음이다. 다희가 코를 박고 몇 번을 다시 읽으며 감탄했다.

"뭘 그리 들여다보느냐? 어디 오자라도 있는 게냐?"

"아닙니다요. 보면 볼수록 신기해서요. 제가 생각해 낸 이야기입니다만, 어찌 이리 확 달라질 수가 있을까요? 나리가 이리 글을 풀어내시니 제가 아니라 다른 이가 지어낸 글 같습니다요."

"그건 아니지. 문장을 아름답게 꾸며내는 재주야 이야기를 만들어내는 것에 비하면 아무것도 아니다. 문장은 익히고 연습하면 나아질 가능성이 있지만, 재미진 이야기를 만드는 건 타고난 재능이 없으면 안 되거든."

정말 그런 걸까? 의문 어린 눈으로 그를 쳐다보는 다희에게 운은 딱 잘라 말했다.

"나는 보기에 좋고 화려한 문장은 만들어낼 수 있지만 너와 같은 글을 써낼 능력은 없다. 단언컨대 이 글은 너의 것이다. 그러니 자신감을 가져도 된다."

단언컨대 다희야말로 이런 칭찬을 받아본 것은 열일곱 평생에 처음이었다. 안방마님께 동생처럼 귀여움을 받긴 하지만 재능을 인정받은 건 난생처음. 기쁘기도 하고 한편으론 얼떨떨하기도 해서 뭐라 형용할 수 없는 기분이 들었다.

다희는 얼빠진 눈으로 운을 쳐다봤다. 그러다 보니 문득 그녀의 머리에 떠오르는 것이 있었다.

'이분은 중인이라고만 알고 있었는데 어찌 이리 문장이 좋으실까? 혹시 과거 공부라도 하셨던 걸까? 중인이라도 과거를 보는 데는 제약이 없으니 분명 글공부를 하신 게지?'

"뭘 그리 보느냐? 이번엔 글이 아니라 내 얼굴에 뭐라도 묻었느냐? 코가 비뚤어졌고, 아니면 눈이 모났는고 뜯어보는 것이냐?"

"앗! 아, 아닙니다. 그, 그냥 어찌 이리 잘난 분이 글도 잘 쓰실까 감탄스러워서……."

자기가 생각해도 남부끄러운 말을 토해낸 다희가 아차 하며 입을 막았지만, 말은 이미 쏟아진 뒤고 그릇은 엎어진 뒤다. 운이 피식 웃음을 터뜨렸고, 다희의 얼굴은 잘 익은 홍시가 됐다.

사태를 수습하기 위해 그녀가 얼른 덧붙였다.

"나리는 어찌 이리 글을 잘 쓰십니까? 이 정도 실력이면 입격을 해도 충분히 하셨을 것 같은데, 혹시 입격을 해놓고 벼슬살이는 안 하시는 겁니까요?"

"거 무슨 돼먹지 않은 소리냐?"

시큰둥하니 대답하는 운의 말투가 심상치 않다. 하지만 궁금한 건 못 참는 다희다. 운의 과거에 대해 실마리가 조금 비쳤다 싶으니 그 참새 같은 호기심이 불뚝 돋아버렸다.

"제 생각이 맞는 게지요? 분명히 입격을 하신 게 틀림없어요. 이런 글 솜씨로 입격을 못 하면 말이 안 되잖아요. 아무리 난다 긴다 하는 양반님이라도 나리처럼 글을 잘 쓰지는 못할 거여요."

"네년이 글을 알면 얼마나 안다고 겨우 내가 쓴 언문 몇 줄 읽고 서 내 글을 판단하느냐!"

운이 전에 없이 버럭 고함을 지르자 다희의 얼굴이 새파래졌다.

아이코, 잘못 건드렸다. 나름 운을 칭찬하려 한 말이건만 그의 반응은 정반대였다. 뭔지 몰라도 이번에야말로 그를 확실하게 화 나게 한 게 분명했다.

"나, 나리, 제가 잘못했습니다요! 제 딴엔 하도 나리의 글이 좋 아서 그만 멋도 모르고 나불댄 것입니다. 쇤네가 잘못했으니 제발 한 번만 용서해 주세요. 네?"

다희가 사정을 했지만 운은 그를 무시한 채 휙 돌아섰다. 돌아 선 그의 뒷모습에서 싸늘한 냉기가 느껴졌다. 하지만 그것이 사실 은 그녀에 대한 분노가 아니라 스스로에 대한 열분과 자책이 뒤범 벅된 감정이라는 것을 아직 어리고 순진한 다희는 몰랐다.

결국 화가 난 것은 다희가 철없이 지껄인 몇 마디도, 그녀의 선 부른 판단으로 인한 것도 아니었다. 미운 것은 자신의 무능함, 그 럼에도 꺾을 수 없는 고집, 아무 실리 없이 벼락같이 높기만 한 자 존심에 대한 미칠 듯한 혐오였다.

"용서해 주고 말 것도 없다."

아무것도 모르는 어린 종년에게 진심으로 화를 내서 뭘 할까. 갑자기 운은 부끄러워졌다.

용서해 주고 말 것도 없는 것은 사실 자신이었다. 그는 누군가 를 용서할 자격이 없었다. 그저 세상에 대한 미움도 원망도 다 비 워낸 채, 물 위를 떠도는 낙엽처럼 하염없이 부유할 뿐.

"내 문장은 아무것도 아니다. 과거는커녕 패관잡기를 쓰는 데나 딱 맞을 시시한 문장. 게다가 난 과거를 볼 자격조차 없다."

쓸쓸한 자조에 진심이 어려 있다는 것은 다희도 알아보았다.

과거를 볼 자격조차 없다. 그 말인즉, 그가 중인 신분도 못 된다는 뜻일까?

"게다가 입격자라고 해도 별것도 아니다. 조선의 과거가 문장으로만 보는 줄 아느냐? 옛날부터 전해진 신분, 가문, 그런 것이 입격을 좌우하는 것이다. 글공부 열심히 한다고 입격하는 게 아니란 말이야. 잘난 것도 없으면서 중뿔난 양반 신분 하나만 믿고 날뛰는 것들. 그런 자들이 이 나라를 지배하고 있으니 이 나라가 이 모양 이 꼴인 것이다."

집어 던지듯 그런 말을 토해낸 운이 냅다 안채로 들어가 버렸다. 심기가 완전 상해 버린 걸까? 아니라고 부인은 하지만 그가 심화가 났다는 것만은 확실한 것 같다. 게다가 운의 말처럼 꿈은 높은데 과거 볼 자격도 없다면 평생 한이 될 만도 했다. 다희가 하필 그의 가장 아픈 데를 찌른 건지도 몰랐다.

'한이 될 정도라면 역시 나리가 벼슬살이하고 싶은 생각은 있었다는 뜻이겠지? 그런데도 양반네들에 대해선 썩 유감이 있는 걸 보니 양반들에게 당한 게 꽤 많은가 봐.'

게다가 과거를 볼 자격이 없다는 것은 상민의 신분도 못 된다는 뜻이 아닌가. 운이 그 말을 토해낼 때 그 얼굴에 어리는 짙은 회한은 거짓이 아니었다. 어쩌면 운은 기회가 좋아 한 재산 모았을 뿐, 생각보다 더 낮은 신분일지도 모른다.

'하지만 글 쓰는 것이나 매양 하는 태도를 봐도 천인은 아닌 것 같은데……. 도대체 나리의 정체가 뭘까?

생각이 그즈음에 닿았을 때, 안채로 들어갔던 운이 장지 한 무더기를 들고 나왔다. 다희가 그걸 받아 읽어보니 그것은 일전에 그녀가 써서 운에게 넘긴 글을 그가 다시 문장을 다듬고 정서한 것이었다.

내용은 같지만 문장은 어느 모로 보나 완월당 못지않은 전문 소설가의 그것이었다. 완전히 달라진 글에 다희는 탄성을 내질렀다.

"세상에, 이게 진정 쇤네가 쓴 글이 맞습니까? 믿어지지가 않습니다!"

"감탄할 것도 많다. 글은 더 다듬을 것 없고 이대로 책으로 만들면 될 것이다. 오늘 바로 제책할 테니 너도 보고 가렴."

"예에? 꼴랑 이걸로 책을 만들어요?"

다희가 넘긴 글 무더기가 적지 않은데 운이 정서해 온 문서 분량은 스무 장이 안 됐다. 그녀로서는 고개를 갸우뚱할 수밖에 없었다.

"그 정도면 됐다. 세책은 원래 한꺼번에 많은 분량을 내면 안 되는 거다. 가능하면 길게 늘이되, 제책할 땐 여러 권으로 나눠야 돈이 되는 게야. 그런즉 스무 장이 넘으면 다음 권으로 넘겨 버린다. 그게 세책의 원칙이다."

"아이고, 어쩐지 세책마다 너무 짧아 감질이 나더라니 다 그런 수작이 있었던 것이구먼요."

"수우작?"

운이 눈을 부라리자 다희가 찔끔해서 얼른 고개를 오므렸다. 하여간 오락가락, 사내대장부답지 않게 기분이 하루에도 열두 번씩 널을 뛰는 인간. 다희는 그녀를 흘겨보고는 안채로 향하는 운의 넓은 등짝을 향해 날름 혀를 내밀었다.

"뭐 하고 있니, 안 따라오고?"

아이고야! 갑자기 운이 홱 돌아서는 바람에 다희가 혀를 깨물고 말았다. 개구리처럼 어디로 뛸지 모르는 남자!

다희가 얼른 운을 따라 들어가자, 안채로 향하는 것 같던 운이 오른쪽으로 방향을 바꿔 안채 옆에 달린 별채로 향했다.

가게 쪽에서는 중문 너머로 안채만 보였는데 알고 보니 마당을 사이에 두고 중문 오른쪽으로 별채가 또 있었다. 그곳이 바로 운이 세책을 만드는 작업장이었다.

"장 씨, 준비는 다 됐는가?"

작업장이라지만 그리 넓은 곳은 아니었다. 문을 밀고 들어가면 구들방이 한 계단 높이 설치돼 있었는데, 구들방 사면 벽은 세책점과 마찬가지로 책으로 가득했다. 다만 다른 점이 있다면 작업장은 허술한 책시렁이 아니라 번듯한 서가에 책이 꽂혀 있다는 점이다.

또한 서가와 서가 사이엔 얇은 새끼줄이 걸쳐져 있었는데, 거기에 막 필사한 글장이 낱장으로 여러 장 걸려 있었다. 먹물을 말리느라 그리 걸쳐 놓은 것인 듯했다.

장 씨는 서가 한복판에 놓아둔 연상(硯箱:뚜껑 아래에 벼루와 먹, 붓 등을 넣고 아래 칸에 종이를 두게 한 상. 뚜껑은 들어서 무릎에 놓고 글씨를 쓰는 받침으로 삼는다) 앞에 앉아 그들을 기다리고 있었다. 연상 역시 원래는 필사자가 작업하던 곳이라 연상 위에는 크기가 각각 다른 여러 종류의 붓이 필가(筆架:붓을 걸어놓는 틀)에 걸려 있고, 연상 옆에 있는 작은 상에는 먹집게며 벼루, 물통 같은 자잘한 문방구들이 놓여 있었다.

"준비야 진즉 되었습지요. 방각본으로 만드리까, 필사본을 제 책하리까?"

방각본(坊刻本)은 손으로 일일이 필사한 게 아니라 목판에 글을 새겨 찍어낸 책이다. 깨끗한 글씨로 베껴낸 필사본에 비해 인쇄가 거칠고 조잡했지만, 대신 한 번 판본을 새겨두면 대량으로 책을 찍어낼 수 있는 이점이 있었다.

"일단은 원본을 책으로 엮어두고 반응을 봐서 방각을 하던가 하세. 장담하는데 이 책은 반드시 대박이 날 걸세. 내 연경에 갔을 적에 만난 양인(洋人)이 있는데, 그 작자 말로는 이런 걸 두고 희투라고 하더군."

"희, 희투요?"

"쓸데없는 이야기는 관두고, 어서 책이나 만들게. 급하네. 내일 휴가를 마치고 궁으로 들어가는 궁녀가 있네. 내 그이 손에 들려서 이 책을 궁으로 들여보낼 생각이네. 늦어도 보름이면 반드시 반응이 있을 게야."

자신이 쓴 글이 궁에 들어간다!

생각지도 않은 양상에 다희는 이제 기쁘다기보다는 어리둥절해 버렸다. 책이 나오는 것만 해도 감사해야 할 판인데, 그녀에겐 이 승과 저승 사이처럼 멀게만 느껴지는 왕궁에 그녀의 책이 들어간 다니! 이게 꿈인가, 생시인가!

그러나 운이나 장 씨에겐 으레 있어오던 일인가 보다. 그가 고개를 끄덕하더니 이내 작업을 시작했다.

"표지는 이미 만들어놨으니 나머지 작업이야 어렵지 않습지요. 1각이면 끝납니다."

"언제 표지를 다 만들어놨는가?"

"다희가 책을 낸다는데 그 정도 공은 들여야지요. 헐헐. 다희야, 내 이제야 하는 말이다만, 나리가 정서해 준 원고를 보자마자 신들린 듯 읽어 내렸단다. 책만 잘 읽어주는 줄 알았더니 어찌 이런 글을 궁리할 재주까지 있었더냐? 이거야말로 반전 매력 아니겠느냐?"

"반전매력? 그거야말로 무슨 말인가?"

"거 상것들끼리 하는 말이 있소. 신경 쓰지 말고 어서 다음 작업 나갑시다."

그러나 막상 장 씨가 작업을 시작하려 송곳을 찾으려니 운이 그를 말렸다. 표지 안에 베껴둔 글장을 밀어 넣자 운이 그를 뺏어서는 책 뭉텅이에서 한 움큼을 덜어내는 것이다.

"이 책은 그리 두껍게 만들면 안 되네. 1책당 열다섯 장으로 하게."

"아니, 나리. 스무 장 남짓한 세책도 짧다고 난리인데 그를 더 줄이면 어찌합니까?"

"어허, 이 책은 그리 해도 된다니까. 열다섯 장 아니라 닷 장이라고 해도 사람들이 벌떼같이 달려들 게야. 나는 뭐 땅을 파서 장사해 먹나? 뽑을 수 있을 때 뽑아야 될 것 아닌가."

"아니, 아무리 그래도 그렇지, 여인네들이 제일로 싫어하는 것이 글이 짧아 사람 감질나게 하는 것인데……."

다희가 중얼거리자 운이 대번에 받아쳤다.

"모르는 소리 하지 말거라. 잘 팔리는 책이야말로 분권을 해야 하는 것이다. 말이 나와서 하는 거지만 내가 이 세책 한 권으로 얼마나 번다고 생각하느냐?"

"그야 꽤 많이 벌지 않겠습니까? 책 한 권 만들어두면 두고두고 돌려서 돈을 버실 텐데……."

"어림없는 소리! 아무리 책장마다 콩기름을 먹이고 책장을 두껍게 해봤자 책을 돌리는 데는 한계가 있다. 이 잡것들이 어찌나 책을 함부로 다루는지 몇 번 돌리면 글장이 떨어져 나가고 표지가 나달거린다. 그래 놓고는 책이 더럽다, 떨어진 글장이 있다 항의를 하기 일쑤지. 말로나 하면 다행이지, 이 빌어먹을 것들은 책이 더럽고 세가 비싸다는 말을 꼭 세책에다 써놓는다고!"

생각하자 부아가 오르는지 슬슬 운의 언성이 높아졌다.

"그뿐인가. 책 한 권을 만드는 데 드는 비용이 얼마인지 아느냐? 글 짓는 이에게서 글을 받아오려면 글 값이 들지, 심지어 필사를 하는 데도 돈이 들고 제책에도 돈이 든다. 조지서 종이 값은 매년 하늘 높은 줄 모르고 오르는데 그 빌어먹을 종이 값이 얼마인지 아느냐? 아니, 아니, 이건 그나마 덜 억울하지. 더 기가 막힌 게 뭔지 아느냐? 책 빌려간 이 씨부럴 것들은 심지어 빌려간 세책을 지들이 또 필사를 해서 돌린다. 이런 개호로 새끼들! 죄다 등짝에 욕창이나 나서 아이고 데이고 사흘만 구르다 죽어라!"

아이고머니, 듣다 보니 점점 욕설이 심해진다. 결국 듣던 다희가 귀를 막고 주저앉고 장 씨가 불편해서 두어 번 기침을 하며 찔끔찔끔 신호를 한 후에야 간신히 운이 욕설을 멈췄다.

중인쯤은 될지도 모른다는 추측은 취소다. 이런 지독한 욕쟁이에 악담가가 무슨 중인씩이나 되겠는가. 분명히 상민도 저 반촌 근처에나 살던 백정 일 하는 상민인 게 틀림없었다. 그러니 과거 볼 자격도 없다는 게지!

"그러니까, 즉 제일 좋은 건 빌려주는 자가 아니라 생산하는 자가 되는 거다. 알았느냐?"

갑자기 화살이 자신을 향하자 다희는 깜짝 놀랐다.

"필사는 연습만 하면 아무나 할 수 있지만 글을 지어내는 것은 아무나 못 한다. 시부를 짓기도 어렵지만 소설을 써내는 것도 못지않게 어렵지. 알겠느냐? 함부로 대체할 수 없는 자가 돼야 한단 말이다. 네가 아니면 감히 아무도 할 수 없는 것, 그런 일을 해내야 네가 노비라 해도 너를 업신여기지 못하는 것이다."

알 것도 같고 모를 것도 같다. 하지만 한 가지만은 알 수 있었다. 그녀에게 어떤 가능성이 있다는 것, 신분을 뛰어넘고 남녀의 벽도 뛰어넘을 수 있는 재능이 있다는 것.

그 말은 그 어느 것보다 다희를 기쁘게 하는 말이었다.

"명심하겠습니다, 나리."

"알아들었으면 얼른 나머지 글을 써와야지? 달 말도 멀다. 오늘로부터 닷새 안에 써오거라."

"네? 아유, 그건 안 됩니다요. 생각만 해두었지 아직 글로 풀어내려면 멀었는걸요. 게다가 제가 사대부가 마님들처럼 한가한 사람입니까요? 마님 시중들랴, 집안일 도우랴, 낮에는 글을 쓸 시간이 없습니다!"

"없으면 쥐어짜서라도 틈을 내야지. 그런 핑계는 근성이 없어 그런 것이다, 근성이!"

"어허, 어린아이 놀리면 그리 좋소? 하여간 티 안 내고 놀리는 데는 나리야말로 재능이 아주 특출하다니까. 다희야, 속아 넘어가지 말거라. 말도 안 되는 기한을 주고 해내라 닦달하는 것도 우리 나리 심술 공갈 중의 하나니라."

그 말과 함께 장 씨가 어느새 완성된 책을 척 하니 내밀었다.

새로 만든 책은 송곳으로 오른쪽 가장자리에 구멍을 다섯 개 뚫고 붉은 홍사를 돗바늘에 꿰어 단단하게 묶었다. 한 구멍에 세 번씩 실을 통과시키면 족한데 특별히 장 씨가 신경 써 다섯 번씩 묶은 덕에 책이 다른 책보다 훨씬 더 단단했다. 덧붙여 귀한 서책처럼 책등(책을 매어놓은 쪽의 겉으로 드러난 부분)에는 종이 대신 푸른 비단을 붙여 책의 귀함을 더했다.

"세상에……!"

책을 받아 든 다희가 입을 다물지 못하고 벅찬 눈으로 그를 내려다봤다.

서첨(書籤:책의 제목을 쓴 글씨)이며 책등이며 모든 것이 귀했다. 아니, 종이가 아니라 거적때기에 쓰인 글이라 해도 세상에 빛을 볼 수만 있다면 다희에겐 소중했을 것이다. 하물며 이리 번듯한 책으로 나왔으니 그 감격은 이루 말할 수가 없다.

"장 씨 아저씨, 고맙습니다. 쇤네가 이 은혜 절대로 잊지 않겠어요."

능화판 무늬가 아로새겨진 표지며 책을 감싼 비단 천을 어루만지던 다희의 눈에 기어코 눈물이 어렸다.

"장 씨, 책을 모다 이 모양으로 만들어낼 셈인가? 이러다간 내 세책가를 다 팔아야 하네."

"엄살도 심하슈. 내 나리가 무슨 약쟁이 약 모으는 것처럼 쾌가에다 모아들인 책만 해도 엄청나단 걸 잘 알고 있소. 그중에 한 권만 내놓아도 한양 양반들이 꿀에 벌 달라붙듯 죄 달려들 텐데 뭐그리 약한 소리를 하시오?"

아무래도 운을 때려잡는 것은 책쾌 육가 아니면 장 씨인 듯하다. 한마디 한마디 지지 않고 핀잔을 주자 운은 장 씨와 대거리하는 대신 건전한 일거리에 몰두하는 쪽을 택했다. 그 자리에서 책상머리에 앉아 뭔가를 끼적대기 시작한 것이다.

"보아라. 이게 네 책을 위한 포수타다."

하며 운이 보여준 세책 크기만 한 네모진 종이엔 다희도 익히본 적 있는 문구가 적혀 있었다.

—나왔다, 손에 땀을 쥐는 수리라!

"이게 무엇입니까? 수…… 리라?"

"수리라. 손 수(手), 떨 리(犁), 붙잡을 라(拏)! 손을 떨 정도로 무섭지만 기어코 붙잡는다는 뜻이다."

"무슨 뜻인지 전혀 모르겠습니다. 굳이 이런 알쏭달쏭한 글을써 붙여야 합니까?"

"어허, 이게 바로 홍보라는 것이다. 다른 세책가들처럼 가만히앉아 손님이 들기만 기다리고 있어서야 남보다 앞서 갈 수가 없지. 두고 보거라. 내 특별히 신경 써서 홍보했으니 이 포수타에 끌린 손님들이 너나 할 것 없이 네 책을 들여다보게 될 것이다."

내금위(內禁衛) 종사관 안가의 아내는 열렬한 세책광이었다.

둘째 아들인 까닭에 시부모님 봉양할 일도 없이 따로 떨어져 살 거니와, 안 종사관이 내금위에 복무하느라 집에 들어오지 않는 날이 많다 보니 덕분에 따분해진 아내 여씨는 언젠가부터 한 권 두 권 세책을 빌려다 보기 시작했다.

처음에는 여인네의 소소한 도락이려니 생각했는데 그 세책을 하느라 살림살이를 조금씩 축내기 시작하자 슬슬 안 종사관도 신경이 쓰이기 시작했다. 살림살이 축내는 거야 사실 비녀 좀 저당 잡히고 놋대야 잡히는 것으로, 종내엔 담보물을 도로 가져오니 그리 큰일은 아니다. 하지만 명색이 양반가의 안사람이 소설에 빠져 집안 살림을 돌보지 않는 건 여간 한심한 일이 아니었다.

오늘만 해도 그렇다. 근래에 들어 현륭원 참배 문제로 조정 신료들 사이에서 갑론을박이 심해 궁중의 분위기가 영 좋지 않았다. 혹시 이 틈에 공공연하게 주상에게 반기를 든 세력이 옥체에 누를 끼치는 일이 있을까 해서 내금위는 물론이고 궁중을 지키는 금군 사이에 경계령이 내려진 상태였다.

그런데 이 여편네를 보라. 서방님이 나라님 지키려 며칠 밤을 새워 번을 서고 돌아왔는데, 팔자가 늘어져 방바닥까지 눌어붙은 마나님은 서방님이 들어오거나 말거나 서상에 올려놓은 세책 보느라 서방님이 들어오는지 귀신이 들어오는지 신경도 안 쓴다.

"에헤헴."

일부러 헛기침을 하며 '나 들어왔소.' 하는 기척을 냈지만 소용

없었다. 여전히 마누라 여씨는 세책에 들이박은 콧등을 들어 올릴 줄을 모르니 참다못한 안 종사관이 마침내 폭발하고야 말았다.

"부인!"

"에구머니나! 깜짝이야!"

아내 여씨가 서상을 뒤집어엎으며 깜짝 놀랐다. 그 바람에 홀떡 날아오른 세책이 안 종사관 얼굴 위로 떨어지자 그의 분노는 머리 끝까지 치솟았다.

"이놈의 책 쪼가리! 이따위 거에 한눈을 파느라 하늘 같은 서방님이 드는지 나가는지도 몰라? 에잇! 더 이상은 참을 수 없소! 세책일랑 모다 내놓으시오! 죄다 마당에 쌓아놓고 불을 질러 버릴 거요!"

그의 분노가 심상치 않은 게라, 아내 여씨가 엎드려 싹싹 빌기 시작했다.

"아이고, 서방님! 소첩이 잘못했습니다! 다시는 한눈 안 팔 테니 제발 태우는 것만은 봐주세요! 제 물건이 아니라 빌려온 것입니다! 책을 훼손하면 벌금을 내야 된단 말이어요!"

"어허! 이 손 놓지 못하겠소? 까짓것, 벌금을 내면 어떠리! 내 다시는 세책 따위 손대지 못하게 버르장머리를 고쳐 놓을 거요! 에잇!"

분김이 오른 안 종사관이 바로 손에 든 책부터 찢어버리려 책 귀퉁이를 잡았다. 그런데 이게 웬일일까. 세책을 좋아하는 것 말고는 독한 곳이라곤 하나 없던 온순한 여씨가 오늘은 무슨 귀신이라도 씐 것처럼 필사적으로 매달렸다.

"안 됩니다! 그것만은 안 됩니다! 이 책을 빌리느라 얼마나 기다렸는지 아십니까? 도성 바닥에 세책 좀 읽는다는 부인네들이 애타게 찾는 책이어요! 순서를 당겨 빌리느라 급전까지 치렀습니다! 이제 겨우 다섯 장을 읽었는데 그 책을 찢다니요! 태우다니요! 서방님, 차라리 소첩을 매우 치세요! 벌이라면 달게 받겠으니 제발이 책만은 성히 놔두세요!"

"뭐요? 지금 말 다 했소?"

세책에 눈이 멀어 매까지 맞겠다고 나서니 안 종사관의 눈이 더 뒤집혔다. 게다가 순서를 당기느라 돈까지 치렀다니, 기가 막혀 그 자리에서 팔딱팔딱 뛰고 거꾸로 물구나무라도 설 일이다.

그런데 이쯤 되다 보니 안 종사관도 슬슬 궁금해지기 시작했다. 세책이라면 가리지 않고 봐오던 아내지만 이 정도로 집착을 보인 건 처음이다. 책 읽는 걸 들키면 겸연쩍게 안 보이는 곳으로 치우거나, 다시는 보지 말라 협박하면 뒤로야 말을 뒤집을지언정 눈앞에서는 싹싹 빌며 안 보겠다 맹세하던 그녀다. 그런데 이 정도로 격한 반발을 보이는 건 처음이었다.

그 난리가 났다는 책의 내용이 문득 궁금해져서 안 종사관은 찢으려던 책을 바로 하고 맨 앞장을 좍 펼쳤다.

"모년 모월 모일, 모 동리에 한 부인이 사니 정숙한 부인의 성씨는 조 모 씨라. 허나 이 부인 박복하여 시집온 지 두 해 만에 그 남편이 요절하였다."

소리 내어 두 줄을 읽은 안 종사관이 다음부터는 묵묵히 글을 읽어 내려갔다.

좍락, 한 장이 넘어갔다. 이어서 두 장이 넘어갔다. 다음 장, 그리고 또 다음 장.

글은 짧은 듯 길었다. 어느새 글 속에 정신없이 빠져 버린 그는 아내 여씨가 눈치를 보며 그 주변을 빙빙 도는 동안 선 채로 열다섯 장 책을 다 읽어버렸다.

문득 정신을 차렸을 때는 이미 안방에 켜놓은 촛불이 그 몸을 반이나 태운 뒤.

잠시간 멍한 상태로 아내 여씨와 책을 번갈아 보던 안 종사관이 입을 열었다.

"다음 권 어디 있소?"

지엄한 어전 회의가 열렸다. 수 시간 이어지는 경연과 학강에도 도통 지치는 법이 없을 정도로 팔팔하신 주상 전하, 거기에 삼정승에 육조 참판, 대사헌, 대제학을 비롯한 세도 대단한 당상관들이 모여 나랏일을 논하는데, 그와 같은 회의는 한 번 열렸다 하면 쉽사리 끝나는 법이 없었다.

안 종사관의 책무는 그와 같은 회의가 열리는 동안 편전을 지키는 것이었다. 수 시간 이어지는 회의 동안 뻣뻣하고도 근엄한 자세를 유지하는 그였지만 오늘만은 달랐다. 이리 꿈틀, 저리 꿈틀. 무슨 생각을 하는지 자꾸만 머리를 갸웃거리지를 않나, 자꾸 하늘에 박힌 해를 보며 시를 가늠하는 눈치가 역력하자 마침내 함께 편전 우편을 지키던 동료 종사관이 물었다.

"안 종사관, 집안에 무슨 일이라도 있나?"

"아, 아닙니다. 일은 무슨……. 아무 일도 없습니다."

"그런데 왜 자꾸 꽁지에 불붙은 다람쥐처럼 이리 갔다, 저리 갔다 안절부절못하는가? 무슨 걱정거리라도 있는 게야?"

"그게 아니라, 며칠 밤을 새웠더니 상태가 좀 좋지 않아서…….송구합니다. 정신 바짝 차리고 소임에 임하도록 하겠습니다."

하나 말은 그리 해놓고도 그 뒤로도 안 종사관의 행태는 달라지지 않았다. 오히려 해가 기울고 퇴궐할 시간이 다가오자 눈에 띄게 안달복달하더니, 마침내 퇴궐하라는 명이 떨어지자마자 꽁지가 빠지게 궐 밖으로 내달렸다.

안 종사관이 향한 곳은 아내가 기다리는 집이 아니었다. 육조거리를 지나 바람처럼 달리던 그가 마침내 광통교에 다다르자 아내가 말해준 그 집이 바로 눈에 들어왔다. 대문에 온갖 장지가 덕지덕지 발라져 있는 그 집. 책을 든 여인들이 늘 서성거리고 있어서 보면 바로 알 수 있다는 그 집!

냅다 달려간 안 종사관이 여인네들을 밀치며 세책점 안으로 뛰어 들어갔다. 반쯤 닫혀 있는 문을 걸어차고 들어간 그가 다짜고짜 꽥 소리를 질렀다.

"그래서 도대체 범인이 누구란 말인가!"

그의 외침에 세책대 앞에 모여 있던 사내들이 일제히 그를 돌아봤다. 한두 명이 아니었다. 좁은 갓을 쓴 중인, 붉은 철릭을 입은 별감, 심지어 그처럼 구군복(具軍服:조선시대 문무관이 갖추어 입던 군복으로 주로 무관이 입었다)을 갈아입지도 않고 들이닥친 무반 대여섯 명이 세책점 안을 꽉 메우고 있었다.

그들이 이곳에 온 목적도 다르지 않은 것 같았다. 안 종사관의 외침에 그들 역시 세책대에 앉은 운을 향해 일제히 외쳤다.

"범인이 누구요! 내가 애간장이 다 녹아서 못살겠소! 조씨부인을 죽인 범인이 대체 누구란 말이요!"

—추리설(推理說).

그것이 다희가 써낸 책의 제목이었다. 이치를 좇아 밝혀내는 이야기란 뜻의 제목은 다희가 아니라 운이 짜낸 것이다. 가문의 흥망을 다룬 소설도, 사랑 타령 늘어지는 염정 소설도, 영웅 소설도 아니었다. 조선 팔도는 물론 대륙에서도 한 번도 본 적 없는 새로운 소설!

그 〈추리설〉의 내용은 이렇다.

어떤 동네에 조씨 성의 부인이 살고 있었다. 그러나 불행히도 현숙한 이 부인이 양반인 한씨 가문으로 시집을 간 지 얼마 안 돼 남편이 요절을 하고 만다. 그 뒤 조 씨는 시댁을 나와 다른 동리에서 수절 생활을 하지만, 그도 얼마 안 가 뒷산에서 목을 맨 시신으로 발견된다.

추리설이 특이한 것은 이야기가 그것으로 끝나지 않기 때문이다. 남편에 대한 절개를 지키기 위해 자진한 것으로 전개되던 이야기는 1권 말미에서 돌연 뒤집힌다. 검험관 이가라는 자가 나타나 시신을 다시 검험하더니, 뜻밖에 조씨부인이 스스로 목을 매달아 죽은 것이 아니라 누군가에 의해 살해된 것이라는 의견을 내놓은 것이다.

그렇다면 과연 조씨부인을 죽인 자는 누구란 말인가?

이와 같은 형태의 소설은 실로 처음이었다. 글을 읽는 자마다 순식간에 그에 빠져드니 생각하면 할수록 범인이 누군지 궁금해 미치겠고, 그로 잠을 이룰 수가 없었다. 이 새로운 종류의 소설에 열광한 것은 부녀자들보다 그들의 남편이었다.

"이 악당이 누군지 궁금하고 열불이 터져서 내가 밤새 잠을 못 잤소. 얼른 대답해 주오. 추리설을 지은 이가 오직 이 책하를 통해서만 책을 낸다고 하니, 주인장이라면 그 범인이 누군지 알 거 아니오."

"누차 말하지만 저도 모릅니다. 책 내용이야 글 짓는 이가 알지, 하찮은 세책점 주인인 제가 어찌 알겠습니까? 아, 그리 궁금하시면 다음 책이 나오기를 기다리시라니까."

"다음 책이 언제 나온단 말이오! 하, 답답해서 미치겠네. 안 되겠소. 당장 그 비영인지 비질인지 하는 작자를 이 자리에 데려오시오. 조씨부인을 죽인 진범이 누군지 알아내기 전까지는 내 절대 이 자리를 뜨지 않을 거요!"

"그렇소! 죽어도 못 가오!"

자리에 모인 사내들이 이구동성으로 외치자, 그 외침이 책하 밖까지 튀어나갈 정도로 커다랬다.

인기가 있을 거라 예상하긴 했지만, 아무리 그래도 이 정도로 열띤 반응을 이끌어낼 줄은 운도 미처 몰랐다. 심지어 소설을 할 일 없는 여인네들의 소일거리라 우습게 여기던 남자들이 범인을 알려달라고 구름처럼 몰려올 줄이야.

"아, 이런다고 비영이 범인을 알려줄 것 같으시오? 나도 죽겠소. 안 그래도 달 초부터 다음 책을 내놓으라고 닦달을 하고 있소만, 작가가 책 찍어내는 교서관도 아니고, 글이 마음먹은 대로 다

나온답니까? 이러고 있을 게 아니라 나리님들은 이럴 시간에 어여 세책들이나 해가시오. 내 비영의 추리설이 대박날 줄을 알고 다섯 질씩 필사해 뒀소. 혹시 압니까. 몇 번이고 되읽다 보면 진범이 누군지 다른 이보다 먼저 알지도 모르잖소?"

뚝 갑자기 정적이 내려앉았다.

워낙에 경쟁심이 심한 게 사내라는 종자들이라, 운의 말에 사내들이 갑자기 각다귀처럼 세책대로 몰려들었다.

비영, 아니, 다희의 책은 지금까지 총 네 권이 나왔다. 그 네 권을 처음부터 다 빌려달라는 자, 제 생각에 결정적인 단서가 있는 듯한 3권을 다섯 권 빌려달라는 자도 있었는데, 어째서 같은 책을 다섯 권 빌려 읽으면 범인을 알 수 있을 거라 생각한 건지 도무지 알다가도 모를 일이었다.

이 와중에 희희낙락한 것은 운이었다. 아예 세책대 위에 올라서서 사내 떼를 향해 목청껏 외치는데, 그 외침에 희색이 만면했다.

"줄을 서시오, 줄을! 새치기하는 자는 세책 금지요!"

그의 외침에 일렬종대로 쫙 줄을 서는 것이 사내들답게 일사불란했다. 책 빌려갈 욕심에 눈이 벌게진 남자들은 그들이 하대하던 운의 손짓 하나에 휘둘리고 있다는 것도 몰랐다.

"순화방 선전관 김종모, 1권부터 4권, 총 네 권이라."

"그렇소. 이번으로 다섯 번째 빌려가는 거요."

"아이고, 감사합니다. 허면 김 선전관에게는 5권이 나올 적에 가장 먼저 빌려 드리리다."

"그게 정말이오?"

순간 붕 하고 아우성이 일어났다. 나는 네 권 전부 다 빌려가니 두 번째는 나다, 나는 네 권 전부를 열 권 값에 빌려갈 테니 두 번째는 나를 빌려달라, 아니다, 나는 서른 권 값에 빌려가겠다 하며 서로 나은 조건을 불러대며 먼저 빌려달라고 성화였다.

"아, 이 사람이! 줄을 서란 말 못 들었는가!"

"줄을 서자면 내가 먼저 섰소이다! 어찌 이리 뻔뻔하오!"

"구군복을 입은 걸 보니 무반인 듯한데, 계급이 어찌 되는가?"

"그, 그건……."

추리설의 반응이 가장 먼저 터져 나온 건 뜻밖에도 궁궐이 아니라 반가, 그것도 무반 쪽이었다. 안 종사관의 아내인 여씨를 비롯해 세책을 자주 하는 무반 가문의 부인 무리가 있었는데, 그녀들을 통해 남편인 무인들에게 추리설이 번져 나간 것이다.

그 때문에 이 자리에 몰려든 사내들 중에도 무인들이 많았는데, 그러다 보니 종국에는 책을 먼저 빌리기 위해 계급장까지 들이대며 싸움을 하기 시작했다.

호패를 까라, 계급을 대라 하며 사내들이 난리를 치는 사이에 운만이 여유로운 미소를 지으며 세책 장부에 이름들을 좍좍 적어 내려가고 있었으니, 어느새 세책대에는 쌓인 엽전이 작은 산더미를 이루기 시작했다.

*

독자들이 난리법석을 떨고 운이 즐거운 비명을 지르는 동안, 정작 다희는 행복하지 못했다.

네 권째 글을 넘긴 게 어언 닷새. 슬슬 글을 쓰는데도 이력이 났것다, 운이 글 쓸 때 쓰라며 댓개비 대신 새로이 목탄과 장지를 마련해 멋들어진 함에 넣어 선물해 줬건만, 신명 나게 글을 써내려도 모자랄 판에 다희는 멍하니 빈 종잇장만 내려다보고 있었다.

아무것도 생각나지 않았다.

운이 어서 다음 권을 내놓으라고 닦달을 하고 있었다. 지금 추리설의 인기가 얼마나 대단한지 아느냐며 직접 와서 확인하라 할 적에 호기심을 못 이기고 찾아간 게 문제였다. 처음엔 제 책을 찾는 독자가 엄청난 것에 그저 기쁘기만 하더니 그것도 잠시, 서서히 조바심에 질식되기 시작했다.

겁을 먹은 게다. 이 많은 독자들을 실망시키면 어쩌나, 다음 권의 전개를 보고 독자들이 욕을 하고 돌아서면 어떡하나 조금씩 걱정이 늘어나기 시작하더니, 급기야 걱정이 생각을 뒤덮어 도무지 좋은 글이 떠오르지를 않았다.

마음먹은 구상이야 있긴 했다. 그러나 글을 쓰는 시간이 한정돼 있는지라 한밤중이 되어 목탄을 들면 낮 동안에 생각해 두었던 글은 모조리 연기처럼 흩어지고 갑갑증만 시커멓게 몰려왔다.

흰 건 종이고 검은 건 글씨, 아니, 새카만 새벽어둠이라. 오늘도 긴 밤을 꼬박 새워 버린 다희는 그 어둠을 밀어내며 솟구치는 햇발을 멍하니 쳐다보고만 있었다.

"어라? 다희, 너 또 꼴 밤을 새운겨?"

마당을 가로질러 날아온 굵직한 목소리에 다희는 상기둥에 기댄 머리를 설핏 들었다. 다희와 행랑어멈이 자는 행랑채 옆방엔 두 명의 남자 노비가 머물고 있었는데, 목소리의 주인은 그중의 한 명인 엄쇠였다.

엄쇠는 정확히 말하면 노비는 아니었다. 그는 새경을 받으며 힘 쓰는 일을 도맡아 해주는 머슴이었고, 그의 나이 열여섯 적부터 오씨부인 집에 들어와 일을 돕기 시작했다.

"눈 좀 붙이지 그러냐? 또 낮부터 꼬박꼬박 졸고 있으면 행랑아 줌니가 승질 낼 것인디. 마님이 아무리 편들어주면 모 하냐, 그 성질에 마님 없는 데서 손톱 세워가지구 확 긁는 수가 있다."

엄쇠가 모르는 척 다희와 한 척 거리 옆에 앉더니 혼잣말처럼 중얼거렸다. 오씨부인 집에 들어온 지 삼 년. 지금 엄쇠의 나이는 열아홉이었다. 나부대대하니 둥근 얼굴에 커다란 눈. 우아함이나 품위와는 거리가 먼 촌스러운 얼굴이지만 힘 하나만은 살던 고향 에서도 소문이 났을 정도로 셌다. 키도 크고 힘도 좋아, 얼굴도 그 럭저럭 못생기지는 않아서 옛날 살던 동네에서는 엄쇠에게 은근 히 눈길 주던 여종이나 상민의 여식들이 많았더랬다.

그런 엄쇠가 혼인도 하지 않고 떠꺼머리총각으로 늙어가면서도 새경도 박한 오씨부인 집을 떠나지 않는 이유를 다희는 어렴풋이 짐작하고 있었다.

"내가 알아서 할 거여요. 그, 그쪽은 그쪽 일 보세요."

"허, 그쪽이라니. 또 그렇게 정 없이 부른다. 오라버니. 오라버 니라고 부르랑께."

"그쪽이 왜 제 오라버니여요. 내는 울 엄니 외동딸이구먼. 그쪽 처럼 송아지 같은 오라버니는 둔 적이 없어요."

나이도 위이니 오라버니라 부르라고 강요 아닌 강요를 하는 엄 쇠였지만, 아무리 살가운 성격인 다희도 차마 그 말만은 못 하겠 다. 그가 나쁜 사람이 아니라는 게 더 문제였다. 그녀가 쌀쌀맞게 굴면 굴수록 엄쇠는 그녀의 마음을 얻지 못해 안달을 했고, 다희는 그럴수록 엄쇠에게 미안하고 그럴수록 더 모질어지는 자신의 반응을 어쩌지 못해 괴로웠다.

"어, 또 쌀쌀맞게 군다. 알았어, 알았어. 정 싫으면 기냥 엄쇠야, 이라구 불러도 뒈야. 한번 히봐."

"싫어요. 내가 그쪽을 왜 그리 불러요?"

"아, 또 비죽거린다. 니 또 입술 비죽거리면 확 잡아땡겨 분다."

"악! 싫어!"

뭐가 그리 좋은지 또 킬킬거리고 웃어젖힌 엄쇠가 문득 다희 앞에 놓인 글장을 발견했다. 그녀가 야밤에 종종 뭔가를 끼적이고 있다는 건 엄쇠도 잘 알고 있었다. 하지만 요즘 들어 그 괴상한 행각이 점점 노골적이 돼가는 것 같다. 궁금함에 엄쇠가 글장을 덥석 집었다.

"이게 뭐다냐? 다희 너, 글도 쓸 줄 아냐?"

"앗! 안 돼요! 이리 내놔요!"

다희가 덤볐지만 키가 큰 엄쇠가 팔을 버쩍 들자 허탕이 되고 말았다. 아예 마당으로 도망친 엄쇠가 글장을 들어 햇빛에 비춰봤다.

"이것은……?"

펄럭펄럭 바람에 나부끼는 글장을 바라보던 엄쇠는 문득 깨달았다.

"아, 맞다. 나 글 모르지?"

겸연쩍어진 엄쇠가 뒤통수를 벅벅 긁자 그사이 쫓아온 다희가 빽 소리를 질렀다.

"바보! 멍청이! 알지도 못하면서 헛짓거리는 왜 해요?"

다희가 펄쩍 뛰더니 냅다 글장을 뺏어서는 반빗간 쪽으로 달아났다.

쌀쌀맞은 뒤태마저 왜 이리 귀여운고. 엄쇠는 사라져 가는 그 모습을 향해 사람 좋은 웃음을 흘렸다.

그러던 엄쇠가 문득 마당에 주저앉더니 바닥을 구르는 돌멩이 하나를 집어서 이리저리 획을 그었다.

다…… 희. 다희. 다희.

일자무식인 엄쇠가 주인 나리를 졸라 익힌 유일한 글자였다. 다희. 다희. 글자로 써도 예쁘고 입안으로 굴려봐도 예쁜 이름. 생각만 해도 자꾸만 헤죽헤죽 웃음이 나는 그 이름.

어느새 그 이름이 엄쇠가 쭈그리고 앉은 좁은 마당 한 귀퉁이를 가득 채웠다.

티격태격

"하아! 어떻게 하지?"

다희는 아까부터 골목길 어귀에 숨어서 한숨만 쉬고 있었다. 어디서 소문을 들었는지 요즘 유행한다는 새 글 추리설을 빌려오라는 오씨부인의 성화에 차일피일 핑계를 대고 또 대다 결국 오늘 등 떠밀려 온 참이다. 그 추리설을 지은이가 바로 자신이건만 정작 그 말은 할 수 없으니 안타까운 노릇이었다.

문제는 그 추리설을 구할 수 있는 곳은 저 책하뿐이라는 것. 하지만 지금 다희는 도저히 그 책하에 갈 자신이 없다는 점이었다.

"마님께는 그냥 다 빌려가서 추리설이 없더라고 핑계를 댈까?"

사실 거짓말도 아니었다. 추리설은 책하에서 무려 열 권을 더 필사했지만 필사한 것마다 모두 빌려가서 도통 세책을 할 수가 없었다. 핑계로는 딱 좋은 셈이다. 하지만 눈 딱 감고 거짓말을 하기

로 결심한 다희가 휙 돌아섰을 때, 갑자기 등 뒤에서 운의 목소리
가 들려왔다.

"너 여기서 뭐 하냐?"

"어머나, 깜짝이야!"

갑작스러운 기습에 다희가 거의 추녀까지 다다를 기세로 펄쩍
뛰었다. 뒤를 돌아보니 운이 혀를 차며 그녀를 내려다보다 한마디
한다.

"안 그래도 하도 나타나지를 않으니 내 중촌까지 찾아가려고
했다. 글은 잘돼가고 있는 게냐?"

이 사람은 자기를 보면 글 생각밖에 안 나는 걸까?

당연한 사실인데도 다희는 공연히 부아가 났다. 그렇게라도 운
의 인정을 받게 된 게 너무나 기뻐 날뛴 지 얼마 되지도 않았거늘,
사람의 욕심이란 참 알다가도 모를 일이었다.

"기다려 주십시오. 글이란 게 나오라고 하면 국숫발처럼 쑥쑥
나오는 줄 아십니까?"

"뭐라? 너 말투가 어째 요상타?"

아뿔싸. 종년 주제에 너무 건방지긴 했다. 다희가 입을 막으며
얼른 도망치려 했지만 어림없었다. 재빨리 다희의 뒷덜미를 낚아
챈 운이 그녀를 허공에 매달았다.

"아이고! 왜, 왜 이러십니까!"

"네 이년, 글 가락 좀 쓴다고 오냐 오냐 했더니 아주 간이 배 밖
에서 칼춤을 추지?"

"자, 잘못했습니다요! 잘못했어요! 이것 좀 놔주십시오!"

"못 놓는다, 요년. 네 죄를 알면 얼른 이 자리에서 맹세하거라.

사흘 야 안에 5권 원고를 가져오겠다고!"

"히익! 못 합니다요, 못 해요! 그건 절대로 못 해요!"

"뭐라?"

반쯤은 장난이었지만 이제는 운이 진짜로 안달이 났다. 뭔가 이상한 낌새를 알아챈 운이 대뜸 다희를 내려놓고 그녀를 몰아세우기 시작했다.

"너 지금 그게 무슨 소리냐? 못 하겠다니? 지금 추리설 다음 권이 언제 나오느냐고 난리법석인 걸 모르느냐? 그런데 못 하겠다니!"

"알고 있습니다. 하지만…… 하지만 글이 안 나오는 걸 어쩝니까?"

"허어, 이런 답답할 데가!"

"저도 어서 다음 글을 쓰고 싶습니다. 하지만 붓만 들면 생각한 것이 연기처럼 흩어지고 먹구름만 몰려옵니다요. 저라고 속이 안 타겠습니까요?"

"아니, 이미 줄거리는 다 생각해 뒀다면서 그 글이 왜 오다 말고 사라지느냐? 네 글을 기다리는 독자들을 생각해야지!"

"그 독자들이 문제라는 겁니다. 그 생각을 하면 자다가도 숨이 막혀서 벌떡벌떡 일어나게 됩니다요. 글이 나오려다가도 그이들이 와글거리고 떠들어대는 걸 생각하면 시커먼 장막이 눈앞을 가리는 것만 같다고요!"

알다가도 모를 일이었다. 독자들의 열광적인 반응을 생각하면 불끈불끈 힘이 나야 할 것을, 오히려 그이들을 생각하면 바로 무섬증부터 몰려왔다. 앞이 콱콱 막히고 나오려던 글월도 쑥 들어가면서 빈 종이만 내려다보게 됐다.

"무섭습니다요. 이리 글을 쓰면 맞을까, 저리 글을 쓰면 욕을 먹지 않을까, 자꾸만 생각이 많아지니 앞으로도 뒤로도 못 나가겠습니다. 게다가 글을 좀 쓰고 싶어도 이년의 지식이 짧아도 너무도 짧습니다요. 생각한 바는 있지만, 막상 그걸 풀어내려니 글줄이 막히고 생각한 것을 표현할 길이 없어 답답하기만 하다 이 말입니다. 이를 어찌하면 좋습니까?"

갑갑한 노릇, 갑갑한 노릇! 알 것도 같고 모를 것도 같은 요상한 이치.

소설을 필사하고 빌려주는 것을 업으로 삼고 있는 그이지만, 저더러 그와 같은 줄거리를 구상하라고 하면 운도 당장 붓을 던져 버릴 것이다. 그러니 다희가 도저히 글이 안 나온다 한탄하는 심정이 이해가 가긴 했다. 하지만 그렇다고 마냥 기다릴 수도 없지 않은가.

"네가 분명히 이 주일이면 5권이 완성될 거라 약조하지 않았느냐. 내 주변에도 그즈음까지 글이 나올 것이라 장담했다. 안 그래도 범인을 알려달라는 성화를 막느라 골치인데 여기서 다음 권이 밀리기라도 해봐라. 이것들이 분명 나를 인두로 지져서라도 네가 사는 곳을 토설하라 난리를 칠 것이다."

아이고, 그건 더 해선 안 될 말이었다. 운이 으름장을 놓자 안 그래도 잔뜩 겁먹은 다희의 염통이 아예 깨알만 한 크기로 줄어들었다. 인두로 지져지고 글을 내놓으라 닦달당하는 게 운이 아니라 자신인 것만 같았다. 그리 생각하니 머리꼭대기에서 아른거리는 듯하던 글줄이 그 자리에서 온데간데없이 사라져 버리는 것이다.

"낸들 어찌 압니까!"

"뭐라?"

공포가 지나치니 뵈는 게 없어졌다. 에라, 모르겠다. 될 대로 돼라. 다희가 아예 까치발을 하고는 바락바락 악을 썼다.

"누구는 안 쓰고 싶어서 안 씁니까? 팔자가 펴서 게으름 부리고 있느냐고요! 글이 안 터져서 미치겠는 건 쇤네입니다! 그런데 그리 겁부터 주시면 글이 아주 죽죽 잘도 뽑아져 나오겠습니다요! 그렇게 글이 급하면 나리께서 직접 쓰시던가요! 제 글도 죄다 다듬어주신 대문장가시니 아주 잘하실 거 아닙니까!"

허어, 기가 막히면 말문이 아예 막히나 보다. 운이 어처구니가 없어 멍하니 쳐다보고만 있자, 마음껏 제 하고 싶은 말을 토해낸 다희가 그 길로 줄행랑을 쳤다.

골목길 너머로 휑하니 사라져 가는 그녀를 한동안 바라보던 운이 이번엔 하늘을 쳐다봤다.

흘러가는 구름이 무심(無心). 무심 글자를 그리고 있는 것도 같고 지나가는 바람이 어서 저년을 쫓아가 따귀를 갈기라고 권하는 것 같기도 하다.

이내 마음이 이리 복잡한 게 실로 얼마 만인가. 운은 그만 기가 막혀 헛웃음을 흘리고 말았다.

"내가 미쳤지, 미쳤어."

중촌 어귀로 접어드는 다희의 입에서 저절로 한탄이 튀어나왔다. 글이 늦어지니 미안하다고 싹싹 빌어도 모자랄 판에 바락바락 악을 썼으니, 앞으로 책하를 무슨 낯으로 찾아가냔 말이다. 세책이야 다른 데서 할 수 있지만, 마님이 기어코 추리설을 빌려오라 하면 다희가 머리에 든 것을 꺼내 좔좔 읊어주지 않는 이상 결국 책하에 가야만 했다.

"아니, 차라리 짬을 내서 추리설 네 권을 다시 써낼까? 글씨야 흉하지만 그래도 우리 마님은 추리설을 빌려왔다 하면 아주 좋아 하실 거야."

다음 권 써내는 것과 추리설 빌리는 것 중 어느 쪽이 더 중한 일일까? 다희는 알쏭달쏭 가늠이 가지를 않았다.

그런데 그녀가 막 오씨부인 댁 문을 밀고 들어설 때였다. 이번 엔 익숙한 고함이, 아니, 실제로는 들은 지 꽤 오래돼 살짝 잊고 있던 목소리가 그녀를 맞았다.

"나가라니까! 벼룩도 낯짝이 있지, 이 개색희가 예가 감히 어디 라고 쳐들어왔니?"

우렁우렁 땅으로 내리치는 벼락처럼 크고 날카로운 오씨부인의 고함이 마당을 갈랐다. 그 수모와 창피를 다 맞고 있는 것은 도포 차림의 선비. 사내답지 못하게 배슬배슬 몸을 꼬고 모르는 척 딴 청을 피우면서도 차마 그 자리를 뜨지 못하고 있는 사람은 바로 몇 달 전 이천 땅에 버리다시피 두고 온 주인 나리, 즉 이 집의 주 인이었다.

"개새끼라니, 부인. 거 좀 말이 심하지 않소."

어허허험, 헛기침을 하는 주인 나리는 그 체구가 몹시 왜소했 다. 그에 비해 오씨부인은 베틀질을 도맡아 하는 것은 물론이요, 양반 체면에 필요하다면 절구질까지 서슴지 않고 도울 정도로 힘 이 셌고 덩치 또한 남자처럼 컸다. 옷을 바꿔 입혀 두 사람을 나란히 세워놓으면 누가 봐도 오씨부인이 형님이고 주인 나리는 누이동생처럼 보일 정도였다.

중년의 노비 천둥아범과 엄쇠, 거기에 행랑어멈이 키득거리고 있고, 오씨부인은 당장 나가라며 욕설을 내뱉는 와중에도 주인 나리는 얼굴만 붉힐 뿐 그 자리를 지키고 있었다.

명색이 양반, 게다가 사내대장부인 그가 어쩌다 이런 수모를 당하게 됐을까. 그것은 기실 오씨부인 가솔과 다희가 이천 땅을 뜨게 된 사연과 관계가 있었다.

주인 나리의 함자는 이색희. 성은 이가요, 이름은 색희다. 깊숙할 색(賾)에 복 희(禧), 깊숙하고 풍성한 복이라는 뜻이니 색희 나리 태어날 적에 조부께서 심사숙고해서 지으신 이름이다. 꼭 조부의 정성 아니더라도 색희 나리는 굳이 이 이름을 원망하지 않았다. 그래도 저는 낫다고 자위해야 할 것이 위로 하나 있는 형의 이름은 깊을 색 돌림자에 귀할 귀(貴)를 써서 색귀였기 때문이다.

이 이색희 나리가 다행히 과거 급제하고 출사해서 변변찮은 벼슬이나마 얻어 차긴 했지만, 조상대에 가산을 다 날리는 바람에 상당히 빈곤한 처지였다.

그나마 집안이 일어나게 된 것은 이웃 마을 살던 오씨부인이 지참금으로 가져온 전답을 밑천 삼아 큰 농사를 짓게 되면서부터였다. 부지런한 오씨가 양반 체면 가리지 않고 베틀질에 힘써 질 좋은 비단을 짜내고 농사일도 신경 쓰니 살림은 금세 일어났고, 그덕에 근방에 오씨부인이 복덩이라면서 칭찬이 자자했다. 시댁 어른들도 부지런하고 살림 잘하는 오씨부인을 예뻐함이 색희 나리에 대한 것보다 더했다.

그런데 호강이 너무 겨웠던 것일까. 이 색희 나리가 가세가 풍족해지자 슬슬 딴마음을 품기 시작했다. 영웅호색이라 하였것다, 여유가 좀 생긴 이후로 기루에 드나들기를 밥 먹듯이 하더니 급기야는 근처 사는 퇴기의 딸년과 바람이 나버렸다. 정확히는 꼬리 치는 기생 딸년의 유혹에 넘어간 것인데, 어쨌든 정신 못 차린 색희 나리, 대담하게도 그 딸년을 집 근처로 끌어들이더니 자기 집 대문에서 그리 멀지 않은 채마밭에서 만나기에 이르렀다.

그런데 재수도 없지, 저녁 먹은 것이 체한 것 같다며 일찌감치 자리보전하고 누워 있다가 눈치를 봐서 채마밭으로 나간 나리. 하필 기생 딸년을 만난 그 장면을 들키고 말았다. 이웃 마을 세책점에서 책을 빌려 돌아오던 다희와 딱 마주치고 만 것이다.

급한 나머지 기생 딸년을 채마밭 가장자리 나무둥치에 기대게 하고 치마를 걷어 올리던 색희 나리. 다희가 그를 보고 비명을 지르자 놀란 나머지 자빠지고 말았다. 고함에 놀라 튀어나온 것은 하필 오씨부인이었다. 안 그래도 사랑채에 들어 있던 남편이 보이지 않음에 그를 찾고 있던 부인의 눈에 그 순간 흘러내리는 치마를 붙잡고 밭 너머로 도망치는 기생 딸년이 들어왔다.

눈치 빠른 오씨부인. 바로 모든 것을 꿰뚫었다. 그렇지 않아도 남편과 저 기생 딸년의 눈치가 하 수상해서 두고 보던 참이다. 그런데 이 벼락 맞을 것들이 감히 제 앞마당에서 일을 벌이다니!

"거기 밭에 누구냐!"

냅다 소리를 지르자 당황한 색희 나리가 채마밭에 무성한 배추 사이로 엎드렸다. 솔직히 그 꼬락서니마저 오씨부인 눈엔 다 보였지만 다희로서는 일단 그를 감춰주지 않을 수 없었다.

"우, 우리 집 개새끼인 것 같습니다요, 마님."

"아니, 그 색희가 안 그래도 요즘 발정이 요란하게 난 것 같더라니 그새 집을 나간 게냐? 안 되겠다. 이참에 다시는 바깥에다 씨를 못 뿌리도록 불알을 까버려야겠다."

모르는 척 외친 오씨부인이 채마밭으로 뛰어들자 색희 나리는 난리난리가 났다. 붙잡히면 저 성질머리에 불알만 까는 게 아니라 거시기마저 자를 것 같다. 당황한 색희 나리, 차마 일어나 도망치진 못하고 엎드린 채 무릎걸음으로 귀신같이 도망을 치는데, 그 속도가 어찌나 빠른지 불편한 치마저고리 차림으로 쫓아가던 마님은 도저히 잡을 수가 없었다.

"아니, 저 색희가 도망을 치네! 다희야, 뭐 하니? 얼른 저 색희 잡아라!"

"아이고, 걸음이 어찌나 빠른지 잡을 수가 없네요. 어, 어머나, 세상에! 빠르기도 해라!"

거짓이 아닌 게, 색희 나리 무릎걸음이 진짜 빠르긴 빨랐다. 불편한 채마밭을 다 벗어나자 아예 벌떡 일어나 달음박질을 치는데, 오씨나 다희로선 도저히 따라갈 수가 없었다. 그러나 오씨가 달래 여장부이랴. 분김이 안 풀린 오씨가 그 자리에서 밭에 구르는 돌멩이를 집어 색희 나리를 향해 던졌는데 그것이 용케도 그의 뒤통수에 딱 소리를 내며 적중했다.

"이 개색희! 게 서지 못하니!"

그러나 여기서 들통 나면 모든 게 수포로 돌아간다. 색희 나리는 눈물을 머금고 비명을 지를 수밖에 없었다.

"깨갱!"

통렬한 개소리를 남긴 색희 나리가 어둠 속으로 줄행랑을 쳤고, 오씨부인은 사라져 가는 흰 저고리 자락을 향해 욕설을 퍼부었다.

"이 개색희가! 돌아오면 너는 내 손에 죽는다, 이색희야!"

마님은 그날로 짐을 싸서 다희와 함께 친정으로 와버렸다. 칠거지악이며 여인의 도리가 다 소용이 없었다. 진즉부터 집안의 실권을 쥔 건 오씨부인이고 가산을 일으킨 것도 그녀였기에 오씨부인이 만사를 작파하자 오히려 궁지에 몰린 건 색희 나리며 시댁 어른들이었다.

시어른들이 색희 나리를 불러 손이 발이 되게 빌라고 야단을 치는 동안 오씨부인은 더 큰 사달을 냈다. 전답을 다 팔아치우고 그 길로 가솔을 이끌고 한양으로 올라와 버린 것이다. 다희가 갑작스럽게 한양에 오게 된 건 바로 그런 이유에서였다.

그런데 겸연쩍어서인지, 아니면 저도 화가 나서인지 한양 올라온 뒤로도 통 걸음하지 않던 색희 나리가 마침내 이 집 마당에 나타났다. 나리가 오씨부인 박대에도 굴하지 않고 서 있는 걸 보면 아마도 나타나지 않던 이유는 전자 쪽인 것 같다.

"허험, 허험! 거 나가긴 어디를 나간단 말이오. 내 집이 바로 여기이거늘."

"내 집? 하이고, 지나가던 소가 다 웃겠다! 개색희 집은 개집이지 어디 사람 집엘 와서 내 집이라고 주장을 해? 이보시게, 천둥네! 어서 저 개색희 좀 끌어내게!"

천둥아범이 머리를 긁적이며 웃는데 아무리 지엄하신 마님의 명령이라 해도 차마 그 짓만은 못 하겠다. 마님이 친정에서 데리고 온 다희나 나중에 머슴으로 들어온 엄쇠라면 몰라도 천둥네나 행랑어멈은 원래는 이색희 집안의 하인이었던 것이다.

"못 하겠다, 이겐가? 좋다. 엄쇠야! 네 녀석이 저 개색희 좀 끌어내거라! 어여!"

"어허, 부인. 왜 이리 패악을 부리시는 게요? 허허험, 거 사내대장부 체면이 있거늘 그만큼 성질을 냈으면 내 체면도 좀 세워줘야 할 것 아니오?"

"체면? 체면이 있는 양반이 어디 먼 곳도 아니고 제집 앞 채마밭에서⋯⋯!"

그 말이 떨어지기 전에 색희 나리가 비호처럼 몸을 날렸다. 얼른 오씨부인 입을 틀어막은 그가 마님의 귀에다 대고 이를 악물고 속삭였다.

"잘못했소. 내가 잘못했소, 부인."

제가 잘못을 해놓고도 빈 적이 없는 색희 나리다. 물론 미안한 마음에 오씨부인 댁 친정 마당에 앉아 부인이 나올 때까지 몇 시간이고 서 있던 적도 있고, 은근슬쩍 부인 손을 잡으며 애정을 표현하려 한 적도 있었지만 제 입으로 미안하단 말만은 하지 않았다. 그게 사내대장부 체면인 줄 알고 그렇게 고집을 부렸는데 드디어 그 입에서 제대로 된 사과가 나왔다.

오씨부인의 성난 심장이 그제야 가라앉았다.

이 말 한마디를 기다렸던 게다. 구렁이 담 넘어가듯 어물쩍 넘기려는 개수작 말고 이런 진정한 사과를 바랐던 게다. 오입질이 무슨 훈장이라도 되는 양 거느린 첩 수를, 건드린 여인의 수를 자랑스럽게 떠들어대는 남정네들이 미웠고, 제 남편이 그런 무리 중의 하나란 것을 인정하고 싶지 않았던 거다.

이미 오씨부인의 분노가 반분은 가라앉았다. 그런 데다가 색희 나리가 제 딴엔 환심을 산답시고 한마디를 더하였다.

"이번 한 번만 용서해 주면 내 일평생 부인을 위해 봉사하리다. 멀리 갈 것도 없소. 오늘 이 밤에 부인을 위해 열두 번을 해주겠소."

뭐라?

기가 막혀 색희 나리 쳐다보니 이색희가 겸연쩍게 웃는다. 그러더니 진짜 자신 있다는 듯 아랫도리를 손가락으로 가리키며 눈을 끔쩍하는 것이다.

"하이고, 내 참, 열두 번은 무슨……."

지금껏 전적을 보면 열두 번은 고사하고 세 번도 무리다 싶다. 그러나 사과에 이어 이 정도 성의까지 보이겠다는 데는 마님도 결국 마음이 움직였다.

미우나 고우나 제 서방이다. 한양 올라올 적에는 소박을 맞는 한이 있어도 다시는 그 얼굴 안 보겠다 다짐했지만, 막상 석 달여 만에 그 샌님 같은 면상을 보니 조금은 짠하기도 했다.

"아버님께서는 그 귀한 아들내미한테 밥도 안 해 먹였소? 속상하게시리 그 꼴이 다 뭐요?"

가타부타 말도 없이 휙 돌아선 오씨부인이 행랑어멈을 향해 외쳤다.

"행랑어멈, 뭐 하오? 어서 솥에 밥부터 안치시오!"

어이쿠, 앵돌아진 마님 마음이 드디어 풀린 게다. 심산을 알아차린 행랑어멈이 웃으며 찬간으로 달려가고, 엄쇠와 천둥아범이 낄낄 웃으며 색희 나리를 사랑채로 이끌었다. 다희 역시 얼른 안채를 치우러 달려가니, 필시 오늘 밤은 이 방에서 연분이 진하게 나리라 짐작한 것이다.

그날 밤, 다희의 예상대로 저녁상 물린 색희 나리는 바로 안채를 찾았다. 다희가 깔아놓은 원앙금침에 제가 먼저 들어앉은 색희가 이제나저제나 부인이 오기를 기다렸다. 2각쯤 지났을까. 오씨부인이 그제야 헛기침을 하며 안채로 들었다. 몽니를 부리고 돌아앉은 것을 다희가 억지로 끌어다 밀어 넣은 것인데, 안방마님은 제 방을 거부하고 바깥주인은 먼저 들어앉아 반려를 기다리는 모습이 안팎이 심하게 바뀐 것 같다.

"나리, 주안상 봐왔습니다. 안으로 들일까요?"

다희가 재치 있게 끼어들어 묻자 색희 나리가 얼른 그러라 외쳤고, 곧이어 푸짐하게 차려진 술상이 오씨부인과 색희 나리 사이에 놓였다.

"좋은 시간 보내십시오, 나리."

생글거리며 물러가는 다희의 웃음이 예사롭지 않다. 그러나 막상 그녀가 사라지자 할 말이 없어 무색해진 두 사람 사이엔 어색한 정적만이 감돌았다.

"허험, 허험."

"옷흠, 옷흠."

"어허험, 어흠!"

"앗흠, 앗흠!"

열두 가지 다양한 방식으로 헛기침을 하던 두 사람이 어느 순간 서로를 바라봤다. 그 눈에 열기가 흐른다는 것을 깨닫는 데는 그리 오랜 시간이 걸리지 않았다.

"에구머니!"

색희 나리가 먼저 오씨부인을 덮쳤고, 부인은 못 이기는 척 금침 위로 자빠졌다. 치마저고리가 내려가고 저고리 고름 푸는 데 단 1식(息:숨 한 번 쉴 정도의 아주 짧은 시간)도 걸리지 않았다. 잽싼 몸놀림으로 마침내 모든 옷가지를 벗겨 내린 색희 나리. 바야흐로 풍족하게 젖은 오씨부인 밀지로 들어섰것다.

"아흣!"

처음엔 좋았다. 이미 색에는 어느 정도 익숙해진 오씨부인. 오랜만에 맛보는 남편의 기둥에 나름 환희를 느꼈다. 그러나 그것도 잠시였다. 잠깐 동안 그녀 안에 기둥을 묻은 채 씩씩거리던 색희 나리가 불현듯 몸 끝을 빼냈다 밀어 넣으며 속삭였다.

"한 번."

어라라? 지금 뭐 하려는 것이냐?

가만히 두고 보려니 색희 나리, 아니, 색희 이놈이 다시 제 물건을 뺐다가 쿡 찔러 넣으며 또 속삭인다.

"두 번."

그 순간 색희 나리 다짐이 오씨부인의 뇌리를 스쳤다. 오늘 이 밤에 부인을 위해 열두 번을 해주겠소. 열두 번. 열두 번…….

'그러니까 그 열두 번이 이거였어?'

그와 동시에 오씨부인이 벌떡 일어나며 베개를 휘둘렀다.

"나가, 이 개색희야!"

✱

"후우우……."

오늘도 다희는 책하 근처 골목길 어귀에 고개만 쏙 내밀고 서서 한숨만 쉬고 있었다. 어젯밤 무슨 일이 있었는지 색희 나리는 속 곳 차림에 베개만 든 채 맨발로 쫓겨났다. 천둥아범이 쫓아가 한 양 사는 친척 집으로 그를 모셔가기는 했지만, 열통이 터진 오씨 부인은 그날 아침으로 다희를 책하로 보내 책이란 책은 모조리 빌려오라고 명을 내렸다. 뻗친 울화를 세책으로 달래려는 것이다.

오늘은 꼭 추리설을 빌려오라고 신신당부했는데, 그러자면 저 책하로 들어가야만 했다. 하지만 오늘따라 그 책하로 가는 것이 어째 저승 문 들어가는 것처럼 싫기만 할까?

"내만 보면 읽고, 읽고. 무슨 빚쟁이처럼 닦달을 해대니, 원. 나 한테 뭐 글을 맡겨놨나?"

생각해 보니 슬슬 부아가 나고 운에 대한 원망만 커졌다. 섭섭 하기도 하고 한편으로는 미안하기도 하고. 도무지 감정 조절이 안 되고 자제도 안 되니 그냥 피하는 게 상책이다 싶다.

"흥, 세책점이 거기만 있나?"

아침부터 사람들이 분주히 드나들고 있는 책하의 대문을 노려 보던 다희가 결국 샐쭉해서 쫑알거리고는 골목길을 빠져나왔다.

"다른 서사에서도 추리설을 베껴다 놨을지 모르니 내 이참에 책하 말고 다른 곳을 뚫어봐야지."

그러나 그 결심은 허사가 됐다. 다희가 박가서사로 가려 광통교 를 도로 건너려 할 때 하필 책하를 나오던 운이 그녀를 발견한 것 이다.

저 조그마한 뒤태가 다희의 것이 맞으렷다. 책하에 들르지 않고 그냥 가려는 게 분명한 그 모습에 운은 냅다 그 뒤를 쫓아가기 시작했다.

"게 서라!"

운이 그 뒤를 쫓아가며 고래고래 소리를 지르자 저만치 앞서 가던 다희가 그를 발견하고는 당황했다. 원귀를 낚아채러 오는 저승사자가 저런 모습이랴. 더럭 무섬증이 몰려온 다희가 앞뒤 가리지 않고 도망부터 쳤다.

쫓아가는 운은 화가 뻗쳤다. 가져오라는 원고는 안 가져온 게 분명한데, 죄송하다고 사근사근 사과를 해도 모자랄 판에 피하고 달아날 궁리부터 하다니!

"너, 너! 너 왜 도망가는 것이냐!"

분김이 오르고 열통이 터진 운이 쫓아가며 고함을 지르자 다희는 더 겁이 났다. 그녀가 도망가는 걸음 그대로 몸을 돌려 소리를 질렀다.

"그, 그리 무서운 얼굴로 쫓아오는데 어느 누가 도망을 안 치겠습니까?"

솔직히 왜 도망가는지도 몰랐다. 일단 그 지옥 마귀 같은 얼굴을 보니 잡혔다간 뭔 일을 당할지 모르겠고 두렵기만 하니 머리는 멈추려 해도 몸이 말을 듣지 않았다. 다리가 저절로 움직여 자꾸만 운에게서 달아나려고만 하는 것이다.

한편 운은 운대로 더 열통이 터졌다. 뭣 때문에 도망부터 치는지는 알 것 같은데, 그렇다고 저 조그만 걸 못 잡으면 한양 폐객의 체면이 말이 아니게 된다. 운이 더욱 노기등등해 달아나는 그 등짝에 외쳤다.

"오냐, 너 잡히지 마라! 계속 도망가라!"

"그건 또 왜요?"

"잡히면 죽일 거니까!"

"꺅!"

운이 한 가지 간과한 점이 있었다. 조그마한 계집아이라고 만만하게 봤는데 그 조그만 것이 한 번 겁을 먹고 도망치니 빠르기가 다람쥐 같았다. 쫓아가는 운을 피해 문자 그대로 다람쥐처럼 골목골목 샛길로 잘도 도망치는 것이다.

"이것이 어디를 갔지?"

조막만 한 집들이 사이좋게 어깨를 비비고 있는 골목길. 그 한가운데 선 운이 헐떡거리며 중얼거렸다. 어찌나 도망을 잘 치는지 이제 잡았다고 생각한 순간, 오른쪽 길로 휙 빠지고 왼쪽 길로 휙 빠지며 사람 약을 올렸다. 이제는 잡아서 뭘 어째야겠다는 생각보다는 죽어도 잡고 봐야겠다는 자존심만 남았다.

한양 폐객, 여간해선 지는 법도 없고 봐주는 법도 없는 운의 별명이다. 그 폐객이 가만히 숨죽인 채, 쥐 죽은 듯 고요한 고샅길 사방을 주시했다. 저잣거리에서 약간 떨어진 고샅길은 대낮인데도 인기척이 없었다. 귀를 1척 높이로 세운 운이 그 사이로 가만가만 걸어갔다.

사사삭.

옷 입은 다람쥐가 벽을 스치고 지나가는 듯한 소리에 운이 재빨리 소리가 들려온 쪽을 향해 벽력같이 외쳤다.

"거기냐!"

거기가 아니었다. 운이 외친 지점에는 막 대문을 나오다 그의 외침에 기함을 한 노파가 가슴께를 짚고 허우적거리고 있었다.

잘못 짚었다는 걸 깨달은 순간 저 멀리 골목길 너머로 달아나는 기척이 느껴졌다. 홱 돌아보니 이번에야말로 다희가 맞았다. 놓칠까 보냐!

"게 서라, 요년!"

"히익!"

땅을 박차고 달렸으나 손끝 하나 차이로 다희의 꽁지머리가 홱 하니 왼편 골목으로 사라졌다. 그런데 이게 웬일인가. 분명 그 뒤를 따라 왼쪽으로 돌았건만 다희의 모습은 온데간데없이 사라졌다. 울타리도 없이 벌겋게 마당을 드러낸 초가집 두 채가 길을 사이에 두고 서로 마주 보고 있을 뿐, 그녀는 보이지 않았다.

어디, 어디…… 어디냐?

운이 가만가만 길을 훑었다.

볕이 좋은 때라 햇볕이 바로 내리쪼이는 오른편 초가 마당엔 바지랑대에 받힌 빨랫줄에 희고 누런 옷가지들이 걸려 펄럭거리고 있었다. 그 마당에 바람이 횡하니 불어왔다. 귓구멍이 꽉 막힌 듯 숨 막히는 정적 속, 공기를 가르는 옷가지만 살아 움직였다.

그때였다. 숨소리마저 죽인 채 초가 마당을 지나가던 운이 돌연 몸을 돌리며 홱 손을 뻗었다. 빨랫줄에 걸려 펄럭거리고 있는 치마저고리 중 한 벌을 홱 재낀 운이 그 뒤에서 나타난 인영을 향해 소리를 질렀다.

"잡았다, 요년!"

"꺄아아악!"

잡을 욕심이 컸다. 운이 달아나는 다희의 팔을 낚아채며 끌어당기는 바람에 그녀가 덥석 운의 품 안에 안겨 버렸다.

'히익!'

이게 무슨 꼴일꼬. 정신을 차리고 보니 두 사람은 다정한 연인인 양 서로를 꼭 끌어안고 있다. 아담한 정수리가 오롯이 내려다보이고 두근거리는 심장의 박동은 귓가에 그대로 전해졌다.

어린 종년이었다. 글을 잘 쓰는 점이 희한하긴 했지만 그저 그뿐, 여인으로 생각한 적은 없었다. 그런데 그의 팔 안에 잠긴 다희는 지금 이 순간만큼은 여인이었다. 불가사의할 정도로 짙은 청춘의 방향을 통해내는 여인, 지금의 그녀가 바로 그랬다.

팔 안에 안긴 다희와 운의 눈길이 부딪쳤다. 당황으로 가득 찼으면서도 순수한 기대로 가득한 말간 눈길.

그를 깨닫는 것과 동시에 운은 그녀를 안은 팔을 놓아버렸다.

"꺄악!"

꿍, 소리를 내며 나자빠진 다희가 눈물을 찔끔 닦아내며 외쳤다.

"이게 무슨 짓입니까! 놓으려거든 말이나 하고 놓던가요!"

저 마음대로 안아놓고, 놓기도 마음대로 놓아버렸다. 그게 섭섭하고 화가 나서 다희는 제 신분도 잊고 바락바락 소리를 질렀다.

자빠질 때 손을 잘못 짚었는지 팔목도 아프다. 다희가 제 팔목을 들여다보며 눈물을 글썽거리자 운이 짐짓 혀를 차면서 그녀 앞에 주저앉았다.

"미련한 것."

한마디 툭 내뱉은 운이 쾌자 안에 받쳐 입은 저고리에서 옷고름

을 쭉 찢어냈다. 그러더니 빨랫줄을 받친 바지랑대를 끌어다 아랫
단을 뚝 끊어내서는 부어오른 다희의 팔목에다 대고 옷고름을 둘
러 단단히 감아준다.

두근.

이상하다. 이 사람이 왜 이런다지? 내 심장은 또 왜 이런다지?

다희의 왼편 가슴께가 이상하다. 자꾸만 동네북처럼 둥둥 울려
대니 이러다 심장 소리가 살가죽을 뚫고 운에게까지 들릴 것 같
다. 아, 정말로 그랬다간 다희는 창피해서 이 자리에서 죽어 엎어
질지도 모른다.

"뭐, 뭡니까요? 잡히면 죽인다고 그리 토끼 잡듯 몰아댈 때는
언제고. 지금 병 주고 약 주시는 겁니까?"

괜히 핀잔을 줬지만 그녀의 얼굴은 이미 삶은 호박처럼 벌게져
있었다. 이 얼굴을 보였다간 운이 필시 두고두고 자신을 놀릴 것
이다. 아니면 언감생심 천것이 감히 어딜 넘보느냐며 멀리멀리 내
칠지도 모른다. 다희는 아픈 손목을 들여다보는 척하며 어째선지
자꾸 비어져 나오는 눈물을 감추려 고개를 푹 수그렸다.

그러면서도 자신이 천것이란 게 다행이란 생각이 드는 것은 모
순, 모순. 그녀가 반가의 규수였다면 아무리 운이라 해도 그녀의
다리를 돌봐주지 않았을 거다. 그리 생각하면 자신의 낮은 처지가
다행이다 싶다. 자꾸만 천 갈래 만 갈래로 갈라지며 섭섭했다가
기뻐지는 자신의 마음을 다희는 알 수가 없었다.

"너 설마 박가서사에서 책을 낼 요량이냐?"

"히익!"

돌연 운이 얼굴을 바짝 들이대며 묻자, 막 일어나려던 다희가

도로 엉덩방아를 찧었다. 이번엔 심장만 두근거리는 게 아니었다. 명치가 바짝 조여지더니 방정맞게도 딸꾹질이 튀어나왔다.

"아, 아니옵니다. 히, 히끅!"

"아니라니? 내 박가서사로 달음질쳐 가는 너를 보고 쫓아온 건데도?"

"아니, 그런 게 아니옵고, 히끅히끅! 저, 전 그냥 책만 빌리려고……. 히끅! 끄윽!"

"얼씨구? 참 가지가지 한다. 딸꾹질은 왜 하는 것이냐?"

"그, 그리 얼굴을 갑자기 들이대시니, 히끅! 그, 그러는 거잖아요! 히끅히끅! 그, 그러게 왜 사람을 그리 놀래키…… 히끅!"

"내가 무슨 범이냐, 뱀이냐? 놀라긴 왜 놀라? 진짜 범 모양을 봬주랴?"

"히익! 엄마야!"

그와 동시에 운이 우와악 외치며 다희를 향해 달려들었다. 엉덩방아 찧은 위에 또 찧을 수는 없는 일이라 기세에 눌린 다희가 그대로 뒤로 넘어가고 말았다.

순식간에 땅과 하늘이 뒤집어지고 머리 위로 창피할 정도로 새파란 하늘이 드리워졌다. 자빠진 다희는 한동안 눈을 껌벅거리며 그를 쳐다보다, 이윽고 들려온 웃음소리에야 간신히 정신을 차렸다.

운이 웃는다. 기가 막히기도 하지만 저렇게 크게 웃는 건 또 처음이다. 좋구나, 그 웃음. 하지만 좋으면서도 부글부글 부아가 끓는 것은 당연지사. 다희가 그 자리에서 벌떡 일어나며 빽 고함을 질렀다.

"나리!"

"아이고, 깜짝이야! 화승총을 삶아 먹었나, 목소리가 어찌 그리 큰 게냐?"

"사람을 그리 가지고 놀면 좋습니까요? 정말 너무하십니다!"

"그래, 좋다. 너무 재밌어서 너를 하루라도 안 보면 못살겠다."

어라? 말해놓고 나니 이상하다. 말을 내뱉은 운이나 그를 들은 다희나 갑자기 할 말이 없어졌다. 오글오글 팔다리가 간지럽고 낯 가죽이 실룩거린다.

'도대체 그런 말은 왜 한 거지?'

뻘쭘, 뻘쭘. 천지간에 이런 무안이 없다. 여자가 꼬이는 것도, 여자를 꾀는 것도 성정에 통 안 맞는 운이었다. 그런데 이 아이 앞에서는 왜 자꾸 입을 허투루 놀리는 걸까. 서둘러 입을 연 운은 마음에 없는 말로 사태를 진화했다.

"네가 통 오지를 않으니 글이 언제 나올까 궁금해서 못살겠단 말이다. 안 그래도 책이 언제 나오느냐 닦달하는 자들이 많은데, 너까지 얼굴을 보이지 않으니 내 답답해 죽겠다. 내 고충을 알 것 같으면 매일매일 책하에 나와 글을 쓰거라. 그것도 안 되겠으면 약조한 날짜에라도 꼬박꼬박 글을 가지고 오던가."

"쳇, 그런 것이었습니까? 난 또……."

"난 또, 뭘? 그럼 내가 너를 기다릴 다른 이유라도 있단 말이냐?"

"어련하시겠습니까. 됐습니다, 됐어요. 내가 나리랑 말을 말아야지."

괜히 부아를 내며 발딱 일어난 다희가 엉덩이에 묻은 흙을 탁탁 털어냈다. 야무지게 옷을 털고 풀어진 댕기를 다시 묶는 다희는 모른다. 징하게 튀어나오던 딸꾹질이 어느새 멈췄다는 것을.

"너 또 박가서사 갈 것이냐?"

절뚝거리는 걸음이나마 씩씩하게 걸어가는 다희의 뒤에다 대고 운이 외쳤다.

"내 발 갖고 내가 가는데 나리가 무슨 상관입니까?"

다희가 많이 컸다. 화가 난 나머지 떨리던 것도, 긴장한 것도 다 잊어버리고 빽 말대답을 한다.

"허허, 그러면 안 되지. 박가서사에서 책을 낼 것도 아니면서 거기를 왜 가?"

"책이야 책하에서 낸다 해도 세책은 아무 데서나 할 수 있는 것 아닙니까? 저번서 박가서사를 지나는데 그 댁 주인 나리가 문 앞까지 나와서는 자기네도 요즘 세책을 많이 들여놨으니 일간 들르라 합디다요. 어느 누구랑 달라서 단골한테는 세책료도 깎아주고 연체료도 아니 물고 잘해준다 합니다."

"이런 요망한 것을 봤나. 세책료 한두 푼 깎아주면 아주 간이라도 바칠 기셀세? 여인이 지조가 있고 절개가 있거늘 그깟 돈 한두 푼에 믿고 찾던 단골 네를 버려? 정의가 있고 도리가 있지!"

큰소리를 뺑뺑 치긴 했지만 사실 운은 마음이 급했다. 박가서사에서 책을 빌린다면 그곳에서 책을 써내는 것도 못 할 일이 아니다. 장안에 소문난 추리설의 작가라는 게 밝혀지면 박가서사가 아니라 다른 세책전도 각다귀처럼 달려들 것이고, 글 값을 높여서라도 그녀를 데려가려 할 게 틀림없었다.

성격에 안 맞고 처지에 안 맞아도 지금은 다희를 달래야 할 때였다.

"글이 잘 안 풀리는 게냐? 그래서 책하에 오기를 피하는 게지?"

"……."

말을 하지 않는 건 결국 그렇다는 뜻이다. 운이 혀를 끌끌 차며 고집스럽게 입을 다문 채 저의 시선을 피하는 다희를 바라보다 입을 열었다.

"정 그러면 나랑 좀 의논을 하자. 이야기를 나누다 보면 이야기가 잘 풀릴지 혹시 아느냐."

"정말이십니까요?"

반색을 하며 답삭 달려들자 운이 킬킬 웃었다. 내심을 숨기지 못하는 걸 보면 이럴 땐 순진하기만 한 아이다. 결국 운이 다희를 데리고 책하로 들어왔다. 세책대를 사이에 두고 마주 앉자 운이 입을 열었다.

"그래서, 네 지금 어디가 막히는 것이냐? 문장이 문제냐, 아니면 글 내용이 문제냐?"

"문장은 나리가 봐주시니 문제될 게 아니옵고, 다만 5권 내용을 어떻게 풀어야 할지 감이 안 잡힙니다요."

"일단 생각은 해두었고? 생각해 둔 바가 있으면 말을 해보거라. 내가 들어보고 재미가 있는지 없는지 말해주마."

머뭇거리던 다희가 결국 마음에 품고 있던 전개를 털어놓았다. 그런데 더듬더듬 풀어놓는 말을 들어보던 운이 돌연 입을 열었다.

"그래서 너는 여기서 조씨부인네 식구들이 뭔가 결정적인 역할을 하게 한다는 것이냐?"

"그, 그렇습니다. 그게 이상합니까?"

눈치를 보며 조심스럽게 되묻자 운이 딱 잘라 대답했다.

"안 된다."

단호해도 너무나 단호하다. 고개를 모로 돌리며 딱 잘라 버리자 다희는 어안이 벙벙한 얼굴이 됐다. 안 된다니. 제 딴에는 열심히 머리를 굴려서 생각한 전개인데, 앞뒤 더 들어볼 것도 없이 안 된다니.

'아니…… 지가 뭔데?'

천것이지만 그래도 추리설의 작가이다. 다른 건 몰라도 제가 쓴 글을 단 한 마디로 무시하는 건 용서가 안 됐다. 운이 도대체 뭐란 말인가. 그래 봤자 제삼자. 추리설의 작가는 운이 아니라 그녀가 아닌가!

화가 머리끝을 뚫고 나와 승천하기 직전이었지만 다희는 필사적으로 그를 참았다. 아무리 화가 나도 조언이 필요한 건 그녀이니 일단 들어는 봐야 했다.

"그럼 어떻게 풀어내면 좋겠습니까? 무슨 좋은 생각이 있으세요?"

"말하자면 5권부터 남자 주인공이 조씨부인네 식구들과 한통속이 된 것이 아니냐. 그렇지? 그럼 여기서 조씨부인 쪽 식구 중에 아리따운 여인이 있어서 주인공과 정분이 나면 어떠하냐?"

"네에?"

참고 참던 다희의 인내가 마침내 바닥이 났다. 이성은 가출, 어이는 도망. 다희가 그 자리에서 발딱 일어나더니 대뜸 화를 냈다.

"아니, 도대체 거기서 왜 엉뚱한 여자가 나오는 겁니까? 이게 연애소설이에요? 왜 사건을 조사하다가 갑자기 정분이 나요?"

"안 될 건 또 뭐냐? 모름지기 세책 중에서도 제일 인기 있는 것이 연애소설이다. 이즈음에서 정분이 한 번 탁 나줘야……."

"안 됩니다! 그거야말로 안 돼요! 죽었다 깨나도 그렇게 바꿀 수는 없습니다!"

"뭐라?"

"글을 쓰는 건 쇤네입니다. 쓰다가 막히는 한이 있어도 글을 어떻게 끌어가야 할지는 제 머릿속에 다 있단 말입니다! 그런데 그런 엉뚱한 걸 끌어다 대면 글 전체가 엉망이 되지 않아요!"

"허어!"

다희가 은근히 고집이 세다는 것은 짐작했지만, 이 정도로 화를 내는 건 처음 봤다. 그냥 떼를 쓰거나 분을 내는 게 아니라 자기만의 소신으로 고집을 부리는 것이다. 그녀가 그냥 노비가 아니라 글을 쓰는 사람이기 때문에 그러는 것이다.

잠깐 화가 나기도 했지만, 운은 문득 그런 생각이 들었다. 그리 생각하자 치솟아오르던 분김이 가라앉았다.

'참을 인, 참을 인……! 추리설 다음 권을 위해서다!'

결국 감정을 가라앉힌 그가 한발 물러났다.

"그럼 너는 어떻게 하고 싶은 게냐?"

그 말에는 다희도 쉽게 입을 열지 못했다. 한참을 쭈뼛거리다 결국 꺼낸 말이 이랬다.

"그, 그러니까, 조씨부인의 친정 식구들은…… 자기네 집안 여인이 죽은 거니까 무척 억울하지 않겠어요?"

"그렇지. 그래서 4권에서 검험관을 도와준 것이 아니겠느냐. 그래서 그자들이 뭔가 일을 치는 게냐?"

"그건 아니옵고, 어, 어디까지나 검험관이 주인공이니까 조씨부인의 식솔들이 검험관을 도와주면 어떨까……."

"그러니까 거기서 조씨부인의 여동생이 딱 나서서 검험관과 정분이 나면……!"

"아, 진짜! 또 그런 말을 하십니까? 연애소설이 아니라니까요! 모르면 가만히나 계시던가!"

작가로서의 다희의 고집은 보통이 아니었다. 늘 운을 어려워만 하더니 고개 빳빳이 세우고 언성을 높이는 게 평소의 수줍던 모습은 간 곳이 없다.

"내 참."

문득 그를 깨달은 운이 헛웃음을 흘렸다.

여인과 대등한 위치에서 의견을 나눠본 적이라곤 한 번도 없었다. 게다가 누군가에게 이 정도로 양보해 본 적도 거의 없었다. 한양 폐객. 늘 제멋대로 살고, 제멋대로 입과 주먹을 휘두르던 그다. 한발 물러나다 보니 또 한발, 또 한발. 다희가 자꾸만 밀고 들어온다. 그게 참 이상하다.

"그래서? 그럼 정분이 아니면 뭐로 이야기를 끌어갈 거냐? 조씨부인의 식솔들이 검험관을 어찌 돕게 하려는 게야?"

"그건……."

"3권에서는 검험관이 진범의 습격을 받지 않았더냐. 그때 뭐 진범이 결정적인 증거를 흘리고 간 걸로 하면 어떨까?"

"아이 참, 그건 안 됩니다! 사건을 그리 쉽게 해결하면 소설이 재미가 없잖아요!"

그럼 안 되나? 근사한 해결책이라 생각했는데 전문가(?)의 눈으로 보기엔 그게 아닌가 보다. 운은 고개를 갸웃거리지 않을 수 없었다.

"그럼 뭐 다른 방법이라도 있느냐? 나는 도무지 모르겠다."

마침내 운이 두 손을 들자 갑자기 그게 신호가 된 것처럼 다희가 고개를 홱 쳐들었다.

"미끼! 미끼를 쓰면 어떨까요?"

"미끼라니?"

"갑자기 증거를 발견해서 사건을 해결할 게 아니라, 진범이 제 풀에 나타나도록 검험관이 미끼를 쓰는 겁니다. 당장은 뭐 어떤 미끼를 마련해야 할지 모르겠지만, 그렇게 글을 풀면 긴장감이 더하지 않겠어요? 진범이 함정인 줄도 모르고 나타났을 때 모조리 잡아버리면 읽는 사람들이 무릎을 치며 좋아할 것이어요!"

"허어?"

듣고 보니 과연 그가 생각한 전개보다 훨씬 재미있었다. 아니, 도대체 어떻게 그런 재미진 꾀를 생각해 낼 수가 있지? 알면 알수록 다희의 머릿속이 궁금하다. 같은 밥을 먹고 살았을 텐데 어떻게 생각이 그렇게 굴러가느냐 말이다.

"넌…… 참 희한한 아이구나."

"네? 그게 무슨 말씀이신지?"

"도대체 어떻게 그런 전개를 생각해 낼 수 있느냐? 나는 문장은 잘 쓰지만 그런 기발한 생각은 못 한다. 그런 걸 보면 확실히 그런 재능은 따로 있는 게로구나. 정말로 특별한 재능이 있긴 있는 게야."

무심코 토한 말에 다희의 얼굴이 벌게졌다. 부끄러워 몸을 배배 꼬는데, 이럴 때 보면 영락없이 순둥이다. 당차게 받아치고 따지던 모습은 사라지고 없다. 얼결에 눈이 마주치자 안 그래도 벌건 얼굴이 더 벌게져서는 고개를 내리고 만다. 그 모습에 운은 픽 웃고 말았다.

"에구머니!"

갑자기 들려온 비명에 운이 퍼뜩 그녀를 바라봤다. 다희의 코가 새까맣게 물들어 있다. 운의 시선을 피한답시고 고개를 팍 내리박다 그만 세책대에 놓여 있던 벼루에 코를 박은 것이다.

"푸하하하핫! 그 모습이 다 뭐냐! 아이고, 가관이로다!"

"아이, 씨! 웃지 마세요!"

운이 대놓고 박장대소하자 다희의 얼굴이 일그러졌다. 안 그래도 창피해 죽겠는데 사내가 돼서 저렇게 대놓고 비웃을 건 뭐란 말인가!

"으하하핫! 저 꼴 좀 보라지. 특별하단 말 취소다! 맹꽁이도 이런 맹꽁이가 있나!"

"아, 웃지 마시라니까요!"

그러거나 말거나 운의 웃음은 멈추지를 않는다. 그러자 약이 오를 대로 오른 다희가 돌연 필가에 걸려 있는 붓을 집더니 벼루에 푹 담갔다.

"에잇!"

다희가 운을 향해 먹물 묻은 붓을 튕겼다. 당연하게도 운이 걸친 옷에 온통 먹물이 튀었다. 하필 오늘따라 쾌자 아래로 흰옷을 걸쳤는데 얼떨결에 손을 들어 막다 보니 날아온 먹물이 흰 소맷자락에 검은 별을 그렸다.

"아니, 이게 무슨 짓이냐! 먹물은 지워지지도 않는데!"

운도 성질이 났다. 그런데 화가 났으면 차라리 야단을 칠 것이지, 이 유치한 위인은 저도 붓에다 먹물을 찍어서는 다희를 향해 뿌렸다.

"어디 너도 맛 좀 봐라!"

"꺄악!"

겨냥도 정확했다. 운이 날린 먹물은 다희의 얼굴을 점투성이로 만들었다. 부르르, 숨겨놨던 그녀의 성질머리가 잔뜩 돋았다.

"에에잇!"

이번엔 다희가 먹물을 튕겼고, 운의 얼굴에 별자리를 만들었다. 이후로는 두 사람 다 가리는 게 없어졌다. 개울가에서 물장구치는 아이들도 아니고, 약이 오르고 분김이 난 둘이 서로에게 먹물을 튕겨대니 순식간에 온몸이 얼룩덜룩해졌다. 이리 튀고 저리 튀고, 도망가는 뒷덜미를 잡아다 얼굴에 좍 긋질 않나, 목덜미에다 콱 붓을 집어넣질 않나, 한창 난리를 피우는 가운데 장 씨가 들어왔다.

"거 두 사람, 지금 뭐 하는 거요?"

장 씨의 핀잔에 그제야 붓을 들고 상대의 빈틈을 노리고 있던 두 사람이 자신의 모습을 돌아봤다. 운은 온몸에 먹물이 튀었고 입은 먹물에 문대져 시커메졌다. 다희의 모습 역시 가관이다. 여기저기 먹 자국은 물론이고 심지어 눈에는 동그라미, 뺨에는 칼자국까지 그려진 게 꼭 못된 아이가 괴발개발 낙서를 해놓은 것 같다.

"푸훗!"

운의 눈 밑에 너구리처럼 먹칠이 된 걸 본 다희가 갑자기 웃음을 터뜨렸다. 운 역시 다희의 뺨에 꿰맨 자국까지 꼼꼼히 그려 넣은 칼자국을 보고는 입가를 실룩거렸다.

"푸하하하핫! 그 꼴이 뭐냐! 영락없이 무뢰배 괴한이로구나!"

"그러는 나리야말로 장바닥에 끌려 나온 너구리 같습니다요!"

서로를 바라보며 박장대소하는 모습이 언제 싸웠나 싶다. 혀를 끌끌 차며 두 사람의 모습을 바라보던 장 씨가 끼어들었다.

"한두 살 먹은 애도 아니고, 두 사람 다 똑같소!"

"왜 내가 똑같나? 시작은 이 아이가 먼저 했네!"

"어허! 열 살은 더 먹어서는 말하는 본새 좀 보소. 이제 보니 나리가 제일 원흉이구려!"

머쓱해진 운이 입을 다물 수밖에 없었다. 그예 신이 난 다희가 혀를 날름 내밀더니 벌떡 일어난다. 고대로 문짝을 밀고 달아나려는 것이다.

"어딜 가느냐!"

"집에 갈 것입니다요. 내 다리 갖고 집에도 못 갑니까?"

"누가 가지 말라더냐? 가더라도 얼굴은 닦고 가라."

그 말과 함께 운이 책시렁에 올려놨던 면건을 건네줬다. 다희가 싫다 하고 도망치려 하자 운이 아예 뒷덜미를 잡아채서는 억지로 손에 쥐어줬다. 그래도 마다 않고 흥, 칫, 핏을 연발하며 걸레를 쥐고 도망가는 꼭뒤가 사랑스러웠다. 사랑스럽다는 생각을 떠올리자마자 운이 흠칫 놀랐지만, 그때는 이미 그녀의 모습이 책하문간을 넘어 사라진 뒤였다. 운이 잠시 텅 빈 문간을 보며 제 뱃속을 간질이는 낯선 감각에 당황했다.

✳

그 뒤로 한동안 다희는 책하에 나타나지 않았다. 처음 한 며칠은 글을 쓰나 보다 싶어 오히려 안심했지만 일주일이 지나자 이젠 슬슬 애가 타기 시작했다.

혹시 글이 또 막힌 건가? 아니, 혹시나 다희가 추리설의 작가라는 게 들통 나서 박가서사며 온갖 세책가들이 그녀에게 달려들고 있는 건 아닐까?

"오늘도 다희가 안 왔소?"

잠시 책을 가지러 출타했던 운이 돌아와 대뜸 묻자 장 씨가 핀잔을 줬다.

"원고가 그리 급하우? 아, 올 때 되면 알아서 써올 것이구먼, 뭘 그리 안달을 내시오?"

"아, 내가 뭐 원고 때문에 이러는가? 나는 다희 그 아이가……."

멈칫, 튀어나오려던 말이 굳었다. 원고가 아니면, 다희 그 아이를 기다리기라도 했단 말인가?

"그 아이가? 그 아이가 뭐요?"

"아, 아무것도 아닐세."

말은 그리 하고 돌아섰지만 하필 바로 그때 물음에 대답하려는 것처럼 때맞춰 그녀가 책하의 문간에 나타났다. 희드득, 갑자기 운의 뱃속에 불이 붙는다. 왜일까. 왜 아무것도 아닌 아이에게 이상한 감정이 솟구치는 걸까. 반가움이 반, 꺼림한 마음이 반. 그러나 그중에 반가움이 더하다는 게 아무래도 낯설다.

"왜 왔냐?"

그런 기분을 감추려 운이 불퉁스레 내뱉자 다희가 받아쳤다.

"세책점에 책 빌리러 왔지 왜 왔겠습니까?"

"그동안 왜 안 왔느냐 이 말이다. 다녀간 지가 일주일이 넘지 않았느냐."

"집안일이 바빠서 그랬지요. 저라고 만날천날 시간이 남아서 글도 쓰고 세책도 하러 다니고 그러겠습니까?"

그러더니 다희가 고개를 갸웃거리며 덧붙였다.

"혹시 제가 보고 싶으셨습니까?"

쿵, 갑자기 심장이 내려앉았다.

그랬구나. 자신이 그녀를 보고 싶어 했구나.

원고가 급했던 게 아니라 그냥 다희가 보고 싶었다는 걸 그제야 운이 깨달았다.

"그럴 리가 있나!"

그러나 이 고집스러운 위인은 이내 제 감정을 부정한다. 얼른 고개를 가로저으며 반항하려 애를 쓰는 것이다.

"원고가 급하니 너도 반가운 거지. 그래, 5권 원고는 다 되어가느냐?"

"쳇, 그럼 그렇지. 그 원고가 아직 멀었습니다요."

"뭐라? 아니, 그건 또 왜 그런 게냐? 저번서 전개를 어찌 풀면 될지 감 잡았다 하지 않았느냐!"

"감은 잡았습니다만, 그것 말고도 막히는 부분이 또 있어서 그렇지요. 글이란 게 감만으로 쓸 수 있는 겁니까? 머리에 들은 것이 많아야 이렇게도 풀고 저렇게도 풀어 나갈 텐데 무식한 천것이라 아는 게 있어야지요."

"그래? 그런 거라면 나도 도와줄 방법이 있지. 아는 게 없어 글이 막힌다고 했더냐? 내 다른 건 몰라도 그것은 방법이 있다."

"그게 무엇입니까?"

"세책을 쓰는 데는 지금까지 네가 읽은 패관소설만으로는 충분치 않으니 세책 말고 다른 책을 읽거라. 책이라면 책하에 널렸지 않느냐. 책하에 와서 마음껏 책을 읽고 배우거라. 아는 게 무기이고 재산이니, 새로운 지식을 습득하면 그로 반드시 네게서 나오는 것이 있을 게다."

"발밑을 조심하거라."

운이 서고문을 밀어 열며 말했지만 이미 다희의 귀엔 들어오지 않았다. 안채에 들어온 적이 있긴 하지만 그녀가 접한 곳은 세책을 필사하고 제책을 하는 작업장뿐, 서고에 들어온 건 처음이었다. 운을 따라 뒤뜰에 따로 마련한 서고로 들어간 다희는 문을 열자마자 드러난 어마어마한 서책의 향연에 입을 떡 벌렸다.

세책점에도 책이 많았지만 쾌가로 운영하는 서고는 그 규모가 작업장이나 세책점과는 비교가 안 됐다. 세책점과 작업장에도 서가가 많았지만, 이 서고는 그 서가가 벽을 따라서만 세워져 있는 것이 아니라 두 자 폭의 여유를 두고 칸칸이 줄을 지어 세워져 있었다.

책으로 꽉 채워진 서가가 다희의 눈앞에 늘어선 것만 열 칸, 그 뒤로도 세 줄 더 늘어서 있으니 벽을 따라 세운 것까지 포함하면 족히 이 서고에 들어찬 책이 수천 권은 될 듯했다.

"와아……!"

엄청난 규모에 다희가 탄성을 지르자 운이 그녀의 뒤에서 싱긋 미소를 지었다. 운은 세책가이기 이전에 광적인 책 수집광이었다. 팔거나 빌려주기 위해서가 아니라, 그저 책을 모으는 것 자체가 그의 기쁨이자 낙. 그렇기에 그의 수집벽에 감탄하는 사람을 만나면 은근히 기뻤다.

"이만한 책을 어찌 다 모으셨습니까요? 책쾌 육가 나리가 조선 팔도의 책은 다 책하에 있다고 하더니 그 말이 참말이네요!"

"흐흠, 흠, 내가 책 모으는 데 힘을 좀 쓰기는 했지."

하지만 처음 맛본 경이와 달리 나란히 늘어선 서가 사이를 두리번거리며 지나가는 그녀의 모습은 영락없이 책의 숲에서 길을 잃은 미아 같았다. 그도 그럴 것이, 다희는 엄청난 책의 양에 감탄할 뿐, 정작 그것이 무엇을 담고 있는 것인지는 알 수 없었다. 그녀가 익히 알던 언문책은 하나도 없고 어쩌다 한두 권 꺼내 넘겨보면 다희는 알지도 못하는 한문만 빼곡히 차 있었다.

"힉!"

그중에 한 권을 무심코 빼어 본 다희가 화들짝 놀라 책을 닫았다. 하필 많고 많은 책 중에 빼 든 것이 춘화집이었다. 눈앞에 펼쳐진 현란한 그림에 다희의 얼굴은 잘 익은 홍시가 됐다.

망측해라, 망측해라! 어찌 이런 책까지 모아들인단 말인고!

원망을 담아 운을 노려봤지만 운은 낄낄 웃을 뿐 민망해하는 반응은 전혀 없다.

"그거 2권도 있는데, 봬주랴?"

"됐습니다!"

"모름지기 책을 쓰려면 많이 읽고 보아야 하느니, 똥이든 밥이든 가리지 않고 퍼 넣으면 그게 다 거름이 되는 게다."

하며, 운이 다희는 까치발을 세워도 닿지 않는 높이의 서가에서 책 한 권을 꺼내 그녀에게 넘겨줬다.

설마 또 춘화집일까? 지레 겁을 먹은 다희가 홱 고개를 돌리자 운이 일부러 그녀 앞에 화라락 페이지를 펼쳐 보여줬다. 뜻밖에 그 안에서 나타난 것은 춘화가 아니라 다희에게도 익숙한 언문이었다.

"이게 뭡니까?"

"명심보감이다. 원래는 한문 경전이었지만 아녀자도 읽을 수 있도록 일부러 언문으로 풀어 필사한 거니 너도 읽기 어렵지 않을 게다."

"아, 그런 경우도 있습니까?"

여자들은 내훈이나 여사서(女四書)처럼 여인의 도리를 강조한 책이 아니면 한문책은 넘보기도 어려운 시절이었다. 반가의 여식 아니면 아예 한문을 가르치지 않기도 했거니와 여자가 지식을 쌓는 것 자체를 죄악시하는 시대였기 때문이다. 그런 시절에 여자와 평민들도 볼 수 있도록 명심보감 같은 유교 서책을 언문으로 풀어 놓은 것은 그녀로서는 감히 상상도 못 한 일이었다.

"제가 읽어도 되는 겁니까?"

"읽어라. 그 밖에 읽고픈 책이 있으면 무엇이든 빼다 읽어라. 내 세책료는 받지 않으마."

"감사합니다. 감사합니다, 나리!"

연거푸 허리를 굽혀 절을 한 다희가 운이 골라주는 언문 서적들을 두 팔에 차곡차곡 쌓았다.

새로운 세계가 열렸다. 노비인 그녀에겐 꼭꼭 닫혀 있던 세계, 그 문 앞에 선 다희의 가슴은 두근두근 사정없이 방망이질 쳤다.

아는 게 너무나 좋았다. 그 앎이 지나치면 결국 절망이 될 거라 말하는 자가 대부분이었지만, 다희는 그 즐거움을 도저히 포기할 수가 없었다. 그런데 그 비밀스러운 보고의 문이 마침내 열렸다. 다른 목적이 있다 해도 그녀로서는 그 열쇠를 손에 쥐어준 운이 고맙지 않을 수 없었다. 섭섭하던 마음은 사라지고 그저 무한한 감사만이 온 가슴을 꽉 채웠다.

"천자문도 한 권 빌려주랴?"

"예? 그건 한문책이 아닙니까? 쇤네가 언문은 좀 알지만 한문은 한 자도 모르는 까막눈입니다요."

"걱정하지 마라. 천자문 한문에다 일일이 언문으로 그 음과 그 뜻을 달아놓은 책이다. 언문만 알아도 뜻을 알기 어렵지 않고, 한 자 한 자 배워 나가다 보면 간단한 서책은 읽을 수 있게 될 게야. 진도를 봐서 내 소학이며 동몽선습도 빌려줄 테니 조금씩 깨우쳐 나가 보거라. 깨치다 모르는 것이 있으면 나한테 물어봐도 되고."

"아이고, 그리만 해주시면 제가 어떻게든 배워 보겠습니다. 절대 나리를 귀찮게 하지 않을 테니 빌려만 주세요."

"허허, 아주 독학 천재가 났네. 네 그리 자신이 있니?"

얼결에 운이 없어도 혼자 깨우칠 수 있다 자랑한 셈이 된 다희가 얼굴을 붉혔지만, 그러거나 말거나 운은 한자 책을 한 권 한 권

빼서 그녀의 품에 안겨줬다.

오늘따라 운이 이리 너그러울 수가. 글이 안 된다는 강짜도 한 번 부려볼 만하다 싶어 다희의 작은 가슴에 새록새록 뿌듯함이 서린다.

"더 빌리고 싶은 책이 있으면 찬찬히 구경하려무나. 언문책 종류라면 저 끝쪽 서가에 많으니 둘러봐도 좋다."

말을 마친 운이 너른 등짝을 돌리더니 반대쪽 서가로 갔다. 다희가 눈치 보지 않고 책을 고를 수 있도록 배려한 것이리라.

'말은 험하게 해도 의외로 마음 씀씀이가 넓으시네.'

살긋이 웃은 다희가 운이 가리킨 서가 쪽으로 가서 그 앞에 쪼그리고 앉았다. 서가에 꽂힌 책은 소설책이 아니라 〈음식디미방〉, 〈규합총서〉 같은 언문 실용서였다. 노비로 태어난 다희로서는 알기 힘든 반가의 음식이나 가정 살림에 대한 책이니 이 역시 그녀에겐 신세계. 책을 펴 드는 다희의 눈에 호기심과 기쁨이 와라락 묻어났다.

"이것도 좋고 저것도 좋고. 어머나, 요기 또 꿀단지가 있네?"

언문으로 된 책들을 한 권 한 권 빼내다 보니, 이젠 읽을 수 있다 싶으면 무조건 챙기기 시작했다. 그런데 한참 동안 정신없이 서가를 뒤지던 다희의 눈에 문득 보자기로 곱게 싼 목함이 띄었다. 서가를 뒤진 지도 거의 한 식경(食頃:밥을 먹을 동안이라는 뜻으로 대략 30분)은 지난 즈음이었다.

높은 곳에 꽂힌 언문책을 꺼내기 위해 뭔가 디딜 만한 것이 없나 두리번거리는데, 마침 한문책이 쌓여 있는 서가 아래쪽에 소중히 보관된 그것이 보인 것이다.

'이게 뭐지?'

청록색 고운 비단 보자기에 싼 목함은 한눈에 봐도 예사 물건은 아니었다. 그래서 본의 아니게 다희의 호기심을 자극했다.

운의 서가에 있으니 당연히 그의 것일 게고, 서가에 있으니 아마도 책이 맞으리라. 그런데 서가에 꽂지 않고 따로 목함에 보관한 게 평범한 책은 아닌 게다. 딱 보기에도 심상치 않다 싶은 것이, 목함을 싼 보자기 사이로 정성스럽게 자물쇠까지 채워져 있는 게 보였다. 함부로 꺼내지도 못할 귀한 책인 게다.

따로 자기 집까지 가질 정도로 귀한 책은 도대체 어떤 책일까?

문득 솟아난 호기심에 다희는 다람쥐 같은 눈을 굴려 보자기로 싼 목함을 요모조모 살폈다. 그런데 바로 그때 그녀의 머리 위에서 벽력같은 고함 소리가 들렸다.

"만지지 마라!"

"히익!"

깜짝 놀란 다희가 놀라 일어난다는 것이 그만 그대로 서가에 머리를 쿵 찧고 말았다. 그 바람에 서가가 넘어가려는 것을 운이 손을 홱 뻗어 간신히 잡았다. 아슬아슬, 책들이 다희의 머리 위에서 넘어질 듯 춤을 추고 쌓인 먼지가 쏟아지더니 그도 잠시, 곧 사방이 조용해졌다.

다희가 조심스레 고개를 들어보니 운의 분노한 눈길이 바로 그녀의 머리 위에서 쏟아져 내리고 있었다. 그녀가 실수를 하긴 한 게다. 하지만 운의 말대로 만진 것도 아니고 그냥 보기만 한 것뿐인데 왜 저리 화를 내는 걸까? 궁금하기도 하고 섭섭하기도 한 나머지 다희가 괜스레 한마디를 덧붙였다.

"……만지지 않았습니다요. 그냥 보기만 한걸요."

"보지도 마라. 네가 감히 탐낼 물건이 아니다!"

딱 잘라 말한 운이 그대로 목함을 들더니 다희의 손이 닿지 않는 높은 곳으로 올려놔 버렸다.

욕심낸 것도 아니고 그저 보기만 하는 것도 죄가 되는 걸까? 사람도 아니고 그저 책인데. 사람도 안 된다, 책도 안 된다. 아무 욕심 내지 말고 쳐다보지도 말고 그냥 그렇게 스쳐 지나가라는 은연중 표현인가?

공연히 눈물이 비어져 나올 것 같다. 후회와 죄의식, 원망이 뒤섞여 이도저도 아닌 시커먼 덩어리가 되는 것 같아 다희는 얼른 쌓인 책더미를 안고 서고를 나와 버렸다.

춘일지연(春日之緣)

며칠이 더 지났다. 그러나 약조한 달 말은 이제 일주일도 안 남았는데, 생각과 달리 다희의 글은 별 진전을 보지 못했다. 운에게서 빌려온 책을 들여다보는 데 시간이 들기도 했거니와, 글을 써야 된다는 강박관념이 깊다 보니 아무리 책을 읽고 머리를 채워도 그게 다 빠르게 흡수돼 글 거름이 되지는 않은 게다.

"아오, 진짜 미치겠네."

오늘도 다희는 행랑어멈이 잠든 뒤 목탄을 들고 한참 동안 종잇장을 뒤적이다 결국 글쓰기를 포기하고 대자로 누워버렸다.

머릿속에 새로운 지식을 넣는 건 좋았다. 반가의 규수나 읽는 책들을 들여다보노라면 자신이 양반가의 여식이 된 것 같은 착각이 들기도 했다. 하지만 아무리 새로운 지식을 알아간다 해도, 고작 책 몇 권 읽었다고 바로 글이 나올 리 있나. 외우고 익힌 글 밥들이 고스란히 그녀의 머릿속에 쌓여만 갈 뿐, 다음 글을 이어갈 실마리는 도통 나오지 않아 다희는 점점 골머리만 아파왔다.

하필 바로 그때, 오늘따라 일찍 일어난 행랑어멈이 문을 벌컥 열고 나왔다. 툇마루에 종잇장을 늘어놓은 걸 발견한 행랑어멈이 당장 눈을 위로 쪽 찢어 올리며 소리를 질렀다.

"아니, 이년이 새벽 댓바람부터 무슨 지랄이야? 내 네년이 오밤중에 뭔가 끼적인다는 건 알았지만 새벽까지 이 난리를 치는 줄은 몰랐네. 이러니 젊은 년이 대낮부터 병든 병아리처럼 꾸벅꾸벅 졸아대지!"

운도 없다. 안 그래도 다희가 주인마님 귀염 받는 걸 눈꼴시어 하는 행랑어멈인데 오늘 잘 걸렸다 싶은지 아주 잡아먹을 기세로 다희를 다그쳐 댄다.

"아줌니, 내 잘못했어요. 얼른 일어나서 씻고 일 도울 터이니 좀 봐주셔요."

"봐줄 것이 따로 있지! 매사에 게으름 피우는 것도 모자라서 천것이 선비 흉내를 내? 주인마님도 이 사실을 아시냐?"

"그, 그건……. 아, 아줌니, 제가 아줌니 하라는 건 뭐든 다 할 테니 그것만은 봐주세요. 네?"

안 그래도 요즘 바깥양반인 색희 나리 일 때문에 심기가 불편한 오씨부인인데 공연히 아랫것들 시비에까지 휘말리게 하고 싶지는 않았다. 하지만 그런 다희의 약점이 행랑어멈에겐 좋은 먹이가 되는지라 당장 그녀가 하라는 일은 다 하겠다 맹세하자 행랑어멈의 눈이 번쩍 뜨였다.

"너 정말로 하라 하면 다 할 테냐? 나중에 딴말하기 없기다?"

좋아라 입이 벙싯 찢어진 행랑어멈이 그 길로 다희를 끌고 간 곳은 반빗간 뒤편이었다.

"오늘 안에 이 물독을 다 채워놓아. 한 방울이라도 모자라면 다음 물 받을 때도 네가 전담해야 할 테니 그리 알아라."

깨진 독에 물 붓던 콩쥐도 아니고, 갑자기 제 키 버금가게 큰 물독을 다 채우라 하니 어처구니가 없다. 명령만 내려놓은 행랑어멈이 아침밥을 짓겠다고 반빗간으로 가버린 뒤, 다희는 멍하니 물독 안을 들여다봤다. 정말로 독에 금이 가서 새는 곳은 없나 저절로 들여다보게 된 것이다.

오씨부인 일가가 들어 사는 이 집에는 우물이 없었다. 때문에 동리 외곽에 있는 우물에서 물을 길어다 썼는데, 커다란 독에 물을 가득 채우는 일은 여간 힘든 게 아니라 보통 남자 노비들이 전담했다. 그런 것을 일부러 주인마님 수발만 도맡아 하는 다희에게 시킨 건 심술도 보통 심술이 아니었다.

"에효, 아줌니가 보통 화가 난 게 아니구나."

평소에도 다희가 저보다 좀 편하게 지낸다고 신경질을 부리던 이다. 그 심술을 이렇게라도 풀어주지 않으면 앞으로도 사사건건 시비를 걸리라. 좋은 게 좋은 거라고 다희는 그냥 행랑어멈의 심술을 받아들이기로 마음먹었다.

"물지게는 어찌 진다지? 양쪽에 물통을 하나씩 걸면 되나?"

다희가 용감하게 한쪽 어깨를 기울여 물통 하나를 걸었고, 용케 나머지 물통 역시 갈고리에 걸었다. 그런데 끙! 소리를 내며 균형을 잡고 일어나는 순간, 갑자기 어깨에 걸려야 할 무게가 사라졌다. 어깨 너머를 돌아본 다희는 깜짝 놀랐다. 언제 왔는지 엄쇠가 그녀의 어깨에 걸린 물지게 가로대를 잡고 있었다.

"아침부터 밥은 안 먹고 뭔 짓을 하는 겨?"

"아, 놔요. 내가 뭔 일을 하던 그쪽이랑 상관없잖아요."

"상관이 왜 엄써. 물 긷는 일은 내 일인디, 왜 천둥네도 아니고 네가 내 일을 새치기를 혀, 새치기를. 물담사리(물 긷는 남자 종) 일을 계집애한테 시키다니, 우리 주인마님이 하라고 한 일은 아닐 게고, 천둥네는 아직도 밥 먹느라 여념이 없으니 그도 아닐 게고. 행랑아줌니 짓이냐?"

아무 말도 못 하자 침묵을 긍정으로 알아챈 엄쇠가 혀를 차며 다희에게서 물지게를 뺏었다.

"아줌니 강샘이 무슨 첩실 새암질하는 본처 같네그려. 하이고, 나잇살 먹어갖고 지 딸년뻘 아이한테 이리 분풀이를 하고 싶을까."

물지게를 도로 뺏으려 펄쩍펄쩍 뛰었지만, 덩치가 운보다 큰 엄쇠가 물지게를 머리 위로 번쩍 들자 뺏기란 어림없게 됐다.

엄쇠는 그랬다. 다희나 오씨부인네 집에서는 늘 히죽히죽 웃어대지만, 씨름으로 송아지도 타올 정도로 힘이 세서 동리에서 주먹깨나 쓴다는 왈짜 패거리 두엇을 곤죽이 되도록 두들겨 팬 적도 있었다. 다희나 되니까 엄쇠를 무시하고 쌀쌀맞게 굴지, 정작 오씨부인이나 다른 노비들은 엄쇠를 무시하기는커녕 이리 힘센 머슴이 언제 다른 집으로 옮길까 봐 전전긍긍하고 있었다.

"나가 물지게 지고 두어 번 왔다 갔다 하면 독 채우기는 금방이

여. 넌 저 복숭아나무 아래서 볕이나 쬐련."

"그쪽이 왜요? 이건 내 일이라니깐요? 어서 주세요!"

"우리 사이에 네 일이 어디 있고 내 일이 어디 있어. 좋은 게 좋은 기지."

"아, 우리 사이가 뭔데요? 어서 달라니까요!"

"그랴, 그랴. 우리 사이가 뭐야. 그냥 나 좋아서 하는 기지. 신경 쓰덜 말어."

아무리 소리를 질러도 사람 좋게 웃으며 털렁털렁 물지게를 지고 가는 엄쇠 뒤로 다희가 종종걸음으로 따랐다.

그러나 공연히 엄쇠를 따라갔다가 반 시진이나 있다 돌아온 다희는 집을 찾아온 뜻밖의 손님에 놀라야 했다. 막 아침거리가 끝난 이르다면 이른 시각, 그 시각에 다른 사람도 아닌 그녀를 찾는 손님이 있었던 것이다.

찾아온 사람이 있다는 말에 고개를 갸웃거리며 사랑채 마당으로 불려 나간 다희는 거기 서 있는 껑충한 키의 사내를 발견하고는 깜짝 놀랐다. 이곳에서 볼 거라고는 한 번도 생각 못 했던 사람, 바로 운이었다.

"네 귀신을 봤니, 도깨비를 봤니? 낯짝이 왜, 못 볼 걸 본 것처럼 그리 소태 씹은 상이냐?"

"아, 아니, 그, 그게 아니옵고, 동리에서 뵈니까 하도 놀라서……."

만날 맨 상투에 쾌자나 입고 다니던 자가 오늘은 웬일로 갓을 쓰고 도포까지 입었다. 그 모습이 눈물이 날 정도로 멋있어서, 당황스러운 건 어느새 사라지고 다희는 그만 꿈이라도 꾸는 양 눈을 비볐다.

황당하고 놀라기는 그 자리에 모인 오씨부인 식솔들도 마찬가지였다. 천둥네나 물일하다 달려 나온 행랑어멈이나 모두 놀랐다. 내외를 하느라 이 자리에는 나오지 않았지만, 다희와 만나고 싶다는 통자(通刺:명함을 내놓고 면회를 청하던 일, 또는 그 명함)를 받은 오씨부인의 놀람은 그들보다 배로 컸다. 어째서 번듯한 세책가를 운영하는 상민이 통자까지 넣어가며 노비에게 만남을 청하는지 알 수가 없었다. 결국 궁금함을 이기지 못한 오씨부인은 사랑채까지 나아가 운과 발 하나를 사이에 두고 옆방에 앉았다.

"다희가 자주 가는 세책점의 주인이라 들었습니다. 쾌남이라 들었는데 직접 보니 용모가 소문보다 더욱 준장하시군요."

"과찬이십니다. 세간에 퍼진 소문이야 원래 헛것이 많은 법이지요."

"그나저나 굳이 우리 집 소비(小婢)를 찾으심은 무슨 연유십니까? 세책점에 자주 들르는 아이다 보니 따로 찾지 않아도 만나려고만 하면 언제든 만날 수 있을 터인데요?"

혹시나 이 멀대 같은 사내가 다희에게 흑심을 품은 건 아닐까, 살짝 걱정도 되는 오씨였다. 하지만 생각해 보니 흑심을 품었다면 사람 눈이 없는 곳에서 어찌하려 들지, 이렇게 주인에게 기별까지 넣어가며 만나려 들지는 않을 게다. 오씨는 그 진정한 이유가 알고 싶었다.

"다름이 아니라 귀댁 노비의 시간을 사려고 합니다."

"시간이요?"

"사실은 제가 귀댁 노비에게 부탁할 것이 있습니다. 이 일은 다희가 아니면 할 수 없는 일이기에 제가 염치 불구하고 그 아이를 잠시 사려고 합니다."

"눈치 빠르고 재주 있는 아이지만 그래 봤자 여종입니다. 그 아이만 할 수 있는 일이란 게 도대체 뭐란 말입니까?"

"그것은 송구스럽지만 제가 약조한 바가 있어서 말씀드릴 수가 없습니다. 천한 종과 나눈 것이라 해도 약조는 약조. 감히 누설할 수가 없으니 모쪼록 양해해 주십시오."

혹여 색을 취하려는 건 아닐까 잠시간 의심이 들기도 했다. 하지만 다희의 이름까지 불러가며 뭔가를 부탁하려 한다는 운의 말투는 사내의 그것이라기엔 너무나 담백했다.

'게다가 소문보다 훨씬 더 잘났지 뭐야. 책하의 주인이 참으로 잘생겼다 듣긴 했지만 듣던 것보다 백 배는 더할세그려. 우리 집 개색희보다는 열 배, 아니, 천 배……. 아, 아니, 내가 이런 생각을 할 때가 아니지.'

오씨가 점점 가물가물해져 가는 의식을 추스르려 할 때 운이 입을 열었다.

"사실 그 아이의 시간을 산다는 것이 결국 귀댁의 노고를 늘리는 것이라 저도 여간 송구스러운 일이 아닙니다. 해서 제가 조금이라도 보답이 될까 하여 부인을 위해 가져온 것이 있습니다."

라고 하면서 운이 그때까지 보퉁이에 싸 들고 있던 것을 발밑으로 쭉 내밀었다. 오씨부인이 보따리를 풀어본즉, 그 안에서 나온 것은 부인이 이전에 한 번도 보지 못한 책이었다. 공들여 붙인 서첩을 확인한 오씨부인의 입에서 저도 모르게 탄성이 튀어나왔다.

"박씨전! 세상에나, 이 귀한 책을 어떻게……!"

"쉿, 부인, 언성을 낮추십시오."

"에구머니, 내 정신 좀 봐."

오씨부인이 당황할 수밖에 없었다. 소설이 융성하던 시기였지만, 이 당시에도 읽는 것조차 금기시되던 글들이 있었다.

박색인 박씨부인이 나라를 구한 영웅이 되고 화용월태 미인이 되어 남자를 거느리고 산다는 박씨전이 바로 그랬다. 남존여비 사상이 완강하던 때인지라 감히 여자가 남자보다 우월하게 그려지는 내용은 용납되지 않았던 것이다. 그런데 아무리 나라에서 막는다 해도 보지 말라고 하면 더 보고 싶어지는 게 사람인지라, 세책 좀 본다는 사람들 중에 박씨전을 찾는 사람이 많았다. 오씨부인 역시 그런 호기심 많은 호사가 중에 하나였으니, 그 귀한 책이 눈앞에 굴러들어오자 놀라지 않을 수가 없었다.

"이리 귀한 책을 어찌 구하셨습니까? 아, 설마 이 책을 저를 주시려고?"

"허허, 이 책은 읽는 것도 죄가 되지만 소장을 하면 더 큰 죄가 됩니다. 그런 마당에 그리 큰 위험을 자초하시려고요? 저야 넘겨드려도 상관없지만, 그랬다간 부인이 너무 위험해지십니다."

"그, 그런가요?"

"일주일 기한으로 빌려 드리지요. 제가 빌려 드렸다는 것도, 빌렸다는 사실조차 모두 함구해 주신다면 열흘까지 빌려 드리겠습니다. 그동안 마음껏 읽으셔도 좋습니다."

"정말이십니까? 아이고, 열흘이면 충분합니다. 그 정도 기한이면 열 번, 스무 번도 읽을 수 있습니다."

"허면 이 책을 빌려 드리는 조건으로 제가 다희를 잠시 빌릴 수 있겠습니까?"

그 귀한 책을 감히 넘겨주랴. 운이 교묘하게 위험하다 핑계를 대며, 너무 큰 호의를 베풀기를 거절했지만, 오씨부인은 그 낌새를 알아채지 못하고 그의 수작에 그대로 넘어가고 말았다. 다희를 데려가도 좋다고 날름 허락한 것이다.

"이리 큰 도움을 주시는데 저라고 가만있을 수 없지요. 제 세책점에서 얼마 전 궁에 들어간 궁녀에게 필사를 의뢰한 책이 있습니다. 다른 궁녀가 휴가 나올 적에 필사한 책을 들려 보낸다 했는데, 책이 오는 대로 전질로다가 모아서 부인 댁에 보내도록 하겠습니다."

더 큰 미끼에 오씨부인이 덥석 낚였다. 입이 함지박만큼 벌어져서는 정신없이 고개를 끄덕이는 것도 모자라 '앞으로 낮 시간이면 원할 때 언제라도 다희를 빌려가라.' 하고 덜컥 약조한 것이다. 물론 그녀를 수상한 목적에 동원하지 않겠다는 다짐을 받기는 했지만 말이다.

양자 간에 긴한 약조가 이뤄졌다. 소기의 목적을 달성한 운이 싱글벙글 웃으며 사랑채 마당으로 나와선 이제껏 기다리고 있던 다희에게 손짓했다.

"가자."

"가자니, 어, 어디를요?"

"어디는 어디야. 놀러 가야지."

"네?"

뭐라 더 되물을 사이도 없었다. 따라오지 않으면 두고 갈 양으로 운이 휭하니 오씨부인 댁을 나서자, 오씨부인은 어리둥절해하는 다희의 등을 떠밀며 뒤는 걱정 말고 얼마든지 시간을 보내다 오라 당부했다. 그렇게 두 사람은 행랑어멈이 시기로 세모눈을 뜨고 엄쇠와 천둥네는 어안이 벙벙해 쳐다보는 모습을 뒤로하고 집을 나섰다.

하지만 오씨부인이 누구인가. 야무지기로는 한양 깍쟁이들 양뺨을 갈기는 그녀이니 운과 다희의 뒷모습이 작아진다 싶자 부인이 재빨리 엄쇠를 불러다 일렀다.

"너 얼른 저이 뒤를 따라가렴."

"그래도 됩니까요? 두 사람만 보내기로 약조하신 것 아닌감요?"

"내가 다희를 빌려준다고 했지 두 사람만 단둘이 보낸다고 약조한 건 아니다. 혈기 왕성한 사내놈이랑 다희를 붙여놨다 험한 꼴을 당하면 어쩌하니? 네가 멀리서 뒤를 밟다가 뭔 일일랑 날 것 같으면 저 샌님 뒤통수를 쳐서라도 다희를 구해오거라. 알았니?"

"네, 마님! 이를 말이당가요!"

신이 난 엄쇠가 그길로 휭하니 대문 밖으로 달려 나갔다. 그 걸음이 어찌나 빠른지 제비가 무색할 지경이다.

✳

"지금 어디로 가시는 길입니까요?"

중촌을 벗어난 운이 가타부타 아무런 말도 없이 앞서 가자, 종종거리며 뒤를 따르던 다희가 소리쳐 그를 불렀다. 그러거나 말거나 운이 휘적휘적 걸어가니 결국 다희가 빽 소리를 지르고야 말았다.

"지금 술래잡기하십니까요! 어디를 가면 간다, 무엇을 하면 한다 말을 하셔야지요!"

"내 아까 말하지 않았니. 놀러 가는 게다."

"놀러 간다고요? 그럼 진짜 그것 때문에 일부러 저를 데리러 오셨습니까?"

지금 저 놀러 가는데 다희더러 수발을 들라고 하는 건가 뭔가. 사내가 기방이며 주루 출입하는 게 욕먹을 짓은 아니지만 그 시중은 본디 남종이 드는 법이다. 아무리 내외 구분하지 않는 천것이라지만 바깥나들이에 성별 다른 여종을 데리고 다니는 법은 없다.

"쯧쯧, 거 눈 튀어나오겠다. 내가 뭐 나 좋자고 놀러 가자는 건 줄 아니?"

"그럼 무슨 연유로 이러시는 겁니까?"

"작가는 읽기도 많이 읽고 공부도 많이 해야 하지만, 그보다 많이 놀기도 해야 하는 법이다. 놀이도 공부의 일부. 듣고 보는 모든 경험이 죄다 글로 나오는 게다."

"……?"

"마음껏 놀아라. 좋은 거든 나쁜 거든 머릿속에 죄 채워 넣다 보면 그것이 꽉꽉 채워지다 결국 넘치게 되느니, 그게 다 글로 나오게 될 게다. 내 그래서 일부러 너의 시간을 산 것이다."

결국은 어떻게든 그녀에게서 글을 끌어내겠다는 소리다. 하지만 의도야 어떻든 다희로서는 굳이 거절할 이유가 없었다. 살짝 굳었던 얼굴이 풀리더니 결국 광대가 하늘로 올라가고 입가엔 배시시 웃음이 걸리고야 말았다.

"그럼 지금부터 어떻게 놀아야 합니까요? 그것도 알려주시려 저를 끌고 나오신 게지요?"

"만날천날 험한 일만 하다 보니 제대로 노는 법도 모르는 게지. 오냐, 지금부터 나만 따라오너라. 추리설 다음 권이 걸린 일인데 뭔들 못 해주랴. 한양 바닥에 재미진 일이라면 죄 찾아주마. 가만 있자, 다른 데 갈 것 없이 일단 운종가부터 가보자."

사람 구경 좋아하는 그녀인지라 인파가 구름처럼 몰린 운종가는 그냥 구경만 해도 좋은 곳이었다. 처음 세책점을 찾던 날 이래로 한 번도 걸음하지 못한 곳에 데려다 준다는 말에 다희가 좋아라 운의 뒤를 따랐다.

"게 길로 가지 마라. 금강산도 식후경이라 사람 구경 전에 배부터 채워야지."

"운종가 시전 길에도 먹을 것은 많은 걸요. 왜 굳이 길을 따로 가십니까?"

"진짜 한양은 운종가가 아니라 그 뒷길에 있느니라. 나만 따라오거라."

그 길로 운이 다희를 끌고 들어선 곳은 다름 아닌 피맛골이었다. 길 하나를 사이에 두고 너른 운종가 길을 피해 좁은 골목길로 들어서자 거기서부터 딴 세계가 펼쳐졌다. 골목길을 꽉 채운 전혀 다른 부류의 인파에 다희의 눈은 화등잔만큼 커졌다.

피맛골은 본래 상민이나 천인들이 말을 탄 고관들을 만나는 번 거로움을 피하기 위해 운종가 뒤로 다니던 길이다. 주로 하류 계층 사람들이 다니는 길이다 보니, 번듯한 운종가 시전 대신에 그들의 주린 배를 채워주는 선술집과 밥집, 음식점이 많았다.

차림새는 허름해도 나름 바쁘게 발을 놀리는 장사치들이며 저고리 아래로 젖가슴이 반쯤 비어져 나온 기생들이 엉덩이를 한들거리며 길을 지나고 있었다. 사방에서 고소한 음식 냄새가 풍겨오고, 손님을 소리쳐 부르는 여리꾼들의 목소리가 귀를 갈랐다. 운종가 역시 사람이 많기는 했지만 피맛골에 비하면 댈 게 아니다. 안 그래도 좁은 길에 사람들은 넘쳐 나고 손님 부르는 호객 소리는 귀를 찢으니 다희는 점점 정신이 혼미해져 갔다.

"정신 차리라고 안 했니?"

불현듯 운이 세게 그녀의 손목을 잡아끄는 바람에 다희는 정신이 번쩍 들었다. 고개를 들어보니 제 허리께를 툭 치고는 저만치 달아나는 손길이 있었다. 댕기를 길게 드리운 사내 녀석이 다희 쪽을 돌아보더니 종주먹을 들이대고는 도망치는데, 그녀가 어안이 벙벙해 돌아보니 운이 껄껄 웃으며 사라진 사내놈 쪽을 향해 역시 같은 모양으로 주먹감자를 먹이고 있었다.

"소매치기다. 용하게 돈주머니만 칼로 끊어서 채가곤 하는데 오늘은 손님을 잘못 골라 허탕을 쳤구나."

이것도 글에 쓰라고 설명해 주는 거구나 하는 생각이 들었지만, 다희의 머릿속엔 그것이 통 들어오지를 않았다. 아까 운에게 잡혔던 손목이 불처럼 화끈거리는 게 신경이 온통 거기에만 쏠려 있는 게다.

"장에 왔으면 역시 전이지. 여보 주인양반, 여기 노릇노릇하게 녹두전 한 장만 부쳐 주오."

이번엔 울타리도 없이 사방으로 트인 주막으로 들어간 운이 평상에 척 앉으며 주인을 불렀다. 자주 들르는 듯, 주막 주인이 가타부타 말도 없이 바로 솥뚜껑에 돼지기름을 발라 자르르 부쳐 낸 녹두전을 들고 나왔다. 게다가 주문도 안 했는데 누렇게 잘 띄운 막걸리 한 사발도 함께 나왔다.

"한 잔 들거라."

"네에? 대낮부터 술이라니요. 게다가 저, 저는 술은 못 합니다."

"허허, 술도 좀 마셔봐야 술에 취한 가락을 알지. 오냐, 정 안 되면 내 옆에서 술 마시는 모양이라도 좀 쳐다보거라."

하더니 그 자리에 앉아서 주인장이 내온 막걸리를 입도 안 떼고 벌컥벌컥 마시기 시작했다.

하아, 그 모습조차 왜 이리 준수해 보이는 걸까. 아무래도 그녀의 눈에 콩깍지가 씌어도 단단히 씌었나 보다. 다희는 자신의 모습이 어찌 보이는지도 모른 채, 썩 점잖지도 아름답지도 못한 그 모습을 입을 헤벌리고 지켜봤다.

두근두근, 콩닥콩닥. 술도 안 마셨는데 자꾸 심장이 뛰는 것은 아마도 사방이 혼란하기 때문, 그래서 다희도 혼돈주(混沌酒:막걸리와 소주를 섞어 만든 조선시대의 폭탄주)를 마신 것처럼 사방이 뱅글뱅글 돈다.

"커어, 좋다!"

걸지게 트림을 토해낸 운이 이번엔 기름진 녹두전을 쭉 찢어 입에 처넣었다. 그러고는 멍하니 쳐다보고 있는 다희를 위아래로 훑어보더니 툭 내뱉었다.

"너도 주랴?"

"아, 아니오. 저는 괜찮습니다."

"네 배에서 꼬르륵 소리가 난다."

에구머니. 언제부터 이리 천둥벼락이 몰아치고 있었던 걸까? 깜짝 놀란 다희가 배를 움켜쥐자 운이 껄껄 웃고는 주인장을 불렀다.

"주인장, 저 건너 팥죽집에 가서 팥죽 한 그릇만 퍼다 주게. 팥죽값은 내 세책료에서 제해준다 하고."

그의 지시에 냉큼 뛰어나간 주인장이 얼마 안 가 뜨거운 김이 모락모락 피어나는 붉은 팥죽 한 사발을 퍼왔다. 묽지도 않고 너무 되지도 않은, 딱 알맞은 묽기에 몽글몽글 새알심이 동동 떠 있는 팥죽은 제아무리 연심에 눈이 먼 다희라 해도 돌아보지 않을 수 없을 정도로 맛나 보인다. 그녀의 입에도 저절로 침이 고였다.

"먹어도 됩니까요?"

"오냐. 오늘 하루는 내가 너를 위해 온전히 투자할 테니까 눈치 보지 말고 마음껏 먹거라."

그냥 맛있게 먹고 즐기라 하면 얼마나 좋을까. 하지만 투자라 해도, 다른 생각이 있다 해도 지금은 운과 함께 있고 그가 자신에게 신경을 써주는 게 너무나 좋았다. 다희는 더 이상 되묻는 법 없이 그대로 팥죽 그릇에 코를 박았다.

"캬아, 맛있다. 달지도 않고 짜지도 않은 것이 간이 딱 맞습니다요. 피맛골 팥죽이 일품이라 하더니 그 말이 헛소문이 아니구먼요."

"귓구멍을 완전히 닫고 살지는 않았나 보구나. 아무렴. 우리 같은 처지에서야 시전 번듯한 먹거리보다 이런 쪽이 딱이지."

'우리 같은 처지?'

노비가 아닌 건 분명하지만, 다희와 그를 하나로 묶을 적에야 그도 그다지 지체 있는 집안은 아닌 게 분명하다. 갑자기 호기심이 돈 다희가 슬며시 죽 그릇을 내려놓으면서 물었다.

"나리는 어느 가문서 나셨습니까요?"

"어느 가문이라니, 내 가문서 태어났지."

"아니, 그러니까 어느 댁 자제시냐고요."

"누구긴 누구냐. 우리 아버지 자제지."

다희가 묻는 말이 무슨 뜻인지 뻔히 알 텐데 어지간히 대답하기 싫은가 보다. 이리 슬쩍 저리 슬쩍 말머리를 돌리는 운의 모습에 결국 다희는 더 이상 묻기를 포기했다. 희한한 것이 그의 입에서 아버지가 언급되는 걸 보니 그제야 그도 아버지가 있긴 있나 싶다. 마치 하늘 아래 뚝 떨어진 천둥벌거숭이처럼 느껴졌는데, 그도 부모가 있고 가족이 있는 사람인 게다.

"그 댁에 가친께서 드나드시는 건 통 못 본 듯한데 댁에는 자주 가십니까요?"

용감하게 묻자 운이 그 말에 대답은 안 하고 사발 안에 남은 막걸리를 단숨에 쭉 들어 삼켰다. 그러고는 탁 소리가 나도록 주발을 내려놓으며 말을 이었다.

"내 아버지는 돌아가셨다. 부모도 형제도 없는 천애고아가 바로 나다. 앞으로는 내 앞에서 내 가족에 대한 얘기는 꺼내지 말거라."

찰카닥. 더 이상 질문이 나오지 않도록 입을 잠가 버린 운이 자리에서 일어났다. 돈 몇 푼을 주막 주인에게 던져 준 운이 휘적휘적 주막을 떠나자 다희도 먹던 죽 그릇을 내려놓고 따라가지 않을 수 없었다.

따뜻하다가도 차가운 남자. 한없이 가벼운 것 같다가도 갑자기 무거워지는 종잡을 수 없는 남자. 그 과거도 속도 도무지 알 수 없는 남자.

운을 따라가는 다희의 심중은 점점 복잡해져 갔다.

"쌉니다, 싸요! 청나라서 들여온 호랑이 연고가 단돈 열 푼이오!"

"둘이 먹다 죽어도 모를 개성 산적이오! 개성 가지 말고 한양서 먹으시오!"

사방이 들끓고 혼란스러웠다. 어느 구석에선 약을 팔고, 어느 구석에선 사당패들이 구성진 노래를 부르고 소고를 두드리며 엽전을 구걸했다. 또 어느 구석에선 대낮부터 술에 취한 왈짜패들이 주먹다짐을 하고 있었고, 후미진 주막 한구석에선 내기 바둑꾼들이 일진 승부를 겨루고 있었다. 운과 다희는 그런 미궁 같은 사람들의 미로를 기웃거리거나, 함께 웃고 즐기기도 하며 그렇게 천천히 지나갔다.

그러던 중 운이 문득 어딘가에 시선을 꽂았다. 다희가 색색으로 물들인 옷감을 걸어놓은 면포전에 넋이 빠져 있는 동안, 운이 휑하니 자리를 비우더니 곧 돌아와 사온 것을 다희에게 내밀었다.

다희가 깜짝 놀라 들여다보니 그의 손에 삼색 술을 곱게 늘인 노리개가 들려 있다. 그런데 그 모양이 이상하다. 흔히 쓰는 붉은 산호 가지나 누런 밀화 불수(佛手), 청강석 나비가 아니라 술 위에

뾰족한 짐승의 발톱 같은 것이 달렸다.

"호톱이다."

"호…… 톱이요?"

"재미진 글을 써준 보답이니 받아두거라. 호랑이 발톱을 노리개로 만든 건데, 사나운 짐승이 닥치는 것을 막아준다고 해서 산간 지방에선 시집갈 때 꼭 채워서 보내곤 한다. 옷 안쪽으로 차면 겉에선 안 보이니까, 노비가 노리개를 했다고 뭐라 시비 걸 사람도 없을 거다."

여기서 이걸 거절하면 바보인 게지.

호톱을 받아 든 다희의 입가에 배시시 미소가 걸렸다. 심장이 저릿저릿하고 춘삼월도 지났는데 사방에 봄 나비가 날아다니는 듯하다. 두근두근, 콩닥콩닥, 너무나 좋은 나머지 자기도 모르게 그 눈가에 눈물이 쪼르륵 흘러나왔다.

"고맙습니다요, 나리. 제가 평생 이 가슴에 차고 다닐 거여요."

뜨끔.

어째서일까, 곱게 웃는 다희의 미소에 심장 한쪽이 바늘로 찔리는 것처럼 아프다. 운은 저절로 한 발짝 뒤로 물러나고 말았다.

이상도 하다. 사지 육신 멀쩡해서 몇 년 전 그 모진 노역을 겪었을 때도 아픈 곳 하나 없이 살아 나온 것을, 뒤늦게 허파에 구멍이라도 난 걸까. 뜨끔뜨끔. 눈물을 건 채 미소 짓는 다희의 얼굴에 왜 새삼스럽게 양심의 가책 비슷한 것이 느껴지는 건지 모르겠다. 거기다 그 모습이 사랑스러워 보이기까지 하다니!

위험하다. 저번서 이 아이 보고 싶다는 생각이 들 적부터 위험하다는 생각이 들긴 했지만 한층 더 위험해졌다.

"허흠, 그럼 나머지 장 구경도 할 거나."

괜한 한마디 지껄인 운이 획하니 부채로 얼굴을 가렸다.

피맛골 길을 벗어나자 거기서부터는 인파가 흩어지고 꽤 한산
해졌다. 이제는 슬슬 돌아감이 좋겠다고 마음먹었는데 바로 그때
눈에 띄는 것이 있었다.

가산(假山), 다른 말로는 방산(芳山)이라고도 하는데, 청계천 변
에 토사를 잔뜩 쌓아 높이 올린 둔덕이다. 일찍이 영조대왕 조에
홍수가 자주 일어나던 개천(開川:지금의 청계천) 변 준천 사업을 벌
였는데, 그때 나온 준설토를 개천 양쪽에 쌓는 바람에 자연스럽게
야트막한 산이 만들어졌다. 그것이 바로 가산이다.

그 뒤로 볼품없던 언덕배기에 무궁화며 향기로운 꽃나무를 심
은 덕분에 봄이면 절로 꽃 향취가 물씬 뿜어져 나오게 되니, 그 뒤
로는 이 가산을 향기로운 산이라 하여 방산이라 부르게 됐다.

바로 그 방산에서 흘러나오는 꽃 냄새가 초저녁 어스름 속에서
두 사람의 코끝을 잡아챘다. 때는 4월, 사방에 화취가 요란하고
꽃놀이 즐기는 유락객도 많은 때. 가만히 있어도 흥이 돋고 마음
이 들뜰 터다. 이 정도 봉사로 글이 나온다면 뭔들 못 하랴. 운이
대뜸 입을 열었다.

"나온 김에 꽃구경이나 하고 가랴?"

"그래도 되옵니까?"

반색을 하는 게 빈말로라도 싫다고는 안 한다. 싱긋 웃은 운이
앞장서서 방산 가장자리로 걸어가자 다희가 신이 나서 그 뒤를 따
랐다.

방산은 말 그대로 꽃 천지였다. 저절로 피어난 진달래가 꽃무리를 이뤘고, 가져다 심은 것인지 아니면 어디서 씨앗이 날아와 움을 틔운 것인지 군데군데 제법 둥치가 큰 나무도 그늘을 드리웠다.

"참 신기하네요. 그냥 흙덩어리 산이던 것이 어찌 이렇게 꽃산이 됐더래요. 자연의 조화란 게 참 보고 또 봐도 신기해요."

"사람의 조화 속은 어떻더냐? 열 길 물속은 알아도 한 길 사람속은 모른다지? 난 자연의 조화 말고 요물 같은 사람 조화 속이 더 궁금하다."

"으휴, 입을 열 때마다 어쩜 그리 정나미 똑똑 떨어지는 소리만 골라서 하실까. 나리가 그리 좋아하시는 책으로 배우셨습니까?"

이제는 그녀도 제법 간이 커졌다. 다희가 종알거리자 어이없어진 운이 그만 허허 웃었다. 한양 바닥에 폐객으로 유명한 운에게 이리 대놓고 잔소리를 하는 여인은 아마 없을 것이다. 그의 거친 입에 도망가고 밀려나서 멀리서 바라만 보는 게 보통이다. 그러고 보니 근처에 남은 여인이라곤 다희밖에 없다는 것을 운은 문득 깨달았다.

"나리, 이것 좀 봐주셔요."

상념에 잠긴 그를 부르는 소리에 문득 돌아보니 다희가 귀에다가 진달래꽃 한 송이를 꽂고서 배시시 웃고 있는 게 보였다.

'귀엽다.'

자기도 모르게 그런 생각이 떠올랐다. 하지만 운은 화들짝 놀라 얼른 그를 지워 버렸다.

귀엽지 않다. 그럴 리가 없다. 그냥 평범한 천것이 아니더냐. 그런 그녀가 귀여워 보일 리가. 사랑스럽게 보일 리가!

"어험험!"

공연히 열없어진 운이 헛기침만 요란하게 했다.

춘삼월 바람도 그윽할 때라 꽃을 찾아 노니는 것은 두 사람만이 아니었다. 개천 변에 알맞은 곳에 수령이 꽤 되어 보이는 아름드리나무가 있었는데, 그 밑에 돗자리를 깔고 앉은 한 떼의 무리가 보였다. 여남은 명쯤 되는 사내 무리들은 하나같이 옥색 도포 차림에 통 넓은 갓을 썼는데, 옆구리에도 하나씩 기생들을 찬 것이 세도깨나 부리는 양반들인 듯했다. 그런데 어째서일까. 그중에 한 명이 썩 일어나더니 양반 무리를 무시한 채 스쳐 지나가려던 운을 불렀다.

"이보게, 운! 자네 최운이 아닌가?"

그의 이름을 안다? 그것도 양반이?

깜짝 놀란 다희가 쳐다보았고, 운도 부르는 자를 향해 몸을 돌렸다. 그를 부른 자는 함께 무리 지은 자들과 마찬가지로 양반 행색을 한 자였다. 매끈한 비단 도포에 영조대왕 조부터 사치스럽다 하여 금지한 호박 갓끈까지 두른 것이, 사치스러운 행색은 함께한 좌중보다 더하면 더했지 덜하지는 않았다.

다만 하고 다니는 차림과 달리 용모는 그에 영 미치지를 못했다. 얼굴은 시커먼 데다 어울리지 않게 텁석부리 수염을 길러서 얼핏 보기에는 꼭 산적 같다. 게다가 키는 작지, 더하여 체구까지 뚱뚱하니 마치 만두를 사람 크기로 쪄서 아래위로 두 개를 철썩 붙여놓은 것 같다. 다희는 자기도 모르게 픽 웃음을 터뜨리고 말았다.

얼결에 지나가는 운을 부르긴 했는데, 그 바람에 시선이 두 사람에게 모아지니 볼품없는 그의 모습과 준장한 운의 체구가 확연하게 비교됐다. 그도 그 사실을 알았는지 불현듯 얼굴을 붉히더니 한 걸음 나서며 말을 이었다.

"그동안 어찌 지냈는가? 광통교에서 책쾌 일을 하고 있다는 소식은 들었네만."

"더하고 말고 할 것도 없이 들은 그대로일세. 나는 잘 지내고 있으니 걱정하지 말고 동방들에게도 그렇게 전하게나. 그럼."

일별한 운이 그대로 몸을 돌리는데 그 기색이 어찌나 찬지 마치 봄이 물러가고 겨울이 되돌아온 것만 같았다.

어떻게 운과 양반이 아는 사이인 걸까? 게다가 아무리 봐도 그냥 알기만 하는 게 아니라 막역한 사이인 게 분명한 것 같다. 그렇다면 운도 양반……?

'하지만 양반을 굉장히 싫어했는데? 저번에도 자기는 과거 볼 자격이 없다고 분명히 말을…….'

수상한 게 한두 가지가 아니다. 거기다 더하여 붙잡힌 자가 운이라는 것을 알게 된 선비들이 저희들끼리 웅성웅성하더니 그중 한 명이 또 일어나 말을 걸었다.

"이보시오, 그쪽이 최운이라면 그 문무자 최운 맞소? 이언(俚諺) 65수를 지은?"

문무자(文無子). 글이 없는 자. 글이 있어도 없는 자.

잊으려 애쓰던 그 이름이 깊은 물속에서 떠올라 뒤통수를 침에 운은 자기도 모르게 얼굴을 찌푸렸다.

"속된 시 몇 편을 짓긴 했소. 왜 그러시오? 이제 와서 그걸로 또 시비라도 거시게?"

시비라면 마다할 기세가 아닌 운의 모습에 선비들이 입을 다물었다. 하지만 그런다고 그냥 보낼 그들이 아니다.

문무자 최운. 평범한 상민들은 몰라도 그 이름은 선비들 사이에선 묘한 호승심을 자극하는 것이었다. 몰랐다면 모를까, 알고서야 그냥 보낼 수 없었다. 처음 운을 불러 세운 만두 같은 선비가 그들의 속셈을 대신하여 말을 이었다.

"시비는 무슨, 하도 문명이 뜨르르하니 호기심에 그런 것이 아닌가. 마침 오늘 모임은 시를 지어 겨루기 위한 것이라네. 문무자라고 하면 시로는 당대에 겨룰 자가 없지 않은가. 이 자리에서 만난 것도 인연이겠다, 자네도 이 시연에 참가하면 어떻겠는가?"

문무자? 시?

알 수 없는 이름과 단어들이 난무한다. 다희는 당황한 채로 갑자기 낯설어 보이는 운과 선비들을 번갈아 쳐다볼 수밖에 없었다.

그런 모양새는 양반네들과 자리를 함께한 기생들 역시 마찬가지였다. 운은 그녀들을 희롱하고 있는 자칭 청풍선비들과 비교해도 당연 군계일학. 키는 키대로, 얼굴은 얼굴대로 좌중을 제압하는데 그냥 잘생긴 것만이 아니라 교양 있는 척, 뽐내고 잰체하는 선비들에 비해 그 기상이 거칠고 자유로웠다. 그것이 공연히 운을 더 잘나 보이게 만들었다.

"일없네. 나는 이만 갈 길 가……."

그런데 무슨 생각일까. 거절의 말을 뱉어내려던 운의 시선이 문득 다희에게로 가 닿았다. 여전히 어안이 벙벙한, 하지만 선망과 호기심이 어린 눈빛으로 선비들과 기생들을 쳐다보고 있는 그녀를 본 운이 불현듯 입을 다물고 생각에 잠겼다.

그런 그를 자극하려는 듯 만두선비 옆에 서 있던 자가 한마디 거들었다.

"허허, 여자보다 더 여자다운 시를 짓기로 유명한 문무자 공께서 왜 이러실까? 왜 그러시오? 혹시 한문시는 자신이 없어서 발을 빼시려는 게요?"

"내가 지은 시가 대부분 한문시라는 것을 모르고 그러시오? 음풍농월, 충군 효부만 다루지 않았을 뿐, 내가 한문시를 꺼려한 적은 없소. 좋소, 어디 한번 해봅시다. 그 잘난 시연이라는 것, 나도 한번 끼어봅시다."

그 말과 함께 운이 좌중 사이에 철퍼덕 앉았다. 그러고는 다희에게도 가지 말고 거기 서서 보라고 눈짓한다. 그 시선을 만두선비는 놓치지 않았다.

본디 예전부터 운에게 질투심과 호승심을 함께 가지고 있던 자였다. 운의 것이라면 빼앗지 않으면 못 견디고, 그를 내려앉히지 않으면 직성이 풀리지 않는 자, 그의 이름은 서만주라고 했다. 이름도 만두 비슷한 이 서만주가 다희를 흘끗 쳐다보더니 눈을 희번덕거렸다.

처음엔 운이 신경을 쓰는 듯싶어 저도 주의를 기울인 것인데, 보아하니 여종치고는 얼굴이 제법 반반했다. 뽀얀 피부도, 통통해서 꾹 찔러보고 싶은 뺨도 물기가 올라 탐스럽기 짝이 없다.

꿀꺽 저절로 침이 넘어가니 호기심이 탐심이 된 만주가 그 징그러운 입을 열었다.

"자네가 예전엔 여인에 관심 없는 것 같더니, 이제는 여종도 데리고 다니면서 꽃놀이를 하나? 많이 달라졌네그려."

그 말에 흘끗 다희를 돌아본 운이 자신의 종이 아니라고 말하려는데, 그전에 만주가 먼저 말을 이었다.

"모름지기 시연엔 내기가 따라야 맛이지. 본래 오늘의 시연은 벌주 내기였지만 색다른 걸 두고 내기를 하는 것도 재밌겠네. 어떤가, 운. 오늘 시연을 벌여서 내가 이기면 자네 여종을 내게 주게."

"그건……."

"아예 달라는 게 아닐세. 하룻밤 잠자리만 데우면 되네. 안 그래도 요즘 춘정을 못 풀어 몸이 좋지 않았는데, 하룻밤 정도만 품으면 내 결리고 막힌 데가 다 뚫릴 것 같네. 하하핫!"

뭐라 더 말할 겨를도 없었다. 다희가 화들짝 놀라 어버버거리고 운은 가만히 앉아 만주를 노려보고 있는 가운데, 자리를 같이한 선비들이 와자하니 웃으며 저희들끼리 떠들어대기 시작했다.

"그야 그렇지. 모름지기 친압(親押:억지로 눌러 통정하는 것)은 여종이 제맛 아닌가. 어린 여종 하나가 녹용, 웅담보다 낫다네."

"시연할 맛이 이제야 나네. 여보시오, 문무자. 만당(滿堂:서만주의 자)의 차례가 지나면 나도 좀 빌려주시게. 나는 시연을 할 생각이 없으니 돈을 내고서 빌리겠소. 내 짠 사람이 아니니 하루 한 냥 정도면 어떻겠소?"

자칭 고결한 양반이라는 자들의 입이 시정잡배보다 더러웠다. 죄 없는 다희를 두고 온갖 음담패설을 지껄이는데, 그 입담이 어찌나 더러운지 함께 앉은 기생들이 곤혹스러워 얼굴을 붉힐 정도였다.

하물며 순진한 다희는 어떻겠는가. 당장에라도 억울하고 화가 나서 눈물이 쏘옥 흘러내리려는데, 바로 그때 운이 불쑥 입을 열었다.

"내 시비가 아니네. 그리고 부탁할 일이 있어서 잠시 자리를 마련한 것뿐, 함께 놀러 다니는 사이도 아닐세."

"뭐라? 부탁? 자네는 여종에게 부탁도 하나? 허어, 자네 진짜 많이 달라졌네그려. 아무리 과거도 포기하고 영락한 처지가 됐다고 하나, 여종에게 구걸까지 하게 됐단 말인가? 도대체 어쩌다 그렇게 됐나?"

포기한 과거. 영락한 처지. 그 말이 다희의 주의를 끌었다. 그렇다면 그는 결국 양반이었던 걸까? 하지만 지금은 몰락하게 된……?

자신에 대한 모욕보다 운에 대해 알게 된 새로운 사실이 다희의 호기심을 바짝 끌었다.

"여러 말 할 것 없네. 저 아이는 빼고 그냥 시를 겨루세. 대신 내가 지면 하라는 건 뭐든 하겠네."

"정말인가? 허허, 이거 정말 재밌어지는구면."

운에게 단단히 망신을 줄 수 있다는 생각에 만주의 흥이 잔뜩 돋았다. 계집을 희롱하는 것도 좋지만, 그보다 운을 이기면 그보다 더한 재미가 없다. 진 죄로다가 운을 개처럼 기게 해 가랑이를 통과하게 하면…….

"그럼 더 미룰 것 없이 바로 시작하세. 시연은 5언 절구(五言絶句:1구에 다섯 자씩 네 줄로 된 한시)로 할까, 아니면 7언 율시(七言律詩:1구에 일곱 자씩 8구 쉰여섯 자로 이루어진 한시)로 할까? 자네가 좋을 대로 아무거나 정하게."

시재로는 운에게 항상 밀리던 만주지만 작년에 무려 대과에 입격을 했고, 현재는 말단 관직이나마 승정원에 출사도 했다. 예전의 자신과는 달라졌거니와 그 반대로 운은 한참 영락했으니 이제는 충분히 겨뤄볼 만하다 싶었다. 자신 있게 수염을 험험 가다듬던 만주가 곧 먹물에 붓을 찍더니 준비한 도련지에 일필휘지로 글을 내려갈겼다.

採藥忽迷路(채약홀미로) 약초 캐러 갔다 홀연히 길을 잃었네.
千峯秋葉裏(천봉추엽리) 봉우리마다 단풍이 곱게 물들었는데
山僧汲水歸(산승급수귀) 산사의 스님은 물을 길어 돌아가고
林末茶煙起(임말다연기) 곧 수풀 끝에서 차 달이는 연기가 일어나네.

—율곡 이이의 시 산중(山中)

"오호라, 멋진 시로세!"

"대수(大手)! 대수로다! 압운도 훌륭하고 내용도 청아하니 명시 중의 명시일세!"

생긴 것과 달리 나름 시흥을 아는 만주였다. 평소에 갈아둔 솜씨를 유감없이 발휘하자 곧 좌중에서 칭찬이 벌통처럼 같이 일어났다.

다희는 도통 무슨 소리인지 알아들을 수가 없었지만 글줄 좀 공부한 선비들이 다 좋다고 하니 그냥 좋은가 보다 싶다. 다만 그렇게 좋은 시를 과연 운이 당해낼 수 있을까, 갑자기 걱정이 될 뿐이다.

하지만 괜한 기우였나 보다. 다희가 걱정스러운 표정으로 그를 돌아보는 것과 동시에 운 역시 빠르게 글을 써 내려가기 시작했다.

好客淸平寺(호객청평사) 귀인이 청평사를 좋아하여
嶗山任意遊(로산임의유) 험한 산 경치를 즐기네.
摵音孤塔靜(색음고탑정) 나뭇잎 떨어지는 소리에 탑은 고요하고
曦落小溪流(희락소계류) 햇빛은 작은 개울물 위로 떨어지네.
簇花知時秀(족화지시수) 조릿대 꽃은 때를 알아 자라나고
嘉菌過雨柔(가균과우유) 비 지난 버섯은 더욱 아름답네.
觝友入仙洞(지우입선동) 신선골 들어서 벗과 만나니
磨消百年憂(마소백년우) 백 년의 근심이 갈아 없어지네.
          —김시습의 시 나그네[有客]를 상황에 맞게 변용했음.

내리쓴 시지를 받아 든 선비들이 이내 그것을 돌아가며 읽기 시작했다. 어디 흠잡을 데가 없나 눈이 뒤집혀 들여다봤지만, 읽으면 읽을수록 흠보다는 뛰어난 점만 눈에 띄었다.

"허허, 이것도 명시긴 명시네만……."

"청아한 선비의 기상은 만당의 것이 낮지 않은가?"

"그것도 그렇긴 하네만, 7언 율시로 압운을 맞춰 순식간에 지어 낸 건 대단하지 않은가. 여인 같은 시만 짓는다 들었는데 이제 보니 전혀 아닐세. 게다가 내용도 훌륭하고 대구 역시 나무랄 바가 없네. 만당과 막상막하라고나 할까. 어라, 잠깐?"

문득 시지를 위아래로 훑어보던 한 선비의 입에서 기성이 튀어

나왔다.

"이제 보니 압운이 뒤에 있는 것이 아니라 앞에 있을세그려. 으하하핫!"

"그게 대체 무슨 소린가?"

"각 구의 첫 자를 죽 내려 읽어보게. 푸하하핫! 내 이런 기가 막힌 압운은 보다보다 처음 보네!"

그 말에 따라 선비들이 운이 쓴 시조 각 구의 첫 자를 소리 내어 읽었다. 그런데 한 자 한 자 읽어 내려가던 선비들의 얼굴이 실룩실룩 표변하기 시작했다. 첫 구의 첫 자가 호, 그다음이 로, 색……. 알고 보니 그 첫 글자 하나하나가 이어져 문장을 이루고 있었던 것이다.

"호, 로, 색, 희, 족, 가, 지, 마."

얼이 빠져 듣고 있던 다희마저 그제야 그 뜻을 알아챘다. 그럴 듯하게 시를 짓는 척하더니 알고 보니 앞 글자로 만주를 욕한 것이었다.

"우하하하하! 걸작이네, 걸작! 이야말로 만고에 다시없는 명시네!"

문장을 다 읽은 선비들이 그 자리에 쓰러졌다. 자빠져 웃거나 엎어져 웃거나, 그도 아니면 박장대소를 하는데 기생년들 역시 예외가 아니었다. 억지로 웃음을 참으려 애를 썼지만 도무지 제어가 안 되니 입을 가린 손 밑에서 키들키들 웃음이 새어 나왔다.

욕설의 대상인 서만주만 그 자리에 앉은 채 붉으락푸르락 얼굴을 변색시키고 있을 뿐이었다.

"만장일치로세. 만당 자네가 졌네!"

웃다 웃다 지친 선비 하나가 눈물을 닦으며 외치자 다른 선비들 역시 너나 할 것 없이 동조했다. 만주가 아무리 반발하려 해도 이미 대세를 거스를 수 없는 상태. 그 말에 운이 벌떡 일어나더니 외쳤다.

"그럼 내기에 졌으니 만당 자네가 벌주를 들게. 옜다, 벌주!"

그와 함께 운이 돗자리 한구석에 곱게 놓여 있는 술 주전자를 들더니 주전자 뚜껑을 열고 만주의 머리통에 쫘악 끼얹었다.

"우어어억! 이, 이게 무슨 행패인가!"

머리꼭대기부터 술을 뒤집어쓴 만주가 고래고래 고함을 질렀지만 운은 그를 무시한 채 다희에게로 돌아섰다.

"봤느냐?"

"네?"

"지금 이 장면을 제대로 다 봐뒀느냔 말이다."

"네에? 그…… 보, 보기는 다 봤습니다만…….."

"보기만 해서는 안 된다. 네 눈으로 보고 들은 것, 그 모든 것을 머리에 새기고 생각을 달아둬야 한다. 알겠느냐? 너는 작가다. 네가 경험한 것은 그 무엇이든 허투루 지나쳐선 안 된다. 오늘 이 시연의 장면 역시 네가 글 중에 써야 할 바가 있다면, 선비들의 시연 장면이 필요한 데가 있다면 지금 이 모습을 이리 뒤집고 저리 뒤집어서 써먹어야 된다 이 말이다. 내가 괜히 이 시연에 끼어서 곤욕을 자처한 줄 아느냐?"

"아, 그런 뜻이!"

성격에 안 맞는 경연을 자처한 것은 그런 이유였나? 새삼스레 경탄과 고마움이 온몸에 차올랐다. 알다가도 모를 사람, 심술궂고 냉정한 것 같다가도 또 이렇게 사람 마음을 들었다 놨다 쥐고 흔드니 도대체 어찌 대해야 할지 알 수가 없다.

"너는 작가다. 그러니 무엇이든 허투루 흘려보내면 안 된다 이 말이야. 알겠느냐?"

"네……. 네, 명심하겠습니다!"

"너는 문장을 잘 쓰는 재주는 없으나 이야기를 잘 엮어내는 능력이 있다. 그건 아무리 사서오경을 읽고 문장을 연습해도 쉽사리 익힐 수 있는 재능이 아니야. 하지만 그런 재능도 아는 것이 없고 경험한 것이 없으면 제대로 역량을 발휘할 수가 없으니. 누차 말하지만 많이 배우고 많이 보거라. 네 재능을 꽃피울 수만 있다면 내 어디든 너를 데려다 줄 테니 주저하지 말고 말하거라."

그렇게 말해두긴 했지만 사실은 시연에 끼어든 게 그 이유만은 아니었다. 호로색희, 족가지마를 써 내려갈 때 만주에 대한 야유만이 아닌 좀 더 원색적인 분노가 더께처럼 덮여 있었던 게다.

그 감정이 뭔지 몰라도 확인하고 싶지 않았다. 듣기에 좋은 핑계로 그럴싸하게 포장하고 돌아서는 운의 심중에 알 수 없는 뭔가가 깃들었지만, 그는 애써 그것을 무시했다.

한편, 그를 모르는 다희는 운의 배려가 그저 기쁠 뿐이다. 남들은 사고파는 물건, 그도 아니면 끼고 자는 친압의 상대로만 여기는 그녀의 재능을 운은 인정해 줬다. 그녀가 물건이 아니라 생각이 있고 재능이 있는 사람이라는 것을 그만은 알아준다.

사람은 모름지기 자신을 알아주는 상대에게 목숨을 거는 법이다. 사내대장부만 그러란 법이 있던가. 다희 역시 지금 이 순간만큼은 그녀를 알아주는 운을 위해 목숨이라도 걸고 싶어졌다.

'나는 종년이지만 나도 할 수 있는 일이 있다. 아니, 나만 할 수 있는 일이 있어!'

머리로만 이해하고 있던 사실이 비로소 가슴으로 흘러내려 가며 굳게 닫힌 문을 열었다.

할 수 있다. 이제는 글을 쓸 수 있다는 확신이 다희의 안에 돌기둥처럼 굳건하게 다희의 안에 세워졌다. 그리고 그와 같은 확신은 곧 현실로 나타났다.

사락사락, 글장이 한 장 한 장 넘어갔다. 언제나처럼 원고를 넘긴 다음이면 이어지는 절차. 글을 가져온 다희나 제책을 하려 기다리는 장 씨나 모두 추리설 원고를 읽고 있는 운을 긴장 어린 시선으로 지켜봤다.

드디어 고대하고 고대하던 추리설 5권 원고가 나왔다. 주겠다던 기한은 살짝 넘겼지만 나온 게 어디냐.

하지만 좋아하기는 이른 게 과연 사람들이 좋아라 읽을 수 있는 수준이 되는지, 행여 지금까지 이어온 비영의 명성에 누를 끼치는 건 아닌지 걱정스럽지 않을 수 없다. 글이 안 써지는 긴 난맥에서 간신히 빠져나온지라 그 걱정이 더욱 컸다.

그런데 걱정이 무색하게 운이 문득 고개를 들더니 침을 꼴깍꼴

꾹 삼키며 그의 반응을 기다리는 다희를 향해 물었다.

"이야기가 이렇게 전개되느냐?"

"제 생각엔 이렇게 쓰면 사람들이 더 좋아할 것 같아서요. 이상합니까요?"

"허어, 아니다, 아니다."

고개를 도리도리 저은 운이 시선을 도로 글장에 맞췄다. 그러더니 혼잣말처럼 중얼거린다.

"거참, 희한하구나. 사람이란 게 참 보기와는 다른 게지?"

"무, 무슨 말씀입니까?"

"네가 참 생긴 것과 많이 다르다 이 말이다. 저번에 미끼 작전을 쓰겠다 할 때도 느꼈지만, 도대체 네 머릿속에 뭐가 들었기에 이리도 재미진 이야기가 호박 덩굴처럼 굴러 나오는 게냐? 응?"

"그럼 괜찮은 겁니까요?"

단박에 다희의 얼굴이 피어나고, 덩달아 긴장하던 장 씨의 표정 역시 환해졌다. 운은 그런 두 사람을 향해 드물게 기쁜 낯으로 말을 이었다.

"이번 책 반응이 기대되는구나. 지금까지도 그래 왔다만 이번은 더할 게야. 모르긴 해도 독자들이 똥줄이 타서 당장 다음 책을 내놓으라고 달려들 것이다. 글을 읽은 독자들은 물론이요, 글을 안 읽은 독자들까지 그러할 것이다. 내 장담하마. 지금까지는 추리설이 희투(熙渝)를 하였다만, 이번 권으로는 대희투를 할 것이다!"

*

금상의 초계문신 강론은 혹독하기로 악명이 높았다. 본디 주상은 경연에서 신하들을 가르치고 야단치기를 몹시도 좋아하던 분이시다. 경연이란 것은 원래는 신하들이 군주에게 유교의 경서와 역사를 가르치던 자리다. 말 그대로 신하가 군주를 '가르치던' 자리인 만큼 보통 군주라면 그 말 못 할 압박에 경연을 피하기가 다반사요, 심지어 연산군처럼 경연을 아예 폐하기까지 할 정도로 싫어했다.

그런데 금상은 달라도 한참 달랐다. 웬만한 학자들보다 박식한 것은 물론이요, 그 현란한 언변으로 신하들을 몰아세우며 닦달하고, 온갖 경서 구전을 들이대며 아느냐, 모르느냐 답을 요구하는데, 필경은 신하들도 모르는 것이 태반이었다. 종국에는 무식하다고 야단을 치고 면박을 주니 이제는 신하들이 주상을 무서워하고 경연을 피할 지경이 됐다.

그러다 보니 자연스레 금상께서도 경연을 따분히 여기게 됐고, 점점 나가기를 피하다가 차츰 주상께서 총애하시는 규장각 초계문신들의 강론에 나오는 쪽을 더 즐기게 됐다.

썩어빠진 관료들에게 정치를 맡겨서는 이 나라에 미래가 없다 생각하시는 주상이셨다. 하여 몸소 37세 이하의 당하관(堂下官) 가운데 참신하고 유능한 관료들을 선발해 초계문신이라 부르도록 하고 규장각에서 학문 연마 및 연구를 하도록 하였는데, 그들에 대한 신임과 애정이 의정부 육조 대신에 대한 것보다 더하였다.

그런고로 주상께서 경연을 제치고 몸소 강론에 나와 전도유망

한 초계문신들 가르치기를 마다하지 않으셨는데, 지금 이 자리가 바로 그 지엄하신 주상께서 몸소 친림한 강론장이다. 그런데 신경을 곤두세우고 주상의 옥언을 빠릿빠릿 챙겨 들어도 모자랄 이 강론 자리에서 지금 꾸벅꾸벅 조는 자가 있었다. 한참 전부터 주상이 그를 주시하고 있었고, 강론에 함께 참가한 초계문신들이 식은땀을 흘리며 그를 흘끔거리고 있는데도 그는 전혀 모르고 있었다.

"허험, 허험!"

차마 옆구리를 꾹 찔러 깨울 수는 없었던지라, 약간 떨어진 자리에 배석해 있던 문신 하나가 헛기침을 했지만 그도 소용없었다. 맨 앞줄에 앉은 주제에 어찌나 차지게 위아래로 고개를 끄덕이는지 이마빡에 절굿공이를 매달면 쌀 한 말은 족히 빻겠다 싶을 정도였다.

"자네 어디 아픈가?"

마침내 지엄한 주상께서 입을 열었다. 옥음이 내려지자 강론장에 입시한 젊은 관인들이 일제히 화들짝 놀랐고, 병든 닭처럼 꾸벅거리고 있던 문신 역시 그제야 정신을 차렸다. 자신을 주시하는 많은 시선과 그보다 더 무서운 주상의 준열한 옥안.

큰일 났다. 사고를 쳐도 완전 크게 쳤다.

"저, 전하! 죽여주시옵소서!"

문신이 그 자리에 오체투지의 자세로 납작 엎드렸지만 주상은 수염 끝만 쓰다듬으며 심상한 얼굴로 중얼거렸다.

"그럴까나 말까나 지금 고민 중이다만, 이유는 알고 벌을 주든가 말든가 해야겠다. 내 요즘 안 그래도 그대 말고도 신료들의 행색이 하 수상하여 은근히 들여다보고 있던 참이다. 요즘 궁내에 수직을 서다 말고 졸고, 입번을 서다 졸고, 심지어 강녕전 내시들까지 졸다 쓰러지는 자들이 숱하니 말이다. 과인이 모르는 사이 궁에 잠이 과한 역병이라도 도는 겐가?"

그 조는 이유가 뭔지를 그 자리에 배석한 자들 중 셋 중 하나는 알아차렸다. 본인만 그런 게 아니라는 걸 알고 안도의 한숨을 쉰 자가 반, 주상께 들킬 정도로 정신머리가 해이해졌다는 것에 아뜩해진 자가 반. 그러나 그들의 머리에 공통적으로 떠오른 것이 있으니, 죽어도 그 조는 이유가 뭔지 알려져선 안 된다는 것이다.

초계문신들에 대한 믿음과 애정이 큰 만큼 그들의 실수에 대해선 용서 없이 다그치는 주상이었다. 그런 주상이 이유를 알면 금세에 다시없는 참변이 일어날 것이다.

"송구하옵니다, 전하. 미, 미신이 불민하여 그만 고뿔이 심하게 들었나이다. 하여 밤새 기침을 하느라 제대로 자지를 모, 못 해서……"

"그런 것치곤 오늘 주강에 들어 기침 한 번 안 하지 않았는가?"

'핑계를 대도 하필 그런 걸 대는고! 이 못나빠진 인간 같으니!'

문신들의 머리에 똑같은 생각이 스칠 때 주상께서 다시 한 번 하문하셨다.

"그보다는 다른 이유인 것 같단 말이지. 그 이유를 내 알 것도 같다."

"저, 전하?"

설마? 그저 조는 것만으로는 구중궁궐 벼락같이 치솟은 높은 담에 갇혀 사는 주상이 그 연유를 추측해 낼 리 없다. 그러나 그렇다고 안심할 일이 아닌 게 저 용의주도한 주상이 저리 확신을 할 때는 반드시 그 근거가 있고, 끝내는 피바람이 불지 않았던가.

생각이 거기까지 닿자 문신들의 얼굴에 핏기가 싹 사라졌다. 그 추측에 답을 내리려는 것처럼, 주상께서 배석한 관인들 중에서도 저 끝 말단에 앉은 자를 향해 손짓했다.

"이리 가까이 와보라."

지적당한 자는 이제 갓 약관을 넘긴 어리디어린 관인. 그가 흠칫하여 벌떡 몸을 세웠지만 차마 주상의 어명대로 일어나 그 앞으로 다가가진 못했다.

"어허, 얼른 이리 오지 못할까. 와서 그놈의 소매에 든 그 책 좀 내놔 보거라. 아까부터 수시로 꺼내 훔쳐 읽더구나."

망했다!

몸은 10여 구로 나뉘었으나 뇌는 일심동체 하나가 된 듯, 아까부터 똑같은 생각이 좌중을 관통하고 있었다.

'읽으려면 집에서나 읽지, 어디 이 지엄한 자리까지 책을 가지고 와서 내내 훔쳐봤단 말인가! 이런 정신 빠지고 간이 빠진 인간이 있나!'

하지만 이제는 더 이상 뻗댈 여력도 없었다. 어린 나이에 덜컥 입격해 이 자리까지 올랐으나, 그만큼 철이 없고 성격이 급했던 어린 관인. 결국 눈물을 줄줄 흘리며 주상 앞에 나왔다. 어찌나 다리가 휘청거리는지, 가다가 넘어지고 엎어지다 결국 간신히 엉금엉금 기어서 주상 앞으로 나아간 그가 소매 안에 든 책을 바쳤다.

임금께서 배석한 자리다. 그런데 그 중요한 자리에서 딴생각을 해도 대매를 맞을 판에 감히 딴짓까지 하다니. 본인만 죽어 나가는 것이 아니라 자칫하면 딸린 식솔까지 참변을 면치 못할 것이며, 덩달아 함께 배석한 초계문신들까지 기강이 해이해졌다며 알아서 석고대죄를 해야 할 판이다.

그러나 젊은 문신들이 앞으로 몰아닥칠 피바람을 예상하며 질끈 눈을 감을 때, 돌연 책을 읽어 내린 주상의 옥음이 떨어졌다.

"이건……."

잠시 말을 잃은 듯 입을 다물고 계시던 주상께서 모두가 궁금함에 무례도 잊고 흘끔흘끔 용안을 곁눈질하자 간신히 다음 말을 토하셨다.

"이건 운의 문장이로구나."

춘풍화월, 바야흐로 꽃은 흐드러지게 피어나고 바람은 춘 오월을 맞아 따뜻해지는 시절이 되었다. 여인이라면 잔뜩 꽃바람이 들어야 마땅할 이즈음이거늘, 다희는 꽃바람에 날아가기는커녕 오늘도 책하가 보이는 골목길에서 고개를 빠끔히 내밀고 해바라기를 하고 있었다.

얼마 전 원고를 주었으니 당분간은 원고 독촉이 지긋지긋해서라도 책하엔 발길도 하지 말아야 할 터다. 그런데 이놈의 발이 가만히 있지를 못하고 시간만 나면 자꾸 책하로 향한다. 오늘은 가지 말아야지 결심을 한 게 무색하게 문밖을 나온 순간 어느새 책하 근처를 서성거리고 있었고, 비로소 그때야 정신을 차리고 속없는 자신의 머리를 두들긴 게 한두 번이 아니다.

'정신머리 없는 것. 넘볼 걸 넘봐야지. 아무리 몰락한 양반이라고 해도 신분 차이가 있는 것을 어찌 감히 운 나리를 꿈꾸니?'

'뭐 어때? 보기만 하는 것도 죄가 되나? 지금껏 좋아는 해도 보기만 했잖아. 그것만으로도 만족했잖아. 그냥 가까이서 그리워만 하면 돼. 딱히 운 나리께 폐를 끼치는 것도 아니잖아?'

일각에 몇 번씩 생각이 바뀌고, 그때마다 마음이 두 갈래로 찢어지는 것만 같았다.

방산에서의 시연 이후, 운이 양반 가문에 속한 자일 거라는 추측은 거의 확신이 됐다. 지금은 몰라도 한때나마 선비들과 교유하고, 시부를 쓰고 학문을 연구하던 사람이다. 어쩌다 가문이 풍비박산 나는 바람에 과거도 포기하고 책쾌 일을 하는 듯했지만, 양인도 아니고 엄연한 반가의 선비이니 신분의 차이가 너무나 컸다. 하다못해 기생은 첩이라도 삼지, 천한 노비는 데리고 희롱하기는 해도 첩으로 두는 경우는 없으니 하룻밤 상대면 모를까, 그의 곁에 있기를 꿈꾸는 건 언감생심이다. 그걸 알면서도 포기가 안 되고 집착이 더 심해지는 것은 어째서일까.

'그런데 어쩌다 가문이 몰락하신 걸까? 혹시 역모에라도 연루된 건가? 그래서 부모님도 다 돌아가시고……. 아니, 아니지. 이 바보야, 역모라면 삼족을 멸하는 대죄인데 운 나리가 무사하실 리 없잖아.'

과정은 알 수 없지만 집안이 몰락해 과거를 포기한 거라면, 그가 과거 볼 자격도 없다고 한 말이 납득이 간다. 그러다 책쾌 일을 시작한 덕분에 어마어마한 책과 한 재산을 일군 거라면 제법 앞뒤 관계가 들어맞는다.

"아주 티를 잡았구나. 여기다 초막이라도 하나 차려줄까?"

익숙한 목소리에 다희가 하늘로 펄쩍 뛰었다. 언제나처럼 용케 머리를 젖혀 그를 피한 운이 낄낄거렸고, 다희의 얼굴은 또다시 붉은 홍시가 됐다.

"책하에 무슨 호랑이 덫이라도 있는 게냐. 왜 자꾸 들어오지는 않고 멀리서 흘끔거리기만 하는 게야?"

"그, 그냥 오다가다 들른 것이라……. 사, 사람들이 제 책을 많이 보나 안 보나 구경이나 하려는 참이었습니다요."

"추리설 5권이라면 안 그래도 찾는 사람이 너무 많아 세책점이 터져 나갈 지경이지. 안 그래도 내 지금 지엄한 대감 댁에 불려가서 범인이 누군지 알려달라고 한참 닦달을 당하다 온 참이다. 추리설이 무반은 물론이고 문반들 사이에까지 퍼졌다는 증좌다 이 말이야. 게다가 말단 관료들도 아니고 정승대감까지 읽을 지경이니 희투도 이런 희투가 없지. 하루에도 몇 번씩 통자를 넣고 부르러 오는 사람이 어찌나 많은지, 내 말라 죽을 지경이야."

"그렇사옵니까?"

"그래서 말인데, 어떠냐? 슬슬 다음 원고는 들어갔느냐?"

이분은 저만 보면 글 생각밖에 안 나는 걸까?

다희 속이 또 끓는다. 어차피 저를 여자로 안 보는 것은 안다. 하지만 알면서도 섭섭하고 화가 나는 것은 연심이 그만큼 깊어진 탓일 게다.

"5권 원고 넘긴 지가 언제인데 벌써 글 독촉을 하십니까? 됐습니다! 이리 사람을 압박하시면 앞으로 책하엔 걸음도 안 할 겁니다!"

공연히 버럭 소리를 지른 다희가 종종종 그 자리를 떠버렸다. 보지 않아도 운이 어이없어하는 표정이 머릿속에 그려졌지만 어쩔 수가 없다. 연심에 물들어 버린 여인의 마음은 원래 변덕스럽기 짝이 없는 것이니.

"내가 뭐라고 이리 패악을 부리나. 이러다 운 나리가 정말 나를 미워하시면 어떡하지?"

혼자 중얼거리다, 하늘을 보다, 바람이랑도 대화를 나누다 문득 다희가 포옥 한숨을 내쉬었다.

"몰락했다고 해도 엄연한 양반이신데 나 같은 천것이 눈에 들어오기나 할까. 그나마 내가 글 짓는 재능이라도 있으니 어여삐 봐주시는 거지."

그나마 그에게 한 조각 관심이라도 받으려면 죽어라 글을 쓰는 수밖에 없었다. 그걸 알면서도 글만 찾는 운이 섭섭하고 미우니 이 복잡한 마음의 매듭은 도깨비가 아니면 풀지 못할 듯싶다.

문득 집을 향해 터덜터덜 걸어가던 다희가 하늘을 쳐다봤다. 어느새 걸린 초저녁달은 언젠가 그녀가 책하를 찾던 그날처럼 둥글게 찼다. 그 둥근 달을 하염없이 쳐다보던 다희가 불현듯 중얼거렸다.

"운 나리는 꼭 저 달과 같구나. 저 멀리 떠 있기만 하고 손에 잡히지는 않는 달."

그 달에서 이 땅을 내려다보면 얼마나 초라할까. 특히나 그녀처럼 천한 처지는 더욱더.

달이 서럽다, 달이 그립다. 다희는 자꾸만 차오르는 슬픔에 목이 멨다.

*

"허허, 참 알다가도 모르겠네. 잘해줘도 소용없고, 달래면 바락바락 대들고. 화를 냈다 웃었다, 도대체 나더러 어쩌란 말이야?"

"거 다희랑 무슨 일 있소?"

아까부터 벽만 쳐다보며 비 맞은 중처럼 혼자 중얼거리고 있는 운을 쳐다보던 장 씨가 기어코 묻고야 말았다. 너른 등짝에 '지금 나한테 왜 그러냐고 묻지 않으면 제대로 심술을 부릴 테다.' 라고 쓰여 있었기 때문이다.

때는 이때다 싶은 운이 다희가 대든 일을 좔좔 읊어내자 장 씨가 콧방귀를 뀌며 대답했다.

"나리가 욕먹을 짓을 했구먼. 따귀 안 맞은 걸 다행으로 아시오."

"뭐야? 지금 말 다 했는가?"

"원망스러운 거 아니오. 저만 보면 글 내놔라, 그도 아니면 웃고 떠들 시간에 가서 글이나 써라 닦달을 해대니 당연히 밉지. 내가 다희라면 나리 면상을 확 긁어놓고 도망갈 거유."

"허허, 참 갈수록 태산일세. 세책점 주인이 글 달라는 말을 하는 게 이상한 일인가? 왜 면상을 붉고 대들기를 해?"

"진정 몰라서 하는 말이오? 다희 걔가 왜 그러는지 정말 몰라서 그러는 거요, 아니면 모르는 척 바보 흉내를 내는 거요?"

틱하니 내뱉은 장 씨가 앵돌아섰다. 내심 찔리는 게 없지 않았기에 운은 입을 다물어 버렸다.

일 삯을 주는 건 운이건만, 도대체 언제부터 저리 다희 편만 들게 됐는지 모르겠다. 그러나 그것도 잠시, 섭섭하기도 하고 하소연도 하고 싶은 마음에 한동안 침묵을 지키던 운이 입을 열었다.

"나는 통 모르겠네."

"뭘 통 모르겠는데?"

얼결에 말까지 반 토막이 났다. 은근히 부아가 났지만 운은 꾹 참고 말을 이었다.

"잘해줘도 화를 내고 못 해줘도 화를 내고, 도대체 어쩌라는 건지 모르겠어. 여자란 원래 이렇게 마음이 복잡한 건가?"

"나리 진심이 문제지. 좋아하는 마음이 없으면, 잘해줘도 반갑지 않고 못 해주면 더욱 섭섭하지. 어디 말 나온 김에 물읍시다. 나리는 다희가 마음에 드는 거요, 안 드는 거요?"

갑자기 운이 할 말을 잃었다. 마음에 든다? 안 든다? 아니, 지금 그 말이 왜 나오는 걸까? 다희가 그런 존재인 걸까? 추리설의 작가일 뿐, 운이 그녀를 여인이라 생각한 적은 없건만. 아니, 물론 귀엽긴 하지만……. 사랑스러운 적도 많아서 안 보이면 몹시 보고 싶고 허전하긴 하다만…….

"청산유수, 언변으로는 당할 재주가 없는 나리가 어째서 탁하니 답이 안 나올까? 입 구멍이 막혔소?"

"거참, 그러는 자네야말로 말하는 본새가 참 더럽구먼. 주인 나리더러 입 구멍이 뭔가, 입 구멍이?"

"슬그머니 말 돌리지 말고 지금부터 내 말에 생각나는 대로 즉문즉답하시우. 다희가 귀엽소, 안 귀엽소?"

고문관 뺨치는 서슬 퍼런 기세에 운이 결국 마지못해 입을 열었다.

"……귀엽긴 하지."

"다희가 예쁘오, 안 예쁘오?"

"예쁘지. 그 정도 인물이면 노비치고는……. 아니, 잠깐. 이야기가 왜 자꾸 그리로 흘러가는가? 내가 어디 여인네 인물에 관심 있던가. 나는 여인네라면 진절머리가……!"

"아, 다른 데로 새지 말라니까. 다희가 특별하오, 안 특별하오?"

이건 좀 더 답하기 쉬웠다. 운이 즉각 대답했다.

"특별하네. 그런 재주를 가진 여인네가 어디 있는가. 다희야말로 아주 특별한 아이지!"

"다 왔구먼. 그럼 다희가 사랑스럽소, 안 사랑스럽소?"

"……!"

갑자기 송곳으로 가슴이 찔린 것처럼 심장이 아렸다. 진작 머리로는 깨우치고 있던 것이 심장으로 내려왔다. 사랑스럽다…… 사랑스럽다?

그러고 보니 사랑스럽다 생각한 적이 제법 있었던 것 같은데?

의문에 못을 박으려는 것처럼 장 씨가 내쳐 물었다.

"다희가 좋소, 안 좋소?"

이번에야말로 말문이 탁 막히고 머리도 탁 막혔다. 갑자기 갈 길을 잃은 생각이 그 자리에 고여서 맴을 돌았다. 그런 운을 향해 장 씨가 툭 내뱉었다.

"옘병, 무슨 놈의 연심을 남이 깨우쳐 줘야 아나."

달은 꽃의 마음을 모르고

"주상께서 자리한 강론장에서 패관소설을 읽다니, 이런 무례가 어디 있소! 꾸벅꾸벅 졸아댄 그놈이나 딴짓을 한 놈이나, 두 놈을 다 잡아다 당장 난장으로 다스리고 저 멀리 흑산도로 쫓아야 할 것이오!"

"허허, 직제학. 그 일은 주상께서 그 어린 문신에게 근신 처분을 내리고 태형 열 대로 벌을 대신한다 하지 않으셨소. 일을 더 크게 확대시키면 주상께서 오히려 더 진노하시어서 초계문신들은 물론이고 규장각 전체에 문책을 내릴 수도 있소이다. 그러니 이쯤에서 덮어둡시다."

"그러나……."

규장각의 사무 청사라 할 수 있는 이문원(摛文院). 그 자리에 모인 뭇 각신들은 며칠 전 벌어진, 참사에 가까운 사태로 인해 몹시

흥분해 있었다. 규장각을 관리하는 관원 중 직제학 두 명, 직각 한 명, 거기에 대교, 검서관까지 규장각의 거의 모든 구성원이 모인 이 자리에서 성토와 자기반성, 대책에 대한 숙의가 오고 간 지 한참이었다. 그러나 이 규장각 각신들의 모임에 딱 한 명 각신이 아닌 자가 있었다. 이와 같은 광경을 한참을 지켜본 그 열외 자가 문득 그 대화에 끼어들었다.

"그보다 더 중요한 것이 있습니다. 전하께서는 문신들의 정신을 빼놓은 패관잡기가 유행하는 것에 대해 더 주목하고 계십니다. 알고 계시겠지만 주상께서는 바르지 않은 문장을 쓰는 자를 경멸하고, 청나라에서 들어온 잡체류의 문장이 유행하는 것을 항상 저어하지 않으셨습니까. 그런데 그와 같은 책 중에서도 가장 천박하다 할 수 있는 유의 책이 조신들 사이에까지 유행함을 주상께서는 크게 경계하고 계십니다."

기가 막힌 것이, 이번에 강론장서 책을 훔쳐 보다 들킨 관인도 그랬고, 심지어 졸다가 걸린 자 역시 밤을 새워서 똑같은 소설을 읽다 그리된 것이었다. 분김이 터져 성균관 동재와 서재를 이 잡듯이 뒤진 결과 유생들의 숙소에서도 세책이 우수수 쏟아져 나왔는데, 〈추리설〉이란 제목의 책이 그중에 압도적인 수를 차지했다. 이 소설이 유생들은 물론이고 문, 무반 양반들 사이에서도 열화와 같은 인기라고 했다. 궁중에 있는 자들 역시 추리설을 읽다 밤을 새우고 조는 일이 허다하다고 하니 하찮은 소설 나부랭이라고 가만두고 볼 일이 아니었다.

"그 말이 옳습니다. 허면 우리가 어찌 대처하면 좋겠소, 다산?"

다산 정약용. 그의 나이 불과 서른셋이다. 대과에 급제해 벼슬에 출사한 지 단 6개월 만에 한강을 건널 배다리를 준공한 천재이자, 아직 젊다면 젊은 나이에 벌써 화성 대공사를 단행한 유능한 신하. 그에 대한 신임이 어찌나 대단한지 주상께선 벼슬자리 마다하고 부친상을 핑계 삼아 고향에 내려간 그를 기어코 다시 불러내어 경기어사 직을 맡기셨다. 그 어사 직을 무사히 봉행하고 돌아온 정약용이 자신의 고향이라 할 수 있는 규장각에 모처럼 나타났는데, 하필 가는 날이 장날이라고 오자마자 골치 아픈 일이 터졌다.

다산에 대한 주상의 신임이야 말 안 해도 아는 바, 게다가 누가 뭐래도 주상을 가장 잘 아는 자는 주상 밑에서 산전수전 다 겪은 정약용이었다. 믿을 것은 그뿐인 각신들은 필사적으로 그에게 매달렸다.

"선수를 쳐야지요."

"선수?"

"주상께 상소를 올려야 합니다. 패관소설은 시대의 재앙이며 당대의 선비들은 소설 읽기를 자제하라는 교지를 내려달라는 강력한 상소를 올려야 한다 이 말입니다. 물론 그전에 소설잡기 유에 대한 강력한 비판과 이를 널리 읽는 졸자들에 대해 절절한 성토문을 올려야 되고요. 가능하다면 작금의 세태를 자성하고 앞서 솔선수범하는 의미에서, 규장각 모든 각신과 성균관 유생들이 함께 나아가 머리를 풀고 석고대죄를 하는 것도 선행해야 합니다. 먼저 나서서 펄펄 날뛰지 않으면 안 그래도 초계문신들을 불구대천의 원수로 아는 조정 훈구 대신들이 가만있지 않을 겁니다."

"그, 그런가요?"

모의가 깊어졌다. 다른 사람도 아니고 주상을 누구보다 잘 아는 다산의 조언인지라 결국 그날 밤으로 각신들의 총론이 모아졌고, 그다음 날 주상께 올리는 피 끓는 상소가 작성됐다. 그리고 그 상소의 내용은 순식간에 온 궁 안에 퍼졌다.

서만주가 운의 세책점을 찾아온 것은 그러고도 하루가 더 지난 날 저녁이었다.

✳

오늘따라 운은 심란했다.

아침부터 추리설을 찾는 사람들이 들끓었지만, 운은 그들을 상대하는 것을 구동이와 장 씨에게 맡기고 안채에 들어앉아 있었다.

왜 이리 심란한지 그 이유를 알 것도 같고 모를 것도 같았다.

아니, 사실은 심란한 이유를 알기에 더 심란한 것이다. 운은 끙 소리를 내며 머리를 짚었다.

도대체 언제부터 그 아이가 여자로 여겨진 걸까? 너무나 자연스럽게 들어와 버리는 바람에 들어온 줄도 몰랐다. 그런데 이제 보니 제 안에 다희가 꼭 들어찼다. 빼기가 힘들어져 버렸다.

"마음에 들면 안으면 될 것 아니오? 다희도 나리를 연모하겠다, 나리도 그 아이가 좋겠다. 안 될 이유가 뭐요?"

송곳처럼 가슴을 후비던 장 씨의 반문이 쟁쟁 들려왔다. 사실 안 되는 이유를 대라면 열 가지는 댈 수 있다. 비천한 그녀의 신분, 풍운아로 살아가고 있는 자신의 처지, 그 밖에 또, 또⋯⋯.

그런데 될 이유를 대라면 오직 한 가지다. 서로 좋아한다는 것. 가장 강력하면서도 근본적인 이유.

결국 그 마음이 얼마나 강한가의 문제이다. 안 되는 이유 백 가지를 모두 헤쳐 나갈 수 있는 것은 거기 달렸는데, 운은 거기서 물러날 수밖에 없었다. 그래서 자꾸 심란해졌다.

전전반측, 자신의 방에서 이리저리 몸을 뒤척이며 심란해하던 운이 결국 심화를 이기지 못하고 세책점으로 나왔다. 그 좋아하는 책도 도통 눈에 들어오지 않으니 차라리 사람들이나 상대하며 머리 아픈 일을 잊으려 한 것이다. 그런데 바로 그때, 마치 기다리기라도 한 것처럼 서만주가 세책점 문으로 들어섰다.

"허험."

양반님 들어가니 길을 비키렷다 하는 심정으로 만주가 헛기침을 했다. 그런데 이 세책점에 우글거리는 작자들 중 반은 양반이니, 만주가 헛기침을 해도 그처럼 도포에 넓은 갓을 써 양반임을 과시하고 있던 사내들은 코웃음만 칠 뿐 길을 비켜주지 않았다. 거드름을 피우며 운 앞에 등장하려던 만주는 결국 얼굴이 벌게져 힘겹게 그들 사이를 비집고 들어올 수밖에 없었다.

"여긴 웬일인가?"

간신히 인파를 뚫고 세책대에 도착한 그를 발견한 운이 대번에 얼굴을 찌푸렸다. 그제야 만주가 비뚤어진 갓을 바로 하고 도포 자락도 여미며 허험, 허험, 목소리를 가다듬었다.

책시렁에 가득한 책이며 세책을 고르고 있던 아낙네들과 선비들을 휙 둘러본 만주가 입을 열었다.

"같은 한양 바닥에 세책점을 열었는데, 막역지우로서 한 번도 와보지 않은 게 찜찜해서 말일세."

사실 운이 사라진 몇 년 동안, 그가 세책점을 냈다는 소문을 들어 알면서도 찾아오지 않은 것은 그와 만주가 그럴 만한 사이가 아니기 때문이었다. 내심 뒤에서 박수치며 고소해하기만 했지 꿈에라도 위로를 할 그가 아니었다. 그런데도 껄끄러우면서도 굳이 여기까지 찾아온 것은 만주가 요즘 심각한 위기감을 느끼고 있기 때문이었다.

주상께서 운의 행방을 알아내셨다.

보통 때라면 감히 강론에서 졸아댄 놈이나 딴짓을 한 놈이나, 끌어다가 혹독한 벌을 줬을 것이다. 차라리 매를 때리고 끝내면 낫지, 평소의 주상이라면 야간 숙직 석 달에 엄청난 일거리를 안겨주며 차라리 죽여달라는 소리가 나올 때까지 괴롭혔을 것이다.

하지만 그 모든 걸 덮고 넘어간 것은 그 두 놈 덕분에 통 행방을 알 수 없던 운을 찾아냈기 때문이다. 만주는 그 사실을 궁 안에 퍼진 소문을 통해 알았다.

그렇다고 만주가 할 수 있는 일이 있는 건 아니다. 하지만 이렇게라도 운을 망쳐 놓고 방해하지 않으면 견딜 수가 없었다. 이제는 물리쳤다 생각한 상대가 생각보다 건재한 것은, 졸렬하기 짝이 없는 그의 성격으로는 도저히 두고 볼 수 없는 일이었다.

"막역지우? 누가 들으면 자네랑 나랑 친구인 줄 알겠네. 입은 비뚤어졌어도 말은 바로 해야지, 요즘 막역지우는 그 친구를 어서 쫓아내라 투서를 하고, 없는 말로 비리를 지어내어 웃전에 알리고, 그 친구가 마침내 쫓겨날 때엔 나랏일이 비로소 바로 섰다 성균관 대문에 자보를 붙이는가?"

그걸 도대체 어찌 다 안 걸까? 뜨끔해진 만주의 얼굴이 갓 삶아낸 도미처럼 벌게졌다. 체면 상하는 걸 극도로 두려워하는 만주였지만, 망신을 당하고 나니 만두피 아래 가리고 있던 야비한 근성이 껍질을 뚫고 투두둑 흘러나왔다.

"허허, 그것참 아쉽네. 나는 자네를 친구로 생각하고 있었는데 자넨 아닌가 보구먼. 내가 그와 같은 일들을 고변한 건 사실이지만, 그건 어디까지나 자네가 군자의 길을 가길 바라서였네. 게다가 자넨 마치 내가 없는 일을 꾸며내 자네가 쫓겨나게 한 것처럼 말하지만, 사실 자네를 쫓아낸 건 내가 아니라 자네 자신이 아닌가. 기회가 있을 때 그를 마다하고 박차고 나간 건 자네일세."

부채를 흔들며 한마디 한마디 주워 읊으니 말이 막혔는지 운도 대답을 하지 않았다. 기고만장한 만주, 한 걸음 더 나갔다.

"그러더니 그래, 기껏 쫓겨나서 선택한 길이 이런 세책점인가? 상것들이나 하는 일에 손을 대다니, 자네 처지가 어지간히 어렵긴 한가 보구먼. 기가 막힌 일이야. 성균관 수재 최운이 상것들처럼 학문이 아닌 돈을 좇다니, 이리 영락을 하다니, 세상사가 참 한 치 앞을 알 수 없지 않은가?"

어디 더 지껄여 보거라. 이제 운이 아예 웃음까지 머금고 싱글

거리자 만주가 계속 떠들었다.

"군자는 길이 아닌 길은 가지 않는다고 했네. 그런데 어찌 학문을 닦던 자네가 이런 악취 나는 일을 한단 말인가. 내 안타깝기 짝이 없네그려."

"악취가 난다?"

"악취가 아니면 무엇이란 말인가. 무릇 사농공상(士農工商)의 일이 따로 있으니 물건을 팔고 돈을 버는 일은 군자의 길이 아닐세. 군자는 속사를 멀리하니 이는 더러움을 멀리하고 몸과 마음을 청신하게 하기 위…… 끄아악!"

만두, 아니, 만주의 말은 미처 끝을 맺지 못했다. 운이 세책대에 놓여 있던 먹물을 집어 만주의 마빡에다 홱 뿌려 버린 것이다. 삽시간에 머리부터 발끝까지 먹물을 뒤집어쓴 만주가 고래고래 악을 썼다.

"이게 도대체 무슨 짓인가! 저번엔 술을 뒤집어씌우더니 이번엔 먹물을!"

"근묵자흑이라고 했네. 검은 걸 가까이하니 당연히 새까맣게 될 수밖에. 군자는 길이 아닌 길은 가지 않는다? 길이 아닌 줄 알면서 여길 왜 왔나? 아니, 잠깐. 그러고 보니 자네가 저번에는 내게 술을 맞지 않았나. 그러고도 모자라 다시 여기 온 것은 자네 혹시……."

혹시? 두 사람이 벌이는 사달을 지켜보고 있던 선비들까지 호기심 어린 눈빛으로 귀를 세웠다.

"혹시 즐기는 건가?"

"꽤엑!"

돼지 멱따는 듯한 비명과 일진 웃음소리가 한데로 엉켜 터져 나왔다.

운의 말이 맞았다. 좋은 꼴은 못 보리라는 걸 알면서 왜 이곳을 찾았던고. 결국 만주가 뒤늦은 후회를 하며 웃음보가 터져 데굴거리는 선비들을 뒤로하고 세책점을 빠져나갔다.

"에잇! 상대 못 할 놈이로다! 내 다시는 이곳에 걸음을 하나 봐라!"

그 와중에 악담 한마디를 남기고 만주가 사라지자, 비로소 선비들 사이에 가려져 있던 얼굴이 운의 눈에 들어왔다.

언제 온 걸까. 다희가 책보를 안은 채, 입구 근처에 그림자처럼 몸을 숨기고 그를 훔쳐보고 있었다.

뜨끔.

어째서일까. 굉장히 마음이 불편하다. 만주의 악담에도 개의치 않던 괴팍한 성벽이건만, 그녀의 얼굴에 깃든 당혹스러운 표정에 갑자기 가시에 찔린 듯 심장께가 뜨끔거렸다.

보여주고 싶지 않았다. 어차피 소문난 폐객. 자신의 괴벽을 그녀도 잘 아는 바이건만, 영락한 처지라 무시당하고 놀림당하는 모습을 다희가 다 봤다 생각하니 갑자기 뱃속이 싸늘하게 식는 기분이었다.

"당분간 안 올 것처럼 굴더니 웬일로 걸음을 했느냐?"

"빌린 책을 돌려 드리려고……. 명심보감 잘 봤습니다요, 나리."

소중히 안고 있던 책보엔 예전에 빌려준 언문 명심보감과 그 밖에 다른 책 몇 권이 들어 있었다. 더 늦게 돌아올 줄 알았는데 생각보다 글을 흡수하는 속도가 굉장히 빠른가 보다.

"다른 책을 빌리겠느냐?"

"아, 아닙니다요. 당분간은 집안 행사 준비로 바쁠 듯해서 책을 읽을 겨를이 없을 것 같으니 나중서 빌리겠습니다."

사실은 색희 나리의 부모 되시는 이씨 내외가 올라와 있는 참이었다. 색희 나리 쫓겨나 있는 걸 알고 며느리를 설득하기 위해 올라오신 건데, 그 때문에 다희 역시 그 수발을 드느라 바빴다.

"그럼 안녕히 계십시오."

그 일별이 어째서 영원한 이별처럼 들리는 걸까? 고개를 조아리고 돌아나가는 다희의 뒷모습에 불현듯 운의 가슴에 시커먼 불안이 밀려왔다.

안녕히 계시라는 일별은 다른 서사로 가겠다는 신호인지도 모른다. 아니면 소설 쓰기를 그만두겠다는 암시일지도, 다시는 오지 않겠다는 뜻일지도 모른다.

'내가 미쳤나. 별것 아닌 인사에 왜 이런 잡스러운 생각을……'

고개를 도리도리 저어 미몽을 떨쳐 내려 했지만, 괴악한 생각이 거머리처럼 머리에 달라붙어 사라지지를 않았다. 운은 다희가 나간 널쪽문을 노려보며 알 수 없는 기분에 빠져들었다.

그러다 어느 순간 운이 벌떡 일어났다. 답답함이 목구멍까지 치밀어 올라왔다. 그녀를 따라가야 했다. 가서 뭘 어떻게 해야겠다는 생각은 없지만, 지금은 무조건 뒤쫓아가야 할 것 같았다.

"어디 가십니까, 나리?"

구동이가 뒤에서 부르는 소리가 들렸지만 운은 아랑곳하지 않고 달려갔다. 책하 문밖으로 나오니 밤눈이 밝은 그의 시야에 저만치 걸린 광통교 다리를 건너가는 다희의 꼭뒤가 보였다.

"다희……."

운이 큰 소리로 그녀를 부르려 입을 열었다. 그때였다. 돌연 천변에 심어진 나무 그늘 아래서 번쩍하고 빛나는 것이 보였다. 칼이다. 옅은 달빛을 반사한 칼날이 마치 기다렸다는 것처럼 그를 향해 달려오는 것이 보였다.

"이 육시랄 놈아!"

칼날에 이어 그 날붙이를 쥔 자의 얼굴까지 보였다. 운을 노리는 게다. 이유는 모르지만 그가 나오기를 기다리며 나무 그늘 아래에서 몸을 숨기고 있었던 게다. 그를 깨닫는 순간, 운이 재빨리 허리를 숙이며 사내가 휘두른 칼날을 피했다. 그리고 그와 함께 다리를 올려붙여 사내의 정강이를 걷어찼다.

"크억!"

"기회가 있을 때 그를 마다하고 박차고 나간 건 자네일세."

광통교를 건너가는 다희의 귀에 만주의 목소리가 생생하게 메아리쳤다. 성균관에서 쫓겨난 운, 하지만 사실은 쫓겨난 게 아니라 운 스스로 나온 걸까.

'도대체 나리는 어떤 분이지? 까면 깔수록 새로운 사실이 흘러나오니 통 알 수가 없네. 제 발로 나온 거면 가문이 몰락한 게 아닐지도 모르잖아. 아니, 양반 신분을 버리고 세책점을 할 때엔 이

미 몰락한 게 맞는 건가?'

하지만 한 가지 확실한 건 제 발로 나왔든 그렇지 않든, 운의 가문이 몰락을 했든 아니든 어쨌건 그와 자신의 신분 차가 달라지는 건 아니라는 점이다.

'에잇, 이런 생각은 관두자.'

또다시 시커먼 상념이 달라붙으려 하자 다희가 얼른 생각의 방향을 돌렸다. 며칠이고 고민해 온 일이지만 이 고민에는 해답이 없다. 그저 물처럼 흘러가게 내버려 두는 수밖에 없다. 종년으로 태어난 다희에게 체념은 익숙한 일. 그저 지금처럼 멀리서 얼굴이나마 볼 수 있는 사이로 지내는 게 최선일 터다.

"후우……."

한숨을 포옥 내쉰 다희가 그대로 중촌 오씨부인 댁으로 달음박질치기 위해 발걸음을 뗐다. 그런데 그때였다. 돌연 그녀의 뒤쪽에서 사내의 비명이 들렸다.

"크억!"

비명이 들려온 것은 책하 쪽이었다. 자기도 모르게 뒤를 돌아본 다희의 눈에 다리 어귀에서 맞붙고 있는 두 사람의 모습이 들어왔다. 취객끼리 시비라도 붙은 겐가? 호기심을 못 이긴 그녀가 도로 다리를 건너오자 맞붙은 두 사람의 얼굴이 보였고, 다희는 꽥 비명을 질렀다.

"운 나리!"

한차례 주먹질을 교환하고 떨어진 두 사람 중 한 명은 분명히 운이다. 자세히 보니 당한 건 정체불명의 사내 쪽이고 운은 멀쩡한 듯했다. 정강이를 잡고 껑충껑충 뛰던 사내가 욕지거리를 내뱉으며 다시 칼자루를 그러쥐었다.

"누군데 나를 노리는 거냐?"

운이 숨을 고르며 묻자 사내가 잇새로 가래침을 탁 내뱉었다.

"육시랄 놈!"

"그러니까 왜 내가 육시(戮屍)를 할 놈인지 말을 하라고. 나를 노리는 이유가 뭐냐?"

"네놈 잘난 면상 때문에 마누라란 년이 집안 살림을 들어내서 세책을 하고 있다. 망할! 계집을 후리고 싶거든 기생집이나 처가든가, 왜 멀쩡한 남의 집 마누라를 홀리고 난리여, 난리가!"

"허어?"

그러니까 운을 보러 곧잘 세책점에 들르는 아낙네의 남편인가 보다. 이전에도 세책에 미치거나 또는 운에게 미쳐 세책점을 드나드는 여편네 때문에 책하에서 난동을 피운 사내들이 있긴 했다. 그러나 이렇게 칼을 들고 직접 달려드는 자는 또 처음이다. 운은 기가 막히기도 하고 화가 나기도 해서 헛웃음을 흘렸다.

"웃지 마라! 그놈의 잘난 상판대기, 오늘 빗금을 확 그어주마!"

"오냐, 할 수 있으면 해봐라!"

운이 도발하자 분김이 오른 사내가 다시 단도를 그러쥐며 그를 향해 달려들었다. 그러나 운은 그보다 더 빨랐다. 순식간에 앞으로 비집고 들어가며 간격을 좁히자, 사내가 오히려 칼을 휘두를 각을 뺐겼다. 그 틈을 탄 운이 사내의 인중을 후려쳤다.

"억!"

순식간에 인중을 강타당한 사내가 벌러덩 나자빠졌다. 어찌나 빠른지 다희는 달려드는 순간을 제대로 보지도 못했다. 신기한 마음에 다희가 탄성을 지르자 운이 그녀를 향해 돌아섰다.

"여기는 어떻게 온……."

그러나 미처 이유를 물을 사이도 없었다. 쓰러진 줄 알았던 사내가 벌떡 일어나더니 고함과 함께 운에게 달려든 것이다. 그러나 사내가 단도를 휘두르며 운을 덮치는 순간, 그가 먼저 기색을 알아채고 재빨리 몸을 돌렸다.

그와 동시에 운이 저고리 자락으로 사내의 얼굴을 후려쳤다. 그 바람에 사내의 눈이 가려지며 덮치던 기세가 주춤해졌다. 운은 그 틈을 놓치지 않았다. 사내의 양다리 사이로 발을 넣어 걸어 넘기는 동시에 그 어깨를 탁 쳐서 밀어버리자 사내가 억 소리를 내며 기우뚱 뒤로 넘어갔다.

그러나 상대는 의외로 만만치 않았다. 뒤로 넘어가려던 사내가 마구잡이로 칼을 휘두르는 바람에 운 역시 그를 피하려 잠시 뒤로 물러날 수밖에 없었다. 그사이 사내 역시 발을 뒤로 짚으며 몸의 균형을 잡았다.

"옌장, 이판사판이다!"

"오너라!"

그 뒤로는 일대 혈전이 벌어졌다. 사내가 칼을 휘둘렀지만 운은 이리저리 몸을 비끼고 기회를 봐가며 놈에게 일격을 먹여 크고 작은 부상을 입혔다. 놈이 비록 무기를 들었지만 운의 실력은 가볍게 상대할 수 있는 것이 아니었다.

성질이 더러운 건 알았지만 언제 저런 실력을 익힌 걸까? 두 사람의 일전을 조마조마한 맘으로 지켜보고 있던 다희의 머리에 그런 생각이 스칠 때 운에게 갑자기 위기가 찾아왔다. 뒤로 물러나던 그가, 그만 작은 자갈을 밟으면서 미끄러진 것이다.

"아악! 안 돼!"

운이 쓰러지고 그 위로 사내가 쾌재를 부르며 뛰어내렸다. 그의 목줄을 찌르기 위해 단도를 높이 든 순간, 도움이 될 것을 찾아 헤매던 다희의 눈에 뭔가가 들어왔다. 두 사람이 격투를 벌이는 와중에 부러져 날아온 나뭇가지가 바닥에 뒹굴고 있었다.

굵고 뾰족한 것이 제격이다!

나뭇가지를 집어 든 다희가 사내를 향해 달려갔다. 부러져서 제법 뾰족하다곤 하지만 단도와는 비교가 되지 않는 미약한 무기. 하지만 달려가는 그녀의 눈엔 사내의 널찍한 등짝보다, 단단한 허리춤보다 그 아래 자리한 연약한 부위가 눈에 들어왔다.

바로 저기다!

푸우욱 살을 찢는 파육 음과 함께 막 운을 내리 찌르려던 사내의 입에서 비명이 터져 나왔다.

"꿰에엑!"

박혔다.

정확하게 항문에 3촌쯤 들어가 박힌 나뭇가지에, 사내의 입에서 고통에 찬 비명이 튀어나왔다.

눈알이 뒤로 뒤집어지고 전신이 딱딱하게 굳었다. 그 서슬에 단도를 떨어뜨린 사내가 더 이상 비명도 지르지 못한 채 딱딱 이를 부딪치며 몸을 돌렸다.

조금이라도 움직였다간 더 큰 사달이 날 것 같았다. 사내는 젖 먹던 힘까지 동원해 괄약근을 꽉 조였다. 나뭇가지가 더 깊이 파고들지 못하게 하려는 것이다.

그러나 다희는 독했다. 벌벌 떨면서도 사내가 허우적거리며 몸을 돌리려 하자 그녀는 더욱 힘을 줘 나뭇가지를 콱 찔러 넣었다.

"왜에에에에엑! 우카아아아아으크옥, 크옥, 크옥, 쾌엑!"

사내의 입에서 인간의 것이라고 믿기 힘든 비명이 솟구쳤다. 그러나 그 비명이 최고조에 달하기 직전, 다행스럽게도 사내는 먼저 의식을 잃어버렸다. 그사이 일어난 운이 혈도를 질러 사내를 기절시켜 버린 것이다.

"찔러도 왜 하필 거기냐?"

사내가 완전히 혼절한 것을 확인한 운이 어이없는 표정으로 물었다. 여염의 규수라면 무서워 도망을 갔을 것이다. 그도 아니면 차라리 소리를 질러 사람을 부르지, 나뭇가지를 들고 달려들어 똥구멍을 찌르진 않을 것이다.

"풋, 푸흡!"

기가 막히고 어이가 없으면서도 자꾸만 웃음이 나왔다. 피식피식 웃음을 흘리던 운이 기어코 껄껄 웃음을 터뜨리고 말았다.

이 아이는 아무리 봐도 새록새록 새롭다. 반가의 여인과는 다른 아이. 그가 경멸하는 세계에선 절대 볼 수 없던 그런 여자.

"집으로 가는 길이면 데려다 주마."

"아, 아닙니다요. 그보다 혹시 다치신 데는 없는지 살피셔야지요."

"이까짓 상처야 하룻밤 자면 낫는다. 목숨을 구해줬는데 이 정도 답례는 해야지."

그 말과 함께 운이 광통교를 건너 걷기 시작하니 결국 다희도 못 이기는 척 그 뒤를 따라갔다.

"아까 그 사내는 그냥 두고 가셔도 되겠습니까?"

다희가 묻자 운이 짐짓 아무렇지 않은 척 대답했다.

"됐다. 그 정도 소란이야 한두 번이 아니었느니. 저도 꽤 다쳤으니 다시는 이쪽엔 걸음도 않겠지."

그러고는 묵묵부답. 저가 데려다 준다 해놓고 풀을 붙여놓은 것처럼 말이 없다.

인정이 칠 무렵이라 그런지 사방이 인기척도 없이 조용하다. 주책없는 심장 소리만 북소리처럼 둥둥 울려 퍼지는 것 같다.

한참을 그를 따라 걷던 다희가 다시 조심스럽게 입을 뗐다.

"그, 그런 날랜 무술은 도대체 어디서 배우셨습니까요? 어떻게 칼을 든 상대에게도 밀리지 않으세요?"

"내 예전에 수군에 있을 적에 같은 배를 타던 동기가 한다하는 주먹꾼이었다. 덕분에 그이한테 주먹 쓰는 법이며 몸 쓰는 법을 배웠지."

"네에?"

운은 양반 출신이 아니던가. 인조대왕 이후로 양반은 아예 공식적으로 군역을 면제받게 돼 있으니 그가 양반이라면 당연히 수군에 복무할 이유가 없다.

"수군에 복무하다니요? 나리께선 양반 출신이 아니셨습니까?"

"내가 양반 출신이라고 누가 그러더냐?"

"아니, 누가 그리 말한 건 아니지만……."

아니었던가? 하지만 과거에 입격하고 성균관에 머무는 건 양반만 가능한 일이 아니던가? 아니, 물론 양인 중에도 부유한 자들은 과거를 보기도 하지만…….

"죄, 죄송합니다. 제가 생각이 짧아서 오, 오해를 했나 봅니다."

뭐가 뭔지 알 수가 없고, 알게 된 사실이 모조리 뒤엉켜 헷갈리기 시작했다. 운의 과거를 어렴풋이 알았다 싶으면 또다시 엉뚱한 일들이 드러나고, 그동안의 추측을 모조리 뒤엎어 버리니 도무지 갈피를 잡을 수가 없다.

"그러는 너야말로 계집아이가 무슨 배짱으로 사내에게 덤볐느냐? 그럴 시간에 차라리 도망을 갈 일이지."

도망을 간다? 다른 건 몰라도 그건 못 할 일이었다. 문득 다희의 눈가에 물기 비슷한 것이 어렸다.

"나리께서 위험한데 제가 어찌 도망을 칩니까요. 쇤네는 그리 못 합니다."

깊숙이 고개를 숙였지만 그 목소리에 어린 습기는 운도 지나칠 수가 없었다. 깊고 깊은 여인의 습기. 그것을 모를 운이 아니다.

모른 체하기엔 너무나 멀리 왔다. 운은 그 사실을 직감했다.

"쇤네는 저 달이 참 좋습니다요."

문득 다희가 밤하늘에 걸린 달을 바라보며 중얼거렸다.

아직 보름이 먼 달은 이제 검은 천에 찍어낸 흰 손톱자국처럼 작기만 한데, 그래도 달이라고 밤하늘에 선연한 빛을 뿌리고 있다. 다희의 말에 운 역시 저도 모르게 그 달을 쳐다보았다.

"손에 닿을 수 없을 정도로 저 멀리 있긴 하지만 저는 보는 것만으로도 참 좋아요. 저는…… 그거면 족합니다. 손에 넣을 수 없다 해도, 심지어 닿을 수조차 없다 해도 쇤네는 그냥 저 달이 거기 있어주는 것만으로도 좋습니다."

떨리는 목소리나마 다희가 고백했다. 아무리 눈치 없는 자라 해도 그녀가 말한 달이 운이라는 것을 모를 수 없다. 그리도 좋다는데, 바라보는 것만으로도 만족한다는데 그 애달픈 연심에 어찌 마음이 움직이지 않을까.

하나 운은 아무 말이 없었다. 가타부타 긍정도 부정도 하지 않은 채, 한동안 하늘에 뜬 달을 바라보던 운이 불쑥 입을 열었다.

"완월당을 아느냐?"

모를 리가 있는가. 그 완월당이 쓴 작품 완월회맹연에 매료돼 다희가 글을 쓰게 된 게 아닌가.

"세책을 쓰는 작가들은 대부분 사대부가의 여인이거나 몰락한 양반 가문의 선비다. 양반이 패관잡기나 쓴다는 세인들의 손가락질이 두려워 대부분 그 정체를 감추고 있기에, 완월당의 정체 역시 완월당이란 별호 말고는 알려진 것이 없지. 하지만 나는 그이가 누군지를 알고 있다."

처음 듣는 이야기에 다희의 귀가 쫑긋 섰다.

"완월부인은 어려서부터 문재가 있었지. 보통 나이가 차면 붓을 꺾는 여인네들과 달리 완월당은 그 언니들이 열렬히 지지를 해줬다. 그 덕에 포기하지 않고 글을 써서 결국 지금의 명성을 얻게된 거다. 완월부인 역시 반가의 여인들처럼 가문의 체면과 환경에 꺾여 글을 포기했다면 지금과 같은 명성은 얻지 못했을 거다. 알겠느냐? 포기하면 그걸로 끝이다. 아무도 너의 포기를 안타까워하지 않아. 지금은 네가 비록 열광적인 인기를 얻고 있지만 글을 포기하고 더 이상 책을 내지 않으면 언젠가는 그대로 잊히는 것이다. 욕을 먹고 고민을 하고 만신창이가 돼도 결국 계속 글을 써내는 사람이 이기는 거다."

"그런······ 가요?"

"너도 완월부인과 같은 사람이 되거라. 달을 그리워하지 말고 네 스스로 달이 돼라."

"······!"

이것이 운의 대답일까.

천한 노비가 아니라 같은 인간으로서 그녀의 재능을 인정해 준다는, 하지만 같은 달이 되라고 응원해 줄지언정 그가 다희의 손을 잡아주지는 않을 거라는.

감당할 수 없을 정도로 짙은 설움이 밀려왔다. 깊고 깊은 절망, 그럼에도 끊어낼 수 없는 그리움.

이미 답을 알고 있었지만 그의 입으로 확인을 하고 나니 더 이상 몸을 가눌 수가 없었다. 애달픈 연심이 모진 삭풍에 흔들리고 내동댕이쳐졌다.

서러울 정도로 연약한 꽃가지. 언제쯤 이 단심이 모지라지고 사라질 거나.

언젠가는, 언젠가는 가능하겠지. 하지만 지금은 아니다.

골목길로 걸어 들어가는 그녀의 작은 어깨가 서글펐다. 악문 입술 사이로 흘러나오는 숨죽인 흐느낌이 돌팔매가 되어 귓구멍에 꽂히는 것만 같다. 그러나 이게 최선이다. 그의 가슴이 내려앉고 시큰한 상심이 고여도 그에겐 이 길밖에 없다.

운은 자꾸만 다희에게로 향하는 시선을 애써 거두며 몸을 돌렸다.

✳

다희가 앓아누웠다.

책하 앞에서 일어난 소란에 휘말렸다 하더니 그 서슬인가 심한 몸살과 고열이 오는 바람에 꼬박 일주일을 내리 앓았다. 이를 안타깝게 여긴 오씨부인이 몸소 행랑채로 와서 밤새 다희를 간호하고, 엄쇠는 다희 몸에 좋은 거라며 어디서 구해왔는지 몸에 좋은 거라며 살아 있는 칠점사를 들고 왔다가 집 안에서 놓치는 바람에 한바탕 난리를 치르는 소동을 겪는 동안 서서히 시간은 지났고, 다희는 간신히 몸을 회복했다.

그러나 몸은 돌아왔으나 정신은 온전히 돌아오지 못한 것 같았다. 하루 종일 쇠약해진 몸을 행랑채 상기둥에 기댄 채 시름에 젖은 표정을 짓고 있는데, 그 모습이 어찌나 안타까운지 꼭 불면 바로 꺼질 것처럼 애잔해 보였다.

"다희가 뭔가 상심한 일이 있는 게 아닐까?"

고민고민하던 오씨부인이 어느 날 저녁 행랑어멈을 안채로 불러들이더니 그리 물었다. 그 말에 행랑어멈이 고개를 갸웃하더니 대답했다.

"글쎄요. 마님이 그리 예뻐해 주시고 신세도 그리 편한데, 그런 처지에 뭐 상심할 일이 있겠습니까? 그보다는 팔자가 편하다 보니 슬슬 딴생각이 든 게 아닙니까요?"

"뭐야?"

"다희 고것이 어느새 열일곱이나 됐으니 옆구리가 시릴 무렵도 되었지요. 요즘은 아파서 그 짓은 안 하는 것 같긴 합니다만, 얼마 전까지만 해도 밤마다 툇마루로 나가 밤새 들어오지 않던데 고것이 아마도 남자가 그리워 밤마다 암내를 풍기느라 그런 게지요?"

하는 말마다 다희를 못마땅해하는 기색이 역력한 행랑어멈 태도에 오씨부인이 얼굴을 찌푸렸다.

"자네는 딸뻘 되는 아이한테 어찌 그런 말을 하는가? 아무리 내가 데리고 온 아이라 정이 없다 해도 어린아이를 두고 그런 말을 하면 안 되지!"

"아니, 마님, 그런 게 아닙니다요. 제가 그 아이를 뭐 험담하려는 게 아니고요, 혼인할 나이가 얼추 차기는 했으니 신경을 써야 된다 이 말입지요. 다른 마음 있는 건 아닙니다요. 네."

뻔뻔하게 둘러대는 양이 얄밉긴 했지만, 행랑어멈의 말이 틀린 건 아니었다. 열일곱이면 혼기가 꽉 찬 나이. 오씨부인 역시 열여섯에 시집을 왔으니 저만 왜 혼인을 안 시키는가 싶어 외롭고 쓸쓸해 병이 났을지도 모를 일이다.

그리 생각한 오씨부인은 혼자 이리 궁리, 저리 궁리를 하다 며칠 후 다희를 불러들였다. 어느 정도 몸이 나아 슬슬 집안일을 시작한 다희가 하던 일을 놓고 안방으로 들어가자 오씨부인이 청천벽력 같은 말을 꺼냈다.

"엄쇠와 혼인하거라."

"네엣?"

그냥 혼인도 싫을 판에 하필 그 상대가 엄쇠라니? 기가 막히고 코가 막혀 말이 나오지를 않았다. 하지만 오씨부인은 그런 다희의 마음을 몰랐다.

"네 나이가 이미 열일곱이다. 늦은 나이는 아니지만 아무래도 해를 넘기면 혼기 넘겼다는 소리가 나오게 마련이지. 이미 알겠지만, 다희 너는 내게는 동생 같은 아이다. 아무리 노비의 몸이라고 하지만 노처녀 소리 들으며 쓸쓸히 사는 모습을 내 어찌 보겠니? 내 이번에 그리 심하게 앓는 모습을 보니 불쌍해서 어쩔 줄을 모르겠다. 얼른 든든한 남편감을 짝지어서 내보내야 내가 안심을 하지."

"마님……."

"엄쇠가 너에게 마음이 있어 이 집에서 계속 일하고 있다는 걸 진작 눈치채고 있었단다. 안 그래도 네 상대로 엄쇠가 어떨까 염두에 두고 있었는데, 이번서 보니 엄쇠가 너를 생각하는 마음이 아주 극진하더라. 그…… 칠점사를 집에다 푼 건 좀 심하긴 했지만, 그것도 다 너를 위해서 그런 게 아니겠니?"

아껴주는 마음은 알겠지만 그래도 아닌 건 아닌 거다.

혼인이라니. 엄쇠라니.

운을 잊으려 이를 악물고 참아내려 애쓰고 있는데 이 판에 하필 그냥 지내는 것도 껄끄러운 엄쇠와 혼인을 하라니, 안 그래도 가시방석에 앉은 판에 무릎에 송곳 판을 얹는 것만 같다.

하지만 심정은 그리 해도 도저히 싫다는 말이 나오지를 않았다. 상전의 명이니 거역할 수도 없거니와 그녀를 생각하는 마님의 마음을 아니 더욱 그랬다.

'이것이 다 노비로 태어난 탓인 게지. 그런 거겠지.'

발버둥 쳐봤자 피할 수 없는 운명. 그녀가 아무리 뛰어난 글을 쓴다 해도 운의 옆에 설 수 없듯, 아무리 특출한 재능을 가졌어도 주인의 명에 따를 수밖에 없는 것이 노비의 운명이다. 쓰린 현실이 가시처럼 그녀의 심장을 찔렀다.

차마 순순히 혼인하겠다는 답을 하지는 않았지만, 그렇다고 안 된다는 말도 하지 못했다. 그러는 대신 다희는 그 자리에서 섧게 울기 시작했다.

"아니, 왜 우는 게냐? 엄쇠와 혼인하기 싫은 게야?"

"아닙니다. 그런 게 아닙니다. 그냥…… 그냥…… 당황스러워서……."

좋아서 우는 건지 싫어서 우는 건지 도통 알 수가 없다. 그저 하염없이 눈물만 흘리는 다희 앞에서 오씨부인의 걱정은 점점 짙어져 갔다.

"정말이십니까요? 다희와 혼인을 시켜주신다고라?"

"그래, 다희도 싫다는 말은 안 하는 게 뜻이 아주 없지는 않은 듯하니, 그 아이 몸이 낫는 대로 내달 초쯤에 혼례를 치르자꾸나."

"아이고, 혼례가 다 뭣이다요. 양반네도 아니고 우리네야 그냥 같은 방에 들면 그게 혼인이지요. 감사합니다. 감사합니다요, 마님!"

오매불망 꿈에 그리던 다희와의 혼사를 허한다 하자 엄쇠는 아주 신이 났다. 이 한마디 들으려고 몇 년을 뼈 빠지게 일하고 공을 들였으니, 지금 이 기쁨이야 하늘에 오르는 것도 모자라 별도 달도 다 따올 수 있을 것 같았다. 벙긋이 벌어진 엄쇠의 입에서 함박웃음이 떠날 줄을 몰랐다.

"혼인한다 해도 다희가 우리 집 식솔인 것은 변함없느니, 근처에다 집을 얻어서 살도록 해라. 내 그 아이를 아끼는 마음이 커서 멀리 보내고 싶지가 않구나."

"이를 말입니까요. 제가 다희를 얻으면요, 아주 그 손바닥에다 물도 안 묻히고 평생 업고 다닐 겁니다요. 돈이야 지가 몸으로 벌면 되지요!"

"쯧쯧, 다희가 그렇게 좋니, 종년을 데려다 업고 살게?"

대놓고 그리 좋아하니 보내는 오씨부인도 비로소 마음이 가벼워졌다.

비록 노비라고 해도 반드시 주인의 집에 함께 거하며 노역을 감당하는 건 아니었다. 주인과 따로 사는 외거노비(外居奴婢)는 자신의 집을 소유하고 재산을 가질 수 있었으며, 심지어 주인을 대신해 상거래를 전담하거나 주인보다 더 큰 부자가 될 수도 있었다.

다희야 사내가 아니다 보니 그 정도 재주야 못 부리겠지만, 같은 노비도 아니고 양인과 혼인하는 데다가 엄쇠가 다희를 저리 좋아하니 적어도 오씨부인의 집에 있는 것보다는 훨씬 나을 것이다.

"내 천둥네한테 남문 밖에다가 집을 알아봐 달라고 했다. 월 삯을 내는 집이긴 해도 지은 지 얼마 안 돼서 아주 번듯하더라. 게서 살면서 살림을 키워 네 집도 사고 밭도 사고, 그리 살림을 일으키거라. 다희도 부지런하고 너도 힘이 남만 못 하지 않으니 반드시 그리될 게야. 그리고 내 하나 더 당부하는데, 남문은 예서 그리 멀지도 않으니 다희 데리고 자주 와주렴."

좋아라 고개를 끄덕이는 엄쇠에게 다희에게 잘해달라 신신당부를 거듭한 오씨부인이 마지막으로 한 가지를 더 부탁했다.

그까짓 자잘한 부탁이 무에랴. 혹시나 오씨부인 마음이 바뀔까, 두려운 엄쇠가 얼른 그녀가 부탁한 짐을 가지고 바람같이 집을 나갔다.

엄쇠가 광통교 어귀 책하에 나타난 것은 그로부터 1각도 지나지 않아서였다. 어찌나 쉬지도 않고 내처 달렸는지, 숨이 턱에 닿은 엄쇠가 빌려간 책을 세책대에 앉은 장 씨에게 내밀자 그가 의아한 표정으로 물었다.

"이건 중촌에서 빌려간 책인데 어째 다희가 아니고 딴 사람이 왔소?"

"아, 다희가 앓아누웠구먼요. 그래서 제가 대신 왔소."

"으응? 얼마 전에만 해도 멀쩡하더니 왜? 혹시 운신도 못 할 정도로 아픈 거유?"

"한동안은 진짜 그랬지요. 그래서 지가 온 것이 아니겠어요."

"다희가 아프다고?"

불쑥 튀어나온 목소리에, 장 씨도 엄쇠도 갑자기 나타난 운에게 시선을 돌렸다. 어디 숨어 있었던 것일까. 있는지 없는지조차 모르겠더니 불현듯 나타난 그의 모습에 엄쇠가 잠시 긴장했다.

"아픈 지 얼마나 됐느냐?"

"일주일이 넘었구먼요. 근디 나리가 뭔 상관으로 다희 소식을 묻는당가요?"

그 말에 대답은 안 하고 운이 고개를 돌렸다.

저 때문에 그렇구나. 마음을 상해 그것이 몸까지 온 게로구나.

심장이 따끔거렸다. 그냥 따끔거리기만 하는 게 아니라 날 선 칼로 저며내는 듯한 죄책감이 온몸에 퍼졌다.

왜 이럴까. 다희 그 아이가 뭐라고.

평범한 여자아이. 천것. 하지만 온갖 모진 말을 다 갖다 대도 갑자기 몰려온 죄책감과 쓰린 상심이 사라지지를 않는 것은 무슨 영문일까.

한편으로 엄쇠 이놈은 이제 신이 나서 떠들어대기 시작했다.

"혼인날도 받아놨는데 샥시가 이리 몸이 약해서 어쩐당가요. 지 때문에도 앞으로 밤마다 힘들 것이구먼. 뱀은 좀 거시기하고 여자 몸에 뭐 좋은 거 없당가요?"

그 말에 순간 운이 격동됐다. 흠칫 몸을 굳힌 운이 엄쇠를 노려봤지만 그는 아랑곳 않고 천연덕스럽게 꿈을 풀어내기에 바빴다.

"다희와…… 혼인을 하느냐?"

"야, 그렇구먼요. 히히, 제가 다희 고것을 얻으려고 석삼년을 마님 댁에서 뭐 빠져라 고생한 거 생각하면, 아유, 말하면 길고 입만 아프지요. 하여간 고생 끝에 낙이 온다더니 이제야 결실을 봤당께요."

엄쇠가 미주알고주알 묻지도 않은 말까지 다 주워섬기는 것은 운이 밉고 싫음이다.

저번서 다희가 운을 따라 저자에 가는 것을 뒤쫓아갔더랬다. 아무리 둔하고 어수룩한 엄쇠라 해도 운에게서 호롭을 선물 받고 좋아라 하는 모습엔 그녀가 운을 좋아한다는 것을 눈치채지 않을 수가 없었다. 게다가 귀에다 꽃까지 꽂고 배시시 웃는 모습이라니!

멍청하게도 그 모습 보면서도 다희를 포기할 수 없었던 것을, 그런 그녀를 드디어 제 품에 안게 된 거다. 드러내 놓고 자랑하지 않을 수가 없었다.

한편 그러는 동안 운은 복잡한 심경에 사로잡혔다.

그녀를 밀어낸 시점에 이미 이리 운명이 갈릴 거라는 것을 다 예감하지 않았던가. 그런데 왜 이제 와서 뼈저린 후회가 그를 때리는 것일까. 도무지 알 수가 없다. 열 길 물속은 알아도 한 길 사람 속은 모른다고 큰소리쳤는데, 제 속은 자기 것인데도 더 모르겠다. 구멍 없는 무저갱이 그 안에 들어앉아서 가장 깊은 그곳으로부터 휑한 바람이 불어오는 것만 같다.

"아이고, 내 정신 좀 봐. 채신머리없이 너무 말이 많아부렸네. 여하튼 책은 확실히 돌려줬응께 지는 이만 가겠습니다요."

신나게 인사를 한 엄쇠가 막 발을 떼려 할 때 돌연 운이 외쳤다.

"기다려라!"

"야? 뭣 땀시 그런 당가요?"

"다희에게……."

다희에게 뭘?

무슨 말을 하려던 건지 운도 알 수 없다. 다음 말을 기다리며 엄쇠는 불안한 시선을, 장 씨는 뭔가 기대 어린 눈빛을 던졌지만 운은 섣불리 말을 이을 수 없었다.

다희에게…… 다희에게 뭘?

"다희에게……."

짧다면 짧고 길다면 긴 시간이 지나간 후, 운이 비로소 입을 열었다.

"약재를 줄 테니 다희에게 전하거라. 그 약을 먹고 어서 글을……."

"야?"

글이라니? 돌연한 말에 엄쇠가 되묻자 운이 얼른 고개를 저으며 그 말을 날렸다.

"아니다. 어서 그 약재로 몸을 보하고…… 혼례 잘 치르라고 전하거라."

✳

봄이 한참 깊었다. 지창을 열어두니 그리로 초저녁부터 살랑살랑 산들바람이 불어와 지저분한 작업실이나마 연한 화향을 꽉 채워 넣었다.

그러나 정작 운은 아까부터 그 지창 밖을 멍하니 바라만 볼 뿐, 도통 말이 없었다. 발치에는 빈 술병이 두어 개 뒹구는 것이 이미 술이 꽤 들어간 것 같은데, 낯빛은 전혀 변함이 없어서 술을 마신 건지 바람을 마신 건지 알 수가 없다.

아까부터 말려둔 원고를 거둬들이며 그의 행색을 힐끔힐끔 훔쳐보던 장 씨가 결국 입을 열었다.

"다희가 혼인한다고 하니 마음이 허하슈?"

움찔.

대답은 안 했지만 흠칫 놀라는 그의 반응이 그렇다는 것을 인정하고 있다. 쯧쯧, 크게 혀를 찬 장 씨가 원고를 연상 한편으로 미뤄두더니 담배통에 불을 댕겼다. 자칫 원고에 불이 붙을까 두려워 운이 항상 질색하는 짓이다. 하지만 오늘따라 운은 타박도 않고 그저 외면할 뿐이다.

"동생을 보내는 심경인 게지."

침묵이 얼마나 지났을까. 장 씨가 뻐끔뻐끔 피우던 담배도 거의 다 타갈 무렵에야 비로소 운이 혼잣말처럼 중얼거렸다.

"퍽이나."

역시나 간단하게 말 한마디로 운을 후려갈기는 장 씨다.

다시 침묵이 계속됐다. 장 씨가 담배통에 다시 연초를 채우고 불을 댕겼고, 한동안 작업실엔 화향 짙은 봄바람과 담배 연기만 가득 찼다.

조로롱조로롱, 어디서 밤새가 운다. 그립다는 말을 못하고, 님 곁을 맴돌며 새 울음만 보내느니.

"다희가 사랑스럽다 하지 않았소?"

역시나 묵묵부답. 하지만 아니라는 말은 하지 않는다.

운이 쾌가를 시작한 이래로 근 3년 가까이 그의 곁을 지킨 장 씨다. 바담 풍, 이 빠진 소리를 해도 바람 풍으로 알아듣는 경지가 된 지 오래다.

"그럼 걸릴 게 뭐요? 다희도 나리를 연모하겠다, 나리도 그 아이 싫지 않겠다, 그냥 오씨부인더러 달라 해서 같이 데리고 살면 되지 않소. 그게 어렵다 싶으면 그냥 눈 딱 감고 한 번 품기라도 하던가."

"혼사 앞둔 아이에게 일생 지고 갈 짐을 안겨도 된다는 겐가?"

침묵을 지키던 운이 불현듯 입을 열었다. 뜨악하다는 얼굴로 쳐다보는 장 씨의 시선엔 의구심이 서려 있다. 운이 언제부터 그리 배려심 넘치는 위인이었단 말인가.

"답답해서 그러지 않소. 내가 다희 그 애가 여종이라고 무시해서 그러는 게 아니유. 그 애가 하도 나리 향해 애달파하니까 안타까워 그러지 않소."

"……."

"내 딸년같이 여기는 아이요. 나도 그 애가 어여쁘고 귀엽다 이 말이오. 그런 아이가 나리가 한 번 돌아만 봐주기를 그리 바라잖소. 그리고 나리도 그 애가 좋다면 굳이 못 품을 이유가 뭐요. 남의 집 종이라 그렇소? 아닌 말로다가 저 쾌가 구석에 꽂힌 비서 몇 권만 팔아도 다희를 사올 수 있을 거요. 추리설의 작가 비영인데 그만한 돈을 낼 재량도 없소?"

장 씨의 말마따나 그리 어려운 일은 아니었다. 혼사를 훼방 놓는 게 꺼림칙하긴 하지만, 만약 다희를 데려오려 들면 그녀부터 좋아서 펄쩍 뛸 것이다. 그녀를 얻고, 비영을 얻고, 추리설도 얻고. 일석삼조의 대책.

다희의 마음을 안다. 그리고 그도 그런 다희가 좋았다. 그러나……

"좋으면 그냥 덥석 품어도 된다던가?"

"그건 또 뭔 소리요?"

불쑥 쏟아낸 말에 장 씨의 눈이 둥그레졌다. 얼굴도 보지 않고 혼인해 사는 부부가 어디 한둘인가. 심지어 서로 좋아하기까지 한다면 같이 살지 못할 이유가 무엔가.

다희를 예뻐하긴 하지만 어차피 노비. 정식 혼인은 바라지도 않거니와, 첩으로라도 데리고 살면 더 바랄 게 없다 생각하는 건 신분제 사회의 굴레 안에 있는 장 씨의 한계였다. 그러나 운은 그렇지 않은 게 문제였다.

"마음이 동하면 자고, 좋다는 이유 하나로 멋대로 제 운명에 여인들을 끌어들이고, 그러다 일이 터지면 나 몰라라 도망을 가고. 난 사내들의 그런 방약무도함이 아주 싫네."

잘라 말한 운이 그 자리에서 일어났다. 앉아 있을 땐 몰랐는데 자리에서 일어나니 휘청 다리가 흔들렸다. 용케도 넘어지지 않고 몸을 가눈 운이 작업장 문을 열고 안마당으로 나갔다.

그늘에 있어 늦게 핀 복사꽃이 봄바람을 따라 흔들리고 있으니, 비틀거리는 몸으로 그 밑으로 걸어간 운이 그 꽃 아래 섰다.

문득 하늘을 쳐다보니 암천에 동전만 한 보름달이 걸려 있다. 그 달 안에 다희의 얼굴이 보인다.

다희, 다희…….

성도 없고 이름만 있는 여자. 아무것도 아닌 여자. 그래야만 하는 여자.

"술을 많이 먹었는가. 헛것이 보이누나."

눈을 비비고 다시 보니 고운 얼굴은 이미 사라지고 없었다. 그런데 그 모습 사라진 빈 달이 어째서 이리 허전한 것일까.

여인으로 안지 않으면 비영도 떠나보내야 한다. 그를 알면서도 차마 그 마음에 응하지 못하는 것은 다희의 마음이 진심임을 알기 때문.

"헛살았구나. 내 고집 피워 돌아오는 것은 모진 칼일 뿐이라는 것을 진작 알고 있었거늘……."

모르겠다. 사방이 의문투성이, 답이 널렸으나 어느 것도 답이 아니다.

바람처럼 떠돌다 사라지겠다고 작정했다. 그 인생에 어느 것도 싣지 않겠다고 다짐했다. 이제껏 그 다짐이 흔들릴 일이 없었거늘, 어째서 하필 그 어리고 낮은 것에게 눈길이 간단 말인가.

불현듯 정신 차리라는 것처럼 찬바람이 불어왔다. 안 그래도 휘청거리던 운이 그 바람에 밀려 철퍼덕 바닥에 쓰러졌다. 흙바닥에 깔린 부드러운 꽃 요가 그의 몸을 받아 안으니 그에 누운 운이 한동안 그 상태로 둥근 달을 쳐다봤다.

피시식 쓴웃음이 난다. 취생몽사, 이대로 술에 취한 채로 영원히 깨지 않으면 좋으리. 꿈을 꾸는 동안은 행복할지니, 그의 인생에 다시 돌아오지 않을 봄날, 그 영원한 꿈에 잠겨…….

지그시 눈을 감는 운의 위로 꽃비는 하늘하늘 무심하게 내렸다.

✻

"운 나리가 이 약을 주셨다고요?"

흰 종이에 곱게 싼 약재 꾸러미를 전해 받은 다희가 엄쇠를 향해 물었다. 성질 같아서는 전해주고 싶지 않았지만 그녀를 낫게 하는 거라면 그럴 수가 없었다. 부글부글 끓는 심정 꾹 가라앉힌 엄쇠가 히죽 웃으며 고개를 주억거렸다.

"그랴. 언능 기운 차려서 혼사 치르라고 말하시더라. 워찌 그리 내 맴을 잘 살펴주시는지 내가 고맙다고 몇 번을 인사했네."

속없이 웃는 엄쇠의 심사를 모르는 다희. 그야말로 염통이 찢어지는 듯 아리다.

이리 보내려는 것이다. 이것이 그의 답, 못 오를 나무 쳐다보지 말고 멀리멀리 떠나라는 축객령.

"흐흐흑!"

당차고 똘똘해서 어지간한 수모에도 우는 법이라고는 없는 그녀였다. 느닷없이 울음을 터뜨린 다희 앞에 당황한 것은 엄쇠였다.

"아, 울긴 왜 울고 그랴? 나리 정성이 그리 감격시런 것이여?"

"으흐흐흑! 바보…… 바보!"

애먼 엄쇠더러 바보라 욕하는 다희였다. 그러나 그 바보가 뉜지. 눈앞에 있는 엄쇠인지, 아니면 모른 척 멀어져 가는 운인지, 똑같은 말을 반복하는 그녀도 알 수가 없었다.

"그랴, 내가 바보여. 내가 다 잘못했응게, 어여 이 약 먹고 기운 차려. 응?"

흐르는 눈물 닦아줄까 싶다가도 다희가 싫어할까 건드리지도 못한다. 그저 안타깝고 화가 나 이러지도 못하고 저러지도 못하고 그 속으로 피눈물 흘린다.

그러나 이 순간 눈물 흘리는 다희는 몰랐다. 바로 담 하나를 사이에 두고 그녀가 그토록 그리던 님이 와 있다는 것을.

술 취한 발걸음이 저도 모르게 이끌었음이다. 사방이 어지럽고 어둑하다 갑자기 환한 불빛이 나타나는가 싶더니, 정신을 차리고 보니 어느새 다희가 머무는 중촌 색희 나리 댁이었다. 언젠가 다희를 데려다 줬던 그 집, 그녀가 머문다는 행랑채의 지창에 불이 밝혀진 것을 본 운이 털썩 창문 밑에 주저앉았다.

바보 같다는 것을 안다. 쓸데없는 미련인 것을, 버리고 돌아섬이 다희를 위한 것임을. 하지만 막 피어난 한 자락 연정이 이리도 질기다. 담벼락 아래 피어난 질경이가 마치 미련 한 다발인 것처럼, 운이 그를 냅다 뜯어 저만치 집어 던졌다. 툭 떨어진 질경이꽃이 아프다 소리 지르는 것만 같다.

아프다, 아프다……. 많이 아프다. 저도 아프고 다희도 아프다. 그리고 그녀도…….

"괜찮습니다……. 저는 괜찮아요, 서방님……."

죽어가면서도 그리 속삭이던 여인. 행여나 저가 죽어서 운이 자기 자신을 망칠까 봐 아프다는 티도 안 냈다. 병중이 심하여 죽기 직전이 된 후에야 이웃집에서 소식을 전해서 달려갈 수 있었다. 그리 무던하고 연약하고, 그래서 더 쓰라린 상처가 된 여자.

모질고 이기적인 그의 성정이 그녀를 망친 것이다. 자기 상처만 중했지, 남의 상처를 돌아보지 않더니 그로 죄 없는 여인을 죽게 한 것이다.

그로 인해 여인을 망치는 건 한 번이면 되었다. 그러니 다희에게 연정을 품었다면 차라리 여기서 놔주는 것이 옳았다.

"알면서도 여길 왜 오나. 최운 이놈아, 네가 아직도 정신을 못 차렸구나."

초여름 바람이 왜 이리 찬 걸까. 불어오는 바람에 저절로 어깨가 떨린다. 그로 시린 눈물이 흘러내린다. 그 눈물 닦아낼 생각도 않은 채, 운이 담벼락에 기대 눈을 감았다. 그런 그를 야단치는 것처럼 담벼락 너머에선 바보라고 외치는 다희의 목소리가 들려온다.

아무도 답을 알지 못하여 애련이거니, 쓰디쓴 정애이거니. 미궁 같은 봄을 헤매는 세 사람, 그렇게 하얗게 사위어간다.

납치

보름이 더 흘렀다. 그 시간 동안 다희는 모질게 앓았다. 계속되는 신열과 기허(氣虛)에 지독한 병고를 앓았지만 오씨부인이 데려온 의원도 병인은 몰랐다. 그렇게 쓴 병고를 앓느라 다희는 엄쇠가 그동안 거의 매일 밤 그녀의 방문 앞을 왔다 갔다 하며 마음을 쓴 것도 모른다. 그리고 그러는 사이 주인 나리인 이색희가 오씨부인 시부모님 손에 이끌려 어물쩍 사랑채에 들어온 것도.

다희가 색희 나리가 집에 눌러앉은 것을, 아니, 잠깐이나마 들른 것을 알아챈 것은 녹음이 점점 짙어져 가는 유월 초였다.

"나가, 이 색희야!"

익숙하면 익숙하다고 할 고함에 다희는 후드득 눈을 떴다. 깜짝 놀라 자리를 털고 일어나 안마당으로 나간 다희는 또다시 속곳 차림으로 쫓겨난 색희 나리를 발견했다. 연달아 오씨부인이 씩씩거리며 튀어나오더니 도포와 갓을 대청마루 아래로 집어 던지며 소리를 질렀다.

"납작 엎드려도 모자랄 판에 고새를 못 참고 기방을 출입하니? 한양 기방 물이 얼마나 좋은지 그리도 궁금했어? 네가 사람 색희야, 개색희야!"

"허허험, 부인. 거 말이 심하지 않소. 자고로 영웅은 호색이라 했거늘, 사내가 계집을 두는 것은 당연한…… 힉!"

그 말은 더 이어지지 못했다. 색희 나리가 날아온 베개에 정통으로 얼굴을 맞고 나가떨어졌기 때문이다.

"아무렴 똥개가 똥을 못 끊지! 그래, 안 붙잡을 테니까 그 좋은 기방서 아주 살 거라! 다시는 들어오지 마!"

그와 함께 문을 확 닫고 들어가 버리니, 든든한 기둥 돼줄 어미 아비도 도로 내려가고, 차마 체면이 있지 의탁하던 친지 댁에 또 들어갈 면목도 없어 졸지에 오갈 데 없는 처지가 된 색희 나리, 끈 떨어진 연 모양으로 처량하게 서 있게 됐다.

삼경도 지난 시각, 다들 자는지 아무도 나와 보지 않자 다희가 조심스럽게 색희 나리에게 다가갔다.

"괜찮으시어요?"

괜찮지 않았다. 자세히 보니 마빡에 할퀸 자국이 석 줄이나 나 있다. 면구스러운 나머지 아무렇지 않다고 허허거리며 이마를 훔치던 색희 나리가 피가 묻어난 손바닥을 보고 제가 더 놀랐다.

"나리, 사랑채로 드시겠습니까? 제가 자리를 봐드리겠사와요."

"부인이 나가라고 하는데 그럴 수가 있나. 허허, 너무 걱정하지 말거라. 뭐, 정 안 되면 예전에 함께 일하던 동료가 이 한양에 올라와 있으니 잠시 게서 머물면 될 게야."

"아휴, 나리. 마님께서 나가란다고 덥석 나가시면 어쩝니까. 이 럴수록 눈에 보이는 데서 머물면서 손이 발이 되게 빌어야지요."

"으잉? 그게 그렇게 되느냐?"

여색에 약한 주제에 정작 귀한 부인에겐 눈치도 없고 코치도 없 다. 이리 어수룩하니 만날천날 여우 같은 계집에게 홀리고 뜯기 고, 조강지처에겐 얻어맞기나 하지.

결국 다희의 조언에 못 이기는 척 색희 나리가 사랑채로 도로 들었는데, 아니나 다를까, 날이 밝으니 오씨부인이 은근히 그녀를 불렀다.

"나리가 아직 사랑채에 계시느냐?"

"네, 마님. 제가 아침상을 사랑채로 들였는데 점심은 어찌할까 요?"

은근슬쩍 나리를 기어코 쫓아낼 거냐, 아니면 그냥 둘 거냐 묻 는 게다. 그 말에 오씨부인이 끙 소리를 내더니 결국은 입을 열었 다.

"몸도 아직 다 낫지 않았는데 미안하다만, 다희 네가 구리개 황 가 약방에 가서 찰상에 좋은 약 좀 받아오거라."

저가 할퀴어놓고는 못내 마음 쓰이는 것을 막지 못하는 오씨부 인이다. 여색을 밝히면서도 정작 부인 곁을 뱅뱅 도는 색희 나리 나, 얄미워서 면상을 긁었다가도 차마 내쫓지는 못하는 오씨부인 이나 저리 잘 맞는 부부의 연을 왜 저리 비틀고 꼬나 싶다. 다희가 아직도 다 낫지 않은 몸이나마 문밖으로 끌고 나오면서 피식피식 웃음을 참지 못했다.

날은 다희가 골방에 틀어박혀 있는 동안 훌쩍 더워져 있었다. 울타리 바깥으로 꽃송아리를 늘였던 복사꽃은 이미 진 지 오래고, 일찍 핀 배롱나무꽃이 길 곁에서 향기를 날리고 있다.

시간은 참 빠르다. 심장을 베어내는 것 같던 격통은 지독한 신열에 어느새 무뎌지고 그 자리엔 아릿한 여운만 남았다.

다 잊었다면 거짓말이다. 하지만 그 자리에 체념이 들어서, 자꾸만 수면 위로 떠오르려는 그리움을 짓누르고 가라앉힌다.

잊을 것이다. 잊어야만 한다. 추리설도 운도 다 잊고, 평범한 노비로 돌아가 제 운명을 받아들이고 살 것이다.

'그러다 보면 엄쇠 오라버니랑도 잘 살 수 있겠지.'

한층 따뜻해진 바람을 코끝으로 들이마신 다희가 씁쓸한 미소를 피워 올리며 구리개를 향해 걸음을 옮겼다.

이상한 기색을 알아챈 것은 중촌 어귀를 나와 비교적 인적이 드문 언덕길로 들어섰을 때다. 이런저런 생각에 골똘히 잠겨 있느라 미처 알아채지 못했는데 중촌을 나오고 보니 비로소 그 기색이 확연해졌다.

누군가 그녀의 뒤를 쫓아오고 있었다.

그것도 하나둘이 아니다. 비교적 인적이 많은 중촌 안에선 그나마 몸을 숨기기라도 하더니, 호젓한 길 쪽으로 나오자 대놓고 그녀 뒤를 쫓아오고 있었다. 더럭 겁이 난 다희가 걸음을 멈추고 돌아보자 스무 걸음쯤 떨어진 거리에서 휘적휘적 걸어오고 있는 사내 세 명이 보였다. 하나같이 험상궂은 인상인데, 그중 한 명은 안면에 칼자국까지 있다. 그런 자들이 다가오니 다희가 자연 겁을 먹을 수밖에 없었다.

"뉘, 뉘십니까? 제게 볼일이 있으셔요?"

다희가 걸음을 멈춰 세우고 제법 당차게 묻자 그중 하나가 음산한 웃음을 흘렸다. 그러더니 허리춤에 꽂은 단도를 빼 들고는 입을 열었다.

"있지, 그것도 아주 많이."

심상치 않은 낌새에 다희가 뒷걸음질을 쳤지만 그 뒤로도 어느새 사내들이 나타났다. 길 옆 수풀에 숨어 있던 자들일까?

어째서……? 어째서 평범한 종년에 불과한 그녀를 미리 매복까지 해가며 기다리고 있는 걸까?

생각을 가다듬을 사이도 없이 사내들이 보기 싫은 웃음을 흘리며 포위망을 좁혀왔다. 피할 길은 전혀 없었다.

"꺄아악!"

호젓한 길에 다희의 비명이 길게 울려 퍼졌고, 그 서슬에 놀란 까마귀 한 마리가 푸드득 수풀 위로 날아올랐다. 그리고 정적이 모든 것을 덮었다.

✳

"그 아이 보낸 지 두 시진이 다 됐는데 왜 아니 돌아오는 게야? 황가 약방에 단체 손님이라도 들어서 이리 늦어지는 겐가?"

오씨부인이 베틀질을 하다 말고 문밖을 내다보며 중얼거렸다. 부인의 말마따나 중천을 넘어가는 해는 다희가 집을 나간 지 한참 지났다는 것을 알리고 있었다. 구리개라면 중촌에서 한 식경 거리밖에 되지 않는다. 약 짓는 시간이 걸린다손 쳐도 아침나절에 보낸 다희가 이 시각까지 돌아오지 않는 것은 말이 되지 않았다.

결국 마음이 쓰인 오씨부인이 엄쇠더러 황가 약방에 다녀오라 일렀는데, 부리나케 달려갔다 온 엄쇠는 뜻밖의 소식을 전했다. 종종 구리개에 다녀서 황가 약방의 주인도 다희를 잘 알았는데, 그녀가 약방엘랑 아예 오지를 않았다는 것이다.

"그럴 리가 있나! 사람이 많아서 다희 그 아이를 못 알아본 게 아니야?"

"아니라고 하는디요. 아침부터 사람이 거의 없어서 이 시간까정 손님이라고는 세 명 온 게 다라고, 다희가 왔으면 못 알아볼 리 없다고 했습니다요. 아무래도 갸가 안 온 게 맞나 본디요."

"그럼 다희가 도대체 어딜 간 게야? 심부름 중에 허투루 딴 데로 샐 아이가 아닌데?"

소식을 전하는 엄쇠나 그를 들은 오씨부인이나 속이 타기 시작했다. 다희가 중간에 샌 게 아니라면 뭔가 변고가 생겼을 수도 있었다. 어딘가 딴 곳에서 죽치고 있다면 차라리 그게 나을 것 같다.

"지가 짚이는 데가 있구먼요! 금방 다녀오겠습니다요!"

그렇게 외친 엄쇠가 그 길로 뛰어나갔다. 엄쇠가 향한 곳은 바로 책하. 들이닥친 그가 장 씨에게 다희가 안 왔냐 물었지만, 당연하게도 그의 대답은 오지 않았다는 것이다.

"다희에게 무슨 일이 생겼느냐?"

어수선한 기색에 안채에 있던 운까지 튀어나왔다. 모른 척하려 했지만 다희가 없어진 것 같다 하니 그럴 수가 없었다. 운이 나타나자 엄쇠가 싫은 기색 번연하면서도 어쩔 수 없이 사정을 설명했다.

황가 약방에도 오지 않았다. 그렇다고 이 책하에도 나타나지를 않았다. 그렇다면 도대체 어디로 갔단 말인가?

운은 잠시 갈등했다. 이 사건에서 그는 제삼자에 불과했다. 돌아서겠다던 다짐을 지키려면 마땅히 오씨부인과 엄쇠에게 맡겨둬야 할 일이다. 하지만…….

'다희가 위험하다!'

그와 같은 판단 아래 모든 것이 가려졌다. 보내려는 결심이야 했지만, 죽게 내버려 두겠다는 결심까지는 하지 않았다.

'일단은 구하고 생각하자. 지금은 그 아이를 구하는 게 최우선이다.'

결국 결심한 운이 엄쇠를 향해 외쳤다.

"오씨부인 댁부터 다희의 행적을 되짚어보자. 백주에 사람이 사라졌다면 분명 듣고 보는 귀가 있었을 게야."

그 말이 옳다. 고개를 끄덕인 엄쇠와 장 씨가 운의 뒤를 따랐고, 곧 중촌부터 구리개까지 빠짐없는 수색이 시작됐다.

껄끄러운 사이여야 할 엄쇠와 운이 저도 모르게 힘을 모으고 있었다. 다희를 떠나보내려던 결심은 부지불식간에 사라졌고, 어떻게든 그녀를 찾아내야 한다는 목표만이 운을 사로잡고 있었다.

자연스럽게 운이 지휘를 하고 있었고, 엄쇠는 그를 따른다. 이 이상한 협력 관계에 기이함을 느낄 겨를도 없이 운은 그들을 끌고 책하를 나섰다.

중촌을 떠난 다희가 선택할 수 있는 가장 빠른 길, 그 길을 되짚어가기 시작한 세 사람은 얼마 안 가 단서를 포착했다. 중촌과 구리개를 잇는 소로 근처에서 밭을 갈던 노인이 다희와 비슷하게 생긴 계집아이를 봤다는 것이다.

"밭을 갈다 잠깐 물을 마시고 있던 차에 비명이 들리지 않겠소? 아, 그래서 소리가 난 쪽으로 가봤더니 웬 사내들이 계집아이를 들쳐 업고 달려가고 있는 게야."

"사내들이라고요?"

"한 네 명쯤 됐나? 아무래도 수상해 보여서 무슨 일 있느냐 물었더니, 그 계집아이는 자기네가 부리는 여종인데 넘어져서 다리를 접질렸다는 게야. 그래서 의원에게 데려가는 길이라고 하길래 근가 부다 하고 말았지."

"여종이라? 분명 여종이라고 했단 말이지?"

다희를 아는 자가 분명했다. 그렇지 않다면 행색만 보고 그녀가 여종이라는 것을 알아챘을 리가 없다. 대충 둘러댄 말일 수도 있지만 엉겁결에 댄 핑계일수록 오히려 진실을 드러내는 법. 운은 자신의 직감을 확신했다.

"그자들이 어디로 갔는지 알고 있소?"

"글쎄올시다. 어디로 가는지는 묻지 않았는데 가는 방향을 보니 동쪽으로 가는 것 같긴 합디다. 의원을 찾으려면 그네들이 몰려 사는 구리개 쪽으로 가야 하는데 엉뚱한 방향으로 가길래 이상하다 생각했지."

다희가 납치됐다는 것을 확인한 건 나름 수확이었지만, 동쪽으로 갔다는 것만으론 단서가 너무 적었다.

도성 내에 있을까? 아니면 사대문을 넘어갔을까? 아직 도성 내에 있다면 가능성이 있지만, 문을 나갔으면 찾아낼 확률은 극히 희박하다.

실마리가 끊겼다. 조사의 향방을 어디로 돌려야 할지 알 수 없게 되자 엄쇠가 당황해서 물었다.

"인자 어떻게 해야 되남요?"

"마님 댁으로 가자."

"잉? 마님 댁은 왜 간다요?"

"아무리 생각해도 다희가 굳이 납치될 이유가 없다. 하지만 단하나 짚이는 것이 있으니, 그를 알려면 마님을 만나 봬야 한다."

더 이상 지체할 때가 아니었다. 운은 화급하게 달리기 시작했고, 곧 일행은 오씨부인 댁에 도착했다. 뵙고 싶다는 운의 전갈에, 이전에 만났던 사랑채에서 발을 사이에 둔 채 두 사람이 만났다.

동생처럼 여기는 다희가 사라졌음에 오씨부인의 불안과 걱정 역시 하늘을 찌르고 있었다. 발 너머로 들려오는 부인의 목소리가 여장부답지 않게 사뭇 떨리고 있었다.

"다희 그 아이가 납치된 것 같다 들었습니다. 제가 어찌 도와야 합니까?"

"그전에 제가 묻고 싶은 것이 있습니다. 혹시 다희가 예전에 누군가에게 원한을 산 적은 없습니까?"

"그런 일은 없을 겝니다. 무던하고 성정 착한 아이입니다. 게다가 제 집에만 갇혀 사느라 바깥나들이도 잘 안 하는 아이인데, 원한을 사고 말고 할 일이 뭐가 있겠습니까?"

"그렇군요. 허면 혹 이 한양에 올라와서는요?"

"그도 역시 마찬가지일 겝니다. 한데 책하의 주인장께서는 다희가 원한 관계로 인해 납치된 거라 생각하시는 겝니까?"

"만약을 모르는 것이니까요. 실은 제가 드릴 말씀이 있습니다."

그 말과 함께 운이 마침내 숨겨왔던 사실을 털어놨다. 혹시나 다희의 원한 관계를 알아낼 수 있을까 싶어 그녀가 사실은 추리설의 작가 비영이라는 것을 말한 것이다. 당연하게도 오씨부인은 화들짝 놀랐는데, 흥분을 가라앉힌 부인이 곰곰 생각하더니 의외의 말을 털어놨다.

"어쩐지 세책 좀 하는 사람들 사이에서 추리설에 관한 내용을 슬쩍 듣고 좀 이상하다 생각했는데 주인장의 말을 듣고 나니 이제야 알 것 같군요."

"그게 무슨 뜻입니까?"

"그전에 저도 확인해 봐야 할 것이 있습니다. 혹시 그 추리설이란 것을 제게 보여주실 수 있겠습니까?"

당장에 장 씨가 달려 나갔고, 곧 책하에서 추리설 전권을 가지고 왔다. 빠른 시간 안에 그를 다 읽어 내린 오씨부인이 한숨을 내쉬며 입을 열었다.

"역시 그렇군요. 주인장의 말을 듣고 보니 저도 앞뒤를 좀 알 것 같습니다."

"그 앞뒤가 무엇입니까? 제게도 말을 좀 해주십시오."

"추리설은 다희가 꾸며낸 가상의 이야기가 아닙니다. 실은 제가 예전에 살던 동리에서 실제로 일어났던 일이지요."

"네?"

"다희가 열여섯 살 되던 무렵에, 그러니까 작년이지요. 제가 살던 친정 동네에서 수절 과부가 목을 매 죽은 사건이 있었습니다. 처음엔 다희가 쓴 소설 속 내용처럼 자살로 처리될 뻔했습니다만, 과부의 친정 쪽에서 강력하게 항의하는 바람에 다시 조사에 들어가게 됐지요. 그리고 그 결과 자살이 아니라 타살로 밝혀지게 됐습니다."

"그런……!"

"다희가 쓴 글이 훨씬 더 과장되고 흥미진진합니다만, 사건의 뼈대는 제가 아는 것과 같습니다. 그런데 문제는 이겁니다. 그 사건의 범인은 아직 몰라요. 잡히지 않았거든요."

"설마!"

모든 조각이 맞춰지고 서서히 형태를 이뤄가기 시작했다. 어떻게 무식하고 천한 여종이 그 정도로 생생한 글을 써냈는지 이제야 확실해졌다. 실제로 일어났고, 다희가 그 사건을 옆에서 보고 들었기 때문에 가능한 것이었다.

"다희 그 아이는 소설의 뒤는 이미 구상해 놨다고 했습니다. 단지 쓰기만 하면 되는데 글이 안 풀릴 뿐이라고……."

"그 말인즉 다희가 진범을 알고 있다는 뜻입니까?"

도성에 대유행한 추리설. 번지고 번진 그 소설이 사건의 진범에게도 들어갔을지도 모를 일이다. 아직 잡히지 않은 진범이 추리설의 끝에 자신이 범인으로 지목되는 걸 염려했다면? 실제로 현실의 범인 역시 다시 시작된 사건 조사를 통해 잡힐 수도 있다.

"그럴 수도 있고 아닐 수도 있습니다. 다희가 실제 사건을 글로 쓰기는 했지만 어디까지나 소설화된 글일 뿐, 그게 반드시 사건과 완전히 똑같다고 할 수는 없으니까요."

"그건 그렇습니다. 제가 알기로 다희가 쓴 추리설 속에는 빠졌지만, 사실은 조씨부인이 아직 살아 있을 적에 한씨 가문이 그이를 불러다 추문이 일어난 사실관계를 확인한 적이 있었습니다. 조씨부인 옆집에 사는 과부가 부인에 대한 추문을 퍼뜨렸는데, 정말로 남자를 끌어들이지 않았느냐 추궁을 한 거지요. 조씨부인이 그 말을 듣고 다음 날 목을 맨 시체로 발견됐는데, 그 장면은 소설에서 빠졌습니다. 그를 보니 일어난 사건과 소설이 아주 같지는 않은 것 같더군요."

"그런 일이 있었습니까? 그건 아주 중요한 단서인데……."

잠시 생각을 하던 운이 이윽고 고개를 가로저으며 말했다.

"일단은 그것도 염두에 둬야겠군요. 하지만 아직 범인이 잡히지도 않은 사건, 다희가 구상한 소설 속의 범인과 실제 사건의 범인이 사실은 완전히 다를 수도 있습니다. 이 점은 분명히 구별해야 할 것 같습니다."

하지만 반대로 진범을 밝혀낼 수도 있다. 아마도 진범이 걱정한 것은 바로 그것이리라. 그로 인해 흉적들을 보내 다희를 붙잡아간 것이다.

"진범이 글을 읽을 수도 있는데 어찌 그런 경솔한 짓을! 내 진즉 앞뒤 사정을 알았다면 절대 글을 쓰지 못하게 막았을 것을!"

운이 세차게 혀를 찼지만 이미 늦었다. 지금으로선 그 진범이 누군지를 운이 찾아내야 했다. 다희를 붙잡아간 사람이 그자일 가능성이 높으니, 그를 찾아내지 않으면 그녀를 되찾을 가능성은 영영 없어진다.

'혹시 이미 불귀의 객이 되었다면!'

퍼뜩 일어난 추측에 운의 머릿속이 아득해졌다.

한 번도 이런 이별을 상상해 본 적이 없다. 어딘가에서 잘살기만 바랐지 이런 식으로 비참하게 죽게 되는 것은 안 된다. 안 된다!

어떻게든 그녀를 찾아야 하고, 살아서 만나야 했다. 그러나 문제는 그 소설 속, 또는 현실 속 사건의 진범이 누군지는 글을 쓴 다희만이 알고 있다는 것이다.

"부인, 이 사건이 정확히 언제 어디서 일어났습니까?"

"파현이라고, 이천 근처의 작은 마을에서 일어난 일입니다만, 그건 왜 물으시는지요?"

"아마 다희는 그때 일어난 사건의 정황을 보고 자기 나름대로 범인이 누군지를 추리했을 겁니다. 하지만 추리설이 완결이 안 난 지금으로선, 다희가 누구를 범인으로 생각했는지 알 수가 없어요. 그러니 그 아이를 잡아간 진범이 누군지를 알아내기 위해선 우리가 그 사건의 자세한 내용을 알아야 합니다. 그리고 우리도 다희처럼 진범을 추리해 내야 하지요. 그래야 그자를 급습해 그 아이를 찾아낼 수 있습니다."

이미 죽었을지도 모른다는 가능성을 운은 애써 내리눌렀다. 지금은 방금 그가 역설한 논리에 집중해야 했다. 과부를 죽인 범인, 다희가 추리해 낸 그 진범을 찾는 것에 모든 것을 걸어야 하는 것이다.

"지금 당장 말씀하신 파현 마을로 내려가야겠습니다. 혹시 부인이 동리에 아는 지인이 있다면 모쪼록 제가 그 마을서 마음 놓고 탐문을 할 수 있도록 통자 한 장이라도 써주시면 좋겠습니다."

"굳이 통자까지 넣으실 필요 없습니다. 파현까지 내려가지 않아도 그 사건에 대해 누구보다 잘 아는 위인이 바로 옆에 있거든요."

"네?"

"과부가 죽었을 당시에 복검(復檢)을 통해 그이가 타살이란 것을 밝혀낸 검험관이 지금 이 집에 머물고 있습니다. 개색…… 아니, 이색희라고, 이 집의 바깥주인이시지요."

＊

밤새 말을 내달린 운은 새벽이 되기 전에 파현에 도착했다. 미처 말을 빌리지 못한 엄쇠는 하는 수 없이 조랑말을 빌려 타고 뒤를 따랐는데, 마속에는 따를 수 없어서 한참을 뒤처졌다. 엄쇠보다 먼저 추리설 속 살인사건이 실제로 일어난 파현(破顯)이란 동네에 도착한 운은 말 옆구리에 차고 온 행낭 속에서 추리설을 꺼내 펼쳐 들었다.

이 책 안에 범인을 찾을 수 있는 결정적인 단서가 들어 있을지도 모르는 데다, 수사의 단초 역시 이 책을 통해서야 얻을 수 있기에 굳이 가지고 왔다. 이미 거의 외울 정도로 여러 번 읽은 글이지만, 운은 추리설 1권을 첫 장부터 마지막까지 꼼꼼하게 읽어 내려갔다. 어디서부터 수색을 시작해야 할지 실마리를 찾아낸 것은 2권에서였다.

추리설 1권에서 피살된 조씨부인의 사건에 휘말리게 된 검험관 이씨는, 2권에서는 그가 실행한 검험의 결과 나온 증좌를 통해 조씨부인이 타살을 당했다는 결론을 내리고 범인을 추적해 나가게 된다.

그 결과, 그는 조씨부인이 절개를 지키기 위해 자진한 게 아니며, 오히려 부인이 죽기 직전에 음란한 여자라는 오명이 돌았다는 것을 알게 된다. 조씨부인이 살아생전에 이웃에 사는 안 모라는 과부와 사소한 다툼이 있었는데, 성격이 사악한 안 씨가 조 씨에게 원한을 품고 그녀가 남자를 끌어들였다는 헛소문을 퍼뜨렸다는 것이다.

부인은 그 오명을 견디지 못하고 자진한 게 틀림없다는 이웃의 증언을 듣게 되는데, 문제는 조씨부인은 검험 결과 자진이 아니라 타살당한 걸로 밝혀졌다는 것이다.

"유식한 말씀은 잘 알겠는디, 그러니까 다희를 어디서부터 찾아야 한다는 겁니까?"

뒤늦게 파현 마을 입구에 도착한 엄쇠가 기다리고 있던 운과 합류했다. 헉헉거리며 묻는 말에 운이 대답했다.

"일단은 추리설과 상관없이 실제 사건에 대한 조사부터 진행하는 게 옳을 것 같다. 수사의 원칙 중에 삼절린(三切隣)이라는 것이 있다. 어떤 사건이 일어났을 때, 그 사건이 일어난 곳에서 가장 가까이 살고 있는 이웃의 세 집, 혹은 그 집에 사는 사람들을 삼절린이라고 하는데, 사건이 일어나면 바로 그 셋부터 조사를 해야 한다는 뜻이다."

"그럼 그 죽은 조씨부인 이웃집을 돌아다니려는 건감요?"

"아니, 이번 사건의 경우엔 그와 다른 삼절린을 뒤져야 한다. 조씨부인의 죽음에 이해관계가 얽힌 세 곳이 있는데, 그중에 두 군데를 먼저 들를 생각이다."

"허면 거기가 어딥니까?"

"조씨부인의 시가와 친정, 그리고 조씨부인과 싸우고 헛소문을 퍼뜨린 과부 안 씨. 수색은 거기부터 시작해야 한다.”

“야? 시가는 왜 뒤진다요? 이미 연 끊어진 집인디 굳이 전 며느리를 죽였겠어요?”

“너는 반가의 자부심이 얼마나 대단한 건지 모른다. 이미 연이 끊어진 며느리라고 해도 한때는 가문의 일원이던 여자가 음행을 일삼는다? 자칫 가문의 흉이 될지도 모르는 일. 지금으로선 조씨 부인의 시댁이 가장 수상하다.”

“끄응.”

신음과 함께 다희가 깨어났다. 그와 함께 눈에 들어온 것은 시커먼 천장과 그 사이로 비어져 나온 굵은 서까래였다.

옹이가 진 나무를 그대로 써서 한복판이 시커멓게 팬 서까래의 모습은 다희가 익히 보아온 오씨부인 댁의 것과는 다르다. 게다가 규모가 작은 오씨부인의 집에는 지금 그녀가 누워 있는 커다란 광 같은 건 없었다. 그를 깨닫는 것과 동시에 다희의 머릿속에 잊고 있던 기억이 한꺼번에 밀려왔다.

그녀가 정체불명의 괴한들에게 포위된 것, 그리고 누군가 도망치려는 그녀의 뒷머리를 가격하는 바람에 그대로 기절했다는 것.

“붙잡아다 가둬놓은 건가?”

흉한들에게 사로잡힐 때 얻어맞은 뒤통수가 욱신거렸다. 아직 살아 있다는 안도감에 젖은 것도 잠시, 다희는 곧 의문에 사로잡혔다.

몸을 굴려 일어나려던 그녀는 곧 자신이 굵은 밧줄로 칭칭 묶여 있다는 것을 깨달았다. 옴짝달싹 못 하게 두 번 세 번 감아놓은 것도 모자라, 심지어 입에는 비명도 지르지 못하게 재갈까지 물려놓았다.

'곱게 내보내 주진 않겠구나.'

불길한 직감에 사로잡힌 다희가 사방을 둘러보았다.

그다지 넓지 않은 광 안은 텅 비어 있었다. 예전에 쌀가마니를 보관했던 듯, 한구석에 빈 가마니가 몇 장 놓여 있는 것 말고는 별다른 것이 없다. 하나밖에 없는 작은 창문은 단단한 나무 살로 막혀 있는데, 그리로 들어온 햇빛이 지금이 한낮에 가까운 시각이라는 것을 알리고 있었다.

그때였다. 광문 밖에서 낯선 목소리가 들려왔다.

"바로 죽이면 될 것을 뭐 하러 여기까지 살려서 데리고 왔느냐! 덕분에 일이 귀찮게 되지 않았느냐!"

불현듯 들려온 목소리에 다희는 소리가 들려온 문 너머를 향해 몸을 돌렸다. 사람의 목숨을 파리처럼 가볍게 여기는 자가 틀림없었다. 너무나 가볍게 살인을 논하는 목소리에 다희의 온몸에 소름이 돋았다.

광 밖으로는 아마도 행랑 마당이 펼쳐져 있는 것 같았다. 감시인이 다희가 갇힌 광 밖을 지키고 있다가, 행랑 마당으로 누군가 들어오자 얼른 인사를 한 것 같다.

도대체 그녀를 잡아 가둔 자들이 누굴까? 혹시라도 살아날 가능성이 거기 있지 않을까 싶어 다희가 살짝 벌어진 광문 틈 사이로 눈을 갖다 댔다. 한낮의 햇볕 아래 광 앞을 지키던 장정의 얼굴과 그 앞에 선 미지의 사내가 걸친 도포 자락이 보였다.

도포를 걸친 걸 보면 양반일까? 게다가 마당에 드리워진 그림자는 분명 넓은 갓을 쓰고 있다. 상대를 향해 연신 굽실거리고 있는 사내는 분명 자신을 습격한 흉한 중 한 명이 맞는 듯했지만, 그가 극존칭으로 공경하고 있는 상대의 얼굴은 광 문에 가려 보이지 않았다. 대신 살얼음을 몇 겹을 간 것처럼 차갑고 정결한 목소리만 문틈으로 새어 들어왔다.

"그것이, 백주라 보는 눈도 있고 해서 어쩔 수가 없었습니다요. 게다가 저희 독단으로 처리하기 전에 나리의 지시를 들어야 할 것 같아서……. 송구스럽습니다."

이어서 미지의 상대가 혼잣말로 투덜거리는 소리가 들렸지만, 목소리가 너무 낮아서 자세히는 들리지 않았다. 안달이 난 다희가 문틈에 귀를 바짝 들이대자 이어서 흉한의 목소리가 들려왔다.

"일단 계집의 상태를 좀 보시겠습니까?"

"되었다. 곧 죽일 년 얼굴을 뭐 하러 보느냐."

역시 놈들은 그녀를 살려 보낼 생각이 없었다. 그를 깨달은 다희의 몸에 가벼운 경련이 일어났다.

"허면 계집을 어떻게 처리할깝쇼? 저번 년처럼 목을 맨 것으로 위장할까요?"

"……!"

순간 다희는 앞뒤 전말을 깨달았다. 목을 맨 것으로 위장한 여인을 논하는 것을 보니 분명 추리설과 관련해 앙심을 품은 자다. 즉, 진범과 관련이 된 자인 것이다.

운의 생각과 동일한 추리가 다희의 머릿속을 스쳐 지나갔고, 그녀는 곧 도포를 걸친 자가 누구인지를 알아챘다.

"그것은 아니 된다. 전혀 다른 사람이 똑같은 방법으로 자진하면 공연히 의심을 살 수 있다. 일단 계집을 없애되, 혹시 모르니 얼굴을 돌로 쳐 짓이긴 다음에 돌을 매달아 강물에 던지거라."

아무렇지도 않게 끔찍한 지시를 내린 상대가 또다시 무어라 중얼거렸다. 역시나 목소리가 너무 낮아서 들리지 않았지만, 들었어도 다희는 무슨 뜻인지 알 수 없었을 것이다. 그녀가 의미를 알아채기엔 너무 어려운 말이었던 것이다.

"……천…… 상…… 이다……."

토막 난 말들이 귓구멍으로 새어 들어왔다. 그 뜻이 도대체 뭔지 열심히 머리를 굴리는 동안 목소리의 주인이 명했다.

"일단 내가 지시한 바를 유념하고, 아직 날이 밝으니 어두워지기를 기다려 계집을 처리하거라!"

"……!"

큰일이다. 이대로 있다간 꼼짝없이 죽임을 당할 판이다.

문짝에서 몸을 뗀 다희가 뭔가 도움이 될 만한 것이 있나 주변을 돌아봤지만 텅 빈 광 안엔 무기가 될 수 있는 것은 아무것도 없었다. 있다고 해도 그녀가 뭘 할 수 있단 말인가. 손발이 묶인 데다 힘도 없는 어린 여자인 것을.

'나리……! 운 나리!'

그라도 여기 있으면 혹시 그녀를 구해줄까? 애타는 심정에 다희가 질끈 눈을 감으며 눈물을 흘렸다. 그런데 바로 그때, 때맞춰 그녀를 구원할 동아줄처럼 새로운 목소리가 광문 너머로 들려왔다.

"나리, 곤란한 일이 생겼습니다요."

성조가 가늘고 높은 새로운 목소리의 주인은 상당히 당황한 듯했다. 곤란한 일이 뭐냐는 상전의 물음에 그가 조심스럽게 대답했다.

"키가 멀대같이 큰 선비가 찾아와서는, 묻고 싶은 게 있다고 만남을 청하고 있습니다요."

"뭐라?"

"저가 부리는 종년이 행방불명돼서 그 행적을 좇다가 여기까지 내려왔다 하는데, 누구인지 몰라도 반쯤은 낌새를 눈치챈 것 같습니다요. 이미 조가 년의 친정에도 들렀다 왔다고 하는 것이, 저 종년이 조가 년의 죽음과 관련이 있다는 것을 알고 온 듯합니다."

키가 큰 선비? 혹시 운일까?

틀림없다. 그가 분명 추리설의 내용을 좇아 예까지 내려온 것이다.

새로운 희망에 들뜬 다희와 달리 이 사건의 주범임에 분명한 미지의 사내는 곤혹스러운 입장이 됐다. 무조건 내쳤다가 행여 관아에 고변이라도 하면 일이 어려워진다. 당장 포졸들을 끌고 와 이집을 뒤지기라도 하면…….

잠시 곰곰 생각하던 그가 무거운 목소리로 입을 열었다.

"알았다. 내가 먼저 사랑채에 가 있을 테니 그 방으로 안내하거라."

✻

한씨 가문의 와옥은 제법 규모가 있었다. 아흔아홉 칸 고대광실은 아니어도 대대로 관직에 출사한 자가 별로 없는 한미한 양반 가문치고는 들인 방 수가 많고 몸채도 번듯했다.

행랑채를 지나 사랑채로 들어간 운은 날카로운 눈으로 집의 규모와 구조를 훑어보고 머릿속에 새겨뒀다. 안채엔 들어갈 수 없지만 만일의 사태를 대비해 대략적인 구조라도 그려둬야 했다.

특이하게도 한씨 가문의 안채는 사랑채와 바로 연결돼 있었다. 사랑 마당으로 들어가자 안채와 사랑채가 담벼락 하나로 구분돼 있는 게 눈에 들어왔는데, 그 담이 마당 중간에서 끊어지며 사랑채가 나타났다. 사랑채 건물은 담벼락을 뚫고 안채와 연결돼 있는 것이 보아하니 내부에서 문 하나를 거치면 바로 안채로 들어갈 수 있을 듯했다.

"허험."

사랑채로 올라가자, 미리 방 안에 들어와 앉아 있던 사내가 헛기침을 하며 운을 맞았다. 마당에 나와 기다리지 않은 것은 일부러라도 기를 죽이겠다는 심산이렷다. 운은 내심 계산을 하며 씩 웃음을 머금었다.

"갑자기 찾아와 무례를 범하였는데도 그를 허물치 않고 시간을 허락하여 주셔서 감사합니다. 소인 한양서 세책업을 하는 최가라고 합니다."

자기소개를 하자 방 한구석 안석에 기대앉은 사내가 짐짓 오만한 표정을 지었다. 30대 중반쯤 되었을까. 기름진 얼굴에 풍채도 좋았지만 뭔가 불안한 기색이 짙다. 운이 보기엔 가슴속 두려움을 떨쳐 내려 일부러 거만을 떠는 모습이 역력했다.

"세책업이라? 아낙네들에게 패관소설을 빌려주는 일을 업으로 삼으시는 게요?"

"송구하지만 그렇습니다."

"허허, 그렇구려. 그런데 그런 분이 여기는 왜 찾아오셨소? 계집종의 행방을 찾고 있다 들었는데, 그게 나와 무슨 상관이라고?"

수염 끝을 매만지며 흘끗흘끗 운을 곁눈질하는 이자는 한씨 가문의 장손인 한진범이라고 했다. 미리 조씨부인의 친정에서 그에 대한 정보를 듣고 온 운은 빙긋이 웃으며 그런 그를 응시했다. 재빨리 시선을 피하는 모습이 과연 뭔가 숨기는 게 있는 게다.

"말씀드리기 송구합니다만, 실은 사라진 그 종년이 제 세책과 좀 관련이 있습니다. 한양 바닥에서 유행하는 세책 추리설의 저자가 바로 그 아이거든요."

움찔, 대답은 하지 않았지만 진범이 불현듯 몸을 떨었다. 옳거니, 도둑이 제 발 저리는 게 틀림없다.

"그런데 그 추리설 속의 사건이 사실은 이 동리에서 일어난 사건이란 게 아니겠습니까? 귀공께서도 아시겠지만 바로 이 댁 며느님이셨던 조씨부인 피살 사건 말입니다."

"그, 그, 그 조가…… 아니, 제수씨가 한때 우리 가문과 인연이 있던 건 맞소만, 우리는 그 사건과 아무런 연관이 없소. 무슨 근거로 우리를 핍박하는 거요?"

"저는 조씨부인과 귀공의 가문이 관련돼 있다는 말을 한 적이 없습니다. 왜 그리 펄쩍 뛰십니까?"

덜컥, 도둑이 포도청 간다고 구린 데가 있다는 걸 스스로 고백한 격이 된 진범이 얼굴을 붉혔다. 어차피 의심을 하고 온 것이렷다. 이제 진범은 오히려 우격다짐으로 고함을 지르기 시작했다.

"듣기 싫소! 그 조가 년이 어디서 죽어 넘어졌든, 댁의 종년이 누구한테 납치를 당했든 내 알 바 아니오. 조가 년 때문에 내 관아에서 얼마나 고초를 겪었는지 아오? 그 꼴을 또 당하긴 싫으니 썩 물러가시오!"

"진정하시고 제 말을 좀 들어보십시오. 왜 이리 흥분하십니까?"

"어허, 당장 이 집에서 나가지 못할까? 여봐라, 차돌아! 이놈을 당장 끌어다 내치거라!"

일어나지 않으면 매라도 칠 기세에 결국 운도 물러나지 않을 수 없었다. 운이 나오자 헐소청(歇所廳:주인을 찾아온 손님이 안에서 맞아들일 때까지 잠시 기다리는 공간)에서 서성대고 있던 엄쇠가 당장 그에게 달려왔다.

"어찌 됐남요? 한가 놈이 토설을 하던감요?"

"토설을 하고 말 것도 없이 바로 쫓겨났다."

"그럼 여기도 다희가 없는 겁니까요? 아이구메, 그럼 갸를 어디 가서 찾는댜?"

"걱정할 것 없다. 물증은 못 찾았지만 심증은 굳혔느니. 추리설과 조씨부인 이야기를 꺼내자마자 기다렸다는 듯이 화를 냈겠다. 아무리 봐도 추리설을 이미 읽은 게 틀림없다."

"그럼 이놈이 추리설을 읽고 다희를 납치한 기 맞는 겁니까요?"

"심증뿐이다. 그자의 말대로 조씨부인 사건과 관련해 고초를 당하다 보니 지레 당황한 것일 수도 있고. 하지만 그러기엔 놈이 내뱉은 말에 수상한 기색이 너무 짙다."

"뭐라고 했는뎁쇼?"

"놈은 분명 조씨부인이 어디서 죽었든, 다희가 누구에게 납치를 당했든 저 알 바 아니라고 하였다. 그런데 난 분명 다희가 행방불명됐다고 했을 뿐, 납치당했다는 말은 안 했거든."

"옴마야!"

"지금으로선 이 한가 놈의 소굴이 가장 수상하다. 그러니 일단은 물러나지만 다시 이리 와서 다희를 찾아낼 생각이다."

"옴마? 그게 무슨 소리당가요?"

"월장을 하겠다 이 말이다. 순순히 문을 열어주지 않으면 몰래 숨어서라도 들어가야지."

추격

밤이 깊었다. 달은 이미 보름에 가까워졌지만 낮부터 짙게 끼어 있던 먹장구름이 밤늦은 시간까지도 하늘을 가린 탓에 어둠이 짙었다. 그 야음을 틈탄 두 인영이 그 짙은 어둠 속에서 빠르게 움직이고 있었다.

변복을 한 운과 엄쇠였다. 몸을 감추기 위해 일부러 시커먼 철릭을 골라 입고 얼굴엔 복면을 걸쳤는데, 엄쇠는 검은 옷을 구하지 못해 어쩔 수 없이 여름으로 다가가는 무더위에 짙은 배자를 걸쳐 몸을 가렸다. 게다가 얼굴에 두를 검은 복면도 구하지 못해 궁여지책으로 숯으로 얼굴 전체를 시커멓게 칠했다. 쇠 방울 같은 눈만 어둠 속에 데룩데룩 허옇게 떠다니는데 약속 장소에 그러고 나타난 엄쇠와 맞닥뜨린 운은 기겁을 했다.

"서두르자. 낮 동안엔 대문 밖으로 출입하는 사람이 없었지만 지금은 보는 눈이 없어졌으니, 다희를 처리한다면 반드시 야음을 노릴 것이다."

최악의 경우 다희는 이미 살해됐을 수도 있다. 하지만 이미 처리가 끝났다면 한진범이 그렇게 벌벌 떨지는 않았을 것이다. 운은 그 일말의 가능성에 희망을 걸었다.

마침내 도착한 한가(家)의 집. 넓게 펼쳐진 집 주변은 인기척도 없고 쥐 죽은 듯이 고요했다. 한가의 집 건너편, 길 하나를 마주한 집으로 들어간 운이 거기서 기다리고 있던 평복 차림의 중년 남자에게 말을 걸었다.

"일몰 후에 누가 드나드는 기색은 없었습니까?"

"눈알이 빠져라 지켜봤는데 그런 기색은 없었습니다. 집 뒤로 난 후문과 작은 쪽문에도 사람을 붙여놓았는데, 그 역시 사내 종놈들이 몇 드나든 것 말고는 딱히 수상한 점이 없었고요."

죽은 조씨부인의 오라비 되는 자였다. 누이동생의 억울한 죽음에 통탄한 나머지 색희 나리에게 복검을 해달라 요청한 이도 그였다. 그렇기에 그 사건의 진범이 다희를 납치한 것 같다는 말에 선뜻 운을 도우러 나선 것이다.

"그럼 그 아이는 아직 저 집 안에 있을 가능성이 높군요. 알겠습니다. 저는 지금부터 월장을 해서 저 집 안으로 들어가 볼 생각입니다. 이후의 일은 제가 책임질 터이니 모쪼록 지켜만 봐주십시오."

"알겠습니다. 행운을 빕니다."

말을 마친 운이 그대로 엄쇠를 끌고 한가의 집 담벼락 한쪽으로 달려갔다. 낮에 미리 보아둔바, 다희는 외인들의 출입이 어려운 안채에 갇혀 있을 가능성이 높았다.

"헉헉, 한가 놈 집이 저리 넓은디 어디 숨겨놨는지를 어떻게 안 당가요?"

"행랑채, 서고, 정자, 아니면 사랑채. 뒤지려고 들면 숨길 곳은 많고 어디든 수상하지. 하지만 행랑채는 하인들의 숙소라 사람들의 눈이 너무 많다. 정자는 사방이 트인 장소니 적당하지 않고, 사랑채 역시 외인들이 드나들 수 있는 장소라 적당하지 않다. 숨긴다면 서고 아니면 안채인데, 나는 그중에 안채부터 뒤질 생각이다."

그 말과 함께 운이 후문의 어느 지점쯤에서 몸을 날렸다.

'옴마야, 쾌가 주인이라고 하드만 워떻게 저리 몸이 날래댜?'

소리도 없이 안마당으로 뛰어내린 운이 곧 사방을 둘러보았다. 수군으로 있을 적에 밤 근무도 자주 선 운이다. 억수로 비가 내리는 밤바다에서 악다구니를 쓰며 노도 저어보았고, 같은 동료들에게 야음에 끌려 나가 쥐 잡듯이 맞기도 했다.

그때 쫓아오는 흉한들을 피해 소금기 가득한 해변의 송림 속을 도망 다니던 생각을 하면 지금도 이가 갈렸지만, 덕분에 밤눈 하나는 밝아졌다. 운은 그 날카로운 눈으로 안마당을 둘러싼 건물들을 훑어봤다.

안마당 한복판에는 사랑채와 연결된 안채 건물이 떡하니 서 있었다. 그리고 마당을 사이에 두고 그 건너편에 일자로 방이 두어 개 붙어 있는데 댓돌에 놓인 신발을 보아하니 아마도 안채엔 이 집의 안방마님이, 건너편 건물에는 몸종이 머물고 있는 듯했다.

문득 사방을 두리번거리던 운의 눈에 안채 뒤로 이어진 담벼락이 눈에 들어왔다. 담벼락 한편에 작은 일각대문이 있는데 그 뒤로는 시커먼 건물이 지붕을 드리우고 섰다. 낮에 담장 주변을 돌며 미리 보아둔 이 집의 구조대로라면 아마도 저 일각대문 안쪽에 반빗간이 있고, 보통 반빗간과 함께 있기 마련인 광도 있을 것이다.

'저기다!'

엄쇠가 엉금엉금 담을 기어 넘어오는 동안 운은 일각대문을 뛰어넘어 반빗간 건물에 도착했다. 그러나 어서 들어오라는 듯 문을 활짝 열어놓은 곳을 들여다본즉, 그곳은 아궁이와 찬기만 가득할 뿐 사람을 가둘 공간은 못 되었다.

그곳을 나온 운이 건물 뒤로 돌아가 보니 예상대로 거기에 광이 있었다.

'이상한데?'

사방을 주의하며 조심스럽게 광으로 다가가던 운이 문득 걸음을 멈췄다. 만약 다희가 이곳에 갇혀 있다면 당연히 지키는 자가 있어야 할 텐데 문 앞엔 아무도 없었다. 운이 아침나절에 다녀갔으니 경비가 더욱 삼엄해야 하건만 이렇게 허술하다니…….

'설마?'

불길한 예감이 엄습했지만 운은 최대한 불안을 짓누르며 문으로 다가갔다. 바깥으로 빗장이 질러진 문은 운이 빗장을 들어내자 손쉽게 열렸다. 끼이익, 문이 열린 순간 운은 경악했다.

광 안은 텅 비어 있었다!

"이, 이게 어찌 된 일이다요?"

뒤늦게나마 그를 쫓아온 엄쇠가 헐떡거리며 묻자 운도 낙망하여 고개를 저었다.

"모르겠다. 분명히 이 집 대문 밖으로 사람이 들고 난 적이 없으니 아직 이 집 안에 있을 터인데……. 혹시 서고에 갇혀 있나?"

그도 아니면 한진범 일가가 다희의 납치와는 관련이 없거나, 최악의 경우 그녀가 이미 피살돼서 그 시신조차 사라졌거나.

'아직은 모른다!'

치솟는 절망을 억지로 잠재운 운이 문 쪽으로 돌아섰다.

그때였다. 마침 보름달을 가리고 있던 먹장구름이 걷혔다. 그와 함께 창문으로 달빛이 쏟아져 들어오자, 그 바람에 널문 위로 뭔가가 번쩍거리는 것이 그의 눈에 들어왔다.

'뭐지?'

이상한 느낌에 광 문으로 다가간 그는 곧 널쪽문의 갈라진 틈 사이에 낯선 이물질이 끼워져 있는 것을 발견했다.

호롭이었다. 손톱을 세워 억지로 그것을 끄집어낸 운은 곧 그 물건을 숨겨놓은 자가 누구인지를 알아챘다.

"다희가 이곳에 있었다!"

"야? 그게 참말이당가요?"

언젠가 시장통에서 글 잘 쓴 선물이라며 다희에게 호롭을 선물해 준 기억이 났다. 옷 안으로 차고 있으면 눈에 띄지 않을 거라 했는데, 그 말 그대로 옷 안에 차고 있던 덕분에 다희를 납치한 흉한들이 그것을 발견하지 못했다. 하긴 알았다 해도 운과 호롭과의 관계를 모르니 별로 신경 쓰지도 않았을 것이다.

그러나 운은 단숨에 호롭의 주인을 알아보았고, 곧 이것이 다희가 필사적으로 남긴 흔적이라는 것을 알아챘다.

그의 짐작대로 그 호톱은 다희가 손이 묶인 상태에서 억지로 끌러낸 것이었다. 저고리 안쪽에 건 호톱을 끄집어내기 위해 다희는 가슴팍을 벽에다 대고 수천 번을 비벼댔고, 그 결과 치마 말기와 옷고름이 찢어져 나가면서 마침내 호톱이 끌려져 나왔다.

뒤로 묶인 손으로 그를 집은 다희가 호톱을 뜯어내 널쪽문 틈에다 끼워 넣었는데, 마지막 희망으로 끼워 넣은 그 호톱을 운이 발견한 것이다. 반질거리는 호톱이 마침 구름 속에서 드러난 보름달빛을 반사한 덕분이니 이야말로 하늘의 도우심이다.

"호톱을 남긴 걸 보니 이 광에서 나가기 전까지 살아 있었다는 뜻이다. 서두르면 다희를 살릴 수 있어."

머뭇거릴 때가 아니었다. 결단을 내린 운은 그대로 광문을 박차며 안마당으로 달려 나왔다. 그러더니 곧바로 안방 문을 열어젖히고 뛰어 들어갔다.

"웨, 웬 놈이냐!"

안방에는 늙은 노부인이 자고 있었다. 기겁을 하고 깨어난 노부인의 목덜미를 움켜쥔 운이 허리춤에서 꺼낸 비수를 그녀의 목덜미에다 들이댔다.

"히익! 사, 사, 사람 살려……!"

"살고 싶거든 지금부터 묻는 말에만 대답하거라. 네 아들놈이 붙잡아온 계집종을 어디로 데려갔느냐!"

"모, 모르오! 나, 나는 모르오!"

몸집이 비대한 노부인이 온몸을 사시나무 떨듯 떨며 경련을 일으켰다. 어둠 속에서도 흰자위가 뒤로 돌아갈 것처럼 희번덕거렸지만 운은 그런 모습에 마음이 약해지지 않았다. 다희가 납치된 사실 자체를 몰랐다면 아마 무슨 소리냐는 물음부터 나왔을 것이다. 하지만 노부인은 무조건 모른다고 나왔으니 아들이 벌인 납치극을 이미 알고 있다는 뜻이었다.

"하긴 그러니 안채와 붙은 광에다 가둬놨겠지. 늙은 돼지 년, 거짓은 통하지 않는다. 나도 이제 이판사판 가릴 게 없거든? 다희를 어디로 데려갔느냐? 말하지 않으면 네년 목을 갈라 버리겠다!"

그 말과 함께 정말로 비수 끝이 노부인의 목덜미를 파고들었다. 얕게 찔렸으나 대번에 피가 흘러나왔다. 사내대장부인 아들에 비해 담이 약한 노부인은 허풍이 아니라는 두려움에 정신줄을 놓아 버렸다. 결국 토설을 하고 만 것이다.

"가, 강, 강!"

"강? 강이라고?"

죽일 놈들. 분명 다희를 죽여 강에다 던져 버리려는 계획일 게다. 재빠른 추리가 섬광처럼 스쳐 지나갔다.

"강, 어디!"

근처에 강이 하나 있긴 한데 거기 어디쯤에 다희가 끌려갔을지 알 수 없었다. 최대한 단서를 얻어내야 했다.

"모, 몰라. 거기까지는 나도 몰…… 히익!"

순간 노부인도 운도 깜짝 놀라고 말았다. 언제 들어온 걸까. 방 안으로 쳐들어온 엄쇠가 방 한구석에 놔둔 반닫이를 번쩍 들고는 노부인을 향해 성큼 다가선 것이다.

"나리는 무슨 협박을 그리 약하게 한당가요! 일단 이 늙은 년의 팔다리 중 하나를 부숴놓고 시작혀야죠!"

협박이 먹혔다. 바른대로 말하지 않으면 바로 내려치겠다는 엄쇠의 협박에 질린 노부인이 입을 열고 말았다.

"가, 강돌목. 무, 물살이 거칠어서 거기 던지면 시체가 가루가 돼버린다고……."

그거면 됐다. 운이 노부인의 멱살을 움켜쥐더니 문밖으로 끌고 나왔다.

"아이고, 마님!"

이어진 소란을 들은 종놈들이 안마당에 몰려들어 와 있었다. 노부인을 위협하고 있는 운과 엄쇠를 발견한 노비들이 비명을 질렀지만 어찌할 방법이 없었다. 자칫 달려들었다간 노부인의 명줄이 끊어질 판이었으니 말이다.

"마, 마님을 놓거라, 이놈!"

힘 좀 쓰는 사내종이 두 명 있었지만 그들은 다희를 해치우기 위해 집을 비운 상태였다. 주동 인물인 진범 역시 마찬가지였다. 덕분에 남은 것은 여종 두어 명과 늙은 노복 하나. 노부인의 목덜미에 들이댄 비수가 아니더라도 섣불리 덤벼들기 힘들었다.

노복이 소리를 질렀지만, 운은 코웃음을 치며 노부인을 끌고 마당으로 내려갔다.

"그 자리에서 한 발짝이라도 움직이면 마님의 목숨은 없다!"

으름장을 놓아 노비들을 그 자리에 못 박아놓은 운이 그대로 노부인을 끌고 행랑 마당을 지나 대문 밖까지 나갔다.

"모두들 들으시오!"

쩌렁쩌렁한 고함에 동리가 깨어났다. 진즉부터 한가 놈의 집을 주시하고 있던 조씨부인의 오라비는 물론이고, 계속 이어지는 소란에 깨어난 이웃집 사람들 역시 달려 나왔다. 도대체 무슨 생각일까? 노부인을 인질로 잡은 운의 모습에 놀란 사람들을 향해 그가 외쳤다.

"이 한씨 가문의 종자들이 저지른 짓을 고발하겠소! 한씨 가문의 종자들은 지난해 며느리 조씨를 죽이고 자진으로 위장하였소!"

"뭐, 뭐요?"

이것이 뭔 소리인가. 자다 놀라 달려 나온 주민들은 이어진 말에 더욱 대경했다.

"늙은 돼지, 내 말이 사실인가, 아닌가?"

"모, 몰라. 나, 나는…… 모, 모른…… 허억!"

"그럼 질문을 바꾸지. 네 아들놈의 행각을 알아챈 자가 나타나자 그이를 납치했는가, 안 했는가? 그리고 지금 네 아들놈이 그이를 빠뜨려 죽이기 위해 강돌목 쪽에 갔는가, 안 갔는가?"

좌중의 놀라움은 더욱 커졌다. 조씨부인 사건에 관련해 재검이 이뤄지고 있다는 말은 들었지만, 아직까진 자진이라고만 알고 있었지 거기에 시댁인 한씨 가문이 연루돼 있다고는 생각지 못했다. 그런데 그것도 모자라 증좌를 없애려 또다시 살인을 계획하다니!

"흐, 흐그으으으윽!"

더 이상은 견딜 수 없었다. 계속되는 압박과 충격을 견디지 못한 노부인이 기어코 혼절하고 말았다. 고깃덩어리처럼 축 늘어진 노부인을 내버려 둔 운이 분루를 흘리고 있는 조씨부인 오라비를 향해 외쳤다.

"말을 내주시오!"

좌중이 좍 갈라지고 곧이어 조씨부인의 친정에서 부리는 종자가 운이 한양 내려올 적에 타고 온 말을 끌고 왔다. 만일의 사태를 대비해 감시하는 집 뒤에 매어놓은 것이다.

도대체 다희를 어떻게 집 밖으로 실어 나갔는지 모르지만, 사람들의 눈에 띄지 않으려면 말을 타고 가지는 않았을 것이다. 말을 탔다 하더라도 분명 마을 바깥까지는 걸어갔을 터. 아직은 시간이 있다.

"강돌목이 어디쯤이오?"

"내가 어딘지를 압니다. 나 역시 말을 탈 줄 아니 나와 함께 갑시다!"

조씨부인의 오라비가 외치자 곧 그가 준비해 둔 말 역시 끌려왔다. 두 사람이 곧 말 배를 걷어차며 몰려나온 인파를 가르고 마을 밖으로 내달렸다.

강돌목은 마을을 나와서도 두 마장(거리의 단위. 한 마장은 오 리나 십 리가 못 되는 거리를 이른다)은 달려야 하는 거리에 있었다. 죽여서 옮기기엔 너무 먼 거리. 아마도 산 채로 끌고 가서 강 근처에서 죽여 던지는 쪽을 택할 것이다. 제발 그 쪽을 택했기를!

"거의 다 왔소! 저 갈림길에서 말 머리를 틀어 오른쪽으로 가면 되오!"

엄쇠가 가져다준 횃불을 들고 달린 덕에 어렵지 않게 갈림길을 발견했다. 하지만 갈림길이 곧 끝나고 소로가 나타나자 더 이상은 말로 달릴 수가 없었다. 나무가 빽빽하게 들어찬 탓이다.

"이 길을 따라 쭉 가면 강이 나타나오. 강을 따라 하류로 쭉 내려가면 갑자기 강폭이 좁아지는 곳이 나타나는데, 그곳이 강돌목이오."

"알겠습니다. 여기서부턴 횃불을 끄고 가야 되니 내가 먼저 달려가겠습니다."

그 말과 함께 말에서 내린 운이 땅을 박차고 달리기 시작했다. 어둠에 눈이 익자 거친 돌길도 더 이상 그 앞에 걸림돌이 되지 못했다. 운은 지치지도 않고 내처 달려갔다.

얼마 가지 않아 곧 숲이 끝나고 물길이 나타났다. 시야가 확 트이자 곧 강물에 반사된 달빛에 강 주변의 초목들이 드러났다. 그와 동시에 하류를 향해 내려가고 있는 횃불 하나가 운의 눈에 들어왔다.

'저놈들이다!'

눈을 돋워 보니 횃불 빛 아래 서너 명의 사내가 떼를 이뤄 움직이고 있었다. 그중에 앞선 자는 흰 도포를 입은 것이 분명 한씨 가문 맏아들인 진범이 틀림없는데, 그 뒤를 따라가는 자는 어깨에 자루 같은 것을 짊어지고 있었다. 비밀한 일을 저지르면서도 죽어도 양반 체면은 지키겠답시고 도포를 차려입은 진범의 모습도 기가 막혔지만, 그들에게 짐짝처럼 실려가고 있는 것이 다희란 데 생각이 미치자 운의 눈에 불꽃이 튀었다.

1대 4.

엄쇠도 조씨부인의 오라비도 뒤에 처져 있으니 지금 쫓아갔다간 수적으로 너무 불리했다. 하지만 지체할 겨를이 없다. 결심을 굳힌 운이 곧바로 숲 그늘 속으로 숨어들어 갔다.

강을 따라 이어진 숲길 쪽은 강 주변의 서덜길보다는 길이 더 험했지만, 몸을 숨기고 따라가기엔 적합했다. 게다가 운은 밤눈이 밝고 추격에 능숙한 데 비해 저쪽은 여럿이 떼를 이뤄 움직이는 데다 다회를 지고 움직이는 바람에 속도가 늦다. 과연 운이 숲 속으로 숨어들어 뒤를 따라간 지 얼마 되지 않아 진범 일행을 따라잡았다.

어리석은 놈들이었다. 나 잡아가라는 듯 횃불을 환히 밝히고 달려가다니, 저러면 어둠 속에서 쉽게 눈에 띄기도 하거니와 눈앞만 잘 보일 뿐 주변의 다른 것에는 오히려 깜깜 장님이 된다. 그 덕분에 놈들은 운이 지척으로 다가갈 때까지 전혀 눈치를 못 챘다.

숨을 죽이고 뒤를 따르던 운이 어느 순간 바닥을 구르는 돌멩이를 집어 들었다. 수군은 해전이 기본이지만 따로 갑사(甲士)들로 구성된 척석군(擲石軍:돌팔매 부대)도 운영했다. 운 역시 척석군에 있다가 대우가 더 나쁜 수군으로 끌려간 바 있는데, 지금 이 순간은 척석군에 있던 경험이 그리 다행일 수가 없었다. 운이 불빛 아래 환하게 정수리를 내민 하인 놈을 겨냥해 돌멩이를 던졌다.

"어이쿠!"

제대로 맞았다. 빡! 소리와 함께 횃불을 든 하인 놈이 뒤통수를 움켜쥐며 엎어졌고, 그와 함께 횃불이 떨어져 바닥에 나뒹굴었다.

"누구냐!"

일행이 당황하여 그 자리에 멈춰 선 것과 동시에 운이 숲 그늘에서 튀어 나갔다. 운의 신형이 잠시간 허공에 뜬 것과 동시에 그의 발차기가 일행 중 맨 뒤에 선 자의 허리춤에 작렬했다.

발차기에 맞은 놈이 비명과 함께 무릎을 꿇는 것과 동시에 운이 돌려차기로 바로 옆에 선 놈의 낭심을 걸어찼다. 아뿔싸! 그런데 여기서부터 일이 어긋났다. 운의 발차기가 겨냥을 빗나가 낭심 대신 상대의 허벅지에 부딪친 것이다.

맞은 놈 역시 타격이 없지 않았으나 치명타는 아니었다. 충격을 이겨낸 상대가 운의 정강이를 움켜잡고 그를 밀어붙였다. 운이 뒤로 재주넘기를 하듯 몸을 빼는 바람에 용케 잡힌 발이 빠지긴 했지만 곧바로 그는 두 명의 사내에게 둘러싸였다.

"이놈, 어떻게 여기를 알고 왔느냐!"

낭패였다. 초저녁 나절에 다희를 남장시킨 다음 옆구리에 비수를 들이대고 집을 빠져나온 것까지는 괜찮았다. 그 뒤로 다희를 기절시켜 자루에 넣은 다음 이곳까지 떠메고 왔는데, 주변의 눈을 피한답시고 바로 죽이지 않고 예까지 끌고 온 것이 실수였다. 차라리 마을 밖으로 빠져나왔을 때 바로 죽여서 숲에다 던져 놓을 것을, 완벽을 기한답시고 머리를 굴리다 오히려 때를 놓쳤다.

한편으로 그러는 동안 운은 자신을 둘러싼 놈들을 신중하게 둘러봤다. 네 명의 일행 중 한 놈은 운이 던진 돌팔매에 뒤통수를 맞고 나자빠졌다. 한 놈은 허리를 차여 부상을 입긴 했지만 비틀거리며 다시 일어났고, 나머지 한 명은 살기등등하여 그 역시 바닥에 구르는 돌을 집어 든 상태였다.

'나머지 한 놈은?'

그 한 놈은 바로 진범이었다. 포위된 상태에서도 흘끗 진범 쪽을 바라보니 그는 공격에는 가담하지 않고 헐레벌떡 바닥에 나뒹굴고 있는 자루를 찢고 있었다. 그 자루 안에 들어 있는 게 다희라는 건 보지 않아도 훤했다.

'설마?'

섬뜩한 예감에 운이 고함을 지르며 진범에게 달려가려 했다. 하지만 그 순간 허리를 걷어차였던 종놈이 운의 어깻죽지를 붙잡고 늘어졌다.

"놔라!"

운이 어깨를 비틀며 팔꿈치로 놈의 면상을 후려쳤지만 그를 틈 타 돌멩이를 쥔 놈이 운을 향해 달려들었다. 일촉즉발, 운도 더 이 상 봐줄 여유가 없었다. 허리춤에 꽂혀 있는 비수를 꺼내 든 운이 정면쪽으로 달려드는 상대를 향해 그를 휘둘렀다.

"힉!"

비수 끝에 걸리는 느낌이 있었다. 그와 함께 달려들던 종놈이 뺨에 피를 흘리며 뒤로 물러났다. 팔꿈치에 얻어맞은 놈이 운의 어깨를 놓쳤고, 달려들던 놈은 비수에 걸려 물러났다. 잠깐 동안 일신의 자유를 얻은 운이 진범 쪽을 돌아보니 그는 그러는 동안 자루를 다 찢어내고 있었다.

그 안에서 드러난 것은 재갈이 물린 다희였다. 증좌를 없애기 위해 일단 다희부터 죽이려는 게다. 몸부림치는 그녀의 목덜미를 내리누른 진범이 그 자리에서 단도를 높이 들었다.

"멈춰라!"

벽력같은 고함에 잠시나마 진범이 흔들렸다. 문약(文弱)한 사내 와 그렇지 않은 자의 차이. 그 일말의 틈을 운은 놓치지 않았다. 운이 들고 있던 비수를 진범을 향해 날렸고, 날아간 비수는 진범 의 오른 팔뚝에 박혔다.

"크아아악!"

진범이 비명과 함께 단도를 떨어뜨렸지만 그와 함께 운도 빈손 이 됐다. 잠시 물러났던 두 놈이 악에 받쳐 달려들었지만, 비수를 던지느라 공격에 노출된 운은 그를 막을 겨를이 없었다.

"흐억!"

뒤의 놈이 운의 허리를 붙잡고 매달리자 그와 함께 앞 놈이 돌멩이를 휘둘렀다. 운이 팔을 들어 그를 막았지만 역부족. 뾰족한 돌 끝에 찍힌 팔에 찢어지는 통증이 엄습했다. 하나 그로 끝난 게 아니었다. 매달린 놈의 체중을 이기지 못한 운이 뒤로 자빠지자 앞의 놈이 때는 이때다 하며 운의 어깨를 붙잡고 돌 끝을 높이 쳐들었다. 그대로 그의 이마를 내리찍으려는 것이다.

절체절명의 위기!

그런데 바로 그때 하늘의 도우심이 닿았다. 놈의 뒤에 커다란 인영이 나타나는가 싶더니 솥뚜껑만 한 주먹을 들어 그 뒤통수를 후려갈긴 것이다.

퍼억!

뒤통수가 터지는 듯한 둔탁한 소음과 함께 돌 끝을 세우고 달려들던 놈이 눈자위를 희번덕거리면서 쓰러졌다. 엎어진 놈의 뒤에서 나타난 건 엄쇠였다. 당나귀를 타고 오느라 뒤처졌던 그가 마침 시간 맞춰 그 자리에 도착한 것이다.

"이 씨부럴 놈들, 다 뎀벼라!"

분기탱천한 엄쇠의 괴력은 가히 대단한 것이었다. 안 그래도 힘이 세기로 소문난 그였는데 앞뒤 보이는 것 없어진 지금은 그야말로 고삐 풀린 황소요, 인간으로 태어난 황건 역사였다. 새로운 적수가 나타나자 운에게 매달려 있던 놈이 엄쇠에게 달려들었지만, 엄쇠가 달려드는 그의 허리를 잡아채더니 그대로 거꾸로 들어 올렸다가 바닥으로 내리꽂아 버렸다.

"크억!"

씨름판에서나 볼 법한 힘의 차이였다. 정수리부터 바닥에 꽂혀버린 종놈은 그대로 혼절했고, 그러는 사이 운은 벌떡 일어나 진범에게로 달려갔다.

비수를 팔뚝에 꽂은 상태였지만, 여기서 더 밀리면 안 된다는 것은 알고 있었다. 진범이 떨어뜨린 단도를 왼손에 다시 쥐더니 그를 다희의 목덜미에 갖다 댔다.

"움직이면 이년을 죽이겠다!"

"하아?"

달려가던 운이 그 자리에 멈췄다. 단도를 움켜쥔 진범의 손이 벌벌 떨리고 있는 것을 보니 배짱도 체력도 모두 약한 자다. 하지만 칼끝이 다희를 겨눈 이상 함부로 움직일 수는 없었다.

"이 마당에 인질극을 벌이시겠다? 그럴수록 너의 죄과만 늘어난다는 걸 모르느냐?"

"허, 허튼수작하지 마라! 내가 무슨 죄를 지었다고 그러느냐?"

"제수씨인 조씨부인을 살해했지. 게다가 그를 알아챘다는 이유만으로 그 증인을 납치해 죽이려 하지 않았느냐! 이러고도 죄가 없다 우기느냐!"

그 말이 맞다는 듯 진범에게 잡힌 다희가 필사적으로 고개를 끄덕였다. 하지만 진범은 생각보다 더 간악하고 뻔뻔했다. 고개를 뻣뻣이 세운 그가 운을 향해 외쳤다.

"나는 모르는 일이다! 다만 이 계집이 아무 죄 없는 우리 가문을 모함할 것이 번연하므로 잡아다 죄과를 물리려 한 것뿐이야!"

"헛소리!"

"너야말로 웃기지 마라! 하물며 설령 이 계집을 죽였기로 그것이 무슨 죄가 되냐? 개돼지나 다름없는 종년이다! 버릇없이 사람을 물려는 개를 잡아다 해치운 것이 어찌 죄가 된단 말이냐!"

"이놈이!"

운의 눈에 불꽃이 튀었다. 같은 순간 다희의 눈에도 서슬 퍼런 불꽃이 일어났다. 하지만 진범은 핏대를 세우며 자신의 무죄를 주장하느라 다희가 그의 칼끝을 피해 슬며시 뒤로 물러난 것을 몰랐다. 잠시 방심한 바로 그때, 다희가 있는 힘을 다해 진범의 옆통수를 향해 박치기를 했다.

빠악!

"어허어억!"

충격음과 비명이 거의 동시에 울려 퍼졌다. 두개골이 빠개지는 듯한 소음과 함께 진범이 관자놀이를 움켜쥐고 자빠지자 운이 그 앞으로 달려들며 그의 가슴팍을 걷어찼다. 그거면 충분했다. 연이은 타격에 진범은 그 자리에 쓰러져 버렸다.

"괜찮으냐?"

진범이 떨어뜨린 단도와 비수를 뺏어 강물을 향해 던져 버린 운이 다희에게로 돌아섰다. 하룻밤 사이에 바싹 야위어 버린 몰골이 안쓰럽기 짝이 없다. 얼마나 무서웠을까. 얼마나 공포에 떨었을까. 운이 서둘러 입에 물린 재갈을 빼자 그제야 다희가 울음을 터뜨렸다. 참고 참았던 두려움과 서러움이 한꺼번에 터져 버린 것이다.

"나리, 나리…… 운 나리!"

"괜찮다, 괜찮아. 이제 살았다."

"어헝, 어허엉, 으허어어엉!"

아이처럼 엉엉 소리 내어 우는 다희를 안은 운이 그녀의 어깨를 다독이며 조곤조곤 달랬다. 그 모습이 어찌 그리 서러운 걸까. 무사히 구출된 다희를 향해 다가오려던 엄쇠가 두 사람을 보고는 걸음을 멈추었다.

다희가 다친 곳 없이 살아났으니 그저 기뻐해야만 할 것을 마치 연분 맺은 정인들처럼 붙어 있는 두 사람의 모습에 가슴이 뻐개지는 것만 같았다.

'내사 미친 짓을 했구먼.'

미친 게 맞다. 지금 이 순간 그녀를 구하러 온 것을 후회하다니, 흘러내리는 눈물로 범벅이 되고야 말다니.

두 사람이 무사 안녕을 기뻐하는 그때 엄쇠는 눈물을 흘리며 조용히 돌아섰다. 그러나 어둠 속으로 스르르 스며드는 그의 모습을 운도 다희도 깨닫지 못했다.

한편 그러는 사이 그 자리에 조씨부인의 오라비가 도착했다. 어떻게 알고 쫓아왔는지 마을 사람들 여러 명도 함께 달려왔는데, 그들이 돌연 운과 다희의 뒤쪽을 가리키며 고함을 질렀다.

"저놈! 저놈 잡아라!"

운과 다희가 그가 삿대질하는 곳을 돌아보자 진범이 엉금엉금 기어서 그 자리를 벗어나고 있는 것이 눈에 들어왔다. 발각된 것을 깨달은 그가 벌떡 일어나 달음박질을 치려 했지만 멀리 가지 못했다. 운이 아니라 달려온 마을 사람들이 진범을 쫓아가 기어코 그를 잡아다 무릎 꿇렸다.

"놔, 놔라! 이 미천한 놈들이! 내가 누군 줄 알고 이러는 게냐!"

"누구긴 누구여! 체면 지킨답시고 지 제수씨 죽이고 입 닦은 양반 나부랭이지!"

"제수씨만 죽였나? 애먼 사람도 잡아다 죽이려고 했지! 그러고도 네가 사람이냐, 이 썩어빠진 양반 놈아!"

"아무리 양반이라고 해도 사람이 이럴 수가 있나! 이게 사람이여, 아니면 사람 탈을 쓴 짐승이여!"

순식간에 분위기가 험악해졌다. 아무리 힘없는 상민이라고 해도 그들이 분노하면 양반이라 해도 봉변을 면하지 못하니, 이러다가는 관아에 끌려가 죄과가 있나 없나 따져 보기도 전에 이 자리에서 맞아 죽게 생겼다.

"무, 물럿거라! 나는 죄가 없다! 굳이 죄를 묻겠다면 내 관아에서 앞뒤 관계를 논하고 처벌을 받을 것이야!"

"아니, 이놈이 아직도 큰소리야? 안 되겠구먼! 기어코 닭 잡아먹고 오리발을 내밀겠다면 때려서라도 토설을 하게 해야지!"

"어허, 감히 어디다 손을 대려 하느냐! 상민이 양반을 치면 죄가 된다는 걸 모르느냐! 내 몸 어디 손끝 하나라도 대봐라! 내 관아에 반드시 고변해서 반상의 도를 어긴 죄로 치도곤을 당하게 할 것이다!"

진범이 되레 큰소리를 치고 나오자 살기등등하던 마을 사람들도 잠시 멈칫할 수밖에 없었다. 진범의 가문과 이 고을 사또가 이러쿵저러쿵 찰떡같이 붙은 사이란 걸 모두가 잘 알고 있었던 것이다.

색희 나리의 재검과 수사에도 한씨 가문에 대한 의혹이 이제껏 드러나지 않은 것도 사또의 비호가 있었던 덕. 진범이 죄가 있느냐 없느냐를 떠나 그를 건드린 자들 역시 물고를 당할지도 몰랐다.

그런데 그 자리에 모인 자들이 잠시 망설이는 그때, 뜻밖의 도움이 나타났다. 저벅저벅 걸어온 운이 갑자기 진범의 머리에 자루를 뒤집어씌운 것이다. 진범 일행이 다희를 끌고 올 때 썼던 자루였다. 순식간에 머리부터 무릎까지 자루 속으로 말려 들어간 진범이 버둥거리자 운이 자루를 붙잡아 누르며 마을 사람들에게 외쳤다.

"상민이 양반을 치면 죄가 되지만 양반이 양반을 때리면 죄가 덜하오! 맞는 상대가 천인공노할 죄인이라면 더욱 그렇다오! 김진사!"

그리 외치며 일행의 선두에 선 턱석부리 중년배에게 눈짓을 하자 그가 대번에 알아들었다.

"그렇지. 양반이 같은 양반을 치는데 뭐 거리낄 게 있겠소. 안 그러오, 병판 대감?"

중년배가 능청맞게 외치자 옆에 선 자는 한술 더 떴다. 신이 난 그가 소매를 걷어붙이더니 외쳤다.

"그 말이 맞소! 내가 이놈의 면상을 박살 낼 테니 거시기는 좌상이 결딴내슈."

"옳거니! 우상 대감은 이놈의 엉덩이뼈를 자근자근 밟아놓으슈. 한 조각이라도 성한 데가 있으면 우상도 죽을 줄 아쇼!"

"이보게들, 이런 일에 영의정을 빼놓으면 쓰나!"

그로 마을 사람들이 자루 안에 든 진범을 작심하고 두들겨 패기 시작했는데, 아주 신들이 났다. 영의정, 좌의정, 이판, 호판, 예판,

온갖 벼슬을 주워섬기며 '이보게, 예판. 이놈이 밟는 맛이 있네', '맞네, 호판. 발끝에 걸린 이 물컹한 것이 이놈의 낭심인가?' 하고 주거니 받거니 하는데, 아는 벼슬은 주상 전하 빼고는 다 나온 것 같았다.

쏟아지는 뭇매에 밟힌 진범이 아이고 데이고 비명을 지르는 것을 뒤로한 채 운은 말에 올랐다. 물론 자유의 몸이 된 다희 역시 함께였다. 그녀를 앞에 태운 운은 '이랴!' 하는 함성과 함께 말 배를 걷어차 출발했다.

말이 한 마리라 다행이다.

운의 품에 안기다시피 기대오던 다희의 머릿속에 문득 그런 생각이 스쳐 지나갔다. 그래 놓고 제가 부끄러워져 벌게진 얼굴을 숨겼지만, 콩닥거리는 심장은 도무지 멈추지를 않는다.

이렇게 그에게 안겨 있어본 적이 없었다. 그녀가 납치를 당하고 다치지 않았다면 절대로 일어날 수 없는 일. 지금 이 순간만큼은 자신을 잡아온 진범 일행이 진심으로 고마울 지경이었다.

'나리가 이런 내 생각을 알면 얼마나 한심해하실까?'

그러고 보니 엄쇠가 보이지 않는다는 생각이 미쳤다. 다희가 그제야 운의 옷깃을 잡아끌었다.

"엄쇠 오라버니는요? 오라버니를 본 것 같은데 어디 있습니까?"

"왜? 그래도 정혼자라고 신변이 궁금한 게냐?"

퉁명스럽게 내뱉는 그의 말속에 질투가 숨었다는 걸 다희는 몰랐다. 정혼자, 곧 혼인할 사람. 그제야 깨달은 자신의 처지에 두려움과 운에게 안겨 있는 제 모습에 대한 어색함이 물밀 듯 밀려왔을 뿐이다.

"……인정하지."

"네에?"

갑자기 들려온 목소리에 다희가 고개를 들었다. 바로 그때 운이 말을 멈춰 세웠고, 연이어 그의 입술이 다희에게로 내려왔다.

'어…… 라?'

지금 그녀의 입술에서 일어나고 있는 일이 뭔지 알아챌 겨를도 없었다. 입맞춤은커녕 사내와 손을 잡아본 적도 없으니 당연한 일.

그러다 서서히 그녀의 의식이 깨어났다. 운이 그녀에게 입을 맞추고 있다는 것을, 입술을 가르고 들어와 제멋대로 춤을 추는 말 캉한 살이 다른 사람이 아닌 운의 것이라는 것을 깨닫는 순간 믿을 수 없게도 온몸에서 신열이 일어났다.

사방에 꽃 폭죽이 터진 것 같다. 커다란 손에 감싸인 얼굴은 화끈 화끈한 불덩이가 되고, 단단한 팔 안에 잠긴 몸은 살아 있는 불기둥이 된 것만 같다.

운이 그녀를 안았다. 그리고 입을 맞췄다. 그녀를 여자로 알아줬다!

"으읍!"

숨이 막히고 호흡이 달려왔지만 그 와중에도 눈물이 날 것 같았다. 이러다 죽는다 해도 좋았다. 그가 언젠가 자신을 버린다 해도 그에게 안길 수만 있다면, 사랑받을 수만 있다면 여한이 없을 것 같았다. 그래서 몇 번이고 그녀의 입술 안을 휘젓는 그의 혀를 받아들이고 농밀한 살 끝에 녹아날 수밖에 없었다.

"흐으……."

마침내 그의 입술이 떨어지자 비로소 다희가 막혔던 호흡을 토해냈다. 입술은 떨어졌지만 여운은 아직도 그대로 남았다. 붉게 부풀고 달아오른 진홍빛 입술에, 세게 쥐이는 바람에 긁힌 자국이 난 양 볼에 그의 체취와 열기가 온전히 남아서 그녀의 정신을 혼미하게 만들었다.

"내가 인정하마. 너를……. 네가 없으면 안 된다는 것을."

무슨 소린지 모르겠다. 흐려진 눈을 들어 그를 바라본 순간 운이 또다시 입을 맞춰왔다. 마치 각인처럼, 뜨거운 불도장이 머리 한구석에 새겨진 것처럼 다희는 그제야 비로소 그가 한 말이 무슨 뜻인지를 알아차렸다.

"제, 제가 좋으셔요?"

은애한다느니 정애를 품었다느니 하는 고상한 말은 알지 못한다. 그저 알 수 있는 것은, 큭큭 비딱한 웃음을 머금는 그 입술이 욕설은 내뱉을지언정 거짓된 애정을 토해내지는 않는다는 것이다. 그 비뚤어진 정직함을 다희는 가슴으로 깨달았다.

"……좋다. 이거면 됐느냐?"

다희가 죽어 영영 사라질 수도 있다는 사실을 깨달은 순간 모든 것이 의미를 잃었고, 마침내 그녀를 구해낸 순간 모든 것이 확실해졌다.

다희가 그 옆에 있어야 했다. 그것이 그녀의 삶을 망치고 두 사람의 인생에 짐이 될지라도 그는 다희를 곁에 둬야만 했다.

모질고 이기적인 성정. 그 끝은 기어코 이런 결론에 다다르고 말았다.

'……그러나 이걸로 될까?'

문득 불안이 치밀자 운이 다희를 세게 끌어안았다.

욕심을 품은 순간 운명은 항상 그를 희롱했다. 지켜야 할 것이 생기고, 얻고 싶은 것이 생기면 그나마 누리고 있던 바람 같은 자유는 날아가고 그에겐 새로운 구속이 생길 것이다. 그가 그런 숱한 방해 속에서도 홀홀히 살아갈 수 있을까?

'모르겠다……. 하지만 그렇다고 놓지도 못하겠다. 그래, 지금은 이걸로 만족하자. 앞일을 지금 걱정해 무엇 하리. 지금은 이 아이가 살아 있다는 걸로 충분하다.'

결심이 서자, 억만 장의 구름이 모두 흩어지고 그 사이로 밝은 달이 얼굴을 내민 것 같았다. 그 달에 새겨진 얼굴을 알고 있다. 다희, 다희, 다희.

성도 없고 신분도 없으나 그가 기어코 좋아하게 돼버린 총명한 소녀. 어둡기만 한 운의 하늘에 뜬 아름다운 달이었다.

바람이 불어왔다. 엷은 비단 사처럼 세상을 내리덮은 부연 달빛 아래 몇 번이고 입술을 비비는 두 사람은 떨어지지 않는 동상이 됐으니, 그로 아무도 그 사이를 갈라놓지 못할 것처럼 보였다.

8장

어화둥둥

"아이고, 다희야! 살아 돌아왔구나, 살아 돌아왔어!"

다희가 중촌 오씨부인 댁으로 돌아온 것은 다음 날 아침이었다. 밤새 말을 달린 운이 도성에 도착하자 마침 파루와 함께 성문이 열렸고, 운은 그 길로 다희를 그녀의 집으로 데려다 줬다.

운은 그녀가 무사히 들어가는 것을 확인하고 바로 책하로 돌아갔기에 사건의 전말이며 일어난 일을 설명해 줄 수 있는 것은 다희밖에 없었다. 오씨부인은 그런 그녀를 깨끗이 씻기고 밥을 먹여 한숨 재우더니 그날 저녁 다희가 깨어나자마자 곧바로 안방으로 불러다 미주알고주알 캐묻기 시작했다.

"그래, 다친 곳은 없느냐?"

"네, 마님. 다행히 놈들이 애초부터 죽일 목적으로 끌어간 덕분에 딱히 때리거나 괴롭히진 않았사와요."

"에구, 어디 그런 끔찍한 짓을……. 아이고, 네가 정말 고생이 많았다. 이리 멀쩡하게 돌아오다니 정말 다행이다, 다행이야."

한씨 가문에 끌려가 있던 일을 소상히 밝히고 마지막에 운과 엄쇠의 활약으로 구출된 일을 말하고 나니 벌써 자정이 됐다. 마치 세책을 읽는 것처럼 긴박한 대목에선 '에구머니나!'를 연발하고, 운과 엄쇠가 나타난 부분에선 무릎을 치며 감탄하던 오씨부인이 종국에는 운과 다희가 함께 말을 타고 도성까지 돌아왔다는 마무리를 듣자 옷고름으로 눈물까지 닦아냈다. 기가 막힌 사연과 그 전개에 깊이 감동한 것이다.

"그래서 그 망할 한가 놈은 피떡이 됐다더냐?"

"그것까진 모르겠지만, 적어도 몸이 성할 것 같지는 않습니다요."

"그래야 마땅하지. 아무리 가문이 중요하기로서니 어디 사람 목숨을 함부로 취급한다니? 아직 범인으로 확실히 밝혀진 건 아니라지만, 내 다희 너를 끌고 간 사실 하나만으로도 그놈을 용서할 수 없음이야. 개색희, 아니, 나리와도 내 의논을 했다만, 날이 밝는 대로 이천 관아로 내려가 한가 놈을 고변할 생각이다."

살기등등한 것도 잠시, 문득 그러던 오씨부인이 고개를 갸웃거렸다.

"그런데 엄쇠는 왜 같이 안 왔느냐?"

"네? 엄쇠 오라버니가 아직 안 돌아왔습니까?"

엄쇠가 간병을 해주고 기운을 돋아주는 동안 그에 대한 호칭은 어느새 오라버니로 바뀌었다. 운이 그녀를 묶은 밧줄을 풀어주고 다독여 주는 동안 엄쇠가 사라졌다는 게 문득 생각났지만, 그녀가 자고 있는 동안에 당연히 그가 돌아와 있을 줄 알았다.

'혹시 한가 놈의 종자들에게 잡히기라도 한 걸까? 아니, 아니야. 그럴 리가 없지. 동리 주민들이 몰려왔으니 한가 놈은 물론이고 그 집안 종자들도 성하지 않았을 텐데 엄쇠 오라버니가 잡힐 리가 있나.'

고개를 도리도리 저어 그를 부정하고 나니 어느새 엄쇠에 대한 걱정은 사라지고 그 대신 엉뚱한 생각이 밀려왔다. 운이 말 위에서 저를 안고 입을 맞추던 그 감각이 저절로 떠오른 것이다.

사실은 잠들기 전에도 온통 그 생각뿐이었으며 심지어 꿈에서까지 나왔다. 오씨부인에게 자초지종을 설명하는 동안에만 잠깐 잊었을 뿐, 꼴깍거리며 넘어오던 침이며 능란한 혀 놀림이 생각나자 바로 하초가 후끈 달아오르고 볼은 발개졌다.

다희는 몰랐지만, 오씨부인이 보기에도 갑자기 몽롱해지는 그녀의 눈빛이 이상했다.

"애, 다희야. 너 혹시 어디 아프니?"

고초를 겪은 탓에 고뿔이라도 걸린 겐가? 오씨부인이 다희의 이마를 짚어보는데 불현듯 그녀가 엉뚱한 말을 꺼냈다.

"저, 마님, 입을 맞추면 원래 혀를 꿈틀꿈틀 움직이는 겁니까요?"

"뭬이야?"

이게 도대체 무슨 소리인가. 기함을 한 오씨부인이 곧 눈치를 채고 물었다.

"너 설마 그 책하의 주인장과 입을 맞춘 것이냐?"

"예에? 아니, 아니, 아닙니다요! 그, 그, 그런 게 아니오라……"

당황한 다희가 얼른 고개를 저었지만, 애써 부정하는 그 모습이 이미 사실을 인정한 것이었다. 오리발인 줄 알고 내민 것이 알고 보니 닭발인 게다.

"어쩐지 책하의 주인장이 어찌 그리 열혈로 너를 구출하러 갔나 의심스럽더라니. 너 그 양반과 좋아지내는 사이가 된 것이냐?"

좋아지내다니.

이 문제에서만큼은 눈치코치를 다 빼버린 다희였다. 제 마음 들킨 건 다 잊어버리고 그 한마디만 좋아서 양 볼을 감싸 쥐고 몸을 배배 꼬며 어쩔 줄을 몰라 했다.

"아, 아니어요. 좋다니요. 아닙니다요, 마님. 에헤헤헷."

"에구, 이 철딱서니 없는 것. 그 양반이 그리 좋더냐? 아주 입이 귀밑까지 찢어졌구나."

아니라고 애써 부정하면서도 흘러나오는 웃음을 참을 수가 없었다. 운이 그리 목숨을 걸고 그녀를 구하러 왔단다. 위험을 무릅쓰고 그녀를 구한 것도 모자라 저를 껴안고 자기 마음 인정한다고까지 했으니 분명 저에 대한 마음이 얕은 것은 아니라는 게다. 그 사실이 이리도 사람을 하늘로 띄워 올릴 줄이야. 에헤, 에헷, 에헤헤헤헷!

이미 마음이 딴 세상으로 떠버린 다희와 더 이상의 대화가 불가능하다고 판단한 오씨부인은 결국 그녀를 제 방으로 돌려보냈다. 물론 밤이 너무 늦은 데다가 고초를 겪은 다희의 상태가 걱정이 된 까닭도 있는 터다.

그녀를 돌려보낸 오씨부인이 웬일로 사랑채에 들었는데, 그 시각까지 자지 않고 있던 색희 나리 앞에 앉아 자분자분 제 이야기를 토해내는 양을 보아하니 다희가 납치된 일을 계기로 두 사람 간에 남아 있던 앙금이 어물쩍 풀려 버린 게다.

"무사히 돌아왔으니 다행이긴 한데, 앞으로의 일이 걱정이에요. 에휴, 다희 그 아이가 너무 순진해 가지고, 한 번 눈이 돌아가니 아주 정신을 못 차립디다."

"걱정이 될 게 무엇이오. 다희 그 아이도 책하의 주인 양반을 좋아하는 것 같다 하고, 그 양반도 위험을 무릅쓰고 그 아이를 구해 올 정도면 그 마음이 가벼운 게 아니지 않소. 서로가 좋다는데 마음 쓸 일이 뭐가 있소."

"하지만 그래 봐야 여종 아닙니까. 책하의 주인인 최운이란 위인이 어떤 사람인지는 몰라도 적어도 상민은 아닌 것 같아 보입디다. 말하는 본새며 하는 행동 머리가 적어도 먹물깨나 먹은 자인 것 같은데, 그런 사람이 여종을 오래 품을 리가 있겠어요."

"다희를 안 데려갈 것 같다 이 말이오?"

"아니요. 그 집에 다희를 보낸다고 해봤자 기껏해야 노리개로나 품을까 봐 걱정이 되는 겁니다. 여종이 아무리 주인의 사랑을 받아봤자 잘해봐야 겨우 첩실 노릇이나 하게 마련 아닙니까. 죽어도 정실 자리는 못 차지하지요."

"허흠!"

아니라고는 못 하겠다. 반상의 차이 여전하니 천민인 다희가 혹여 면천이 된다 해도 그 신분이 올라갈 수 있는 데는 한계가 있었다.

첩이란 것이 본디 본부인이 들어오면 천대받는 자리다. 질투가 심한 본부인을 만나면 심지어 매질을 당하거나 가혹한 박대를 당하기도 하는데, 심지어 악독한 부인은 남편이 품은 여종을 방 안에 가두고 똥물을 먹이기까지 했다.

기가 막힌 것은, 그런 부인도 부인이지만 그 남편이란 위인이 한때나마 품은 여종이 그런 비인간적인 수모를 당하고 죽어가는데도 그를 못 본 척하는 것도 모자라, 함께 합세해서 때리고 굶긴 것이다. 그자에게 여종은 그저 장난감이고 노리개였을 뿐 숨을 쉬는 인간이 아니었음이다. 오씨부인이 그런 사내들의 무심함과 잔혹한 성정이 운에게도 있지 않을까 저어하는 것도 무리가 아니었다.

"내 그 꼴을 어찌 볼끄나. 엄쇠랑 혼인하면 적어도 첩 노릇은 아니 할 텐데……. 엄쇠랑 혼인하면 내 조만간 다희를 면천시켜 도란도란 살게 하려고 했는데, 그 양반에게 가면 다희는 결국 본부인 아래서 구박을 당할 게 아닙니까. 왜 하필 그리 높은 나무에 오르려 드는지 모르겠습니다."

"책하의 주인은 혼자 몸이니 그냥 다희만 데리고 살지도 모르지 않소. 오래오래 사랑받고 살 수도 있는데 무슨 걱정을 그리 사서 하시오."

"혼자 살아요? 어떤 사내가 평생 첩실 하나만 데리고 산다 합니까? 내 본부인을 안 두는 사람은 봤어도 첩실을 하나만 두는 양반은 못 봤습니다. 하다못해 첩이 없으면 기방 출입을 하든가 오입질을 하지요!"

오씨부인이 도끼눈을 뜨며 그리 말하자 할 말이 없어진 색희 나리가 공연히 방바닥만 긁었다.

"허흠, 허흠. 거 뭐 앞일은 모르는 것이니 너무 걱정하지 마시오. 그리고 솔직히 말해서 다희 그 아이 처지에 첩이라도 들어가면 그것도 나쁜 건 아니지 않소. 내 알기로 책하의 주인이 비록 세책점을 운영하긴 해도 그리 가난한 사람은 아니라 들었소. 정실이 못 되는 건 어쩔 수 없지만 첩으로 살더라도 엄쇠랑 혼인하는 것보다는 호의호식할 것 아니오."

"그런가요? 그렇다면 그나마 다행이긴 합니다만……."

"게다가 내 이번 일 덕분에 그 최운이란 자에 대해 여기저기 알아봤는데, 얼핏 듣기로 그 사람은 집에서도 내놓은 이라 합디다. 앞으로 출사할 일도 없고 바람처럼 자유롭게 살 사람이라 하니 누가 본부인 들이라고 강요할 이도 없을 거요. 그러니 정이 깊어지면 정말 다희만 데리고 살지 누가 아오?"

"집에서 내놓아요? 그건 또 무슨 소리입니까? 그 양반에게 가문이라 할 만한 게 있다는 뜻입니까?"

이건 또 무슨 소리인가? 뜻밖의 말에 오씨부인이 되물었지만, 색희 나리는 말끝을 흐리며 더 이상 말 꺼내기를 꺼렸다.

"그런 게 있소. 자칫 그 이야기를 아무 데서나 발설했다간 부인도 봉변을 당할 수가 있으니 차라리 모르는 게 낫소."

그러고는 입을 꽉 다물어 버리니 결국 오씨부인의 궁금증만 깊어졌다.

최운. 알 것도 같고 모를 것도 같은 사람.

한양 바닥에서 가장 큰 세책점과 책쾌의 주인이지만, 그 출신은 도무지 알 수가 없다. 도대체 그의 정체는 무엇일까?

✳

그로부터 이틀 뒤, 운이 오씨부인의 집에 찾아왔다. 그사이 다희는 완전히 기운을 차렸지만 혹시나 흉적이 남아 있을까 싶어 바깥출입은 삼가고 있던 터라서 운이 찾아왔다는 소식을 듣자 그리반가울 수가 없었다. 물론 그 짧은 시간이나마 소식 없는 그가 살짝 얄밉고 섭섭했다는 것은 잘 숨긴 터다.

"어찌 이리 오셨습니까?"

찾아온 운은 다희를 불러내지 않고 오씨부인과 색희 나리부터만났다. 그녀의 물음에 왜 이리 늦었느냐는 힐난이 잔뜩 묻어 있었지만 운은 아랑곳하지 않았다.

"파현에 다녀오느라 시간이 좀 걸렸습니다. 본의 아니게 지체하게 되어 송구합니다."

"파현이라고요? 안 그래도 저도 내려가려던 참입니다만, 혹시다희와 관련된 일로 다녀오신 겁니까?"

"그렇습니다. 한가 놈의 일이 어찌 마무리되었나 알아볼 겸 내려갔습니다만, 굳이 이 검험관께서 내려가실 필요는 없을 듯합니다."

하며 운이 찾아간 결과를 말해줬는데, 그에 따르면 한진범은 결국 동리 주민들에게 끌려가 관아 마당에 무릎 꿇려졌다고 했다. 그런데 그것이 그 동리를 관할하는 관아가 아니라 무려 수원 유수부였다.

한씨 가문과 밀착된 고을 사또는 진실을 제대로 파헤칠 수 없다판단했기 때문이고 결국 분기탱천한 주민들이 한진범과 그 종자

들을 묶어 그리로 데려간 것이다. 마침 도 내를 순시하던 경기감
사가 유수부에 머물고 있었고, 주민들과 조씨부인 오라비의 고발
에 사안이 중차대하다 판단한 감사가 그 즉시 국문을 하니 진범이
결국 조씨부인을 죽이고, 그를 알아챈 다희도 납치해 없애려 했다
는 사실을 실토했다고 했다.

"어지간히 두들겨 맞은 모양입니다. 피떡이 돼서 드러누워 있
는 걸 그다음 날로 국문장에 끌고 나왔는데 더 이상 버틸 여력이
없었는지 술술 말하더랍니다."

그의 진술에 따르면 조씨부인 살인 사건의 전말은 이랬다.

색희 나리가 이미 조사한 바와 같이, 조씨부인은 생전에 정절을
지켜왔으나 그녀와 사소한 싸움을 벌인 이웃집 과부가 그녀가 훼
절했다는 헛소문을 퍼뜨렸다. 이 소문을 들은 한씨 가문 위인들이
모여 회의를 했는데, 이 자리에서 결국 가문의 명예를 더럽힌 조
씨부인을 죽이기로 결정했다는 것이다.

"저도 수상하다고 여겼습니다. 조씨부인 오라비의 요청에 복검
을 하였습니다만, 부인이 목을 맨 시체로 발견되긴 했는데 시간이
지나 다시 살펴보니 목을 맨 자국이 매우 희미했습니다. 하지만
종이로 시체를 덮고 술지게미를 바른 뒤 초주를 뿌리고 한참 후에
걷어내어 살피자, 뱀이 기어간 것 같은 푸른 멍이 뒤통수와 뒷목
에 걸쳐 나타나더군요. 이는 즉, 살아 있을 때 뒤에서 누군가 가격
했다는 것이지요. 자기가 제 뒤통수를 칠 수는 없으니 결국 누군
가 제삼자가 범인이란 뜻입니다. 게다가 본디 사람이 살아 있을
때 목을 매면 발버둥을 치기 때문에 목 깊숙이 새끼줄이 파고들어
가는데, 조씨부인의 시신엔 발버둥을 친 흔적이 없습니다. 실신한

상태에서 목을 매었거나 이미 죽은 뒤에 매달았다는 뜻입니다. 즉, 자진이 아니라 타살이란 뜻이지요."

귀 얇고 여색에 약한 색희 나리였으나 검험관으로서의 능력은 나쁘지 않았다. 오씨부인이 제가 아는 사실을 좔좔좔 토해내는 색희 나리를 은근히 자랑스러운 눈빛으로 쳐다봤다.

"여하튼 한진범이 그런 사실을 자백하였으므로 경기감사가 곧바로 이 사실을 장계로 조정에 올렸다고 들었습니다. 증좌가 있고 자백이 있으므로 아마 조만간 한가 놈은 합당한 벌을 받게 될 것으로 보입니다."

살해당한 조씨부인 역시 반가의 일원이므로 같은 양반을 살해한 진범과 그에 참가한 수하들 모두 사형을 당할 것이다. 그로 그가문 역시 풍비박산이 날 가능성이 높았다.

"아무렴, 악인의 말로란 당연히 그래야 하지요. 아유, 제 속이 다 시원합니다."

오씨부인이 외치자 색희 나리도 맞장구를 쳤고 모두가 흐뭇한 미소를 지었다.

"허면 이제 다희나 우리가 후환을 걱정하지 않아도 되는 게지요?"

"물론입니다. 그래서 하는 말인데…… 제가 다희를 데리고 나가도 되겠습니까?"

조심스럽게 꺼낸 운의 말에 오씨부인의 표정이 생급스럽게 변했다.

'다 알게 된 마당에 이제 와서 안 된다 할 수도 없고, 원.'

난망한 웃음을 베어 물고 있는 색희 나리와 달리 오씨부인은 이

제 노골적으로 찾아오는 운이 그렇게 반갑지만은 않았다.

"횡액을 당한 지 얼마 안 되지 않았습니까. 조금 더 몸을 보하게 하고 싶습니다만……."

"날씨도 좋은데 이런 날에는 바깥바람을 쐬는 게 몸을 보하는 것이지요. 제가 데리고 나가 좋은 것도 보여주고 힘이 나는 것도 먹여줄 참입니다. 모쪼록 허하여 주십시오."

이렇게까지 간청하는데 도저히 거절할 수가 없다. 결국 보다 못한 색희 나리가 다희를 불러오라고 하니 곧 그녀가 좋아라 행랑마당으로 달려왔다. 사랑채에 든 운을 보자마자 대번에 환해지는 그 얼굴이라니, 그 모습이 어찌나 눈꼴 시린지.

"나리를 뵈니 그리도 좋으냐? 허이고, 저번서는 입이 귀밑까지 찢어지더니 지금은 정수리에 가 닿겠구나."

"아, 아이, 마님. 제, 제가 그런 것이 아니고……."

몸을 배배 꼬면서도 차마 부정은 못 해 곤란해하는 다희를 구해준 것은 색희 나리였다. 그가 괜한 심술을 부리는 오씨부인을 말리고 나섰다.

"허허, 왜 그러시오, 부인. 다희에게는 목숨을 구해준 은인 아니오. 각별한 인연 닿은 사이이니 모처럼 두 사람이 긴한 대화 나눌 수 있도록 보내줍시다."

"감사합니다, 이 공. 그럼 이만 데리고 나가 보겠습니다. 인정이 치기 전에는 들여보내도록 할 테니 걱정 마십시오."

인정? 이인~저엉?

그 시각까지는 그녀와 같이 있겠다는 노골적인 선언에 놀란 오씨부인이 입만 뻐끔거리고 있는 가운데 운이 다희를 끌고 재빨리 사라져 버렸다.

"거 서로가 저리 좋다는데 어쩔 수 없지 않소? 부인도 그만 심술…… 아니, 노여움을 푸시오."

"뭐예요? 지금 말 다 했어요?"

말실수 제대로 했다. 안 그래도 동생 같은 아이를 보내기 싫은 오씨부인 심보가 잔뜩 뒤틀린 터에 가만있어도 미운 남편 놈이 그 심화를 건드렸으니 그 심술이 고스란히 그에게로 향했다.

그를 깨달은 색희 나리가 당황하여 눈알을 굴렸으나 이미 오씨부인이 빠져나갈 구멍을 막고 소맷자락을 걷기 시작한 뒤였다.

✳

날은 쨍하니 맑았다.

햇볕 아래 가만히 있으면 땀방울이 솟을 정도로 제법 더운 날씨였지만, 운의 뒤를 따라가는 다희의 기분은 더할 수 없이 청쾌했다.

운이 공식적으로 그녀를 데리고 나와 주었다. 게다가 원고를 달라고 만남을 청한 것도 아니요, 글 잘 쓰라 재촉하려고 불러낸 것도 아니다. 온전히 그녀를 보려고 찾아온 것이다.

"이히히히힛."

저절로 흘러나온 괴상한 웃음소리에 앞서 가던 운이 우뚝 멈춰서더니 뒤를 돌아봤다.

"뭐가 그렇게 좋으냐?"

"아, 아닙니다요. 아니어요. 좋긴요. 그냥 오, 오랜만에 밖에 나오니 기분이 좋아서…….”

“오호라, 웃음이 절로 나오는 이유가 그거란 말이지?”

창피해서라도 운과 있는 게 좋아서란 말은 나오지를 않았다. 그런데 운은 또 그 말이 듣고 싶은 게라. 공연히 심술이 돋은 그가 갑자기 다희의 볼따구니를 꽉 하고 찔렀다.

“요거, 요거, 입은 비뚤어졌어도 말은 바로 해야지. 구해줘서 고맙다는 말은 안 하느냐?”

“아, 아잇! 왜 찌릅니까? 아프잖아요!”

“아프라고 찔렀다, 왜. 똑바로 말하렷! 내가 목숨을 구해줘서 고마우냐, 안 고마우냐?”

“그, 그야 당연히 고맙지요. 그래서 도성 돌아오는 길에도 누차 감사하다 인사를 드리지 않았습니까?”

“그런 내가 데리고 나와 바람도 쐬어주기까지 하니 좋으냐, 안 좋으냐?”

“그, 그야 물론…… 조, 좋…….”

“나랑 있어서 좋으냐, 안 좋으냐?”

그리 종알거리던 입이 요럴 땐 왜 갱엿을 붙여놓은 것처럼 딱 달라붙을꼬. 이것이 분명 저한테 넘어온 사내에 대한 본능적인 밀고 당기기이거늘, 아직 게까지 깨우치지 못한 다희는 제 심사를 알 수 없었다.

“조, 좋…… 좋…… 좋…… 좋…….”

‘좋’ 자만 반복하니 그 말이 심히 더 해괴하다.

좋다는 말이 나오지를 않아 버벅대는 다희의 모습에 안 그래도 잔뜩 돋운 운의 심술이 키 높이로 솟구쳤다.

"에잇, 요 맹랑한 것!"

"아얏!"

운이 볼따구니를 찌른 것도 모자라 이번엔 통통한 볼살을 잡아 있는 대로 늘였다. 어찌나 세게 잡아당기는지 눈물까지 핑 돌 지경이었다.

이건 아무리 봐도 장난이 아니다. 분명 미워서 이러는 거다!

"왜 이러십니까! 제가 뭘 잘못했다고요!"

"잘못이 없어? 지나가는 사람을 붙잡고 물어봐라. 죄역도 이런 죄역이 없다!"

"아이 씨, 그 잘못이 도대체 뭐라고요?"

"달이 좋네 어쩌고저쩌고 고백할 때는 언제고, 나랑 있어서 좋다는 말이 그렇게 안 나오느냐? 요런 망할 것!"

"그, 그, 그, 그건…… 그, 그걸 꼭 말로 해야 압니까? 아이고, 남사시러워라. 꼭 옆구리를 찔러 그걸 확인을 해야 아나. 사내대장부가 조잔하기 짝이 없네."

"뭐라? 조잔? 요놈의 입을 보게. 이젠 막 막말까지 하네?"

참으로 이상한 정인들이었다. 길거리에 서서 티격태격 네가 잘했니 내가 잘했니 싸워대니 지나가는 자들이 보기엔 아무리 봐도 나잇살 좀 먹은 사내가 그보다는 지체 낮아 보이는 어린 소녀랑 싸우고 앉은 형국, 그야말로 괴악했다.

그러거나 말거나 나중에는 약이 올라 바락바락 대드는 다희의 손목을 잡아챈 운이 그녀를 사람 눈 없는 호젓한 골목길로 끌고 들어갔다. 그 길 깊숙한 어느 즈음에서 다희가 그의 품 안으로 빨려 들어간 것은 비밀이다. 한참 만에 골목길 밖으로 나온 그녀의 입술이 유난히 부풀었고, 양 뺨은 발갛게 달아올랐다는 것 역시.

길로 나온 운은 이제 가타부타 말도 없이 휘적휘적 앞서 걷기 시작했다. 공연히 말 걸기가 창피해진 다희가 조바심치며 따라가다 보니 나온 것은 인근의 높지 않은 야산이었다.

'여긴 왜 올라가는고?'

솔직히 굳이 아쉬운 소리까지 해가면서 그녀를 데리고 나올 적엔 저번처럼 저잣거리서 재미난 구경이라도 시켜주려나 싶었다. 그런데 난데없이 산에 오르다니.

궁금하고 이상스럽긴 했지만 다희는 굳이 따져 묻지 않고 열심히 운을 따라 올라갔다. 그러다 보니 어느새 산 중턱, 소로가 끝나고 운종가 일대가 훤히 내려다보이는 야트막한 분지가 나타났다.

숨이 턱에 차고 안 그래도 더운 날씨에 난데없는 등산까지 하니 땀방울이 송골송골 돋아났다. 그러나 길이 끝나고 갑자기 나타난 경치에 다희는 눈을 동그랗게 떴다.

"세상에, 이 산에 이런 곳이 있었습니까?"

나타난 나무엔 굵다란 가지 한복판에 그네가 매어져 있었다. 안 그래도 산 중턱에 위치한 곳이라 다닥다닥 초가집과 기와집이 달라붙어 있는 운종가와 육조대로가 손바닥처럼 내려다보였다. 거기에 그네까지 올라타면 나라님 계시는 궁궐 안까지 훤히 들여다보일 것 같았다.

"아는 사람만 아는 곳이라, 그네라면 눈에 불을 켜고 찾아다니는 규중 아씨들도 예까지는 안 올라와 봤지."

그러고는 운이 올라타 보라는 듯 다희에게 턱짓을 했다.

"타라고요?"

이를 어찌할까. 저도 올라타 보고 싶은 마음은 굴뚝같지만 다희는 그네를 탈 줄 몰랐다. 천한 노비 처지에는 그네도 마음껏 타기가 힘들었다. 그 때문에 마님이 처녀 적 단오절에 그네를 타실 때 뒤에서 밀어나 드렸지 정작 저는 타본 적이 없었다. 게다가 그냥 평평한 땅에서도 무서운 것을 이렇게 높은 언덕바지에서 그네를 타다 떨어지면 그대로 산 밑으로 추락할까 무섭기도 했다. 결국 다희는 울상이 돼서 고개를 저을 수밖에 없었다.

"내가 밀어주마. 단단히 줄을 잡으면 떨어지지 않을 테니 타보렴."

"하지만……."

"지금 아니면 못 탄다. 언제 어린 여종한테까지 그네 차례가 돌아올 줄 아니?"

그 말에 귀가 솔깃해진 다희가 결국 유혹을 못 이기고 그네에 올라타고 말았다. 운의 말대로 귀한 기회이기도 하지만, 그와 함께한다는 것이 더 중요했다. 진짜 지금이 아니고서야 언제 운이 밀어주는 그네를 타보랴.

"사, 살살 미세요."

그네에 올라탄 다희가 발발 떨면서 속삭이자, 그 말과 동시에 운이 그녀가 탄 그넷줄을 있는 힘껏 당겼다 놓아버렸다. 꺄아악, 비명과 함께 다희를 태운 그네가 하늘 높이 날아올랐다.

"사람 살려! 이게 뭡니까! 살살 밀라고 했잖아요!"

그넷줄에 매달린 다희가 울부짖었지만, 그러거나 말거나 운은 껄껄 웃어댔다.

"그래서야 어디 그네를 탄 거냐, 그네가 너를 탄 게지. 안 떨어진다. 눈을 뜨고 너른 풍경을 좀 내다보렴."

그 말에 다희가 비로소 백 년 근 산삼 다리 붙잡듯 그넷줄을 잡고 있던 손에 힘을 뺐다. 질끈 감은 눈을 간신히 비집어 뜨니 천지간의 풍경이 한눈에 들어왔다. 이럴 수가! 이것이 진정 그녀가 아는 한양 바닥이란 말인가!

"어떠냐? 저 아래서 보던 것과는 많이 다르지?"

그 말이 맞았다. 날이 맑은 덕분에 육조 거리는 물론이고 저 멀리 마포나루까지 손안에 잡힐 듯이 다가왔다.

그네를 탄 것도 처음이지만, 이렇게 넓은 세상을 한눈에 본 것도 처음이다. 난생처음 접하는 생경한 시야에 다희의 가슴이 터질 것처럼 벅차올라 왔다.

"네에, 나리. 세상에 이런 광경은 살다 살다 처음입니다요! 진짜 발만 구르면 저곳까지 날아갈 수도 있을 것 같아요!"

"선녀도 아니고, 날아가면 안 되지. 그랬다간 도성이 아니라 저세상으로 날아간다."

그렇게 말하면서도 운은 다희가 탄 그네가 제 쪽으로 돌아올 때마다 힘차게 밀어주기를 잊지 않았고, 그녀 역시 그때마다 발을 굴려 높이 날아올라 갔다. 깔깔거리는 다희의 웃음소리가 온 산중에 울려 퍼지자, 운의 입가에도 미소가 어렸다.

몇 번인가 그네가 하늘 높이 올라가기를 반복하자 운이 다희가 돌아오기를 기다려 문득 물었다.

"재밌냐?"

"암요. 양반님네들은 이런 재미라도 있지, 저는 정말 처음입니다요. 세상을 다 가진 것 같아요. 아하하하!"

옳거니. 음흉한 미소 가득 올린 운이 기다렸다는 듯 입을 열었다.

"그럼 그 재미진 거 나랑도 타보지 않으려느냐?"

"네엣?"

에구머니나! 어째 순순히 좋은 구경시켜 준다 했더니 알고 보니 이런 음탕한 속이 있었던 게다.

식겁을 한 다희가 자기도 모르게 사방을 둘러봤다. 그래 봤자 이 깊은 산속에 사람이 있을 리가 있나. 도와줄 이는 하나도 없는 적막한 산중. 이제 보니 선계가 아니라 늑대 소굴로 기어들어 왔다.

"아이고, 남사시러워라. 암캐 수캐도 아니고 어찌 대낮에 어우러져 그런 일을 벌인답니까? 싫습니다! 싫어요!"

"보는 사람도 없는데 뭐 어떻다고. 그리고 암캐 수캐는 그네 같은 거 안 탄다. 눈길 맞으면 그냥 배부터 맞추지."

"에구머니! 어쩜 하는 말마다 그리 망측스럽습니까? 저리 가시어요! 나리처럼 음란한 위인이랑은 말도 섞기 싫습니다!"

"그래? 그럼 하는 수 없지."

그러고는 운이 새삼스럽게 손을 탁탁 털더니 그네가 매어진 나무둥치에서 멀찍이 떨어진 곳으로 가 버렸다. 아뿔싸! 다희는 그제야 일이 잘못됐다는 것을 깨달았다. 그네는 높이높이 올라만 가는데 그네를 타본 적이 없는 그녀는 그것을 멈추는 법을 몰랐다.

'그냥 가만있으면 저절로 멈추나?'

사실 그녀의 생각이 맞긴 했지만 저절로 멈추길 기다릴 사이가 없었다. 막상 운이 멀뚱히 쳐다만 보고 있으니 와락 겁이 났다. 식은땀이 나는 건 물론이요, 당장 멀미가 올라오기 시작했지만 이놈의 그네를 멈추게 할 방법을 도무지 알 수가 없었다.

그러나 새하얗게 질린 다희가 내려달라고 비명을 질러도 이 뻔뻔한 사내는 소매 춤에 넣어놓은 접선만 하늘하늘 부칠 뿐이었다.

"나리! 살려주십쇼! 제발 이 그네 좀 멈춰주세요!"

"뭐라? 뭐라고 하였느냐? 목소리가 작아서 통 들리지를 않는구나!"

산등성이가 갈라질 정도로 내처 지르는 비명이 안 들릴 리가 있나. 화가 난 다희가 이를 악물고 몸을 뒤로 젖히며 그네를 멈추게 하려 했지만 그도 소용없었다. 그녀가 탄 그네를 기다리고 있던 운이 그네가 그 앞에 닿자마자 다희의 등짝을 힘차게 밀어 올린 것이다.

"아아악! 나리! 너무하십니다!"

"으응? 어디서 새가 짖나?"

"나리이! 사내대장부가 어찌 그러십니까! 치사스럽습니다!"

"뭐라고? 안 들리는구나. 목소리가 그래서야 어디서 벙어리 소리 듣기 딱 좋겠구나."

으으윽! 바늘로 찔러도 피 한 방울 안 나올 뻔뻔한 위인.

다희는 결국 눈물을 머금고 외칠 수밖에 없었다. 실랑이를 하다간 날이 새도 그네에서 못 내려올 것 같으니 어쩔 수가 없었다.

"탈게요! 타겠습니다! 같이 타면 될 것 아닙니까!"

"그걸론 안 된다."

"네에?"

이건 또 무슨 판소리. 하지만 운은 야차 같은 미소를 지으며 한 입으로 두말을 했다.

"판돈이 올랐다. 아까서 들어줬으면 몰라도 이젠 그걸론 안 되지."

판돈이 뭔지, 새 조건은 또 뭔지. 억울하고 화가 나서 팔딱팔딱 뛸 것 같았지만 버티면 버틸수록 손해일 게 뻔했다. 당장 운이 또다시 다희가 탄 그네를 확 밀어젖히는 바람에 날아갈 듯 나무 꼭대기까지 밀려 올라갔으니 말이다.

"할게요! 조건이 뭔지 몰라도 무조건 하라는 대로 할 테니 제발 이 그네 좀 멈춰주세요!"

결국 다희가 백기를 들었다. 그제야 비로소 운이 능글맞게 외치며 그넷줄을 잡아 세웠다.

"진작 말을 들었어야지. 뭐 하러 버티다 사서 고생을 하느냐?"

싱글싱글 웃는 운의 면상을 확 긁어놨으면 좋겠지만 그러기엔 밀려오는 구역질이 더 급했다.

"우웨엑!"

입을 틀어막은 다희가 근처 수풀을 향해 달려가자 운이 겸연쩍게 뒤통수를 긁었다. 내가 너무 심했나?

"속이 많이 안 좋으냐?"

한참 뒤에야 그녀가 수풀 밖으로 나오자 운이 물었다. 다행히 필사적으로 참은 덕분에 구토만은 면했지만, 한차례 속이 요동을 친 덕분에 기운이 하나도 없었다. 다희는 쓰러질 것 같은 표정으로 중얼거렸다.

"그러라고 그리 밀어댄 것 아닙니까? 토하진 않았습니다. 왜요, 억울하십니까?"

"허허, 뭐 억울할 것까지야. 그러나저러나 땀을 좀 식히기는 해야 할 것 같구나."

그러고 제멋대로 그녀의 손목을 잡아끌고 내려가기 시작하는데, 이제는 그런 운에게 앙탈을 하고 뻗댈 기력도 없어 다희는 그가 이끄는 대로 무작정 걷기만 했다.

아까 올라온 소로를 빗겨 소나무 숲 사이로 난 길을 내려가니 이번엔 작은 계곡이 나타났다. 계곡이라기보단 사실 개울에 가까웠지만, 나무 그늘 사이로 흐르는 시냇물은 멀리서 보기에도 시원했다. 그런데 정작 운은 그리로 내려가는 대신 근처에 자리를 차지한 집채만 한 츠렁바위(험하게 겹쌓인 큰 바위) 근처로 다희를 이끌었다.

"뭐 하시는 겁니까?"

희한하게 생긴 바위였다. 바람에 떠밀려 잔뜩 주름이 간 것처럼 쭈글쭈글한데, 한 채의 바위가 아니라 여러 개의 크고 작은 바위가 겹쳐져 작은 언덕을 이루고 있었다. 그런데 그 바위 언덕 아래에 좁은 틈이 있었다. 다희를 끌고 간 운이 작은 동물의 은신처로 삼기에 딱 좋을 정도로 좁은 그 틈 밑으로 손을 집어넣었다.

특이하게도 바위 밑에서 찬바람이 흘러나오고 있었는데, 제법 날이 더워지고 있는 요즘인데도 바위 틈 사이는 딴 세계처럼 기온이 찼다.

"동굴이 한여름에도 시원한 것과 같은 이치지. 계곡물의 수맥이 이 바위 밑으로도 흐르고 있는 데다 바위 그늘까지 더하여져서 차가운 것이다. 덕분에 재밌는 일을 해볼 수 있게 됐지."

그 말과 함께 운이 바위틈에 끼워둔 납작한 돌을 빼냈다. 아마 그가 예전에 미리 끼워둔 것인 듯했다. 운이 삽처럼 뾰족한 납작 돌로 바위틈 사이를 파기 시작하자 얼마 안 가 구덩이가 넓어지면서 짚단이 나타났다.

"어머나! 이게 뭡니까?"

짚단을 걷어내자 그 아래서 왕겨와 기름종이가 나타났다. 왕겨를 한층 덮고 그 밑에 기름종이를 깔았는데, 뭔가 보물단지라도 품고 있을 듯한 기름종이 아래는 의외로 아무것도 없이 텅 비었다.

"첫 층은 다 녹아버렸군."

중얼거린 운이 계속해서 구덩이를 파 내려갔다. 짚단과 왕겨가 또 나타났다. 왕겨를 걷어내자 이번에는 반쯤 녹은 얼음덩어리가 나타났다.

"어머나, 세상에. 어떻게 이 더위에 얼음이 남아 있지요?"

"물줄기가 이리로 흐르는 덕분에 구덩이를 파두면 물이 괴거든. 한겨울에 구덩이 밑바닥에 기름종이를 깔아두면 그 위에 물이 고인다. 내버려 뒀다 꽁꽁 얼면 왕겨와 짚단을 깔아 얼음덩어리가 녹지 않도록 보호하고, 그 위에 기름종이를 깔아 다시 물을 받지. 그렇게 층층이 물을 받아 얼려서 천연의 석빙고를 만들어둔 것이다."

비록 지표면에 가까운 맨 위층은 녹아버렸지만, 운의 말마따나 구덩이를 계속 파 내려가자 단단하고 멀쩡한 얼음덩어리들이 나타나기 시작했다. 더 기가 막힌 것은 4층으로 이뤄진 맨 아래층을 팠을 때다. 운이 마지막 층에 깐 왕겨와 기름종이를 걷어내자 또다시 얼음덩어리가 나타났다. 그런데 희한하게도 그 얼음 안엔 엉뚱한 것이 들어 있었다.

"에구머니! 이게 다 뭡니까?"

얼음덩어리 안에 누군가 끼워 넣은 것처럼 생생한 과일이 들어 있었다. 막 따서 넣은 것처럼 싱싱한 사과와 배, 그리고 껍질을 벗겨 과육만 남겨놓은 석류 같은 것들이었다.

"가을에 딴 과실들을 보관했다가 얼음이 얼 즈음에 함께 넣어서 얼린 것이지. 여름 하, 떨 두. 일명 하두(夏抖)라고 한다. 여름에도 몸이 떨리게 만든다는 뜻이지."

과연 그의 말대로 과일이 들어간 얼음덩어리를 들고 있기만 했는데도 몸이 차게 식고 떨려왔다. 보기만 해도 시원한 영물이로다. 다희가 그 얼음덩어리를 챙겨 시냇물로 갔는데, 얼음덩어리를 흐르는 시냇물에 넣어놓은 뒤 치마저고리와 단속곳을 슬쩍 걷고 그와 함께 나란히 앉아 찬 시냇물에 발을 담그니 전신에 짜릿짜릿 전율이 흐를 정도로 시원한 게 피서로는 그만이었다.

임금님이 부러울까, 신선이 부러울까. 햇빛은 쨍하고 온몸은 시원하고, 게다가 님은 바로 곁에 앉았고. 무릉도원이 따로 없다. 다희는 공연히 배시시 웃음이 났다.

"신기하기도 하지요. 이런 요령은 도대체 어디서 배우셨습니까? 어느 누가 가르쳐 주셨나요?"

치마 아래 드러난 다희의 흰 발목을 눈여겨보고 있던 운이 예사로운 목소리로 대답했다.

"배운 게 아니고 내가 궁리했다."

잠시 말을 끊은 운이 잠방잠방 물속에 넣은 발을 굴려 물장구를 치더니 말을 이었다.

"예전에 내 내자랑 이곳 계곡 나들이를 자주 했지. 내자(內子)가 더위를 많이 타서 이런 궁리를 했더랬다."

일순 다희가 말을 멈췄다.

생각해 보니 당연한 일이다. 정확히 물어보지 않은 탓에 운의 나이를 모르긴 하지만 한눈에 보기에도 그의 나이 스물다섯은 넘어 보였다. 장 씨가 그녀보다 족히 열 살은 더 먹었다 했으니 아마도 스물여섯 아니면 일곱? 운의 곁에 여인이 없어 미처 생각을 못했는데 그 나이면 혼인을 하지 않은 게 오히려 이상했다.

"마…… 님은 어디 계십니까? 혹시 친정에 가 계신 건가요?"

정실부인이 따로 있으면서 저는 왜 탐하는 걸까. 원망과 의구심이 없지 않았지만 다희는 그를 지그시 눌렀다. 일처 삼첩이 흔한 시대였다. 그나마 종년인 저를 첩이라도 삼아주면 다행이라 여기지 않았던가.

아무것도 아니다. 당연히 각오를 해야 한다.

하나 그리 마음먹었지만 굴러 나오는 목소리가 떨리지 않도록 참는 것이 여간 힘든 게 아니었다. 그런데 그런 각오도 무색하게 운은 무덤덤하게 대답했다.

"죽었다."

"네?"

"내가 성균관서 쫓겨날 적에 내 따라오지 말고 친정으로 돌아가 재가하란 당부도 무시하고 쫓아오더니 결국 몹쓸 고생만 하다 병들어 죽었다."

보통 사람들처럼 얼굴 한 번 못 보고 혼인이 이뤄질 뻔했다. 하지만 괴팍한 그의 성미에 곰보딱지 못난이면 혼인 안 한다며 끝끝

내 쫓아가 그 여인 얼굴을 확인하고는 대단한 미인은 아니나 나쁘지는 않다 싶어 혼인했다.

싫지 않고 나쁘지 않으면 됐다고 그리 결정한 혼인은 한 여인을 모진 운명 속으로 몰아넣고 기어코 명줄을 끊어버렸다.

"원체 몸이 약한 사람이었느니……."

아무렇지 않게 중얼거리지만 그 속에 든 쓰라린 아픔은 예민한 사람이라면 금세 알아차릴 수 있는 것이었다. 그 깊은 아픔이 모지라져 겉으로나마 아무렇지 않게 내뱉을 수 있을 때까지 얼마나 긴 세월이 필요했을꼬. 다희는 그를 알 수 있을 것 같았다.

깊은 정은 없었어도 그로 인해 불행해진 여인이다. 그로 인해 세상을 버리고 불신을 안고 살도록 만든 여인. 뽑아내려 애써도 뽑을 수 없는 아픈 가시이고 바늘이었다. 그 인생에 가장 쓰라린 상처는 어쩌면 청운의 뜻이 꺾인 것보다 그의 고집으로 인해 결국 한 여인을 죽음으로 몰아간 것일지도 모른다.

"흑……."

잠깐이나마 일어난 씁쓸한 상념에 사로잡혀 있던 운이 문득 들려온 흐느낌에 고개를 돌렸다. 다희가 울고 있었다. 동그란 두 뺨에 어느새 흘러넘친 눈물이 범벅돼 온통 벌겋게 달아올랐다.

"왜 우느냐?"

"흐흐흑."

"방해자가 없으니 속이 시원하다 해야 할 판에 왜 울어? 참 이상도 하다."

"불쌍해서 그렇습니다. 젊은 나이에 요절하셨으니 얼마나 안타깝습니까. 멀쩡히 살아 계셨으면 이리 잘난 남편과 오래오래 해로

하셨을 텐데……. 으흐흑."

흐느껴 우는 것도 모자라 꺽꺽 울기 시작하는 다희를 무심하게 바라보던 운이 기어코 피식 웃고 말았다. 인간의 진심을 믿지 않게 된 지 오래. 그러다 보니 이 아이의 마음조차 완전히 믿지 못하는 것은 병이지 싶다.

그러나 나쁘지 않다. 이대로도, 믿지 못하나 믿고 싶은 마음이 쌓인 이 상태도 나쁘지 않다.

'나쁘지 않다는 마음조차 결국은 내 마음이 아니던가. 단 한 줌의 믿음이나마 그거라도 있어야 시작도 할 수 있는 법.'

죽은 아내에 대한 선택이 그러했듯, 시작은 하였어도 좋게 끝나란 법은 없다. 그러나 그게 두려우면 아무것도 일어나지 않는다.

그렇게 아무 일 없이 다희를 보내고, 어느 날 죽음으로 헤어지고……. 그러한 일을 더 이상 용납할 수 없으니 이제라도 손 내밀어 시작함이 옳다.

"해로를 했을지 그러지 않았을지 어떻게 아느냐? 내 성미 강퍅하여서 여인을 못살게 한다. 여자들이 나랑 엮였다간 모진 꼴 보기 십상이니 어찌어찌 졸경은 헤쳐 나왔어도 그 뒤로 결국 못 견디고 도망갔을지도 모르지."

운이 웃으며 말하자 다희가 샐쭉하니 그를 흘겨봤다.

'나는 아니다.' 란 말이 입 끝까지 치솟아올라 왔지만 이상하게도 그 말을 꺼낼 수가 없었다.

모든 여인이 도망쳐도 나는 아니다. 그런 생각은 지독한 오만이 아닐까? 자신의 능력을 과신하고, 또한 운의 선택을 무시하고.

차마 확신을 하지 못해 머뭇머뭇 손에 든 얼음덩이만 들여다보고 있자 운이 껄껄거리며 웃었다.

"그래도 나는 다르다는 말을 안 하는 걸 보니 자신이 없는 게냐? 아니면 나한테 그만한 애정이 없는 게냐?"

"네에? 아, 아닙니다! 그, 그게 아니오라 쇤네는……."

"쇤네는 뭐? 다르다는 거냐, 아니라는 거냐?"

"쇤네는……."

그 순간 이상하게도 눈물이 빼록 솟아 나왔다. 억울하기도 하고 화가 나기도 하고, 무조건 믿어주지는 못할망정 비꼬기만 하는 운에게 섭섭하기도 하고.

"쇤네는…… 나리가 조, 좋습니다. 정말로요."

말했다. 이번엔 돌려 말하지 않고 정식으로 고백했다. 얼간이처럼 더듬거리고, 온 얼굴은 새빨갛게 달아올라 화톳불이 됐어도 기어코 제대로 말하였다.

운이 잠시 멈칫하여 듣고만 있자 다희는 내처 가슴에 모아 놓은 말을 토해냈다.

"도, 돌아가신 마님만큼은 아닐지 몰라도 저, 정말로 조, 좋아합니다. 그러니까 저는 최, 최선을 다할 것입니다."

이게 그녀가 할 수 있는 가장 정직한 고백. 누가 이런 그녀를 무식한 종년이라 할 것인가. 이토록 성실하고 순진하며 맑은 아이를.

"나, 날이 참 덥지 않습니까?"

제 안에 불이 이글거리는 것 같다. 공연히 손부채질을 하고 물에 담근 발을 휘휘 젓던 다희가 갑자기 물에 담가놓은 얼음덩이를 대뜸 퍼 올렸다. 그러더니 그녀의 얼굴처럼 새빨간 사과가 든 얼음덩어리를 필사적으로 핥기 시작했다.

흐르는 시냇물 덕에 어느 정도 녹기 시작한 얼음덩어리는 조금만 더 핥으면 사과가 튀어나올 것처럼 보이긴 했지만, 보기만 그렇지 쉽게 사과를 꺼낼 만한 상태는 아니었다. 공연히 그에 집중한 다희가 오직 제 목적은 그것뿐이라는 것처럼 얼음덩어리를 핥아대는데 돌연 그녀의 턱 끝이 잡혀 홱 위로 들렸다. 그와 동시에 얼떨결에 벌어진 입술 사이로 잘 으깨진 사과가 쑤욱 밀려들어 왔다.

달다. 그리고 시원하다.

자기도 모르게 동그랗게 눈을 뜨자, 그녀의 것에 달라붙어 있던 운의 입술이 떨어져 나갔다.

"맛있냐?"

입술에 달라붙은 사과 과육을 스윽 핥은 운이 빙글거리며 물었다.

저 입에 들어 있던 과육이 어찌 지금 제 안에 들어온 게지?

그런 생각이 들자 낯이 뜨거워 견딜 수가 없다. 어라, 그런데 왜 자꾸 배시시 미소가 걸리는 거지?

"맛있…… 습니다."

제가 든 얼음 속 사과와 비슷한 상태로 붉어진 얼굴이지만, 다희는 오물오물 과육을 잘 씹어 먹었다. 배우는 속도가 빠른 제자의 모습에 운이 피시식 웃었다.

"열이 좀 식었느냐?"

"아직 더운데요?"

"너 발모가지가 새파래졌다."

"네?"

화드득 놀라 물에 담근 발을 빼니 과연 하얗게 핏기가 빠져 있다. 체온이 내려가 오들오들 떨리는 것도 왜 몰랐을꼬. 머리는 차게 하고 아래는 뜨겁게 하라 했는데 완전 거꾸로 됐다.

"자, 그럼 몸도 식었고 하니 아까 한 약속을 지켜볼까?"

"네에? 약속이라니요?"

"벌써 잊었느냐? 아까 그네에서 내려주면 하라는 건 다 하기로 하지 않았느냐."

"히익!"

잊었다. 약속을 했다는 사실도 다른 세상의 일처럼 까마득히 잊었지만, 그보다 운이란 사내가 얼마나 음흉한 사내인지를 잊었다. 의뭉스러운 미소를 한껏 베어 문 운이 그녀 앞으로 바싹 다가서며 속삭였다.

"젖가슴 좀 보여다오."

"에구머니나, 세상에!"

다희가 그때까지 들고 있던 얼음덩어리를 떨어뜨렸다. 그 길로 발발 기어서 도망치려 했지만 이미 늦었다. 운이 기어가는 그녀의 종아리를 붙잡더니 아주 간단하게 다희를 발딱 뒤집고는 그 위로 올라탔다.

"으읍!"

순식간에 입술이 벌어지고 달아오른 혀끝이 밀려들어 왔다. 과육 향이 아직도 남아 있는 달고 시원한 살이 다희의 입술 안을 헤집고 구석구석을 건드렸다.

정신이 아득해지고 저절로 감긴 눈꺼풀 안이 하얗게 변했다. 자기도 모르게 온몸이 뻣뻣해졌지만, 다희는 결국 그의 침입을 받아들이고야 말았다.

이러다 제명에 못 살지. 운이란 사내는 너무나 손쉽게 그녀를 휘두르고야 만다.

"약속은 약속. 지켜야지."

한마디 중얼거린 운의 입술이 목줄기로 내려갔다. 입을 맞출 때와는 또 다른 생경한 감각에 다희의 입에서 외마디 비명 비슷한 것이 터져 나왔다.

"에······ 에히히힛!"

묘하고 또 묘하다. 간지럽기도 하고 아랫도리가 꿈틀거리면서 발가락이 오그라들기도 하고. 다희가 몸을 배배 꼬며 그에게서 빠져나가려 발버둥을 치자, 운이 그런 그녀의 팔을 위로 모아 잡고는 손쉽게 옷고름을 풀어버렸다.

에라, 이젠 모르겠다. 아예 포기해 버린 다희가 드러누운 채로 눈을 감아버렸다. 그러는 사이 운은 회심의 미소를 지으며 저고리를 활짝 열어젖히더니, 곧이어 끈을 풀고 치마말기를 아래로 밀어내렸다.

갑자기 밀려오는 써늘한 한기에 다희가 몸을 비틀었다. 창피해 죽을 것 같았다. 훤한 대낮에 이게 무슨 짓인가 싶어 남우세스럽기 짝이 없지만, 또 저가 좋아하는 님이 그렇게 보고 싶다니 보여주고 싶기도 한 게, 한 식(息) 간에도 제 마음이 이랬다저랬다 널을 뛴다.

"예쁘다."

드러난 젖가슴을 빤히 내려다보던 운이 불쑥 말했다. 아, 그 말에 어째서 눈물이 날 것처럼 기쁜 것일까. 홍역에 걸린 것처럼 새빨갛게 달아올라 얼룩덜룩해진 다희의 몸이 불현듯 하얗게 개어 갔다.

그녀의 모든 것이 어여뻤다. 총명하게 빛나는 까만 눈동자도, 동그랗고 통통한 두 뺨도, 손바닥 안에 딱 쥐기 좋을 정도로 봉긋하게 솟아오른 아담한 젖가슴도.

여체를 모르는 것도 아니다. 그러나 오직 다희의 것만이 그 앞에서 빛나는 이유는 그게 그녀의 것이기 때문이리라.

운은 드러나지 않게 한숨을 내쉬었다. 어쩌다 이리 깊이 빠졌을꼬. 그저 그런 평범한 여자 중 하나이거니 생각했는데 어느새 스며들어 그 안에 고이고 뭉쳤다. 들어낼 수 없는 동돌이 됐다.

'미안하오…….'

그의 마음속 가장 시커먼 구석에 도사린 그림자가 스르르 사라져 갔다. 아마도 그 스스로 만들어낸 허상이고 죄의식. 그 그림자가 애달픈 미소를 지으며 너울너울 날아가는 것을 운은 가만히 지켜보았다.

"으…… 으흐응!"

운이 입술을 내려 새하얀 젖가슴 끝에 피어난 분홍빛 꽃송이를 머금었다. 사르르 혀를 굴려 꽃송이를 건드리자 다희가 외마디 비명을 지르며 몸을 떨었다. 온몸이 녹아버리는 것 같고, 이러다 그녀의 몸이 운의 입속으로 빨려 들어가 버릴 것 같다.

"아, 아아, 아……!"

괴로운 비명을 토해내며 몸을 비트는 다희의 앙가슴 사이에서 운은 부지런히 움직였다. 꽃송이를 머금었다가 이내 꽃 주변 살진 흰 살을 핥고 계곡 사이를 훑었다. 이왕 시작한 것, 어중간하게 끝낼 일이 아니다. 욕망의 끝까지 가지는 못해도 다희가 앞으로 겪어야 할 일이 어떤 것인지 그 끝자락만이라도 알려줘야 했다.

운의 혀끝이 반대쪽 젖가슴을 건드렸다가 이내 함빡 빨아들이자 그녀의 몸이 한 번 더 요동을 쳤다. 이쪽 한 번, 저쪽 한 번 공평하게 머금었다가 혀로 굴리고 희롱을 하니 이제 다희는 학학거리며 밭은 호흡을 토해냈다.

아니지, 아니지. 요걸로는 안 되지. 음흉한 속이 더 깊어졌다. 다희가 신음을 흘리든 숨이 막혀 죽든 이대로 놓아줄 그가 아니었다. 오늘 오를 고지는 어디까지였던가? 가만히 헤아려 본 운이 사특한 미소를 지으며 그녀를 일으켜 앉혔다.

"왜, 왜 이러시어요?"

"가만있어 보아라. 나 하는 대로 잠자코 두고 보렴."

속삭인 운이 주저앉더니 그 무릎 위에 다희를 앉혔다. 등을 뒤로 하여 운에게 안긴 모양이 된 다희는 허리춤까지 치마가 밀려 내려가 하얀 상반신이 훤히 드러난 것이 그 모습 심히 음란하다. 운은 그런 그녀를 뒤에서부터 끌어안더니 젖가슴을 주무르고 뒷덜미를 물고 빨며 마음껏 희롱하기 시작했다.

"꺅! 이힉!"

호젓한 숲 안에 다희의 신음과 비명이 번갈아 울려 퍼졌다.

몹쓸지어다, 최운. 아직 어린 여자를 데리고 못하는 짓이 없다. 까다롭기 짝이 없어 여색에도 도통 무관심하게만 보이던 이 위인의 속에 이런 구렁이가 도사리고 있을 줄이야 그 누가 알았을까.

운과 다희가 산에서 내려온 건 그 뒤로도 족히 반 시진은 지난 뒤였다. 아무 일도 없었다는 듯 산 아래로 뻗은 길을 걸어 내려오는 운의 뒤를 그녀가 비틀거리며 뒤따르는데, 무슨 일이 있었는지 다리가 다 풀려 휘청거린다. 목덜미에도 시뻘건 자국이 벌레 물린 것처럼 여러 군데 났는데, 아프지도 않은지 다희가 붉은 자국을 만져 본 다희가 이내 배시시 웃었다.

산에 올라갈 때와 내려올 때가 영 다른 게라, 순진하던 소녀는 간데없고 부끄러우면서도 좋아 죽는 낯빛을 감추지를 못한다.

"인정 치기 전까지는 시간이 많은데 이제 어디를 갈까나? 저잣거리라도 데려다 주랴? 호톱은 잃어버렸으니 다른 노리개라도 사줄까?"

"좋도록 하세요."

"싫다는 말은 안 하는구나? 이러다 내가 색주가까지 가자고 해도 그냥 따르려는 게다?"

"나리!"

다희가 발끈하자 운이 껄껄 웃다가 돌연 그녀의 볼을 콕 찔렀다. 이젠 하도 찔러대니 이상스럽지도 않다. 다희가 모르는 척 손길을 피해 도망가자 쫓아온 운이 이번엔 그녀의 옆구리를 간질였다. 다희가 싫다고 손을 떼어내도 잠깐, 볼따구니를 찌르고 겨드랑이를 간질이고 아주 난리가 아니었다.

"아유, 진짜! 왜 자꾸 찔러대십니까? 제가 무슨 감이에요? 못 먹는 감 찔러나 보시는 겁니까?"

"요 오동통한 볼따구니를 봐라. 요게 자꾸 찔러달라고 외치지 않느냐? 말 나온 김에 한 번 더 찔러봐야겠다. 에잇, 에잇!"

"아유우!"

운은 참 희한한 방법으로 애정을 표현했다. 찌르고, 간질이고, 성가시게 하며 괴롭히다 바락 화를 내는 다희를 보는 게 그에게는 진진한 재미. 그녀를 밀어내고 외면하려 할 때는 잘도 감추고 있었다만 이제 거칠 것 없어졌겠다, 운은 제 고약한 취미를 유감없이 드러냈다.

"아이, 진짜! 고만 좀 하세요!"

다희가 운을 뿌리치고 도망갔으나 부처님 손바닥. 결국 쫓아온 운에게 허리를 잡혀 번쩍 들렸다. 수풀로 끌려 들어간 다희가 그 뒤로 무슨 짓을 당했는지는 모르겠지만, 이 괴팍한 사내가 장담한 대로 인정 치기 직전에야 다희를 돌려보낸 것 하나만은 확실했다. 그녀의 몸에 알 수 없는 붉은 자국이 배로 더 늘어난 것도.

아침 댓바람부터 결안(結案)을 손에 든 의금부 도제조가 편전에 든 주상에게 그를 올렸다. 주상이 부지런하니 신하도 그를 따라야 함이라, 손에 일 떨어질 날이 없는 도제조의 얼굴에 피곤한 기색이 완연했다.

"경기 감영에서 올라온 결안이옵니다. 자진이다 아니다 진상이 자꾸 뒤집히던 조 모 여인 사건의 진범이 잡혔다 하옵니다. 진범이 본인의 죄상을 자백한바, 형조에 명을 내려 합당한 형에 처함이 옳다 사료되옵니다."

파현 조씨부인의 사건이라면 주상도 익히 아는 바였다. 머리에 한 번 들어온 것은 잊는 일이 없는 주상이거니와, 사건의 전개가 해괴하여서 그 진범이 과연 누구인지 무척 궁금하기도 하였다.

그런 사건의 범인이 드디어 잡혔다? 호기심에 결안을 읽어 내려가는 속도가 한층 더 빨라졌다.

"아뢰옵기 송구하오나, 저자에 유행하는 소설 추리설의 내용이 바로 이 파현 사건을 담고 있다 하옵니다. 추리설이 항간에 퍼지자 자신의 범행이 드러나는 것을 두려워한 한씨 가문 장자가 추리설의 작자인 비영이란 자를 납치하였다고······."

결안에 담긴 내용 역시 그의 설명과 같은 것이었다. 추리설의 작자가 다희이며 그녀가 여종이라는 것은 적혀 있지 않았지만, 겉으로나마 대충 주상이 납득할 만한 아귀는 맞춰져 있었다. 운이 다희의 정체를 드러내지 않기 위해 자진해서 감영에 출두해 앞뒤를 꾸며둔 덕분이다.

경기감사야 비영의 납치 사건보다는 파현 살인 사건의 진범을 잡은 게 더 중요했으니 그 정체가 무엇인지야 별 관심이 없었고, 결국 결안은 운이 원하는 대로 꾸며져 올려졌다.

그러나 운도 한 가지만은 마음대로 바꿀 수가 없었다. 결안을 슥슥 읽어 내려가던 주상의 눈이 문득 어느 한 군데에서 멈췄고, 그 순간 주상의 눈빛이 빛났다.

"비영을 구출하고 진범의 악행을 밝혀낸 자가 최운이라고?"

"그렇사옵니다. 경기감사가 추가로 보낸 보고문에 따르면 그자의 활약이 지대했다고 하옵니다. 보고한 바로는 한양 바닥에서 세책을 하는 자인데, 추리설의 작가인 비영에게 제 가업의 흥망이 달린 까닭에 그를 구출하기 위해 분기탱천하여 달려들었다 하였습니다."

"허허!"

주상께서 사건에 관심을 기울인 것으로 생각한 도제조가 전모를 좔좔 읊어대고 잘 봐달라고 부탁한 경기감사의 일 처리를 칭찬하느라 열성을 쏟았지만, 정작 주상의 관심은 이미 그에게서 멀어졌다.

최운. 밥 안에 든 자갈처럼 계속 거치적거리던 그 이름이 기어코 이빨 사이서 딱 소리를 내며 걸려들었다. 이미 비영의 추리설을 훑어본바, 그 문장이 운의 것임을 알아보았으니 이 사건 속의 최운은 동일인물이 분명했다.

모르는 척 고스란히 뱉어내거나, 아니면 깨물어 부수거나 둘 중의 하나.

그러나 왕의 욕심은 이 돌멩이를 밥으로 만들어 삼키고 싶은 데로 뻗어 있음이다. 돌 중에서도 고약한 돌. 모나고 각이 져 다듬기도 힘들어 기어코 뱉어낼 수밖에 없었던 이 돌을 다시 밥으로 만들 수 있을까?

'……중뿔난 고집이 이제는 모지라졌을지도 모르지.'

불현듯 욕심이 났다.

그의 재주를 아꼈기에 쫴쳤다. 더 잘되라고 채찍질을 했으나 기어코 튕겨 나가고야 말았던 고집스러운 놈. 천하의 잡놈이라 욕하고 훨훨 날려 버린 새였으나 이렇게 멀쩡히 잘살아 있지 않느냐. 게다가 하고 다니는 짓을 보니 그 기개도 여전하다. 그에 잊었던 욕심이 새록새록 살아남이다.

결심을 굳힌 주상께서 결안을 다 읽고는 곧 명을 내리셨다.

"도제조의 의견대로 이 사건을 형조에 맡기고 합당한 처벌을 내리라 하라. 하나 과인의 좁은 소견을 더하자면, 반가의 여식을 별다른 증좌도 없이 모살하였으므로 조씨부인과 그 일가붙이에겐 천추의 한이 될 일이라. 그런 고로 모살의 주범인 한진범은 참형에 처하고 그 일가의 재산은 적몰하는 게 옳을 것 같다."

형조에 맡긴다고 하나 사실상 처결을 정하고 명한 것이다. 왕이 신하의 스승이며, 스승이 신하를 가르치는 것이 이상적인 군신 간이라는 것이 주상의 신조이니 아마도 형조가 스승 되는 임금의 명에 토를 달고 반발하는 일은 없으리라. 물론 임금의 말이라면 무조건 쌍지팡이를 짚고 나서는 일부 조신 무리를 제외하면 말이다.

"어명을 받들겠사옵니다."

그런데 도제조가 머리를 조아리고 물러나려 할 때 문득 주상이 입을 열었다.

"과부를 모살한 자의 이름이 한진범……. 한진범이라? 혹시 한창제의 3대손인 한진범이 맞는가?"

"그것은…… 송구하오나 그까지는 소신이 알아보지 못하였사옵니다. 속히 조사토록 하겠습니다."

"아, 아닐세. 그냥 궁금하여 물어본 것이니 신경 쓰지 말라."

말은 그리 하였으나 막상 도제조가 물러가고 나자 그 이름이 머릿속에서 자꾸 굴러다녔다. 한창제, 한창제……. 그 이름을 어디서 들었더라?

희미하긴 했지만 분명 기억에 남아 있는 이름. 한창제와 그 자손인 한진범. 분명히 주상의 주변 어딘가에서 들었던 이름이다. 그런데 그 연원이 어딘지는 도무지 생각이 나지 않았다.

아마 너무도 사소해서 주상이 기억할 만한 가치가 없어서이던 가, 그렇지 않으면 잊으려야 잊을 수 없는 어떤 의미가 있어서 잊히려다 말고 그 희미한 잔재가 남아 있던가.

'기분 탓이겠지.'

의미 있는 이름이라면 철두철미한 주상이 잊을 리가 없었다. 아마도 운이 연루된 사건이라 그에 관련된 하나하나가 남다른 것이 겠지. 그리 생각하며 주상은 곧 그를 지웠다.

그보다 중요한 것은 최운 그를 어찌 써먹을지 궁리하는 일. 이 즐거운 구상이 주상에겐 훨씬 더 구미에 맞는 것이었다. 결심을 굳힌 주상의 입가에 곧 짓궂은 미소가 떠올랐다.

책쾌 육가는 영 기분이 좋지 않았다.

육가는 전국을 떠돌며 책을 사고파는 책쾌인지라 한양 바닥에 머무는 날이 그리 많지 않았다. 이번에도 하삼도를 쏘다니며 책을 모아들이다 겨우 이틀 전에야 한양에 올라왔는데, 기다렸다는 듯 그를 찾는 이가 있다는 연통을 받았다. 긴한 일이니 빨리 오라는 재촉에 여독도 안 풀린 몸을 이끌고 찾아갔더니, 정작 긴하다는 양반이 그를 헐소청에 세워놓고는 종무소식이다.

"이런 씨부럴, 급하다고 해서 서둘러 왔구만 이게 뭐 하는 짓이여? 왔다고 기별 넣은 지가 언제인데 함흥차사여? 이렇게 기둘리게 할 거면 하다못해 막걸리 한 사발이라도 맥여주던가!"

참다못한 육가가 들으라는 듯 소리를 지르자 그제야 중문 안쪽에서 사람이 나타났다. 좁은 갓을 쓰고 두루마기를 입은 모양새가 보아하니 이 집의 마름 노릇 하는 자인 것 같다.

그가 기다리게 해서 미안하다는 말 한마디 없이 턱짓으로 저를 따라오라는 시늉을 하자 육가는 더 부아가 났다.

'기다린 게 아까워 따라는 간다만, 얼척없는 소리를 해대면 양반이고 뭐고 콱 면박이나 줄 테다!'

사랑채서 만나려나 했더니 그것도 아니었다. 행랑 마당을 지나 나타난 사랑채를 외면한 마름 놈은 그를 돌아서 담벼락 쪽으로 육가를 안내하더니 거기 난 쪽문으로 들어갔다.

꽤 어지러운 구조였다. 안채로 들어가는 것도 아닌데 문을 두어 개 더 통과하고 마당을 더 지난 후에야 비로소 목적지가 나타났다. 집의 뒤란 호젓한 곳에 별당이 하나 있었는데, 오늘 만날 의뢰인은 바로 거기에 있다고 한다.

"들어가게. 혹시나 해서 미리 말하지만 저 안에 계시는 분이 무슨 말을 하든 그 내용은 절대 발설하면 안 되네. 알겠나?"

무슨 비밀한 책을 구하기에 이리 법석을 떠는 걸까? 이젠 육가도 호기심이 일 지경이었다.

고개를 갸웃거리며 별당 안으로 들어간 육가는 한 번 더 놀랐다. 드디어 의뢰인을 대면하나 싶었는데, 막상 들어가 보니 별당 한복판에 긴 발이 드리워져 있고 의뢰인은 그 발 뒤에 앉아 있었다.

'염병, 양반이랍시고 천것이랑은 대면 못 하겠다 이거여?'

육가의 성격이 지랄 맞아서 배알이 뒤틀리면 나라님이라 해도 들이받는 위인이었다. 이미 혈소청서부터 심사가 상한지라 이젠 무슨 소리를 들어도 돌아 나오는 게 낫다 싶다. 그런데 그가 막 발걸음을 돌려 나오려는 순간, 발 너머에서 목소리가 들려왔다.

"미안하네. 내 사정이 있어 얼굴을 감췄으니 너무 불쾌해하지 말게나."

같은 사내가 듣기에도 근사한 목소리였다. 목소리로 벼슬을 한다면 육조 대신은 물론이요, 영의정도 하리라 싶을 정도로 호감이 갔다. 게다가 풍기는 분위기를 보아하니 양반임이 분명한데 지체 낮은 저 앞에 사과를 하지 않는가. 육가는 그제야 분기가 조금 풀렸다.

"긴히 찾는 책이 있다고 들었습니다요."

육가가 발 앞에 앉으며 묻자 발 너머의 상대가 곧 잘 접은 서찰을 그 밑으로 내밀었다.

"구하고자 하는 물목이네."

서찰을 펼쳐 읽어본 육가의 얼굴에 곧 놀람과 당혹스러움이 떠올랐다. 구하려는 책이 이거라면 상대가 발로 얼굴을 가린 것도 이해가 갔다. 육가의 얼굴에서 이제 반감이 완전히 걷혔다.

"나리, 이 책들은 제가 갖고 있지 않습니다."

"자네가 조선에서 제일가는 책쾌라고 들었네. 그런 자네도 이 책은 없단 말인가?"

"어디서 그런 소문을 들으셨는지 몰라도 저야 날고 기어봤자 조선 팔도 안입지요. 이런 책은 제가 취급을 안 합니다요."

"그럼 이 책을 어디서 구할 수 있겠나? 내 사정이 있어서 꼭 이 책이 필요하다네. 자네가 구해다만 주면 책값은 섭섭지 않게 치러 주겠네."

"글쎄요. 워낙에 귀한 책이라······."

꼭 돈이 문제가 아니라 책쾌로서의 자존심도 걸린 문제였다. 조선 팔도만 자신의 영역이라고 말은 했지만, 저도 그런 한계를 넘어설 때가 되지 않았는가.

그런데 오기 때문에라도 책 구할 방도를 찾기 위해 염두를 굴리던 육가의 머리에 문득 떠오르는 것이 있었다. 확실한 건 아니지만 어쩌면······?

"한번 구해보겠습니다. 한데 가능할지 안 할지도 모르겠습니다만, 만약 구할 수 있다고 해도 시일이 꽤 걸릴 수 있습니다. 그래도 괜찮겠습니까요?"

"가급적 빨리 구해주면 좋겠지만, 불가항력이라면 내 기다리겠네. 하나 안 된다는 말은 하지 말게. 내게는 무엇보다 중한 일이니 시일이 걸려서라도 꼭 구해줘야 하네."

굳이 책 한 권에 그리 목숨 걸 일이 뭐 있단 말인가. 의문이 들긴 했지만 그리 책이 중요하다는 데야 책 좋아하는 육가도 도와주고 싶은 마음이 강하게 밀려왔다.

"알겠습니다요. 소인이 노력할 테니 믿고 기다려 주십시오."

"고맙네. 허고 책값은 선금으로 반을 줄 테니 나가는 길에 마름에게 받아 가게. 내 재삼 당부하네만, 자네를 믿고 선금을 주는 것이니 무슨 일이 있어도 꼭 그 책을 구해주게나."

*

"나리, 계시어요?"

세책 꾸러미를 품은 다희가 안채를 기웃거렸다. 빌려온 세책을 돌려준다는 명목 아래 또 자유 시간을 얻은 것이다. 행랑어멈이 도끼눈을 뜨는 것을 뒤로하고 달음박질쳐 왔는데 막상 세책대에는 운도 장 씨도 보이지 않았다.

이미 추리설의 작가란 게 밝혀진지라 그 뒤로 오씨부인은 툭하면 다희더러 다음 글을 써내라 난리였다. 요즘은 원고를 닦달하는 것이 운이 아니라 오씨부인이 돼서 이젠 아주 노골적으로 안방으로 불러다 일은 안 해도 좋으니 글을 쓰라 할 지경이었다.

마음껏 글을 쓸 시간도 얻었겠다, 이 마당에 운도 저를 예뻐해 주겠다, 다희로선 행복한 비명이라도 질러야 할 상황이었다.

단 한 가지 마음에 걸리는 것은 파현에서의 사건 이후로 엄쇠와의 사이가 껄끄러워진 것이다. 엄쇠는 어디를 쏘다니다 온 건지 그 일이 있은 뒤 거의 이 주일 뒤에야 나타났다. 엄쇠 같은 인력이 아쉬운 마님과 색희 나리는 잘 돌아왔다 반가워했지만 다희는 불편한 마음이 컸다. 온 집안에 운과 저가 그렇고 그런 사이가 된 게 다 알려진 마당인데 한때나마 혼인할 뻔한 사내가 같은 집에 있으니 가시방석이 따로 없는 게다.

그러거나 말거나 엄쇠는 묵묵히 주어진 일만 할 뿐, 마님에게 혼인을 시켜달라 조르지는 않았다. 오히려 맞은 엄쇠보다 때린 다희 쪽이 안절부절 죄의식에 시달렸다. 그 덕분에 오씨부인이 차라리 운더러 다희를 얼른 데려가라 말할 요량을 품었으나, 그는 어디까지나 그녀의 생각일 뿐 아직 정해진 건 아무것도 없었다.

"이상하네. 분명 안에 계신다 했는데?"

작업장에는 운의 모습이 보이지 않았다. 차마 그가 머무는 안방 문을 열어볼 용기가 나지 않아 머뭇거리던 다희가 이번엔 서고로 향했다.

서고 안은 고즈넉했다. 습기가 차는 것을 막기 위해 서고의 벽마다 큰 창을 내었고, 그리로 여름에 가까워진 햇빛이 쏟아져 들어오고 있었다. 쨍하니 잘 마른 종잇장의 냄새, 그 안에 배어난 먹물 냄새, 콩기름 냄새. 그런 것들이 익숙한 훈향이 되어 코끝을 간질였다.

"나리, 여기 계십니까?"

다희가 가만가만 서가 사이로 걸어 들어가며 운을 불렀다. 바스락, 문득 낯선 소음이 더께처럼 두껍게 내려앉은 침묵을 갈랐다. 운인가? 다희가 소리가 들려온 서가 쪽으로 빠끔히 고개를 내미니 과연 그가 햇빛이 쏟아져 들어오는 지창 아래 앉아 있었다.

그림처럼 준수한 모습이다. 서상에 책을 펼쳐 놓고 한 장 한 장 넘기고 있는데, 부드러운 햇빛을 반사하는 그 얼굴이 눈이 부실 정도로 훤하다. 만날 툴툴거리거나, 찡그리거나, 무표정하거나, 그도 아니면 찌르고 괴롭히는 짓궂은 모습만 보다 그런 얼굴 마주하니 새삼스레 가슴이 두근거렸다.

문득 그제야 다희를 발견한 운이 그녀를 향해 손짓을 했다. 다희가 설레는 표정을 숨기며 다가가자 그가 대뜸 물었다.

"원고 해왔느냐?"

그놈의 원고, 원고. 한동안 아무 말 없다 싶더니 기어코 약을 올린다.

"나리!"

"어이쿠, 소리는 왜 지를까."

"정말 너무하십니다요. 나리는 저를 기다리는 게 아니라 원고만 기다리는군요!"

샐쭉 토라져 눈을 흘기자 운이 껄껄 웃으며 볼따구니를 꼬집었다.

"삐치지 마라. 네가 삐치면 더 귀엽다."

"아야야!"

화가 난 다희가 그의 손가락을 찰싹 때리자 그제야 운이 손을 뗐다. 그러더니 펼쳐져 있는 책을 한 장 더 넘긴다.

"책을 읽는 중이셨습니까?"

"아니다. 모처럼 시간이 나서 책 수리를 하던 중이다."

세책도 그렇지만 팔아야 되는 쾌가의 책은 조금이라도 상태가 좋아야 했다. 그래서 운은 시시때때로 쾌가의 책 상태를 살피고 수리를 했다.

"심심하면 너도 돕거라."

"저가 뭐 아는 게 있어야지요. 혹시 제가 할 만한 일이 있습니까?"

"아이고, 답삭 나서도 모자랄 판에 자신까지 없다 하면 이 귀한 책은 못 맡기지. 그냥 옆에서 보기나 하렴."

그리 말한 운이 책장을 더 넘겼다. 문득 책장이 반쯤 접힌 곳이 나타나자 운이 서상 옆에 놓아둔 인두를 집어 들었다. 숯불에 잘 달궈진 인두를 든 그가 접힌 책장을 펴더니 살살 밀었는데, 얇은 종이는 용케도 타지 않고 인두 아래서 스르르 펴졌다. 그 재주가 하도 신기해서 다희는 감탄성을 질렀다.

운은 손재주가 좋았다. 구겨진 곳을 인두로 일일이 다려서 펴자, 이번엔 찢어진 곳은 종이를 대서 깨끗이 붙이고 끈이 끊어진 책은 굵은 돗바늘 끝에 홍사를 꿰어 일일이 고쳐 맸다.

그의 손끝에서 다시 태어나는 책들이 보기 좋았다. 그 일에 무섭도록 집중하는 운의 모습은 더 좋았다. 다희는 꿈이라도 꾸는 것처럼 몽롱한 표정으로 그 모습을 지켜봤다.

그러다 문득 운이 새로운 책을 펼쳤을 때 다희가 꽥 비명을 질렀다.

"히익! 이게 뭡니까요!"

책장 사이에 기다란 더듬이를 움칠거리는 벌레가 끼어 있다. 크기는 손가락 한 마디만 하고 색은 은백색인데 불시에 햇빛 아래 드러난 놈은 저도 깜짝 놀란 듯 꼼짝 못 하고 있었다.

"서두(書蠹)다. 낡고 오래된 책엔 이 귀찮은 놈이 붙어서 책을 파먹곤 하지. 요놈, 딱 걸렸다."

"에구머니나!"

벌레라면 새삼스러울 게 없지만 이 서두란 놈은 작은 대가리에 비해 유난히 긴 더듬이가 징그러웠다. 운이 내려치는 손바닥을 피한 서두가 다희를 향해 달려들자 그녀가 꽥 비명을 지르며 운의 팔에 매달렸다.

깨달았을 때는 이미 다희가 그의 옆구리에 찹쌀떡처럼 찰싹 달라붙은 뒤. 뒤늦게 그 사실을 깨달은 다희가 고개를 들어 운을 쳐다보자 그녀를 내려다보고 있는 그의 눈길이 들어왔다.

'아······.'

이젠 늦었다. 그녀를 지그시 내려다보고 있는 운의 시선을 피할 길이 없다. 다희는 그의 손에 잡힌 서두처럼 꼼짝 못 하고 그를 올려다봤다.

바르르 입술 끝이 떨린다. 바로 그 입술을 향해 운의 것이 내려왔다.

춥.

적요한 서고 안에 두 입술이 부딪치는 소리가 유난히 크게 울렸다. 입술 사이가 벌어지고, 들어온 혀가 서로 얽히고, 갈급한 손이 이내 다희의 뒷덜미를 움켜쥐고 자신의 것을 밀어붙이는 소리, 거친 숨소리와 그를 모조리 받아들이는 신음 소리.

"하아……."

이미 서두를 찾던 일은 다 잊어버렸다. 끊어질 듯 가냘픈 호흡을 이어가던 다희가 마침내 운에게 허리를 붙잡혀 그대로 뒤로 눕혀졌다. 사라락사라락, 저고리 고름이 풀리고, 치마저고리가 내려갔다.

"으흥……!"

무엇을 하고 있는가. 신음이 짙어지더니 이내 간드러진 비명으로 바뀌었다.

"힉, 히익……!"

다희가 놀라 지르는 탄성, 애끓는 신음이 뒤섞이더니 곧 그마저도 겹쳐진 운의 몸 아래로 빨려 들어갔다.

허리까지 내려간 치마저고리 아래로 운의 손이 들어왔다. 단속곳이 내려가고 다리속곳까지 풀어지더니 어느새 잔뜩 젖은 다리 사이로 그의 손이 파고들어 왔다.

무엇을 하려 함인가. 저는 무엇이 되려 함인가.

다희는 온몸에 점점 도장을 찍으며 아래로 내려가는 운의 입술을 느끼며 눈을 감았다. 어느새 밀지에 도착한 입술이 그곳을 지분거리자 짜릿한 파도가 온몸에 물결치며 올라온다. 다희는 저절로 짧은 비명을 내지르며 얼굴을 가려 버렸다.

"웃, 으응⋯⋯!"

"흐웃!"

더 이상의 대화는 없었다. 언젠가부터 기다리고 있던 일들이 자연스럽게 그녀에게 일어났을 뿐이다. 몸을 세운 운이 다희의 안으로 들어왔다. 얼굴을 가려 버린 그녀의 눈에는 보이지 않았지만, 몸을 가르고 들어오는 그것이 장대하다는 것은 온몸으로 느껴졌다.

"으윽! 아, 아파!"

참으려 애썼지만 처녀지가 쪼개지는 아픔은 도저히 눌러 없앨 수가 없었다. 자기도 모르게 얼굴을 가린 손 밑으로 눈물이 흘러내리자 운이 그 손을 치워 버렸다. 꼭 깨문 입술에서 피라도 나올 것 같다. 하나 어찌하랴. 그녀를 완전히 그의 것으로 만들기 위해선 어쩔 수 없는 고통인 것을.

내려갔던 입술이 도로 올라오더니 그녀의 입술을 덮었다. 말캉한 혀가 밀려들어 와서 다희의 것을 빨아들였다 밀어붙이기를 반복했다. 그리고 그녀의 안을 꽉 메운 그의 기둥도 좁은 길을 들어왔다 빠져나가는 속도를 점점 빨리 했다. 짧고 날카로운 비명이 조금씩 짙은 신음으로 바뀌기 시작했다. 책의 숲, 오직 서두 한 마리만 그 짙은 그늘 아래 두 사람이 벌이는 은밀한 일을 훔쳐봤다. 책 사이에 숨은 벌레가 긴 더듬이를 느릿느릿 흔들며 지켜보는 것도 모른 채, 두 사람은 계속해서 뜨거운 호흡을 토해냈다.

반격

여름이 되었다. 한여름 뙤약볕에 곡식은 하루가 다르게 무럭무럭 자라나는데 다희는 그 반대로 사위어갔다.

추리설 최종권의 원고를 쓰기 위해 밤을 새워가며 달린 탓이다. 그동안 추리설 6권을 마침내 탈고했고, 그 역시 대희투를 하였다. 운이 범인을 알려달라는 독자들의 아우성에 시달리는 동안 다희는 마침내 최종권에 돌입했는데, 오씨부인 배려로 일은 하지 않고 책만 쓰는 데도 불구하고 글에만 매진하다 보니 오히려 기력이 달렸다. 그 바람에 바짝바짝 말라가던 어느 날, 마침내 다희가 기성을 지르며 목탄을 놓았다. 드디어 최종권을 끝낸 것이다.

"끝났다!"

행랑채에 처박혀 있던 다희가 소리를 지르자 그를 들은 오씨부인이 다듬고 있던 풋고추 한 줌을 든 채 안마당서부터 뛰어왔다.

"애! 드디어 최종권이 나온 것이냐?"

"네, 마님. 이제 운 나리께 보여 드리고 내용을 정리해 필사하기만 하면 됩니다."

"잘됐다, 잘됐어. 그럼 나오자마자 나부터 보여줘야 한다?"

"이를 말입니까! 당연히 그리 해야지요!"

이미 그전에 나온 6권을 가장 먼저 보여 드렸음은 물론이요, 1권부터 5권까지 전질을 새로 필사한 책을 갖고 있는 부인이다. 사실 범인은 이미 알고 있지만 대희투 소설 추리설의 내용을 누구보다 먼저 알수 있다는 기대에 오씨부인은 한껏 희희낙락했다.

부인의 배려로 시간을 얻은 다희가 마지막으로 탈자는 없고 글이 이상한 곳은 없나 처음부터 끝까지 다시 읽어보았다. 괜찮았다. 운과 내용을 의논하고 글 쓰는 법을 얻어 배운지라 처음 추리설 시작하던 때에 비해 지금은 비루하나마 제법 문장 같은 글이 됐다.

글의 구성은 최종적으로 바꿨다. 원래 다희가 생각한 범인도 한씨 가문이긴 하지만 그에 더하여 한씨 가문의 악행을 추가했다.

앞서 운에게 제안한 것처럼 주인공인 이 모 검험관이 함정을 파서 한씨 가문의 흉적들이 그도 모른 채 달려드는 장면을 추가했고, 검험관은 그들을 모조리 붙잡아 경기 감영으로 끌고 가 사건의 모든 전말을 밝힌다. 저 스스로 함정에 빠지는 바람에 자신들이 범인이라는 것을 드러내게 된 한씨 일가는 마지막으로 이 모 검험관의 집에 불을 지르지만, 다행히 검험관을 돕던 조씨부인 측협객의 활약으로 목숨을 건진다. 그리고 한씨 가문 일속은 결국 감영에 끌려가 모조리 죗값을 받는 것으로 소설의 대미를 장식했다.

마침내 끝내었다. 혹시나 빈틈이 없나 아예 1권부터 다시 읽기 시작한 다희의 입가에 만족한 미소가 걸렸다. 이 정도면 됐다. 전개가 허술할 리 없는 게 실제로 일어난 사건이 아닌가. 한진범이 잡혀 심판을 받게 된 것까지 한 치 틀림없는 사실이니 이상한 점이 있을 리 없었다. 마침내 다희가 뿌듯한 표정으로 원고를 가슴에 끌어안았다.

'독자들이 이를 읽으면 얼마나 좋아할까? 다들 재미있다 난리겠지? 운 나리도 잘 써냈다 칭찬해 주실 거야. 아이, 좋아라.'

신이 난 다희가 그 길로 집을 나갔다. 그녀가 향한 곳은 당연히 광통교, 책하가 있는 쪽이었다.

"추리설 최종권이옵니다, 나리. 드디어 완성했어요."

"호오? 빨라도 보름은 더 걸리리라 싶었는데 그새 다 썼느냐?"

안채에 앉아 있던 운은 다희의 말에 당장 기뻐하며 손을 내밀었다. 어서 원고를 달라는 것이다. 그런데 어째서일까, 답삭 원고를 내밀려던 그녀의 손이 문득 멈췄다.

이상했다. 분명 제 딴에 정서까지 다 마친 원고다. 처음부터 끝까지 이상이 없는지 점검하였고, 이 정도면 무리 없이 잘 끝냈다 생각했는데 지금에 와서 운에게 건네주려니 뭔가 묘하게 찜찜했다.

"왜 그러느냐? 막상 넘겨주려니 허전하기라도 한 거냐?"

"아니요. 그런 건 아닌데……."

이상하게 마음속 한구석에서 덜그럭 소리를 내며 걸리는 것이 있었다.

이 원고를 건네주면 그것으로 끝, 추리설은 완성된다. 더 이상 내용을 고칠 여지도 없이 다희의 손을 떠나는 것이다. 그런데 이 대로 끝을 내도 되는 걸까? 이상하게 불안하다.

지금이라도 그 덜그럭 걸리는 것이 뭔지 알 수만 있다면 고쳐 내면 될 것 같은데 그 걸리는 것이 뭔지를 도무지 알 수가 없었다. 그저 볼일 보고 뒤 안 닦고 나온 것처럼 짙은 불쾌감과 꺼림칙한 심정이 가득할 뿐이다.

혹시 운이라면 어째서 그녀의 글이 못내 불편하게 느껴지는 건 지 알 수 있지 않을까?

"끝을 내긴 했는데 잘 쓴 건지 모르겠습니다. 나리가 한번 봐주 셔요."

운이 다희의 원고를 받고는 휘리릭 읽어 내렸다. 워낙 속독하는 위인이지만 그렇다고 허투루 읽는 법은 없었다. 예리한 눈으로 끝 까지 다 읽은 그가 이윽고 고개를 끄덕였다.

"됐다. 문장만 다듬으면 되겠구나."

"괜찮으십니까? 이상하지 않은가요?"

"이미 사건의 전말이 다 드러나지 않았더냐. 일어난 사실을 잘 전하였고 앞에 나온 글과도 아귀가 잘 맞으니 아무 무리가 없다. 내가 읽어도 참으로 재미 진진하니 필시 이번에는 대대대, 대희투 를 하겠구나."

"그렇습니까? 허면 이상한 곳은 아무 데도 없는 것이지요?"

"왜 그러느냐? 뭐 걸리는 부분이라도 있는 게냐?"

"아, 아닙니다요. 그냥…… 음, 그냥 이번서 최종권이 나오면 더 이상 고칠 수도 없으니 혹여 모자라거나 틀린 부분이 있을까 봐 불안한가 봅니다. 아무것도 아니어요."

"허허, 걱정할 것 없다니까. 두고 보아라. 이번 최종권이 나오면 내 이 책을 한문본으로 바꾼 뒤 여러 권 필사해서 연경 가는 역관에게 들려 보낼 참이다."

"그건 또 왜요?"

"이리 재미진 책을 조선에서만 돌려볼 수는 없지. 대국에서도 네 위명을 떨쳐야 하지 않겠느냐? 내 장담하는데 추리설은 분명 대륙을 들었다 놨다 할 것이다."

"그런 일이 가능합니까?"

솔직히 말해서 대국은 고사하고 조선 전체에 다희의 책이 퍼진다는 사실만으로도 기분이 얼떨떨하고 실감이 나지를 않았다. 아무리 생각해도 허풍이 심한 것 같은데, 운은 의기양양해서 그녀의 원고를 들고 바깥채로 나가더니 장 씨를 불렀다.

"여보 장 씨, 세책점은 구동이더러 보라 하고 바로 필사 들어갑시다."

"오호, 다희가 추리설 새 원고를 가져왔구먼? 잘되었다, 다희야. 이번에도 희투는 따놓은 당상인 게지?"

"이를 말인가. 수다는 그만하고 작업장으로 가세. 내가 바로 문장을 고쳐 불러줄 터이니 장 씨가 받아 적게. 허고 정서가 끝나는 대로 밤을 새워서라도 장 씨와 내가 필사본 두 권은 더 만들어야 할 것이야."

일사불란하게 일이 돌아갔다. 마침내 단 하루 만에 필사본 두 권이 만들어지고, 그다음 날엔 그 배가 만들어졌다. 배의 배, 그

배의 배로 퍼져 나간 추리설 완결권은 그야말로 장안에 대희투를 기록했다.

패관 잡설을 금한다는 주상의 지엄한 명령에도 불구하고 여인네들의 치마 아래로, 문무반 선비들의 도포 자락 속에서, 글 읽을 줄 아는 양인들의 허리춤에 꽂혀 퍼져 나간 글은 삽시간에 전국에 퍼졌음이다.

심지어 추리설이 실제 사건을 소설로 쓴 것이며 그 사건의 진범인 한씨 일가가 얼마 전 체포당했다는 소문까지 함께 돌기 시작했으니, 그로 작가 비영에 대한 칭찬과 한씨 일가에 대한 비난이 들끓었다. 파현 동리는 물론이고 인근의 양민들까지 찾아와 집을 둘러싸고 욕설을 퍼붓자 결국 견디다 못한 한씨 일가는 야반도주하였고, 그사이 한진범은 장독을 이기지 못하고 감옥 속에서 죽고 말았다. 장안을 떠들썩하게 만들었던 모살 사건은 그렇게 끝을 맺었고, 추리설만 남아 날개를 달고 퍼져 나갔다.

그러던 어느 날, 운의 쾌가에 오랜만에 손님이 찾아왔다.

지방서 올라온 책쾌 한 명이 시골 내려가 팔 만한 책을 구하러 온 것이다. 시골 선비들에게 주문받은 책 목록이 꽤 많아서 운이 책쾌와 함께 그를 찾고 있는데, 오늘 무슨 바람이 불었나 쾌가에 손님이 또 한 명 찾아왔다.

그런데 그 상대가 특이했다. 보통 양반님네들은 종자를 보내 구하고 싶은 책 목록을 전해주는데 이번서 온 손님은 본인이 직접 찾아왔다. 서고를 구경하고 쓸 만한 책이 있으면 사가고 싶다는 것이다.

'쓸 만한 책이 있냐고? 이 우라질 놈이 책하를 뭐로 알고!'

은근히 시건방진 태도에 운의 자존심이 팍 상했다. 조선 팔도는 물론이고 연경에서나 구할 수 있는 책까지 모인 곳이 책하다. 그런데 감히 쓸 만한 책을 논하다니!

화가 난 운이 결국 먼저 온 책쾌에겐 책 구경하고 있으라 이른 뒤 그 면상을 직접 보려고 바깥마당으로 나갔다.

세책점엔 오늘도 책을 빌리러 온 여인네들과 양반네들이 모여 있었다. 그중에 옥빛으로 물들인 도포를 입은 선비가 서 있기에 운은 이내 그가 바로 건방진 의뢰인임을 한눈에 알아봤다. 전에 본 적 없는 얼굴이었던 것이다.

선비는 좌중에 묻혀 있어도 몹시 눈에 띄는 자였다. 운이 나타나자 바로 기색을 알아차린 상대가 몸을 돌렸는데 그 순간 운과 그의 눈이 마주쳤다.

오만한, 그러면서도 한없이 냉정한 사내. 잠시간 스쳐 지나가는 눈빛에서 운은 상대에게서 그런 기색을 읽어냈다.

키가 운만큼이나 큰 그 사내는 얼굴도 상당히 준수했다. 운이 사내답게 생겼다면 상대는 깎아놓은 옥돌처럼 수려하고 매끈한 외모. 옥빛으로 물들인 도포 덕분에 더욱 관옥 같았다. 지나칠 정도로 매끈거려서 인간미가 없어 보이는 게 흠이었지만, 그쪽이 여인들의 시선을 끌기엔 더 적합해 보였다. 덕분에 여느 때처럼 운을 보기 위해 마당에 몰려들어 있던 여인네들의 눈길은 온통 새로이 나타난 그 사내를 향해 쏠려 있었다.

"세상에, 관옥이 관옥을 만났네. 눈 호강도 이런 눈 호강이 있을까?"

수선스러운 여인들의 수군거림. 그 와중에 코피를 쏟으며 쓰러지는 여자들을 뒤로하고 옥돌선비가 운에게로 걸어왔다.

"책하의 주인장인가?"

대뜸 하대. 저는 양반이라 이거지? 세책점 주인이니 필경 중인, 양반이라 해도 하찮은 양반이다 생각한 게다.

"그렇네만."

운도 바로 막말로 나가자 상대의 볼살이 꿈틀 움직였다. 그와 함께 주변을 둘러싼 여인들 사이에서 '하아!' 하는 탄성이 터져 나왔다. 운도 그렇긴 했지만 옥돌선비의 목소리는 굉장히 근사했다. 낮으면서도 발음은 명료하고 음색이 그윽한데, 하늘나라에 선녀 말고 선남이 있다면 바로 이런 목소리지 싶다.

하지만 여인네들이 경탄하는 동안 사내들 사이엔 보이지 않는 신경전이 벌어지고 마주 노려보는 둘 사이에 불꽃이 튀고 있었다. 운이 까칠하긴 해도 처음 보는 상대를 무조건 적대시하지는 않았다. 그런데 이상하게도 이 사내는 싫었다. 그건 마주 선 선비 역시 마찬가지인 듯 쏘아보는 시선에 묘한 적개심이 흘렀다.

"책 구경 좀 하고 싶네만. 이 쾌가 조선에선 제일간다고 하기에 어디 쓸 만한 책이 있나 싶어 구경하러 왔네."

"구경이라면 어렵지 않네. 구경 값은 안 받으니 들어와서 마음껏 구경하게. 그런데 책은 차고 넘치게 많네만, 그쪽 눈에 차는 쓸 만한 책이 있을까 모르겠군. 오는 손님마다 취향이 워낙 다르니 독자마다 쓸 만한 책의 기준이 많이 다르단 말이지."

"그건 무슨 소리인가?"

"경전을 찾는 독자도 있고 춘화 책을 찾는 자도 있느니, 춘화 책 찾는 자에게야 공자 왈 맹자 왈이 쓸 만한 책이겠는가?"

운의 사정없는 독설에 둘러선 사람들 사이에서 웃음이 튀어나왔다. 상대의 얼굴에 분노한 기색이 흘렀지만 그도 잠시, 그의 얼굴색이 곧 평온을 되찾았다.

보통 놈은 아니다. 운은 자기도 모르게 판단을 내렸다.

"본의 아니게 주인장을 불쾌하게 했나 보군. 실례가 됐다면 내 사과하지."

"나 사과 좋아하네. 과일은 다 좋아하니 다음엔 배도 주게."

한 치도 물러서지 않는 운이었다. 또다시 비아냥거리자 상대가 결국 한발 더 물러섰다.

"나는 유이준이라 하네."

"그쪽 이름엔 관심 없지만 나도 내 소개를 하지. 최운이라고 하네."

"통성명도 했겠다, 그럼 이제 책 구경 좀 해도 되겠나?"

"그러게. 귀하신 분이니 내 직접 안내하지."

그 말과 함께 팽팽한 긴장이 잠시 스러졌다. 아쉬워하는 여인네들을 뒤로하고 운이 유이준이란 사내를 이끌고 안채로 향했다.

서고에는 시골서 온 책쾌가 아직 그를 기다리고 있었다. 이준더러 알아서 책 구경을 하라 이른 운이 곧 책쾌에게 내줄 책을 정리하는 동안 이준은 서고 안을 돌았다.

의외로 이준의 표정은 시큰둥했다. 내심 쾌가로서는 조선 제일 규모인 자신의 서고 규모에 놀랄 것이다 기대한 운으로서는 그 역시 자존심이 상하는 일, 반감이 한층 더 커졌다.

무성의하게 서고를 빙 돌다 가끔 책 몇 권을 꺼내 뒤적거리던 이준이 그마저도 멈춘 채 콧방귀를 뀌자 결국 참다못한 운이 물었다.

"쓸 만한 책이 없나?"

"글쎄, 책은 제법 많이 가졌지만, 내가 원하는 것은 없군."

"원하는 책이 과연 뭐길래 그러실까. 어디 서학책이라도 구하나?"

"구한다고 하면 가져다줄 수는 있는가?"

은근히 약을 올리는 말에 운의 이마에 심줄이 빠직 솟았다. 언성이 슬슬 높아지자 그 사이에 낀 책쾌가 불안한 표정으로 두 사람을 힐끔힐끔 쳐다봤지만 운은 그를 아랑곳하지 않고 외쳤다.

"서학책은 나라에서 금서로 정한지라 보는 것도, 구하는 것도 위험하네! 알고나 하는 얘기인가?"

"못 구한다는 말을 돌려서 하는 것 같군."

도발하는 데 재주가 있는 자다. 빙옥 같은 얼굴에 피시식 비웃음을 걸며 웃자 운이 저도 모르게 발끈했다.

"내 연줄이야 연경에도 닿았고, 심지어 연경을 넘어 서역에까지 닿았네. 구하고자 하면 못 할 건 없지. 하지만 내가 구한다 쳐도 그쪽이 책임을 질 수 있는가?"

"구해주기만 하면 내 주인장이 그 연원이란 건 함구하지. 나도 목숨이 아까우니 그 책을 드러내 놓고 자랑할 생각은 없네. 그저 내 연구하는 것이 있어서 필요할 뿐, 책을 구해 읽고 나면 불태워 없애 버릴 터야."

"목숨이 아까워? 도대체 구하는 책이 얼마나 대단한 거라고 그러는 건가?"

"명기집략(明紀輯略)."

"……!"

어지간히 담도 크고 입도 거친 운이었지만 상대가 꺼낸 제목에는 잠시 말을 잃을 수밖에 없었다. 돌연 운이 몸을 돌리더니 그때까지 눈치를 보며 서 있던 책쾌를 향해 말했다.

"김 서방, 자네 좀 나가 있게. 내 사정이 있어 이 작자부터 상대해야 할 것 같네."

"저기, 저도 책이 급한디요. 지가 책만 주문받은 것이 아니어라. 내려가는 길에 한양서만 구할 수 있는 물목들도 가져다 함께 팔아야 되는디, 시일을 끌면 좋을 게 없어라. 일단 제 책부터 챙겨주시면 안 되남요?"

"이미 내준 다섯 질이 다일세. 김 서방이 구하는 나머지 두 질은 나도 연경서 온 역관을 만나봐야 구할 수 있으니 다음에 한양 올라올 때 다시 찾아오게나. 대신 책값은 나머지 책까지 다 준 다음 받을 테니 그리 알게."

그렇게 단호하게 축객령을 내리자 김 서방도 마지못해 서고를 나갔다. 두 사람만 남으니 안 그래도 짙은 고요함이 더욱 무겁다. 김 서방이 서고 근처에 없음을 확인한 운이 이윽고 이준에게 일갈했다.

"명기집략이 어떤 책인지 알고서 그러는 건가? 그 책은 영조대왕 때 사달이 난 책이야. 대왕이 책 내용을 알고 대노해서 금서로 정하였고, 그 당시에 그 책을 읽은 자는 물론이요, 책을 유통한 책쾌들까지 모조리 잡아 죽인 책이라고. 지금도 명기집략이며 그를 포함한 강감회찬(綱鑑會纂) 전체도 금서 중의 금서. 갖고만 있어도 대죄가 되는데, 그런 책이라는 것을 알면서도 그를 구하는 건가?"

명기집략은 과연 운의 설명처럼 위험한 책이었다. 원래 명기집략은 청나라의 사가 주린이 지은 사서였다. 그런데 조선 책도 아니고 이웃인 청나라의 책인 그것이 조선의 개조(開祖)인 태조 이성계를 심각하게 모독했다는 게 문제였다. 태조가 사실은 고려 말의 권신인 이인임의 아들이라는 엉뚱한 주장을 한 것이다.

개조의 혈통을 부정함은 참을 수 없는 모독이기도 하거니와 하필 친원(親元) 세력의 대표자라 할 수 있는 이인임과 친명(親明) 정책을 쓴 태조를 연결한 것 자체가 말도 안 되는 궤변이고 왜곡이었다. 더하여 인조 임금의 행적에 대해서도 잘못 기록했으니 이는 몰라서 그런 것이 아니고 의도적인 것이었다.

청에 들어갔다 온 홍대용을 통해 명기집략의 내용을 안 조선 측에서 이에 크게 항의했고, 청나라에선 이를 인정해 결국 명기집략을 모두 모아 폐기했다. 그러나 문제는 명기집략이 이미 조선에 흘러들어 암암리에 크게 퍼진 뒤였다는 것이다.

금서라는 호기심까지 더하여진 바람에 오히려 명기집략을 찾는 이가 더 많아졌고, 결국 대노한 영조대왕은 명기집략을 갖고 있거나 그를 한 번이라도 읽은 자, 심지어 책을 판 자까지 모조리 체포해 가혹하게 처벌했다. 책은 모아서 불태웠고, 선비들은 유배했으며, 책쾌들은 목을 베어 성문에 효수하거나 벌판에 묶인 채 굶겨 죽였다. 심지어 내용도 모른 채 그저 귀한 책이라기에 사들여만 놓고 읽지 않은 자까지 비슷한 신세를 면치 못했다.

이와 같은 큰 파동을 일으킨 책이 바로 명기집략. 그런데 그런 위험한 책을 이준이 구해달라 요청한 것이다.

"어째 구하기 힘들 것 같으니 핑계를 대는 걸로 들리는데? 배포가 제법 큰 줄 알았더니 이제 보니 아주 조잔하군."

"용기와 만용은 구별할 줄 알아야지. 나야말로 궁금하네. 그쪽은 뉘신대 그런 금서를 구하는 건가? 단지 금서라는 것에 혹한 거라면 목숨은 하나라는 사실을 상기시켜 주고 싶네."

"국가의 기강을 세우는 것이 그깟 목숨 부지하는 것보다 더 중하지 않겠나? 내 이미 말하였지만 내가 연구하는 학문에 도움이 될까 싶어서 그를 구하는 거라네."

아하, 그제야 이자가 왜 하필 명기집략을 집요하게 구하는지 알 것 같았다. 애초에 명기집략이 뻔히 왜곡된 책이라는 것을 알면서도 선비들 사이에서 들불처럼 퍼져 나간 이유는 두 가지였다.

금서 자체에 대한 호기심이거나, 사회적 불만을 가진 자들이 금서를 읽음으로써 조정에 대항하거나.

후자의 경우, 영조대왕의 시책에 불만을 가진 양반들이 명기집략처럼 조선 왕실을 모독하고 왜곡한 책을 보며 일종의 대리만족을 느끼는 것이 이유였다. 영조대왕이 시행한 탕평책이 자신들의 벼슬자리를 뺏는다며 곱지 않게 보던 자들이 특히 그랬다. 아마 이자 역시 금상께서 대를 이어 꾸준히 천명하고 있는 탕평책에 대해 불만을 가진 자일 것이다.

영조대왕이 군이 명기집략을 분서(焚書)하고 책을 판 자들까지 잡아 죽인 건 사실 그런 이유에서다. 나라에 반기를 든 세력이 명기집략을 공공연히 탐독하자 반발 세력을 축출할 절호의 기회로 삼은 것이니 어찌 보면 왕과 양반의 권력 다툼에 책쾌들이 억울하게 희생당한 것이라 할 수 있었다.

어쨌든 책은 금서가 됐고, 그 탓에 책을 읽거나 갖고 있는 것만으로도 역모에 해당하는 대죄 취급을 받게 됐으나 기득권을 비호하고 왕을 반대하는 양반 세력들 사이에선 명기집략이 반항의 상징이 된 상태였다.

"일부러 진실을 왜곡한 책을 읽으면 이 나라가 바로잡힌다던가? 잘못된 책을 보고 무슨 제대로 된 학문이 나오나?"

"학문을 위해서야 궤변이든 잡설이든 다 집어삼켜야지. 알아야 반론도 하고 정론도 정립할 것 아닌가? 그렇게 해서 나라의 기강을 바로잡을 수 있다면 선비로서 가릴 게 뭐 있겠나?"

"나라의 기강이 자기네 벼슬자리 보전하는 걸로 잡히나? 그쪽이 펼치려는 정론이 그런 거라면 금상의 시책에도 정면으로 반하는 건데, 설마 그런 생각으로 책을 구하는 건가?"

"나야 귀한 책이라고 하니 그저 호기심이 든 것뿐, 그냥 평범한 선비라네."

격론이 위험한 곳까지 흐르자 이준이 유연한 미소와 함께 발을 뺐다.

"그나마 천하의 책을 다 가진 쾌가라 하여 들렀더니 실망이군 그래. 아무래도 책 구하기는 그른 듯싶네."

또다시 불쾌한 도발. 위험한 상대다. 이런 자와 얽히는 것은 단연 피해야 하지만 호승심이 드는 건 어쩔 수 없었다. 운 역시 위험한 분위기를 피워 올리며 씩 웃었다.

"구할 수 있을지 없을지는 나도 모르네. 하지만 만약 책이 구해지면 연통을 하지."

"호오, 그러면 구해는 보겠다?"

"장담은 못 해. 그쪽이 이 서고를 나가는 순간 잊어버릴지도 모르고, 어느 날 불현듯 생각이 나면 사람을 부려 알아볼지도 모르고. 순전히 내 마음이지."

"큭큭, 좋네. 책이 구해지면 내 사는 곳에 소식 넣게. 낙산 아랫마을 사는 간서치(看書癡:책만 읽는 바보. 과거를 봐서 관직에 나가지 않고 평생 집 안에서 책만 읽는 사람을 가리킨다) 유이준을 찾으면 되네. 한데 내가 출타를 자주 하니 나를 직접 보긴 어려울 게야. 집을 돌보는 노복에게 연통을 넣어두면 내가 다시 사람을 보내겠네."

"간서치가 출타를 자주 하다니, 그래서야 간서치라 할 수 있는가? 웃기는군."

"간서치도 볼 책이 있어야 간서치지. 책 구하느라 바빠서 그러니 그런 줄 알게."

그 말과 함께 이준이 서고를 나갔다.

수상한 자. 아무리 봐도 위험한 분위기를 풀풀 풍기니 상대하지 않는 게 낫다 싶긴 한데, 그러기엔 또 뭔가 찜찜하다. 엮이지 않으면 상관없을 텐데……. 어째서 자꾸만 불길한 예감이 밀려올까?

"아, 더도 말고 그냥 사인본 다섯 권이면 된다니깐? 얘, 다희야. 내 체면 좀 살려주렴. 내가 추리설의 작가 비영을 안다고 큰소리를 땅땅 쳐놨더니 이 여편네들이 사인본 좀 얻어다 달라고 아우성이다. 내가 그 여편네들 앞에다 사인본을 쫙 내놔야 세책 좀 한다는 여인들 사이에서 콧대가 설 것 아니냐."

"아, 자꾸 사인본, 사인본 그러시는데 사인본이 도대체 뭡니까요?"

"사인본. 베낄 사(寫)에 도장 인(印), 책 본(本)이니, 즉 작가의 수결(手決:도장 대신에 자필로 글자를 직접 쓰던 일. 또는 그 글자)을 도장 삼아 책에 휘갈겨 쓴 책이 바로 사인본이란다. 그 사인본 다섯 권만 써주렴. 응?"

비영 이름자 써주는 일이라면 어려울 건 없었다. 다만 다섯 권이나 되는 책을 구하는 게 어려울 뿐이다. 추리설이 워낙 인기작이라 정작 작가인 다희도 책을 구하기가 힘들었던 것이다.

"어휴……. 그럼 일단 책하에 가서 필사본이 더 있나 물어보겠습니다요. 하지만 너무 기대하진 마셔요."

그렇게 일별하고 나온 다희가 곧바로 책하를 향해 달렸다. 못이기는 척 나오긴 했지만 사실은 책하에 올 핑계가 생겨서 속으론 좋은 것이다.

"장 씨 아저씨, 운 나리 안에 계십니까?"

쉬지 않고 달려온 바람에 숨이 턱에 닿은 다희가 세책점에 들어서자마자 외쳤다. 마침 세책대에 앉아 있던 장 씨가 웃으며 대답했다.

"오늘은 뭐가 그리 급해서 뛰어왔냐? 나리는 안에 계시긴 한데, 지금 쾌가 손님이 와서 그 상대하느라 바쁘시다. 예서 좀 기다리련?"

"아, 그런 거면 제가 작업장에 들어가 있을게요."

말을 마친 다희가 다시 바깥마당으로 나왔을 때, 때맞춰 마당 한가운데로 이준이 지나가고 있었다. 찰나의 순간, 이준은 마당을 가로질렀고 그녀는 막 그가 지나간 마당을 돌아 안채 쪽으로 들어갔다.

다희가 문득 걸음을 멈춰 선 것은 먹향 때문이었다. 운에게서도 종종 나곤 하는 그윽한 먹향. 익숙하기도 하고 좋아하기도 하는 그 향기에 끌린 다희가 뒤를 돌아본 순간, 그녀는 두 눈을 동그랗게 떴다.

'와, 진짜 잘생겼다.'

이준이 마침 문간에 선 참이었다. 데리고 온 말구종을 부르려 두리번거리다 이쪽으로 고개를 돌렸는데 그 얼굴이 참으로 옥골선풍이다. 운도 잘생겼지만 한양 바닥에 그 못지않게 잘생긴 자가 또 있다니!

하지만 그뿐, 이미 운에게 마음 뺏겨 버린지라 잘생긴 것 말고는 더 볼일은 없었다. 그런데 다희가 몸을 돌려 안채로 들어가려 할 때, 마침 이준이 자신을 발견한 말구종을 향해 외쳤다.

"만복아, 말을 가지고 오거라!"

멈칫. 불현듯 달려 들어가던 다희가 멈춰 섰다.

'이 목소리?'

어디서 들은 것 같다. 낮고 그윽한 저음의 목소리. 분명히 익숙하다. 그런데 그 목소리를 도대체 어디서 들었는지는 가물가물 생각이 나지를 않는다.

'어디서……? 어디서 들었지?'

하지만 다희가 그를 확인하려 몸을 돌렸을 때, 이준은 이미 사라지고 없었다. 그녀가 문간으로 달려 나갔을 때, 이준은 말구종이 끌고 온 말에 올라타 저 멀리 길 끝으로 사라지고 있었다. 쫓아가긴 그른 터. 게다가 쫓아가면 뭐 하나. 어디서 들은 것 같다는 이유만으로 쫓아가기까지 하기엔 아무래도 썩 타당하지가 않다.

하지만 그런데도 불구하고 자꾸 석연치 않은 느낌이 드는 것은 왜일까?

불안이 중첩된다. 운의 불안, 다희의 불안. 두 사람이 미처 깨닫지 못하는 사이에 이물질은 서서히 그들 사이에 스며들고 있었다.

달칵. 목함 뚜껑이 소리를 내며 열렸다.

행여나 누가 볼까 싶어 서고의 문은 이미 안으로 단단히 잠근 뒤였다. 그러고도 서고 안에 혹시 남은 자가 없나 꼼꼼히 살핀 운은 그제야 서가 구석진 곳, 수리를 위해 쌓아둔 허드레 책 속에 묻어둔 목함을 꺼냈다.

예전에 다희가 건드렸다가 운이 크게 성을 낸 그 목함이다. 목함을 싼 청록색 고운 비단 보자기를 끄른 운이 곧 그 안에서 귀히 보관된 책을 꺼냈다.

─명기집략

이준이 찾던 문제의 그 책이었다. 갖고만 있어도 대역 죄인으로 간주된다는 바로 그 책. 결코 그 내용에 공감해서, 탕평책에 반대를 하기 때문에 소장한 것은 아니다. 책이라면 거의 광적으로 수집하는 운이기에, 그저 그것이 귀해서 기어코 구한 것이다.

보통 청나라의 책은 사신과 함께 가는 역관을 통해 구하지만, 명기집략은 그런 경로로 구했다간 역관과 운 모두 들켜서 목이 베인다. 그래서 운이 택한 방법은 직접 연경으로 간 다음, 배를 구해서 유리창가(琉璃廠街:당시 청나라 수도 연경에 있던 유명한 서점 거리)에서 싹쓸이해 온 책과 함께 명기집략을 실은 뒤 청나라 배가 자주 드나드는 제물포까지 끌고 온 것이다. 제물포에서 다시 뱃길로 마포나루까지 온 다음, 그 뒤로는 수레를 통해 싣고 오니 그 덕분에 귀한 명기집략을 손에 넣은 것은 물론이거니와, 배 한 척에 실어온 귀한 책이 모다 운의 쾌가를 이루는 데 큰 밑천이 됐다.

그러나 이 보물이 작금에 와선 양날의 칼. 갖고 있다는 기쁨 말고는 이득이라곤 하나도 없고, 오히려 위험한 폭발물이 됐다. 이것을 이제 어찌해야 할까, 운은 고민에 사로잡혔다.

불살라 버리자니 마치 목숨을 버리는 것 같은 기분이 드는 것은 운의 기막힌 편벽이고 외고집이었다.

'알면서도 고치지 못하는 똥고집은 예나 지금이나 똑같지.'

운이 씁쓸한 냉소를 머금을 때 돌연 벌컥 하고 문 여는 소리가 들려왔다. 안으로 잠근 탓에 열지는 못하고 다그닥다그닥 문을 잡아당기다 곧 그를 부르는 소리가 들렸다.

"나리, 이 안에 계셔요?"

다희 목소리다. 운이 급하게 목함을 닫고 보자기로 싸맨 다음 얼른 서가 위로 올렸다.

"어서 오너라."

"문은 왜 잠그고 계셨습니까? 손님맞이한다더니 무슨 긴한 이야기라도……?"

"손님은 무슨, 진작 간 데다 손님도 아니고 폐객 중의 폐객이었다. 또 올까 무서우니 구동이더러 문지방에 부적이라도 붙여놓으라고 해놔야지."

누구기에 저렇게 싫은 표정을 짓는 걸까? 문득 그녀를 스쳐 지나간 관옥 같은 선비가 떠올랐다. 하지만 운이 싫어하는 표정이 역력했기에 다희는 더 이상 묻지 않고 이곳에 오게 된 용건부터 꺼냈다.

"사인본이라? 그런데 이를 어쩐다? 사인본을 만들려면 아무래도 새 책이 있어야 하는데 지금은 책지가 다 떨어지고 없다. 한 권 정도라면 만들 수 있지만 다섯 권은 무리인데?"

책지는 가까운 운종가 지전에서도 구할 수 있었지만, 지전의 종이는 세책점처럼 종이를 많이 소비하는 곳에서 구입하기엔 너무 비쌌다.

"하는 수 없군. 어차피 필사본을 많이 준비해야 하니 종이 구하는 김에 석 달 치 책지를 한꺼번에 사는 게 낫겠다."

그러려면 운종가보다는 조지서(造紙署)를 가는 게 나았다. 조지서는 나라에서 명해 종이를 만드는 곳으로 운종가보다는 종이 값이 훨씬 쌌다. 그런데 운이 막 다희에게 조지서 구경도 시켜줄 겸 서둘러 외출을 준비하려는데 구동이가 들어왔다. 운을 찾는 자가 또 있다는 것이다.

오늘 무슨 날인가? 이상하게 찾는 자가 많음에 운이 투덜거리며 바깥마당으로 나가자 뜻밖의 인물이 그를 맞았다. 특유의 홍직령(紅直領) 붉은 철릭에 노란 초립을 쓴 행색을 알아본 운은 그가 바로 대전별감임을 깨달았다. 예전에 얼굴을 본 적이 있었던 것이다.

그런데 그가 어째서 이런 곳에……?

"대전별감께서 여긴 어인 일이시오? 아, 혹시 세책을 하러 오시었나?"

운이 아무렇지 않게 물었지만 그 속은 사실 긴장했다. 아니나 다를까, 불길한 예감은 들어맞았다. 별감이 격식 있게 발꿈치를 착 붙이더니 지엄한 목소리로 외친 것이다.

"어명이오! 전 성균관 유생 최운은 내일 묘시까지 입궐하도록 하시오!"

운도, 그 뒤에 선 다희도 깜짝 놀랐다. 입궐이라니? 혹시 운이 뭔가 잡혀갈 일이라도 저지른 걸까? 아니, 하지만 잡혀갈 일이라면 별감이 친히 와서 입궐을 명할 게 아니라 포도청 군관들이 쳐들어올 텐데?

"또한 전하께서 이르시기를, 이미 행방을 파악하고 앞뒤로 물 샐 틈 없이 감시하고 있으니 도망갈 생각일랑 아예 말라, 그리 전하라 하시었소. 하니 귀공은 이에 따라 속히 입궐하도록 하시오!"

"뭐요?"

아연한 침묵이 바깥마당에 흘렀다. 그때까지 마당에 남아 있던 여인네들이며 서생들, 종자들은 물론이고 다희의 귀 역시 쫑긋 섰다. 왕명이라니? 일개 세책점 주인이 왕에게 불려가다니.

'도망갈 생각은 말라는 건 역시 죄지은 게 있어서 직접 잡으러 온 것인가?'

하지만 그러기엔 역시 포졸이 와서 잡아가는 법이니 앞뒤가 맞지 않는다. 결국 결론은 역시 왕은 죄를 묻기 위해서가 아니라 긴밀한 용건으로 운을 찾는다는 것. 그것도 대전별감을 보내 직접 그 출입까지 챙긴 것이다. 운이 왕명으로 직접 불러 챙길 정도로 대단한 사람이었단 말인가?

갑자기 바로 옆에 선 운이 별나라의 사람처럼 아득하니 멀어 보였다. 다희의 눈빛이 경악과 경원으로 점점 흐려지는 동안 운 역시 싸늘한 침묵에 잠겼다.

뭔가 거대한 흐름이 서서히 그에게 몰려오고 있다는 기분이 들었다. 애써 잊고 있던 과거의 물결, 그것이 한꺼번에 우르르 밀려와 그를 감싸고 있었다.

이 물결이 과연 그를 살릴 것인가, 죽일 것인가.

전혀 예측할 수 없기에 운은 한없이 불안했다.

창덕궁 후원 영화당. 나라에 큰 시험이 있을 때나 열리는 영화당 앞에는 부용지란 이름의 단아한 연못이 하나 있었다. 한여름을 관통하는 이즈음, 푸른 물빛이 그리울 때 주상은 종종 이 연못 주변을 거닐었고, 그러다 지치면 부용지 위로 세운 부용정 정자에 올라 물빛을 감상하곤 했다. 부용정에서는 주상의 꿈의 산실이라 할 수 있는 규장각과 주합루가 가까이 보이니, 사실은 물빛 구경은 핑계고 이 부용정에서 주상의 꿈을 실현시켜 줄 준재들이 자라나는 규장각을 바라보며 마음 든든해하는 것이다.

그 부용정이 오늘은 다른 이유로 열리었다. 오늘도 산책을 핑계 삼아 빡빡한 정무 중에 부용정으로 나온 주상이 좌정하고 앉자 얼마 안 가 곧 입시한 내시가 고하였다.

"전하, 전 성균관 유생 최운 들었사옵니다."

얼마 만의 만남인가. 원망스러운 눈빛을 감추고 고두하던 그 모습이 눈에 선했다. 임금 앞이라 무릎을 꿇지만 죽어도 제가 잘못한 것은 아니라는, 무모할 정도로 무례한 눈빛. 그 고집을 고치려 주상은 지나친 조처라는 걸 알면서도 군역까지 보내 버렸다.

탐나는 인재였다. 잘 깎아 쓰면 반드시 연암이나 다산처럼 장한 준재가 되리라 싶어 제멋대로 뻗은 거친 가지 잘라내려 잔혹한 도끼질을 단행했다. 그러나 운은 쇠고집을 꺾기는커녕 군역을 마친 뒤 돌아오지 않고 사라져 버렸으니 결국 찾다 지친 주상이 '지독한 놈, 내가 졌다.' 하며 찾기를 단념하였더랬다.

'5년 만인가. 그럼 지금 운의 나이 스물일곱이지? 그 정도 나이면 조금은 세상사 깨우치고 둥글둥글해졌으려나.'

"들라 하라."

주상의 명이 떨어지자마자 곧 운이 들어섰다.

'허어.'

나타난 운의 모습은 예전과 확연히 달랐다.

고약한 놈. 조금은 모난 곳이 깎였으려나 기대했는데 그러기는 개뿔, 주상 앞에 절하고 엎드린 놈의 눈빛은 흑립 아래서도 형형하게 빛나는 것이 그 반항심이 조금도 사라지지 않았다. 눈빛도 그렇거니와, 곱상하던 얼굴선은 사라지고 사내답게 각이 지고 골격이 더 커졌으니 안 그래도 썩 곱지 않던 기세가 외모의 변화와 함께 더욱 거칠어 졌다.

"심히 오래간만이로구나."

"어쩌다 보니 그리되었습니다. 그간 옥체 강녕하셨습니까?"

"왜, 저 고약한 양반은 죽지도 않나 싶더냐?"

예의 그 사람 복장 터지는 이죽거림이 또 시작됐다. 이렇게 젊은 관인들을 놀리거나 약 올리고, 그러다 어르며 안심시키고는 뒤통수칠 때는 제대로 친다. 어지간한 관인들은 그에 놀라나 호랑이 앞에 약 먹은 병아리처럼 이리 구르고 저리 구르며 삐약거리다 결국은 죽여주시옵소서 하며 납작 엎드리게 마련이다.

"전하야말로 저놈이 죽지도 않고 살아 있었네, 싶지는 않으셨나이까."

의외로다. 감히 임금 앞에 기죽지 않고 받아치는 운의 기개에 주상은 기이한 눈빛을 하였다. 예전엔 조금만 놀리면 약이 올라 펄펄 뛰더니 약간은 달라졌다. 대처에는 더 능숙해졌으나 위험하긴 더 위험해졌다. 그래서 더 욕심이 나는 것은 주상도 운 못지않게 괴팍한 탓. 주상의 미소가 은근히 더 깊어졌다.

"그럴 리가 있나. 내 군역이 끝난 뒤로 네놈이 한양에 돌아오지 않고 그대로 사라졌다는 말을 듣고 못내 섭섭하였다."

"황공하오나 소신이 병이 드는 바람에 그를 보하려 물 좋은 곳에서 오래 정양하였나이다. 한양 올라온 것은 3년이 채 안 되었으나 이미 학업을 포기하려 마음먹은 탓에 돌아왔음을 알리지 않았으니 모쪼록 미신의 사정을 헤아려 용서하여 주시옵소서."

"학업을 포기하기로 마음먹었다?"

주상의 옥음에 심상치 않은 기색이 깃들었다. 듣기엔 아주 윤기 흐를 정도로 매끈하니 딱 좋은 핑계였지만, 사실은 돌려서 주상의 조처를 비난한 것이었다. 기실은 주상도 운의 내자가 병들어 죽었음을 이미 알고 있었다. 운은 그이가 죽은 것을 주상 탓이라 내심 원망하고 있는 게 틀림없었다.

건방진 놈! 감히 뉘를 탓하려고!

"누구 마음대로 정진을 포기하려 하느냐?"

갓 아래 운의 몸이 부르르 떨리는 것이 느껴졌다. 애써 참으려 했으나 목소리에 비딱하게 날이 서는 것은 막을 수가 없었다.

"과거를 보지 말라 친히 명하지 않으셨습니까. 제가 쓴 글을 보시고 패설의 문장이라 엄히 꾸짖으셨습니다. 이런 천박한 글로 과거 보는 것은 꿈에도 생각 말라 하셨습니다. 그로 어명으로 정거(停擧:일정 기간 동안 과거를 못 보게 하던 벌)를 내리시어 소신이 그에 따랐을 뿐인데 그것이 잘못된 일이옵니까?"

건방지기 짝이 없는 항의였으나 운의 말대로다.

일찍이 책에 미친 운은 가산을 탕진할 정도로 책을 모으는 데 열심이었다. 오죽하면 청나라까지 직접 찾아가 산더미처럼 책을 사가지고 돌아왔을까. 세상의 책이란 책은 모조리 독파하면서 자신만의 문장을 연마하더니 그로 야심차게 소과에 입격했고, 성균관 들어와서도 그 문명을 떨쳤음이다.

그러나 거기에서부터가 문제였다.

앞서 다산이 설파하였듯, 주상이 당시 가장 저어하고 경계하는 것이 바로 청나라에서 들어온 잡체류의 문장이었다. 바른 문신이라면 올바른 문체를 써야 한다며 임금이 강력 주장하여 일어난 것이 고전의 순정한 문체로 돌아가자는 문체 반정이었다.

주상이 청나라의 패사(稗史:사관이 아닌 사람이 이야기 모양으로 꾸며 쓴 역사 기록)와 소품에서 비롯된 잡체류 문장을 금한 것은 사실은 청에서 들어오는 서학을 금지하기 위한 것이었으나, 어찌 됐든 그 청나라 책을 들여다보며 다듬은 운의 문장은 지엄한 왕명에 정면으로 위반되는 것이었다.

대과 급제를 자신하던 운은 과거에서 떨어졌고, 오히려 임금 앞에 불려가 크게 야단을 맞았다.

본디 주상의 성정대로라면 문체의 불순함을 들어 바로 성균관에서 내쳤을 것이지만, 그러기엔 그의 기개와 재주가 너무나 아까웠다. 그래서 문장을 고쳐 다시 시험을 보라 기회를 줬는데, 운이란 이 위인이 지독한 고집불통이었다.

처음엔 왕에게 야단을 맞으니 얼떨떨해하더니만 나중에 오기가 났다. 자신의 글은 잘못된 게 없다며 기어코 다음 시험에도 똑같은 문장으로 시문을 지어 올리니, 불호령에도 불구하고 그를 두 번이나 반복하였다.

사실은 운의 문장이 문제였을 뿐 실력이 뒤졌던 것은 아니다. 운은 문장만으로 별시 초시(初試)에서 방수(榜首)를 차지했으나 주상이 이를 뒤집었다. 기어코 그의 문장을 문제 삼아 방말(榜末)로 돌렸고, 운은 왕명을 기만한 죄로 충군(充軍:죄를 범한 자를 벌로써 군역에 복무하게 하던 제도. 신분의 고하와 죄의 경중에 따라 차등이 있었는데 대개 수군이나 국경을 수비하는 군졸에 충당했다)에 처해졌다.

그로 운이 3년이나 수군에 끌려가 말 그대로 개고생을 하였는데, 그동안에 겪은 수모는 말로 다할 수가 없었다. 몸이 힘든 것은 둘째 치고, 함께 수군에 복무하는 천것들이 갑자기 굴러들어온 멀끔한 유생을 따돌리는 것은 물론이요, 심지어 몰래 끌어내 구타까지 했다. 그를 이겨내는 와중에 날랜 무예를 익히게 된 것은 그나마 득이었다. 하지만 결국 그를 따라 내려온 운의 아내가 오지 생활 중에 병을 얻어 죽은 것은 지금도 채 지우지 못한 쓰라린 상처였다.

수군을 나오고서도 한동안 허송세월을 하던 운은 다시 한양으로 올라와 그가 그간 모아놓은 책을 바탕으로 쾌가와 세책을 하며 생계를 유지하게 됐지만, 그 뒤로는 과거에 대한 욕심은 물론이고 세상에 대한 미련을 아예 버렸음이다.

"그 과거 다시 볼 생각 없느냐?"

그런데 돌연 주상이 입을 열었다. 운이 깜짝 놀라 저도 모르게 고개를 들자, 주상이 서상에 놓여 있는 책 한 권을 집어 운의 코앞에 던졌다.

"쌍계의 문집이다. 이 문장대로만 써서 과거에 응시하면 내 너를 다시 중용하겠다."

쌍계는 당시 규장각에서 활약하고 있던 각신 이복원의 호다. 일찍이 주상께서 문체 반정을 주동하면서 모두가 모범으로 삼으라 본보기로 내건 것이 바로 고문에 능통한 이복원과 황경원의 문장이었다.

"남의 글로 과거를 보라는 뜻이십니까?"

"안 될 게 뭐 있느냐? 때론 목적지까지 가려면 길을 돌아가기도 하고 질러가기도 해야 하느니. 내 너를 오래 기다렸으니 이제 길바닥에 버린 시간만큼 길을 서둘러야 할 게 아니냐."

"……."

"연암도 처음엔 고집을 부리다 결국 뜻을 꺾었다. 잘 생각하여라."

주상의 말대로 열하일기의 저자이자 그로 한양 선비들에게 청나라풍 패관류 문장을 유행시킨 연암 박지원 역시 그 문장 때문에 주상에게 큰 야단을 맞았다. 결국 질책을 견디지 못한 연암이 반성문을 지어 올렸고, 그 이후 주상에게 중용된 바 있었다. 주상은 지금 운에게 연암과 같은 길을 종용하는 것이었다.

'이번에도 고집을 부릴 것이냐?'

준열한 눈동자가 그리 묻고 있다. 그리고 이번에야말로 운이 고집을 피웠다간 더 큰 시련을 내릴 거라는 것을.

눈에 띈 게 잘못이었다. 주상이 아직까지 저에 대한 집착을 버리지 못했다는 것을 알았다면 한양에 다시 올라올 게 아니라 저 먼 시골 바닥에서 몸을 숨기고 살았어야 했다. 운은 뒤늦게 뼈저리게 후회했다.

"내가 네놈의 뜻과 재주를 아끼는 까닭에 옳은 길로 이끌려 한다는 것을 모르느냐?"

"……송구하옵니다."

"송구는 무슨, 속으로는 전혀 납득 못 하는 게지. 쫓아낼 때는 언제고 이제 와서 다시 과거를 보라 하니 사람을 가지고 노나, 그리 생각하고 있지?"

"……"

"그리 생각해도 별수 없지. 하지만 말이다, 운아. 나는 세상을 바꾸고 조정을 개혁하겠다는 꿈을 접은 적이 없다."

"……!"

"그러나 세상을 바꾸기 위해선 지나치게 날 선 칼은 숨겨야 하는 법이다. 적당히 무디고, 적당히 덜 벼린 칼을 휘둘러야지, 그러지 않았다간 휘두르는 쪽도 다치는 법. 하지만 운아, 너는 지나치게 날카로운 칼이다. 그 예기를 다스리지 못하면 나는 너를 중용할 수 없다."

아직도 제 권력을 놓을 생각이 없는 훈구 대신들은 호시탐탐 권력을 되찾아올 기회만 노리고 있다. 그들을 다스리기 위해선 반드시 바른길만 걸어야 하는 게 아니라는 것을 왕은 잘 알고 있었다.

문제는 운처럼 젊은 혈기에 무작정 직진만을 고집하는 철없는 검도 다 거두고 다스려야 한다는 것. 때로는 그 칼을 모진 쇠메로 내려쳐 달구고 재련해야 할 때도 있는 것이다.

'너는 다시 재련되었느냐? 아니면 몹쓸 고철이 되었느냐?'

주상의 눈이 그렇게 묻고 있었다. 이 손을 잡을 것인가, 말 것인가. 운은 쉽사리 결단을 내릴 수 없었다.

"……생각할 시간을 주옵소서."

고두하며 그리 말하자 주상이 알겠다는 듯 고개를 끄덕였다. 감히 주상의 명을 바로 감읍하여 받아들이기는커녕 시간을 달라 하다니, 다른 놈 같으면 바로 의금부에 하옥하고 난장을 쳤을 일이지만 상대는 운이다. 임금도 못 말리는 고집 중의 상고집. 그나마 바로 싫다 안 하고 생각할 시간을 달라고 한 것으로 봐선 근 5년간의 고생에 조금은 바뀐 게다.

"결심이 굳어지거든 대전별감에게 연통하거라. 그이 사는 곳은 알고 있겠지?"

고개를 끄덕인 운이 그대로 부용정을 물러 나왔다.

심란하다.

마음속에 길고 검은 실꾸리가 들어 있어서 그것이 사방 난맥으로 엉키고 꼬인 것만 같았다. 이 꼬인 실을 어찌 풀 수 있을 것인가. 아니, 애초에 사람의 힘으로 풀 수 있는 게 아니니 주상의 칼에 일도양단하고서야 모든 것이 풀릴 것인가.

부용지를 돌아 걸어 나오는 운의 심경이 하 복잡하였다. 그런데 바로 그때 놀란 목소리가 들려왔다.

"네놈이 여기 웬일이냐?"

경악성의 주인은 서만주였다. 집무 중인 탓에 당하관 관복을 차려입은 만주가 여전히 굴러다닐 것처럼 뚱뚱한 몸체 위에서 입을 쩍 벌리고 있었다. 그 모습이 꼴 보기 싫고 분김이 난 운이 퉁명스레 대답했다.

"왜? 나는 여기 오면 안 될 놈이냐?"

"아, 아니, 그게 아니고…… 일개 책방 주인 놈이 궁궐에를 왜 와? 게다가 벼슬살이도 이미 막힌 몸. 입궐이 말이 안 되니 묻는 것 아니냐!"

"……주상 전하께서 그 일개 책방 주인 놈더러 과거를 다시 보라 하셨단다. 그래서 어명 받잡으러 왔다."

"뭐라고!"

홧김에 일갈하긴 했지만 운은 바로 후회했다. 아직 과거를 다시 보겠다고 결정한 것도 아닌데 괜한 말을 했다. 그것도 하필 그 상대가 이 꼴 보기 싫은 놈이라니.

"되었다. 나는 이만 간다."

아직도 땅에 떨어진 턱을 거두지 못하는 만주를 무시한 채 운이 휼훌 그 자리를 떠났다. 그런데 뜻밖에 금호문을 채 나오기도 전에 그를 또 막아서는 자가 있었다. 창덕궁의 문이 셋인데 그중에 신하들은 주로 금호문으로 드나든다. 아마 운이 입궐한다는 사실을 알고 반드시 그리로 오리라 예상하고 한참 전부터 기다리고 있던 것 같다.

저 멀리서부터 문을 지키는 수졸 앞을 이리저리 왔다 갔다 서성
거리고 있는 익숙한 풍채를 발견한 운이 멈칫 발걸음을 멈췄다.
이번엔 만주처럼 무시하고 지날 수 있는 상대도 아니었다. 그쪽
역시 운을 발견한 듯 곧바로 그에게로 쫓아오더니 바로 그 앞에
멈춰 섰다.

"이……."

이대로 밀치고 도망을 갈까? 올해 연수 쉰을 넘었으니 운이 도
망가면 죽어도 못 쫓아올 것이다. 그러나 운이 결심을 굳히기도
전에 상대가 먼저 그의 멱살을 잡으며 외쳤다.

"이 우라질 놈이! 5년 만에 아비를 보고 인사도 안 해!"

✳

"어찌 표정이 그리 안 좋으신지요? 궐에서 무슨 안 좋은 일이라
도 있었습니까?"

만주가 퇴궐한 후 집으로 돌아오자 평소보다 더 부루퉁한 그를
본 부인이 물었다. 만주가 태어나다 누군가한테 밟힌 것처럼 생긴
것과 달리 부인은 매우 미인이었다. 부인에 대한 열등감 비슷한
것 때문에 일부러 여색에 더 달려드는 만주였지만, 사근사근한 미
인 아내에게 애정이 아주 없는 것은 아니었기에 부인이 묻자 바로
파르르 떨며 운과 만난 일을 털어놓았다.

"내 옛정을 생각해서 기껏 아는 척을 했건만 놈이 한 짓이라곤
술을 붓고, 먹물을 붓고, 온갖 수모를 준 것뿐이오. 그동안 놈이

당한 횡액을 생각해서 너그럽게 넘어가려 했건만, 이제 와서 놈이 과거를 다시 본다 하면 어쩌오? 나에 대해 온갖 오해를 하고 있는 놈인데, 입격해서 궁에 들어오면 나를 더 가만두지 않을 것 아니오? 그를 생각하니 복장이 터질 것 같구려."

"아휴, 참, 그런 악당이 다 있습니까? 우리 나리가 모처럼 손을 내밀어줬는데 은혜를 원수로 갚다니요. 저도 화가 납니다!"

"그렇지? 나도 그동안 웬만하면 참아 넘기려고 했는데, 놈이 궁에까지 들어와 지척에서 나를 괴롭힐 거라 생각하니 이젠 겁이 나서 못살겠소. 이를 어찌하면 좋소?"

사실 부인이 뭔가 해결책을 제시할 거라 생각하고 투덜거린 건 아니었다. 그저 아무나 붙잡고 운에 대한 욕을 늘어놓고 싶었던 것뿐인데, 만주의 아내는 뜻밖의 말을 했다.

"나리, 제게 좋은 생각이 있습니다. 그 무뢰배 놈이 세책과 쾌가를 한다 했지요? 그러면 놈의 쾌가에다가 불을 놓으시어요."

"뭐라? 불을 놓으라고?"

"그렇습니다. 그럼 그 많은 서책이 다 없어져 공부도 못 할 게 아닙니까?"

"예끼, 이 사람아. 쾌가의 책은 팔기 위한 책이니 공부랑 별 상관도 없소. 그딴 걸 태워서 뭘 어쩌란 거요? 게다가 놈의 실력이 책에서 나오는 것인지 아시오? 이미 성균관 시절부터 놈의 재능은 주상이 아실 정도로 뛰어났는데, 이제 와서 그 실력이 어디 갔겠소? 아녀자라 그런가, 소견머리가 참 좁기도 하구려."

"아니, 나리, 꼭 공부가 아니더라도 쾌가에겐 책이 재산 아닙니까. 그 전 재산을 다 들어먹고 나면 공부할 기운도 다 없어질 것입니다. 그로 입격에 실패하고 장사에도 영영 재기를 못 하면 다시는 나리를 괴롭힐 수 없지 않겠습니까?"

"오호라?"

듣고 보니 나쁘지 않은 것도 같았다. 쾌가의 책이야 이미 운이 다 읽고도 남았겠지만, 그가 책에 광적인 집착을 갖고 있다는 것은 이미 알고 있는 터, 그 아끼는 책을 다 태우면 운에게 심적인 타격이 없지 않을 것이다.

생각만 해도 저절로 웃음이 흘러나왔다.

음흉한 음모가 깊어져 갔다. 그러나 그런 사실도 모르는 운은 그 시간 한양 바닥에서 제일 큰 기루인 천리향에 끌려가 아버지와 마주 앉아 있었다.

"과거 볼 거냐?"

천리향에서도 가장 구석진 방에 든 운의 아버지 최재명은 다짜고짜 그것부터 물었다. 주안상을 들이고 나서는 옆에 앉으려는 기녀도 물리친 채 단 두 사람만 앉은 터였다. 최재명의 올해 나이 쉰하나다. 운처럼 키도 후리후리하게 크거니와 생긴 것 역시 젊었을 적엔 미남 소리 들었을 외모다. 잘생긴 생김새로 보나, 불같고 까칠한 성미로 보나 운과는 딱 같은 떡살로 찍어낸 절편처럼 닮았다.

그러나 꼭 닮은 성격 탓에 사사건건 부딪치니, 두 사람 사이가 원수나 다름없었다. 운이 충군형을 다 벗고 나서도 집에 돌아오지 않은 것은 주상의 명을 받들지 않는 아들은 필요 없다는 아버지와 대판 싸우고 절연을 해버린 탓이었다. 그 뒤로 운은 어디 가서든 가족에 대한 이야기는 털어놓지 않았고, 사람들은 그가 가족도 없는 천애고아라고만 알게 됐다.

그런 아버지와 5년 만에 마주 앉았다. 운이 정거형에 처해지고 집을 뛰쳐나온 뒤로 처음 만나는 것이다.

"아직 결정하지 않았습니다."

'이놈이! 성은이 망극하여이다, 납작 엎드려도 모자랄 판에 어디서 감히 결정을 한다 만다 가당치도 않은 수작질이야?'

그러나 지금은 이 하늘 아래 뵈는 게 없는 이 아들놈을 어르고 달래야 할 때였다. 억누르면 더 어깃장을 놓는 아들의 성정상 성질대로 화를 버럭 냈다간 또 5년 전처럼 뛰쳐나가 버릴 것이다.

"주상께서 이미 나를 먼저 불러 의중을 보이셨다. 묻어두긴 아깝다 하시며 너를 다시 중히 쓸 의향이 있다 하시더라."

"그리 말하긴 합디다."

어여쁜 말본새에 주먹이 부르르 운다. 최재명은 주안상을 엎으려 다가가는 손을 필사적으로 붙들었다.

"주상 전하께서 그리 말씀하시니 네가 이 기회를 놓치면 안 되지 않겠느냐? 응?"

"……."

"주상 전하의 성정 잘 알지 않니. 이번에 거절을 했다간 다시는 입신의 기회가 돌아오지 않을 것이다. 뿐인가. 분명 그 노여움이 우리 가문에도 미칠 터야."

아버지가 언제 저리 늙었던가. 운은 어느새 부쩍 하얗게 변한 아버지의 흰 수염 끝을 들여다보고 있었다.

5년 전에는 앞뒤 꽉 막혀 말이 통하지 않는 아버지를 벽창호라 욕하며 뛰쳐나왔다. 그때의 아버지 최재명은 문자 그대로 폭군.

주상과 마찬가지로 그를 바꾸려 압박하고 부조리한 것을 강요하는 폭력적인 대상에 불과했다.

하지만 지금은?

'예전 같으면 나를 설득하려 들기는커녕, 보자마자 잡아다 광에 가두고 매질부터 했겠지.'

그러나 서로 떨어져 있던 5년의 세월은 두 사람 모두를 변화시켰다. 타협이 불가능했던 아버지가 그나마 그 비슷한 흉내라도 내보려고 이렇게 부르르 떠는 주먹을 붙잡고 운을 설득하고 있지 않은가.

예전에는 무조건 반발했으련만 5년의 세월도 세월이거니와 그동안 겪은 모진 수난은 운도 변화하게 만들었다. 예전엔 저를 자꾸 바꾸려 드는 모든 시도가 무조건 싫기만 했는데, 이제는 아버지의 그런 노력이 보였고 약해진 모습에 슬며시 마음 한쪽이 접혔다.

그 아버지의 얼굴에 예전보다 주름이 얼마나 더 많아졌는가. 왜보이지 않던 곳에 낯선 검버섯이 저승꽃처럼 피어나 있는 건가. 운은 문득 마음이 신산해졌다.

"지난 일은 다 잊고 이참에 집으로 들어와 정진하거라. 내 공부에 도움이 된다면 모든 지원을 아끼지 않을 게야. 그러니 그……광통교에 한다던 그 세책점도 정리하고 들어오거라."

"과거 공부와 세책점이 무슨 상관입니까. 행여 과거를 본다손 쳐도 쾌가는 정리하지 않을 겁니다."

"뭐야? 이놈이!"

버럭 화를 내려던 최재명이 문득 마음을 바꿨다. 세책점은 절대 정리 안 한다 했지만 그래도 과거를 안 보겠다는 말은 하지 않았다. 그나마 예전처럼 무조건 싫다고 안 하는 게 어디냐. 참을 인, 참을 인, 참을 인. 최재명은 필사적으로 마음속에 붓질을 했다.

"그래, 세책…… 점 따위야 입격하고 나서 정리를 해도 되지. 아무렴. 내 거기까진 막지 않을 테니 어쨌든 집으로는 들어오거라. 그리고 이참에 내자도 새로 얻어야 하지 않겠니?"

"내자라니요?"

이 부분은 최재명에게도 쓰리고 아픈 구석이라 펄쩍 뛰는 운에게 영 면구하다. 하지만 하나뿐인 아들 운에게서 어떻게든 자식을 봐야 했다. 이것만은 아들에게 절연을 선언한 이후에도 두고두고 마음에 밟히던 일이었다.

"며늘아기 그리 간 것은 내 두고두고 마음이 아팠다. 하지만 산 사람은 살아야 할 것 아니니."

"하아……!"

"네 나이 겨우 스물일곱이다. 나도 혼인은 일찍 했지만 후사를 본 것은 지금 네 나이 무렵이다. 늦은 나이 아니니 얼른 재혼을 하고 후손을 봐야지."

"필요 없습니다. 보자 보자 하니 막 나가시는 건 여전하시군요. 제가 언제 과거를 보겠다 단언했고, 집으로 들어가겠다 선언을 했습니까? 왜 항상 아버지 혼자 결론을 내리고 혼자 밀고 나가시는 겝니까? 제가 아직도 똥을 된장이라 해도 믿는 코흘리개 철부지인 줄 아십니까?"

"뭐야? 이 우라질 놈이!"

기어코 최재명의 손에서 술잔이 날아갔다. 예전 같으면 맞았겠지만 2년간의 수군 생활에 는 건 몸 재주뿐, 운이 날아온 술잔을 확 잡아채 버렸다.

어라?

날랜 손놀림에 최재명이 입을 쩍 벌리자, 운이 술잔을 땅 소리 나게 주안상에 내려놓고는 벌떡 일어났다.

"그리 자손을 봐야 된다고 우기는 분이 가혜가 저를 따라 내려올 때는 왜 안 붙잡으셨습니까?"

그에게도 아픈 가시, 운의 죽은 아내 이야기가 나오자 최재명의 얼굴도 흙빛이 됐다. 왜 안 붙잡았겠는가. 운의 입에서 재가 소리 나왔지만 재명은 아들의 재기를 믿었기에 말렸더랬다. 그런 그도 가혜가 운을 따라 좌수영까지 내려가는 건 만류했지만, 만년 새색시처럼 수줍은 줄로만 알고 있던 가혜의 고집은 도저히 꺾을 수가 없었다.

어쩌면 자신의 삿된 기대와 꼭 재기할 거라는 입질 때문에 그녀가 운의 뒤를 따라 내려갔다가 죽게 된 건지도 모른다. 그런 죄의식이 재명의 복중 한구석에 도사리고 있었음이다. 재명은 운의 힐난에 아무 말도 할 수 없었다.

"말씀 끝나셨으면 이만 가겠습니다. 소자, 그 보잘것없는 세책점 일이 무척 많아서 말입니다."

훌훌, 운이 도포 자락 날리며 떠나자 최재는 허망하여 맑은 술 담긴 주병을 들여다봤다.

"부인의 실망이 보통이 아닐 텐데……."

애초에 차라리 자기가 오겠다던 부인 대신 나서는 게 아니었다. 그러나 이미 늦은 일.

어째서 아들과 저는 만나기만 하면 싸울꼬. 강한 척 다그치고 있지만 사실은 5년의 세월 동안 썩어 문드러진 속을 이 모진 아들 놈은 아직도 모른다.

화가 나고 서글퍼진 최재명. 문득 주병을 들어 벌컥벌컥 들이마시기 시작했다.

✳

술을 마시지도 않았는데 취한 것 같다. 밤인데도 식지 않는 열기는 취기인지 무더위 탓인지 알 수가 없다. 운은 이미 짙은 어둠이 깔린 길을 휘청휘청 걸어갔다.

한때 꿈꾸던 청운의 의지가 생각났다. 자신의 재능으로 왕을 돕고 이 나라 종묘사직을 바로 세우겠다고, 썩어빠진 훈구 대신들을 물리치고 이 나라 조정에 일진청풍을 불어 넣겠다 다짐한 적도 있었다.

그러나 왕이 그것을 물리쳤다. 지엄한 왕은 제 손에 딱 맞는 칼을 원하였다. 운처럼 길들이지 않은 칼이 위험함을 누구보다 잘 아는 주상이 그를 질 내려 했지만, 막상 그가 맞지 않는 칼임을 알자 가장 먼저 그를 버렸다.

세상사 결국 그리 돌아가게 마련. 청운의 꿈 따위 개뿔, 결국 그 역시 소모품일 뿐이었다. 그런데 그리 이를 갈며 버린 그 세상이 다시 운에게 손을 내밀었다. 자신의 뜻에 맞는 도구가 되어준다면 함께 세상을 바꿔보자, 그리 권하고 있다.

욕심이 아주 없는 게 아니다. 하늘이 다시 내린 기회라면 기회.

속물근성이라 비웃을지 몰라도 그에게 출사의 꿈이 아주 사라진 것도 아니었다. 그러나 과거를 보면, 왕이 짜놓은 틀로 스스로 걸어 들어가는 순간, 그가 그동안 누려왔던 바람 같은 자유는 결국 뺏기고 말 것이다. 세상의 바람에 익숙해질 대로 익숙해진 그가 과연 그를 견딜 수 있을까?

세책 노릇을 하며 세상에 적당히 물든 자신, 비딱한 시선으로 양반들을 조소하던 자신이 다시 반가의 선비가 될 수 있을 것인가.

책하를 향해 휘적휘적 걸어가던 운이 문득 더운 한숨을 내쉬며 걸음을 멈췄다. 어느새 이른 곳이 중촌 어귀였다. 이 마을 한구석에서 다희가 새근새근 자고 있을 것이다.

'추리설 최종권도 나왔겠다, 마음 푹 놓고 쉬고 있겠지.'

보고 싶다. 문득 둥근 달처럼 뽀얗고 귀여운 그 얼굴이 못 견디게 그리워졌다. 그러나 지금은 그 마음마저 버겁다.

'혼인이라……'

문득 집으로 들어와 재혼하라던 아버지의 말이 생각났다. 재혼은 생각해 본 적도 없지만, 다시 과거를 보고 짜인 틀에 갇히게 되면 그 역시도 피할 수 없게 된다. 그것이 반가의 규율이기에.

하지만 그리되면 다희는?

마치 그의 자문에 대답하는 것처럼, 불현듯 그의 눈에 다희가 들어왔다. 어느새 도착한 책하, 그 입구에 놓인 하마석(下馬石)에 다희가 궁상맞게 쪼그리고 앉아 있었다.

"나리!"

운을 발견한 그녀가 발딱 일어나더니 조르르 달려왔다. 그 얼굴을 보자마자 운의 심경은 한층 더 복잡해졌다.

반갑고, 아니 반갑고,

그립고, 아니 그립고.

저를 보자마자 가타부타 말도 없이 휘적 돌아서 가버리는 운을 본 다희는 덜컥 겁이 났다. 안 그래도 그가 대궐에 불려간 뒤로 혼자 불안에 떨던 차다. 운이 임금이 직접 부를 정도로 대단한 사람이었던가 하는 의구심, 도대체 궐에서 무슨 말을 듣고 왔기에 저리 심란해 보이는 걸까 하는 걱정. 거기에 그런 운의 눈에 저가 과연 찰 것인지, 궐에 들어갔다가 선녀 같은 항아님들 보고 나면 그녀가 밉상으로 보이는 건 아닐까 하는 다소 유치한 생각까지 별의별 기우가 다 들어찼다.

다희가 조그만 머릿속에 저 나름대로는 심각한 걱정들을 하며 발맘발맘 운의 뒤를 따라가는 동안, 운은 갑자기 광통교 한복판에서 멈춰 서더니 심각한 표정으로 다리 아래를 내려다봤다.

그다지 높지 않은 대광통교 아래로는 시커먼 개천 물이 흐르고 있었다. 그런데 장마철이 끝난 지 얼마 되지 않은 까닭에 꽤 불어난 그 물을 한참 내려다보던 운이 별안간 난간을 넘어갔다.

"나리!"

다희의 비명이 울려 퍼지는 것과 동시에 다리 아래에서 풍덩 소리가 났다. 아직 인정 치기 전이라 광통교를 오가던 사람들이 그 소리에 우, 하며 몰려들었는데 제 발로 물에 뛰어든 운은 그 아래에서 한창 허우적거리고 있었다.

"나, 나…… 살려…… 살려다오!"

"네?"

"나, 헤엄 못 친다!"

수군을 2년 동안 다녀왔는데 헤엄은 끝내 못 배웠다. 신나게 노만 젓고, 온갖 노역에 시달리고 두들겨 맞다 싸움질만 배웠을 뿐, 헤엄만은 가르쳐 주는 자가 없었다.

그 탓에 여전히 수영은 젬병. 다리 위로 몰려든 좌중이 어이없어할 겨를도 없이 다희가 악을 썼다.

"누가 나리 좀 살려주세요! 제발요!"

소동 끝에 지나가던 장한 손에 건져진 운은 개천 변에 빨래처럼 널브러졌다. 알고 보니 물은 그다지 깊지도 않았다. 겨우 허리춤에나 닿는 깊이였는데, 그나마도 얼마 전 내린 큰비 끝에 물이 불어난 것이었다. 그런 것을 모르고 생각보다 물이 깊자 운이 당황한 나머지 허우적댄 것이다.

"아유, 진짜. 헤엄도 못 치면서 물에는 왜 뛰어드십니까?"

웩웩거리며 마신 물을 토해내다 지쳐 쓰러진 운의 옆에서 다희가 타박을 했다. 안 그래도 그를 건져 준 장한 역시 한참 동안 면박을 주다 간 터다.

"뛰어들 적엔 그리 깊은 줄 몰랐지."

"안 깊으면 지나가다 괜히 뛰어들어도 괜찮은 건가요? 철부지 어린아이도 아니고, 어찌 그리 속없는 짓을 하셔요!"

"그러게 말이다. 세월이 지나도 어찌 이리 철이 안 들까. 나도 알다가도 모르겠다."

축 늘어진 운이 괴로운 표정으로 눈을 감았다. 그 표정과 목소리에 심상치 않은 기색이 깃들어 있다는 것을 다희가 모를 리 없다. 분명히 궐에서 무슨 일이 있었던 게다. 그러나 그런 운을 위해 그녀가 해줄 수 있는 일은 아무것도 없었다. 그 사실이 다희를 슬프게 만들었다.

"나리."

다희가 그를 불렀지만 운은 미동도 않고 가만히 누워만 있었다. 불현듯 그녀가 다가오는 게 느껴지는 것과 동시에 그의 입술 위에서 '촉' 하고 입맞춤 소리가 났다. 그 순간 번쩍 눈을 뜬 운이 새가 모이를 쪼듯 입술 끝만 살짝 부딪쳤다 재빨리 도망치는 그녀를 붙잡았다.

"놔, 놔주세요!"

얼굴에 불을 끼얹은 것 같다. 항상 운이 먼저 안고 어르고 덤벼들었지 그녀가 먼저 다가선 건 처음이다. 가당치도 않은 짓을 했다는 후회와 수치심에 다희가 당장 도망치려 들었지만 운이 놔주지를 않았다.

"못 놓는다, 요년. 불을 질러놓고 어디를 도망가느냐!"

"꺄악! 놔주세요! 제가 잘못했습니다! 아, 아이⋯⋯!"

반항한 보람 없이 다희의 몸이 운의 품 안으로 빨려 들어갔다. 기회는 왔다, 도망치려는 그녀를 뒤에서 끌어안은 운이 여기저기 찌르고 간질이기 시작했다.

"요년, 이 토끼 같은 것! 아니, 이제 보니 토끼 탈을 쓴 불여우로구나! 얼른 사람 가죽을 벗지 못할까! 에잇, 에잇!"

"에⋯⋯ 에, 에, 엣취아!"

아무리 한여름이래도 흠뻑 젖은 채 오랜 시간 뒹구는 게 아니었다. 운은 기어코 감기에 걸리고 말았다.

젖은 도포를 안고 함께 걸어오던 다희가 그런 운에게 연신 핀잔을 줬다.

"그러게 물에는 왜 뛰어들고, 딴짓은 왜 합니까? 물에 젖었으면 얼른 뜨신 방에 몸부터 녹이셔야죠!"

"어허, 잔말이 많다. 뜨신 방에 들지도 못하도록 먼저 유혹을 해놓고 이제 와서 딴소리를 하는 게냐?"

"어휴, 내가 말을 말아야지!"

말은 그리 해도 운이 다시 기운을 차린 것 같아서 다희는 그나마 안심이 됐다. 평소처럼 깐족거리고, 까다롭고, 짓궂은 운이다. 남들은 폐객이라 욕하고 손가락질하는 모습이지만 다희는 그런 운의 일면도 좋았다.

그녀의 님, 그녀의 정인. 평생 동안 깐족거리고 괴롭혀도 좋으니 이렇게라도 기운을 차렸으면 좋겠다.

아, 그런데 그때였다. 소광통교를 넘어 마침내 책하에 거의 다 다른 그들의 눈에 뜻밖의 모습이 들어왔다. 세책점과 두석방이 몰려 있는 골목 위로 시뻘건 불길이 솟아오르고 있었다. 모락모락 매캐한 연기, 이미 어스름으로 물든 하늘을 주홍빛으로 물들이고 있는 불길……!

"불이야! 불이야아아~!"

이미 골목 어귀에서 사람들이 물 단지를 들고 뛰어다니고 있었다. 대경한 운이 불길이 치솟은 쪽을 향해 달려갔지만 나쁜 예감은 꼭 들어맞았다. 불길이 치솟은 곳은 책하였고, 일각대문 안쪽은 이미 사나운 화염에 휩싸인 뒤였다.

다희도 놀라 달려왔지만 이미 책하를 구하기에는 늦었다. 안 그래도 타기 쉬운 목조 건물인데, 그 안에는 불쏘시개로 쓰기 딱 좋은 종이책이 수천 권이나 있었다. 운이 목숨보다 더 귀하게 여기는 책, 아마 그것들 모두가 재로 변했을 터였다.

책! 거기에 생각이 닿자 운의 눈이 돌아가 버렸다.

"나리! 안 돼요!"

앞뒤 가리지 못하게 된 운이 다희가 울부짖는 것도 뒤로하고 불이 붙은 건물 안으로 뛰어 들어갔다. 문 안쪽은 이미 화염지옥에 가까웠다. 세책점은 물론이고 안마당 쪽에서도 불길이 시뻘건 혀를 날름거리고 있었다.

그의 힘으로는 어쩔 수 없는 상황이건만 안채로 달려가는 발길을 멈출 수가 없었다. 세책점의 책이야 다시 필사하면 그만이지만, 쾌가의 책은 다시 구하려야 구하기 힘든 책이 대부분이었다. 그중에 명기집략은 특히!

"쿨럭!"

운이 안마당으로 달려 들어갔지만 서고 역시 불길에 휩싸인 뒤였다. 그나마 세책점보다는 불이 덜 붙은 게 다행이랄까. 어쩌면, 어쩌면 단 몇 권의 책이라도 구할 수 있지 않을까?

그런데 운이 서고로 달려 들어가려는 그 순간, 작업장 쪽에서 기어 나오는 인영이 보였다. 장 씨였다. 그 역시 책과 원고들을 구하기 위해 이리저리 뛰어다닌 것일까. 여기저기 옷이 그을린 데다 연기를 많이 마신 듯 밭은기침을 내뱉고 있었다.

어디로 가야 할까.

순간 운은 갈등했다. 쾌가의 책이냐, 오랜 시간 알고 온 지인이냐.

사람의 목숨을 눈앞에 두고도 갈등할 수밖에 없는 것은 그가 그만큼 책에 대한 집착이 강했기 때문이다. 그러나 갈등도 잠시, 결국 운은 결단을 내렸다. 서고를 뒤로하고 장 씨에게로 달려간 것이다.

"장 씨! 장 씨! 정신 차리게!"

"으…… 쿨럭쿨럭!"

운이 장 씨를 부축했지만 그만큼 덩치가 큰 위인이라 끌고 나가기가 쉽지 않았다. 게다가 이미 작업장과 서고를 점령한 불길은 장 씨가 마신 것과 같은 시커먼 연기를 쉴 새 없이 토해내고 있었다.

"흐읍…… 쿨럭!"

운도 그사이 연기를 제법 마셨다. 목구멍이 따갑고 눈이 아파오는 것이 지금 빠져나가지 못하면 운 역시 위험했다. 그나마 다행인 것은 꽉 막힌 실내가 아니라는 점, 그리고 그가 걸친 옷이 아직도 물에 젖어 있다는 것이다.

운이 저고리 자락을 찢어 장 씨에게 둘러준 뒤 자신 역시 입과 코를 가렸다. 그러고서 그를 어깨에 걸머진 채 중문을 빠져나가려는데, 그 순간 중문을 받친 기둥이 무너져 내렸다.

일촉즉발의 순간, 운이 장 씨를 집어 던졌다. 불이 붙은 기둥이 그의 어깨를 스치고 지나갔지만 다행히 치명타는 아니었고, 옷이 물에 젖은 탓에 불도 붙지 않았다. 그러나 안도도 잠시, 운은 바깥마당 역시 불길에 덮여 있는 것을 발견했다. 바깥마당을 둥글게 감싸고 있는 행랑채 건물에 불이 붙었고, 그 처마가 무너져 내리면서 마당을 빠져나가는 길을 막고 있었다.

마당에 떨어져 내린 처마에서 불길이 뱀처럼 치솟고 있었다. 아직 기운이 남은 운은 혼자라면 뛰어넘어 통과할 수 있겠지만, 장씨를 업고서는 어렵다.

어찌해야 할까? 판단을 내리지 못하는 사이 어지럼증이 밀려왔다. 정신을 차리려 애썼지만, 그 역시 장 씨를 지고 나오는 동안체력을 소진하고 연기를 잔뜩 들이마신 탓에 급속도로 의식이 흐려지고 있었다. 그나마 젖은 천으로 막긴 했지만, 기력을 잃는 건시간문제다. 아무래도 장 씨와 함께 불구덩이가 된 이곳을 빠져나가기는 어려워 보였다.

다희가 울부짖는 소리가 불길로 가려진 대문 너머에서 들리는것 같았다. 겨우 문 하나를 사이에 두고 만나지도 못한 채 세상을하직하게 되는 건가?

'아니…… 아니다. 그럴 수는 없다.'

빠져나갈 것이다. 기필코 살아 나가 그녀의 얼굴을 보고야 말것이다. 으드득, 이를 사리문 운이 일부러 입술을 짓씹었다. 정신을 차리려 일부러 깨문 것이다. 흐려져 가는 정신을 되살린 운이어깨에 걸쳐 메고 있던 장 씨를 불붙은 처마 너머로 집어 던졌다. 내동댕이쳐진 그의 몸이 용케 처마 너머로 굴러가긴 했지만 몸에불이 붙었다. 그 뒤를 따라 불길을 뛰어넘은 운이 물에 젖은 저고리를 벗어 장 씨의 몸을 쳤다.

됐다! 저고리에 남아 있던 물기가 사방으로 튀면서 다행히 장씨의 몸에 붙은 불을 껐다. 살짝 화상은 입겠지만 죽는 것보단 낫다.

이번엔 운이 축 늘어진 장 씨의 허리를 뒤에서 끌어안아 일으켜 세웠다. 이제 남은 건 대문 하나. 어느새 옮겨 붙은 불이 대문 지붕 위까지 태우고 있었지만 앞뒤 가릴 때가 아니었다.

그를 발견한 다희가 뛰어 들어오려 문 너머에서 아우성을 치고 있는 게 보였다. 불길을 발견하고 달려온 사람들이 그녀를 붙잡고 말리고 있는데, 보아하니 이미 늦었다 생각하고 만류하는 게다.

마지막 관문, 이 관문 하나만 통과하면 살 수 있다. 젖 먹던 힘까지 끌어올린 운이 장 씨를 끌어안으며 마침내 대문을 통과했다. 그런데 바로 그 순간, 불붙은 지붕이 세 사람의 위로 떨어져 내렸다.

앵랑

"으…… 물…… 물……."

지독한 갈증에 운은 눈을 떴다.

그와 함께 눈에 들어온 것은 깨끗한 반자(방이나 마루의 천장을 평평하게 만드는 시설)흰 종이를 바른 탓에 군데군데 앉은 파리똥이 눈에 띄는 반자는 그에게 몹시 낯설다.

"여기는……?"

이곳이 어디인가. 그의 집은 아니다. 그와 같은 자각과 함께 희미한 기억이 밀려들어 왔다. 불이 붙은 세책점, 그의 위로 무너져 내려오던 불붙은 기둥. 생각해 보니 그때 대문 밖에서 다희의 비명이 들려온 것 같은데.

'살아 있구나.'

문득 그와 같은 생각이 들자 운은 안도의 한숨을 내쉬었다. 바로 그때 벌컥 문 열리는 소리와 함께 다희의 목소리가 들렸다.

"나리! 깨어나셨군요!"

고개를 돌리자 물 담은 대야에 수건을 적셔 가지고 들어오던 다희가 조르르 그 옆에 앉았다.

"하루가 지나도 깨어나지를 않으셔서 얼마나 걱정했는지 모릅니다. 다행이어요, 다행이어요."

"여기는 어디냐?"

운의 물음에 다희가 쪼록 비어져 나오던 눈물을 닦아내며 대답했다.

"저희 집 행랑채여요. 책하는 안채고 바깥채고 다 타버려서 어디 뫼실 곳이 없어서요. 그래서 어쩔 수 없이 마님 허락을 받아 이리로 모셨습니다."

"내가 어떻게 빠져나온 것이냐?"

마지막 기억은 장 씨와 그의 머리 위로 불붙은 대문 지붕이 문지방과 함께 떨어져 내리던 것이었다. 이제는 끝이라고 생각했는데 어떻게 그를 피한 걸까?

"사실은 제가 운 나리를 잡아당겼어요. 그 바람에 장 씨 아저씨와 운 나리 모두 앞으로 엎어졌는데, 그 덕에 떨어지던 불벼락을 피했지요."

그제야 뜨문뜨문 조각난 기억들이 떠올랐다. 다희가 달려오던 모습, 그녀가 손을 뻗어 문지방 너머 그의 옷자락을 붙들던 장면, 그 바람에 앞으로 넘어졌는데 그 직후에 불붙은 문지방이 그들이 서 있던 자리로 떨어졌다.

문지방이 우지끈 소리를 내며 무너지는 것을 보며 운은 정신을 잃었다. 그리고 하루가 지난 것이다.

다희는 무슨 정신으로 그를 구하러 들어온 걸까. 지금 생각해 보니 목숨을 건 그 용기가 고맙기도 하고 아찔하기도 하다.

"……네 덕분에 목숨을 구했구나."

"아닙니다. 운 나리가 제 목숨을 구해주신 것에 비하면 아무것도 아니지요."

다희가 기껏 겸양을 떨었지만 운은 더 이상 입을 열지 않았다. 정신이 맑아지면서 비로소 잔혹한 현실이 떠올랐기 때문이다.

책하가 전소됐다. 운이 10여 년에 걸쳐 모아들인 진귀한 비서들 역시 모조리 타버렸다. 그에게 남아 있던 마지막 보루, 그것마저 한 줌의 재가 되어 사라져 버렸다.

빙해처럼 차가운 현실이 밀물처럼 밀려들며 그의 의식을 싸늘하게 얼려 버렸다.

"포도청 군관들이 왔다 갔습니다. 불이 책하에서부터 시작됐는데, 장 씨 아저씨가 말하길, 불이 나기 직전에 안채에서 급하게 뛰어나온 자가 있더랍니다. 그리고 그 직후에 서고에서 불이 치솟았다고……."

방화란 뜻인가?

운이 원수진 곳이 한두 군데가 아니다 보니 감히 누가 그런 짓을 했는지 오히려 짐작이 가지 않았다. 하지만 지금은 아무래도 좋았다. 아무런 생각도 하지 않고 그냥 잠들고 싶을 뿐이다.

"……피곤하구나."

감당할 수 없는 현실이 동돌처럼 그의 온몸을 짓눌렀다. 지독한 피로와 허무함에 더 이상 제정신으로 깨어 있고 싶지 않았다.

눈치 빠른 다희가 곧 물러난 뒤 운은 무겁디무거운 눈꺼풀을 감아버렸다.

✳

오씨부인과 색희 나리가 사정을 헤아려 준 덕분에, 운은 그 뒤로도 계속 다희의 집에서 머물게 됐다.

원래 색희 나리가 머물던 사랑채에 운이 들게 됐고, 나리는 어물쩍 오씨부인과 합방하게 됐다. 두 사람 사이에 그 뒤로 더 싸움이 없는 것을 보면 운 덕분에 오히려 은근슬쩍 화해가 된 듯하다.

집으로 돌아간 장 씨는 다행히 슬쩍 덴 것 말고는 별다른 부상이 없어 곧 쾌차했지만, 문제는 운이었다. 겉보기엔 긁힌 데 몇 곳 말고는 멀쩡했지만, 마치 영혼이 빠져나간 것처럼 멍했다. 다희가 조석으로 드나들며 기운 차릴 만한 음식들을 갖다 바치고 보약까지 지어왔지만 운은 이래도 흥, 저래도 흥, 멍하니 툇마루에 기대앉은 채 빈 하늘만 바라볼 뿐이었다. 처음엔 그가 오씨부인 댁에 머물게 된 걸 노골적으로 싫어하던 엄쇠도 결국 동정심을 품게 될 정도였다.

"오늘도 아침상을 쳐다도 안 봤다?"

다희가 사랑채에 들인 개다리소반을 그대로 들고 나오자 마당을 쓸고 있던 엄쇠가 보다 못 해 물었다. 그동안 다희를 봐도 가타부타 별말도 안 걸던 그였지만, 그래도 운과 함께 그녀를 구출해낸 전적도 있는 터다. 연적이라 할 수 있었지만 그전에 사내로서 괜찮은 자였다. 이리 무너진 모습을 보니 썩 기분이 좋지 않았다.

잘되었다 춤이라도 춰야 할 판에 그리 못 하는 자신이 속상하지만 어쩌겠는가. 엄쇠의 성정이 모질지 못한 것이 흠이라면 흠이었다.

"이리 오너라."

사람을 부르는 목소리가 들린 건 그때였다. 엄쇠가 나가본즉 활짝 열어놓은 대문 바깥에 흰 도포 입은 점잖은 사대부가 서 있었다. 낯모르는 위인이라 엄쇠가 대놓고 물었다.

"뉘를 찾으신당가요?"

"예가 이색희 검험관이 사는 집 맞느냐?"

"맞는디요, 나리를 찾아오셨습니까요?"

"그건 아니고, 혹시 이 댁에……."

"나리가 아니면 누굴 찾아오셨다? 혹시 명주 거래 땜시 오신 겁니까요?"

"그게 아니라니까. 혹시 이 댁에……."

망설이던 노인이 결국 결심을 하고 입을 열었다.

"이 댁에 지금 최운이란 자가 머물고 있지 않느냐?"

"으미, 그 양반을 찾아오셨당가요? 아이고, 진작 말을 하시지. 안 그래도 그 양반 세책점이 불타고 그분도 다쳤다는 말을 듣고 여기저기 세책하는 사람들이 제법 많이 찾아왔습니다요."

"다쳤다고? 많이 다쳤느냐?"

노인의 얼굴빛이 순식간에 흐려지더니 곧바로 사라졌다. 처음부터 걱정하는 마음 따위 있지도 않았다는 것처럼 얼른 고개를 흔들어 지워 버린 노인이 입을 열었다.

"용건은 그쪽에 있다만, 주인장 허락도 없이 들어갈 수는 없음이니 주인 나리께 만나뵙고 싶다고 청하거라."

"그라믄 누구라고 말씀 드릴까요?"

"나는 최재명이라고 한다. 이 댁에 폐를 끼치고 있는 최운의 아비 되는 사람이다."

"예에?"

천애고아라고 하지 않았던가? 아비라는 자가 갑자기 나타난 것도 놀라운데 아무리 봐도 그 복색이며 말하는 양이 지체 낮은 사람은 아니다. 깜짝 놀란 엄쇠가 후닥닥 달려가 사실을 고하자 색희 나리가 버선발로 뛰어나왔다. 그가 최재명 앞에 서더니 꼼짝 못 하고 얼어붙었다.

"호판 대감!"

호판? 호판이라 함은 그럼 호조판서?

호기심에 쫓아 나온 다희는 물론이고 함께 나온 천둥네와 행랑어멈 역시 깜짝 놀랐다. 내외하느라 따라 나오지는 않았지만, 안채와 바깥채를 가르는 중문 뒤에 서서 엿듣고 있던 오씨부인 역시 마찬가지였다.

호조판서면 육조 판서 중의 하나가 아닌가. 다희는 물론이고 웬만한 말단 관리들은 평생을 가도 만나기 힘든 위인이 바로 호판이다.

"나를 아는가?"

"소인이 잠시 형조의 낭관(郎官)으로 있을 적에 먼발치서 뵌 적이 있습니다. 물론 그때는 호조판서가 아니라 우의정이셨지만. 아, 소, 소인은 이색희라고 하옵니다."

그의 이름을 머릿속에 새겨두려는 듯 몇 번 중얼거린 최재명이 이윽고 고개를 숙였다.

"내 철부지 아들놈이 이 집에 폐를 끼치고 있다고 들었네. 면목이 없구먼."

"아, 아니옵니다! 폐라니요, 무슨 말씀을! 소, 속히 안으로 드십시오!"

그 뒤로 일대 난리가 일어났다. 운의 의향은 물어보지도 않고 최재명이 사랑채로 들여졌고, 곧이어 오씨부인이 손수 준비한 푸짐한 다과상이 사랑채로 들어갔다.

사랑채로 향하는 다희의 발걸음이 저도 모르게 비틀거렸다. 아비라니, 호판이라니! 운이 반가 출신일 거라 생각하긴 했지만, 본인이 극력 부인하며 아비 어미도 없는 천애고아라 해서 그냥 그리 믿었다. 그런데 뒤통수를 아주 제대로 맞았다.

안 그래도 자기와 비교하면 한참은 멀어 보이는 운이었다. 그런데 호조판서의 자식이라니, 이건 하늘과 땅 차이가 아니라 아예 딴 세계의 사람이었다.

그런데 다희가 사랑채 앞에 닿자, 문득 슬쩍 열린 문틈으로 격한 목소리가 들렸다. 운의 아버지 최재명의 것이었다.

"이 우라질 놈이 그리 큰코를 다치고도 아직 딴소리를 하느냐? 아직도 덜 다친 게야?"

호판씩이나 되는 양반이 입이 건 것은 운과 똑같았다. 외모로 보나 성질로 보나 부자가 맞다는 것을 다희는 절감했다.

"다치고 말고 할 게 뭐가 있습니까. 저는 성균관으로 돌아갈 생각은 추호도 없습니다. 세책점이 불타 버리긴 했지만, 다시 바닥부터 시작하면 됩니다."

"누가 성균관으로 돌아가라더냐. 과거만 보면 될 것 아니야! 주
상께서 몸소 답안지까지 던져 주셨으니, 입격은 따놓은 당상이 아
니냐. 굳이 성균관까지 안 가도 과거만 보면 된단 말이다!"

과거, 입격.

비로소 다희는 운이 궁에서 무슨 말을 듣고 왔는지 깨달았다.
주상께서 운을 불러 과거를 보라고 명하신 것이다. 그것도 입격을
보장한 시험. 운에게 출사의 길이 열린 것이다.

발밑이 꺼지고 버티고 선 다리가 후들거렸다. 입격이며 출사는
사내대장부로선 최고의 길이다. 그러나 그것이 왜 이리 원망스러
울까. 그저 평범한 세책점 주인으로 자신의 곁에 머물러 있기를
바라는 제 소견머리가 답답함을 알지만, 그 마음을 도무지 가늠
수가 없었다.

"이런 기회가 다시 오는 게 아니다. 주상께서 아직 너에게 욕심
이 있어 다시 과거 볼 기회를 주신 게다. 그런데 이번에도 거절하
면 우리 가문의 출사 길은 이대로 끊기는 것이야."

"그거야 이미 정거형을 당했을 때 각오한 것이 아닙니까."

"그랬지. 그런데 그 기회가 다시 온 게 아니냐. 이 기회를 놓쳐
서야 된단 말이냐!"

"하아, 과거도 볼 수 없는 아들은 필요 없다 쫓아내실 때는 언제
고 이제 와서 말을 그리 헤딱헤딱 바꾸십니까. 누가 보면 다른 사
람인 줄 알겠습니다."

"나는…… 말을 바꾼 적이 한 번도 없다."

툭탁툭탁 말싸움을 할 때는 양반이 어찌 저리 채신머리없나 싶
더니, 정색을 하고 목소리를 깔자 위엄이 대단했다. 보지 않아도

그 목소리의 주인인 최재명이 얼마나 심각한 모습일지 눈에 보이는 듯했다.

"주상 전하께 충정을 바치지 않는 아들을 외면했을 뿐, 내 과거 보지 못함을 이유로 너를 보지 않겠다 한 것이 아니다."

"허면 그 이유가 무엇입니까?"

"충군의 예는 사대부의 도리. 네 감히 그것을 스스로 발로 차놓고 내 아들이기를 바랐느냐. 예나 지금이나 나는 그 생각엔 변함이 없다. 지금사 주상께서 충군의 길을 네 앞에 다시 펼쳐 주셨으니 마땅히 그를 걸어가야 할 터다. 그런데도 또다시 그를 외면한다면 나야말로 다시는 너를 보지 않을 생각이다!"

운의 아버지가 가고 집 안은 다시 조용해졌다.

육조 판서 중의 한 명을 아버지로 둔 남자, 그러면서도 과거를 숨기고 집을 뛰쳐나와 세책이나 하고 있는 남자. 그에게 궁금한 게 한두 가지가 아니었지만 제집인 양 사랑채 문을 안으로 걸어 잠그고 아무도 보기 싫다 묵언 시위를 하는 그에게 감히 물어볼 용기가 나지 않았다.

다희 역시 마찬가지였다. 며칠 동안 운이 머무는 사랑채 앞을 맴돌다, 원망스러운 표정으로 닫힌 문 너머를 쳐다보다 발길 돌리기를 여러 번. 마침내 그러고 또 아침이 밝았을 때, 다희가 용기를 내 방 안에 든 그에게 말을 걸었다.

"나리."

대답은 없었다. 이미 깨어 있다는 것을 새벽 나절부터 부스럭거리는 움직임으로 알아챘는데 부러 못 들은 척을 한다.

다희가 다시 용기를 냈다.

"나리, 드릴 말씀이 있습니다."

쉽게 물러나지 않겠다는 의지가 그녀의 목소리에 서려 있다. 운도 고집스러운 건 마찬가지였지만 다희도 만만치 않음이다. 결국 마지못한 듯 느리게 방문이 열렸다.

"공부…… 다시 하지 않으시렵니까."

운과 마주 앉은 다희가 다짜고짜 말문을 열자 그가 뜨악한 표정으로 그녀를 쳐다봤다.

"과거를 다시 보란 말이냐?"

이미 그의 출신과 배경을 다 알게 된 터다. 왜 감췄느냐 원망하지 않는 것도 이상할 지경인데 뜬금없이 과거를 다시 보라니.

"그동안 무슨 사정 있었는지 자세히는 모르겠어요. 하지만 보아하니 나리께서 사연이 있어 과거를 보지 못하게 된 것을 이번에 주상 전하께서 다시 보라 허락해 주신 것이 아닙니까. 대감마님의 말씀처럼 이런 기회를 놓치면 안 되지 않아요?"

"허허, 우리 아버지가 그새 너를 데려다 앉혀놓고 교육이라도 시켰나 보구나. 하는 말이 어찌 그리 똑같을까."

"나리, 그래도 나라님이 아니어요. 지엄하신 전하가 과거를 용서하고 손 내밀어주시겠다는데 신하 된 도리로 그걸 거절하면 안 되지요."

"큭, 너는 그 지엄한 전하가 너그럽고 자비로워서 나를 다시 불러들이는 줄 아느냐?"

"무슨 소린지 모르겠습니다. 용서하고 불러주신다면서요?"

"전하는 아주 무서운 분이다."

고개를 돌려 버린 운이 머리맡에 놓아둔, 이미 말라 버린 자리끼를 뚫어져라 들여다봤다. 거기에 마치 주상 전하의 얼굴이 서려 있기라도 한 것처럼.

"그분은 겉으로는 웃으며 손을 잡고, 뒤로는 철퇴를 휘두르신다. 하지만 철퇴를 휘둘러도 절대 숨이 끊어질 때까지 휘두르진 않고, 딱 죽지 않을 정도로만 쳐서 숨만 살려놓지. 왜 그런지 아느냐?"

"왜 그러시는데요?"

"나중에 또 다른 적을 제압할 때 살려서 쓰기 위함이다. 적으로 적을 제압한다. 이게 주상께서 자주 써먹는 방법이지. 연암 역시 나처럼 순정한 문체를 쓰지 않았다고 지탄을 받았지만, 겨우 반성문 한 장 받고 중용하셨다. 반면에 나는 내치셨지. 왜 그러셨을까? 반성문을 쓰지 않았다? 그건 핑계에 불과해."

무슨 말인지 알 수가 없다. 삐뚤어진 미소를 머금은 운이 계속해서 말을 이었지만, 그 미소 뒤에 숨은 비딱한 적의만 느껴질 뿐 그에 담긴 의미를 깨닫기는 너무나 어려웠다.

"내 아버지의 세력이 창흥했기 때문이다. 아버지를 비롯한 우리 가문은 시파에 속하니 적어도 노골적으로 주상께 반발하는 벽파에 비하면 온건한 쪽이라 할 수 있었다. 하지만 주상께선 신하들 중 그 어떤 세력도 특출 나게 강해지는 걸 원하지 않았어. 오직 주상만이 신하들의 생살여탈권을 쥘 수 있기를 바랐지. 때문에 주상께선 본인의 수족이 될 수 있는 젊은 백탑파를 키우시고 내 아버지는 꺾기로 마음먹으신 거다. 그래서 내 문체를 빌미 삼아 나와 아버지를 함께 꺾었지. 지금은 힘의 균형을 위해 호조판서로 중용했지만, 내가 정거형에 당했을 즈음엔 내 아버지 역시 책임을 지고 물러나셨다."

"그러면 왜 지금 다시 불러들이시는 건가요? 그때 그리 내치신 게 미안해서 그런 건가요?"

"천만에, 주상께서 그리 순진하신 분이 아니다. 이번엔 나와 아버지를 키워 다른 세력을 꺾을 필요가 생긴 것이지. 즉, 백탑파의 젊은 선비들만으로는 구파를 제압할 수 없으니 중진 세력들을 다시 키워야겠다 생각하신 게야."

썰렁한 한기가 두 사람 사이를 채웠다. 다희는 전혀 모르고 이해할 수도 없는 세계. 그런 세계에서 살아온 운과 그렇지 않은 그녀 사이에 건널 수 없는 차가운 강물 같은 것이 흐르는 게 느껴졌다.

운이 고개를 돌려 버렸다. 이 어린아이에게 애써 설명하면 무엇하랴. 결국 투정에 불과하다는 것을 그도 잘 알고 있었다.

"그래도 상관없습니다⋯⋯."

흐느끼는 듯한 속삭임이 들려온 건 그때였다.

때로는 솜털처럼 가벼운 것이 단단한 바위를 부수기도 한다. 지금 다희의 목소리가 그랬다. 떨리는 그 하소연에 운은 송곳에 찔린 것처럼 예리한 통증을 느꼈다.

"손을 내밀 때 잡지 않으면 다시는 기회가 오지 않는 거잖아요. 나리를 이용하려는 뜻일지라도 지금 이 손을 잡으면 나리가 다시 힘을 얻을 수 있는 것 아닙니까."

"⋯⋯."

"나리가 세책업을 한다는 이유로 얼마나 무시를 당하셨습니까.

힘이 없다는 이유로 괄시당하는 것은 저 하나로 족합니다. 몰랐다면 모를까, 나리께서 다시 힘을 얻을 수 있는 기회가 왔는데 그걸 어찌 놓치겠어요."

"너는 내가 과거를 본다는 게 무슨 뜻인지 아느냐? 그 말은 반가의 규율에 다시 얽매여야 된다는 뜻이다."

반가의 규율. 그에 예속되는 한 다희는 절대 본부인은 되지 못한다. 물론 운이 호판의 아들이 아니었다 해도 꿈에도 꾸지 않은 일이긴 하지만, 그가 원래 속한 가문으로 돌아간다면 이야기가 완전히 다르다. 운은 반드시 재혼을 해야 할 터, 본부인이 못 되는 게 문제가 아니라 운이 후일 얻게 될 본부인 아래서 어떤 구박을 당할지 모르는 것이다.

"알고 있습니다. 하지만 그러면 어때요. 나리가 저를 어여뻐만 해주신다면 저는 다 견딜 수 있습니다."

다희가 별빛처럼 초롱초롱한 눈에서 눈물을 흘리다 문득 방긋 웃었다. 그 웃음이 왜 이리 아플꼬. 운이 아무 말 하지 않으나 가슴에 묵직한 고통이 어렸다.

"과거를 보세요. 그리고 보란 듯이 입격하시어서 저를 꼭 사들여 주세요."

"다희야."

"본부인께 두들겨 맞고 똥물을 먹는 한이 있어도 저는 꼭 나리 곁에 있고 싶습니다. 나리 방문 앞에 주춧돌을 베개 삼아 먹고 자도 좋아요. 그리 할 수 있도록 꼭 과거를 보시어요."

눈물이 그렁그렁한 눈으로 속삭이던 다희가 기어코 엎드려 울음을 터뜨렸다. 과거도 봐라, 혼인도 다시 해라, 등 떠미는 마음이 어찌 좋기만 할까. 하지만 그 애틋함을 알기에 오히려 무시할 수가 없었다.

주상의 강요, 아버지의 하소연보다 더 묵직한 힘. 그것이 결국 운의 마음을 움직였다.

어차피 주상에게 들켰다. 아버지도 다시 그에게 집착을 갖게 됐다. 그렇다면 차라리 이 기회를 받아들이는 게 낫지 않을까.

문득 허무하게 한 줌 재가 돼버린 책하의 책들이 떠올랐다. 일개 세책업자가 됐다며 그를 비웃던 만주의 얼굴도 떠올랐다. 그가 다시 과거를 보면, 힘을 얻으면 그가 잃은 것들을 다시 되찾을 수 있을까.

마음속 한구석에 갈망이 어리기 시작했다. 힘이 없는 탓에 그가 가진 모든 것을 너무나 허무하게 잃어버렸다. 누군가 작정하고 밟으려 들면 지금의 운으로선 밟힐 수밖에 없는 상태. 운도 차마 그걸 부정할 수는 없었다.

그리 생각하자 갑자기 강렬한 욕망이 밀려왔다.

'힘을 얻고 싶다.'

다시는 밟히지 않을 것이다. 왕이 그를 원한다면 까짓것 이용당해 주자. 하지만 이번에는 그도 결코 쉽게 뒤통수를 맞지는 않을 것이다. 어차피 밟힐 수밖에 없다 해도 세책업자 운보다는 호판의 아들, 미래의 준재 운이 더 밟기 어려웠다. 그러니 힘을 얻자!

"부탁 하나 들어주겠느냐?"

"부탁이라니요, 뭐든 명하시어요. 무엇이든 제가 다 받들겠습니다."

"물목을 적어줄 테니 책쾌 육가를 찾아가서 적힌 책을 사오거

라. 입격하면 갚아준다 하면 육가가 별말 없이 외상으로 줄 게다. 허고, 간 김에 문방구도 좀 사다 다오. 운종가에서 살 필요는 없고, 칠패 시장의 싼 먹과 벼루, 종이면 족하다."

"나리!"

운이 비로소 다시 날아오르기로 결심했다. 날개를 편 이 독수리가 과연 얼마나 높이 날아오를꼬. 다희의 작은 가슴에 기대와 서글픔이 함께 어렸다.

"그 아이가 공부를 다시 하기로 작정했다고?"

도대체 어디서 어떻게 소식을 들었는지 다희가 운이 주문한 책과 물목을 사서 돌아온 그날로 운의 아버지가 찾아왔다. 칠패 시장에 찾아갔지만 육가는 늘 있던 주막에 없었기에 어쩔 수 없이 다른 쾌가에 들러야 했는데, 바리바리 책과 문방사우 사들고 돌아오던 다희가 오씨부인 댁 문 앞에서 최재명과 마주쳤다.

이 양반은 오씨부인 댁에 사람이라도 심어뒀나? 혹시 엄쇠? 아니, 천둥네?

"그리되었습니다. 지금 들어가 보시겠어요?"

"오냐, 주인 나리 계시면 만나뵙고 싶다고 여쭤다오."

그러고 곧바로 색희 나리 안내로 사랑채에 든 최재명이 다짜고짜 입을 열었다.

"기왕 다시 과거를 보기로 결정했다면 남의 집에서 폐를 끼칠 게 무어냐. 북촌 집으로 들어오거라."

"되었습니다. 과거를 다시 본다고 결정했지, 언제 아버님 슬하로 다시 들어간다고 했습니까?"

"이놈이!"

성질 같아선 머리라도 한 대 쥐어박고 싶지만 최재명은 필사적으로 성질을 참았다. 드디어 과거를 다시 보겠다 결심했는데, 고집을 부리다 또 불뚝 성질에 엇나가면 안 되느니!

"알았다. 허면 책과 공부에 쓸 것들은 내가 다 보내주마. 다른건 몰라도 이것까지는 거절하지 말거라."

실룩실룩, 습관적으로 아비의 권유를 거절하고 싶은 본능에 운의 볼살이 꿈틀거렸다. 하지만 이 이상 다희나 오씨부인 댁에 폐를 끼쳐선 안 된다는 생각에 간신히 그를 참았다.

"그건 받겠습니다. 보낼 게 있으면 내일 중으로 보내시고, 이후로는 걸음하지 마십시오."

"아이고, 받는 놈이 상전이구나!"

하나 운의 당부와 달리 그 뒤로도 최재명은 무례하다 싶을 정도로 자주 오씨부인 댁에 들렀다. 나랏일에 시달리다가도 퇴궐만 하면 바로 중촌에 나타났는데, 나중에는 색희 나리 허락하에 아예 문간에 나타나자마자 곧바로 사랑채로 안내되기에 이르렀다.

어느 누가 세도 당당한 호판 대감 출입을 막으리오. 오씨부인 댁이 아주 호판의 별장이 됐다.

그날도 퇴궐 직후 곧바로 오씨부인 댁 사랑채에 들어섰겠다. 그런데 그의 눈에 오늘도 다희가 사랑채 툇마루에 앉아 있는 게 보였다.

"허험!"

일부러 인기척을 내자 곳감 씨를 빼고 있던 다희가 부리나케 일어나 인사를 했다. 그런데 어째서 오늘따라 그 모습이 심상치 않게 보이는 걸까?

"네 이름이 무엇이냐?"

"네? 아…… 다, 다희라 하옵니다."

"그래?"

이 집에 올 적마다 이 아이를 본 것 같다. 물론 오씨부인 댁 종이니 당연히 마주칠 수밖에 없긴 하지만, 이상하게도 항상 운의 주변에 다희가 있는 것 같은 기분이 든다.

"시장하실까 봐 야참으로 곳감을 내려던 참입니다. 나리께서 곳감을 좋아하신다고 해서……."

"음, 그런 건 또 언제 알았던고?"

수상, 또 수상. 물론 제 아들이 워낙 잘난 놈이니 여자들이 운에게 빠지는 것도 이상할 것은 아니다만, 안 그래도 중한 시험 앞둔 녀석이 여색에 빠지는 건 경계할 일이었다.

"내 남의 집 종에게 이런 당부하긴 뭣하다만, 과거 공부가 워낙 중하고 어려운 것이니 가급적 그 아이 주변에 얼쩡거리지 말거라. 알겠느냐?"

"예, 예…… 명심하겠사옵니다."

그리 말하고 물러가는 다희의 뒤통수가 몹시 동그랗고 예쁘다. 그 뒤통수가 얼핏 죽은 운의 아내를 닮은 것도 같다. 툇마루를 밟고 올라서던 최재명은 문득 그런 생각을 했다.

드디어 나라님 어명으로 특별히 열리는 별시 날이 돌아왔다. 과거란 것이 그리 자주 열리는 것이 아닌 까닭에 이번 별시에도 과유(科儒)들이 구름처럼 몰려왔다. 창덕궁 춘당대에 반물 들인 도포 걸친 선비들이 좌정하고 앉았는데, 그중에는 당연히 운도 끼었음이다.

이날만큼은 잘난 아버지를 둔 덕을 이날만큼은 톡톡히 보았다. 최재명이 특별히 고용한 장한이 좋은 자리를 차지하기 위해 밀려드는 유생들을 밀어내며 특등석 중의 특등석을 차지했고, 운은 그 덕분에 따가운 뙤약볕을 피해 그늘에 돗자리 깔고 여유롭게 글을 지었다.

별시 결과가 나오는 데는 그리 오래 걸리지 않는다. 해 질 무렵에 시지를 거둬간 시관들이 곧바로 심사에 들어갔음이며, 초고, 재고, 합고(合考)를 거친 결과는 바로 다음 날로 성균관 대문에 붙여졌다.

"방수 최운!"

방의 가장 첫머리에 보란 듯이 떡 박힌 이름, 그의 아들 이름이다. 종놈을 보내 결과를 확인한 최재명이 퇴궐하는 길에 저절로 실룩거리는 제 몸을 가누지 못하고 육조 거리 골목길에 숨어서 어깨춤을 췄다. 사실을 말하자면 집에 돌아가서도 운의 어머니 되는 유씨부인과 함께 한 번 더 췄다.

그리고 이어진 복시. 앞서 열린 초시가 열린 지 불과 한 달도 안 돼 거행된 복시에서 이번에도 운이 합격했다. 그것도 무려 장원!

"으허허허, 축하하네, 호판! 하례를 아주 거하게 해야겠네!"

"경하드립니다, 대감. 방수를 두 번이나 차지하다니, 참으로 우수한 자제분을 두셨습니다그려."

호판에게 밀려드는 축하 인사가 산처럼 쌓였다. 직접 찾아오는 자, 서한을 보내 축하하는 자, 그 사이 은밀하게 혼처를 들이미는 자. 입으로는 못난 아들이 어쩌다 재주를 보였다 겸양을 떨었지만, 최재명은 수염 아래서 자꾸만 찢어지는 입술을 억지로 가려야 했다.

그러나 운의 장원급제와 화려한 재기를 모두가 기뻐하고 축하하기만 한 것은 아니었다. 최씨 가문의 부활과 그로 인한 시파의 중용이 두려운 자들이 그러했거니와, 개인적으로 일찍이 운에게 밀리고 그를 질투했던 자들도 그러했다. 그중에 후자의 대표 격이라면 당연히 서만주라 할 것이다.

복시 결과가 발표된 바로 다음 날로 방방례(放榜禮:장원급제자가 왕에게 절하고 합격증인 홍패와 어사화를 하사받는 의식)가 열렸다. 별시를 치른 춘당대가 다시 열리니 큰 북소리와 함께 팔인교에 올라앉으신 주상께서 납시었다.

장원급제자인 운이 앵삼을 갖춰 입고 자랑스러운 어사화를 복두에 꽂은 채 왕을 향해 사배를 하니 그를 바라보는 최재명의 가슴이 그야말로 터져 나갈 것처럼 벅찼다.

"장원급제자는 앞으로 나오라."

시관의 호명에 운을 필두로 급제자들이 주상의 앞으로 나갔다. 이례적으로 주상께서 직접 홍패를 나눠 주셨는데, 운을 보는 주상의 눈빛이 한없이 뿌듯했다. 드디어 손안에 굴러들어온 보옥. 이 것을 어찌 꿰어야 가장 빛날꼬, 벌써부터 흐뭇한 고민 중인 게다.

그러나 주상은 기꺼워해도 방방례에 참석한 수하 신료들은 마냥 기쁘기만 한 건 아니었다. 하필 방방례에 이어진 은영연(恩榮宴:과거 급제자를 위해 궁정 뜰에서 베푼 잔치)에 만주도 말단 관료의 대표로 참석하게 됐다. 미래의 출사자들을 위한 하례연이므로 영의정은 물론이고 호조, 예조, 병조판서 등 당상관들이 모조리 출동하여 급제자들을 축하하는데, 이때 말단 관리들은 임금이 친히 내리는 주과(酒果)가 올려진 소반을 급제자 앞으로 날라야 했다. 선배로서 후기지수를 환영하고 대접하는 것인데 하필 그중 한 명으로 만주가 뽑혔다.

"뭐 하는가? 어서 장원급제자에게 주과상 올리시게."

영의정의 하명에, 어정쩡하니 서 있던 만주가 어쩔 수 없이 주과상을 들고 제 자리에 돌아가 앉은 운 앞으로 갔다.

하필 마주쳐도 이놈이란 말인가, 하는 생각이 만주와 운의 머릿속을 동시에 스쳐 지나갔다. 하지만 그냥 지나가면 서만주가 아니다. 운 앞에 주과상을 내려놓은 만주가 기어코 한마디 이죽거렸다.

"세책점이 다 탔으니 이리로 기어들어 왔느냐?"

흠칫, 문득 운의 몸이 굳었다. 딱히 증거가 있는 건 아닌데 어떤 예감이 스쳐 지나갔다. 방화로 타버린 책하, 그리고 불이 나기 직전에 튀어나왔다는 정체불명의 괴한!

"네가 책하에 불을 질렀느냐?"

"뭐라고?"

"그러고 보니 뭐 좋은 거 볼 것도 아니면서 세책점엔 자꾸 찾아왔지. 괜히 내 앞에서 얼쩡거리면서 뭔가 찌를 게 없나 살폈어. 그래, 책하를 태워서라도 내게 타격을 주고 싶었느냐?"

"마, 말도 안 되는 소리 하지 마라! 나는 모르는 일이다!"

언성이 높아지자 단상에 올라 있던 당상관들은 물론 지엄한 주상의 시선까지 만주에게로 모아졌다. 당황한 만주가 얼른 목소리를 낮추더니 속삭였다.

"무슨 증거로 그런 말을 하는지 모르겠지만, 터무니없는 소리는 하지 말게. 이러나저러나 앞으로 함께 일할 사람이 아닌가?"

"암, 그렇고말고. 그 독한 방해에도 불구하고 내 기어코 예까지 왔지. 까짓것 지난일은 잊고 사이좋게 국사를 논해보세."

이미 출사해 벼슬길 오른 선배에게 반말을 뻑뻑 해대는 운을 곱지 않은 시선으로 노려본 만주가 결국 물러났다.

그러나 정작 가장 큰 함정은 만주가 아니었음이다. 운이 불쾌한 기분이나마 하사받은 어주를 들어 마시는데, 술잔을 상에 내려놓자마자 은영연 장으로 저벅저벅 걸어 들어오는 자가 있었다.

그런데 푸른색 당하관 관복을 입은 그자의 얼굴이 몹시 낯이 익었다. 그를 알아본 운은 깜짝 놀랐다.

'유이준?'

여전히 깎아놓은 옥처럼 매끈한 얼굴이다. 그런데 벼슬길은 버리고 책만 파는 간서치라더니 당당하게 관복을 입고 있다. 그런 유이준이 운의 곁을 스쳐 지나가면서 그를 힐끗 내려다보더니 씩 웃었다. 소름 끼칠 정도로 역겨운 비웃음. 무언가 복심을 품고 있는 게 확연했다. 하지만 왜……?

처음부터 그에게 적개심을 보이던 유이준. 그런 그가 왜 당하관의 관복을 입고 이 자리에 나타났단 말인가. 게다가 그의 손에 들려 있는 검은 상자는 또 무엇인가?

불길한 예감이 운의 혈관을 타고 뿌리를 내렸다.

"자네가 어째서 여기 왔는가? 은영연 참가자 중에 자네는 없는 걸로 알고 있네만?"

호조판서가 묻자, 어좌에 올라앉은 주상 역시 같은 의문을 담아 그를 내려다봤다. 유이준이 그 앞에 무릎을 꿇더니 외쳤다.

"소신 홍인경, 고변할 것이 있어 여기 왔사옵니다!"

'홍인경? 유이준이 아니고?'

이름도 신분도 모두 가짜였다. 처음부터 정체를 속인 그가 운에게 접근해 무엇을 도모하려고 했던 걸까?

'명기집략!'

불길한 예감이 확신으로 바뀌고 있었다. 홍인경이라면 얼굴은 몰라도 이름만은 알고 있었다. 노론의 중신인 홍계희의 손자인데, 홍계희는 홍인한과 함께 주상이 세손이던 시절부터 그를 제거하려 든 자였다. 대비마마인 혜경궁 홍씨의 가문인 까닭에 불순한 세력이란 걸 뻔히 알면서도 그냥 놔둘 수밖에 없었던 불편한 상대. 그런 가문의 후예인 홍인경이 어째서 운을 노린 것인가?

"고변할 것이 무엇이기에 절차도 밟지 않고 은영연 자리에 끼어들었는가?"

"용서하여 주옵소서. 허나 장원급제자인 최운, 이자가 죄인이란 걸 알리기 위해 무례인 걸 알면서도 예까지 올 수밖에 없었나이다."

"뭐라? 죄인?"

주상의 얼굴이 찌푸려지고, 당상관석에 도열한 최재명은 가슴을 짚었다. 죄라니, 도대체 무슨……?

"이것을 보시옵소서."

그 말과 함께 유이준, 아니, 홍인경이 상자를 열어 그 안에 든 것을 꺼냈다. 그 안에서 나온 것은 명기집략!

운의 짐작이 맞았다. 처음부터 이게 목적이었다.

"급제자 최운이 몇 달 전까지만 해도 광통교에서 세책점과 쾌가를 운영하고 있었다는 것은 모두 아실 것이옵니다. 그런데 이자는 참람하게도 천박한 패관소설로 돈을 버는 것도 모자라 나라에서 금한 책인 명기집략까지 팔고 있었습니다."

"뭐라!"

명기집략은 가지고 있는 것만으로도 죄가 되는 금서 중의 금서. 홍인경의 주장이 맞는다면 운을 치죄할 수밖에 없었다.

"소신은 진작부터 책쾌들 사이에서 최운이 명기집략을 유통시키고 있다는 정보를 입수하고 이를 확인하기 위해 그가 운영하는 쾌가에 들렀습니다. 최운에게 명기집략을 구할 수 있느냐 물었더니, 과연 그가 명기집략을 바로 내밀더이다."

"증좌가 있는가! 내 아들이 그 책을 내준 증좌가 있는가 말이다!"

속이 터진 최재명이 외쳤다. 홍인경은 그 말을 기다리고 있었다. 최재명을 향해 씩 웃은 그가 그때까지 불안한 기색으로 춘당대 입구에 서 있던 사내를 불렀다.

"여기 이자가 제가 최운에게서 책을 건네받는 장면을 보았습니다."

운이 그 자리에 얼음기둥처럼 굳은 채, 증인이란 자가 멈칫거리며 왕 앞으로 나가는 것을 보았다. 그의 얼굴을 알고 있었다. 지방에서 올라왔다는 책쾌. 홍인경이 명기집략을 구하러 왔을 때 때맞춰 먼저 와 있던 자이지만 분명 운이 내보냈었다.

가짜 증인이다! 애초에 홍인경이 포섭한 자였고, 필경 가짜 증인으로 삼기 위해 일부러 보낸 것이다. 완벽한 함정에 빠졌다는 것을 운은 직감했다.

"중신들은 조용히 하라!"

갑작스러운 고변에 도열한 신하들 사이에 와자하니 격론이 일었다. 옥음이 그를 잠재우자 주상은 곧 운에게로 시선을 돌렸다.

"지금 이 고변이 사실인가?"

믿고 싶다. 거짓이기를 간절히 바라는 눈으로 주상이 물었지만 운은 쉽사리 답할 수 없었다.

어찌해야 할까. 처음부터 명기집략은 없었다고 해야 할까? 하지만 그래 봤자 홍인경이 만들어낸 증인이 있고 증좌가 있다. 증인이 이미 있으니 결국 운은 이 시대의 방침에 따라 사실을 토설하라고 고신을 당하게 될 것이다.

진실을 말해도, 그렇지 않아도 운이 함정에 빠졌고, 이를 빠져나갈 길이 없다는 것 하나는 확실했다.

운의 머릿속에서 짧은 순간 수많은 판단이 스쳐 지나갔다. 좌중의 시선이 모두 그의 입에 쏠린 그 찰나, 마침내 운이 말했다.

"사실이 아닙니다."

"하아!"

그러기를 바랐다는 듯 주상의 얼굴에 잠깐 안심한 빛이 스쳤다. 그러나 바로 다음 순간 운이 바로 말을 이었다.

"저자가 내민 명기집략은 제가 갖고 있던 것이 아닙니다. 소신은 절대 명기집략을 남에게 판 적이 없으며, 제가 가지고 있던 책은 이번에 있던 화재로 인해 모조리 타버렸습니다."

"뭐라!"

좌중에 일대 소란이 일어났다. 운이 명기집략을 판 사실을 부인했다. 하지만 갖고 있던 것은 인정했다. 명기집략은 갖고 있는 것만으로도 처벌을 받으니 운은 꼼짝없이 죄를 얻게 됐다.

"전하, 죄인의 과거급제를 취소하고 즉시 하옥하여 문초하옵소서. 과거 영조대왕 조에 금서를 유통시킨 자들을 죄다 목 베어 효수한 것을 생각하면 최운 역시 그와 같이 징치하심이 맞다고 사료되옵니다."

"인정할 수 없소! 내가 금서를 갖고 있던 것은 사실이지만 그를 판 적은 결코 없소! 그러는 귀공이야말로 무슨 경로로 금서를 입수해서 내게 죄를 묻는 것이오?"

"전하, 최운은 거짓을 고하고 있습니다! 탔다는 것은 거짓이고, 그 책은 불이 나기 전에 소신에게 넘겼습니다. 최운 본인이 금서를 갖고 있다는 것을 인정하였고, 또한 소신이 최운에게서 명기집략을 받는 현장을 본 증인이 있사옵니다."

"조용히들 하라!"

사실을 부인하는 운, 거짓을 고변하는 홍인경, 그에 찬반을 표하며 떠들어대는 조신들, 그 위로 주상이 일갈했다. 좌중이 거짓말처럼 조용해지는 것과 동시에 주상이 운에게 몸을 돌렸다.

"책을 갖고 있던 것이 사실이냐?"

요점은 그것이다. 책을 판 것이나 갖고 있던 것이나 어차피 극형에 처해지는 죄인 건 마찬가지.

"……사실이옵니다."

"허어!"

기가 막히고 코가 막힐 일. 어떻게든 운을 구해주고 싶은 주상으로선 미치고 팔딱 뛸 지경이었다. 그러나 그러면 뭐 하랴. 주상이 운을 믿어주려 해도 벽파는 분명 운을 두고 벌떼처럼 일어날 것이다. 운의 무죄를 인정하려 들면 그로부터 왕의 편애와 실정을 지탄하는 상소가 전국에서 몰려들 것이니, 이미 사건이 일어난 것 자체로 정국은 소용돌이치기 시작한 것이다.

"그런 책을 왜 가지고 있었느냐, 왜! 네놈이 정녕 미친 것이로구나!"

"내 생각과 다른 글이라 해도 내치지 않는 것이 군자의 태도라 들었사옵니다. 그렇기에 책을 들여다봤습니다."

"생각이 다르다고? 명기집략은 다른 게 아니라 틀린 글이다! 그것을 어찌 호도하는 것이냐!"

"틀린 것을 아옵니다. 하지만 틀리다는 사실을 알려면 그를 들여다봐야 알 수 있는 것입니다. 잘못된 것을 멀리하기만 해서 문제가 해결되나이까? 그를 연구해야 극복할 방법을 찾아낼 수 있는 것입니다!"

이미 자포자기, 될 대로 돼라가 돼버린 운이 아예 대들 듯 외쳤고, 결국 주상의 격노가 터졌다.

"네놈은 겉으로는 변한 척하더니 사실은 하나도 달라진 게 없구나! 그러려면 과거는 왜 봤느냐!"

이제는 끝이다. 구해주려 해도 방법이 없다. 사태를 최소화시키려면 여기서 운을 잘라내는 수밖에 없었다.

사색이 된 최재명이 비틀거리는 모습을 뒤로한 채 주상이 외치셨다.

"여봐라! 당장 의금부 도사를 불러 최운을 끌고 가도록 하라! 의금부 옥사에 가두고 추후에 책을 입수한 경로를 토설토록 할 것이다!"

마른하늘에 날벼락이 떨어졌다.

장원급제 소식을 듣고 유가 행진에 따라갈 꿈에 부풀었던 다희에게 뜻밖에 운이 의금부에 하옥됐다는 급보가 전해졌다.

오씨부인 댁이 발칵 뒤집혔음이며, 그 길로 색희 나리가 아는 연줄 다 동원해 소식을 알아보았다. 대략의 앞뒤 관계를 알아내긴 했으나, 그로 빠져나갈 수 없는 함정에 빠졌음이 더 확실해졌다. 운은 의금부 옥사에 갇혀 고신당하고 있는데, 죽어도 책의 입수 경로에 대해선 함구하고 있어서 아무래도 추국의 강도가 점차 강해질 것 같다는 것이다.

"어찌합니까요. 나리를 구해낼 방법이 아예 없는 겁니까?"

다희가 발을 동동거렸지만 어쩔 수 없었다. 차라리 석고대죄라도 하면 좀 나을 텐데, 이 뻣뻣한 위인이 오히려 갖고 있는 게 무슨 죄냐고 대들었으니 목숨 구하기도 어려울 게 분명했다.

애가 탄 다희가 결국 의금부 옥사로 달려갔지만 당분간 면회 금지란 말만 듣고 돌아서야 했다. 얼마나 심한 고초를 당하고 있을까. 얼마나 사람 몰골을 버리도록 심한 추국을 당하고 있을까. 다희는 피가 말랐다.

"전하, 선왕께서 금서로 정한 책을 소장하고 감히 그를 팔기까지 한 죄인을 살려둬서는 아니 되옵니다! 죄인 최운은 참형에 처하고 그 목을 효수하여 본보기를 보이시옵소서! 또한 그 아비인 호조판서 역시 죄를 물어 유배에 처함이 옳습니다!"

"통촉하여 주시옵소서!"

중신들은 잘도 물 만난 고기처럼 입을 잘도 나불거렸다. 호조판서 최재명은 시파의 중진이다. 따라서 빌미를 제대로 잡은 벽파의 주구들은 운과 함께 호판까지 꺾고자 했다.

문제는 그들의 주청에 딱히 반대할 명분이 없다는 것이다.

"중신들은 들으라. 선왕께서 비록 명기집략을 금서로 정하고 그를 유통한 자들을 목 베어 효수하긴 했으나, 그와 같은 조처는 당시에도 지나친 혹형이라 하여 문제가 된 바 있다. 그런데 이미 세월이 많이 흐른 지금에 와서도 그처럼 가혹하게 다뤄야 한단 말인가?"

"전하, 아무리 시간이 지났다 해도 대죄가 죄가 아닌 것이 되지는 않습니다! 명기집략에 적힌 내용은 조선의 왕통을 능멸하고 기만한 것인 터, 그를 알면서도 책을 소장하고 유통시킨 것은 그 역시 왕통을 능멸한 것이나 마찬가지입니다! 이와 같은 대죄를 어찌 가벼운 벌로 대신할 수 있단 말입니까!"

운과 함께 처벌이 논의되고 있는 당사자인 호판은 이 자리에 참석하지 않았다. 하긴 이 자리에 있다고 해도 훈구 대신들이 감히 거리낄 게 있을까. 그들은 한 몸이나 된 것처럼 똑같은 목소리로 똑같은 말을 외쳤고, 그들 앞에 시파의 중진들은 꿀 먹은 벙어리가 될 수밖에 없었다.

답답한 심정은 주상도 마찬가지. 하지만 운을 구할 명분은 이미 없다. 먼저 입수 경로를 토설케 하라는 명으로 당분간 처벌을 미루는 것 말고는 딱히 방법이 없었다. 게다가 이 일로 시파는 물론이고 금서 색출을 이유로 성균관 유생들과 초계문신들에 대한 감사에 들어가자는 주장까지 나오니 결국 그들의 목표는 이를 빌미로 정국의 주도권을 쥐자는 것이었다. 그를 아는 주상의 속 역시 타들어갔다.

조신들이 운에게 참형을 내리라는 주청을 하고 있고, 그와 같은 내용의 상소 또한 빗발치고 있다는 소문은 당장 궁내에 돌았다. 궐내 각사에도 소식은 빠르게 전해졌으니 눈치도 빠르고 귀도 날카로운 만주 역시 진작 그 사실을 들어 알고 있었다.

초계문신들에 대한 일대 감사가 있을 거라는 풍문에 젊은 당하관들 사이의 분위기도 영 말이 아니었다. 그러나 만주는 다른 이유로 속이 시끄러웠다.

'왜 하필 최운인가.'

생긴 건 만두처럼 둔하게 생겼지만 만주는 머리가 그리 나쁘지 않았다. 그런데 아무리 생각해도 하필 최운을 목표로 삼은 게 이해가 가지 않았다. 그도 운이 싫기는 했지만 하필 왜 그가 목표란 말인가. 그 점을 만주는 수긍할 수 없었다.

물론 이 사건을 기점으로 정국의 주도권을 쥐고자 할 수는 있지만 왜 하필 그 시발점이 운이며, 그가 명기집략을 갖고 있다는 것은 도대체 어떻게 알았느냐 말이다. 애초에 운을 목표로 찍고 오랫동안 감시한 게 아니고서야 불가능한 일. 만주는 그 의도가 무척이나 궁금했다.

'정가를 뒤엎겠다는 건 뒤늦게 작정한 일이고, 사실은 원래부터 운이 목표였던 게 아닌가?'

하지만 왜? 그것도 왜 하필 운과는 별다른 원한 관계도 없는 홍인경이?

앞뒤 맥락을 알 수 없지만, 뭔가 사람들이 모르는 거대한 흑막이 도사리고 있다는 예감이 만주의 두툼한 머릿속에서 꿈틀거렸다.

날은 벌써 가을을 관통하고 있었다. 안 그래도 감옥은 추운데 이보다 날이 더 차가워지면 운의 고초가 얼마나 더 커질꼬. 주상 앞에 엎드린 최재명의 머릿속에 그런 생각이 떠올랐다.

그가 주상 앞에 엎드려 빈 지 거의 2각이 지났다. 노신인 그가 수치를 무릅쓰고 왕에게 제발 제 아들을 살려달라 빌고 있었다. 무례임을 알고 월권임을 알지만, 운의 목숨을 구할 수 있다면 무엇이 두려우랴. 알현을 허락한 주상 앞에 다짜고짜 엎드린 최재명은 아들의 목숨을 애원했다.

"살려주시옵소서, 전하."

아들의 죄상이 이미 드러난 바이니 용서해 달라고 빌 여지조차 없었다. 그저 살려만 달라고 빌 수밖에.

"살려만 주시면 언젠가 전하의 손발이 되고 역군이 될 아이입니다! 목숨만 부지하게 해주시옵소서!"

"중신들의 주청이 빗발치고, 마땅히 목을 베 효수해야 한다는 상소 역시 빗발치고 있소. 중론이 이러한데 어찌 그를 거스를 수 있겠소."

"용서해 달라는 것이 아니옵니다. 다만 참형만은 거둘 수 있지 않나이까. 영조대왕 조에도 금서를 소장하고 유통한 선비와 책쾌들이 숱하게 잡혀 죽었고, 그 바람에 나라 안의 선비들이 서책을 구하지 못하는 사태까지 일어났습니다. 그로 지나치게 가혹한 조처가 아니냐는 여론 역시 만만치 않았습니다. 전하, 모쪼록 자비를 베풀어주시옵소서. 장형을 치고 고신을 해도 좋으니 목숨만은 살려주시옵소서!"

"허허, 자식을 아끼는 마음은 내 알겠으나……."

막상 그러는 주상은 속으로 부지런히 염두를 굴리고 있었다.

홍인경이 운을 모함하는 것일까, 아니면 운의 말이 진실일까. 홍인경이 왜 하필 운을 치려는 건지 그 이유를 짐작하기 어려워 찜찜했다. 하지만 그 어느 쪽이든 운이 중죄를 지은 건 사실이니 구하기는 어려웠다. 하나 호판의 청대로 목숨만은 살려준다면?

'이번 기회에 호판은 확실히 내 사람으로 쓸 수 있겠지.'

원래도 호판은 주상의 사람이긴 했지만 시파의 중진쯤 되다 보니 입안의 혀처럼 마구 부릴 수 있는 존재는 아니었다. 하지만 아들의 목숨을 미끼로 건다면 이번에야말로 그를 주상의 심복으로 만들 수 있었다. 죽으라면 죽는시늉까지 할 수 있는 개. 호판처럼 노련한 정치가를 그렇게 부릴 수 있다면 그야말로 주상에겐 힘이 될 터이다.

괘씸하긴 했지만, 살려만 둔다면 언젠가는 운 역시 홍씨 일가의 뒤통수를 칠 도끼가 될 수 있었다. 어쨌든 이번 일로 벽파와 홍인경의 세력이 너무 강해지는 것도 썩 반갑지는 않으니 그들의 생각대로 끌려가는 것은 피해야 할 일이었다.

그러나 문제의 그 운을 어떻게 구한다? 그를 생각하면 난감할 뿐이었다.

'놈이 납작 엎드리기라도 하면 좋을 텐데, 에잉, 괘씸한지고!'

주상의 고민이 더욱 깊어진 가운데, 같은 시각 다희는 의금부 옥사를 찾아가고 있었다.

"어찌 왔느냐?"

옥사에 갇힌 운을 면회하기 위해 조석으로 드나들기를 일주일. 마침내 오늘에서야 면회가 허락됐다. 고신이 잠깐 멈춘 틈을 타 허락이 떨어진 것이다.

단 일주일 만에 운의 얼굴은 반쪽이 됐다. 얼굴만 반쪽이 된 게 아니라 몸이 죄 망가졌다. 책을 입수한 경로를 대라고 운을 의자에 앉혀놓고 장을 치고 주리를 틀었다. 그와 같은 고신에도 그의 대답은 한결같았다. 본인이 직접 배를 타고 가 책을 구해왔으며, 명기집략은 가지고만 있었을 뿐 판 적은 없다고, 홍인경이 가짜 증인으로 자신을 모함한 것이라고.

그게 사실이었기에 거짓 토설이 있을 수 없었지만, 그를 믿을 수 없었기에 고신은 계속 이어졌다. 그나마 아직 운을 버리고 싶지 않은 주상의 당부가 있어 무릎 뼈가 으스러지고 관절이 모두 나가는 것만은 면했지만, 허벅지 살이 터져 나가고 피투성이가 되는 것은 면할 수 없었다.

감옥에서는 죄수들에게 따로 식사도 넣어주지 않는다. 다행히 운의 본가가 호판 댁이니 그 댁 종들이 드나들며 구메밥(옥문 구멍으로 죄수에게 주는 밥)을 넣어주긴 했지만, 운의 몸이 그걸 받아들일 상태가 아니었다. 피딱지가 굳어 달라붙은 입술이며 야위고 피투성이가 된 얼굴을 보자 당장 다희의 눈에 눈물부터 차올랐다.

"나리, 나리 몸이……."

"되었다. 겉보기엔 만신창이지만 상태가 그리 나쁘지는 않다. 장을 칠 때도 되도록 무릎은 치지 않는 것이 웃전에서 대충 하라는 명이 떨어졌나 보더라."

"네에? 그럼 혹시 주상께서 구명해 주실 생각도 있으신 건가요? 대충 심문하는 척만 하다 내보내시려는……."

"너는 조정 중신들이 그리 녹록한 사람들인 줄 아느냐?"

운의 입술 사이에서 씁쓸한 냉소가 흘러나왔다.

왕을 흔들고 심지어 죽이기까지 하는 자들이 조정 중신들이다. 신하가 주군을 이끌어야 군자지국(君子之國)을 만들 수 있다 믿는 이자들이 심지어 세자를 죽이기도 하고 왕을 바꾸기도 한다. 같은 반가의 자제 하나쯤 없애는 거야 이들에겐 아무것도 아니다. 게다가 이토록 명분까지 훌륭하다면 더욱 그렇다.

"처음엔 서만주가 책하에 불을 지른 줄 알았다. 하지만 지금 생각해 보니 그가 아니라 홍인경이 저지른 짓인 것 같다."

"그게 무슨 말씀이세요?"

눈이 접시만큼 커다래진 다희에게 운이 대충의 앞뒤 사정을 말해줬다. 일부러 보는 눈을 만들어두기 위해 찾아온 홍인경, 그가 내세운 가짜 증인과 가짜 책.

"명기집략을 갖고 있던 것은 사실이다. 하지만 그 책은 불이 나기 하루 전까지만 해도 제자리에 있었으니 놈이 내게 받았다고 내민 것은 분명 다른 경로로 구한 책. 하지만 놈은 내가 가진 명기집략을 내밀까 봐 아예 불을 질러 없애 버린 거다. 불이 나기 전에 안채에서 튀어나왔다는 놈은 아마 홍인경이 보낸 하수인일 게다."

"그런……. 그 사실을 상감마마께 아뢰면 안 되나요? 너무 억울합니다!"

"소용없다. 놈에겐 증거와 증인이 있지만 나는 없다. 내가 가진 책은 따로 있다는 걸 본 증인이 없으니 꼼짝 못 하고 놈의 혓바닥에 놀아날 수밖에. 게다가 설령 내가 그 증좌를 내민다 해도 죄를 피하긴 어렵다. 내가 책을 갖고 있던 것은 사실이니까. 어차피 이래 죽으나 저래 죽으나 죽는 건 똑같다는 얘기다."

깊은 자조에 빠진 운이 한숨을 내쉬었다.

"아닙니다! 그럴 리가 없어요! 나리는 그렇게 죽을 분이 아닙니다! 어찌 그리 약한 소리를 하시어요!"

"네가 잘못 보았다. 나는 그리 강한 사내가 아니다. 아니, 강하고 약한 것이 중요한 것이 아니다. 이미 모든 함정이 갖춰져 있었고, 나는 거기에 덜컥 발을 들이민 것뿐이지. 내가 여기서 빠져나갈 길은 없어."

"아닙니다, 아니어요! 제가 무슨 일이 있어도 나리를 빼낼 겁니다! 죽게 내버려 두지 않을 거여요!"

다희가 눈물이 그렁그렁한 눈으로 외치자 운이 헛웃음을 흘렸다. 한낱 어린 노비에게 이 정국을 뒤집을 힘이 어디 있단 말인가. 아버지인 호판도 어쩔 수 없는 것을.

이 애절한 단심을 불쌍해서 어쩔꼬. 안 된다는 걸 알면서도 포기하지 못하는 마음이 안타깝지만 더 이상 다른 방법은 없다. 혹시 주상이 강력하게 밀어붙여 유배형으로 마무리하게 된다면 그나마 다행이지만, 그것도 현재로선 크게 기대하기 힘들었다.

"돌아가거라. 그리고 기다리거라."

"나리!"

"너는 우리 가문과 연관이 없으니 화가 너에게까지 미치는 일은 없을 테지만, 혹시 모르니 옥사엔 걸음하지 말거라. 그리고…… 미리 당부해 둔다만, 혹여 내 목이 성문에 효수되거든 절대 그 모습은 보지 말아다오. 어설픈 허세긴 하다만, 그래도 네게는 되도록 좋은 모습만 기억에 남기고 싶구나."

"으흐흐흑! 나리…… 나리!"

기어코 다희의 입에서 통곡이 터져 나오고 말았다. 운이 그런 그녀에게서 매정하게 등을 돌리더니 옥사장을 소리쳐 불렀다.

"여보시오, 옥사장! 여기 사람 나가오!"

안 간다고 울고불고 매달리는 다희를 옥사장이 호통 쳤고, 결국 그녀는 흐느껴 울며 감옥을 나왔다.

어찌해야 할까. 운에게는 자기가 그를 빼내고야 말겠다고 큰소리쳤지만 사실 그런 방법이 있을 리가 없었다. 그저 지켜보는 것 말고는 그녀가 할 수 있는 일이 없는 것이다.

'나리! 이럴 수는 없어요!'

정신없이 울다가 마주 걸어오는 사내와 부딪친 것은 그때였다. 누군가와 부딪친 다희가 그 와중에도 죄송하다 사과를 했는데 상대가 불현듯 물었다.

"너는 운이 데리고 다니던 종자가 아니냐?"

서만주였다. 책하를 찾아온 그를 먼발치서 봤는데 땅땅한 몸집은 거의 변하지를 않았다.

"하원(賀元:운의 자)을 찾아왔느냐?"

눈물 흘린 기색이 확연한 다희의 낯빛을 보니 대충 두 사람 사이가 짐작이 갔다. 운의 감정이야 모르겠지만 어쨌든 이 예쁘장한 여종이 그를 연모하는 건 분명했다. 성균관 시절에도 운을 짝사랑하는 재인들이 꽤 있었고, 기생들 사이에서도 그의 외모는 꽤 유명해서 동기들의 질투를 사곤 했다. 그 사실이 불현듯 만주의 복중에 시커먼 질투를 다시 불러일으켰다.

'그런 그놈이 결국 죽을지도 모른다 이 말이지.'

만주가 그런 생각을 떠올리는 동안 다희는 재빨리 그에게 인사를 하더니 그 자리를 떠버렸다.

의금부 옥사는 중촌에서 그리 멀지 않았다. 육조 거리는 물론이고 궁에서도 그리 멀지 않아서 그 덕에 의금부에서 문초받던 죄인들이 궁에 끌려가 추국을 받는 일도 많았다. 혹시 운도 그런 가혹한 추국을 받고 형장의 이슬로 사라지게 되는 건 아닐까, 중촌으로 걸어 돌아오는 다희의 마음속에 그런 걱정이 숱하게 갈마들고 그로 눈물이 마르지를 않았다.

그래서일까, 다희는 의금부 옥사를 나오고서부터 누군가 쭉 그녀의 뒤를 따라오고 있는 것을 몰랐다.

수상한 기색을 알아챈 건 육조 거리를 거의 빠져나왔을 때다. 육조 거리 어귀를 돌아 혜정교로 들어선 다희가 그제야 누군가 뒤를 따르고 있다는 것을 눈치챘다. 운에 대한 생각에 골몰하느라 몰랐는데 아까부터 아직 추운 날씨도 아닌데 털배자를 걸친 장한 두 명이 그녀의 뒤를 따라오고 있었다. 혹시나 싶어 일부러 사람 많은 운종가로 접어들어 백목전(白木廛:면포를 파는 시전)으로 들어가서 보니, 괴한들은 건너편 저포전(苧布廛:모시를 파는 시전)에서 물건을 고르는 척하며 다희가 있는 쪽을 힐끔힐끔 보고 있었다.

틀림없다. 이미 괴한들에게 쫓겨본 경험이 있는 다희의 예감이 그들이 쫓는 자가 바로 자신이라는 것을 알리고 있었다.

'하지만 왜?'

이미 그녀와 연루된 사건의 주범인 한진범 일가는 모조리 체포됐다. 일가붙이 역시 재산을 적몰당하고 하옥돼 있다고 들었는데, 혹시 그들의 남은 잔당이 원한을 품고 다희에게 사람을 붙인 걸까?

하지만 지금은 본원이 누구인지를 캐고 있을 때가 아닌 터, 일단은 피해야 했다.

해가 저물 무렵이 가까워지긴 했지만 아직 낮이고 사람이 많은 운종가였다. 일단 최대한 사람들 사이에 묻혀 있어야 했다.

"거 물건을 살 거냐, 말 거냐? 아까부터 만지작거리기만 하는데 안 살 거면 당장 나가거라!"

하지만 그것도 영 쉽지 않았다. 다희가 저포전 쪽 괴한들의 눈치만 보며 물건을 고르는 척하고 있으려니 아무리 봐도 손님이 아닌 듯한 그녀의 행색을 아까부터 못마땅한 시선으로 보고 있던 주인이 호통을 쳤다. 다희는 결국 백목전을 나올 수밖에 없었다.

'이제 어쩐다?'

다희가 어쩔 줄을 몰라 가게 앞에서 얼쩡거리고 있으려니 눈치를 챈 괴한들이 슬금슬금 그녀 쪽으로 다가왔다. 아직 사람이 많아서 안심이 되긴 했지만, 놈들이 괜히 시비라도 걸어 그녀를 끌고 가려 하면 사람 많은 저잣거리라 해도 안전한 건 아니었다.

다희는 갑자기 다급해졌다.

"저기요!"

급한 마음에 아무 가게나 뛰어들어 주인을 붙잡았는데, 그는 잡철전(雜鐵廛: 철로 된 물건을 팔던 가게) 주인이었다.

"이상한 자들이 아까부터 저를 따라옵니다. 저 좀 숨겨주시어요."

"에잉?"

염소수염을 기른 잡철전 주인이 눈을 둥그렇게 떴다. 사냥꾼에게 쫓기는 사슴도 아니고 저잣거리에서 무슨 사태란 말인고. 그러나 혹시나 싶어 가게 밖을 내다본 주인은 고개를 갸웃거렸다.

"이상한 자가 어디 있단 말이냐?"

"털배자 입은 괴한 두 명이 근처에 있지 않습니까? 그자들이 육조 거리에서부터 저를 따라왔습니다요."

"털배자는 고사하고 등배자 입은 사람도 없구먼. 네가 괜한 생각에 겁먹은 거 아니냐?"

주인의 말대로였다. 다희가 고개만 살짝 내밀어 살펴보니 그녀를 쫓아오던 괴한 두 명이 씻은 듯이 사라지고 없었다.

'진짜 그냥 지나가는 사람이었던 걸까?'

갑자기 무안해졌다. 더 이상 점포 안에 머물러 있을 핑계도 없어 다희는 주인에게 고맙다 인사를 하고 거리로 나섰다. 혹시나 싶어 바로 뛰어들 수 있도록 사람 많은 어물전 주변을 슬렁거리며 주변에 괴한들이 없나 살폈지만, 다행히 그들은 보이지 않았다. 비로소 안심을 한 다희가 운종가 대로를 빠져나왔다.

시간을 지체하다 보니 어느새 해가 기울기 시작했다. 인적이 드물어지면 더 위험한 터다. 위험이 아직 사라진 게 아닐지도 모르는 까닭에 다희는 궁리를 하다 근처에 있는 장 씨의 집에 먼저 들르기로 했다. 그의 집에 머물다 장 씨와 함께 다시 의금부 옥사에 가는 게 좋겠다 생각한 것이다.

그런데 그런 요량을 다지며 종루를 지나 철물교 다리를 건널 때였다. 다리를 넘어서자마자 다리 밑에서 시커먼 그림자가 튀어나왔다. 뭐라고 비명을 지를 사이도 없었다. 비호처럼 다리 위로 뛰어 올라온 사내가 그녀를 향해 달려들었다.

아까 쫓아온 털배자 입은 괴한 중 한 명이었다. 다희보다 앞서 와서 다리 밑에 숨어 있다가 기습한 것이다.

'역시 나를 노리고 있었던……! 나리!'

피할 사이도 없이 괴한이 손안에 감춘 비수를 그녀의 심장께에 찔러 넣었다. 그런데 그때였다. 살이 갈라지는 파육음 대신 돌연 이상한 굉음이 울려 퍼졌다.

깡!

"으잉?"

심장을 뚫고 들어가야 할 칼이 뭔가 단단한 물건에 가로막혔다. 실은 잡철전에 들어갔을 때 만약을 위해 다희가 사둔 것이었다. 작은 솥뚜껑 몇 개를 심장과 배에 걸쳐 두르고 띠로 묶어놨는데, 괴한이 찌른 칼이 바로 그에 막힌 것이다.

"에에잇! 요 깜찍한 것이!"

뭘 둘렀는지 알 수 없으니 일단 다른 데를 노려야 했다. 뒤를 쫓아온 다른 괴한이 재차 다희의 목덜미를 노리고 칼을 치켜들었다. 그런데 바로 그때 그들의 뒤쪽에서 사람의 목소리가 들렸다.

"여보시오! 게서 뭐 하는 거요!"

이런! 괴한들이 당황한 나머지 순간 멈칫거리자, 그들을 멈춰 세운 자가 그 틈을 타 소리를 질렀다.

"여기 괴한들이 사람을 죽이려 하네! 순라꾼, 어디 있는가! 이리로 오시오!"

순라꾼이 돌 시간은 아니지만 사람들은 아직 거리를 다니고 있었다. 과연 사내의 외침에 지나던 사람들이 몰려들기 시작했다.

길목에 매복하고 있다가 기습한 건 좋았지만 시간이 너무 일렀다. 순식간에 몰려든 사람들이 아무래도 수상한 행색의 사내들을 발견하고는 소리를 질렀는데, 다희는 그 틈을 놓치지 않았다. 치마 말기에 꽂아둔 솥뚜껑을 빼 든 그녀가 괴한의 머리를 내려쳤다.

깡!

"악!"

충돌음과 비명이 거의 동시에 울려 퍼졌고, 괴한은 머리통을 움켜쥐고 나자빠졌다. 아직 다른 한 놈이 남아 있긴 했지만 상황이 난감해졌다. 마침 때맞춰 근처를 순시하고 있던 포졸이 나타난 것이다.

"이런 젠장!"

글렀다. 다희를 어떻게 하기엔 이미 몰려든 인파가 너무 많은 데다 포졸까지 등장했다. 괴한들이 낭패한 나머지 욕지거리를 내뱉었지만 결국 그대로 다리 아래로 뛰어내렸다. 몰려온 자들이 저 놈 잡으라고 소리를 지르며 다리로 몰려갔지만, 그들은 물이 거의 마른 개천을 건너 사라진 뒤였다.

"몸놀림을 보나 행색을 보나 범상치 않은 자들이로군."

다리로 쫓아간 자가 한마디 툭 내뱉더니 다희를 향해 돌아섰다. 그제야 그 얼굴을 알아본 그녀가 깜짝 놀라 외쳤다.

"만두…… 아니, 만당 나리 아니십니까?"

아까 그녀가 괴한들에게 납치당할 찰나 소리를 질러 방해한 자가 바로 만주였다. 어째서 하필 그가 이 자리에 있는 걸까? 계속해서 이어지는 이해 못 할 현상에 다희는 이제 갈피를 잡을 수 없을 정도로 어지러워졌다.

"여기는 도대체 어떻게? 혹시 저를 따라오신 겁니까?"

"어, 어, 그게……."

사실 처음엔 그런 마음이 없지 않았다. 급격하게 되밀려온 운에 대한 호승심에 다희를 어찌 해볼까 싶어 쫓아오긴 했지만 중간에 그 목적이 바뀌었다. 다희를 쫓아오다 자기 말고 또 다른 자들이 그녀를 추격하고 있다는 것을 알아차린 것이다.

어째서 일개 종년에게 아무리 봐도 주먹 좀 쓰는 무뢰배로 보이는 자들이 둘씩이나 따라붙은 걸까? 궁금증에 만주가 그때부터는 다희가 아니라 그 추격자들을 쫓기 시작했다. 그리고 그들이 다희가 잡철전에 들어간 틈을 타 그녀의 앞길을 질러가서 철물교 다리 밑에 숨는 걸 확인했던 것이다.

앞뒤 사정 알 리 없는 다희는 아무리 봐도 옥사 근처에서 마주칠 적부터 저를 탐욕스럽게 바라보던 그 눈길을 기억하고 슬금슬금 뒷걸음질을 치는 차였다. 고맙긴 하지만 함께 있어 좋을 것 없다 판단한 것이다. 그런데 불현듯 만주가 입을 열었다.

"아까 그 자객들, 면식범이더냐?"

"예?"

"아니, 그러니까, 그 왜, 예전에 알던 자들이냔 말이다."

"아니옵니다. 전혀 모르는 사람들입니다. 안 그래도 육조 거리부터 뒤를 쫓아오길래 가게에 들어가 숨었더랬습니다. 이전에도 저를 납치하려 든 자들이 있어서 아무래도 이상하다 싶었지요."

"뭐라? 예전에도 그런 적이 있어?"

수상하다. 아무리 생각해도 수상하다. 종년에게 자객 따위가 붙는 것도 괴이쩍은데 이전에도 그런 일이 있었다니. 게다가 그 종년은 하필 운과 관련이 있는 자다.

이상하게도 운의 주변을 감도는 모략의 그림자가 보이는 것은 만주의 착각일까?

"설마 홍인경인가?"

자기도 모르게 한마디 중얼거리자 다희가 깜짝 놀라 되물었다.

"뭔가 아시는 게 있습니까, 나리?"

그러고 보니 운을 모함한 게 바로 홍인경이라 하지 않던가. 그 자가 왜 운도 모자라 자신까지 노리는 걸까?

"응? 아니, 아니다! 내, 내가 실언을 한 게다. 아무 뜻 없이 내뱉은 말이니 행여라도 어디 가서 말하지 말거라."

"나리, 제가 속이 타서 그렇습니다. 뭔가 아시는 게 있으면 아무 거라도 얘기해 주세요. 네?"

"아니라니까! 그, 그냥 해본 소리다. 조정에서 홍인경이 운을 고 변한 걸 모르는 자가 없으니, 네년과 운이 관련돼 있어서 너도 없 애려 한 게 아닌가 그냥 생각해 본 거란 말이다. 하지만 그럴 리가 없지 않느냐. 일개 종년이 없어지나마나 무슨 상관이라고 자객까 지 보내 너를 없애려 들겠느냐. 그냥 여자라면 환장한 것들이 너 를 어찌해 보려 든 거겠지."

사실 그의 말대로 진짜 아무 생각 없이 내뱉은 말이었다. 그러 나 그것이 뜻밖에 다희에게 새로운 방향을 제시해 줬다.

만주의 말대로 아무 힘 없는 여종 따위, 굳이 홍인경이 사람까 지 보내 죽일 이유가 없다. 그런데 어째선지 불길한 직감이 사라 지지를 않았다.

'운 나리가 홍 모라는 양반에게 고변당하기 이전에도 나를 노 린 자들이 있었잖아. 그때는 그게 한진범이라고 생각했는데…….
그런데 어째서 한가 일족이 체포된 뒤에도 계속해서 나를 노리는 자들이 있는 거지? 왜…… 왜 나를? 소설 때문인가? 하지만 그건 이미 범인이 밝혀졌는데. 그럼 역시 한가 일족의 잔당들이 내게 원한을 품고서?'

머리가 뱅글뱅글 돌았다. 아무래도 한가 일족의 잔당이 맞는 것 같긴 한데, 운이 홍인경에게 고변을 당한 것과 때를 맞춘 게 이상했다. 굳이 저를 노리려 들면 그동안 얼마나 기회가 많았던가. 그런데 왜 하필 운도 하옥당하고 손발이 묶인 지금……?

'설마 운 나리와 내가 떨어지기를 기다렸던가?'

갑자기 강렬한 직감이 그녀를 덮쳤다. 맞다. 그게 틀림없었다. 어째선지 모르지만 정체불명의 세력은 그녀와 운을 함께 노리고 있다. 하지만 왜?

그 순간 어떤 진실이 불벼락처럼 다희의 뒤통수를 후려쳤다. 이미 잊혀 무의식 속에 가라앉아 있던 찜찜함. 모래알처럼 머릿속을 서걱거리며 돌아다니던 이물질이 갑자기 전면에 드러났다. 한진범이 진범임을 확신하며 완성한 추리설. 하지만 앞뒤가 딱 맞는 완결에도 불구하고 이상하게 석연치 않은 구석이 있었다. 그게 뭐였을까. 그게 도대체 무엇이길래?

'목소리!'

목소리, 목소리. 그랬다!

한진범의 광 안에 갇혀 있을 때 다희를 죽이라 지시하던 그 목소리. 필경 억울하게 살해된 조씨부인 사건에도 가담한 게 분명한 그 범인.

조씨부인 사건의 주동자가 그 범인이 한진범이니 광 밖에서 다희를 죽이라 지시한 자도 그라고 생각했다. 하지만 강돌목으로 그녀를 끌고 가면서 들은 한진범의 목소리는 달랐다.

'같은 사람이 아니야. 한진범의 목소리는 훨씬 두껍고 성질도 꽤 급한 것처럼 느껴졌어. 하지만 나를 죽이라 했던 그 목소리는 훨씬 더 낮고…… 매끄럽고 정갈한…….'

그때는 목숨이 경각에 달린 처지라 미처 그 차이점을 깨닫지 못했다. 하지만 지금은 알 수 있었다. 그 둘은 전혀 다른 사람이다!

그런데 그 매끄러운 목소리를 분명 최근에 들었다. 어디서? 어디서 그런 인상적인 목소리를!

'책하!'

진실들이 불돌처럼 뜨거운 반향을 일으키며 굴러 내려왔다. 닫혀 있던 편견의 문을 깨부수며 그녀의 의식을 열었다.

책하! 추리설의 사인본을 얻으려고 운을 찾아왔을 때, 책하의 문 앞에서 말구종을 부르던 목소리! 그가 틀림없었다!

'그럼 설마 그자가 홍인경?'

그날은 바로 홍인경이 유이준이란 가짜 이름을 대고 명기집략을 구하러 온 날이다. 그렇다면!

"나리, 혹시 그 홍인경이란 자가 목소리가 그윽하고 몹시 잘생기지 않았습니까? 마치 깎아놓은 옥처럼 매끈하게 생기지 않았나요?"

다급해진 다희가 서만주의 옷소매를 붙들고 묻자 그가 갸웃거리며 답했다.

"으응? 마, 맞다. 홍인경이 과연 그렇게 생기긴 했지. 목소리도 꾀꼬리같이 맑고 좋아서 별명이 앵랑(鸎郎)이지."

맞다! 홍인경 그자가 한진범과 함께 조씨부인을 죽이고 다희까지 없애려 한 자다. 그리고 마침내 운까지!

비로소 사건이 하나로 연결됐다. 조씨부인 살해와 다희의 납치, 그리고 운에 대한 모함까지 범인은 모두 하나였다!

'하지만 왜?'

모든 것은 원점으로 돌아왔다. 홍인경이 범인이라고 치자. 하지만 그가 왜 운을, 그녀를 노린 걸까? 조씨부인 살인 사건은 결국 한진범이 자신이 단독으로 벌인 일이라고 자복했으니 홍인경은 안전했다. 굳이 운과 다희를 다시 노릴 이유는 없는 것이다. 아무리 생각해도 그 이유가 이해가 가지 않았다.

'혹시 애초에 나를 노린 것이었나?'

퍼뜩 그런 직감이 들었다.

추리설을 쓰고자 마음먹었을 때 그녀 안에 몰아쳤던 예리한 직감, 그것이 지금 다희 안에 다시 불꽃을 피웠다.

혹시 순서가 거꾸로 된 게 아닐까? 애초에 그녀가 목표였고, 운은 그 과정에서 연루된 게 아닐까? 다희를 없애기 쉽도록 그녀를 비호하는 운부터 꺾어버린 게다. 그리고 운이 갇히자 이제 마음 놓고 다희를……!

'하지만 죽이려고 들면 그 이전에도 기회가 있었잖아. 한진범이 잡히고 나서는 완전히 방심한 상태였으니. 원고를 들고 책하를 무시로 왔다 갔다 했는데 왜 그때는 가만히 내버려 두고? 아니, 잠깐. 그때는 최종권이 나오기 전이었어!'

최종권이 나오기를 기다렸구나!

비로소 진실이 드러나며 앞뒤가 뻥 뚫렸다.

홍인경은 분명 추리설이 완성되기를 기다린 게다. 그래서 세상에 한진범이 조씨부인 사건의 진범으로 인정되기를 바랐던 게다.

자, 그렇다면 다시 추리를 해야 한다. 진범이 아니라 홍인경이 범인이라면 그가 왜 과부를 죽였을까? 정절을 의심한 시댁이 죽인 줄로 알았지만 사실은 그게 아니었을까? 그렇다면……?

문득 광에서 들었던 어떤 말이 다희의 머릿속에 떠올랐다. 홍인경이 광문 밖에서 중얼거린 그 말, 너무 낮아서 토막 난 말밖에 못 들었지만 그마저도 너무 어려워서 알아들을 수가 없었던 그 말!

"······천······ 상이다······."

갑자기 다희가 그 자리에서 달음박질쳤다. 아직 괴한들이 남아 있을지도 모르건만 그 생각을 할 틈도 없었다. 선불 맞은 사슴처럼 달려간 다희가 오씨부인 댁으로 뛰어들었다.

"주인 나리 계십니까?"

마당에 달려 들어온 다희가 외쳤다. 다행히 색희 나리는 집에 있었고, 의아한 얼굴로 행랑 마당으로 나왔다.

"나리, 역천이란 말이 무슨 뜻입니까?"

역천(逆天). 그 말이 주는 본능적인 중압감에 색희 나리의 낯빛이 희뜩해졌다.

"너, 너 그런 말은 도대체 어디서 들었느냐?"

"가르쳐 주시어요! 그게 도대체 무슨 뜻입니까?"

"그건, 그······."

"답답합니다! 어서 가르쳐 주세요! 도대체 무슨 뜻이길래 그런 겁니까?"

"그게, 음, 역모란 뜻이다. 하늘을 거스르겠다는 뜻인데, 보통은 나라를 뒤엎는다는 뜻이다. 모반을 뜻하는 것이니 결코 입에 올려선 안 되는 말이다. 그런데 도대체 그런 말은 어디서 들은 게냐?"

"한진범의 광에서 들었습니다. 제가 갇혀 있던 광에서요. 그때 광 밖에서 저를 죽이라 지시하던 그 목소리. 그 목소리의 주인인 홍인경이 바로 역천이란 말을 입에 담았습니다!"

"뭐라고!"

그 즉시로 다희가 안채로 끌려 들어갔다. 행여나 누가 들을까 사방으로 문을 열어놓아 접근을 막자, 안방에 들어 있던 오씨부인이 영문을 몰라 물었다.

"무슨 일이십니까? 어디 괴한이라도 들어온 건가요?"

"말을 삼가시오, 부인!"

전에 없이 눈까지 부라리며 으르대는 모습에 오씨부인이 깜짝 놀랐다. 그러는 사이 색희 나리는 다희를 앉혀놓고 자초지종을 이야기하라 했고, 곧 그녀의 입에서 앞뒤 사정이 굴러 나왔다.

"그러니까 너는 한진범이 사실은 홍인경과 연루돼 있는 것 같다는 게냐?"

"그렇사옵니다, 나리. 조씨부인을 죽인 것도 보아하니 홍인경이 지시한 것 같사옵니다. 아니면 최소한 공범은 되는 것 같았어요."

"흐음, 하지만 그야말로 이상하다. 내가 그 집 사건을 조사하며 이리저리 알아본 바가 있다만, 아무리 봐도 한진범의 집안은 홍인경과 닿을 만한 연이 없었다. 한진범의 집안이 양반이긴 하지만 벼슬 못 한 지가 한참 돼서 관직에 출사한 자가 하나도 없어. 왕권을 주물럭거릴 정도로 세력이 대단한 홍씨 집안이 지나가다가도 그들과 아는 척할 리가 만무하다."

"그런가요?"

하나로 이어진 것 같은 고리가 다시 헐거워졌다. 하긴 생각해 보니 그렇다. 홍인경이 한진범과 공범이라고 치자. 그렇다 해도 애초에 조씨부인을 왜 죽인단 말인가. 조씨부인의 정절을 의심한 한씨 일가가 범행을 저질렀다는 것이 현재까지의 정설. 하지만 홍인경은 굳이 그를 거들 이유가 없다. 애초에 한진범과 이어질 고리조차 없었다.

그런데 다희가 다시 아득한 절망에 사로잡힐 때 색희 나리가 뜻밖의 단초를 제공했다.

"다만 한 가지, 한씨 집안의 특징이 있긴 하다."

"그게 뭡니까?"

"한씨 집안 사내들은 출사를 못 했지만 여자들은 출사를 했다. 대대로 그 집에서 궁중 나인이 많이 나왔거든."

"그게 무슨 뜻인가요? 나인만 많이 배출하는 집안도 있나요?"

"나인들도 연줄이 많이 작용한다. 한씨 집안이 본디 말만 양반이지 무척 가난했다. 그러다 그 집안 여식 중 하나가 궁녀로 입궁했는데, 일 처리가 야무지고 입이 무거워 웃전의 신임을 받더니 종국엔 대비전 상궁까지 올라갔지."

대비전 상궁이 된 한 상궁은 그 뒤로 자신의 친척들을 궁으로 끌어들였다. 어차피 집에 있어봤자 집안에 별 도움도 되지 않는 여아들이 등 떠밀려 궁으로 들어갔고, 그들은 한 상궁의 도움으로 궁 안에 뿌리를 내렸다.

"상궁은 그 월봉이 웬만한 미관말직 관료들을 뛰어넘는다. 게다가 한 상궁처럼 지밀상궁까지 올라가면 궁을 나올 때 받는 은전과 땅이 상당하지. 한 상궁을 비롯하여 궁에 들어간 궁녀들이 보내준 은전 덕분에 한씨 가문이 일어났고, 동네에 제법 큰 호령을 할 수 있는 부자까지 된 게다. 그러다가 동네 유지인 조씨 가문과 혼인을 하게 된 거고."

"상궁? 혹 궁에 들어간 상궁이면 홍인경과 마주칠 수도 있지 않을까요? 그러다 한진범과 연결이……."

분명 가능성이 있다. 하지만 고작 그런 친분 때문에 살인을 돕는다? 아니, 오히려 거꾸로 아닐까? 홍인경의 목표가 먼저고, 한진범이 그를 돕는 쪽이 오히려 말이 된다.

'역천! 역천과 상궁. 혹시 그들의 고리는 그것?'

퍼뜩 그런 생각이 스쳐 지나갔다. 이대로 있으면 안 된다는 생각에 다희가 벌떡 일어났다.

"나리, 저와 함께 의금부 옥사에 가주세요! 한시가 급합니다!"

희정당에 달이 밝아

"지금 시각이 몇 시인데 면회를 바라느냐! 당장 돌아가라!"

인정이 치기 직전이었다. 안 그래도 깐깐한 옥사장은 당연하게도 면회를 거부했다.

"나리, 급박한 용무여서 그렇습니다! 이번 한 번만 들어가게 해주셔요!"

"어허, 소용없대도! 지금 당장 돌아가지 않으면 다시는 네 나리 얼굴을 못 볼 줄 알아!"

다희가 아무리 빌어도 영 물러나지 않는 옥사장이었다. 그런데 천군만마가 따로 있었다. 다희가 혹시나 싶어 색희 나리와 힘 잘 쓰는 엄쇠를 함께 대동하고 왔는데 그때 색희 나리가 나선 것이다.

"김생, 자네 김생이 아닌가?"

그를 알아보는 듯한 서슬에 색희 나리에게 눈길을 돌린 옥사장 눈이 동그래졌다.

"이 낭관이 아니십니까?"

색희 나리가 이천에 내려가기 전엔 한동안 형조에서 낭관으로 일한 적이 있었다. 그 당시 옥사장은 형조의 옥사를 담당하고 있었는데 그 당시 마주친 인연이 있었던 것이다. 그 깐깐하기 그지없던 옥사장이 대번에 허물어졌다. 결국 색희 나리 연줄 덕분에 다희는 옥사 안으로 들어갔다.

늦은 시각에 돌아온 그녀를 마주한 운의 눈이 놀람으로 물들었다.

"어째서 다시 온 게냐?"

힐난이 아주 없지 않으나 그보다 궁금함이 더 컸다. 후닥닥 옥문 앞에 앉은 다희의 얼굴에 의문이 잔뜩 서려 있었기 때문이다. 뭔가 심상치 않은 일이 벌어졌다는 것을 운은 직감했다.

"나리, 혹시 상궁이 반란에 연루될 수 있습니까?"

"뭐라? 그건 또 무슨 말이냐?"

운의 물음에 다급하나마 다희가 그날 하루 동안 일어난 일, 그리고 제가 생각한 바를 좔좔 토해냈다. 앞뒤 관계를 다 알게 된 운이 한동안 머릿속을 정리하는가 싶더니 이윽고 입을 열었다.

"상궁이 반란에 연루될 수 있느냐고? 있다. 그것도 아주 많이 있다."

"그런가요?"

"고래로부터 상궁은 왕의 죽음과 관련이 많았다. 수라간 상궁들이 음식에 독을 넣으면 왕은 맥없이 당하는 수가 있다. 기미상궁과 손발 맞춰 속이면 어쩔 것이냐. 이때까지 갑자기 급사한 왕이 숱하게 많았는데 선왕들이 병으로 죽었는지, 독으로 죽었는지는 아무도 모른다. 게다가 한 가지 더, 기미상궁을 포섭하지 않아도 상궁이 반란에 가담할 수 있는 방법이 또 있다."

"그게 뭔가요?"

"상궁이나 나인들은 궁의 지리를 손바닥처럼 잘 알고 있다. 군사를 일으킨다 해도 반란군들은 복잡한 왕궁의 지리를 잘 모르기 때문에 왕을 시해하기가 쉽지 않아. 때문에 반정을 일으킬 때는 대규모의 군사를 동원해 왕궁을 감싸야 한다. 그런 대규모 사병을 어찌 쉽게 일으킬 수 있겠느냐. 패주 연산군 때나 광해군 때처럼 뜻을 같이하는 대다수 양반네들이 손을 잡고 일거에 반정을 일으킨다면 모를까, 금상께서는 개인적으로야 짓궂은 면을 보이실지 몰라도 당대의 현군이시다. 금상께서 세손이시던 시절부터 주상의 목숨을 노리던 홍가 일족들이나 주상께 불만을 품고 있을 뿐, 그들이 반정을 일으키는 데 군사를 보탤 자는 많지 않다."

"그럼……?"

"하지만 궁의 지리를 잘 아는 나인이 길 안내를 한다면 소수의 인원으로도 왕의 침전까지 침입할 수 있지. 홍인경이 만약 시역을 노린다면 가장 손쉽고도 확실한 방법은 이쪽이다. 이제야 알 것 같다. 과부 조씨부인은 애초에 훼절을 해서 살해당한 게 아니야. 만약 조씨부인이 그런 이유로 살해당했다면 한진범이 잡히고 나서도 너를 노렸을 리가 없다."

"무슨 뜻인지 모르겠어요."

"원인과 결과가 모두 거꾸로 된 거란 말이지. 아마 한진범과 홍인경이 손을 잡은 게 먼저였을 것이다. 홍인경은 나인을 많이 배출한 한진범을 통해 왕궁 안내를 해줄 궁녀를 수배하려 했을 게다. 조씨부인은⋯⋯ 내 추측이지만 그 과정에서 우연히 그 사실을 알게 된 게 아닌가 싶다. 홍씨 가문과 한진범이 시역을 하려 한다는 것을 말이다."

"네에? 하지만 조씨부인은 남편이 죽고 따로 나와 살았지 않습니까?"

다희가 홍인경과 한진범이 조씨부인을 죽였을 거라 추측은 하였지만 그건 어디까지나 홍인경이 한진범을 도우려다 보니 거들게 된 것이라 생각했다. 애초에 조씨부인까지 시역과 관련돼 살해당했을 거라고는 생각하지 못했다.

"조씨부인이 죽기 전에 이웃집 여자와 싸움을 했다고 했지."

"그랬습니다. 그 이야기를 제가 추리설에 쓰기도 하였지요."

"이웃집 여인의 성정이 괴팍하여 그로 앙심을 품고 조씨부인이 집으로 사내를 끌어들인다는 헛소문을 퍼뜨렸다. 네가 소설에는 쓰지 않았지만 내가 나중에 주인마님께 듣기로 그 소문 때문에 조씨부인이 한씨 댁에 끌려가 사실 관계를 추궁당했다고 들었다."

"맞습니다. 그 일은 제가 추리설 말미에 결국 썼지요."

"그런데 말이다, 사실은 바로 그날 조씨부인이 홍인경과 한진범이 역모에 관련돼 있다는 것을 알았다면?"

"네에?"

똑같은 반문이 연이어 흘러나왔다. 확실히 조씨부인은 소문이 퍼진 이후로 한씨 댁에 끌려가 한때 시어미이던 사람에게 혹독한 힐난을 당했다고 들었다. 그리고 조씨부인은 바로 그다음 날 목을 맨 시체로 발견됐다. 다희는 거기서 조씨부인이 사실은 가문의 명예 때문에 살해당한 것이라 추리했지만, 결과는 같아도 원인은 달랐을지도 모른다. 사실은 추문 때문이 아니라 역모를 알아챘기 때문이라면?

"그렇기 때문에 한진범이 진범이라고 체포된 뒤에도 너를 노린 것이다. 그렇지 않고서야 굳이 범인이 이미 잡힌 마당에 위험을 무릅쓰고 너를 없애려 들지는 않았을 게야. 행여나 그들이 꾸민 역모를, 그 사정을 어느 정도 알고 있는 너와 내가 추리해 낼까 봐 너는 물론이고 나까지 없애려 든 것이다."

"그럼 홍인경이 찾아와 명기집략을 들쑤신 이유가 바로 그것이었던 겁니까?"

"일석삼조. 내가 책쾌를 겸하고 있으니 그와 같은 계략을 생각해 낸 것이다. 명기집략을 빌미로 나를 제거하고 내 아버지인 호판 세력까지 꺾는다. 그리고 내 보호에서 멀어진 너를 죽인다. 그걸로 모든 위험 요소를 없애고 마음 놓고 거사를 도모한다. 그게 놈들의 계획인 게다. 하지만 놈들이 그런 계획을 실행하기 위해선 때를 기다려야 했지. 바로 네 추리설 최종권이 나오고 세상 사람들이 조씨부인의 죽음이 한씨 가문의 짓이라 확신하며 홍인경 세력에게서 눈을 돌릴 때, 놈들은 그때를 기다렸다. 그리고 그러는 동안 아주 천천히 함정을 판 게다. 나는 계획대로 옥에 가두는 데 성공했다. 그다음은 네 차례. 괴한을 보내 너를 죽이려 했지만 바로 거기서 틀어진 거다. 우습게 보던 너를 죽이는 데 실패했지."

아, 분명히 그랬던 것이다. 비로소 일의 순서가 착착 정렬됐다. 역모. 어찌 알았는지 모르지만 집에 들른 조씨부인이 그를 알아챘고, 그녀는 억울하게 살해된다. 그러나 그것으로 끝날 줄 알았던 사건은 추리설로 인해 세상에 드러나니 홍인경은 그로 다희와 운을 노리게 된 것이다.

"이러고 있을 때가 아니다. 당장 서둘러야 해!"

불현듯 운이 번뜩 머리를 쳐들며 외쳤다.

"한진범이 대신 잡혔지만, 놈들은 혹여 세상의 시선이 그들에게로 몰릴까 두려워 한동안 몸을 사렸을 것이다. 그리고 때를 기다려 나와 다희 너를 노렸는데, 나는 몰라도 너는 놓쳤다. 언제 꼬리가 드러날지 모르는 일. 놈들은 역천의 음모를 더 빨리 단행하려 들지도 모른다!"

운의 말이 맞다. 위험한 일일수록 실기(失期)하면 더 어려운 법. 놈들이야말로 한시가 급했다.

"얼른 육조 거리로 가서 내 아버지인 호판 대감에게 이 사실을 알리고 궁내에 한진범과 연관 있는 상궁이 누가 있는지 알아내라고 전해라! 호조에 안 계시면 북촌 호판 댁으로 가도록 하고. 서둘러라. 놈들이 당장 오늘이라도 계획을 실행할지도 모른다!"

당장 색희 나리와 다희가 부리나케 옥사 밖으로 튀어나왔다. 호판이 과연 호조에 아직 남아 있을까? 아니면 퇴궐하여 집으로 갔을까? 짧은 순간 다희 일행은 갈등했다.

"만약을 모르니 일단 둘로 나누자꾸나. 나는 북촌으로 갈 테니 다희 너는 엄쇠와 육조 거리를 뒤지거라. 누구든 호판을 먼저 만나는 사람이 앞뒤를 알리도록 하고. 호판께 사실을 알리고 나면 다희 너는 속히 엄쇠와 함께 집으로 돌아가거라. 알겠느냐?"

"알겠습니다. 얼른 가시어요."

목표를 정한 일행이 둘로 갈라졌다. 색희 나리는 북촌으로 향했고, 다희는 엄쇠와 함께 종각을 지나 육조 거리로 달렸다.

마침내 육조 거리가 나타났다. 의정부를 비롯한 이조, 호조 등 조정의 주요 업무를 담당하는 관청들이 몰려 있는 육조 거리는 다희가 달려가는 방향으로 큰 대로를 사이에 두고 왼쪽에는 예조, 중추부, 사헌부, 병조, 형조, 공조가 있고, 오른쪽으로는 위로부터 의정부와 이조와 한성부, 호조, 기로소가 있었다.

"힉. 호조가 예 어디쯤 있댜?"

엄쇠가 외치자 다희는 그제야 실수를 깨달았다. 두 사람 다 이 육조 거리에서 호조가 어디에 있는지를 몰랐던 것이다.

'아차, 차라리 주인 나리가 오시는 게 나았을 것을!'

"이를 워쩐디야? 이 넓은 육조 거리에서 호조를 원제 찾아낸댜?"

"시간이 없으니 나누도록 해요, 오라버니. 제가 왼쪽을 뒤질 테니 오라버니는 오른쪽을 뒤져 주세요."

"알겠다!"

일단 무조건 닥치는 대로 뒤지는 수밖에 없었다. 다행히 육조 거리에는 각 관청 앞마다 수직을 서는 자들이 있었다. 그들 중에 한 명을 붙잡은 다희가 다짜고짜 물었다.

"호조가 어디에 있습니까, 나리?"

"뭐여? 이 밤중에 호조는 왜 찾고 난리야? 지금 곧 인정 치는 거 모르느냐?"

"진짜로 급한 일이 있어서 그럽니다. 호판께 아뢸 일이 있어서 그러니 어딘지만 가르쳐 주셔요!"

"허허, 호판이 너 같은 아이를 왜 만난단 말이냐? 공연히 귀찮게 하지 말고 어서 집으로 가라!"

말이 통하지 않았다. 가뜩이나 딱딱한 위인이 다희가 계속 애원하자 으르대는 것도 모자라 아예 창을 들어 위협까지 했다. 결국 그에게 묻는 것을 포기한 다희가 이웃한 관청으로 달려갔다. 거기에도 수직이 하나 서 있었는데, 이쪽에서 일어나는 소동이 궁금한지 목을 빼고 바라보고 있는 중이었다. 저이라면 혹시……?

그러나 막 수졸에게 달려간 다희는 그 순간 경악했다. 수졸이지키고 선 문 안쪽에서 인영 하나가 나타났다. 마치 기다리고 있던 것처럼 다희를 발견한 그가 빙긋 웃으며 입을 열었다.

"이 검관의 비자가 아니더냐. 어딜 그리 급히 가느냐?"

이미 그녀의 신분을 모두 알고 있다. 단단히 준비를 하고 기다렸다는 뜻.

어서 몸을 돌려 도망쳐야 했다. 하다못해 소리라도 질러야 했다. 그러나 입은 단단히 굳었고 다리 역시 부레풀로 딱 붙여놓은 것처럼 바닥에서 떨어지지를 않았다.

"아, 쇠, 쇤네가……."

실수였다. 시간이 없다 해도 엄쇠와 떨어지는 게 아니었다.

"마침 잘되었다. 내 죄인 최운과 네가 연루돼 있다는 증언을 듣고 너를 잡아 추국을 하려던 참이다. 여봐라, 주 별감. 어서 이년을 붙잡아 의정부 옥사로 끌고 가게."

"예이, 나리."

홍인경의 등 뒤로 사내 여럿이 나타났다. 그중에 선두에 선 자는 붉은 철릭 입고 황초립을 쓴 별감. 알고서 홍인경의 명을 듣는 걸까, 아니면 모르는 채로 죄인이라 하니 일단 체포하려는 걸까?

만약 알고서 홍인경에게 복종하는 거라면 이미 궁내 별감까지 손아귀에 넣었단 뜻이다. 그렇다면 정말로 역모가 코앞에 다가온 게 아닌가!

"아니어요! 저는 그 일과 아무런 상관이……. 아니, 아닙니다! 이자는 지금 역처……!"

뭐라 더 말을 이을 사이도 없이 주 별감이란 자가 다희 앞을 가로막으며 따귀를 후려갈겼다. 단숨에 코피가 터지고 볼살이 터져 나가며 다희의 작은 몸이 나가떨어졌으며, 그녀는 그대로 혼절했다.

다희를 일으켜 세운 별감 일행이 그녀의 입을 틀어막고 육조 거리 밖으로 끌고 나가기 시작했다. 그를 지켜보고 있던 수졸이 이게 뭔가 싶어 쳐다보긴 했지만, 홍인경이 조정 중신 중 하나이니 뭔가 이유가 있겠지 싶어 가만히 지켜볼 뿐이었다. 도와줄 이 하나 없이 다희는 속절없이 끌려갔다.

이미 인정이 가까워진 시각이고, 육조 거리를 빠져나오자 그나마 남아 있던 인파마저 파도에 씻겨 나간 것처럼 사라졌다. 계집을 옆구리에 끼고 가는 사내들을 발견한 사람 몇몇이 고개를 갸웃거렸지만, 그들도 곧 들이닥칠 순라군을 피하기 위해 발걸음을 빨리했다.

"그만 가거라. 이쯤이면 되었다."

일행의 뒤에서 뒷짐 지고 부채까지 하늘하늘 부치며 따라오던 홍인경이 입을 열었다. 후미진 골목길 어귀였다. 다희의 입을 틀어막고 짐짝처럼 옆구리에 끼워 나르던 별감이 그 말에 뒤를 돌아 봤다.

"왕궁에서 너무 가깝지 않습니까? 시신이 너무 일찍 발견되면 어쩌려고 그러십니까?"

"해도 져서 어두워졌고, 해치워서 사람 잘 안 다니는 골목에다 던져 놓으면 내일 아침까지는 발견되지 않을 것이야. 그보다는 어서 거사를 치러야 한다. 이년이 의금부 옥사에 다녀온 걸 보니 최운도 우리의 목적을 눈치챘을 터. 오늘을 넘기면 만사가 어그러진다."

역시 역모가 바로 오늘로 다가왔음이다. 임금의 목숨이 바람 앞의 등불이지만 그 사실을 아는 자는 지금 너무나 멀리 떨어져 있었다. 다희는 실신했고, 운은 갇혀 있고, 엄쇠와 색희 나리는 호판을 찾아 헤매고 있었다.

"우리는 먼저 궁으로 돌아갈 테니 네놈이 이년을 해치우고 뒤처리를 하고 오거라."

홍인경이 일행 중 한 명에게 턱짓을 하자 별감이 되물었다.

"한 명으로 되겠습니까?"

"하잘것없는 계집애 한 명에게 무슨 수고를 그리 들이나. 그보다 어서 거사를 도모하는 게 더 급하네. 한 명이라도 더 그쪽으로 돌려야 해."

추상같은 명령에 곧 별감이 다희를 골목길 한쪽에 던져 놓고 몸을 돌렸다. 일행이 멀어져 가는 것을 확인한 사내가 곧 허리춤에서 비수를 꺼냈다.

바람 앞의 등불이 된 것은 지금 이 순간 주상이 아니라 다희였다. 그런데 절체절명의 순간, 그녀가 깨어났다.

✳

한편, 시간을 돌려 다희가 위기에 빠지기 반 시진 전쯤, 그녀와 색희 나리 일행을 보낸 운은 옥사 안을 불안하게 서성거리고 있었다. 여기저기 맞아서 아픈 곳이 많았지만 주상이 사정 봐가며 고신하라 당부해 둔 덕분에 돌아다니지 못할 정도는 아니었다.

다희와 색희 나리더러 얼른 호판에게 가라고 말해두긴 했지만 그 속이 실로 불안했다. 차라리 의금부 도사를 불러 사정을 말할까 했지만 도사가 죄인인 제 말을 믿을 가능성이 적었다. 자신을 고발한 자가 홍인경인데 그 홍인경을 역적이라 주장하는 것을 어찌 곧이곧대로 들을 것인가. 게다가 일단 다희의 증언 말고는 증좌가 딱히 없거니와, 무엇보다 의금부 도사가 자기편이란 보장이 없었다. 홍인경이 필경 궁 안의 사람들을 포섭해 놨을 터, 그중에 의금부 도사도 끼어 있지 않으란 법이 없다.

'아니, 아니야. 만약 홍인경의 편이라면 진작 나를 죽였을 것이다. 기회야 얼마든지 많지 않았는가.'

생각이 문득 그에 미치자 운은 결심했다. 호판이 오기를 기다릴 게 아니라 차라리 의금부 도사에게 역모를 털어놓자!

그런데 바로 그때, 옥사 안으로 걸어 들어오는 인기척이 있었다. 복도를 사이에 두고 옥사가 양쪽에 있으나 반대쪽에는 사람이 없었다. 옥사 안으로 들어오는 인영이 횃불 때문에 그 빈 옥사 위로 긴 그림자를 남겼다. 일렁일렁, 스르르 미끄러져 들어오는 사람의 그림자가 어쩐지 귀신이 들어오는 것처럼 스산하고 불길했다.

꿀꺽, 운이 긴장하여 인영의 주인이 나타나기를 기다렸다. 혹시 자객인가? 그러나 다음 순간 옥사 복도로 걸어 들어온 것은 옥사를 지키는 의금부 나졸이었다. 붓으로 한 번 찍 그은 것처럼 얄팍한 수염을 기른 나졸의 모습에, 긴장하고 있던 운이 자기도 모르게 픽 하고 실소를 터뜨렸다.

"거 왜 웃소?"

"아, 아니오. 갑자기 그 얼굴을 들이미니……. 그런데 왜 온 거요?"

그의 물음에 나졸이 품 안에서 댓잎에 싼 덩어리를 주섬주섬 내어놓았다.

"야참이라고 신참나기가 들고 온 건데 댁도 좀 먹으라고 들고 왔소. 먹어둬야 며칠 뒤에 또 기운 내서 맞을 거 아니우?"

옥에 갇힌 지 며칠 되었지만 그동안 나졸들에게 쌀 한 톨이라도 얻어먹은 바가 없다. 물론 무죄로 풀려날 가능성이 높은 죄수인 경우엔 일부러 나졸들이 잘 보이려 애를 쓰는 경우가 있긴 하다만…….

문득 운이 나졸의 얼굴을 쳐다봤다. 낯선 얼굴. 분명히 옥사 안에서 보던 얼굴은 아니다.

"옥사장이 그새 바뀌었소?"

멈칫, 댓잎을 풀던 나졸의 손길이 멈췄다. 그러나 그도 잠시, 곧 손길을 부지런히 놀려 댓잎을 다 벗겨내더니 주먹밥 한 덩어리를 운에게 내밀었다.

"그렇게 됐수다. 오늘 밤만 번이 바뀌었지. 그런데 뭐 그런 것까지 시시콜콜 신경 쓰시우? 죄인 주제에 참 성격이 섬세하시네."

"오늘 밤만 바뀌었다?"

"그런 건 신경 쓰지 말고 어여 드시우. 참기름까지 쳐서 아주 맛나다니까?"

그때였다. 돌연 운이 옥문 너머로 팔을 쭉 뻗더니 나졸의 뒤통수를 확 잡아당겼다.

"억!"

그 바람에 나졸이 옥문에 머리를 부딪치며 나자빠졌다. 놈의 손에 들린 주먹밥을 뺏어 든 운이 그를 자빠진 나졸 놈의 입에다 처넣었다. 그런데 얼결에 한 덩어리를 삼켜 버린 나졸 놈이 목을 움켜쥐더니 목구멍에 손을 넣고 웩웩 토해내려 발버둥을 치는 것이 아닌가. 필경 이놈이 주먹밥 안에 독을 넣은 게다. 그를 알아챈 운이 옥사 밖을 향해 소리를 질렀다.

"여보시오, 옥사장! 거기 없소! 여기 사람이 죽어가오!"

몇 번이고 외쳐 부르자 밖에서 인기척이 들리더니 곧 몇 번 봐서 익숙한 옥졸 한 명이 들어왔다. 달려온 그가 바닥에 나뒹굴고 있는 나졸을 보더니 눈을 휘둥그렇게 떴다.

"으잉? 이놈은 누구여? 한 번도 본 적 없는 놈인데?"

나졸은 먹은 주먹밥 중 반분은 토해냈지만 이미 삼킨 것에 들은 독이 상당했음이라 입가에 거품을 문 채 혼절한 상태였다. 운이 그런 그를 뒤로하고 외쳤다.

"지금 당장 의금부 도사를 불러주시오!"

"으잉? 도사 양반은 왜?"

"왕옥에 수상한 자가 숨어들어 수감 중인 죄인을 독살하려 했소. 이는 보통 수상한 일이 아니니 반드시 의금부 도사가 범인을 확보하고 수사를 해야 할 것이오!"

경비가 삼엄한 의금부에 외인이 숨어들었다는 것 자체가 이미 책임자의 목이 날아갈 일이었다. 거기다 심지어 죄인을 죽이려 하다니!

얼굴빛이 새파래진 옥사장이 부랴부랴 수하 옥졸을 시켜 의금부 도사에게 말을 전하자 곧 반 시진도 안 돼서 그가 달려왔다.

"이게 어찌 된 일이오? 독살 시도라고? 누가? 누구를? 어찌 감히!"

하도 흥분을 해서 앞뒤 안 맞는 말들을 토막토막 토해내는 의금부 도사였다. 운이 그런 그를 진정시키며 말했다.

"의금부 도사, 내 긴히 할 말이 있으니 부디 조용한 곳으로 나를 옮겨주시오. 거기서 독대를 합시다."

"나와? 뭐, 뭘? 죄인과 사사로이 나눌 이야기는 없소!"

"도사 양반, 지금 이러고 있을 겨를이 없소. 한시를 다투는 일이니 제발 조용한 곳으로 옮깁시다. 이는 국체와도 연루된 일이란 말이오!"

국체! 국체라면 바로 주상을 의미하는 것이 아닌가. 결국 더 이상 버틸 수 없어진 도사가 자빠진 나졸을 옥에 가두고 의원을 불러다 정신을 차리게 하라 이른 뒤, 운을 심문실로 데려갔다.

"국체와 연관 있다니 그게 무슨 말이오?"

"의금부 도사, 실은 저 나졸의 뒤에는 홍인경이 있소. 그 홍인경이 지금 역모를 꾸미고 있고, 혹시 내가 그를 미리 알고 저지할까 봐 나를 독살하려 든 거요."

"뭐라? 여, 역모?"

그러나 사정이 여의치 않았다. 운이 그동안 다희에게 일어난 일과 파현 살인 사건의 전말을 설명했지만 의금부 도사는 도무지 그를 믿으려 들지 않았다.

"그럼 그 추리설이 모두 실제로 있었던 일이고 살인 사건은 역모가 들키는 걸 방지하려 일어난 일이라고? 그 모든 일이 홍인경이 저지른 일이란 말이오?"

"그렇소! 오늘 나를 독살하려 사람까지 보낸 걸 보면 필경 그 역모가 목전에 닥친 게요. 이러고 있을 때가 아니오. 당장 궁궐에 연통을 넣어 존체를 옮겨야 하오!"

"에에잉, 그럴 리가 있나. 파현 사건은 이미 진범이 잡힌 것으로 알고 있소. 도대체 홍 공이 그 사건의 주범이라는 증거가 어디 있소?"

그리 나오면 할 말이 없다. 그 증거는 홍인경의 목소리뿐이며 그를 들은 것은 다희인데 그녀는 이 자리에 없었다.

"이제 보니 그쪽이 홍인경에게 고발당한 게 억울해서 홍 공에게 누명을 씌우는 것 아니오?"

"누명을 씌워도 좋고 아니어도 좋소! 뭐래도 좋으니 일단 존체부터 옮기시오! 경계해서 나쁠 것 없지 않소!"

운이 속이 타서 고함을 지르는데 그때 심문실로 들어오는 자가 있었다.

"판사영감!"

어떻게 알았는지 의금부의 수장인 판사까지 납셨다. 그런데 그는 혼자가 아니었다. 운의 아버지인 호판 최재명과 함께 온 것이다.

"어찌 같이 오셨습니까?"

깜짝 놀라 되묻는 운의 반응에 최재명이 오히려 더 놀랐다.

"어찌 같이 오다니? 호조에 남아 잡무를 보고 있는데 의금부 사령이 달려와서 너에게 긴한 일이 생겼다 해서 판사를 만나 같이 오는 길이다. 아들의 몸에 변고가 생겼다는데 아비인 내가 어찌 오지 않을 수가 있겠느냐."

"다희가 호조에 가지 않았습니까? 그 아이를 아니 만나셨어요?"

"다희?"

그러고 보니 운의 근처에서 얼쩡거리던 여종의 이름이 다희라고 들었던 것 같다.

"네 옥바라지를 눈물로 하고 있다는 말은 들었다만, 그 아이는 왜?"

"제가 아버님을 만나라고 호조로 가라 했습니다. 그런데 만나지 못한 것입니까?"

"금시초문이구나. 네 연통이라 하면 수졸이 분명 내게 전언을 넣었을 텐데 그런 말은 듣지 못하였다. 의금부 사령이 네게 변고가 생겼다는 말을 전하길래 그 말만 듣고 날듯이 달려왔다."

그럼 북촌 집으로 갔을까? 그도 아니면?

돌연 운이 고개를 번쩍 들며 외쳤다.

"홍인경이는 어디 갔습니까?"

"홍인경이? 나는 모른다. 그자 이름은 갑자기 왜 꺼내느냐?"

"사람을 풀어주십시오! 다희 그 아이가 위험합니다! 그리고 왕궁으로 가서 역모를 알리십시오!"

"뭐라? 역모……!"

그 말에 일대 난리가 났다.

함께 앉은 의금부 도사와 판사는 일단 홍인경을 걸고넘어지는 주장이라 고개를 갸웃거렸지만 아버지 최재명은 아니었다.

"사실이 아니라 해도 일단 말은 해봐야 할 것 아닌가. 만약 고변을 무시했다가 진짜 역변이 일어나면 어쩌려는가!"

"그건……."

난감해하면서도 역시나 함부로 궁중으로 달려가기 어려운 건 홍인경 역시 홍씨 가문의 일원으로 당대의 권신이기 때문이다. 만약 원한 관계로 인한 무고인 경우 그 말에 놀아난 의금부 도사와 판사 모두 목이 달아나는 걸 면치 못한다.

그러나 최재명은 아니었다. 아들의 말인데 믿지 못할 게 뭐 있겠는가. 운의 말이 앞뒤 다 맞으니 더 이상 가릴 것이 없었다. 곧바로 호조로 달려간 최재명이 수졸들에게 호령했다. 육조 거리 일대를 뒤져 다희를 찾아내라 명령한 것이다.

그러는 한편으로 최재명은 바로 말에 올랐다. 궁으로 달려가 역모의 조짐을 알리려 나선 것이다.

왕이 계신 대전은 육조 거리와 떨어진 창덕궁이었다. 옛 대전인 경복궁이면 바로 코앞이지만 왜란 때 경복궁이 불탄 이후로 주상은 창덕궁에 머물고 계신다. 노구에도 불구하고 말 배를 걷어차는 호판의 발놀림이 그 어느 때보다 다급했다.

"거기 누구요!"

통금을 어기고 달리는 말발굽 소리에 순라군들의 고함이 요란했다. 그러나 한시가 급한 지금 그런 것을 신경 쓸 때가 아니었다. 최재명은 그를 쫓아오며 멈추라고 외치는 순라군들을 뒤로하고 말을 달렸다.

시전 뒤로 난 좁은 골목길을 바람처럼 달리기를 겨우 1각여. 폭풍처럼 말을 몰아친 덕분에 단숨에 창덕궁 돈화문 앞에 도착한 호판이 말에서 내리자, 수직을 서고 있던 수문장이 깜짝 놀랐다.

돈화문 정문에 철릭과 방령(方領)을 걸치고 창과 칼 따위를 찬 수문군 20여 명이 서 있었는데, 그들 모두 폭풍 같은 기세로 나타난 최재명을 깜짝 놀라 쳐다봤다.

"호판 대감 아니십니까? 이 밤에 무슨 일로?"

돈화문이 정궁의 정문이기에 다른 문과 달리 수문장이 두 명이었다. 다행히 그중 한 명이 최재명을 알아봤다.

"수문장, 내 지금 주상 전하를 뵈어야 하네. 촌각을 다투는 급한 일이니 문을 열어주게."

"아니 되옵니다, 대감. 인정이 치고 궐문이 닫히면 여하한 일이 있어도 못 들어갑니다. 아시지 않습니까, 대감?"

"대전 내시에게 연통이라도 넣어주면 안 되겠는가? 내 진짜 급한 일이라 그러네!"

"도대체 무슨 일이신데 그러십니까?"

자꾸만 되묻고 시간을 끄는 수문장과 실랑이를 벌이고 있을 시간이 없었다. 수문장은 궁문을 지키는 게 생명과도 같은 사람, 그 궁문을 열고 닫는 일에는 누구보다 깐깐했다.

"정히 그러시면 차라리 내병조 좌랑을 불러 드리겠습니다. 좌랑과 논의하여 보십시오."

책임을 회피하기 위해 결국 내놓은 수가 그것이었다. 내병조는 병조의 궁중 출장소로 궁 안을 수비하는 금군을 통합 지휘하는 곳이다. 그러나 병조참판 휘하에 있다 보니 과연 병조참판이 시역에 참가를 했나 안 했나부터 생각하게 될 일이었다.

사도세자가 뒤주에 갇혀 죽을 때 그를 사주한 자가 금상의 치세에서도 병조참판을 하였다. 어쩔 수 없는 정치 역학에 따른 결과였으나, 병조참판 세력에 속한 내병조에 그의 영향력이 없다고 어찌 장담할 수 있는가. 결국 최재명이 생각의 방향을 돌렸다.

"내금위장은 어디 있는가!"

같은 시각, 운은 옥사장의 동행하에 다시 옥으로 돌아가고 있었다. 의금부 도사와 판사는 그의 고변을 듣고 일단 대처를 의논하기 위해 따로 나갔고 옥사장 한 명만 남았다. 옥을 나올 때에 만약을 대비해 오랏줄로 꽁꽁 묶었음이라, 옥사장은 방심한 채 옥에 가둬놓은 수상한 나졸 놈을 어찌 취조할꼬 그것만 생각하고 있었다. 그런데 그때 문득 앞서 가던 운이 그를 돌아봤다.

"미안하오."

"으잉? 뭣이 미안하다고?"

고개를 든 옥사장 눈에 어느새 오랏줄이 반쯤 풀어져 있는 운의 모습이 들어왔다. 도대체 어떻게 꽁꽁 묶은 오랏줄을 푼 걸까? 그와 같은 생각이 옥사장의 머릿속을 스치는 것과 동시에 운이 번개같이 몸을 날렸다.

빡! 소리와 함께 옥사장이 눈을 까뒤집고 기절했다. 거추장스러운 오랏줄을 완전히 풀어내 버린 운이 기절한 옥사장 몸에서 검은 쾌자까지 벗겨 걸쳤다. 혹시나 수상해 보이지 않을까 싶어 만반의 준비를 한 것이다. 옥사장을 끌어다 길에서는 잘 보이지 않는 덤불 밑에 숨겨둔 운이 곧바로 몸을 날려 의금부 담장을 넘었다.

어디로 가야 할까? 다희가 최재명이 있는 육조 거리로 갔을지, 아니면 집이 있는 북촌으로 갔을지 현재로선 그도 알 수 없었다. 그런데 바로 그때 어디선가 새된 여인의 비명이 들려왔다!

시간을 다시 돌려, 운이 호판을 만나고 있던 그 시각으로 돌아가 보자.

그러니까 막 홍인경이 수하로 하여금 다희를 죽이라 명하고 그자가 비수를 꺼내 들었을 때, 그리고 그녀가 그 찰나에 막 깨어났을 때, 바로 그때 깨어난 다희의 눈에 들어온 것은 보기에도 간담이 서늘해지는 날카로운 비수라, 목숨이 경각에 달렸다는 것을 알아차린 그녀가 자기도 모르게 엉덩이를 물리며 뒤로 기어갔다.

장한이 그 비수를 치켜들고 다희의 위로 뛰어내린 그 순간, 다시 한 번 비장의 무기가 빛을 발했다. 다희가 아직까지 치마 춤에 차고 있던 철물. 배에 댔던 것을 끌어 올려 치마말기에 꽂아났는데, 그것을 빼 든 그녀가 냅다 장한을 향해 집어 던졌다.

"어어억!"

철물에 맞은 장한이 뒤로 자빠졌다. 지금이 바로 기회, 그 틈을 타 일어난 다희가 그대로 앞으로 내달렸다.

그러나 사내놈도 그냥 당하지는 않았다. 찢어진 마빡의 상처를 움켜쥐고 일어난 놈이 그녀를 쫓아왔다. 뒤를 돌아보고 위기를 느

낀 다희가 있는 힘껏 소리를 질렀다.

"사람 살려요! 여기 역적이 있습니다! 사람 살리셔요!"

"이년이!"

사내놈도 악에 받쳤음이다. 뒤를 쫓아온 그가 다희의 뒷덜미를 잡아챘다. 그 바람에 다희가 사내의 무릎께로 자빠지자 놈이 비수를 높이 치켜들었다. 그런데 그대로 그녀의 가슴팍에 비수를 꽂으려는 찰나, 쾌자 자락 펄럭이는 소리가 그의 머리께로 날아들었다.

운이었다. 다희의 비명을 듣고 쫓아온 그가 때를 맞춰 나타난 것이다.

빠악! 바람 같은 그의 발차기에 마빡을 얻어맞은 사내의 몸이 뒤로 날아갔다.

"나리! 어, 어찌 이곳에……?"

"괜찮으냐?"

"네. 그보다 어떻게 옥을 나오신 겁니까?"

"설명하자면 길다."

이 자리에 운만 온 것이 아니었다. 오밤중에 여자 비명에 싸움질 소리, 심지어 역모 소리까지 들렸으니 근방의 순라군들이 다 그리로 들이닥치고 있었다. 먼저 도착한 순라군 두어 명이 다희와 운을 둘러싸고 영문을 몰라 눈알을 굴리고 있는 와중에 운이 외쳤다.

"앞뒤 사정 설명하고 있을 시간이 없다! 홍인경이 궁으로 갔다 하니 지금 주상 전하의 운명이 바람 앞의 등불인 터, 다희 너는 여기 순라군들과 함께 있거라! 나는 지금 궁으로 달려가겠다!"

말릴 사이도 없었다. 주상 전하의 목숨이 경각에 달렸다는 엄청난 말에 순라군들이 놀라 턱을 떨어뜨리고 있는 사이 운이 창덕궁을 향해 뛰기 시작했다.

경복궁이라면 모를까, 창덕궁은 육조 거리에서 가기엔 그다지 가까운 거리가 아니다. 최재명처럼 말을 타고 달리면 순식간이지만, 사람의 발로 가면 아무리 빨리 달려도 반 시진은 걸린다. 그런데 안 그래도 시간이 모자란 판에 운의 앞을 가로막는 자들이 있었다.

"더 이상은 못 간다."

육조 거리에서 창덕궁으로 가는 지름길, 불도 걸리지 않은 그 길에 칼을 찬 자들이 여럿 매복하고 있었다. 환도를 빼 든 그들이 운을 향해 그를 겨눴다.

"홍인경이 보낸 졸개들이냐?"

침묵은 긍정. 그들이 일제히 기성을 지르며 운을 향해 돌격해 왔다.

"쳇. 제법 꼼꼼하게 안배해 뒀군."

농담을 지껄일 때가 아니다. 두 명의 장한이 옆구리와 목을 노리며 달려들자, 운이 그들을 피해 뒤로 재주를 넘었다. 칼날이 허공을 가르자, 이번엔 운이 반격했다. 사실은 다희를 죽이려던 괴한의 손에서 비수를 뺏어둔 상태였다. 품 안에 숨기고 있던 칼을 꺼낸 운이 그를 노리고 달려들던 세 번째 놈의 어깨를 향해 비수를 던졌다.

"커억!"

유일한 무기를 던진 효과는 컸다. 달려들던 놈이 칼자루를 놓친 순간, 운이 그의 팔뚝을 걷어차며 허공에 뜬 칼자루를 잡아챘다.

"오너라!"

그 뒤로 일대 격전이 벌어졌다. 1대 4. 환도 대 환도. 칼과 칼이 부딪치며 불꽃을 일으켰고, 흉적 두 명이 나가떨어졌다. 하지만 싸움이 수월한 건 아니었다. 필사의 반격으로 두 명을 해치우긴 했지만 체력이 달렸다. 게다가 대충 했다 하더라도 한동안 고신을 당한 몸이니 점점 힘이 부치기 시작했다.

"흐랍!"

운의 움직임이 눈에 띄게 느려지자 때맞춰 남은 두 놈 중 한 녀석이 덤벼들었다. 이놈은 희한하게 환도나 검이 아니라 박도(朴刀: 날 폭이 넓고 양손으로 사용할 수 있도록 손잡이가 긴 칼)를 들고 있었다. 검신이 무거운 만큼 파괴력이 큰 무기를 두 손으로 치켜올린 흉적이 일도양단을 노리며 운을 향해 그를 내려쳤다.

그때였다. 하늘의 도우심이 도착했다. 마침 그 근처를 헤매고 있던 엄쇠가 칼 부딪치는 소리를 듣고 그 자리에 나타난 것이다. 흉적들과 싸우고 있는 운의 모습을 발견한 엄쇠가 박도 든 자의 허리를 붙잡았다.

"으라차차!"

머리 위로 올려진 흉적 놈이 그대로 비명과 함께 땅바닥에 처박혔다. 목뼈가 부러졌는지 목이 꺾인 채 즉사했는데, 파현에서 종놈들을 상대로 싸우던 그 힘이 그대로다. 남은 것은 겨우 한 명. 엄쇠가 그를 향해 돌아서자 놈이 겁을 먹은 나머지 주춤거리며 물러났다.

"어딜 도망치려 한다냐, 이노므 시키!"

세가 불리함을 깨달은 놈이 달아나려 했지만 엄쇠에게 뒷덜미를 잡혔다. 솥뚜껑만 한 주먹이 그의 머리 위에 작렬했고, 그놈 역시 눈깔을 뒤집고 기절했다.

"허어, 거참, 보면 볼수록 신기한 괴력이로구나."

운이 감탄하며 외치자 엄쇠가 겸연쩍은 듯 머리를 긁었다.

"그란디 옥사에 있어야 할 나리가 여긴 웬일이당가요?"

"그러는 너야말로 어찌 여기 있느냐?"

안 그래도 엄쇠가 호조를 진작 찾긴 찾았다. 그런데 정작 호판은 이미 운을 만나러 의금부 옥사로 간 뒤였고, 다희는 어디 갔는지 보이지를 않아서 육조 거리 끄트머리에서 한참 헤매고 있던 중이었다.

지금은 긴 설명을 하고 있을 때가 아닌 터, 운이 엄쇠를 향해 외쳤다.

"이러고 있을 때가 아니다! 지금 당장 궁으로 달려가 시역을 막아야 한다! 엄쇠 너도 도와다오!"

"야? 지가요?"

"지금은 하나라도 힘을 보태야 한다. 내 아비인 호판 대감이 이미 창덕궁으로 달려갔지만 정공으로는 통하지 않을 수도 있어. 그러니 나는 지금부터 측면을 파고들 참이다. 엄쇠 네 괴력이면 둘이 아니라 셋이 된 것과 같은 터. 부디 나를 도와 주상 전하를 구해다오!"

*

"대감의 말이 진정 사실이란 말입니까?"

다행히 야간 당직을 서고 있던 내금위장이 호판의 호출에 나와주었다. 만약 금상의 호위를 담당하고 있는 금군의 장인 내금위장이 역도의 손에 들어갔다면 주상의 목숨은 이미 달아난 뒤다. 그러나 다행히 내금위장은 그들의 손아귀에 들어가지 않았으며 오히려 그 반대에 해당했다.

노론과 소론의 당파 싸움 속에서 아버지인 사도세자를 잃고 어렵게 보위에 오르신 주상이다. 세손 시절부터 숱하게 목숨의 위협을 받았고 심지어 임금이 된 뒤에도 역적들의 가증스러운 음모가 줄을 이었다. 그중에 하나가 바로 역신 홍계희의 가문. 그 후손이 또다시 역모를 도모하고 있다는 말을 무려 호판의 입에서 듣게 됐으니, 내금위장으로선 심각해지지 않을 수 없었다.

"내 당장 증좌는 댈 수 없네. 하지만 내 아들의 말대로 홍인경이 역천을 도모하고 있다면 어떡하나? 당장 오늘 거사를 치를지도 모른다는데 거짓 고변인지 아닌지를 따지고 있다간 너무 늦네. 우선 주상 전하 존체부터 옮기는 게 낫지 않겠는가?"

"으음. 대감의 말이 옳습니다. 일단은 움직입시다."

내금위장이 서둘러 자리에서 일어났다.

내금위장과 호판이 자리한 곳은 금호문 안쪽에 있는 남소(南所)였다. 창덕궁의 동서남북에 초소가 있고 항시 숙위군이 있어서 궁을 숙위하는데, 내금위장은 남소에 입직한 숙위군 중 기병 한 명을 포함한 20여 명을 호출해 동행했다. 만약을 위해 수문군과 나머지 숙위군들은 남겨두고 궁 안으로 출발하였는데 서둘러 금천교를 지나 진선문을 통과하니 곧 궁의 두 번째 마당이 나왔다. 궁의 정전인 인정전 외행랑 뜰이다.

사방은 조용했다. 진선문을 지키는 수비병들이 무슨 일인가 뜨악해하며 그들을 막을 뿐이었다.

"궁내에 침입자가 있는 것 같다는 제보를 받고 순시 중이네. 아직 확실한 건 아니지만 조심해서 나쁠 것 없으니 자네는 속히 이 사실을 도총부 종사관에게 알리고 침전의 방비를 더욱 강화하라 전해주게."

명을 들은 종사관이 바람같이 달려 나가는 동안 호판과 숙위군들은 사방을 삼엄하게 경계하며 앞으로 나아갔다. 만약 변고가 있었다면 주상이 침수 드신 희정당일 터, 그리로 가까이 다가갈수록 숙위군들의 긴장도 더욱 높아졌다.

하나 선정전 담벼락을 돌아, 내전으로 들어가는 숙장문 앞으로 다가가도록 변고의 기색은 보이지 않았다. 숙장문을 지키는 종사관 역시 의아해하는 기색으로 그들을 맞았을 뿐이다.

"종사관으로부터 전언은 들었습니다만, 이쪽으로는 수상한 기색이 전혀 없었습니다. 허고 이리로 침입한 자는 더더욱 없습니다."

이상하다.

이쯤 되자 공연한 헛 제보가 아닌가 하는 의심이 일어나기 시작했고, 호판 최재명의 처지는 곤혹스러워졌다.

"내전까지는 들어가 봐야 알 것 같습니다만, 숙장문이 건재하다면 아무래도……."

넌지시 잘못 안 게 아니냐는 눈치를 주는 내금위장의 혼잣말에 최재명이 얼굴을 들지 못했다.

"미안하네. 내 좀 더 알아보고 다시 옴세."

말은 그리 했지만 사실상 실수를 인정하고 물러나는 것이다. 겉치레뿐인 내금위장의 인사말을 뒤로한 채 최재명은 정문인 돈화문을 나왔다. 그런데 수문장에게 맡겨둔 말을 달라고 청하려 할 때, 돈화문 쪽을 향해 헐레벌떡 달려오는 인영이 있었다.

다희였다. 운은 순라군과 함께 집으로 돌아가라고 했지만 아무래도 걱정이 됐다. 그래서 혼자 여기까지 달려온 것인데, 운과 엄쇠가 홍인경의 졸개들과 싸우느라 오히려 다희가 그를 앞질러서 오게 됐다.

"누구냐! 게 서거라!"

수졸들이 일제히 창검을 꼬나 들고 외치자 겁을 먹은 다희가 끼기긱 멈춰 섰다. 하지만 다행히 최재명이 그녀를 구했다.

"내가 부리는 여종일세. 긴한 소식을 전하느라 인정 시각인데도 달려온 거니, 나를 보아 한 번만 봐주게."

호판의 변명에 비로소 수졸들이 창끝을 거뒀다. 최재명이 재빨리 다희를 끌고 나오려 했지만 그녀는 그를 뿌리치고 오히려 되물었다.

"운 나리가 여기 오지 않으셨습니까?"

"그 아이라면 옥사에 있지 않느냐. 난데없이 그 녀석을 왜 여기서 찾느냐?"

다희가 그 자리에서 자초지종을 설명하자 호판의 얼굴이 흙빛이 됐다. 안 그래도 시역 음모가 오판이 아닌지 의심되는 차에 아들놈이 탈옥까지 하다니, 꼼짝없이 죄를 더하게 됐다.

"아닙니다. 그럴 리가 없어요. 운 나리 생각대로라면 분명히 역도가 오늘 궁으로 쳐들어올 것입니다!"

"그게 아무래도 기우인 것 같단 말이다. 내 그 녀석 말을 믿고
내금위군을 이끌고 숙장문까지 들어갔지만 적도의 그림자는 보이
지도 않았다."

"하지만……!"

"어쩌면 거사 날이 오늘이 아닐지도 모르지. 그 녀석의 예상이
맞더라도 오늘이 날이 아닐 수도 있는 거다. 아니면 애초에 녀석
의 추리가 잘못된 건지도 모르고……."

말끝을 흐리는 최재명의 어투에 아들에 대한 의심과 실망이 잔
뜩 깃들어 있었다. 사실 그 누구보다 아들 녀석을 믿지만, 이렇게
운의 추리가 어긋났으니 의심을 하지 않을 수가 없다. 그런데 돌
연 다희가 번쩍 고개를 들었다.

"혹시 그놈들이 문이 아니라 다른 곳으로 침입할 수도 있지 않
을까요?"

"뭐라?"

"생각해 보세요. 세상에 왕이 계신 침전 정문으로 버젓이 들어
오는 역도가 어디 있습니까? 도적이라면 당연히 뒷문으로 들어오
든가, 지키는 자가 적은 곳을 골라 담을 넘어야지요."

그에 최재명이 퍼뜩 정신을 차렸다. 과연 생각해 보니 그렇다.
돈화문을 거쳐 진선문, 외행랑, 숙장문. 군사들이 많은 지역만 골
라 일직선으로 공격해 오는 경로가 아닌가. 제정신인 자라면 나
왕 죽이러 왔소, 하며 그 길로 달려올 리가 없다.

다희의 말대로 지키는 이가 적은 곳으로 쳐들어온다면 그곳이
과연 어디일까? 최재명은 필사적으로 머리를 굴렸다. 불현듯 그의

머리를 스치는 것이 있었다.

"빈청! 그쪽이라면 상대적으로 경비가 적다!"

그 말과 함께 최재명이 도로 궁문으로 들어갔다. 내금위장을 다시 찾은 그가 다짜고짜 외쳤다.

"흰소리라 생각하지 말고 내 말을 들어주게! 내 마지막 부탁이니 군사들을 모아 빈청으로 가주게!"

왕의 뜻에 항시 신경 써야 하는 조정 대신들은 육조 거리 말고도 따로 궁에 출장소를 뒀다. 조정 대신들이 임금과 격론을 벌이다 보면 밤을 새우는 일이 많아 그리 한 것인데, 영의정을 비롯한 삼정승의 출장소가 빈청이고, 인사와 병권에 관여하는 실세들인 이조판서와 병조판서의 출장소가 정청으로 두 건물이 등을 맞대고 나란히 있다. 그 위치는 집례문과 건양문 사이다.

"빈청과 정청은 담벼락 하나를 사이에 두고 사알방, 수라간과 지근거리에 있네. 그쪽은 궁에서 필요한 온갖 잡일을 맡은 부서들이 몰린 곳이니 상대적으로 그 경비는 대전과 침전에 비해 허술해. 만약 역도가 그리로 들어왔다면 어떻게 하는가?"

생각지 않은 지적에 내금위장도 번쩍 정신이 들었다. 빈청과 정청이 위치한 곳에는 작은 소문(小門) 두 개가 있다. 만약 안에서 내응한 자가 그 소문을 열어줬다면? 만약 그렇다면 사옹원, 소주방을 지나 순식간에 회랑과 전각의 지붕을 타고 희정당까지 침입할 수 있다.

＊

사알방(司謁房:궁궐의 열쇠를 관장하는 부서) 담장 그늘 아래 서니 아직 가을인데도 바람이 싸늘했다.

어쩌면 심리적인 한기일지도 모른다. 거사가 성공하지 못하면 자신은 물론이고 일족이 몰살당한다는 두려움이 일으킨 한기.

움직이기 쉽도록 간편한 무복을 착용한 홍인경이 그늘 아래 숨어 하늘에 걸린 달을 바라봤다. 되도록 달이 없는 삭을 택하고 싶었지만, 운과 다희가 일의 전말을 알아채기 전에 급하게 거사를 시작하다 보니 결국 이리도 달이 훤한 보름이 되고 말았다. 달빛 아래 수염 한 올까지 자세히 들여다보이는 역사들과 검사들을 돌아본 인경이 쓴웃음을 짓고 말았다.

"이 협문을 지나시면 나인이나 내반원 내시들, 일꾼들이 주로 다니는 소로가 있습니다. 그 길 끝에 협문이 또 있는데, 그를 통과하면 또 전각이 나타납니다. 그 전각의 지붕을 타 넘으셔야 합니다."

미로와 같은 궁궐, 이 궁의 지리를 샅샅이 알고 있는 젊은 나인이 없었다면 오늘의 거사는 꿈도 꾸지 못했을 것이다. 한진범의 조카인 젊은 나인을 제 손아귀에 넣은 것이 이미 한 해 전이었으나 하필 그를 도모하는 논의를 시댁에 들른 조씨부인이 엿듣는 바람에 일이 이리 지체됐다.

만약 조씨가 아니었다면 역천은 진작 시도됐을 것을, 조씨가 끼어들고 이색희가 끼어들더니 급기야는 다희와 운까지 끼어들었다.

"서두르세요. 같은 방 쓰는 동무가 일어나 제가 방에 없는 것을 알면 당장 수상하게 여길 것입니다. 상궁들이 저를 찾기 시작하면 큰일입니다."

앞서서 걸음을 서두르는 나인을 추월한 자객들이 곧 소로 끝의 협문에 다다랐다. 내시나 일꾼들이 쓰는 길이라더니 과연 문을 지키는 수졸이 없었다. 간단하게 협문을 통과한 일당의 눈앞에 작은 전각 하나가 나타났다.

이 전각의 지붕을 타 넘으면 곧바로 희정당이다. 자객들이 일제히 철편과 검, 그리고 창을 꼬나 잡았다. 바야흐로 대사가 다가왔음을 실감한 것이다.

그때였다. 돌연 그들이 달려온 뒤쪽, 소로의 입구 쪽에서 고함이 터져 나왔다.

"멈춰라!"

그와 함께 쉑 소리를 내며 화살이 날아왔다. 겨냥을 빗나간 화살이 자객 한 놈의 볼살을 스치고 지나가 전각 기둥에 꽂혔다. 달려가던 홍인경 일당이 일제히 멈춰 서며 뒤를 돌아보자, 그쪽에서 내금위장과 숙위군이 나타났다. 그 말미에 호판도 있었으나 그를 알아볼 상태가 아니었다.

일이 힘들어졌다!

희정당까지 앞으로 한 발자국이거늘 지척에서 발목을 잡혔다. 일당의 얼굴에 당혹감과 공포가 어렸으나 어차피 이렇게 된 마당, 이판사판이었다. 이제껏 칼을 뽑고 있지 않았던 홍인경이 띳돈 고리에 걸린 칼집에서 환도를 뽑아 들었다.

"활로 응사하라!"

이끌고 온 자객 중에 활과 화살을 찬 자도 두엇 있었다. 그들이 허리춤에 걸어놓은 화살집에서 화살을 뽑아 달려오는 숙위군을 향해 쏘았다. 반대로 숙위군 쪽은 활을 가져온 자가 종사관 하나

뿐이었다. 그가 마주 응사하였으나 날아온 화살을 맞고 가장 먼저 쓰러졌다. 협문 그늘에 숨은 홍인경 일당과 달리 소로를 달려오는 지라 달빛에 훤히 노출된 까닭이다.

그러나 날아오는 화살을 신경 쓸 때이랴, 칼을 뽑아 든 내금위장이 고래고래 외쳤다.

"목숨을 걸고 놈들의 진격을 막아라! 허고 기병은 지금 뒤로 돌아가 신전(信箭:임금이 거둥할 때 선전관을 시켜서 각 영에 군령을 전하는 데 쓰던 화살)을 쏘아 긴급 상황을 알리고, 삼영(三營)의 군사를 모두 동원케 하라!"

일대 격전이 도래했다. 죽이려는 자와 막으려는 자, 그 수가 비등하고 살기가 비슷하니 이 자리에서 자웅을 겨루다간 시간이 지체된다.

홍인경은 결단을 내렸다. 시간을 끌면 어차피 그들은 몰려오는 군사들에 둘러싸여 죽게 된다. 그들이 잡혀 도륙을 당하는 일이 있어도 목표한 일은 해치워야 했다. 왕이 죽은 뒤는 금상에게 적대적인 대왕대비의 세상, 홍인경이 죽어도 그로 그의 가문은 오히려 살아남아 창흥할 수 있었다.

"화살수들은 남아 적도들을 상대하고, 주 별감과 또 한 명이 그들을 도와 싸우라! 나머지는 이대로 희정당으로 돌격한다!"

명을 받은 화살수와 살수가 공포에 질려 몸을 떨었으나 이미 그들도 살기 어려워졌음을 잘 알고 있었다. 화살수들이 그 자리에 한쪽 무릎을 꿇으며 달려오는 내금위 부대를 향해 화살로 반격했고, 그사이 홍인경의 남은 일당은 전각 위로 뛰어올랐다. 몸이 날랜 자들이 홍인경을 부축해 담장 위로 올려주면서 그 역시 희정당 마당으로 뛰어들었다.

"신전이다!"

빈청 근처로 달려온 운의 외침에 함께 달려온 엄쇠가 하늘을 쳐다봤다. 운의 말마따나 시꺼먼 암천에 불화살 하나가 날아오르는 게 보였다. 기실 삼영의 군사를 동원하는 령이 묶인 신전은 다른 방향으로 쏘아졌고, 이 불화살은 궁 전체에 긴급 상황을 알리기 위한 표시로 쏘아 올린 것이었다.

누가 부전자전 아니라고 할까. 궁으로 달려오던 운 역시 최재명과 똑같은 생각을 했다. 역도들이 정문으로 들어올 리 없으니 분명히 다른 경로를 노릴 텐데, 내응하는 자가 있고 그자가 궁에서 움직여도 의심을 덜 살 나인이라면 필경 자신들의 영역인 수라방, 소주방이 있는 쪽에서 문을 열 것이라 생각한 것이다.

그 결과 달려온 운과 엄쇠는 건양문 일대에서 일어난 소동을 발견했다. 신전이 쏘아지자 수문군들이 눈에 띄게 동요하느라 경비를 게을리하고 있었던 것이다.

"바보 같은 위인들, 당장 전투가 벌어지는 곳으로 달려가야 할 것 아닌가!"

감정이 격해진 운이 외쳤지만 사실 그것은 그가 잘못 알고 있었음이다. 명령 없이 함부로 자리한 곳을 떠날 수 없는 것이 군인이며, 수문군은 그중에 특히 더했다. 양동작전으로 안과 밖에서 동시에 공격할 경우, 밖에서 들어오는 적은 수문군이 막아내야 하기 때문이다.

어쨌거나 문반인 까닭에 그러한 사정까지는 자세히 모르는 운으로선 애가 탔다. 조정과 등지고 임금과도 척을 졌다 생각했지만, 막상 그 임금이 죽을지도 모른다 생각하니 격분이 끓어오르는 것은 그의 피가 아직 식지 않은 까닭이다.

어떻게든 전투가 벌어지는 곳으로 가야겠다고 마음먹은 운의 눈에 빈청이 자리한 담벼락 근처로 가지를 뻗은 나무가 들어왔다. 빈청과 정청이 있는 궁정 담벼락 쪽에는 유난히 나무가 많았는데, 그중에 한 그루의 가지가 담벼락 안쪽으로 뻗어 있었다. 그를 발견한 운이 곧바로 그 나무둥치를 붙잡고 날래게 기어오르기 시작했다.

눈치를 챈 엄쇠 역시 그 뒤를 따르니 두 사람이 곧 담장 안쪽으로 뻗은 나뭇가지에서 담장을 덮은 기와 위로 뛰어내렸다.

"어이쿠!"

몸이 날랜 운은 가볍게 담장 기와를 밟고 도약했다가 한 바퀴 몸을 굴리며 담 안쪽으로 뛰어내렸지만 엄쇠는 그러지 못했다. 담장을 밟는 대신 그냥 담장 안쪽 맨바닥으로 뛰어내린 엄쇠가 충격을 고스란히 전달받은 발바닥을 붙잡으며 펄쩍펄쩍 뛰었다.

평소라면 담장 안쪽은 남소에서 설치한 포(鋪:초소)에 소속된 기병이 순시를 하지만 지금은 그럴 경황이 없는 듯했다. 보이지는 않았지만, 한밤중에 쏘아진 불화살에 이상이 일어났다는 것을 알아챈 위병들의 주의가 모조리 그쪽으로 쏠려 있다는 것이 느껴졌다. 그 증거로 엄쇠가 그리 요란하게 비명을 질렀음에도 이쪽으로 달려오는 자가 없었다.

"일단은 달리자!"

어느새 또다시 동료가 돼버린 운이 외치며 먼저 달렸고, 엄쇠가 절뚝거리며 그 뒤를 따랐다.

빈청에서 수라방 쪽으로 이어지는 쪽문은 이미 열려 있었다. 호판과 내금위장이 통과한 뒤인 탓인데, 그 덕분에 운과 엄쇠는 그들이 지나간 궤적을 따라 곧바로 달려 갈 수 있었다. 얼마 안 가칼 부딪는 소리, 창과 철편이 부딪치고 사람이 죽어 나가는 비명이 지척에서 들려오기 시작했다. 전투가 일어나고 있는 희정당 건너편 건물에 도착한 것이다.

혈전이 벌어지는 사이를 뚫고 지나갈까?

운이 잠시 협문 너머를 노려보다 고개를 가로젓더니 이윽고 협문의 기와지붕 위로 날아 올라갔다. 이대로 협로 옆으로 쭉 이어진 담장 위를 달려가도 되지만, 그랬다간 내금위군과 역도 양쪽에게 공격당한다. 그 대신 운은 협로 옆쪽으로 가지처럼 뻗어 나간 건물의 지붕으로 올라가는 쪽을 택했다. 비록 우회로이긴 하지만 전각에서 전각으로, 당(堂)에서 당으로 이어지는 건물들은 분명히 희정당을 가른 담장 쪽으로도 그 지붕을 뻗고 있었다.

결심한 운이 바람같이 달려 나갔다. 바로 그 순간, 궁정을 가르는 커다란 뿔 나팔 소리가 들렸다.

취라치(吹螺赤:조선시대에 군대에서 나각을 불던 취타수)가 궁 전체에 비상사태가 일어났음을 알린 것이다.

"이게 무슨 소리인가?"

희정당에서 침수 드시던 주상께서 나각 소리를 듣고 깨어나셨다. 이부자리에서 몸을 일으킨 주상이 문 앞에 시위하고 선 대전내시를 불렀다.

"무경아, 지금 내가 들은 이 소리가 나각이 맞느냐?"

어수선한 인기척과 속삭임에 이어 대전 내시가 급히 외쳤다. 그도 이제야 급보를 전해 들은 것이다.

"전하, 궁 안에 변고가 일어난 것 같사옵니다. 속히 옥체를 옮기심이 옳을 것 같습니다."

"변고?"

"희정당 바깥에 역도의 침입이 있나이다. 지금 침전을 호위하고 있는 숙위군들이 막고 있으나, 만에 하나를 모르니 속히 침전을 나가 대조전 쪽으로 옮기심이 나을 것으로 사료되옵니다."

주상의 정신이 완전히 깨어나셨고, 형형한 그 눈빛이 목전에 위험이 들이닥친 문 너머를 바라봤다.

역도, 역도라!

실로 오랜만의 도발이로다. 숱하게 주상의 목숨을 위협하던 그자들이 보기 좋게 발톱을 드러내었다. 차라리 속이 시원함이다. 존재가 드러났으니 이제부턴 뽑아내는 수순만 남았음이렷다!

'내내 사라지지 않던 찜찜함이 이것이었구나!'

이제야 생각났다. 한진범. 한창제의 3대손. 지금 생각해 보니 대왕대비전 한 상궁이 그 한창제의 가솔이 아니던가. 그 상궁이 이번 역모와 관련된 게 틀림없었다.

대번에 앞뒤를 꿰뚫은 주상이 목숨이 경각에 남았음은 생각하지 않고 대소했다. 껄껄 웃음이 희정당 마당에 울려 퍼졌을 때 홍인경 역시 그 웃음을 들었다. 숙위군과 검을 부딪쳐 가는 그 속에서 주상의 커다란 웃음소리가 불가사의하게도 그 귀 끝에 꽂혔고, 그에 홍인경의 옥 같은 볼살이 꿈틀 움직였다.

"나를 호위하라! 지금부터 일격 돌파한다!"

그의 외침에 힘이 장사라는 이유로 홍인경이 데려온 거한이 철퇴를 들고 그에게로 달려왔다. 함께 온 나머지 인원은 침전 숙위군과 일전을 겨루고 있었다. 이 혼란한 틈을 탄 홍인경이 희정당 월대로 올라가자 따라온 거한이 그 앞을 막아서는 내시를 향해 철퇴를 휘둘렀다.

"으아악!"

철퇴에 맞은 내시의 머리가 일격에 으깨지고 사방으로 피가 튀었다. 단숨에 목숨이 끊어진 시신을 밀어낸 거한이 장지문을 발로 차 부수자 홍인경이 그 안으로 뛰어들었다.

"어서 오너라, 쥐새끼야."

순간 이불 위를 차지하고 있는 신형을 발견한 홍인경의 눈이 크게 떠졌다.

한편, 협로에서 싸우고 있는 자들은 어찌 됐을 것인가. 하필 역도가 쏜 화살에 앞서 달려가던 내금위장이 맞았다. 지휘관을 잃은 금군이 당황한 사이 역도는 화살을 날렸고, 연달아 두어 명이 그 화살에 맞았다.

금군도 정예였지만 역도 역시 나름 단련된 살수들이었다. 심지어 그중에 한 명은 별감이었고, 그것도 심지어 왕의 호위를 맡은 무예별감 중의 하나였다.

"주 별감, 자네가 어찌?"

그가 협문 아래 그늘에서 몸을 드러내며 달려오자 그를 알아본 동료들이 경악성을 내질렀다. 금군의 종사관 중에 그와 무과 동기인 자가 많았다. 한때는 함께 왕을 모시던 자가 어떻게 칼날을 바꿔 겨눌 수 있단 말인가.

주 별감은 그에 대답하지 않았다. 화살수가 활을 들어 올려 사각(射角)을 높이는 사이 주 별감이 달려들며 일행의 앞에 선 자를 베었다. 전투를 지배하는 것은 본디 기세. 숫자로는 내금위 군이 더 많은데도 기세로는 밀리니 그를 탄 주 별감이 순식간에 금군 두 명의 허리와 팔을 베어냈다.

"이야아아!"

기성과 함께 또 다른 금군을 향해 달려들 때였다. 금군이 창으로 맞섰으나 별감의 환도가 창 자루를 베어냈다. 금군이 창 자루를 별감에게 던졌지만 별감이 그마저 쳐내었고, 금군은 오히려 뒤돌아 도망치려다 자빠지고 말았다.

그런데 자빠진 금군의 뒤에서 이상한 자가 나타났다. 봉두난발에 흙투성이 바지저고리, 아무리 봐도 금군이 아니라 궁궐 밖 천인의 차림을 한 사내가 어디서 들고 온 것인지 어린아이 크기만 한 바윗덩어리를 머리 위로 번쩍 들고 나타난 것이다.

"이 역적 놈의 새끼! 이거나 먹어라!"

"헉!"

엄쇠가 집어 던진 바윗돌이 마치 공깃돌처럼 빠르게 별감을 향해 날아갔다. 아무리 별감의 검 실력이 출중해도 바윗돌마저 쳐낼 수는 없었다. 바윗돌을 향해 휘두른 검은 돌을 잘라내는 대신 쟁강 소리를 내며 부러져 나갔다.

그것이 반전이 되었다. 도대체 어디서 나타난 건지 모르는 천것의 반격에 무예별감이 밀렸다. 그에 힘을 얻은 금군들이 기세를 가다듬고 적도를 향해 달려들었다.

"우와아아아!"

화살수들이 연신 활시위를 당겼지만 화살집에 들어 있던 화살도 바닥났음이니 이미 운명은 결정된 뒤다. 무예별감이 앞뒤로 덤비는 금군의 칼에 찔려 그 자리에서 절명하였고, 화살수 한 명은 엄쇠가 달려들며 목덜미를 잡아 올렸다가 그대로 바닥에 꽂아버렸다. 나머지 한 명의 목숨 역시 금군의 손에 날아가면서 협로에 막혀 있던 내금위 군들이 그대로 희정당 마당으로 쏟아져 들어갔다.

"쥐새끼, 안 그래도 네놈의 면상을 꼭 한 번 박살 내주고 싶었는데 오늘이 바로 그날이로구나."

침전의 주인은 이미 간데없고 그 자리에 환도를 지팡이처럼 짚고 선 운만 있었다. 왕은 이미 자리를 피한 것일까? 도대체 운이 어떻게 의금부 옥사 대신 이 자리에 와 있는지 모르겠지만 거사가 실패로 끝났다는 것만은 확실해졌다.

"허허……."

모든 것이 끝났다. 희정당 마당에선 그가 끌고 온 군사들이 숙위군에게 도륙당하는 소리가 들려오고 있었다. 협로에 남겨놓은 별감과 화살수들 역시 마찬가지일 터.

단숨에 왕을 죽였어야 하는데 어느 것 하나 이룬 게 없다. 쓰디쓴 허무함과 지독한 분노가 뱃속에서 역청처럼 엉겨 시커먼 덩어리가 되었다.

남은 것은 운. 그의 앞에 바윗덩어리처럼 버티고 선 저자. 마치 왕의 대리인 듯 보이는 그뿐이다.

"오냐! 원한다면 상대해 주마!"

왕을 벨 수 없다면 운이라도 베어야 했다. 홍인경이 환도를 크게 휘두르며 그를 향해 달려들었다. 그러나 바로 그 순간, 운이 몸을 옆으로 비끼며 홍인경의 옆구리를 주먹으로 후려쳤다. 갈비뼈가 뻐개지는 듯한 격통이 이어졌다. 홍인경이 비록 거사를 위해 앞장서긴 했지만 검 실력은 대단한 편이 아니었다. 수군에서 체술과 검술까지 익힌 운과 맞설 수 있는 상대는 아니었다.

그러나 홍인경의 편에는 한 명이 더 있었다. 그것도 힘에나 싸움에나 모두 통달한 위인이.

"죽어라!"

철퇴를 든 거한이 철퇴 머리를 휘두르며 운을 향해 덤볐다. 거한이 든 것은 철퇴 중에서도 투철퇴(投鐵槌)였다. 뾰족뾰족 철 송곳을 단 쇠뭉치와 자루가 쇠사슬로 연결돼 있어서 쇠뭉치를 회전시키면서 공격해 오니, 그 공격력이 일반 철퇴보다 더 크다.

붕붕, 묵중한 소리를 내는 쇠뭉치가 운의 머리를 향해 날아왔다. 운이 허리를 반절 가까이 뒤로 꺾으며 간신히 그를 피했지만 이번엔 홍인경이 가만있지 않았다. 검을 다시 꿰어 잡은 홍인경이 그의 다리를 노리고 달려들었고, 그것은 운의 허벅지를 아슬아슬하게 베고 지나갔다.

2대 1. 희정당 당우 안에 대치한 세 사내가 각자의 무기를 꼬나잡고 태세를 가다듬었다. 대치한 세 사나이의 입에서 거친 한숨이 몰려 나왔다. 살벌한 기운이 빈 공간을 가득 채워서 누구 한 사람이라도 움직이면 그대로 터져 나갈 것 같았다. 그렇기에 감히 아무도 움직이지를 못하고 서로를 향해 칼끝만 겨누고 있었다.

먼저 움직인 것은 거한 쪽이었다. 수적 우세를 믿은 거한이 기합성과 함께 다시 한 번 철퇴를 휘두르며 달려들었다. 대화를 나눈 것도 아니건만, 거의 본능적인 연합작전이 펼쳐졌다. 거한이 철퇴로 머리를 노리면 홍인경이 검으로 하초를 지른다. 아까 펼치던 작전과 거의 동일한 공격이 이어지자, 이번엔 운이 철퇴를 피해 구석 쪽으로 뛰었다. 그 덕분에 홍인경과 거한의 살수가 모두 빗나갔다.

두 명이 동시에 공격하기엔 구석 쪽이 너무 좁았기에 홍인경이 뒤로 물러나고 거한이 덤벼들었다. 동시에 공격할 수 있는 인원을 한 명으로 줄인 건 좋았지만, 운도 더는 피할 수 없는 사각에 몰렸다. 원거리 공격을 할 수 있는 철퇴를 든 거한 쪽이 유리한 처지다. 그러나 거한이 운의 죽음을 확신하며 달려들 때, 돌연 그가 등 뒤쪽 사방탁자에 놓여 있는 백자를 집어 거한에게 던졌다.

주상의 침전을 장식한 백자 자기이니 그 아니 귀할꼬. 그러나 귀한 백자 자기는 운의 손에 운명을 달리하였다. 거한이 휘두른 철퇴에 맞은 백자가 박살이 났으나, 그와 함께 잠시나마 그의 시야가 백자에 가려졌다. 그 틈을 탄 운이 거한에게 달려들며 백자 아래로 환도를 질러 넣었다.

"크으윽!"

살을 뚫고 들어가는 둔한 감각과 함께 백자가 박살 나 사라진 자리에 흉하게 일그러진 거한의 얼굴이 나타났다. 운의 검이 정확하게 그의 단전을 뚫고 들어갔다. 운이 환도를 빼자 그와 함께 거한이 입에서 피를 토하며 앞으로 엎어졌다.

"이노옴!"

한 놈 줄이긴 했지만 그 때문에 공격할 틈을 허용했다. 홍인경이 거한이 쓰러지면서 훤히 드러난 운의 정면을 향해 달려들었다. 그가 뛰어내리며 찍어 내린 검에 운이 어깨를 찍히며 검을 놓쳤다.

"흐억!"

주인을 잃은 검이 바닥에 튕겼다. 그러나 운이 용케 다시 달려드는 홍인경을 비껴 몸을 피하며 그의 콧잔등을 후려쳤다. 홍인경이 제 검을 회수하며 다시 몸의 중심을 잡을 적에 그의 코끝에는 이미 두 줄기 피가 흘러내리고 있었다. 그 꼴을 본 운이 이죽거렸다.

"잘난 얼굴에 붉은 내가 흐르니 그 꼴이 가하구나."

"말장난하지 마라!"

분기탱천한 홍인경이 검끝을 곧추세우고 덤벼들었다. 그러나 바로 그때, 운이 한 무릎을 꿇으며 몸을 낮췄다. 운이 바닥을 짚고 반원을 그리며 한쪽 다리를 내질렀다. 춤사위처럼 휘두른 다리에 걸린 홍인경이 엉덩방아를 찧으며 뒤로 자빠졌고, 그 틈을 탄 운이 그를 향해 뛰어내렸다.

아, 그러나 홍인경도 만만치 않았다. 그가 자빠진 채로 마구잡이로 검을 휘두르자 달려들려던 운이 오히려 칼끝에 정강이 살을 베였다. 운은 짧은 비명과 함께 다시 물러날 수밖에 없었다.

그 틈을 탄 홍인경이 다시 일어났다.

1대 1. 하지만 운은 오른쪽 어깨에 부상을 입었고 검이 없는 맨손이다. 검을 짚으며 일어난 홍인경이 야비하게 웃으며 양손으로 환도를 잡고 왼쪽으로 치켜들었다.

"이야아!"

휘잉, 바람 소리와 함께 검이 운의 목덜미를 노리며 날아들어왔다. 그러나 운은 검이 없다 해도 맨손 싸움의 달인이었다. 수군에서 배운 것은 살아남기 위한 모든 것이었다. 훈련교관에게 배운 검술, 돌팔매질, 어둠 속에 몸을 숨기는 법, 시장판 주먹 싸움, 쫓고 쫓기며 살아남기 위해 뭍물과 바닷물을 분간하지 않고 헤매던 모든 날들……. 그 모든 것이 살아남기 위한 본능을 날카롭게 만들었다. 지금 이 순간 그 본능이 그의 눈을 열었다.

날아오는 검끝의 궤적이 보였다. 바로 그의 눈앞까지 검이 날아드는 그 순간, 운이 종이 한 장 차이로 그 검끝을 피했다. 몸을 옆으로 재끼며 검의 반경 안으로 뛰어든 운이 홍인경의 멱살을 잡았다. 그러곤 혼신의 힘을 다해 잡아챈 그의 몸을 업어쳤다.

쿵!

날려간 홍인경의 몸이 장지문을 박살 냈다. 반동으로 인해 바닥에 내던져진 그가 부르르 몸을 떨더니 억지로 제 몸을 돌려 바로 누웠다.

"크으윽!"

그의 입가에서 한 줄기 피가 흘러내리고 있었다. 그리고 그의 몸에서도.

운에게 업어치기를 당하면서 그가 들고 있던 검에 자신이 찔린 게다. 명치에 꽂힌 검이 그의 몸을 관통해 왼쪽 어깨 뒤로 세 치쯤 나와 있었다. 아마도 심장까지 관통당했을 터. 이 정도 치명상이면 화타가 와도 살아남지 못한다.

그 사실을 이미 홍인경도 예감한 터다. 죽음이 목전에 다다른 그는 오히려 더욱 강인한 의지를 불태웠다. 무시무시한 웃음을 지으며 일어난 그가 제 심장을 관통한 검을 힘주어 빼어냈다.

"전하!"

사경에 다다른 지금 홍인경의 정신은 오락가락하는 듯했다. 끔찍한 고통에 사로잡힌 그의 눈에는 운이 금상으로 보였다. 검을 빼낸 그가 그를 다시 고쳐 쥐며 운을 향해 속삭였다.

"크, 크큭, 전하, 어찌…… 그러십니까……. 어찌…… 신들을 이리 핍박하십…… 니까. 쿨럭!"

"미친놈."

심장에 박힌 검이 빠지며 흑의 옷자락 아래로 핏줄기가 뭉텅뭉텅 흘러내리고 있었다. 안 그래도 얼마 안 남은 제 생명을 위협하는 자충수. 하지만 홍인경은 아랑곳하지 않았다.

"신들이…… 신들이 없으면 어찌 임금이 있겠습니까. 아니…… 그렇습니까?"

그 말과 함께 홍인경이 검을 내질렀다. 제정신일 때도 서툴렀던 검이 사경에 이른 지금 온전할 리 없었다. 간단하게 몸을 피해 버린 운이 찔러 들어오는 홍인경의 팔뚝을 잡아 꺾으며 그의 따귀를 후려갈겼다. 마치 어린애를 훈육하듯 매서운 손놀림에 홍인경의 얼굴이 홱 돌아갔다.

"네가 생각하는 신하가 무엇이더냐!"

지금만큼은 운이 왕이 돼주기로 했다. 어차피 죽어가는 사내, 그러나 그냥 쉽게 보내줄 생각은 없다. 운이 왕의 입을 대신해 그를 향해 외쳤다.

"네가 외치는 신하란 결국 백성을 짓밟고 선 또 하나의 압제자가 아니더냐. 너희 조신들이 바라는 것은 결국 임금과 백성을 모두 발아래 놓고 최고의 권력을 가지려는 것이 아니더냐!"

"쿨럭!"

한 움큼의 시커먼 피가 입 밖으로 튀어나왔다. 그러나 홍인경은 후들거리는 무릎을 한 자루 칼에 의지해 간신히 일으켜 세웠다.

"신하는 임금을 이끌어야 합니다……. 요순시대 이후로…… 더 이상 성왕은 없습니다. 구, 국왕이 요순과 같은 성인이 아닐진대…… 군자의 길을 배운 사대부가 임금을 옳은 길로 이끎이 당연한…… 것……. 그래야 이상적인…… 국가……."

호흡이 밭아지고 시야가 흐려졌다. 하지만 죽어도 이 말은 해야 했기에 홍인경이 차마 들리지 않는 시선을 운에게로 꽂은 채 계속해서 속삭였다.

"하오나…… 전하, 전하께선…… 어찌하셨습니까. 그 신하들을 짓밟고…… 쿠흑! 오직…… 전하 혼자서 이 나라를 가지려…… 하지 않았습니까. 이것이 걸주(桀紂:중국 하나라의 걸왕과 은나라의 주왕을 가리키는 말로, 포악무도의 대명사로 쓰임)와 같은 폭군이 아니고 무, 무엇이옵니까……!"

그 말끝에 홍인경의 무릎이 기어코 힘을 잃고 꺾였다. 그러나 그 몸이 완전히 엎어지기 직전, 운이 그의 멱살을 낚아채며 외쳤다.

"이 병신 같은 놈아!"

꺼져 가던 의식이 그 순간 촛불의 마지막 몸부림처럼 다시 타올랐다. 순간이나마 또렷해진 홍인경의 눈길이 운에게로 향했을 때 그가 외쳤다.

"이 나라의 주인은 임금도 신하도 아니다! 너희들이 아무렇지 않게 짓밟는 백성들이 바로 이 나라의 주인이란 말이다! 잠시 권력을 빌린 주제에 착각이 하늘을 찔렀구나!"

그 말과 함께 운이 머리를 뒤로 물렀다. 그리고 온 힘을 다해 홍인경의 이마에 박치기를 가했다.

꿍, 소리가 울려 퍼질 정도로 강력한 충돌이었다. 안 그래도 이미 기운이 다한 홍인경의 몸이 저만치 날려가 나뒹굴었는데, 그 박치기 모습이 흡사 다희의 그것과 닮았다는 것을 운은 몰랐다.

"크읍!"

널브러진 홍인경의 몸에 단말마의 경련이 일어났다. 운이 다가가 들여다보니 이미 숨이 턱에 찼다. 그 눈동자 안에 운이 들어차자 찰나 빛이 들어온 듯했지만, 그것이 끝이었다.

군(君). 신(臣). 민(民).

마지막 세 글자가 그의 머릿속을 스쳐 지나갔다. 그 속에서 홍인경이 어떤 결론을 내렸을까. 알 수 없다.

그르르륵, 최후의 숨을 몰아쉰 홍인경의 눈에서 그대로 생명의 기운이 사라졌다.

그의 숨이 끊어졌다는 것을 확인한 운이 한숨과 함께 그 자리에서 일어났다. 싸울 때는 몰랐는데 실로 목숨을 건 전투였다. 고신을 당한 몸으로 2대 1로 싸웠으니 지금 생각해 보면 치기 중의 치기였다.

하지만 살았으니 되었다. 그리 생각하며 운이 몸을 돌려 부서진 장지문 밖으로 나오려 할 때였다. 갑자기 그의 등 뒤에서 한 줄기

기합성이 울려 퍼졌다.

"쿠와아아악!"

깜짝 놀라 몸을 돌린 운의 눈에 사방탁자 앞에서 몸을 일으키고 있는 거한의 모습이 들어왔다. 아직도 숨이 남아 있던 건가. 단전에 피를 철철 흘리면서도 몸을 일으킨 거한이 철퇴를 휘두르며 앞으로 달려왔다. 죽을 때 죽더라도 운은 해치우고야 말겠다는 일념. 하지만 미처 피할 틈이 없었다. 무기도 없고 힘도 없다. 기껏해야 몸을 비껴 피하는 것이 다였으나 그마저도 무릎이 꺾이며 뒤로 자빠지고야 말았다. 그런데 넘어진 그를 향해 거한의 철퇴가 날아올 찰나, 돌연 한 줄기 화살이 방 안을 갈랐다.

"크악!"

날아온 화살이 거한의 양미간을 정확히 뚫었다. 이번에야말로 최후의 일격이었다. 미간 사이에 화살이 박힌 거한이 그대로 뒤로 넘어갔고, 곧 숨이 완전히 끊어졌다.

"하아……?"

몸을 일으킨 운이 자리에서 일어났다. 그리고 부서진 장지문 사이에서 나타난 자를 보았다.

"대조전으로 피하신 줄 알았습니다만?"

등 떠밀어 보냈으니 당연 피한 줄 알았는데 언제부터 거기 있었던 것일까. 나타난 주상의 손에 활이 쥐어져 있으니 화살을 쏜 자가 주상임을 운이 곧 알아보았다.

주상의 곁에 별운검과 숙위군 몇이 있는 것이 보였는데, 이 작자들도 운이 목숨 걸고 싸우는 것을 그냥 지켜만 봤음이다. 그를 깨달은 운은 저절로 부아가 터졌다.

"훌륭한 이론, 잘 들었다."

찔끔 운의 어깨가 흔들리자 주상의 입가에 짓궂은 미소가 흘렀다.

"운아."

위험하다. 주상이 이리 웃을 땐 분명 운에게 안 좋은 일이 생기는 징조인 게다. 그를 약 올리고 괴롭힐 때마다 흘리던 특유의 웃음. 게다가 자가 아니라 실명까지 부르는 것은 더욱더!

예감은 적중했다. 운이 자못 떨리는 시선으로 주상을 쳐다보자 곧 주상께서 파안대소하며 말했다.

"장원급제는 취소다! 밑바닥부터 다시 올라오거라!"

종장(終章)

　희정당의 역모는 실패로 끝났다. 음모를 꾸민 주적인 홍인경은 운의 손에 절명하였고, 이에 가담한 역도 30여 명 중 스물이 그 자리에서 참살당하였다. 나머지 열 명은 크고 작은 부상을 입고 잡혔으며, 그들의 입에서 곧 역모의 배경이 백일하에 드러났다.

　조씨부인 사건으로부터 연원한 음모, 역모에 가담한 나인과 그 나인을 배출한 한진범의 가문이 주상의 시해 음모에 연루된 것도 밝혀졌다. 그 과정에서 추리설의 작가인 다희와 운이 얽힌 것이 다 드러났으며, 혼란하던 사건의 진상이 그로 정리됐다.

　무예별감의 가족이나 역모에 가담한 군관들, 무사들은 삼족이 멸해졌다. 사로잡힌 죄인들 모두 혹독한 추국을 견디지 못하고 죽어 나갔고, 나머지 생존자들은 목이 잘려 효수됐으며, 그 일족들은 모두 노비로 팔려갔다.

홍인경의 가문이 대비마마이신 혜경궁의 일문이긴 했지만, 시해 사건에 직접적으로 가담한 이상 직계의 멸문은 피해갈 수 없었다. 그나마 홍인경의 아비와 그 형제가 모두 참형을 당하고 가족은 관노가 되는 것으로 끝난 것이 다행, 나머지 불순한 의도를 가진 세력들 역시 지금은 살아남은 것을 천운으로 여기며 몸을 사릴 수밖에 없었다.

역모에 조금이라도 관련됐다 싶으면 줄줄이 삭탈관직당하거나 유배형에 처해지니, 그렇게 눈에 드러난 독초는 일거에 뽑혀 나가고 적어도 외면적으로는 잠시나마 평화가, 주상 전하의 시대가 찾아왔다.

모두 벌만 받은 것은 아니다.

희정당에서 홍인경과 거한을 베어 물리친 운은 비록 죄인 된 몸으로 옥사를 탈출한 죄가 크긴 했지만 주상을 구한 혁혁한 공을 인정받아 결국 사면됐다. 명기집략을 갖고 있던 점은 용인받기 어려운 까닭에 결국 장원급제는 취소됐지만 그것만으로도 어디냐. 운의 아버지 최재명은 크게 기뻐했다.

엄쇠 역시 공을 인정받았다. 왕을 직접 구한 것은 아니지만, 협로에서 화살수와 무예별감을 저지한 공로가 컸다. 감히 궁에 넘어들어온 죄를 묻자는 움직임이 없지 않았으나 주상이 오히려 치하를 하며 '천것까지 나서서 과인을 구했는데 경들은 도대체 뭘 했소?'라고 물으니 꿀 먹은 벙어리가 될 수밖에 없었다.

다만 이 와중에 한 가지 안타까운 것은 책쾌 육가가 끝내 시체로 발견된 것이다. 마포나루터에 육가로 추정되는 시신이 밀려왔는데, 운이 그의 품에 들어 있는 기인십편을 보고 그인지를 알아챘다. 육가가 실종되기 얼마 전에 운이 구해다 준 책이었던 것이다. 홍인경이 육가를 통해 명기집략을 구했다는 것이 후에 밝혀졌는데, 금서를 유통한 육가의 죄가 없지 않으나 억울하게 사건에 연루돼 살해된 것이니 운과 다희는 안타까움을 금할 수 없었다.

희정당의 역모 사건이 어느 정도 정리된 다음 해 봄 어느 날, 이제는 색희 나리 집을 나와 남문 밖 인근의 다른 집에서 머슴살이 시작한 엄쇠는 뜻밖의 소식을 듣고 놀라게 된다. 운과 함께 찾아온 다희가 나라님께서 엄쇠에게 전답을 하사하기로 하셨다는 말을 전해준 것이다.

"그것이 참말이다냐?"

저가 해도 될 것을 굳이 마루 끝에 물러앉은 채 다희에게 그 소식 전하게 한 것은 운 나름대로의 배려였다. 비록 끝까지 혼자 보내지 못하고 기어코 같이 온 것은 어쩔 수 없는 소인지심이지만 말이다.

"호판 나리께서 전해주신 말씀이니 조만간 소식이 올 것이어요. 비록 많지 않은 전답이긴 해도 기름진 땅으로 골라 내려주신다 했으니, 큰 재산 일굴 종자 땅이 되지 않겠어요?"

"허허, 살다 살다 내가 임금님 땅에다 농사도 지어보는구먼."

중얼거리던 엄쇠가 클클 쓴웃음을 토해냈다. 뭔가 보상을 바라고 한 행동은 아니지만 원한도 배로 갚고 은공도 배로 갚는 주상의 성정이 호쾌한 것도 같고 무서운 것도 같았다.

"너는 그 뒤로 몸은 괜찮은 거제?"

"그러믄요. 저야 뭐 다친 곳이 있나요. 운 나리가 고신당하고 부상도 당하고 고생하셨지요. 궁에서 싸울 적엔 몰랐는데, 오히려 풀려나신 뒤로 장독이 도져서 오래 앓다가 요즘에야 일어나셨어요."

"주인 나리랑 마님은 안녕하시고? 주인 나리가 한양에 발령받았다는 소식은 들었다만."

색희 나리 역시 결정적인 공은 아니어도 은근히 잘 보였음이라, 호판의 추천과 주상의 인정으로 결국 한양으로 부임해 본의 아닌 실직 생활을 끝냈다. 기실 조씨부인 사건 때 끝까지 부인의 타살을 주장하다 근신 조처를 당하고 쭉 쉬고 있던 터였다. 그런데 이번에 뒤늦게 공도 인정받고 보상도 받은 것이다.

"안녕…… 하시겠지요? 저도 금일간 한번 다녀가야 할 텐데."

얼굴을 붉히며 말끝을 흐리는 다희의 반응에 엄쇠가 또다시 쿡쿡 웃고 말았다.

"운 나리가 잘해주시냐? 밤이나 낮이나?"

"잘하고 말고 할 게 없…… 에구머니! 오라버니는 별말씀을!"

다희가 운의 집에 들어가 간병한 지 오래됐다는 것을 뻔히 알고 있는 엄쇠이다. 언제까지 신세질 수도 없고 해서 호판이 제집으로 들어오라고 강권했으나 운이 죽어도 집에는 안 들어간다고 버티니 어쩔 수 없이 집 한 채를 따로 구해줬다. 다희가 그 집에 조석으로 드나들며 간병을 하다 나중엔 아예 함께 살게 된 것이다.

"크크크, 알았구먼. 나도 일간 한번 주인 나리 댁에 다니러 갈 테니 너도 가끔 안부 전혀."

"네, 오라버니. 그나저나 오라버니도 어서……."

뭔가 말을 꺼내려던 다희가 입을 다물고 머뭇거린다. 그 입술

끝에 걸린 말은 아마도 '어서 혼인하셔야지요.' 겠지. 하지만 차마 제 발로 찬 남자 걱정하는 것도 유세가 될까 해서 망설이는 거겠지. 제 마음 받아주지 못해 안타까워하는 그 마음 모르는 게 아니다. 그저 제가 업고 가기엔 너무 귀한 보옥인 게라. 속 넓은 엄쇠는 그저 허허 웃음만 날릴 뿐이었다.

"어여 가봐. 운 나리 몸도 벨루 안 좋담시 갠히 바깥바람 오래 쐐봐야 벵만 커진다."

"네. 오라버니도 모쪼록 건강하시어요."

마당 저편에서 얼쩡거리며 계속 쏘아보고 있는 운의 채근도 더 견디지 못하겠음이라, 결국 다희가 안 떨어지는 엉덩이를 떼어 엄쇠에게 꾸벅 인사하고는 돌아섰다. 운이 앞서고 다희가 그 뒤를 조르르 따르더니 이윽고 그 작은 등짝도 동구 밖을 돌아 사라졌다.

"이놈 주제에 나라님도 구해보고, 나라님이 주시는 상도 받아보고, 되얏다. 이 정도 했으면 이번 생에서 얻을 건 다 얻었다. 여기서 더 욕심부리면 큰일 나제."

상처는 언젠가 아문다는 것을 아나 지금은 그저 허허로울 뿐이다. 아무렇지 않은 척 흘러가는 흰 구름을 바라보던 엄쇠의 눈가에 어느새 눈물이 어렸다.

봄날, 연둣빛으로 영글어가는 잎사귀 아래, 엄쇠가 그 잎사귀보다 더 여리고 아픈 사랑을 내려놓았다.

"오라버니, 오라버니, 엄쇠 오라버니. 그 말이 아주 잘도 나오데?"

앞서 가던 운이 남문 가까이 다가오자 혼잣말처럼 툭 내뱉었다. 뒤를 따르던 다희가 곱게 눈을 흘겼지만 운은 뻔히 그 시선을 알면서도 비 맞은 중처럼 쉬지 않고 투덜거렸다. 아프면 애가 된다더니 이 인간이 요즘 들어서는 아주 애가 아니라 갓난아기로 퇴화한 것 같다.

"나리는 어째 점점 졸장부가 돼가시는 것 같습니다? 이러실 것이 아니라 아주 호판 대감 댁으로 다시 들어가시지요? 학당에서 천자문부터 다시 떼고 나오세요."

"싫다. 장원급제까지 한 준걸 인재가 왜 그 짓을 다시 한다더냐?"

"그 급제 취소되지 않았습니까? 전하께서 바닥부터 다시 올라오라 이르신 게 바로 인간이 돼서 돌아오라는 말씀 아니겠어요?"

"아주 요것이 귀엽다, 귀엽다 했더니 한마디도 안 지는구나. 내가 요것을 아주 잘못 키웠지."

"제가 나리가 낳은 자식입니까? 키우긴 누가 키웠다고 그러십니까? 키웠으면 마님이 키웠지요!"

그의 말마따나 한마디도 지지 않고 종알종알 따지고 대드는 다희를 데리고 집으로 돌아온 것은 해가 막 중천을 지날 무렵. 그런데 운이 백탑 근처에 얻은 셋집에는 새로운 손님이 기다리고 있었다. 놀라운 것은 그 손님이 기다린 게 운이 아니라 다희였다는 것이다.

"대전 내시 아니시오?"

희정당 역모 사건 와중에 마주친 적 있는 대전 내시가 다희를 기다리고 있었다. 수염도 없는 주제에 덩치는 커다란 그가 싱글싱

글 웃더니 목함에서 두루마리 하나를 꺼내 읽기 시작했다. 내용인
즉, 홍인경 역모 사건의 뿌리를 캐내고, 적도들이 쳐들어오는 경
로를 파악하여 호판과 내금위장으로 하여금 적도들을 막아내게
한 공로가 크니, 그 은공에 별사전(別賜田:임금이 특별히 하사한 전
답)을 하사하여 치하한다는 것이었다.

"저, 저도요? 제가 한 일이 뭐가 있다고. 고생이야 운 나리와 엄
쇠 오라버니가 한 것을요."

"무슨 필요 없는 겸양을 떠느냐. 네가 써낸 추리설이 아니었다
면 애초에 홍인경의 역모가 드러날 일조차 없었느니라. 공으로 치
자면 괜히 몸만 던져 싸운 나나 엄쇠보다 사건의 뿌리를 캐낸 네
공로가 더 크지. 게다가 네가 빈청 길로 흉적들이 쳐들어온다는
것을 생각해 낸 덕분에 내금위장이 군사를 끌고 와 대처하지 않았
느냐. 만약 판단이 늦어서 내금위장이 그리로 달려가지 않았다면
나와 엄쇠만으로는 그들을 막아낼 수 없었을 것이다. 전하께서도
그를 아는 까닭에 큰 상을 내리신 것이다."

"허허, 그 말이 맞소이다. 허고 이걸로 너무 크다 하면 안 되오.
주상 전하께서 내린 은전이 이게 다가 아니니까 말이오."

"네에? 전답 말고도 또 있다고요?"

"전하께서 역모를 발본색원케 한 여노 다희를 면천시키고 그
주인이던 이색희 검험관 일가에게는 쌀 스무 섬을 내려 보상하라
고 명을 내리셨소."

면천!

노비가 양민으로 신분을 바꿨음이다. 물론 색희 나리가 조만간
공식적으로 노비문서를 불살라 준다 약속하긴 했으나 사적으로

면천이 되는 것과 공로를 인정받아 무려 주상께서 면천시켜 주시는 것은 그 격이 다르다. 다희는 물론이고 운도 놀라지 않을 수 없었다.

"나리, 운 나리! 이게 꿈인가요, 생시인가요? 제가…… 제가 이제 노비가 아닌 거여요? 사람이 된 거여요?"

"글쎄, 네가 언제는 사람이 아니었더냐. 덧붙여 네가 짹짹거리는 것을 보아하니 생시인 게 맞긴 맞는 것 같다만……. 허허, 그 줬다 뺏다가 일상인 쩨쩨한 분이 웬일인고."

감히 주상을 폄하하는 말에 내시와 다희가 양쪽에서 눈총을 던졌다. 하나 기실은 운도 하관을 가린 부채 뒤에서 피실피실 웃고 있었음이다.

일반적인 면천이 아니었다. 벼슬만 안 줬다 뿐, 사실상 나라에서 공식적으로 공신이라 인정한 거나 마찬가지였다. 나라님 구한 의로운 여인을 부인 삼는다는데 명분으로 이보다 좋은 것이 있겠는가. 그를 생각하니 운의 입가에 웃음이 자꾸만 비어져 나왔다.

'줬다 뺏었다, 장원급제 가져가더니 다희는 준단 말인고. 하여간 신하들 다루는 데는 도가 트신 양반이야.'

어딘가에서 주상의 웃음소리가 들리는 것도 같았다. 뻗대고 대들고, 건방지기 짝이 없는 애송이도 끌고 가는 분. 어르고 달래다 안 되면 때리기도 불사하는 잔혹한 분이지만, 어쨌든 버리는 법은 없다. 그것이 금상이시다.

하닐하닐 부채질이 빨라졌다. 피식피식 베어나는 웃음 역시 더욱 깊어져 갔다.

"거 엉덩이는 뭐 그리 멀리 뺐느냐. 이리 좀 와봐라."

대전 내시가 가고 나니 둘만 남았겠다, 운의 미소가 더 음흉해졌다. 함께 산 지는 제법 시간이 됐지만 그동안 고신당한 몸을 회복하느라 딴생각할 겨를이 없었다. 그런데 요즘 들어 건강이 좋아지고 나니 하는 짓이 가관이다. 틈만 나면 다희를 안을 궁리만 하는 것이다.

"아, 아이 참, 아직 환한 대낮인데 어딜 덤비시려는 겁니까?"

"원래 정사는 낮거리가 제맛이다."

"아잇, 호판 대감 아들이란 위인이 말하는 것 좀 봐!"

빽 소리를 지르고 도망가려 했지만 이미 늦었다. 운이 재빨리 그녀의 허리를 잡아챈 바람에 다희는 속절없이 그의 품으로 빨려들어갔다. 다희의 얼굴을 돌린 그가 바로 그녀의 입술을 덮쳤다.

꼴깍꼴깍 혀가 넘어오고 침이 넘어온다. 목구멍 안까지 깊이 밀려들어 온 그의 혀가 이리저리 입안을 훑으며 꿈틀거리고, 그에 정신이 아득해진다. 이미 휘말렸음이다. 입맞춤으로 다희의 혼을 흩어버린 운이 그 입술 떼지 않은 채 부지런히 그녀의 옷고름을 풀었다. 치마말기가 풀어지자 말기 틈으로 손을 비집어 넣은 운이 아담한 젖가슴을 움켜쥐었다.

요거, 요거, 쥐기 좋게 적당히 익은 것이 딱 운을 위한 맞춤 가슴이다. 더 세게 움켜쥐어 달라고 젖가슴이 속삭이는 것만 같다.

"아, 아파요!"

다희가 꽥 비명을 질렀지만 운은 아랑곳하지 않았다. 종알대는 입술을 재차 덮치더니 찌르고, 빨고, 깨물고, 괴롭히기를 반복한다.

어찌하랴. 이놈의 기이한 성벽. 포기해 버린 다희가 그예 손을 놓고 눈을 감아버렸다.

마침내 다희가 걸친 옷을 다 벗겨 버린 운이 제 것도 다 벗고는 그녀를 널브러진 옷 위에 눕혔다.

"으, 하앙……!"

벌어진 다리 사이로 얼굴을 비틀어 넣은 운이 뭔가 한 것 같다. 다희가 튀어나오는 비명을 숨기려 팔뚝으로 입을 가렸지만 역부족이었다. 운이 더 큰 비명을 짜내려는 것처럼 집요하게 다리 사이로 파고들자 다희는 결국 그에 굴복하고 말았다.

짜릿한 희열에 허리가 뒤틀리고 온몸이 빳빳하게 굳었다. 이제는 익숙해진 감각. 처음엔 낯설고 부끄러워서 도망가려고만 했는데 어느새 몸에 익어버렸다. 그도 그럴 것이, 받아들이지 않으면 운이 더 못살게 굴고 괴롭히니 포기하지 않을 수가 없었다.

"좋으냐?"

다리 사이에서 얼굴을 든 운이 짓궂게 웃으며 물었다. 아, 그 표정이 어찌 그리 얄미운 걸까?

"아…… 않다 일어난 사람이 기운도 참 좋습니다."

좋다는 말 대신 핀잔을 주자 운이 싱긋 웃으며 그녀의 위로 올라왔다.

"요게 좋다는 말을 꼭 그렇게 하지. 거짓부렁이 심하니 오늘 벌을 받아야겠다."

"뭐, 뭐 하시려고? 아, 아잇!"

다희의 몸이 자반고등어 뒤집듯 홱 뒤로 돌려졌다. 그녀의 허리를 들어 올려 기둥 끝에 맞춘 운이 단숨에 그녀를 꿰뚫고 들어갔다.

"히, 히익!"

이미 몸 안이 충분히 젖은 터, 들고 나는 것에 전혀 무리가 없다. 운이 그녀의 허리를 꽉 붙들고는 숱하게 다희를 찌르고 들어왔다. 그리고 그때마다 그녀는 비명을 질렀다.

"좋으냐, 안 좋으냐?"

"아…… 아잇! 하…… 으응!"

"어서 말하라니까. 좋으냐, 안 좋으냐? 응?"

꼭 그 말을 들어야 할까. 이렇게 몸살을 하며 비명을 지르는 것이 숨길 수 없는 대답인 것을, 이 짓궂은 위인은 꼭 즉답을 들으려고 한다.

"조, 좋…… 응!"

"좋다는 뜻이지?"

"하읏!"

이젠 대답조차 할 수 없다. 튀어나오려던 말이 입안에서 뭉개지며 의식이 아득하게 멀어져 간다. 그 모습에 만족한 운이 사악한 웃음을 베어 물며 허리를 튕기는 속도를 높였다.

해는 아직도 하늘에 걸렸는데 대낮부터 방문을 뚫고 나오는 신음이 짙다. 끊어졌다 이어졌다, 그러다 잠잠해지는가 싶더니 또다시 튀어나온다.

다희의 말마따나 앓다 일어난 위인이 기운도 참 좋다. 두 사람 사는 집이 그나마 외진 곳에 있기에 망정이지, 누가 들었다간 낯부끄러워 도망갈 일이었다. 두 사람의 신음은 해가 기울고 초저녁 달이 뜰 때까지 그렇게 한참을 이어졌다.

"이 우라질 놈이!"

기어코 우당탕 상 엎어지는 소리와 함께 방 안에서 도포 자락 날아다니는 소리가 들렸다. 보나마나 제 성질 못 이긴 호판이, 아니, 이젠 좌의정에 제수된 최재명이 주안상을 집어 던지고 주먹을 휘두른 것일 게다. 하지만 호락호락한 운이 아니니 노인네 주먹에 맞았을 리가 없었다.

그 증거로 상 뒤엎는 소리가 난 지 얼마 안 돼 최재명이 씩씩거리며 방을 나오는데 그 뒤를 따라 나오는 운의 얼굴엔 생채기 하나 없었다.

"도대체 시험을 안 보겠다는 이유가 뭐냐, 이유가! 내가 별당도 내주고 저…… 저 아이도 그냥 같이 살게 해주겠다는데 굳이 벼슬을 안 할 이유가 뭐야!"

늘 싸우는 그 문제로 오늘도 대립을 반복했나 보다.

주상은 운더러 바닥부터 다시 올라오라고 했고, 그 말인즉 시험은 다시 봐도 된다는 뜻이었다. 자식을 다시 출사 길에 올려야 한다는 조바심에 최재명의 안달은 요즘 최고조에 달했다.

그런데 하나밖에 없는 이 외아들이 그 출사 길을 죽어도 안 간다 한다. 오히려 시험을 보는 대신, 다시 세책점을 시작하겠다는 청천벽력 같은 선언을 한 것이다.

"세책점이라니! 네가 가진 책은 죄다 타지 않았더냐! 이제 와서 무슨 세책점 타령이야!"

"쾌가의 책이야 다 탔지만 세책은 할 수 있습니다. 그거야 책만 빌려다 필사해 돌리면 그만이니까요. 제가 세책점을 하며 쌓은 인맥이 제법 있으니 그깟 필사본 만들기야 뭐 어렵겠습니까? 초기엔 외상으로다가 그럭저럭 꾸려갈 수 있을 겁니다."

"좌상 가문의 아들이 세책점이라니, 말이 되느냐! 이놈이 어찌 가문 망신을 단단히 시키려고 들어! 내 절연을 하고 있을 적에야 어쩔 수 없었지만 이제 와서는 절대로 용납 못 한다!"

"세책점이 뭐 망신스러운 일이라는 겁니까? 그 말씀 참 이상합니다. 사농공상의 길이 뭐 따로 있답니까. 먹고살려면 양반도 세책을 하고 농사도 지을 수 있는 거지요."

"그러니까 그 먹고살 길이 번연히 있는데 왜 굳이 다시 세책을 하느냐 말이다! 게다가 그 세책이 좀 곤궁한 일이냐! 그깟 한두 푼 벌겠다고 양반 체면을 내팽개치겠다는 게야!"

"그깟 한두 푼이라니요. 왕을 구한 소설가 옥다희가 있는데 겨우 한두 푼만 벌고 말겠습니까?"

끄으응, 운이 받아치는 말에 그만 최재명이 할 말을 잃고 말았다. 주상께서 다희에게 내린 수많은 보상 중에 다희가 제일 기뻐한 것은 따로 있었다. 별사전도 고맙고 면천도 고마웠지만 주상께선 후에 또 한 가지 상을 내리셨다. 면천을 받아 양민이 된 다희에게 특별히 성(姓)을 내려주신 것이다.

─구슬처럼 맑고 총명하니 구슬 옥으로 성씨를 하거라.

라는 교지와 함께 옥(玉)씨 성이 내려졌고, 그로 다희는 이천 옥씨의 시조가 됐다. 전에도 없고 앞으로도 없을 지극한 영광에 다희가 교지를 가지고 온 별감에게 코가 땅에 닿도록 절하고 눈물을 흘리며 감읍하였음은 물론이다.

그렇게 무려 사성(賜姓)을 받은 옥다희가 그 뒤로 곧 추리설 2탄을 썼다. 추리설을 개작한 내용으로 주상의 시해 음모와 역도들과 싸워 나가는 의협을 다룬, 이른바 수리라 소설. 그 제목이 〈완월〉인데 추리설을 뛰어넘는 엄청난 배수투세라(倍首渝勢羅)가 됐음이다.

완월이 나온 뒤로 다시 한 계절을 지나 봄이 됐는데도 그 인기가 식지 않았다. 언문을 아는 자는 물론이요, 모르는 자들도 입에서 입으로 그 내용을 듣고 읊고 새로이 전하니 조선 팔도에 완월을 모르는 자가 없다 해도 과언이 아니었다. 그런 배수투세라 작가 옥다희를 끼고 앉았으니 세책이 안 될 리가 있겠으며 돈이 굴러들어 오지 않을 리 있겠는가. 오히려 삼정승 녹봉은 우습게 알 정도로 큰 희투를 하였으니 당연히 최재명이 꿀 먹은 벙어리가 될 수밖에 없었다.

"그, 그래, 내 그 아이 능력은 인정한다. 하지만 그것과 네 출사 길은 별개가 아니냐. 언제까지고 종…… 아니, 지체 낮은 아이를 끼고 앉아 있을 게야. 과거도 보고 정식으로 혼인도 해서 후사도 봐야 할 게 아니야."

"아, 그 말씀 잘하셨습니다. 안 그래도 저도 혼인할 생각을 하고 있었습니다."

"뭐야? 진…… 아니, 잠깐! 너 설마 그 아이와 혼인을 하겠다는 거냐?"

불길한 예감은 적중했다. 운이 사악한 미소와 함께 고개를 끄덕였다.

"이, 이 우라질 놈이! 안 된다! 어디 감히 양반이 천것과, 아니, 상민과 혼인을 해! 면천해 봤자 겨우 양인인 것을, 좌상 최재명의 아들이 일개 양인과 혼인을 해? 그것도 노비 출신과? 내 눈에 흙이 들어가는 한이 있어도 그 꼴은 못 본다!"

"그럼 보지 마십시오. 다희를 데리고 멀리 청국이나 가겠습니다. 전 책 귀신이라 청나라 가면 그 좋아하는 책에 묻혀 잘살 것입니다. 가는 김에 그동안 다희가 쓴 추리설과 완월 원고 좀 챙겨가면 분명 대국에서도 희투를 할 것입니다. 그냥 잘사는 게 아니라 아주 잘살겠지요."

"아이고오, 조상님!"

급기야 최재명이 뒷목을 잡고 툇마루에 주저앉고야 말았다. 아들놈과 이야기 나누다 보면 피가 거꾸로 솟는 일이 다반사다. 그래서 늘 오기 전에 청심환을 복용하고 온다만, 오늘은 그 청심환도 효력을 못 봤다. 이런 빌어먹을 놈! 우라질 놈! 천하에 다시없는 불효자식!

"하지만 이 조선 땅에 있다 보면 언젠간 과거도 볼 날이 있지 않겠습니까?"

문득 운이 슬쩍 웃으며 꺼낸 말이 이러했다. 최재명은 자기도 모르게 잡은 뒷목 놓지 못한 채 그를 돌아봤다.

"아직은 그럴 마음이 없습니다만, 시간이 좀 지나면 벼슬살이하고 싶은 마음이 들지 누가 압니까? 아버님만 다희를 허락하신다면 말이죠."

실실 웃는 아들의 얼굴이 마치 칼만 안 든 강도처럼 보였다. 아니면 아들이란 이유로 유독 저한테만 피도 눈물도 없이 구는 야차던가.

"이…… 이…… 호…… 호로……!"

함부로 내뱉었다간 저한테 하는 욕이 될까 봐 차마 입을 못 떼는 아비를 향해 이 불효막심한 아들놈은 킬킬 웃어댄다. 이미 아비의 마음이 반분 흔들렸음을 알기 때문이다. 여기에 조선 땅 떠나겠다는 빌미로 어머니를 협박하면, 결국 어머니 성화에 못 견딘 아버지가 넘어오게 될 거란 것을 운은 잘 알고 있었다.

"이놈이 아주…… 이 썩을 놈이 아비 머리꼭대기에 앉아 나를 휘두르려 드는구나! 고이연 놈!"

결국 냅다 소리를 지른 최재명이 찬바람을 횡 날리며 돌아갔다.

하지만 화는 내도 절대로 아니 된단 말은 하지 않았다. 아마도 그것이 아버지의 본심. 운은 사라져 가는 아버지 뒷모습을 향해 소리 없는 웃음을 날렸다.

"다희야."

최재명이 사라진 후 운이 그녀의 이름을 불렀다. 부자가 만나기만 하면 싸워대니 그것도 면구해서 언젠가부터 최재명이 걸음한 날엔 다희가 일부러 자리를 피했다. 아예 마음껏 싸우시라고 집에서도 떨어진 텃밭에서 나물 뜯고 푸성귀 다듬으며 시간을 보내곤 했다.

사립문 밖으로 나가 그녀의 이름을 부르자 기다렸다는 듯 다희가 텃밭 어귀 강담 너머에서 빼꼼 얼굴을 내밀었다.

"이리 온."

함께 산 지 벌써 1년이 넘었다. 그러나 아직도 운이 이름을 부르며 손짓하면 강아지처럼 좋아라 달려오는 그녀의 모습은 귀엽기만 하다. 심지어 한마디도 지지 않고 따박따박 대들 때도 그렇다.

"대감마님이 또 씩씩대며 가시던데요. 나이도 있으신데 너무 성질 돋우지 마시어요."

"흥, 그건 모르는 소리. 우리 집 영감은 나와 싸우는 게 인생의 낙이고 살아가는 힘이다. 연 끊고 안 싸우는 동안에 어찌나 팍삭 늙었던지 못 봐주겠더라."

알고 보면 이것도 운 나름대로의 애정 표현인 게다. 결국 다희가 못 말리겠다는 듯 고개를 저었다. 운이 그런 그녀를 제집 툇마루로 끌어다 무릎에 앉히더니 또 볼따구니를 쿡쿡 찌르며 희롱하기 시작했다.

다희야, 다희야, 하며 오른쪽 볼에 입맞춤 한 번 쪽, 왼쪽 볼을 손가락으로 꾹, 귓불을 잡아당겼다, 자근자근 깨물었다, 허리를 간질이다, 얄팍한 살을 꽉 꼬집다……. 결국 참다못한 다희가 빽 소리를 질렀다.

"아, 왜 자꾸 성가시게 굽니까? 제가 장난감입니까요?"

"쿡쿡. 내 장난감 맞지. 평생 봐도 질리지 않는 내 사랑이지."

못 말리겠다, 이놈의 말장난. 추어줬다, 놀렸다, 도대체 갈피를 잡을 수 없는 괴팍한 사내.

사과처럼 발개진 다희의 볼에 운이 입을 맞춰왔다. 볼에서 입으로, 입술에서 가녀린 목으로, 그리고 또 어딘가로…….

어화둥둥 봄날은 한없이 깊어져 갔다.

*

중촌 오씨부인 댁 대문이 경사를 맞아 활짝 열렸다. 마침내 운과 다희가 혼인하는 날이다. 부모가 없는 다희를 위해 오씨부인이 친정이 돼줬으니, 색희 나리 집이 경사로운 혼례장이 됐고, 하객들이 이 집 마당에 바글바글 모여들었다.

손님의 대부분은 운과 안면 있는 세책점 주인들이었다. 화상 입은 흉터 몇 곳만 빼고 쾌유한 장 씨가 그 안에 있었고, 구동이도 있었다. 운이 세책점을 그만두는 바람에 지금은 흩어져 다른 세책점으로 옮겼는데, 피차 오랜만에 만나는 것이라 모다 얼굴에 기쁨과 반가움이 가득했다.

혼사를 거들러 나온 천둥네와 행랑어멈이 있었고, 혼사를 주관하는 색희 나리가 있었다. 나리의 지인들 역시 많이 몰려왔는데, 손님들이 각자 인사를 나누고 덕담을 나누는 동안 혼례의 당사자인 다희는 오씨부인과 함께 안방에 들어 있었다.

연지곤지 찍고 붉은 원삼을 걸친 그녀의 모습이 그 어느 때보다 고왔다. 원래 예쁘장한 아이긴 했지만, 단장을 하니 그 자태가 함박꽃처럼 곱다. 손수 다희를 단장시키고 연지곤지 칠해준 오씨부인이 뿌듯한 눈으로 그녀의 자태를 눈에 담았다.

"우리 다희가 이렇게 예뻤구나. 내 진즉 꾸미고 단장시켜 줄 것을 여태 고생만 시켰어. 미안하기 짝이 없다."

"그런 말씀은 하지 마세요. 미천한 종년을 애지중지 키워주신 것만 해도 분에 넘치는 일인걸요."

서로를 바라보는 두 사람 눈에 반짝반짝 눈물이 괬다. 신분을 뛰어넘어 자매처럼 정을 나눈 두 사람이다. 다희를 보내야 하는 부인의 마음이 마치 친정어미 같기도 하고 언니 같기도 했다. 기쁘기도 하고 섭섭하기도 하고, 복잡한 마음을 가늘 길이 없다.

"잘살아야 한다."

오씨부인이 원삼 깃을 고쳐 주며 은근히 속삭였다.

"네, 마님. 열심히 살게요."

"마님이라니. 이젠 네 마님이 아니잖니. 좌의정 댁 며느리가 나 같은 부스러기 양반네한테 하대는 못할망정 마님이라 불러선 안 되지. 이젠 언니라고 부르거라."

"언…… 니……. 홋, 언니."

기어코 다희의 눈가에서 눈물이 또로록 굴러 내렸다. 그녀라고 떠나는 마음이 마냥 기쁘기만 하랴. 친정을 떠나는 것처럼 안타깝고 애틋하기만 하다.

"에구, 화장 지워질라. 뚝! 경사로운 날에 울면 안 되지!"

얼른 눈물을 닦아주는 오씨부인의 눈가에도 눈물이 맺혔다. 울지 말라 해놓고는 결국 오씨부인이 줄줄 눈물을 흘리기 시작했다.

그때 초례청 차려진 바깥마당에서 왁자하니 소란이 일었다. 혼사의 또 다른 주인공인 운이 도착한 것이다. 사모관대 갈아입은 운의 모습이 그 어느 때보다 늠름했다. 혼사를 축하한다는 핑계로 모여든 세책점의 단골 아낙네들이 그 모습에 탄성을 질렀다.

"으흐흑, 좌의정 댁 아드님인 줄 알았으면 내 진작 옷을 벗고서라도 달려들었을 것을. 계집종한테 뺏길 줄 알았으면 한 번 달려들기라도 해봤을 텐데, 아깝다, 아까워!"

"속물 같은 아낙일세. 나는 운 나리가 평범한 세책점 주인이었을 때도 연정이 깊었다. 흑흑, 그런데 이렇게 보내려니 눈물이 앞을 가리네그려."

"어허, 이 여편네들이! 임자 있는 아낙들이 남의 남편한테 그렇게 애틋해도 돼?"

오랫동안 운을 노리고 드나들던 세책점 단골들의 흐느낌, 따라온 그 남편들의 비아냥거림과 야단이 어우러지는 동안 운의 뒤로 좌의정 최재명과 그 안사람인 유씨부인이 들어섰다.

각자 타고 온 남여와 가마에서 내린 두 사람의 표정은 정반대였다. 최재명이 오만상을 찌푸리고 있는 것과 달리 유씨부인은 생글생글 함박웃음이 가득했다. 안 그래도 동글동글 사람 좋게 생긴 인상인데 거기에 미소까지 가득하니 상대적으로 최재명의 어두운 인상이 더욱 눈에 띄었다.

"대감, 아무리 그래도 경사로운 혼삿날인데 그렇게 잔뜩 찌푸리고 있어서야 되겠습니까? 얼굴 좀 펴십시오."

"웅? 아, 아니오. 찌푸린 것 아니오. 내 얼굴이 원래 좀 근엄하지 않소."

"어휴, 속일 걸 속이십시오. 원래 근엄해요? 그럼 그 핑계로 혼사 내내 그렇게 씹다 뱉은 고사리 상을 하고 있으시려는 겁니까? 그래도 우리 운이가 조선 땅 떠나지 않게 해준 게 바로 며늘아기 아닙니까. 좀 귀엽게 봐주면 안 됩니까?"

"아니, 그거야 며늘아기 공이 아니라 저 우라질 놈이 협박을 한……. 아니, 잠깐, 부인. 거 씹다 뱉은 고사리라니, 말이 너무 심하지 않소?"

아들과는 만날천날 싸워대는 최재명이었지만 부인에겐 영 약했다. 그런데 유씨부인은 남편의 항의에는 대답하지 않고 그의 입가를 집더니 쫙 위로 올렸다.

"이것 보세요. 이렇게 웃으니 아직도 호남 준걸이십니다. 얼마나 보기 좋습니까?"

헉! 체모를 땅바닥에 집어 던진 모습에 주변에 서 있던 자들이 일제히 그를 쳐다봤다. 그러나 최재명은 유씨부인 손길을 차마 쳐내지 못했다. 아직도 호남 준걸이란 말만 귀에 꽂혀 내심 좋아할 뿐이다.

"좌상 대감, 경하드립니다."

혼사장엔 최재명의 지인인 조정 신료들도 왔다. 떠오르는 실세가 된 좌상에게 잘 보여야 되니 안 올 수가 없었다. 덕분에 옥색 도포에 호박 갓끈 드리운 양반네들과 수수한 옷차림의 평민들이 한자리에 어우러진 기이한 광경이 연출됐다.

"경하는 무슨, 뭐 좋은 일이라고 축하를 받겠소."

최재명이 투덜거리자 신료들과 함께 온 형조 좌랑이 입을 열었다.

"하하, 너무 나쁘게만 생각하지 마십시오. 주상 전하를 구한 용감한 여인이 집안에 들어오는 게 아닙니까. 아무리 날고 기는 명문이라 해도 어디 그런 여인을 얻을 수 있겠습니까. 분명 며느님 되실 분이 좌의정 대감의 가문을 일으킬 큰 운도 함께 가지고 올 것입니다."

"허허, 형조 좌랑의 말이 맞소!"

사방에서 맞장구를 치고 덕담들을 해대니 최재명의 기분도 조금씩 좋아졌다. 기분이 나쁘기는커녕 자연스럽게 입꼬리가 올라갔다. 최재명이 그를 감추려 접선을 쫙 펼치는데, 바로 그때 형조 좌랑이 그를 향해 슬며시 몸을 숙이더니 입을 열었다.

"……그런데 며느님 되실 분은 후속작에 들어갔답니까?"

흠칫 놀란 최재명이 형조 좌랑을 돌아봤다. 그러자 그가 겸연쩍게 씩 웃더니 말을 이었다.

"신작이 나오거든 좀 살펴주십시오."

그러더니 형조 좌랑이 손가락 하나를 쓱 내밀며 속삭였다.

"아시지요? 일빠!"

'일빠? 그, 그것이 도대체 뭔 말인고?'

최재명의 의식이 점점 혼미해지고 아득한 저 너머로 날아갔다. 마침 때맞춰 혼사의 집례를 맡은 이가 홀기(笏記:혼례나 제례 때에 의식의 순서를 적은 글)를 외쳤다. 그 덕분에 날아가던 그의 의식이 돌아왔고, 최재명은 소리가 들려온 쪽을 돌아봤다.

"모도부출(姆導婦出)!"

집례의 외침에 마침내 다희가 안방을 나왔다. 마당에 깔아놓은 흰 명주천 위로 사뿐사뿐 걸어오는 그녀의 모습이 눈부셨다. 어지간히 삐딱한 운도 지금 이 순간만큼은 저절로 입이 벌어졌다.

분대 화장 마친 그 얼굴이 유난히 말갛다. 하얀 한삼 위로 드러난 건 동그란 이마뿐이지만 그 아래 떨고 있을 표정이 눈에 그려져 운은 씨익 웃고 말았다.

그런데 그때, 혼사장으로 또 다른 자가 들어왔다. 특유의 붉은색 홍직령에 주립을 쓴 것이 분명 궁에서 온 별감이다. 마당에 들어선 이가 일제히 그를 쳐다보자 별감이 운 앞에 서더니 외쳤다.

"전 성균관 유생 최운, 그리고 그 아내 될 옥다희, 주상 전하께서 두 분의 혼사를 축하하고자 선물을 보내시었소!"

"오오! 주상께서!"

영광 중의 영광이다. 다희의 출신이 미천하다 해서 은근히 얕보는 이 없지 않았는데, 주상께서 몸소 선물을 보내 축하까지 하지 않았는가. 더 이상 그녀를 얕보고 무시할 핑계가 없게 됐다. 오히려 우러르고 떠받들어야 할 지경이다.

별감이 곧 운에게 가지고 온 목함을 내밀었다. 하지만 운은 기뻐하기는커녕 떨떠름한 얼굴로 중얼거릴 뿐이었다.

"그 인색한 양반이 웬일이라지?"

"닥치거라, 이놈! 얼른 절하고 정중히 받지 못하겠느냐!"

아비의 성난 고함에 그제야 운이 마지못해 절을 하고는 목함을 받아 들었다. 그 안에서 나온 것은 옥을 깎아 만든 한 쌍의 원앙이었다. 왕이 보낸 선물이면 무조건 귀한데, 옥 원앙은 그 자체로도 귀한 진물이다. 그를 본 하객들의 얼굴에 일제히 부러움이 서렸다.

"원앙처럼 오래오래 해로하되, 두 분 사이의 애정이 옥처럼 썩지도 말고 변하지도 말라는 뜻으로 하사하시었소."

별감의 설명에 하객 사이에서 곧 탄성이 터져 나왔다.

"허허! 주상께서 직접 귀물을 보내 축하까지 하시다니, 이 아니 귀한 혼사요!"

"그 말이 맞소! 경하드립니다, 대감!"

"경하드리오!"

좌중에서 덕담이 수없이 쏟아지니 최재명의 입꼬리가 마침내 하늘로 승천했다.

귀한 옥 원앙이 동뢰상(同牢床) 한복판에 놓이고 드디어 혼례가 시작됐다. 동뢰상을 마주하고 마주 선 두 사람. 눈길이 마주치자 운이 씨익 웃는다. 그에 보답할세라 다희 역시 은근히 눈웃음을 친다.

이 세상 모든 행복이 모두 이 자리에 모인 듯, 눈길을 교환하는 두 사람 가슴에 벅찬 기쁨이 흘렀다.

✳

원삼 족두리를 벗지도 못한 채 다희는 신방에서 운이 오기를 기다렸다. 혼례식이 끝나도 신랑은 곧바로 신방에 들지 못한다. 운은 혼사에 와주신 친지며 지인들에게 감사를 드리고 이런저런 인사치레를 나누느라 바빴고, 다희는 황촉불을 밝힌 채 이제나저제나 그가 오기를 기다렸다.

마침내 그가 도착했는지 툇마루를 밟고 올라서는 인기척이 들렸다. 과연 문이 열리더니 운이 들어왔다. 그새 두루마기로 갈아입었는데, 아래서 올려다보니 그 키가 더욱 커 보인다. 다희는 자기도 모르게 그를 향해 생긋 웃었다. 운이 별말 없이 마주 웃어주는가 싶더니 갑자기 아직 열려 있는 장지문을 향해 돌아섰다. 그러더니 은근슬쩍 툇마루 앞으로 모여드는 아낙네들을 향해 꽥 외쳤다.

"지금부터 이 앞에 남아 있는 자들은 모다 두들겨 맞을 줄 아시오! 험한 꼴 보기 싫거든 당장 떠나시오!"

신방 엿보기를 하려 모여들던 여인들이 그 말에 화들짝 놀랐다.

"아니, 신랑이 신방 앞에서 어찌 그리 얄궂은 소리를 하시우?

우리네들이 있어야 신랑 신부가 제대로 교합할 수 있다는 걸 모르시오?"

"그거야 초짜 신랑한테나 통하는 말이지, 난 두 번째라 댁들이 없어도 알아서 잘하오!"

신방 엿보기란 것이 원래는 미숙한 신랑 신부를 위해 밖에서 이런저런 훈수를 두려고 생겨난 것이었다. 어린 신랑 신부가 교합을 잘못하다 신부가 죽거나 신랑이 요절하는 경우가 왕왕 있었기 때문이다.

운이 우겨대니 딱히 반박할 빌미도 없다. 은근히 좋은 구경을 기대하던 아낙들이 결국 서슬 퍼런 운의 기세에 밀려 모두 쫓겨나고 말았다.

"자, 이제 마음 놓고 놀아도 되겠다."

"노, 놀다니요? 무슨 망측한 말씀이세요?"

문 쾅 닫고 손을 탁탁 털며 돌아서는 운의 표정이 심상치 않았다. 아니나 다를까, 그가 황촉불을 훅 꺼버리더니 대뜸 원삼을 벗기기 시작했다.

"에구머니!"

벗기는 속도가 어찌나 빠른지 어둠 속에서도 한 식간에 걸친 옷이 모조리 제거됐다. 쪽진 머리도 풀어버린 운이 곧바로 다희를 금침 안으로 끌어들였다.

"히익!"

몹쓸 놈의 버릇이 또 시작됐다. 다희를 품에 안은 운이 이불 아래서 또 별스러운 짓을 시작했다. 코를 깨물고 볼을 깨물더니 그녀가 싫어하는 곳만 골라 간질이고 찌르고 꼬집는 것이다.

"에, 히익……. 익! 아유우!"

이불 아래서 시달리고 또 시달린 다희가 마침내 발칵 화를 냈다.

"너무합니다, 진짜! 자꾸 이러시면 저 혼인 안 해요!"

참는 데도 한계가 있지, 이불귀를 들친 다희가 맨몸으로 도망을 나왔다. 그러나 그대로 놓칠 그가 아니다. 재깍 허리를 잡아챈 운이 그녀를 자빠뜨렸다.

"감히 어딜 도망을 가느냐? 뭐, 혼인을 안 해? 누구 마음대로?"

"아이잇! 하지 말란 말이에요! 아……. 아! 아야야!"

그러나 비명도 잠시, 이내 그것은 달콤한 신음성으로 바뀌었다. 지분거리고 성가시게 굴던 운의 입술이 그녀의 가슴 끝을 물었기 때문이다. 도톰한 입술이 다시 운에게 삼켜지고, 그녀가 낼 수 있는 모든 음성이 그의 안으로 쓸려 들어갔다.

혹시나 누가 볼세라, 운이 재빨리 금침을 끌어왔다. 폭 덮인 금침 아래로 두 사람의 몸이 사라지니 곧바로 이불 아래서 요란한 들썩임이 시작됐다.

이불 아래 무엇이 그리 뜨거운고. 이불귀 아래 새어 나오는 열기가 화톳불 같고, 밤새 들썩이는 꼬깔춤이 아주 끝이 없더라.

췌언(贅言)

남산골에 자리한 다희의 집에 오랜만에 오씨부인이 찾아왔다.
백탑 아래 살던 다희와 운이었지만, 운이 장원급제하고 규장각에
등원하게 되면서 집을 늘려 남산골로 오게 됐다. 살림을 늘린 건
좋은 일이지만, 덕분에 거리가 멀어지면서 오씨부인과의 만남도
뜸해졌기 때문에 그녀가 다희의 집을 찾은 건 실로 오랜만이었
다.

"이리 오너라."

문간에 서서 사람을 부르자 곧 하인이 나타났다.

"오셨습니까요, 마님. 안 그래도 주인마님이 기다리고 계십니
다요. 아이고, 우리 훈이 도련님도 많이 크셨군요!"

고사리 같은 손으로 오씨부인 치맛자락을 잡고 있는 것은 올해
로 세 살이 된 부인의 아들 훈이다. 색희 나리와 오씨부인 사이에

아이가 없어 걱정이더니 색희 나리가 마흔 줄이 다 된 2년 전에 드디어 귀한 아들을 낳았다. 그 뒤로 금이야 옥이야 훈이를 싸서 키웠음은 물론이다.

다희는 별채에 있다고 했다. 하인의 안내로 별채로 향한 오씨부인이 문을 열어젖히자 다희가 퍼뜩 놀라 고개를 들었다. 하인이 오씨부인 들었다고 외쳤는데도 집필 삼매경이라 아무것도 못 들었나 보다.

"아이고, 맙소사! 꼴이 그게 뭐냐!"

서상 앞에 앉은 다희의 몰골은 그야말로 가관이었다. 쪽진 머리는 여기저기 머리칼이 비어져 나와 새집이 됐고, 얼굴 여기저기엔 먹물이 튀어 있다. 서상은 물론이고 방 안 여기저기에 구겨진 종이 뭉치가 구르고 있는데, 새빨개진 눈을 보아하니 글을 쓰느라 밤을 새운 것 같았다.

"내가 마감 중인데 공연히 찾아온 게로구나. 아무래도 나중에 오는 게 나을 것 같다."

"아, 아니어요! 이제 치울 거니까 가지 마시어요!"

"그럴 것 없다. 한참 급한 와중인 것 같은데 네 볼일부터 봐야지."

"아니어요! 어차피 시한을 넘긴걸요. 기왕 늦은 거, 조금만 더 기다려 달라고 하지요, 뭐. 먼저 안채로 드시어요. 저도 좀 씻고 따라갈게요."

다희의 글을 찾는 사람이 한둘이 아닐 텐데 하루 이틀 미루는 게 과연 가능하련가 모르겠다. 괜스레 부담스러워진 오씨부인이 안채에 들어앉자 얼마 안 가 다희가 뒤쫓아 들어왔다.

"아이고, 훈아. 어쩜 이리 나날이 잘생겨지니. 자랄수록 아버지를 닮아가는구나!"

"얘, 개색희를 닮으면 안 돼. 닮으려면 인간인 나를 닮아야지."

"아이고, 마님도……. 아직도 그런 말씀을 하세요?"

"마님이라니! 언니! 언니라고 부르라니까!"

"아, 아참! 어, 언니!"

만날 때마다 오씨부인이 호통을 치지만 아무래도 언니란 호칭은 통 입에 붙지를 않았다. 그러다 보니 가끔 마님을, 마님과 언니를 합쳐 언님이라 부를 때도 있었다.

"나리…… 아니, 검험관님은 요즘 어떻게 지내세요?"

"형조로 다시 돌아가서 잘 지내고 있단다. 이번에 장금사(掌禁司:감옥과 범죄수사에 관한 사무를 관장한 형조 소속의 부서)로 옮겼는데, 그쪽이 전에 있던 곳보다 더 적성에 맞는다고 좋아하고 계시단다."

"아이고, 그것참 다행이네요. 검험관님도 훈이 도령을 예뻐하시지요? 이렇게 닮았으니 얼마나 예뻐하시겠어요."

"사십 줄이 다 돼서 얻은 아들인데 안 닮았다고 미워라 하겠느냐. 말도 말거라. 아주 집에 들어서자마자 쪽쪽 빨아대는데, 덕분에 훈이 볼살이 남아나질 않는다."

"하긴 오죽 귀한 아들입니까."

"그건 그렇지. 거의 포기하다시피 했는데 생긴 아이니 말이다. 내사 이제야 말하는데, 그 색희가 결정적 한 방이 있더라고. 사십이 다 되도록 모아놨다가 한 방에 터뜨리지 않았겠니."

"아유, 말씀도 참!"

두 사람이 박장대소하며 깔깔 웃는데, 그러다 오씨부인이 물었다.

"그런데 바깥양반은 아직 퇴궐을 안 하신 게냐?"

"네, 요즘 화완 옹주인가 그분을 석방하는 문제로 전하와 조신들 사이에 싸움이 아주 심하답니다. 덕분에 규장각 각신들에게도 비상령이 내려져 매일 야근이어요."

"무슨 말인지는 모르겠다만, 하여튼 노고가 심하시겠구나. 전하께서 각신들은 유난히 더 혹사시키니 문제로구나. 어쩌겠니, 너무 잘난 남편을 둔 게 잘못이지."

주거니 받거니 이야기를 나누는 동안 다희의 몸종이 들어왔다. 몸종에게 안겨 들어온 아이를 보자 이번엔 오씨부인이 환성을 질렀다.

"아이고, 소혜야! 안 본 사이에 더 예뻐졌구나!"

운과 다희 사이에 낳은 딸인 소혜다. 이 아이야말로 다희를 닮아 똘망똘망 어여뻤는데, 오씨부인이 아들을 낳은 이듬해에 태어나 올해로 두 살이 됐다.

딱 한 살 차이가 나는 소혜와 훈이 서로를 보자마자 탐색을 시작했다. 소혜보다는 훈의 관심이 더 대단했다. 공연히 소혜 옆에서 알짱거리던 훈이 갑자기 그 옆에 털썩 주저앉더니 추근추근 소혜를 건드렸다.

"아이고, 누가 색희 아들 아니랄까 봐 벌써 미인을 알아보는구나."

"호호호, 그러고 보니 그러네요. 훈이 도령이 우리 소혜가 좋은가 봐요."

"어찌할끄나. 미래에는 이 둘을 맺어줄까나?"

"어머나, 그것도 좋겠네요. 두 아이 맺어지면 마님…… 아니, 언니와 사돈이 되는 게 아니어요?"

"옳거니, 잘나가는 좌상 댁 아드님과 사돈 간이 되면 그 아니 좋을까. 아니, 최운 그 양반 능력이면 필시 본인이 좌상이 되고도 남을 게야. 다희야, 이참에 아예 문서를 만들어놓자. 소혜가 열다섯 되는 해에 꼭 우리 훈이랑 혼인시키는 거다!"

"아유, 그때 가서 두 사람이 서로 싫다고 하면 어떡해요?"

"싫을 리가 있나. 소혜는 다희 너랑 운 나리 핏줄이 있으니 반드시 미인이 될 게다. 색희 나리 아들이 미인을 싫다고 할 리가 있겠느냐?"

"호호홋, 그것도 그러네요."

그런데 한참 웃음꽃을 피우는 와중에 하인이 밖에서 외치는 소리가 있었다. 다희가 가장 걱정하던 소식을 가져온 것이다.

"저기 마님, 박가서사에서 사람이 왔습니다요!"

"히익!"

귀신을 만나면 이리 놀랄까. 화다닥 일어난 다희가 병풍 뒤로 뛰어들었다. 병풍 뒤로 숨으면 아무도 발견 못 한다 생각하는 걸까. 그러더니 그녀가 병풍 옆으로 고개만 빼꼼 내밀고는 외쳤다.

"나 없다고 해라! 없다고 해!"

보나마나 어서 글을 달라고 독촉하러 온 것이다. 추리설과 완월의 작가 비영이 사실은 다희라는 게 알려지면서 한양 바닥의 세책가들이 모조리 그녀에게 달려들었다. 제발 글을 달라 애걸복걸을 하고, 글을 주지 않으면 집 앞을 떠나지 않겠다고 졸라대는 바람에 다희가 어쩔 수 없이 후속작을 내게 됐는데 그 역시 대희투를 했다. 그 뒤로는 지금과 같이 매일 글 빚에 시달리게 된 것이다. 병풍 뒤에 숨어 발발 떠는 다희를 본 오씨부인이 혀를 끌끌 차지 않을 수 없었다.

"아이고, 이제 보니 너무 잘나 고생하는 것은 최운 그 양반이 아니라 너로구나!"

운은 인정이 치기 직전에야 집에 돌아왔다. 시꺼먼 그늘이 코밑까지 내려왔는데, 비틀비틀 걸어 들어오는 모습이 사람이 아니라 시체가 기어 들어오는 것 같았다.

"오늘도 전하께서 닦달을 해대셨습니까?"

"말도 마라. 벽파를 공격할 논리를 개발하라고 난리난리를 치시는데, 그렇게 잘나신 양반이 직접 머리를 굴리지, 왜 자꾸 우리 각신들을 괴롭히는지 모르겠다."

"아무래도 각신들을 믿으시니까 그런 게지요. 너무 나쁘게만 생각하지 마시어요."

"믿기는 무슨. 사람이 말이야, 적당히 물러날 때도 있어야지. 신하들이 무슨 지치지도 않는 애나자이자(藹催恣倪者)인 줄 알아요."

"아휴, 그래도 우리를 맺어주신 분이 주상 전하시잖아요. 전 고맙기만 한걸요."

"맺어주긴 뭘 맺어줘. 그깟 옥 원앙? 장원급제하자마자 각신으로 불러다 등골을 뽑아먹은 게 얼마냐! 이미 다 갚고도 남았다!"

"아이 참, 진정하세요. 그나저나 시장하시지 않습니까? 저녁은 드시고 오셨어요?"

"궐에서 팥죽 먹고 왔다. 수고가 많다고 전하가 내리시더라."

"어머나, 고마워라. 역시 배려가 깊으시네요."

"배려는 무슨, 그것 먹고 죽을 때까지 일하라는 거지."

안 그래도 비딱한 운인데, 노고가 겹치니 투덜거리는 게 한이 없었다.

바닷부터 다시 올라오라는 주상 전하의 언질대로 운은 장원급제를 취소당하고 다시 과거를 봐야 했다. 명기집략 문제로 트집 잡는 신료들이 없지 않았지만 주상을 구한 공로 앞에 결국 입을 다물었고, 다희와 혼인한 그해에 다시 과거를 본 운은 멋지게 장원급제를 했다. 최재명의 어깨가 하늘로 올라갔음은 물론이다.

그러나 그 결과가 바로 이것이었다. 장원급제한 그 해에 바로 주상이 그를 규장각 각신으로 뽑아가더니 그 뒤로는 숨 쉴 새도 없이 부려먹었다. 쾌속으로 승진을 거듭한 것은 좋았지만, 승진을 한 만큼 점점 더 집에 들어오기가 힘들어지니 다희도 요즘은 전하가 조금 원망스러워질 지경이었다.

하지만 집에 올 때마다 운이 주상 전하 욕만 좔좔 늘어놓는 것도 못 들을 것이라, 결국 듣다 못한 다희가 화제를 돌렸다. 오씨부인 왔다 갔다는 말을 하며 소혜와 훈이 잘 놀더라는 이야기 끝에 다희가 두 아이 자라거든 혼인시키면 어떠냐는 말을 꺼내자 대뜸 운이 외쳤다.

"소혜를 혼인시켜? 그 아이 보내면 나는 어떡하라고! 안 돼!"

"아이 참, 아무리 소혜가 예뻐도 언젠가는 혼인을 시켜야 하지 않아요. 언제까지 끼고 살려는 겁니까?"

만날 비딱하고 반항적이기만 한 줄 알았는데 운은 아이만은 예뻐했다. 어디까지나 자기 아이에 한한 것이긴 했지만, 운은 첫딸 소혜를 유난히 예뻐해서 색희 나리 못지않게 아이를 물고 빨며 살았다. 지금도 늦은 밤이기에 망정이지, 초저녁에 돌아왔으면 당장 소혜를 데려오라고 해서 한참을 어르고 놀았을 것이다.

그런 소혜를 보낸다 하니 앞으로 한참 세월이 남았는데도 벌써부터 심화가 난다. 언젠가는 보내야 한다는 걸 아니 더욱 그렇다.

그런데 피곤한 것도 잊고 한참을 다희와 옥신각신 말다툼을 하던 운이 불현듯 음흉한 눈빛으로 속삭였다.

"그래, 알았다. 네가 정 그리 말한다면 나도 방법이 있지."

"네? 그게 무슨 말씀입니까?"

"얼른 둘째, 셋째를 보면 되지. 그래야 소혜를 보내도 외롭지 않을 것 아니냐."

불길한 예감이 밀려왔다. 다희를 괴롭히는 게 하루 이틀 일은 아니지만 오늘따라 그 눈빛이 더욱더 음험하다.

"이리 오거라. 미룰 것 없이 오늘 밤 바로 만들자."

"히익! 피, 피곤하시다면서요. 얼른 주무셔야죠!"

"애 만들 여력은 남겨놓고 돌아왔느니라. 어흥!"

"꺄악!"

비명이 채 끝나기도 전에 안채의 불이 꺼졌다. 그 뒤로 수선스러운 소란이 이어지더니 곧이어 비명과 신음 소리가 요란하다. 과연 애나자이자는 애나자이자로다. 그 소리 밤새 이어지다 새벽에도 다시 들리는 것이 분명 다희가 죽다 살아난 게 틀림없다.

〈終〉

작가 후기

오랜만에 종이책으로 뵙습니다. 종이책 출간도 꽤 오랜만이지만, 연재도 없이 바로 종이책으로 내는 것도 몇 년 만인 듯싶네요. 오로지 저 자신의 감에만 의지해서 글을 써나가는 작업이 쉽지는 않았지만, 어쨌든 우여곡절 끝에 책이 나왔습니다. 이제 결과는 독자님들 손에 맡기고, 잠시 입산해야겠습니다. (물론 인터넷 안 되는 곳으로 가야죠. 하하하.)

사실 완월의 시작은 아주 작은 계기였습니다.
우연히 들른 중고 책방에서 손에 넣은 한 권의 책. 조선시대의 세책업에 대한 책을 읽으면서 조선시대에도 책 대여점이 있었다는 사실에 놀라워했습니다만, 사실 그보다 더 흥미로웠던 것은 그 시절에도 책에 써댔던 낙서며, 책값이 비싸다는 불평이며, 소설에 울고 웃었던 독자님들의 열광적인 반응들이었습니다.

지금과 하 다를 것 없는 삶. 그 재미진 애환들을 이 완월 속에 녹여내고 싶었는데, 과연 그런 것들이 이 글 속에 잘 스머들었을지 모르겠습니다.

모쪼록 재미있게 읽어주시길 바랍니다. ^^

여기서 한 가지 변명을 더 하자면, 원래 소설 말미에서 일어난 모종의 사건은 실제 일어난 사건입니다만, 극의 얼개를 위해서 어쩔 수 없이 실제 일어난 시대보다 뒤쪽으로 미뤄 재가공했습니다. (후기부터 읽으시는 분들을 위해 자세한 내용은 안 밝히겠습니다.)

사실 이 글의 남자주인공인 최운 역시 실존 인물을 모델로 했는데, 글의 재미를 위해 허구를 보탠 것도 많으니, 실제 역사와 다른 점이 있어도 이 점은 양해해 주시기를 부탁드립니다. ^^;

마지막으로 극중에 등장하는 몇몇 아이디어들은 〈시간여행, 역사 속으로〉, 〈조선의 베스트셀러〉, 〈추재기이〉, 〈기이한 책장수 조신선〉, 〈책쾌 송신용〉 등의 자료에서 모티브를 얻었음을 밝힙니다.

그 밖에 소설에 도움을 주신 많은 분들, 위로해 주신 분들, 말없이 든든하게 뒤를 받쳐 준 분들께도 감사의 인사를 올립니다.

이 책을 읽어주신 독자님들께도요.

모두들 행복하세요.